Thérèse Langlois
3-864 boul du Fort-Saint-Louis
Boucherville QC
J4B 1T5

Docteure
Irma

Tome 1 – La Louve blanche

ROMAN

Pauline Gill

Docteure Irma

Tome 1 – La Louve blanche

ROMAN

Note : Veuillez prendre note que le vocabulaire utilisé dans ce roman reflète le lexique en usage à cette époque.

www.quebecloisirs.com

UNE ÉDITION DU CLUB QUÉBEC LOISIRS INC.
Avec l'autorisation des Éditions Québec Amérique
© 2006, Éditions Québec Amérique inc.
Dépôt légal – Bibliothèque et Archives nationales du Québec, 2008
ISBN Q.L. : 978-2-89430-872-1
(Publié précédemment sous ISBN 978-2-7644-0531-4)

Imprimé au Canada par Friesens

Dans la vie, rien n'est à craindre, tout est à comprendre.
MARIE CURIE

Remerciements

À mes complices : Jean-Noël Hatin, mon époux, Marie-Carole Pelletier, bachelière ès études littéraires, Julien Bourbeau, maître ès études littéraires, Ginette Faucher, docteure en histoire de l'art, Julie Roy, post-docteure ès études littéraires, Madeleine des Rivières, auteure, Annie D'Amour, doctorante ès histoire et chercheure, Amélie Dion, bachelière ès histoire et chercheure, les familles Le Vasseur et les dames Sandra et Mary Shee.

Un merci particulier à l'équipe de Québec Amérique pour son accueil chaleureux, son enthousiasme et son professionnalisme.

Je dédie ce premier tome
à Mathilde et Margo,
mes deux petites-filles nées en mars 2006.

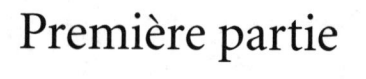

Première partie

Chapitre I

Saint-Roch de Québec, mai 1887.

Un dimanche comme les aiment les deux enfants de Nazaire LeVasseur.

Blottis l'un contre l'autre dans une bergère de velours bourgogne, Paul-Eugène et Irma, respectivement âgés de douze et dix ans, écoutent chanter leur mère. Phédora répète une sérénade de Schubert qu'elle interprétera lors du prochain concert donné par le Septuor Haydn. Un jeune pianiste, ancien élève lui aussi de M. Forbes, l'accompagne. La beauté de la cantatrice, la chaleur de sa voix et les paroles qu'elle interprète envoûtent ses deux enfants :

« Jusqu'à toi mes chants, dans l'ombre, montent doucement.
Tout se tait, la nuit est sombre, viens tout près mon amant. »

Phédora chante avec une intensité qui laisse croire que ce vœu est le sien.

Talentueux en musique, mais peu doué pour les apprentissages scolaires, Paul-Eugène envie l'homme que sa mère appelle ainsi. L'amour de Phédora, il le voudrait pour lui seul. À l'oreille de sa sœur, il chuchote : « Tu sais ce que c'est qu'un amant, toi ? »

Contrariée, Irma demande à son frère de ne plus la déranger. De ne pas la distraire de ces délicieux instants. De garder pour lui

ses soupçons. « Maman n'a pas de défaut. Maman est la plus belle, la plus gentille et la meilleure chanteuse du monde », se dit Irma qui l'écouterait sans jamais s'en lasser.

> *« Ah ! Cède à ton tour !*
> *C'est ton amant qui t'implore*
> *Dans mes bras, viens.*
> *Je t'adore. »*

À chaque reprise, l'imploration se fait plus fervente, et la suspicion de Paul-Eugène plus aiguë. Ce qu'il donnerait pour jouer cette mélodie avec la virtuosité du pianiste et le supplanter au clavier. Et Irma, que ne donnerait-elle pas pour que cet après-midi devienne des semaines, des mois, une vie ! Bien qu'à l'inverse de son frère, elle soit très autonome, cette fillette chérit ces moments, trop peu nombreux, où toute la famille est réunie. Et pour cause, elle ne comprend pas que son père, reclus dans un coin du salon, joue dans sa paperasse au lieu de partager leur ravissement. Non pas que Nazaire LeVasseur soit indifférent à la musique. Au contraire, lui-même musicien, il est un des fondateurs du Septuor Haydn. De plus, il s'est engagé sur son honneur à favoriser la carrière de Phédora, fille du noble et fier William Venner, maintenant dans la mi-trentaine. Pour y parvenir, sans renoncer à son travail de journaliste et à sa passion pour la géographie, il doit rogner sur le temps consacré à sa famille. Phédora et ses enfants le déplorent.

— Pourquoi vous travaillez tout le temps, papa ? lui demande Irma, pendant la pause des artistes.

— Quand on veut faire vivre des enfants et une épouse comme ta maman, on n'a pas une minute à perdre, ma p'tite fille.

Irma en ressent tristesse et déception. Du coup, elle constate que, contrairement à Phédora et aux papas des petites amies de sa rue, Nazaire ne participe jamais à leurs jeux. Pas une fois il ne s'est présenté à leur marché improvisé pour y acheter limonades, biscuits ou friandises. Un peu plus, la pitié prendrait le dessus. « Pourquoi avoir tant hâte qu'il rentre à la maison ? » se demande la fillette, figée devant son père de qui elle espère l'aumône d'un regard.

— Qu'est-ce que tu veux? s'enquiert-il, visiblement agacé.

Pas un mot. Le silence de sa fille l'interpelle. Enfin, il lève la tête et la regarde. Irma lui sourit, un tantinet satisfaite. Elle l'abandonne... à ses affaires. Non. À des souvenirs qu'il ne peut lui confier. «Elle est trop jeune pour comprendre», se dit-il, encore blessé par le mépris à peine voilé de Sir William Venner à l'égard de ce fils de mesureur de bois que sa fille a choisi d'épouser. «Tu t'illusionnes, ma pauvre Phédora. Jamais tu ne pourras poursuivre ta carrière de cantatrice si tu maries ce garçon aux cinquante-six métiers mal payés», avait soutenu le riche commerçant écossais du quartier Saint-Roch.

La mignonne Phédora ne tourna pas moins le dos à tous les garçons de familles aisées que son père lui avait présentés pour épouser l'homme qu'elle aimait et qui, tout comme elle, était orphelin de mère. En gage de bonheur, le 5 juin 1872, Nazaire LeVasseur avait offert à la jolie Phédora Venner ses multiples talents, son verbe élogieux, sa remarquable détermination et son amour inconditionnel. «Une fortune, papa, qu'aucun de vos favoris ne saurait m'assurer», avait décrété Phédora.

Au grand dam de Sir Venner, sept mois avaient suffi pour convaincre sa fille et Nazaire LeVasseur de leur amour réciproque. «Quel gâchis pour une cantatrice qui, à vingt et un ans, fait déjà partie de la distribution de tous les opéras qui se jouent dans la ville!» considéra-t-il. Offusqué, Nazaire avait juré de le ramener à de meilleurs sentiments. Pour ce faire, il avait obtenu que le Septuor Haydn se produise à leur mariage. La volonté d'impressionner toute l'assistance était manifeste, et l'objectif fut atteint. Moins de deux semaines plus tard, les familles des nouveaux mariés s'étaient présentées à l'école normale Laval pour assister à une soirée musicale et littéraire dont Phédora était la soliste invitée.

Les ovations de cette fin de soirée auraient rallumé l'espoir du jeune couple n'eût été le départ précipité de Sir Venner. «Crois-moi, mon chéri, si maman était encore de notre monde, elle aurait été transportée de bonheur», avait affirmé Phédora pour consoler son jeune époux. Bien que sensible, Nazaire se laissait difficilement

abattre. La semaine suivante, invité avec son épouse à dîner chez les Venner, il apporta avec lui un article de *L'Écho de Lévis*. À la fin du repas, Sir William lui demanda, sur un ton sarcastique :

— La *business* va bien, mon Nazaire ?

— Au-delà de nos espoirs, s'empressa de répondre Phédora.

William leur fit une moue sceptique.

— Vous en voulez une preuve, M. Venner ? Écoutez bien ça, reprit Nazaire, du haut de son mètre quatre-vingts, le feuillet en main :

Ce concert du Septuor Haydn fut plus que brillant. Québec a rarement entendu aussi belle, aussi attrayante musique. La salle était bien remplie, l'élite de la société s'y était rendue de bonne heure, et l'enthousiasme qui a régné dans l'auditoire pendant toute la soirée est la meilleure preuve de son intelligence et du talent supérieur de ses artistes.

Mme Phédora Venner a paru deux fois sur le théâtre et elle a été rappelée chaque fois. Elle chante avec âme et avec goût, sans recherche ni affectation, et cette dernière qualité est, selon nous, la première chez une cantatrice ; c'est pour cela qu'elle est si rare. Nous avons entendu un vibrant témoignage de son talent lors de ce concert. Nous pourrions parier qu'elle nuira à la fortune des artistes étrangères qui nous visitent.

La lecture terminée, Sir William Venner demanda à voir le texte pour s'assurer de son authenticité.

— Je te félicite, ma fille. Souhaitons juste que ça ne s'arrête pas là, avait-il ajouté, pointant vers Nazaire un regard lourd de défi.

— J'en profite, M. Venner, pour vous annoncer que six des membres du Septuor Haydn participeront au Jubilé musical de la Paix universelle qui se tiendra à Boston le mois prochain.

— Mon époux et moi serons du nombre, papa, lui apprenait Phédora, rayonnante. Ça me donnera l'occasion de revoir M. Forbes, mon professeur de chant ; il sera présent, lui aussi.

— Nous ne tarderons pas à revenir, nous avons dix-sept autres concerts à préparer... lança Nazaire, déterminé à faire mentir les prédictions de son beau-père.

Quinze ans plus tard, il tente encore et toujours de prouver à Sir William Venner qu'il est digne de sa fille. Et sur ce plan même de la dignité, Nazaire et Phédora ne lui ont pas caché leur déception de le voir se remarier à une femme de trente ans sa cadette, un an avant la naissance d'Irma. Témoin de quelques disputes entre ses parents et William Venner, cette dernière en est d'autant plus chagrinée qu'elle éprouve pour son grand-père maternel affection et admiration, et qu'il le lui rend bien. « Qu'a-t-il donc contre papa ? » se demande-t-elle, déplorant de ne pouvoir lire dans les pensées de ce noble septuagénaire. « Un jour, je la lui poserai la question », se promet-elle, face au refus de ses parents d'aborder le sujet avec elle.

Mais voilà que le 22 juin de cette même année, lors d'une soirée grandiose où sa mère interprète du Verdi, Irma ne voit plus entre son père et son grand-père maternel qu'une relation harmonieuse. Tous les Venner et les LeVasseur, incluant Paul-Eugène et Irma, sont présents au concert donné par le Septuor Haydn. « Notre fille est assez vieille pour venir entendre chanter sa mère », a décrété Phédora, alors que Nazaire aurait préféré qu'elle se repose après sa période d'examens de fin d'année.

Assise dans la première rangée, entre son frère et son grand-père LeVasseur, la jeune fille de dix ans trouve plus d'une raison d'être fière. « Mais comme mademoiselle est jolie ! » s'est exclamé son grand-père Zéphirin en l'apercevant dans sa robe blanche enrubannée de satin bleu, sa chevelure aux reflets cuivrés soigneusement bouclée. Vient s'y ajouter le programme de la soirée sur lequel apparaissent les noms de Nazaire LeVasseur, second violon, et dame Phédora LeVasseur, cantatrice soliste. Et que dire des applaudissements enflammés de l'assistance mais aussi de Sir William Venner qui se lève, après la première pièce, pour ovationner les musiciens et la belle Phédora.

Après avoir divinement interprété des extraits des *Vêpres siciliennes*, Phédora clôture le concert avec la pièce intitulée *Addio, mia patria amata*. Dès lors, comme nombre de spectatrices et spectateurs, Paul-Eugène ne peut retenir ses larmes. Le summum est atteint lorsqu'en finale, Phédora fait cadeau à son public de la version française de cet extrait : *Adieu mon pays, je succombe...*

— Grand-père Zéphirin, on dirait que maman pleure, chuchote Irma, bouleversée.

— C'est à cause des paroles de la chanson, ma toute belle. Ça arrive souvent ça...

— Je ne veux plus que maman la chante celle-là. Elle est trop triste.

— Tu lui diras à ta maman quand...

— ...tout de suite ce soir, grand-père Zéphirin.

— Je pense bien que ça va aller à demain matin. Elle va rentrer tard, ta maman. Elle a demandé à ta tante Angèle de vous ramener à la maison tout à l'heure.

Comme tous les lendemains de concert, pour favoriser le repos de son épouse, Nazaire sert le déjeuner à Irma et voit à ce qu'elle n'oublie rien. Pas question qu'elle arrive à l'école en retard, même pour la dernière journée!

— Mon frère va être encore absent aujourd'hui?

— Chut! Pas de bruit. Il dort et maman aussi, dit-il à sa fille, particulièrement exubérante ce matin-là.

— Pourquoi Paul-Eugène manque souvent l'école comme ça?

— Parce qu'il va être obligé de recommencer sa sixième année. Ta tante Angèle lui fait faire du rattrapage chez elle.

— C'est pour ça qu'il ne se lève pas!

— Ça ne presse pas. Ta tante a décidé de ne venir le chercher qu'à dix heures, aujourd'hui. Ce n'est pas comme quand elle était maîtresse d'école; elle n'est pas obligée de le prendre à huit heures et demie chaque matin.

— Il risquerait de réveiller maman aussi.

— C'est ça.

Encore portée par la magie de cette soirée, Irma quitte la maison en turlutant les airs qui l'ont bercée depuis sa naissance.

En avant-midi, la visite de monsieur le curé est prévue pour la remise des bulletins et des prix de fin d'année, et dans l'après-midi, on fête. Cette dernière journée d'école ne peut mieux faire écho à la soirée précédente.

Heureuse d'avoir superbement réussi sa cinquième année, Irma revient au foyer en toute hâte, goûtant par avance la fierté de ses parents devant ses réussites. Elle imagine sans peine sa mère l'enlacer, virevolter avec elle, amusée de voir leurs jupes se soulever puis, à force de tourner, l'emporter dans un vertige et la ramener dans ses bras. « Viens qu'on regarde ça ensemble », l'entend-elle lui dire. Puis, suivront des félicitations, des témoignages d'amour, des prédictions pour un avenir couronné de succès.

À peine la porte d'entrée entrouverte, Irma crie :

— Maman ! Maman ! J'ai mon bulletin. Venez voir mes prix de fin d'année !

Un silence inhabituel. On dirait que l'horloge même s'est tue. Un sentiment étrange oppresse la fillette de dix ans. Un grand froid dans le dos.

Irma se dirige d'un pas hésitant vers le salon où son père, la cravate dénouée, le visage ravagé, est affalé dans le fauteuil de velours d'Utrecht de Phédora. Son regard est vide. S'y trouve aussi Paul-Eugène, recroquevillé sur la causeuse, la photo de sa mère collée au ventre. Irma laisse tomber sur le plancher son sac d'école et ses prix.

— Où est maman ? demande-t-elle, tremblante d'appréhension.

Les lèvres sont scellées.

— Paul-Eugène ! Où est maman ?

— J'sais pas, marmonne-t-il. Quand je me suis levé ce matin, elle n'était plus là.

— Elle est malade ? Morte ? Répondez-moi, papa !

— Partie... parvient-il à balbutier.

— Partie où ?

Nazaire hausse les épaules. Livide, Irma le dévisage.

— Pourquoi vous avez fait ça ? Pourquoi vous l'avez laissée partir ? hurle-t-elle.

Bien que toute menue, Irma le giflerait.

Ce ton accusateur le blesse cruellement et le bâillonne. « Comme si j'avais su qu'elle s'enfuirait quand je suis parti travailler ce matin. Comme si j'avais pu l'en empêcher ! » se dit-il, intérieurement.

Nazaire n'aurait jamais soupçonné les motifs invoqués dans la lettre que Phédora a laissée dans la chambre des maîtres. « L'égoïsme dont elle m'accuse, l'incompréhension, ce ne sont que des prétextes ! » a-t-il jugé, fou de chagrin. Mais devant la colère de sa fille et la détresse de Paul-Eugène, il est sans voix.

Irma se précipite vers la sortie, les dents serrées sur sa colère.

— Où vas-tu ? lui crie son père.

— Chercher maman.

— Non ! reviens, Irma. Tu ne pourras pas la retrouver. Elle est rendue trop loin.

Nazaire rattrape sa fille juste avant qu'elle s'engage sur le trottoir.

— Reviens à la maison, ma chérie. Les grandes personnes vont s'occuper de la ramener, ta maman.

— Non. Je veux y aller moi aussi. Je vais la trouver maman. Tout de suite.

— Elle va revenir. Je te jure qu'elle va revenir, ma poulette. Rentrons. Viens montrer tes cadeaux de fin d'année à papa.

Forcée de suivre son père, Irma sort son bulletin du sac abandonné sur le plancher, le lance au bout de ses bras et s'enfuit dans sa chambre. À plat ventre sur son lit, elle n'est plus que douleur et désespoir. Ces lamentations terrassent Nazaire qui se laisse crouler près de son fils gémissant. Paul-Eugène le repousse et se précipite dans la chambre de sa sœur, se serrant la poitrine de douleur. Irma craint qu'il en meure. Aux paroles de réconfort qui restent prises dans sa gorge, supplée une étreinte qui les soude l'un à l'autre.

Épuisés d'avoir trop pleuré, les deux enfants LeVasseur répètent, pour apaiser leur angoisse :

— Elle va revenir, maman. Papa l'a dit.

Puis, Irma fait, à dix ans, son premier serment :

— Je ne te laisserai jamais tomber.

— Tu jures de ne jamais m'abandonner ?

— Tu pourras toujours compter sur moi, grand frère chéri.

Nazaire, debout derrière la porte, témoin muet de la détresse de ses enfants, n'ose pas entrer. Déchiré entre les doutes et la colère, il

ne sait que leur dire. Leur révéler l'existence de la lettre laissée par Phédora dans la chambre conjugale, il s'y refuse. Les motifs invoqués risqueraient de miner leur confiance, voire le respect envers lui. Sa réputation s'en trouverait ternie.

— C'est la faute à papa, hoquette Paul-Eugène à travers ses sanglots. Pendant que t'es à l'école, il lui parle fort des fois, puis maman pleure.

— C'est vrai ça, Paul-Eugène ? Bien vrai ?

— Oui, que je te dis. Aussi, ça n'arrive pas seulement le jour... Parfois le soir, quand j'ai trop peur des fantômes pour dormir, je les entends se disputer dans leur lit, ajoute-t-il, ferme dans sa déclaration.

Nazaire a tout entendu. Son fils le tient responsable de ce drame.

— Moi aussi, j'ai vu maman pleurer souvent ; une fois, en tout cas, parce que papa était fâché contre elle.

« C'est trop injuste », considère Nazaire, fulminant. Le torse droit, la tête haute, il pousse la porte et dit :

— Tu te trompes, mon garçon, si tu penses que je ne l'aime pas, votre mère. Je l'adore. Ça nous est arrivé de discuter des fois, c'est normal entre parents. Ça ne veut pas dire qu'on ne s'aime pas.

— Pourquoi elle est partie maman, d'abord ? riposte Irma.

— Pour... pour chanter dans de grands opéras.

Irma se redresse, éponge son visage et s'écrie, lumineuse :

— Ah ! Mais on pourra aller la rejoindre. Rester avec elle ! L'école est finie !

Tout de go, la fillette saute de son lit, sort une valise de son placard et commence à la garnir.

— Qu'est-ce que tu fais ? demande son père.

— Mes bagages, voyons ! Va chercher tes vêtements, Paul-Eugène.

Nazaire les retient, le temps de leur expliquer qu'il ne peut abandonner ainsi son travail, sa famille, ses amis et ses biens.

— On va rester avec elle là-bas rien que le temps qu'elle va chanter, insiste la fillette. On va revenir avec elle, après.

— Moi aussi j'y vais avec toi, dit son frère.

— Paul-Eugène, tu ne pourrais pas te montrer plus raisonnable ? Tu as douze ans... lui rappelle Nazaire, si désarmé qu'il quitte la chambre abruptement.

Sourds aux propos de leur père, Irma et son frère remplissent leur valise et la poussent sous le lit où, par exception, ils dormiront tous les deux en attendant d'aller retrouver leur mère.

— Demain, on va chez grand-père LeVasseur lui demander de nous emmener... suggère Paul-Eugène.

Irma ne voit pas encore comment ils pourraient s'y prendre, mais elle l'approuve pour qu'il s'endorme plus vite.

Quand les LeVasseur apprennent la nouvelle de la bouche de Nazaire, c'est la consternation. Dans leur grand salon où des photos de Phédora abondent, Zéphirin se tient en retrait, accoudé au piano... qu'il décide de fermer. Pour amortir le choc. Pour mieux réfléchir. Pour tenter de comprendre. Angèle, jolie femme aux yeux noisette et au teint de pêche, mince et élancée comme sa défunte mère, s'écroule dans un fauteuil. Consternée, elle réfléchit aux événements des dernières quarante-huit heures.

— Je n'en reviens pas ! Comment pouvait-elle parvenir à chanter si bien l'autre soir, sachant que le lendemain elle abandonnerait ses enfants et son mari ?

— Faut pas avoir de cœur pour faire une chose pareille, dit Nazaire.

— Admets que ça prend quand même une dose de courage, riposte sa sœur.

— Insister comme elle l'a fait pour que ses enfants viennent l'entendre chanter, c'est ça, ton courage ? réplique Nazaire. Je n'ai jamais rien vu d'aussi cruel de la part d'une mère !

Zéphirin, à qui Phédora a plu dès leur première rencontre, ne peut se taire.

— Parle pas comme ça, Nazaire. On connaît assez cette femme-là pour savoir qu'elle n'aurait jamais voulu faire de mal à ses enfants. Elle n'a pas de méchanceté, Phédora, tu le sais, mon fils.

L'approbation souhaitée ne vient pas.

— Y a quelque chose qui nous a échappé pour qu'on n'ait pas vu venir ça, présume Angèle.

— Ça ne peut pas être autre chose qu'une grande souffrance, murmure Zéphirin.

— C'est ça, prenez sa part, en plus, dit Nazaire, anéanti.

— J'essaie rien que d'être honnête... Phédora avait ses défauts mais, à mes yeux, ses qualités compensaient largement, dit-il, se souvenant du jour où Nazaire s'était plaint des réticences de son épouse à fonder une famille. «On ne peut être surdoué sur tous les plans», avait-il rétorqué.

Zéphirin et Phédora avaient en commun la tendresse, beaucoup d'idéal et l'amour des arts. Dans son cœur de père, il avait taillé une place pour Phédora et pour ses enfants. Que Paul-Eugène et Irma soient privés de leur mère dans des circonstances aussi dramatiques le meurtrit. Ce gaillard, natif de Saint-Roch de Québec, jouit d'une aisance financière relative, mais il a trimé dur pour l'acquérir. Ses cinq enfants ont pu faire des études et gagnent leur vie honorablement. À sa fille Angèle, qui a dû abandonner l'enseignement après la mort de sa mère, il voue une reconnaissance et une affection exemplaires.

— Qui s'occupe de tes enfants cet après-midi? demande Zéphirin.

— Ils sont chez les Venner. Leur tante Rose-Lyn est venue les chercher.

— Comment sont-ils? s'enquiert-il.

— Misérables à voir. Paul-Eugène ne laisse pas sa petite sœur d'une semelle...

— Il cherche à la consoler, présume Angèle, à qui Phédora en confiait souvent la garde.

— Non. C'est l'inverse. Irma se désâme à lui répéter que leur mère va revenir.

— Qu'est-ce que tu vas faire avec eux, mon pauvre garçon? demande Zéphirin.

— Aucune idée. Je ne sais même pas ce que je vais faire de moi...

— Secoue-toi, Nazaire LeVasseur! C'est pas le temps de t'apitoyer sur ton sort, lui lance Angèle.

— Je ne suis pas capable de réfléchir avec des enfants qui pleurent autour de moi...

— Si tu nous les amenais pour quelque temps, propose Zéphirin.

— À la condition qu'ils veulent bien venir...

— Je vais aller les chercher, moi, décide Angèle qu'ils chérissent sans contredit.

— Il ne faudrait pas aller trop vite. On n'est pas seuls là-dedans. La belle-famille... dit Nazaire, leur apprenant que Phédora avait prévenu son père de ses intentions.

Sir William Venner, au courant du drame, avait, de son autorité paternelle, bâillonné tous les siens. Même les domestiques, questionnées par Nazaire en catimini, n'avaient pas desserré les dents. Sir William avait exigé leur silence, il l'avait obtenu. De même, il refusait de révéler à son gendre quand et comment il avait été prévenu de la fugue de Phédora.

— Je veux savoir au moins quelle raison elle vous a donnée... avait insisté Nazaire.

— Tu as le front de me le demander? Je savais que tu étais un beau parleur, mais que tu pouvais aussi bien jouer la comédie, je n'aurais pas cru.

— Je l'aime, ma femme, M. Venner. Je l'aime comme un fou! cria Nazaire avant d'éclater en sanglots.

Plus accablé qu'il ne voulait le laisser voir, William lui avait tourné le dos. Puis, d'un long silence avait jailli un aveu:

— Phédora m'a demandé de prendre sa fille à ma charge.

— Pardon?

— Tu as bien entendu, Nazaire. Je vais m'occuper de faire instruire Irma et pourvoirai à tous ses besoins. J'en ai fait la promesse. De toute manière, tu n'as ni le temps ni les moyens de le faire...

Nazaire aurait aimé jurer du contraire. Mais avec tant de responsabilités mal payées à la direction du Septuor Haydn, à la direction de la chorale paroissiale et comme chroniqueur journalistique,

un salaire modeste et un fils retardé sur les bras, comment pourrait-il assurer à une fillette de dix ans l'encadrement et les ressources dont elle a besoin ?

— Mes enfants sont très proches l'un de l'autre. Il n'est pas question de les séparer.

— Il le faudra bien un jour ou l'autre, mon pauvre Nazaire. Ta fille est trop intelligente pour être privée d'instruction.

Nazaire ne pouvait réfuter des propos d'une telle pertinence.

— Je vais y réfléchir, avait-il rétorqué, une seconde déchirure au cœur.

Angèle, déchirée tout comme son père à la pensée d'une éventuelle séparation des deux enfants de Phédora, propose de leur faire passer les vacances ensemble, chez leur grand-père LeVasseur.

— C'est un bon compromis, admet Nazaire.

— Ça leur donnerait deux mois pour se faire à l'idée de vivre loin l'un de l'autre le reste de l'année, ajoute Zéphirin, visiblement inquiet. Irma aime William, mais comment pourra-t-elle vivre heureuse sous le toit des Venner, avec celle qu'elle appelle une « fausse grand-mère », qui ne lui cache pas son antipathie et ce « faux oncle » qui la méprise comme il respire ?

Tout comme Phédora, la fillette n'éprouve guère d'admiration pour la Philomène, cette femme de trente ans la cadette de son époux, et pour leur fils, âgé de dix ans, constamment juché sur un piédestal.

Zéphirin LeVasseur a été chargé d'une bien triste mission : annoncer à Irma qu'elle ne pourra respecter le serment fait à son frère de ne jamais le quitter. Assis avec elle dans son coin de prédilection du jardin, il fredonne quelques-unes des ballades préférées de la jeune fille pour la bien disposer et se donner du courage. Membre du chœur de la Société Sainte-Cécile, il possède tout un répertoire de chansonnettes qu'Irma aime interpréter avec lui.

— J'ai souvent pensé qu'au paradis, on flotterait toujours dans la musique, confie Zéphirin d'une voix feutrée.

— On va connaître toutes les paroles des chansons qu'on aime, grand-père ?

— J'en suis sûr. Même qu'on va pouvoir jouer de tous les instruments qu'on aime.

— Moi, je préfère la harpe. Vous ?

— Eh bien moi, je dirigerai un orchestre et je saurai jouer de tous les instruments.

— Vous me dirigerez, grand-père. Puis, des fois, je chan...

Sa voix se brise.

Zéphirin enlace Irma et, chamboulé, parvient à lui murmurer :

— Oui, tu chanteras, ma toute belle. Tu chanteras et tu n'auras plus jamais de chagrin, je te le jure.

— Maman...

— Oui, ta maman sera avec toi pour toujours. Puis ton vieux grand-père aussi.

Enfin, Irma sourit.

— C'est l'heure de la limonade, annonce-t-il.

— Après, on continue de chanter ?

— Je voudrais bien, mais on n'est pas venus ici rien que pour chanter, lui dit-il, non sans regret.

— Comment ça ?

— Il faut que je t'explique quelque chose, ma grande.

Le choix de ses mots et le ton de sa voix, son hésitation troublent Irma.

— Tu comprends que ton père doit continuer à travailler, et que toi, tu dois aller à l'école.

— Je le sais.

— Tu vas passer le reste de tes vacances ici, avec ton frère, mais en attendant que ta maman revienne, tu...

— Je ne veux pas aller rester chez grand-papa Venner.

— Quelqu'un t'en a parlé ?

— Non, avoue la fillette, au bord des larmes.

— Tu écoutes aux portes, toi.

— Même si vous m'envoyez dans mon lit, je fais tout ce que je peux pour ne pas dormir. Tout à coup elle reviendrait... pendant la nuit.

Zéphirin ouvre les bras et fait signe à Irma de venir s'y blottir.

— Tu sais bien, ma belle enfant, qu'on te réveillerait si... trouve-t-il, pour la rassurer.

Tant de tristesse dans la voix de Zéphirin laisse présager le pire pour Irma. Elle craint de devoir vivre trop longtemps chez les Venner en attendant le retour de sa mère. Elle ne peut s'y résigner. Non pas qu'elle soit malheureuse en compagnie de son grand-père maternel. Irma est fascinée par la vitalité de cet homme de soixante-quatorze ans, par son allure de noble patriarche avec sa longue barbe blanche qui descend jusqu'à la poitrine, ses yeux d'un bleu vif et le légendaire parapluie qui lui tient lieu de canne par beau temps.

— Je ne l'aime pas, Mme Philomène. Grand-papa Venner la trouve belle, intelligente et il ne cesse de la complimenter parce qu'elle garde la maison toujours en ordre. Mais moi je la trouve pincée et trop sévère. Puis Guillaume non plus, je ne l'aime pas. Il se pense toujours plus fin que tout le monde, avoue-t-elle d'une voix grincheuse.

Zéphirin admet que ce garçon, d'une intelligence comparable à celle de la jeune LeVasseur, adulé à outrance par William et la parenté Langevin, a développé une arrogance et une tendance à la dérision telles qu'Irma a raison de fuir sa compagnie.

— N'en fais pas de cas, lui recommande-t-il.

— Je ne veux pas habiter avec lui, bon! répète-t-elle, se dégageant des bras de son grand-père pour se réfugier sous le cerisier en position fœtale.

Un effluve caressant frôle les narines de la fillette. Plus une larme sur ses joues. Un arc-en-ciel dans son cœur au souvenir de Phédora. Irma revoit sa mère assise près de cet arbre, admirant ses fleurs rose foncé, humant son parfum et fredonnant les nombreuses mélodies que cet arbre a inspirées de par le monde. Instants sublimes pour la cantatrice et pour sa fille qui, dans sa candeur d'enfant, concluait : «Maman est redevenue heureuse. Elle ne sera plus jamais triste comme à certains jours.»

Zéphirin l'observe, immobile. Irma semble sous la même emprise que cet arbre au parfum édénique exerçait jadis sur Phédora.

«Puisse-t-il suppléer mon impuissance», souhaite le vieillard, inquiet du sort des deux enfants de Nazaire et Phédora. À douze ans, Paul-Eugène se comporte comme un enfant de sept ou huit ans. Incapable de suivre les écoliers de son âge, il a été retiré de l'école par son père et confié à sa tante Angèle qui éprouve pour ce neveu une affection dépouillée de complaisance. «Tu veux gagner ta vie avec la musique, Paul-Eugène? Pour ça, il faut que tu saches écrire sans faute et compter sans difficultés», lui rappelle-t-elle chaque fois qu'elle doit le priver de piano pour lui enseigner ses matières scolaires. Son grand-père Zéphirin prend la relève pour lui apprendre son catéchisme, l'histoire et la géographie. D'une année à l'autre, les résultats ne sont guère plus prometteurs. «Qu'en sera-t-il désormais?» se demande Zéphirin.

La fin de l'été s'annonce très sombre pour les deux enfants de Phédora. Toutefois, à force d'arguments pour consoler son frère, Irma appréhende moins son séjour chez les Venner.

— Je vais venir passer toutes mes fins de semaine avec toi.

— Tu vas avoir la permission?

— Je me sauverai, s'il le faut.

— Oh, non! Ne fais pas comme maman, Irma!

— Calme-toi, Paul. Tu sais bien que je vais l'avoir la permission, reprend-elle non moins troublée que son frère.

Le moment venu, malgré l'acharnement de Paul-Eugène qui tient à les accompagner, Nazaire va seul conduire sa fille chez les Venner.

— Tu leur dois respect et obéissance, mais ne te laisse pas traiter injustement, lui recommande-t-il, chemin faisant. T'as autant de raisons d'être fière d'être une LeVasseur qu'eux d'être des Venner. Si Philomène ou son rejeton ne sont pas corrects avec toi, tu me le fais savoir et je te ramène aussitôt à la maison.

Irma acquiesce d'un signe de tête.

— Par contre, ne ménage pas ta reconnaissance envers ton grand-père Venner. C'est tout un coup de pouce qu'il nous donne pour que tu puisses faire de longues études.

— Assez longues pour que je puisse travailler dans un hôpital et soigner les bébés ?

— Si t'en as encore le goût quand viendra le temps de choisir, oui.

— Ou bien devenir une grande pianiste.

— Tu verras. Ce n'est pas pour demain, de toute façon ! En attendant, tu me promets de travailler très fort ? Je veux voir tes bulletins.

— Promis.

— Je viens te chercher samedi matin ?

— Grand-papa Venner va vouloir ?

— Je viendrai...

— J'aimerais mieux vendredi soir.

— Je vais faire mon possible.

Des fenêtres entrouvertes, on entend rire et causer.

— Ils ont de la visite, papa.

— On dirait bien.

Le dos collé à la voiture, Irma lutte pour ne pas y remonter. Son père en descend deux gros sacs et se dirige vers l'escalier de l'imposant domicile des Venner avec son revêtement de briques, sa galerie sur trois côtés, ses quatre lucarnes et sa porte d'entrée sculptée. Sa fille n'a pas bougé.

— Viens, ils t'attendent !

Le temps de le dire, Rose-Lyn, une des sœurs de Phédora en visite chez son père, apparaît, aussitôt suivie de William qui salue Nazaire d'un simple geste de la main. S'emparant des deux sacs que tient son gendre, il l'incite à repartir illico. Rose-Lyn cajole Irma et l'entraîne dans le vestibule. « Je vais aller embrasser papa, avant », dit la fillette, faisant demi-tour.

Nazaire n'en souhaitait pas moins.

❧ ⚜

Inscrite au collège Jésus-Marie pour entreprendre sa sixième année du cours primaire, Irma se montre timide, peu enjouée mais fort talentueuse. En plus des matières scolaires, le dessin, la musique, le tricot, la couture, tout lui réussit. Son application et sa performance en chacun de ces domaines sont citées en exemple à toute sa classe.

En l'absence de son grand-père, elle s'enferme dans sa chambre sitôt le souper terminé. Hélas, Philomène, dont William loue le sens des affaires et les qualités d'éducatrice, est mandatée, ces jours-là, pour voir à ce que sa petite-fille apprenne ses leçons et fasse ses devoirs.

— Je la déteste avec sa manie de donner des ordres et de corriger tout le monde, dit Irma, après quelques semaines de cette nouvelle vie.

— Tu n'as pas l'air trop malheureuse quand même, fait remarquer Zéphirin.

— C'est moitié, moitié...

— Qu'est-ce que tu veux dire?

— Je dois endurer Mme Philomène et Guillaume, mais j'aime mon grand-papa et ma chambre.

De fait, tout dans cette chambre qu'occupait Simone, une des domestiques des Venner, il y a moins de deux mois, plaît à la jeune fille : son décor, son ameublement, le parfum qui se dégage des vêtements laissés dans le placard, et plus encore, la paix qu'elle y trouve. « N'oublie pas que cette chambre ne t'est que prêtée », lui rappelle Philomène, fort occupée depuis le départ inopiné de Simone, la plus ancienne des deux domestiques de la famille Venner.

— Quand est-ce qu'elle va revenir? lui demande Irma, un jour où sa « fausse grand-mère » semble particulièrement de belle humeur.

— Ça ne te regarde pas, riposte Mme Venner, s'efforçant depuis son mariage d'adopter les manières et le langage de la haute bourgeoisie.

— Vous ne l'aimiez pas, Mlle Simone?

— Je t'ai dit que ça ne te regarde pas.

— Je m'en doutais, marmonne la jeune fille, témoin à quelques reprises des grogneries de Philomène contre cette femme.

— Qu'est-ce que tu dis ?

— Rien...

— Fais ton ménage, ordonne-t-elle, de nouveau revêche.

Tout comme Phédora, Irma affectionnait Simone.

Un fait l'intrigue : la quantité de vêtements et d'objets laissés dans le garde-robe et dans la commode. « Ou elle est partie pressée, ou elle a quitté pour peu de temps », conclut Irma. Quand l'absence de Phédora lui fait trop mal, elle ouvre les tiroirs pour humer les odeurs qu'ils exhalent. « Maman aussi devait l'aimer ce parfum », se dit-elle, avec l'illusion de se retrouver dans les bras de sa mère, le temps d'atténuer sa souffrance. « Où Simone est-elle allée ? Pourquoi Mme Philomène ne veut pas me le dire ? » Ces questions et nombre d'autres, Irma les réserve désormais pour les moments privilégiés qu'elle passe seule avec son grand-père Venner. Le plaisir semble réciproque. Les balades dans la ville de Québec s'y prêtent merveilleusement bien. William est fier d'atteler ses deux percherons à sa plus belle calèche, escorté de « Mlle LeVasseur, ma petite-fille », comme il se plaît à la présenter à ses amis et connaissances. La maturité, la distinction, la curiosité et l'intérêt que manifeste Irma le fascinent.

— Aujourd'hui, je t'emmène faire le tour du cap Diamant, lui annonce-t-il, un vendredi de congé où les couleurs automnales sont éblouissantes.

L'enthousiasme de la jeune fille le ravit. Sa tenue vestimentaire aussi.

« Comme t'es *chic and swell* ! T'as hérité du bon goût de ta maman, ma p'tite coquine ! s'exclame-t-il en la voyant sortir de sa chambre avec un châle écru bâillant sur sa robe de couleur vert forêt.

— Va attacher tes cheveux, lui ordonne Philomène.

— Maman ne m'obligeait pas à le faire quand il n'y avait pas d'école.

— Ici, c'est pas toi qui décide. Va te peigner.

Irma en cherche la dispense dans le regard de son grand-père. Mais, d'un clin d'œil malicieux, il l'incite à obéir. Par amour pour lui, Irma freine l'envie de maugréer et de claquer la porte de sa chambre.

Une fois dans la calèche, il lui dit :

— J'aime ça quand tu fais la grande fille comme ça. Pas de chamaillage pour des niaiseries... dit-il, regardant droit devant lui.

Irma comprend qu'une riposte ne serait pas bienvenue. Le silence s'installe, mais pour un court moment. Une fois sur les plaines d'Abraham, Sir William descend de la voiture, en fait le tour pour tendre la main à Irma, mais elle a déjà sauté de son siège et se dirige vers la falaise.

— Eh ! Les bonnes manières, Mlle LeVasseur !

— Qu'est-ce que j'ai fait de mal ?

— Les dames attendent que les messieurs leur viennent en aide pour descendre d'une voiture.

— Je suis capable toute seule et puis je ne suis pas une dame, grand-papa...

— Ça viendra bien assez vite, murmure William.

— Je n'ai pas compris, grand-papa. Me parliez-vous en anglais ?

— Ça t'agace quand je le fais ?

— Non ! J'aime ça ! Surtout devant Mme Philomène...

— Elle le comprend bien plus que tu ne le penses... Méfie-toi... Si elle avait eu la chance de se faire instruire, elle aurait été *teacher*.

— Mais en français. Vous, grand-papa, vous parlez une troisième langue...

— Oui, l'italien. Qui t'a dit ça ?

— Maman. Elle savait chanter en allemand aussi.

— Je sais, dit William, redevenu sombre et sa petite-fille au bord des larmes.

— Regarde comme il est superbe ce cap, reprend-il, désignant cette falaise où s'adosse une guirlande de maisons tout en hauteur, aux couleurs des plus variées. Je n'en ai jamais vu d'aussi beau en Europe.

Le regard sceptique de son accompagnatrice l'incite à nuancer ses propos :

— En Italie, par exemple, les paysages sont de toute beauté, mais c'est différent.

— Moi aussi je veux aller partout dans le monde quand je serai grande.

— Je te le souhaite. Y a pas une école qui peut nous apprendre plus qu'un voyage, affirme-t-il, heureux prisonnier de ses souvenirs.

Irma fixe la falaise.

— J'aurais peur de vivre en bas, grand-papa.

— Peur de quoi?

— Que le rocher tombe sur notre maison.

— C'est arrivé qu'il y ait eu des éboulis, mais pas plus de deux ou trois...

Irma écarquille les yeux et recule de quelques pas.

— Si ma mémoire est bonne, le premier s'est produit en 1841. J'avais vingt-huit ans. Il a démoli sept ou huit maisons et tué une trentaine de personnes. Le deuxième est arrivé une dizaine d'années plus tard. Moins meurtrier celui-là. En bas de dix morts. Puis le dernier, en 1872, je ne l'oublierai jamais, c'est l'année où tes parents se sont mariés; une avalanche de neige a enseveli une maison avec ses huit habitants.

Le visage de William s'est rembruni. Est-ce dû à l'évocation de ce mariage ou au souvenir de ce drame? Irma se le demande. Poser la question directement lui semble si délicat qu'elle choisit d'y aller par la bande :

— Grand-papa, vous savez où elle est allée, maman?

— Que je te dise oui ou non, ça ne changerait rien, ma chérie, répond-il, après un interminable silence.

— Pourquoi?

Le septuagénaire pousse un grand soupir, son regard scrute les remous du fleuve. Puis, il se retourne vers sa petite-fille, pose ses mains parcheminées sur ses épaules et dit :

— Ta maman savait ce qu'elle faisait. Personne ne l'a forcée à partir...

Irma, le menton retombé sur sa poitrine, retient le sanglot qui pousse dans sa gorge.

— Je comprends que t'aies beaucoup de peine, ma pauvre enfant. On en a tous. Puis elle aussi... *maybe*.

La voix du noble Venner s'est cassée. Il serre fort les paupières. Il a appris très jeune que les garçons ne doivent pas pleurer.

Irma n'en connaît pas plus sur la cause du départ de sa mère. William lui fait signe de le suivre vers la calèche. Ils quittent la terrasse pour se diriger vers le jardin du Fort où est érigé le monument de Wolfe et de Montcalm.

— Tu sais, ma belle, pourquoi on a fait cette sculpture?

Elle hausse les épaules, encore toute à la douleur causée par l'évocation de Phédora.

— Pour convaincre les gens que les chicanes étaient finies entre les Anglais et les Français. On appelle ça enterrer la hache de guerre.

— Pourquoi se chicanaient-ils?

— Ah! C'est une longue histoire et je me demande si elle est vraiment finie...

Irma veut des explications.

— Au fond, c'est que les Anglais et les Français sont deux nations totalement différentes.

— Ennemies?

— Je n'irais pas jusque-là, quand même.

Ces mots ravivent chez la jeune fille le souvenir de quelques disputes survenues entre Nazaire et Phédora. Le souvenir aussi des propos enflammés de son grand-père Zéphirin qui, de retour d'une rencontre d'affaires, s'insurgeait contre la prétendue supériorité des Anglais sur les Français.

— Est-ce que ça veut dire que les Venner et les LeVasseur ne sont pas faits pour aller ensemble? demande Irma.

— Pas nécessairement... Je connais des messieurs anglophones qui ont épousé des demoiselles francophones et qui sont très heureux

en ménage. Regarde Mme Philomène et moi... ajoute-t-il, regrettant, à la mine rabougrie de sa petite-fille, d'avoir choisi cet exemple.

Pour faire diversion, il s'évertue à relater l'histoire de la Conquête sans parvenir à capter l'intérêt d'Irma. À l'angle des rues du Fort et Sainte-Anne, il tire sur les rênes et immobilise la voiture.

— Tu vois cette belle grosse maison ? Ceux qui l'habitent, les Morgan, sont très riches. Tu sais pourquoi ?

Irma hausse les épaules, manifestement ennuyée.

— Mais ce n'est pas pour te parler de ça que je m'arrête ici. C'est pour te raconter l'histoire particulière de cette maison. En plus d'avoir appartenu à un gouverneur de la Nouvelle-France, M. D'Ailleboust...

Irma s'esclaffe. « M. D'Ailleboust ! Ha ! Ha ! Ha ! »

William raconterait n'importe quoi pour l'entendre rire encore. Avec elle et pour elle, il multiplie les jeux de mots.

— En tout cas, conclut-il, cette maison en sait des choses ! C'est peut-être pour ça que par la suite, elle a servi d'imprimerie pour le *Journal de Québec*. Une sorte de destin...

— Une sorte de destin ? Comme quelque chose qu'on ne peut pas changer ? demande Irma, reliant ce mot à la fatalité.

William hoche la tête, médusé par le rappel, et d'une cuisante humiliation, et d'un chagrin profond. Avant que le départ de Phédora afflige le riche marchand, le sort réservé à son fils aîné l'atterrait. On racontait dans tout Saint-Roch que ce garçon d'une intelligence supérieure, Guillaume-Hélie, alias William, se serait joint aux Fenians pour appuyer l'Irlande dans sa quête d'indépendance. Cet idéalisme politique l'aurait amené à se joindre à la communauté irlandaise de Montréal, laquelle comptait nombre de partisans des Fenians. Or, Thomas D'Arcy McGee, Irlandais de souche, député montréalais et ministre au fédéral, ne se gênait pas pour les traiter de parias. « C'est lui, le traître », clamaient les Fenians qui réclamèrent et obtinrent que D'Arcy McGee fût banni de la Société St. Patrick.

Le 7 avril 1868, lors d'une séance de la Chambre des Communes qui se prolongea dans la soirée, D'Arcy McGee prononça un vibrant

plaidoyer en faveur de la nouvelle Constitution. En franchissant le seuil de la maison de chambres qu'il habitait, rue Sparks, il fut abattu d'un coup de revolver. Une somme faramineuse fut promise à qui dénoncerait l'assassin. La thèse d'un complot ourdi par les Fenians courut, et Patrick James Whelan, soupçonné d'être un des leurs, fut pendu... sans procès. Or, dans le village de Saint-Roch, la rumeur voulant que le fils aîné de Sir William Venner fût le meurtrier recherché était sur toutes les lèvres. Le doute était d'autant plus partagé dans la population que, âgé de trente-deux ans, Guillaume-Hélie, alias William le fils, avait déjà enterré deux épouses. Disparu le jour même de l'assassinat, il ne revint que plusieurs années après ce drame. «Il est allé se faire une allure d'homme d'affaires», prétendaient les mauvaises langues. Toutefois, le meurtre de D'Arcy McGee ne fut jamais élucidé. Près de vingt ans plus tard, les rumeurs couraient encore. La réputation des Venner n'en était pas moins ternie. «Il ne faudrait surtout pas que cette histoire vienne à ses oreilles», se dit William, surpris par le regard inquisiteur d'Irma.

— À quoi vous pensiez, grand-papa?

— Ta grand-mère doit nous attendre pour souper, répond-il, impuissant à mater cette soudaine mélancolie.

— C'est pas ma grand-mère, riposte Irma.

— Bon! Le souper doit être prêt, d'abord. Ça te va?

— J'ai faim rien qu'un p'tit peu, grand-papa.

— De toute façon, c'est l'heure de rentrer, conclut William, coupant court à toute réplique.

❧ ⋅ ❧

«S'il fallait que ma fausse grand-mère Venner voie ça!» pense Irma, un sourire malicieux aux lèvres.

Il n'est d'espace qui ne soit occupé sur son lit et sur le plancher de sa chambre. Une grande chambre. Beaucoup plus grande que celle qu'elle occupait chez ses parents. Mais Irma n'a jamais trop d'espace. Jamais assez, même, pour ranger tout ce qui l'intéresse.

Des livres, il y en a partout et, ce midi, ses sacs à bagages en regorgent. Après dix autres mois d'études couronnées de succès, Irma retourne chez les LeVasseur, principalement chez son grand-père, pour y vivre ses vacances scolaires. Elle jubile.

— Si j'avais à faire un vœu, grand-père Zéphirin, ce serait que les jours de congé soient aussi longs que les semaines d'école, lui confie-t-elle au terme d'une première année vécue au domicile de Sir William.

— N'empêche que tu l'as réussie ton année. Regarde ce beau bulletin! Puis ton grand-papa Venner dit n'avoir rien à te reprocher.

— Sa Philomène ne l'approuve sûrement pas.

— Si tu étais aussi gentille avec elle qu'avec lui, elle t'en ferait des compliments, elle aussi.

— Je n'en veux pas de ses compliments. Quelqu'un qui ne nous aime pas mérite pas qu'on l'aime.

— J'allais te féliciter parce que je trouvais que tu te comportais comme une demoiselle maintenant, mais je vais attendre que tu cesses de bouder Mme Philomène.

Irma a perdu son sourire.

— Ce sera ton défi pour la prochaine année, décide Zéphirin.

— Pourquoi m'obliger à aimer des gens qui...

— ...à les respecter, Irma. C'est comme une répétition, mais pour le concert de la vie, cette fois.

La comparaison va droit au cœur de la jeune fille qui demeure silencieuse. Zéphirin renchérit.

— Y a toujours sur notre route des personnes qui nous plaisent moins, d'autres qui nous trouvent déplaisants...

— Je suis sûre que vous n'avez que des amis, vous, grand-père Zéphirin.

— J'y travaille, ma toute belle.

À voir le nombre et la qualité des personnes qui se rassemblent dans sa résidence de la rue Fleury au cours de l'été, Irma n'en doute pas. Sans jouir de la fortune ni de la renommée des Venner, Zéphirin reçoit régulièrement des intellectuels, des politiciens et

des artistes. Tous ces visiteurs du dimanche ne se quittent pas de la journée. La musique apporte autant d'hilarité que le cognac Chaloupin et le rhum de la Jamaïque qu'on y sert en apéritif, et que la bière McCallum Brewery qui arrose souvent les repas.

La propriété de son grand-père, agrémentée d'un grand jardin, a une histoire sans fin qu'Irma savoure, surtout lorsqu'elle est racontée par Zéphirin. Ce samedi de juillet 1888, à l'ombre des hauts peupliers, Zéphirin, entouré des siens, évoque l'histoire de son quartier.

— Ici, c'était la seigneurie des Alford. Du temps qu'elle appartenait à Louis Falardeau, c'est ici que le comité local des Patriotes se rassemblait pendant les troubles de 1837-1838...

Nazaire questionne, précise et assaisonne le récit d'anecdotes, puis un parfum de pain chaud vient distraire les conteurs.

— Auparavant, on avait comme voisin la boulangerie Falardeau. Que c'était agréable! dit Zéphirin, qui humait à pleins poumons cet arôme enivrant.

— À ce que je sache, vous ne détestiez pas, non plus, les odeurs qui venaient de chez le père Rhéaume, lui rappelle Nazaire.

— Je ne connais pas de parfum plus exquis que celui de la bière de gingembre! réplique-t-il.

— Vous n'en aimiez pas que le parfum, si je me souviens bien, lance Angèle, quelque peu tatillonne sur le sujet.

— Tu me fais justement penser d'en ouvrir quelques bouteilles pour fêter les vacances de notre belle Irma, s'exclame le grand-père, secondé par son fils.

Angèle s'empresse de préparer trois verres de jus de pomme pour elle et les enfants de Nazaire pendant que les deux hommes s'amusent aux dépens des brasseurs de bière du quartier.

— M. et Mme Berrouard, nos meilleurs brasseurs de bière, étaient si gros qu'à leur mort, il a fallu défaire une fenêtre pour faire passer leur cercueil, raconte Nazaire, railleur.

— De quoi sont-ils morts? demande Irma, le regard sombre.

— On ne le sait pas trop, répond Zéphirin. Y a un âge où on ne se bat plus contre la maladie.

— Pas plus qu'on ne se préoccupe de recevoir nos jeunes enfants dans les hôpitaux ou de déplacer un médecin pour les traiter, dit Angèle, indignée.

— C'est pour ça que mes trois petits frères sont morts ? demande Irma.

Pas de réponse. Qu'un silence lourd de mélancolie. Que des regards qui fuient.

Dans la mémoire d'Irma, un événement des plus douloureux refait surface avec une clarté fulgurante : Phédora, les traits tirés, le visage ruisselant de larmes, prostrée sur le troisième enfant que la mort vient de lui arracher. Les deux autres avaient, l'un cinq mois et l'autre, quatre ans ; maladifs depuis leur naissance, ces deux petits garçons n'avaient pas eu droit à la visite d'un médecin, faute d'argent. Fort heureusement, bébé Émile était né vigoureux et en parfaite santé. Mais à deux mois et demi, présentant les symptômes d'une bronchite, il toussait jusqu'à l'épuisement. Après une première nuit d'angoisse, Phédora avait supplié Nazaire de trouver un médecin... Aucun n'avait voulu se déplacer pour soigner le nourrisson, alléguant son jeune âge et la probabilité qu'il demeure fragile même si on le traitait.

N'acceptant pas de quitter sa maman et son petit frère, Irma avait dormi sur une paillasse placée tout près du berceau, pendant deux autres nuits. La dernière avait été des plus tragiques. Après une violente quinte de toux, le bébé n'avait pu reprendre son souffle. Durant les heures qui suivirent, la fillette avait vu sa mère ravagée, hurlant sa révolte et sa détresse. Une peine incommensurable.

Peu après ce drame, Irma avait été témoin de l'acharnement de son père désireux de voir Phédora reprendre sa carrière de cantatrice. Il ne restait plus que six semaines avant ce concert où elle devait interpréter une pièce de Verdi et une autre de Schubert.

— Mon petit Émile a emporté avec lui ma passion pour le chant, disait-elle, dévastée. Me prêter à chanter un opéra qui s'inspire des guerres de pouvoir et du massacre des Siciliens m'indigne tout autant que la mort de mes fils, déclara-t-elle.

Or, le programme de cette soirée était déjà imprimé, plus d'une centaine de billets avaient été réservés et il s'avérait impossible de

trouver en si peu de temps une remplaçante qui puisse interpréter adéquatement une œuvre aussi magistrale. Le directeur musical rencontra Phédora, mais il échoua dans sa tentative de la convaincre de revenir sur sa décision. Phédora avait annulé cet engagement et tous les autres. À bout de ressources, Nazaire eut l'idée de s'adresser à son père. Entre Zéphirin LeVasseur et Phédora, une grande admiration et une affection sincère, nées de leur première rencontre, persistaient malgré les difficultés survenues entre la jeune femme et Nazaire.

— Fais-le pour la personne qui t'est le plus cher au monde actuellement, l'avait enjoint Zéphirin.

Après des instants d'un lourd silence, elle avait annoncé, résolue :

— Je le ferai pour ma fille.

Irma se souvient aussi que le soir du concert, Zéphirin, s'agenouillant au pied du crucifix, avait dit :

— Venez, Paul-Eugène et Irma. Nous allons prier pour votre maman.

Des questions surgissent dans l'esprit d'Irma.

— J'avais quel âge, papa, quand mon petit frère Émile est mort ?

— Six ans, répond Nazaire, happé à son tour par le souvenir de ces moments dramatiques.

Les deux enfants, tête baissée, sont replongés dans la détresse. Le silence est lourd. Quelques pépiements d'oiseaux viennent gentiment le fissurer. Irma se penche pour cueillir une fleur de trèfle qu'elle fait pivoter entre ses doigts.

— C'est pour les soigner, les petits enfants, que je veux étudier. Je vais ramasser mes sous et je vais faire bâtir un hôpital rien que pour eux, décrète-t-elle, martelant chaque mot avec une détermination saisissante.

Les adultes se regardent, étonnés, médusés.

— On ne s'est pas retrouvés ici pour broyer du noir, mes enfants ! Si on faisait un peu de musique ? propose Zéphirin.

Du coup, les yeux de Paul-Eugène pétillent. Il se précipite au salon, de peur que quelqu'un d'autre le devance au piano. Nazaire

et Angèle pourraient le faire, mais seule Irma est autorisée à lui usurper ce privilège. Il choisit d'interpréter une des compositions de M. Dessane, ex-professeur de Nazaire. L'exécution de la pièce est plutôt médiocre, tant Paul-Eugène est fébrile. Il la reprend deux fois sans se soucier de l'intérêt de son auditoire qui, en revanche, se permet de chuchoter. Se rapprochant de sa fille, Nazaire lui demande :

— Savais-tu que la charmante épouse de M. Dessane se prénommait Irma ?

Pour réponse, une moue d'indifférence.

— C'est pour lui montrer mon admiration que j'ai voulu que tu portes le même prénom.

— Qu'est-ce qu'elle avait de si spécial ? demande Irma, quelque peu agacée.

— Douce, charmante, jolie et dévouée à son mari comme on en rencontre peu... Elle lui a donné neuf enfants, tu t'imagines ?

Un haussement d'épaules dissuade Nazaire de pavoiser sur le sujet.

— Tu aimes tes cours d'histoire ?

— J'aime tous mes cours, papa.

— Bien, je vais te raconter une autre anecdote concernant M. Dessane : le jour de son décès, un vaisseau de guerre anglais arrivait dans le port de Québec avec la dépouille mortelle de Sir George-Étienne Cartier, un des Pères de la Confédération, décédé à Londres. Pour le *Libera* solennel chanté en son honneur, on avait sorti les plus riches ornements que pouvait posséder la cathédrale Notre-Dame de Québec. Je savais que M. Dessane n'était pas un dignitaire politique, mais j'ai osé suggérer aux autorités religieuses de ne pas enlever cette ornementation pour les funérailles de mon ami. Ce qui me fut accordé. J'ai donc eu l'immense satisfaction de rendre à M. Dessane et à sa famille les hommages qu'ils méritaient.

Alors qu'Angèle, qui avait aussi étudié la musique avec ce maître, écoute, tout émue, le rappel de cet événement, sa nièce affiche une indifférence à la limite de l'agacement.

— Je comprends, Irma, que ça ne t'impressionne pas tellement ce que ton père raconte, mais je tiens à te dire que ce n'est là qu'un exemple parmi tant d'autres de sa grande fidélité envers ses amis.

— Peut-être, mais on est venus au salon pour écouter mon frère et vous parlez sans arrêt.

Paul-Eugène délaisse le clavier.

— Continue, l'en supplie Irma.

— Non. Personne m'écoute à part toi.

— Vous avez raison, les enfants, admet Angèle.

Au tour des deux hommes de s'excuser.

Paul-Eugène retourne au piano :

— C'est ma pièce préférée, la sérénade de Schubert, annonce-t-il sur un ton solennel.

Irma s'accoude à l'instrument, ferme les yeux et se laisse emporter par ses souvenirs. Suave délectation. Un envoûtement que l'absence de Phédora vient altérer. La pièce terminée, les adultes applaudissent, mais Irma leur prête peu d'attention, pressée de ramener son frère au jardin. Autant ce garçon aime jouer les pièces qu'interprétait sa mère, autant ces rappels le plongent dans une profonde nostalgie. Zéphirin le constate et souhaite que tous les LeVasseur se concertent pour lui apporter leur aide.

— Il faudra les occuper autrement cet été, suggère-t-il.

— Les sortir, leur faire rencontrer d'autres jeunes de leur âge, ajoute Angèle.

— Je me demande si j'en aurai le cœur et le temps, avoue Nazaire. Ça ne fait qu'un an et c'est comme si je l'attendais depuis dix ans...

— Ce n'est sûrement pas moins douloureux qu'un deuil, dit Zéphirin qui a tant pleuré la perte de son épouse en 1860.

— Je vous dirais que c'est pire. C'est pire parce que chaque jour, on espère... Et chaque espoir déçu est un deuil de plus, confie Nazaire, profondément affligé.

Faute de trouver les mots pour le consoler, Angèle et son père l'entourent d'un silence respectueux. Puis, cherchant du regard l'approbation et la complicité de sa fille, Zéphirin propose :

— On devrait profiter des beaux jours de l'été pour visiter les villages environnants.

— Quelle bonne idée! Ça me permettra de leur apprendre un peu de géographie, entrevoit Angèle.

— Et moi, des notions d'histoire, propose Zéphirin.

D'un septembre à l'autre, la rentrée scolaire obligeant Irma à quitter la famille LeVasseur arrive toujours trop vite. Une fois de plus, elle et son frère comptent les jours. « À douze ans, tu es devenue une grande fille, tu devrais te montrer plus raisonnable », lui recommande Nazaire chez qui elle est venue passer la dernière semaine de ses vacances.

Paul-Eugène, de stature d'homme depuis qu'il a atteint ses quatorze ans, ne s'est toujours pas habitué à voir partir sa sœur. Le temps des récoltes lui injecte un cafard qui s'intensifie au rythme des jours qui défilent sur la page du mois d'août. Il ne s'en remet que fin novembre, savourant par anticipation le congé des Fêtes.

Nazaire déplore, cette fois, devoir partager ses quelques moments de disponibilité entre sa fille et un grand ami de passage à Québec.

— Recevez-vous le pape? lui lance Irma, contrainte d'astiquer toute la maison avec lui.

— Non, mais ce n'est pas n'importe qui. C'est un médecin. Plus que ça, c'est grâce à moi, en grande partie, qu'il a pu le devenir, précise-t-il dans l'espoir de susciter l'admiration de sa fille et de piquer sa curiosité.

Il en attend les signes avant de poursuivre.

— Ferdinand vit au Minnesota, mais il est natif de l'île d'Orléans. J'ai fait sa connaissance quand il avait ton âge.

Irma boude toujours. Nazaire ne perd pas confiance.

— J'avais été chargé par M. Dessane de former une chorale au bénéfice de l'église Saint-Roch, par trois fois incendiée. Parmi mes recrues, il y avait les quatre frères de la famille Canac-Marquis,

dont Ferdinand qui me confia un soir son intention de devenir médecin. Tu comprends que de voir un jeune homme réaliser le rêve auquel j'avais dû renoncer après trois ans d'université ne pouvait me laisser indifférent.

— Pourquoi vous ne les avez pas terminées, vos études ? demande-t-elle, navrée.

— Faute d'argent. Rien qu'à y penser, ça me fait encore mal... avoue-t-il.

L'attention d'Irma lui est totalement acquise.

— C'est pour ça que j'étais prêt à bien des sacrifices pour que ce garçon brillant ne vive pas la même déception que moi. Mais ta mère ne...

Nazaire hésite à s'expliquer. Sa fille l'en supplie.

— J'avais le goût d'aider ce jeune homme à préparer ses examens. Mais comme j'occupais déjà quatre fonctions en plus de mon travail régulier d'inspecteur du gaz et de l'électricité, ta mère ne m'approuvait pas. Déjà qu'elle me reprochait de m'absenter trop souvent de la maison.

Irma veut le questionner, mais il s'empresse de l'interrompre. Il appréhende le sens de son intervention. Il préfère pavoiser sur les difficultés qu'a connues Ferdinand pour être admis en médecine et sur l'aide indispensable qu'il lui a apportée.

— Le comité de sélection de l'Université Laval commet de graves erreurs, parfois.

— Il a des chouchous ?

— Je pense que oui. Un exemple, tiens : mon ami Ferdinand Canac-Marquis, qui avait été refusé ici, a terminé deuxième sur les quarante-trois médecins-chirurgiens de son groupe au collège Victoria de Montréal. Un peu par vengeance, il a choisi de pratiquer sa médecine ailleurs qu'au Québec.

— Où ?

— Il est allé rejoindre son frère Joseph au Minnesota et il a ouvert un bureau à Anoka.

— Ce n'est pas le genre de vengeance que j'aurais choisi, moi. Y a tellement de malades à soigner ici. Des enfants, surtout.

— Justement, je veux profiter de sa visite pour le convaincre de revenir au Québec. Tu imagines la richesse pour nos hôpitaux ? D'autant plus qu'il arrive d'un voyage d'études en Europe.

— Le chanceux ! laisse tomber Irma, songeuse.

Nazaire freine sa course à l'époussetage, le temps de déceler dans les yeux d'Irma le brasillement d'un rêve. Il dépose son torchon, s'accroupit sur les talons, saisit les poignets de sa fille et dit :

— Tu y penses, toi aussi ? C'est ça ?

Irma l'approuve d'un signe de la tête.

— Ce n'était donc pas qu'une idée d'enfant ?

— Oh, non ! Surtout quand je repense aux trois petits frères qui me manquent... Je comprends que maman ait failli en mourir de chagrin.

— Pour moi aussi, ça a été difficile à accepter. J'en voulais sept enfants, prend-il soin de préciser.

— Puis maman, elle ?

— Peut-être pas autant. C'était très exigeant pour elle.

— Elle aurait eu besoin que vous l'aidiez un peu plus, peut-être.

Nazaire croirait entendre le reproche si souvent émis par Phédora.

— Je faisais de grosses journées, moi aussi, riposte-t-il, blessé.

Aucune réplique de la part d'Irma qui semble être retournée à ses réflexions. Nazaire croit le moment venu d'exprimer son vœu :

— J'aimerais que tu me laisses seul avec le Dr Canac-Marquis.

— Pourquoi ? Je ne vous dérangerai pas. Je vais me contenter d'écouter si vous ne voulez pas que je lui pose des questions.

— C'est qu'entre hommes, on a des choses à se dire et...

— Ma présence est de trop, dites-le.

— Pour la circonstance, oui. Aussi, j'ai pensé que tu n'aurais pas trop de ton dimanche pour mettre de l'ordre dans ta chambre chez ton grand-père Venner et te préparer à recommencer l'école...

— Elle est en ordre ma chambre, dit la jeune fille, consciente de mentir.

— Ça me surprendrait...

Forcée de rentrer chez les Venner le samedi soir, Irma ne cache son mécontentement ni à son père ni à Mme Philomène qui l'attendait de pied ferme.

— Tu sais ce que t'as à faire, j'espère ? Si ça a du bon sens de nous avoir laissé une chambre dans un tel fouillis. Pour deux mois, à part ça ! Mets-toi à l'ouvrage puis fais pas de bruit, ton grand-père se repose.

— Il est couché ?

— Dans sa chambre. Guillaume s'en occupe.

— J'aimerais aller lui dire bonsoir, au moins...

— Quand ton ménage sera fini, s'il est pas trop tard.

Le pas lent, le cœur lourd à exploser, Irma se dirige vers sa chambre. Sitôt la porte refermée, elle se jette à plat ventre sur son lit, impuissante à retenir ses sanglots. Ce soir, la somme des épreuves vécues vient estomper les joies de son enfance. Sous le toit des Venner, à part les visites sporadiques de sa tante Rose-Lyn et les moments de présence de son grand-père, rien depuis deux ans ne contribue à son bonheur. « Pauvre grand-papa, s'il fallait qu'il tombe malade pour de bon ! » pense-t-elle. Le désir de ne perdre aucun des moments passés en sa compagnie lui insuffle le courage de se mettre à la tâche. Son lit est bondé. Un salmigondis d'objets hétéroclites ramassés sur les meubles et dans le bas de son placard. Ses articles scolaires avaient été poussés sous son lit pour le temps des vacances. Mme Philomène a tout vu, tout prévu : Irma devra classer ses papiers, ranger le reste et nettoyer le plancher. Rien ne lui servirait de bâcler le travail, elle sait que Mme Philomène lui fera tout recommencer. Avec une rage nourrie de détresse, elle s'attaque à la tâche, déterminée à gagner du temps. Elle se sent espionnée. « Tu m'avertis quand tu penses avoir fini », lui ordonne Mme Venner après avoir sondé la porte maintenant verrouillée. Irma lui refuse l'aumône d'un seul mot. Les larmes viennent de nouveau brouiller sa vue. Un goût de rébellion surgit : « Mon travail terminé, je ne l'avertis pas, je souffle la lampe, j'entrouvre la porte et je me cache sous mes couvertures. Pour qu'elle se sente mal. Pour qu'elle croie que je suis partie ou malade. Ça risque de lui foutre une bonne peur en plus de lui mériter les reproches de grand-papa », se dit-elle.

À dix heures, sa porte de chambre déverrouillée, enveloppée d'une obscurité totale, pelotonnée comme un petit chat, Irma est prête à attendre au lendemain pour voir son grand-père. La fatigue et la tristesse ont vite fait de la jeter dans un profond sommeil.

Le lendemain matin, les paupières encore mi-closes, Irma, assise dans son lit, inspecte son environnement. Rien ne semble changé sauf la porte du placard, entrebâillée. Et pourtant, nul souvenir d'une visite de Philomène dans sa chambre. Soudain, une odeur de tabac à pipe, sucrée, aux arômes de cannelle, glisse sous sa porte. « Grand-papa est levé », se dit Irma. Le goût du bonheur lui revient. Elle saute du lit, brosse sa chevelure bouclée, endosse une de ses robes du dimanche, prête à filer vers la salle à manger quand elle se ravise : « Je devrais prendre le temps de faire mon lit. » Un dernier coup d'œil à sa chambre : tout est impeccable. Sur la pointe des pieds, elle se dirige vers la salle à manger. Joie mitigée : William n'est pas seul. Le craquement d'une planche sous les pas de la jeune fille a eu l'effet d'un pétard sur Philomène qui lui avance une chaise. « Venez vite manger avec nous, ma p'tite demoiselle », lance-t-elle, avec une amabilité déconcertante. Irma l'ignore et se dirige vers son grand-père qu'elle embrasse et minouche sans se presser.

— Ça va mieux, ce matin, grand-papa ?

— Très bien, même. Et toi aussi, à te voir la mine.

Irma grimace.

— Je n'étais pas malade...

William fronce les sourcils en direction de son épouse.

— C'est ce que j'avais cru, allègue Philomène, visiblement embarrassée.

Irma la dévisage. « Qu'est-ce qu'elle a pu raconter à mon grand-père ? se demande-t-elle. C'est parce qu'elle se sent mal qu'elle fait la fine comme ça avec moi, ce matin. Elle a peur qu'il découvre son mensonge. Que je la trouve hypocrite ! Chose sûre, elle veut faire croire à grand-papa qu'elle m'aime. »

Guillaume fait la grasse matinée, ce qui favorise un déjeuner plus paisible. Sur le point de quitter la table, Irma est interceptée par son grand-père :

— Un p'tit tour dans les magasins, demain, ça te plairait? Si je ne me trompe pas, l'école ne recommence que mardi.

Irma allait se lancer à son cou quand elle croise le regard dissuasif de Philomène. «Pourquoi? Y aurait-il un âge où on ne doit plus embrasser son grand-père?» se demande-t-elle, après s'être limitée à glisser son bras sur ses épaules. «Il n'y a qu'avec tante Angèle que je me sentirais à l'aise d'en parler», reconnaît-elle.

Vu la température clémente de ce premier dimanche de septembre, la jeune fille se propose de consacrer son après-midi à la lecture, recluse dans un repaire du jardin des Venner. «En espérant que Mme la Police ne me fasse pas reprendre mon ménage», se dit-elle. Étonnamment, pas une remarque, pas un reproche, pas un ordre ne sortent de la bouche de Philomène ce jour-là.

Le lundi matin venu, la coiffure enjolivée de broches dorées prises dans le coffret à bijoux de l'ancienne domestique, Irma a choisi une robe vert pomme, garnie de rubans de satin blancs.

— *Very nice!* On est devenue une petite demoiselle! s'exclame Sir Venner.

En arrivant au magasin Paquet, un photographe, accroupi derrière sa grosse boîte noire, les interpelle :

— Eh! Vous, pépère, avec la jolie fille, venez. Ce sera gratis pour vous, aujourd'hui.

Irma supplie son grand-père d'accepter l'offre.

— Y a rien que je déteste autant que ce mot-là. Mais pour ma belle petite Irma, qu'est-ce que je ne ferais pas?

— Et moi, qu'est-ce que je deviendrais sans vous?

— Tu mérites bien qu'on te donne des petites chances, dans la mesure de notre possible. On n'est pas nés que pour des malheurs, ajoute-t-il, en se dirigeant vers le petit podium où le photographe a placé une chaise bergère... «pour pépère» et un petit banc «pour la très jolie demoiselle».

La séance de photos terminée, tous deux partent à la recherche d'un sac d'écolier «digne d'une jeune fille de douze ans», précise William.

— Il manque encore des vêtements et des chaussures. J'ai bien peur qu'on en ait pour toute la matinée.

— Pas besoin, grand-papa. Tante Angèle a renouvelé ma garde-robe la semaine passée.

— Avoir su...

— On ne serait pas venus ?

— Oui, mais on serait partis plus tard.

— Ah, non ! Vous savez, grand-papa, que je passerais tout mon temps avec vous.

— P'tite v'limeuse, va !

Nombre de clients saluent « Sir Venner » au passage. Une occasion en or pour leur présenter la « jolie demoiselle qui l'accompagne ». « Dommage que vous ayez vendu votre boutique de nouveautés ! Faut faire une dizaine de commerces maintenant avant de trouver ce qu'on cherche », disent les uns à son grand-père. Certains s'arrêtent pour une causette, la plupart pour prendre des nouvelles de sa santé. Cette préoccupation est trop redondante pour ne pas attirer l'attention d'Irma. Voire, lui créer une certaine inquiétude.

— Il ne faut surtout pas te tourmenter à mon sujet, ma fille. Quand on a du sang d'Écossais dans le corps, on sait se battre. Même contre la mort.

— Ne parlez pas comme ça, grand-papa. Vous me donnez des frissons.

Une ombre est passée dans le regard de William ; son visage se crispe. Irma ne peut tolérer de le voir triste.

— Est-ce qu'on aurait le temps d'aller dans d'autres magasins ? lui demande-t-elle.

— À la condition qu'on revienne à la maison pour le dîner. C'est fatigant, tu sais, pour un homme de mon âge, de se promener d'une place à l'autre.

— Promis, grand-papa.

➤◄

La rentrée scolaire 1890, bien que moins pénible que les trois précédentes, n'épargne pas les enfants LeVasseur. Paul-Eugène sait, d'expérience, que même si sa sœur viendra le rejoindre à la maison familiale des LeVasseur les samedis et dimanches, elle a de moins en moins de temps à lui consacrer. Tante Angèle voit à ce que ses études demeurent prioritaires. Nazaire examine ses cahiers et relevés de notes à l'affût d'une faille qui le justifierait de retirer sa fille de chez les Venner pour l'emmener vivre avec lui. Il arrive que Mlle Irma se montre réfractaire à tant de contrôle et que son frère se porte à sa défense, confiant en l'autorité que lui octroient ses quinze ans.

Ce vendredi soir, 24 octobre, veille d'un grand rassemblement chez les Venner, Eugénie, leur domestique, ne sait où donner de la tête. Avec cinq jours de retard, Sir William organise une fête pour souligner les quarante-sept ans de son épouse et le treizième anniversaire de son fils Guillaume.

— C'est un secret, souffle-t-il à l'oreille d'Irma, dès son retour de l'école.

— C'est pour quand?

— Pour demain soir. Un grand souper avec musique et danse en soirée, précise William, le regard lumineux.

Irma n'a pas une minute à perdre. Elle file à sa chambre, vide son sac d'école, le remplit de quelques vêtements et de son nécessaire de coiffure, et passe en vitesse dans la cuisine pour avertir la domestique:

— Je vais assister à un concert du Septuor Haydn avec mon grand-père LeVasseur. Je ne pourrai peut-être pas revenir avant lundi matin.

— Tu ne seras pas à la fête?

— Bonne fin de semaine! répond la jeune fille, pressée de quitter la résidence des Venner.

Elle enfourche sa bicyclette et roule à toute vitesse vers la rue Fleury.

À Zéphirin, tout étonné de la voir arriver alors qu'il s'apprêtait à partir, elle confie:

— Je ferais n'importe quoi pour ne pas les fêter ces deux-là.

— Je ne suis pas sûr que ton père serait fier d'apprendre ça...

— Peut-être pas, mais il le sera de me savoir dans la salle, riposte Irma, un sourire malicieux sur les lèvres. C'est bien ce soir, le concert?

— Oui, oui! Prépare-toi vite, on va être en retard.

Irma vole vers sa chambre. Habituellement peu entichée des soirées musicales, à cause des tristes souvenirs qu'elles évoquent, elle s'y rend de bon cœur cette fois.

— Choisis ce que t'as de plus beau. Ta tante m'a dit qu'il y aurait des gens de la haute société à ce concert, lui crie Zéphirin, s'interrogeant sur sa propre tenue. «Mon veston de tweed noir irait mieux avec le pantalon gris qu'Angèle m'a pressé et mes guêtres neuves», convient-il.

Irma ne les aura pas fait attendre. Coiffée d'une toque enrubannée de velours noir de laquelle s'échappe une large tresse de cheveux châtains, elle porte gracieusement un boléro de couleur sombre sur une robe de linon crème, mi-longue, en plissé fin. Des demi-guêtres moulent finement ses pieds. Zéphirin est ébloui.

— Vous êtes ravissante, Mlle LeVasseur! Venez, lui dit-il, jouant au chevalier servant.

Irma en est toute flattée. Menue pour son âge, elle parvient toutefois à accrocher son bras à celui de son grand-père, un homme de stature imposante. Ensemble, ils se rendent à la salle de concert où quatre sièges ont été réservés aux LeVasseur.

— Qui devait venir avec vous, grand-père?

— Ta tante et ton frère.

— Pourquoi quatre places, si vous ne m'attendiez pas?

— C'est comme le couvert de surplus sur la table à chaque repas...

Irma plonge son regard dans le sien, scrute ses intentions.

— Vous aussi, grand-père, vous croyez que maman peut revenir...

— Un jour sans espoir est un jour perdu, ma p'tite fille.

Le moment est propice au silence.

Le programme distribué témoigne de la dignité des invités. On y lit, inscrit en caractères raffinés sur papier glacé :

Concert donné sous le haut patronage de
Son Excellence le lieutenant-gouverneur, l'honorable Réal Angers
De l'honorable Henry Starnes, président du Conseil législatif
Et de l'honorable Félix-Gabriel Marchand,
président de l'Assemblée législative

Placée juste derrière la rangée des dignitaires, Irma ne peut échapper au regard de son père, directeur du septuor. À l'étonnement succèdent la fierté et la joie sur le visage de Nazaire.

Après l'exécution des *Ballets de Faust,* le public en liesse se lève pour applaudir les artistes. Pour la première fois, Irma est parvenue à écouter chaque mélodie sans que la mémoire de Phédora la distraie trop de sa délectation.

Dans le cœur de la jeune fille, l'enchantement de cette soirée perdure jusqu'au lundi matin lorsqu'en se rendant à la résidence des Venner, elle croise monsieur le curé qui en sort.

— Votre grand-père va très mal, ma petite.

La seule présence du prêtre en surplis témoigne de la gravité de la situation.

— Il n'est pas...

— Je viens de lui administrer les derniers sacrements. Il vous attend... lui apprend-il, la main tendue pour offrir ses sympathies.

Irma le flagelle du regard, proteste d'un signe de la tête et court vers la maison. Son sac d'écolière abandonné dans le vestibule, elle se précipite comme un zombie vers la chambre de son grand-père. Sur l'oreiller, tout se confond : un visage émacié, une chevelure blanche, une longue barbe, des paupières closes. Qu'est devenu le fier et énergique William ?

L'entourent, d'un côté du lit, Philomène qui sanglote dans les draps du mourant, et Guillaume qui, caressant le dos de sa mère, tente de la consoler. De l'autre côté, Rose-Lyn, son mari et ses enfants, agenouillés, prient.

Le goût amer du vide monte dans la gorge d'Irma. L'indignation et la révolte la poussent près de cet homme qu'elle a appris à connaître, à vénérer et à chérir. Ses mains délicates posées comme un lys sur le visage de son grand-père, elle le supplie de ne pas l'abandonner si vite. « Pas avant que maman soit revenue, grand-papa. Attendez-la, je vous en prie. »

La détresse de cette jeune fille déjà si affligée déclenche les sanglots de sa tante Rose-Lyn.

— Qu'est-ce que je vais devenir dans cette maison, sans vous, grand-papa ? lui demande-t-elle, gémissante.

On n'entend plus que des cris de douleur étouffés dans la chambre du noble écossais.

— Répondez-moi, grand-papa. Promettez-moi de...

Le regard de Sir William Venner s'illumine, un large sourire apparaît sur son visage, puis sa tête glisse sur son épaule.

Livide, immobile, Irma semble complètement anéantie. Rose-Lyn l'entraîne à l'écart :

— La vie est trop cruelle pour une petite fille de ton âge, la pressant sur sa poitrine comme l'aurait fait Phédora, croit-elle.

Irma s'abandonne dans les bras de cette femme que des souffrances secrètes, dont certaines avaient été causées par Sir William, ont stigmatisée.

Chapitre II

Deux semaines après l'enterrement de Sir William Venner, Zéphirin offre à Nazaire d'aller lui-même chercher Irma à la résidence de la veuve. Un vendredi après-midi maussade comme tout ce mois de novembre :

— Y a rien que je déteste autant que du grésil, dit-il à Angèle, forcé de retourner à la maison pour se mieux couvrir.

— Prenez ce manteau-là pour Irma. Elle en aura bien besoin, lui recommande-t-elle, y ajoutant un parapluie.

Eugénie, la domestique des Venner, accueille Zéphirin LeVasseur, impuissante à dissimuler son émoi. Tremblante d'émotion, elle le supplie d'entrer vite.

— M. LeVasseur, mes prières sont exaucées ! Merci mon Dieu !

— Il est arrivé quelque chose à ma petite-fille ?

La femme aux cheveux argentés noués en chignon s'essuie les mains sur son tablier, s'approche de Zéphirin, jette un coup d'œil derrière elle et répond, non sans embarras :

— Notre petite Irma m'inquiète beaucoup depuis que M. William n'est plus là. Je l'entends souvent pleurer dans sa chambre. Tard dans la nuit. Elle saute des repas, aussi. Faut dire que les deux autres ne lui donnent pas de chance, chuchote-t-elle.

Zéphirin a le cœur en charpie. Un peu plus, il ordonnerait à Eugénie de faire les bagages de sa petite-fille.

— Elle est là, Mme Philomène?

— Oui, mais quand la porte du boudoir est fermée, on fait mieux de ne pas...

— Dites-lui que je veux lui parler.

Eugénie se soumet. Le dos courbé, les yeux rivés au plancher, elle s'arrête devant la porte du boudoir, écoute, hoche la tête et frappe timidement.

— C'est le grand-père LeVasseur... Il dit que c'est important.

Zéphirin retient un sourire de satisfaction.

Endeuillée jusqu'au bout des doigts, Philomène se présente, l'air effondré sous le poids du chagrin.

— Désolé de vous déranger, madame. Auriez-vous quelques minutes à me consacrer?

— Je suis très occupée et...

— Ce ne sera pas long, madame, mais il faut qu'on se parle.

— À quel sujet?

— Irma.

— De quoi peut-elle bien avoir à se plaindre?

— Elle ne se plaint pas justement et c'est ce qui nous inquiète.

— Vous avez bien du temps à perdre...

— Admettez au moins que ma petite-fille est de plus en plus malheureuse ici.

— Plus malheureuse qu'avant? Je regrette, monsieur, mais vous vous faites des idées.

Une porte claque. Zéphirin présume que c'est Irma qui arrive de l'école.

— Bien, on va lui demander, à elle, ce qui se passe.

Sur ces mots, il se lève, sort du boudoir et se dirige vers la chambre d'Irma. Personne. Il trouve l'écolière dans la cuisine, où Eugénie s'affaire à lui confirmer que l'attelage aperçu devant la porte est bien celui de Zéphirin LeVasseur. Il est là, son grand-père, juste derrière elle! Irma va se lancer à son cou, puis elle hésite: jamais cet homme n'a affiché une attitude aussi austère.

— Qu'est-ce qui se passe, grand-père ?

— Tu veux bien me suivre, Irma ?

— Elle est encore fâchée contre moi, madame Philomène ?

— Ne t'en fais pas. Je suis venu pour tirer ça au clair.

Le cœur en chamade, Irma suit son grand-père.

Dès qu'ils apparaissent dans l'embrasure de la porte, Philomène apostrophe la jeune fille d'un ton sarcastique :

— Ton grand-père prétend que t'es maltraitée ici. Pauvre enfant ! Ça fait rien que trois ans qu'on te loge, qu'on te nourrit, qu'on paie tes études et quoi encore. Dis-lui donc la vérité au lieu de...

Suit une litanie de reproches. Irma fond en larmes. Son grand-père intervient :

— Ça suffit, madame Venner. On n'est ni aveugles ni séniles. On s'est bien rendu compte qu'il y avait quelque chose de changé ici depuis que...

Assise sur le bout de son fauteuil, les poings sur les hanches, Philomène l'interrompt :

— Justement, M. LeVasseur ! Je pense que le temps est venu de vous dire que j'ai amplement fait pour votre Irma. Son ingratitude, sa méchanceté envers mon fils, son caractère rebelle, et j'en passe, me rendent à bout de nerfs. N'eût été de...

— ... de votre mari, je sais.

Zéphirin se lève et ordonne à Irma d'aller faire ses bagages.

— Apporte l'essentiel, on viendra chercher le reste lundi. Je t'attends dehors.

— Je ne peux pas faire ça, grand-père.

— Qu'est-ce que c'est ça ? Depuis quand t'aurais pas le droit de partir d'ici ? Viens-t'en. On ne te laissera pas dépérir de même.

— Promettez-moi de me laisser revenir lundi, insiste-t-elle.

Zéphirin ne comprend plus rien.

— On va en discuter, concède-t-il, s'efforçant de rester poli envers la veuve qu'il salue sobrement.

Les flocons de neige ont supplanté le grésil. En d'autres circonstances, le septuagénaire s'en laisserait charmer. Irma aussi. Muette comme une carpe, elle s'est tapie jusqu'au nez dans son manteau

de fourrure. Zéphirin est fortement tenté de l'interroger. Il hésite. « La gravité de la situation exige que Nazaire entende ce que sa fille aura à répondre », juge-t-il enfin.

Un changement d'itinéraire sort Irma de son mutisme.

— Où vous allez, donc ?

— Chez ton père... au cas où il serait chez lui.

— Ça ne pourrait pas attendre ?

— Les choses qui traînent se gâtent.

Irma replonge sa figure dans son col de renard.

La lueur d'une chandelle danse dans la fenêtre, chez Nazaire. Zéphirin immobilise la carriole.

— Reste ici, je vais aller voir, dit-il.

Irma s'étonne. « Qu'est-ce que grand-père ne veut pas que j'entende ? » se demande-t-elle. La curiosité l'emportant, elle descend de la voiture et attache le cheval. Sans frapper, elle entre sur la pointe des pieds dans le vestibule d'où elle entend Zéphirin dire :

— Toi aussi, ça te paraît louche, hein ?

— J'ai ma petite idée, répond Nazaire.

Les deux hommes conviennent d'en discuter le soir même chez Nazaire, à l'insu de Paul-Eugène.

— Je vais aller prévenir Irma, propose Zéphirin, qui la trouve en train de se déchausser dans le vestibule.

— D'après ce que je vois, je n'ai pas à t'apprendre qu'on va souper ici, dit-il. Je vais aller...

— Attacher la jument ? C'est fait, grand-père.

Nazaire apparaît à son tour et vient embrasser sa fille.

— Mais tu grelottes ? Approche-toi de la grille. La fournaise chauffe à plein. Comme je disais à ton grand-père, j'ai un travail urgent à terminer. Ce ne sera pas long.

De fait, Irma tremble. De froid et d'appréhension. Elle redoute l'impulsivité de son père et les décisions qu'il pourrait prendre. Dans moins de deux mois, elle fêtera ses quatorze ans. « Je ne peux pas croire que je vais subir le même sort que lui ! Mettre fin à mes études alors que je rêve de devenir médecin ? » Dire la vérité aux LeVasseur sur les décisions de Mme Philomène ou la taire pour

se protéger? Dilemme qu'Irma espère résoudre avant qu'on l'assaille de questions. Le silence dans lequel elle s'emmure favorise sa réflexion et convient à son père. « Il viendra assez vite le temps où je devrai en sortir », croit-elle.

Du coin de l'œil, Irma observe Zéphirin qui, l'air distrait, promène une louche dans la chaudronnée de ragoût que Nazaire a mise sur le feu. « Si je pouvais donc lire dans ses pensées, je pourrais préparer mes réponses », se dit-elle, réduite à de simples conjectures.

« Bon! J'arrive! » annonce enfin Nazaire, qui s'empresse alors de mettre la table et d'y apporter trois assiettées bien garnies.

— C'est à la bonne franquette, mais vous allez voir qu'il n'est pas mauvais ce p'tit ragoût, ajoute-t-il, soucieux d'alléger l'atmosphère.

Seul le cliquetis des ustensiles fait écho à ses paroles. Les deux hommes se consultent du regard. Zéphirin penche la tête, Nazaire a son consentement.

— T'as l'air fatiguée, Irma. Tu serais d'accord pour qu'on discute tout de suite des problèmes que tu vis chez Mme Philomène? lui demande-t-il.

Elle acquiesce d'un signe de tête.

— À l'école, ça va bien?

Nul n'est surpris de la réponse affirmative de la jeune fille.

— On a l'impression que t'es malheureuse chez Mme Philomène, c'est vrai ou pas?

Des larmes gonflent les paupières de la jeune fille puis glissent sur ses joues pâlottes. Zéphirin croit le moment venu d'intervenir.

— Il faut que tu parles si tu veux qu'on t'aide, ma chérie. On le sait maintenant que tu pleures souvent le soir, dans ton lit, et que t'as perdu l'appétit.

Sidérée par cette révélation, Irma ne peut toutefois la contester.

— On comprend que tu t'ennuies de ton grand-père William, mais on soupçonne qu'il se passe autre chose, reprend Nazaire.

Le silence. Encore le silence.

— Ton grand-père m'a dit que tu ne te sens pas le droit de partir de chez les Venner. Pourquoi?

— J'aime trop l'école... répond-elle, manifestement accablée.

— Mais personne n'a l'intention de t'en priver, ma fille.

— Madame Philomène m'a dit que si je partais de chez elle, je ne pourrais plus y aller. Plus personne ne paierait mes études. Elle dit que c'est elle maintenant qui est chargée de s'occuper de moi.

— En quel honneur ? demande Nazaire, outré.

— Le testament de grand-papa William...

Les LeVasseur savent qu'Irma hérite de son grand-père Venner et ils comprennent qu'elle ne pourra jouir de cet argent qu'à sa majorité. Mais ce qu'elle leur révèle ce soir laisse croire que d'autres volontés auraient été exprimées dans le testament de feu Sir Venner. Nazaire regrette de ne pas s'être prévalu de son droit d'assister à sa lecture. Aussi compte-t-il, au nom de l'héritière mineure, en obtenir une copie le plus tôt possible.

Les échanges se terminent sur un commun accord : lundi matin, Irma sera conduite à l'école par son grand-père, et ce, jusqu'à ce que la lumière soit faite sur les responsabilités réelles léguées à la veuve Philomène.

Le lendemain, les LeVasseur ne sont pas sans remarquer qu'Irma cause peu, picore dans son assiette comme un oiseau et ne sort de sa chambre qu'après maintes supplications. Les dispositions prises la veille, de nature pourtant à réjouir la jeune fille, n'ont pas ravivé l'éclat de ses yeux.

Paul-Eugène, informé de la possibilité que sa sœur ne retourne plus habiter chez la veuve Venner, espère fortement qu'il en sera ainsi.

— Enfin, on va vivre ensemble, tous les deux, dans la même maison pendant toute l'année, s'exclame-t-il, après l'avoir suppliée de le laisser entrer dans sa chambre.

Irma demeure impassible.

— Mais qu'est-ce que t'as ?

— Est-ce que ça t'est déjà arrivé, Paul-Eugène, de ne pas te sentir accepté par les autres ?

— Tu la sais la réponse, Irma, riposte-t-il, contrarié.

— Est-ce que ça t'arrive encore ?

— Pas dans cette maison. Ici, tout le monde m'aime.

— C'est vrai.

— Pourquoi tu me demandes ça, Irma ?

— Si tu avais le choix entre vivre avec des gens qui te détestent mais faire ce que tu aimes, ou renoncer à ce que tu aimes pour ne plus te sentir haïe, qu'est-ce que tu choisirais ?

Paul-Eugène a besoin qu'elle répète sa question. Irma y va plus lentement, cette fois, s'efforçant encore de dissimuler son chagrin.

Visiblement embarrassé, son frère hésite puis avoue :

— La mort.

Cet aveu a l'effet d'une gifle sur Irma.

— C'est pas la peine de vivre, si personne ne t'aime, reprend Paul-Eugène, conscient de la gravité de sa réponse.

Irma ressent toute la fragilité de ce garçon et son immense besoin d'affection.

— Dis-toi que tant qu'il y aura une personne qui t'aime, ça vaut la peine de vivre.

— C'est facile pour toi, Irma, de parler de même. Y a tellement de monde qui te trouve belle et intelligente. Alors que moi...

Envahi d'une profonde tristesse, Paul-Eugène détourne son visage. Il connaît la honte et plus il vieillit, plus elle l'habite.

— Tu n'auras jamais à douter de mon amour pour toi, Paul-Eugène.

Dans les bras l'un de l'autre, les enfants de Phédora se jurent fidélité.

❧·❧

« C'était à prévoir ! » s'exclame Nazaire en apprenant cinq jours plus tard que Sir William Venner a confié à son épouse Philomène la responsabilité de voir à l'éducation et à l'instruction d'Irma jusqu'à sa majorité. Conséquemment, la veuve est autorisée à puiser l'argent nécessaire dans l'héritage laissé à la fille de Phédora.

— Trouvez un terrain d'entente avec Mme Venner, suggère le notaire Campbell.

Cette fois, Nazaire accompagne son père à la résidence de la veuve. Plusieurs scénarios ont été envisagés pour cette rencontre. Mme Philomène en a fixé le jour et l'heure : le 10 novembre à dix heures trente. L'accueil de la domestique est des plus courtois, celui de sa patronne, réservé. Mise au fait de la visite de Nazaire au bureau du notaire Campbell, la veuve dit :

— Mon défunt mari estimait que votre Irma avait une intelligence supérieure à la moyenne et qu'elle devait faire des études avancées.

— Nous n'en pensons pas moins, réplique Zéphirin, ravi.

— Par contre, comme bien des grands-papas, il n'était pas assez exigeant envers elle. Envers mon fils, en revanche...

Ayant convenu de se montrer conciliants, les deux hommes ne répliquent pas. Nazaire y parvient difficilement. Comme il aurait envie de lancer : « C'est pour ça que vous vous vengez sur ma fille. »

Philomène ajoute, non sans un certain malaise :

— Je pense qu'une jeune fille de cet âge a vraiment besoin d'être dirigée par une main de femme. Mon défunt William le pensait aussi puisqu'il a demandé que je le remplace advenant qu'il parte avant la majorité d'Irma.

— Nous respecterons ses dernières volontés, mais je ne crois pas qu'il soit nécessaire qu'elle habite avec vous pour être bien éduquée et poursuivre ses études, lui fait remarquer Zéphirin.

— J'en ai la responsabilité, M. LeVasseur, fait-elle valoir, sur le point de s'emporter.

— Une responsabilité qui peut être partagée... suggère Nazaire.

Sans perdre un instant, Zéphirin enchaîne :

— Son père, sa tante Angèle et moi ne demandons pas mieux que de voir à son bien-être avec vous.

— Ça ne me semble pas la meilleure solution, riposte-t-elle.

Les deux hommes sont désarmés.

— J'ai bien réfléchi pendant l'absence d'Irma. Si elle ne revient pas habiter ici, il ne reste qu'une façon pour moi de respecter la volonté de mon défunt mari.

Les deux LeVasseur retiennent leur souffle.

— C'est de la placer pensionnaire chez les religieuses.

— On ne peut pas lui imposer ça de force, madame, s'exclame Zéphirin.

— C'est à prendre ou à laisser.

— Qu'est-ce que vous voulez dire? demande Nazaire.

— Sinon, plus un sou ne sera versé pour ses études et ses besoins.

Les deux hommes se regardent, perplexes. Nazaire promet d'y réfléchir et Zéphirin s'engage à en discuter avec Irma.

— Je doute que Philomène ait le droit de nous imposer ses volontés comme ça, dit Nazaire en sortant de chez elle.

— Plutôt que de se lancer dans des chicanes juridiques, tu ne penses pas qu'on ferait mieux de chercher la meilleure solution pour Irma? D'ailleurs, j'y avais songé, au pensionnat, avant de venir ici.

— Je me doutais qu'elle nous manipulerait avec des questions d'argent, enchaîne Nazaire, manifestement sourd aux recommandations de son père.

— Laisse tomber, je t'en prie. L'important est de trouver le moyen de convaincre ta fille que le pensionnat serait bon pour elle.

— Je vous laisse aborder la question avec elle. Je dois aller travailler. À ce soir. Embrassez-la pour moi.

Irma inquiète son entourage. Un châle gris sur sa robe noire, sa coiffure dépouillée de toute fantaisie et ses traits tirés parlent haut de sa morosité. Depuis que son grand-père Venner les a quittés, aucune perspective d'avenir ne semble la réjouir. Privée de l'admiration, de la confiance et de l'appui de cet homme qui lui rendait si bien l'amour qu'elle lui portait, Irma voit tous ses rêves enfouis avec lui dans cette terre soumise aux affres de l'hiver. Dans la maison de Sir William, aucune flamme dans les regards posés sur elle. Aucune affection dans les gestes, à part ceux de la domestique. Que de la froideur.

Lorsque Nazaire entre chez les LeVasseur, ce 10 novembre au soir, Irma présume le but de sa visite.

— Puis, qu'est-ce que vous avez décidé de faire de moi? lui lance-t-elle.

— Ne parle pas comme ça, ma chérie. Tu sais qu'on est prêts à bien des sacrifices pour toi. Parce qu'on t'aime, répond-il, lui ouvrant ses bras.

De toutes ses forces, Irma refoule les larmes qui alourdissent ses paupières.

Zéphirin file vers la grande salle à manger, allume la lampe, la place au centre de la table.

— Venez vous asseoir ici, tout le monde. Ça discute bien autour d'une table, dit-il, le ton chaleureux.

Tous répondent à son invitation, sauf Paul-Eugène qui hésite. Questionné, il avoue :

— J'haïs ce genre de...

— Sens-toi bien libre, mon garçon, dit Nazaire.

Du regard, Irma convainc son frère de venir prendre place à ses côtés.

— Qu'est-ce que tu souhaites le plus, ma grande ? lui demande Nazaire.

— Poursuivre mes études, vous le savez bien.

— Ce sera possible, lui annonce Zéphirin.

— Sans devoir habiter chez les Venner, s'empresse d'ajouter Nazaire.

— Mme Philomène accepte que je reste ici, déduit Irma, ragaillardie.

— Ce n'est pas tout à fait ce qui a été décidé, avoue Zéphirin.

— Chez papa, d'abord ?

Nazaire pince les lèvres, hoche la tête, le visage rembruni. Irma a compris.

— Je ne peux donc jamais compter sur vous, papa, s'exclame-t-elle, fâchée.

Nazaire a du mal à accepter ce blâme.

— Il me semble que je fais tout ce que je peux, balbutie-t-il, le cœur gros.

— Ne sois pas méchante avec ton père, Irma, reprend Zéphirin. Attends au moins de savoir... On a trouvé une solution, l'incitant à plus de sérénité.

Irma lui prête oreille.

— Mme Philomène est prête à continuer de payer tes études et plus encore.

— Qu'est-ce que vous voulez dire? demande-t-elle, moins rebelle.

— Tu pourras finir tes études au même collège, mais comme pensionnaire.

Un instant, Irma a semblé réconfortée, puis elle se réfugie dans le silence, une moue aux lèvres. Paul-Eugène ne peut souffrir plus longtemps de voir sa sœur affligée.

— Tu n'es pas obligée d'y aller, Irma. Reste ici avec nous autres, la supplie-t-il.

— Ce ne serait pas une bonne solution, lui répond-elle, visiblement tiraillée.

— Tu trouverais ça si difficile, la vie de pensionnaire? demande Zéphirin.

— C'est comme mettre un chien en laisse...

Angèle s'offusque.

— Bien, voyons! Ton père et moi avons vécu ça pendant trois ou quatre ans, et on en a gardé de très bons souvenirs. J'admets que les règlements étaient très sévères, mais y a pas de réussites qui ne demandent quelques sacrifices.

Nazaire renchérit :

— Tu parles de sacrifices, Angèle? Au contraire, moi j'ai adoré mes années de pensionnat. En plus de favoriser de belles amitiés, la vie de pensionnaire nous offre plein d'activités qu'on n'aurait jamais connues autrement.

— Pensez-vous que c'est intéressant de dormir dans des chambres aux murs de coton, toutes collées les unes sur les autres? leur demande Irma.

— Je sais, dit Angèle. Mais on finit par s'y habituer. Tu n'y vas que pour dormir, en fin de compte.

— Puis, vous avez aimé ça, ma tante, faire votre toilette devant les autres filles? Je sais comment ça se passe. Y a des pensionnaires qui m'en ont parlé.

— Je te donnerai mes petits trucs, Irma. Tu vas voir qu'on peut trouver une solution quand on le veut vraiment.

Zéphirin prend espoir. En fin stratège, il avance :

— Ma crainte est que le collège Jésus-Marie n'accepte pas de nouvelles pensionnaires en cours d'année. J'ai su qu'il en refusait à chaque automne.

— Ce qui veut dire qu'Irma devra peut-être terminer son année chez Mme Philomène, ajoute Nazaire, guettant la réaction de sa fille.

Connaissant le caractère quelque peu regimbeur de celle-ci, les trois adultes l'observent, se gardant bien d'afficher un air triomphant.

— Si on se reparlait de tout ça samedi ? propose Zéphirin.

Tous l'approuvent, sauf Paul-Eugène qui revient à la charge et demande que sa sœur ne quitte plus leur toit.

Nazaire vient tout près de s'emporter.

— Raisonne un peu, Paul-Eugène. Tu sais bien qu'une fille qui aime l'étude et qui réussit comme ta sœur doit continuer l'école.

Angèle intervient :

— Tu l'aimes ta sœur et tu veux qu'elle soit heureuse ?

— Et comment !

— Alors, écoute-moi bien, Paul-Eugène. Plus elle pourra développer ses talents, plus elle sera heureuse.

Paul-Eugène baisse la tête, résigné. Sur le front d'Irma, des sillons se sont creusés. Dans les yeux de chacun des adultes, elle cherche une réponse à la question que sa tante vient de soulever.

— Ce qui voudrait dire qu'aucun de vous n'est vraiment heureux ? Il n'y aurait que maman... si c'est vrai qu'elle est partie ailleurs pour devenir une plus grande cantatrice.

La justesse et l'implacabilité de cette déduction les réduisent tous au silence.

Nazaire rentre chez lui, navré de n'avoir su quoi répondre. Paul-Eugène monte à sa chambre, « pour pleurer à son aise », pense Irma. Zéphirin retourne découper des articles d'anciens journaux sur la table de la cuisine pendant qu'Angèle se retire au salon, un

tricot à la main. Irma gagne sa chambre avec le sentiment d'avoir chagriné tous ceux qui tentaient de l'aider. « Que la vie est compliquée », pense-t-elle, en quête d'apaisement. La peinture lui en procure « sans déranger personne », se dit-elle, retournant vers la table accolée à une fenêtre de sa chambre et sur laquelle pinceaux, toiles et peinture à l'huile prennent toute la place.

— On n'admet pas de nouvelles pensionnaires en cours d'année, M. LeVasseur.

— J'ai pensé, Révérende Mère, que le fait que ma fille fréquente déjà votre externat et qu'elle a beaucoup de talent...

— Le talent ne suffit pas, vous le savez bien. D'autant plus que Mlle LeVasseur ne s'est pas montrée très appliquée depuis un mois. Ses notes le prouvent.

— Vous conviendrez avec moi, Révérende Mère, qu'on ne se remet pas en quelques jours d'un deuil comme celui que ma fille vient de vivre. Surtout qu'elle était très attachée à son grand-père Venner.

La religieuse l'écoute avec empathie mais demeure ferme.

— Si on l'accepte, ce ne sera pas avant le 7 janvier, M. LeVasseur.

— Perdre cinq semaines, c'est beaucoup dans une année, fait valoir Nazaire. Puis elle a un grand idéal de vie, ma fille, ajoute-t-il.

— Excusez-moi, je vous reviens dans quelques minutes, annonce la directrice qui l'a écouté, impassible.

Nazaire, qui n'abuse pas de la prière, récite un premier *Ave Maria* puis plusieurs autres, le temps que la religieuse revienne, accompagnée, cette fois, de la préfète de discipline.

— Nous accepterons votre fille à une condition, M. LeVasseur : qu'elle nous promette une conduite exemplaire.

— Comptez sur moi, Révérende Mère.

— C'est sur la promesse de Mlle Irma qu'il faut pouvoir compter...

— C'est ce que je voulais dire, réplique Nazaire, espérant avoir dissimulé ses doutes.

— Elle devra d'abord se présenter à mon bureau dès sept heures trente, lundi prochain, décrète la religieuse qu'Irma surnomme « la police ».

Nazaire jubile. Sa joie est telle qu'il a oublié l'aspect financier de l'entente. Mère Supérieure, non. Elle lui remet la liste des frais à couvrir, à l'affût de sa réaction. Au tour de Nazaire de se montrer imperturbable, et il y parvient aisément.

« Un bon point de gagné », se dit-il en sortant du collège Jésus-Marie. Cette victoire lui insuffle juste assez de courage pour passer à l'étape suivante : rencontrer Mme Venner.

Cette fois, il est accueilli par la veuve elle-même. « À sa manière », se dit Nazaire, offensé de n'être même pas invité à s'asseoir. Par amour pour sa fille, il n'en laisse rien voir. « Les arrangements sont pris avec le collège Jésus-Marie », annonce-t-il, tendant les factures à celle qui doit les acquitter. Le regard d'acier, la veuve s'en saisit et disparaît sans poser la moindre question. « J'ai hâte de voir combien d'argent elle va me remettre », pense-t-il. Or, Philomène revient les mains vides.

— Je ferai affaire directement avec la mère économe. Aussi, j'exigerai que le collège m'envoie des rapports des résultats scolaires et de la conduite de celle pour qui je paierai.

— J'espère que du haut du ciel, Sir William entendra nos remerciements, réplique Nazaire, fier de n'avoir pas cédé à l'envie de rabrouer la veuve pour son arrogance.

Impatient d'en causer avec Zéphirin, il se rend à la maison paternelle et apprend, ravi, que Paul-Eugène et Irma sont sortis faire des emplettes avec Angèle. Ainsi, les deux hommes auront le temps de discuter de la manière dont ils prépareront Irma à sa nouvelle réalité.

❧ • ❧

Malgré tous les efforts qu'elle a fournis en trois ans, Irma s'est plus ou moins habituée à la vie de pensionnaire. La promiscuité, l'encadrement des soirées d'études, la nourriture plutôt frugale l'irritaient parfois. Par contre, douée tant pour les matières scolaires que pour les arts, elle s'est mérité l'admiration de ses enseignantes et de ses compagnes. Toutefois, il ne fallait pas mentionner devant elle le nom de Philomène Venner qui s'était présentée aux autorités du collège Jésus-Marie comme sa tutrice, justifiant ainsi qu'on lui rende des comptes sur sa conduite et qu'on lui remette une copie de ses bulletins.

L'ayant appris peu après son entrée au pensionnat, Irma avait serré les dents sur son indignation et ravalé sa colère. «Pas de bêtises, lui avait recommandé son grand-père LeVasseur. Quand tu passeras un dur bout, demande-toi : «Qu'est-ce que j'aimerais avoir fait, dans cinq ans?» Ou mieux encore, projette-toi en pensée dans ta vie de médecin...» Sa petite-fille avait eu recours plus d'une fois à l'une et l'autre formule.

La fille de Phédora est adulée par ses proches, non pour ses talents musicaux, mais pour sa performance à l'école. Il n'y a que son père qui ose lui en demander plus encore :

— Un peu plus de coquetterie t'aiderait à trouver un cavalier, lui recommande-t-il.

— Elle est si bien tournée de sa personne, ma belle Irma, qu'elle n'a pas besoin d'artifices pour plaire, plaide Zéphirin.

— Je suis de votre avis, papa. Si avec sa taille de guêpe, son teint clair et sa belle chevelure ondulée, elle n'attire pas les regards des garçons, c'est qu'ils sont aveugles, décrète Angèle, espiègle comme Irma aime la voir.

— Puis, s'ils ne voient pas dans ses beaux grands yeux marron le signe d'une intelligence supérieure, ils ne la méritent pas, d'ajouter Zéphirin.

Ce 22 juin 1893, les finissantes dévoilent leur choix de carrière devant la classe.

— Et vous, Mlle LeVasseur, vers quelle profession vous dirigez-vous ? demande sœur Marie-Immaculée.

Toute menue avec son mètre cinquante, son menton qui nargue tout adversaire relevé, elle répond :

— La médecine, Révérende Mère.

La classe s'esclaffe. Quelques compagnes avec qui Irma échangeait davantage se montrent fières d'elle, mais la majorité chuchote des propos moqueurs. Respect oblige, la religieuse semonce ses élèves et exige le silence.

— C'est un noble idéal que celui de vouloir consacrer sa vie au soin des malades, Mlle LeVasseur. Je ne doute pas un instant que vous ferez une bonne garde-malade.

— Excusez-moi, Révérende Mère, mais je serai mé-de-cin.

— Je suis désolée pour vous, Mlle LeVasseur, mais je dois vous informer que nos facultés de médecine n'admettent que les garçons.

L'œil moqueur, les lèvres scellées par la politesse, Irma la contredit d'un signe de tête.

— À moins que le changement soit très récent, nuance sœur Marie-Immaculée, par prudence.

— Y a des filles qui étudient la médecine au Canada. Au Québec aussi. Mon grand-père me l'a dit.

— Puisque vous semblez si bien informée, Mlle LeVasseur, donnez-moi donc des noms.

— À la *Bishop's University* à Montréal, puis à Kingston, en Ontario.

La religieuse l'invite à venir chercher son diplôme d'études supérieures. « Mention très grande distinction, annonce sœur Marie-Immaculée. Mes félicitations, Mlle LeVasseur. » Puis, avant que l'étudiante retourne à sa place, la religieuse la somme de passer à son bureau après la séance de remise des diplômes.

La cérémonie terminée, la classe se vide et Irma se dirige d'un pas feutré vers le bureau désigné.

— Écoutez-moi bien, Irma. Vous êtes une fille de bonne famille, douée en musique en plus de maîtriser toutes les matières scolaires.

Pourquoi iriez-vous au devant des problèmes et du danger ? dit sœur Marie-Immaculée.

Irma hausse les épaules pour signifier son incompréhension.

— Les seules facultés de médecine qui acceptent des jeunes filles sont anglophones et protestantes, comme les deux que vous avez mentionnées. C'est une menace pour sa foi et sa langue que de fréquenter ces milieux et ces gens-là.

— Pardon, ma Sœur ! Mon grand-père Venner était anglophone et protestant d'origine et c'était le meilleur des grands-papas, clame Irma, profondément vexée.

Pressée de fermer la parenthèse sur sa bévue, la religieuse dit admettre qu'il y a toujours des exceptions et que Sir William Venner devait en être une.

— Il n'y a pas que ça. À votre âge, il est normal de rêver à la gloire et à la richesse... enchaîne-t-elle, plus conciliante.

— Rien de cela ne m'intéresse, Révérende Mère. Je veux soigner les malades, les enfants surtout.

— Ce n'est pas tout de faire vos études de médecine, ma pauvre enfant. Qui vous garantit que vous aurez le droit de pratiquer ?

— Les garçons l'ont. Pourquoi pas les filles, en autant qu'elles réussissent leurs examens ?

— Si vous pensez que je me trompe, faites le tour de nos hôpitaux francophones et catholiques ; je vous défie de trouver une seule femme parmi les médecins qui y travaillent.

Irma l'ignorait. Sur le point de se laisser déstabiliser, elle réplique :

— Peut-être pas encore, mais vous allez voir, ça va changer. Puis, il y a les crèches qui ont besoin de médecins. Y en a une qui vient d'ouvrir à Montréal, mon père est au courant ; s'il n'avait pas manqué d'argent, il serait médecin, lui aussi, ajoute-t-elle avec fierté.

En quête d'un argument irréfutable, sœur Marie-Immaculée dit :

— Votre témérité risque de vous causer de bien grandes déceptions, Mlle LeVasseur. Vous ne trouvez pas que vous avez été assez éprouvée jusqu'à maintenant sans vous...

Le moindre soupçon de pitié fait rugir Irma. «Je gage que c'est Philomène qui a ouvert sa grande boîte», pense-t-elle, rageuse. Après avoir flagellé la religieuse de son regard, l'étudiante LeVasseur quitte le bureau.

L'air frondeur qu'Irma a affiché pendant cette rencontre cède sous le poids de l'inquiétude. Si l'admission dans une faculté de médecine constitue déjà un défi de taille, obtenir le droit de pratiquer en est un autre qu'elle n'avait pas soupçonné. «À moins que ce ne soit qu'un élément de dissuasion que la religieuse a utilisé pour me faire changer d'idée», se dit-elle, espérant ne pas avoir à livrer cet autre combat.

Exception faite des LeVasseur, de toutes parts on s'est acharné à dissuader Irma de poursuivre son rêve. De concert avec les autorités religieuses, les doyens des universités francophones du Québec affirment «l'incapacité des femmes à supporter les rigueurs des études universitaires». Au mieux, elles seraient tolérées comme étudiantes libres ou occasionnelles.

Dans l'espoir que le temps joue en sa faveur, Irma entre en pédagogie à l'école normale Laval en septembre 1893. Ses performances scolaires, sa force de caractère et son amour des enfants constituent, au dire de ses maîtres, un gage de succès en enseignement. Mais Irma ne parvient pas à renoncer à la médecine.

Tour à tour, Nazaire et Zéphirin tentent de lui ouvrir des portes. L'un intercède auprès de la direction de la Faculté de médecine de l'Université Laval, l'autre auprès d'amis influents. «Ce n'est pas la place des femmes en médecine», s'entend-on à leur répéter. Ironie du sort, Guillaume Venner vient d'être admis à cette même faculté. Eugénie, la domestique avec qui Irma est demeurée en contact, l'en a informée avec une retenue qui aurait fait défaut au jeune Venner.

En vacances depuis deux semaines, Irma s'acharne à espérer. Pendant que Zéphirin poursuivait sa recherche exhaustive sur les cas

de femme médecin au Canada dans les journaux et revues, Nazaire s'est rendu au Collège des médecins et en est revenu fort satisfait. Les deux hommes attendent, fébriles, qu'Irma rentre d'une balade avec son frère et sa tante pour lui faire part de leurs démarches.

Par la fenêtre ouverte, des éclats de rire traversent le rideau de mousseline qui bat au vent. La journée a débuté sous un soleil radieux et le mercure devrait grimper jusque dans les quatre-vingt-cinq degrés Fahrenheit. Zéphirin replace sur son crâne dégarni les quelques mèches grises qui ont défié ses soixante-treize ans. Nazaire retire la veste qui couvre sa chemise blanche, tenue qu'il adopte toute l'année, par goût. Par la fenêtre du salon, il regarde venir sa fille en se frottant les mains de satisfaction. Soudain, sa vue se brouille. « Comme elle ressemble à Phédora ! La même démarche volontaire, la même voix gracieuse et la même chevelure soyeuse », soupire-t-il, nostalgique. La perspective qu'elle s'éloigne avant même d'atteindre ses dix-huit ans le chamboule. « C'est aussi cela être parent », se dit-il, déchiré entre le désir de voir sa fille heureuse et celui de la garder près de lui le plus longtemps possible. « C'est comme si elle avait conservé, rien que pour moi, un peu de Phédora. »

— Qui est là ? lance Irma en pénétrant dans la maison, son boléro de lin tournoyant au bout de son bras.

— Les deux hommes qui t'aiment le plus au monde... pour l'instant, répond Zéphirin.

— Viens nous voir au salon, on a de bonnes nouvelles pour toi, crie Nazaire.

Elle accourt, suivie de son frère et de sa tante aussi essoufflés qu'elle.

Nazaire ne se fait pas prier pour prendre la parole :

— Écoutez bien ce que j'ai appris du Collège des médecins : cinq ou six demoiselles sont déjà passées à la *Bishop's University*.

— Des anglophones, présume Irma.

— Quelques francophones aussi. J'ai pris des notes, dit Nazaire, sortant de la poche de son veston un papier tout griffonné. Regarde, dit-il en s'approchant de sa fille. Ici, on parle d'Octavia Grace

Ritchie, fille d'avocat. Elle était du premier groupe de femmes admises à l'Université McGill.

— En médecine? demande Irma, cherchant à lire en même temps que son père.

— Oh, non! En sciences naturelles.

— Faut-il croire que c'était plus acceptable pour une femme? ironise-t-elle.

— Dans son discours d'adieu, elle aurait réclamé que l'Université McGill ouvre les portes de sa faculté de médecine aux filles, ajoute Nazaire.

— Et puis?

— Refusée. Même si elle avait obtenu les notes les plus élevées de sa classe à chaque examen. Le principal, M. J. William Dawson, a répondu que l'étude des sciences était un domaine réservé aux hommes et que les femmes auraient tort de vouloir s'y aventurer.

— Pourtant, elles sont admises à Oxford et à Cambridge et dans plusieurs universités américaines, riposte Zéphirin.

— C'est pour ça que Mlle Ritchie serait allée faire ses études en médecine à Bishop, en déduit Angèle.

— Mais vous dites, papa, qu'il y avait aussi des francophones; avez-vous leur nom?

— Une demoiselle Meloche, et une demoiselle Abbott née Babin, dit Nazaire à qui le directeur du Collège des médecins a remis une page du *Journal de Québec*.

Irma le prie de la lui laisser lire. Elle le fait à haute voix.

FÉLICITATIONS À MLLE ABBOTT

Mlle Maude Abbott, une jeune fille native du comté d'Argenteuil a réalisé des exploits sans précédent. Après avoir reçu son éducation primaire d'une tutrice, elle est inscrite, à l'âge de quinze ans, à l'académie privée des demoiselles Symmers et Smith de Montréal. La jeune fille fait preuve d'habiletés et de talents hors du commun. Aussi se mérite-t-elle une bourse d'études qui lui permet d'entreprendre son baccalauréat au

*collège Royal Victoria, en plus d'un diplôme d'enseignement à
la McGill Normal School.*

— Mais ça ressemble à mon parcours! s'exclame Irma,
encouragée.

— Quand je te disais que c'était de bonnes nouvelles! lui rappelle Nazaire.

La jeune femme reprend sa lecture avec enthousiasme.

*Outre cet exploit, Mlle Abbott se voit décerner la médaille
d'or Lord Stanley et elle est choisie pour prononcer le discours d'adieu de sa promotion. La jeune fille, n'écoutant que
son courage, saisit cette occasion pour revendiquer un droit :
« Maintenant que les femmes ont accès à la Faculté des arts,
quand les portes de la médecine leur seront-elles ouvertes? »
demande-t-elle, en s'adressant au recteur de l'Université.*

— Elle aussi!

Même si sa famille a aidé à fonder cette université, la faveur lui
est refusée.

— C'est scandaleux!

*Maude Abbott se tourne alors vers la Bishop's University, la
rivale de McGill. Elle vient tout juste d'y terminer ses études
en médecine, remportant le prix d'anatomie et celui du chancelier attribué à l'étudiant qui a obtenu les meilleurs résultats
à ses examens finaux.*

*Toutes nos félicitations et nos vœux de succès dans sa car-
rière à Mlle Maude Abbott, une des rares femmes médecins au
Québec.*

Les joues empourprées, Irma ferme les yeux et presse sur sa
poitrine cette page qui vient de raviver son espoir.

— Je serai la troisième femme diplômée en médecine au Québec,
jure-t-elle, bien décidée à balayer tous les obstacles sur sa route. Les
deux hommes et sa tante, fiers et résolus à l'appuyer, viennent à tour
de rôle la serrer dans leurs bras.

— Moi aussi j'ai fait de belles petites trouvailles pour toi dans les journaux, lui annonce Zéphirin, heureux de lui remettre une enveloppe qu'il a pris des semaines à garnir.

— Elle est bien grosse !

— J'ai ajouté des feuilles où il est question d'autres femmes médecins dont une mère et sa fille, au Canada, et une autre au Québec.

— Leur nom ? demande Irma, jubilante.

— Emily Stowe a été refusée à l'Université de Toronto ; elle serait allée faire ses études à New York. On dit qu'elle a été la première à pratiquer la médecine au Canada, mais qu'elle le faisait sans permis au Québec. Par contre, sa fille, Augusta, aurait été acceptée à l'Université de Toronto. Il est écrit qu'elle serait la première diplômée en médecine au Canada. Il y a dix ans de ça.

Force leur est d'admettre qu'ils ont assez des doigts d'une main pour compter le nombre de femmes canadiennes qui ont pu accéder à ces études et exercer leur métier légalement.

— Sœur Marie-Immaculée disait que les femmes canadiennes qui étaient devenues médecins étaient toutes anglophones et protestantes. Pensez-vous que c'est le cas de celles que vous avez nommées ? demande-t-elle.

— Je sais que Grace Ritchie était une anglophone née à Montréal, dit Zéphirin, et que les docteures Stowe étaient anglophones et d'allégeance quaker, une religion qui prône l'égalité entre les hommes et les femmes.

— L'égalité entre les hommes et les femmes ? Y aurait-il moyen d'en faire partie ? relance Irma, sur un ton qui laisse les deux hommes perplexes.

— Je ne peux pas croire que tu doives en arriver là, dit Angèle, indignée.

— L'important, c'est que je puisse devenir médecin, non ?

Nazaire ne souhaite pas que la discussion s'oriente vers un sujet aussi délicat que celui de la religion, surtout en présence d'Angèle.

— On est loin d'avoir tout tenté, ma fille. Commençons par la *Bishop's University*. Y a de grosses chances qu'on ne soit pas obligés d'aller plus loin, propose-t-il.

Ce soir-là, sous la véranda de Zéphirin, l'ambiance du souper est à son meilleur.

Au bureau de poste, une enveloppe fort dodue, en provenance de la *Bishop's University*, adressée à Mlle Irma LeVasseur, est remise à son père qui savoure le privilège de la remettre lui-même à sa destinataire. Or, comme chaque lundi, c'est soir de répétition pour le Septuor Haydn. Mais Nazaire ne peut accepter de retarder ce moment tant attendu où il verra sa fille en droit de réaliser son rêve. Du bureau de poste, il passe immédiatement chez Zéphirin.

— Irma! Irma, es-tu là? crie-t-il, haletant, tout en sueur par ce soir humide du début juillet.

— Des plans pour me faire mourir, s'écrie Angèle qui revient du jardin.

— Irma est acceptée à Bishop! Regarde-moi l'enveloppe!

— Attends qu'elle l'ait ouverte. Tu vends la peau de l'ours avant de l'avoir tué...

— C'est évident, voyons! Si elle n'était pas acceptée, elle ne recevrait qu'une feuille, pas une épaisseur comme ça. Où est-elle, ma fille?

— Dehors avec son frère, à cueillir des fraises.

Nazaire file vers le champ, ignorant son père occupé à équeuter sa propre cueillette, dans un coin du jardin.

— Viens voir, Irma! C'est pour toi! De Bishop! crie-t-il, à mi-chemin de ses enfants qui ont laissé là leurs seaux à moitié remplis.

Irma s'essuie les mains sur son tablier, éventre l'enveloppe. Ses doigts et ses yeux courent sur les pages qu'elle tourne trop vite pour Nazaire.

— Je vais aller voir ça en détail à la maison, annonce-t-elle, exubérante, priant son père et son frère de rapporter les contenants de fraises à la cuisine.

La voyant venir en courant, Zéphirin s'empresse de débarrasser sa table.

— Tiens, ici, c'est propre, dit-il.

Irma reprend la lettre protocolaire qu'elle lit en diagonale.

— C'est oui? demande Zéphirin.

Elle le rassure d'un signe de tête, pressée de parcourir les autres documents.

— Ça, ce sont les règlements, marmonne-t-elle.

Sur ce, Nazaire les rejoint.

— Puis, je ne m'étais pas trompé, hein?

— Elle est acceptée, répond Zéphirin pendant qu'Irma poursuit sa lecture.

Angèle décide aussitôt de préparer un repas de circonstance et pour ce, elle réclame l'aide de Paul-Eugène :

— Tu vas mettre une belle nappe sur la table de la grande salle à manger. Puis la coutellerie de ta grand-mère.

Par la fenêtre de la cuisine, elle peut entendre les échanges d'Irma avec les deux hommes. Un pur enchantement!

Soucieuse de bien réussir son gâteau aux fraises, Angèle n'a pu demeurer témoin de la scène qui se joue sur la galerie. Lorsqu'elle s'y présente pour convier le trio à venir prendre place à table, l'atmosphère n'est plus la même. Les fronts sont ridés, les échanges concis.

— Peu importe ta décision, Irma, on a toutes les raisons de fêter, prétend Zéphirin.

Nazaire l'approuve.

— Être acceptée à une faculté de médecine du Québec, c'est déjà une très grande victoire, allègue-t-il.

Angèle voudrait comprendre :

— Qu'est-ce qui ne va pas, d'abord?

— Les stages sont garantis aux étudiants mais pas aux étudiantes.

— Pour quelle raison? s'inquiète Nazaire.

— Je ne sais pas, répond Irma, manifestement dépitée.

— J'espère que ce n'est pas une raison pour refuser d'aller y faire tes études.

— Je vais y penser...

— C'est ta seule chance de faire ton cours au Québec, lui rappelle Zéphirin.

— Sans compter que les dépenses seraient bien plus élevées s'il fallait que tu sortes de la province, dit Nazaire.

Cette considération ajoute au dilemme d'Irma. Philomène se montrera-t-elle compréhensive face au choix actuel ?

Angèle regarde sa nièce piquer sa fourchette dans un morceau de viande sans jamais le porter à sa bouche. Pour égayer la tablée, elle lance :

— Quand je pense que, dans quatre ou cinq ans, on te nommera D^{re} Irma LeVasseur, dit-elle.

— Et que je sauverai des vies, ajoute Irma, qui vient de retrouver son sourire.

— Et que tu réaliseras le rêve de ton père, dit Nazaire, non moins radieux.

— Et que tu seras la fierté de toute ta famille, reprend son grand-père.

— Puis que moi, j'irai habiter avec toi, propose Paul-Eugène.

Ces joyeuses projections disposent les convives à mieux apprécier la saveur du gâteau qu'Angèle arrose de crème douce.

Le repas terminé, les LeVasseur se retirent dans le solarium d'où ils contemplent le coucher du soleil. Irma les accompagne sans parvenir ce soir à goûter intensément ces petits bonheurs qu'elle aime tant partager avec sa famille. Incertitudes et craintes viennent maculer le voile pourpre qui borde l'horizon.

— Vous entendez les cigales ? demande Zéphirin, pour distraire sa petite-fille.

— C'est signe qu'on va avoir encore une belle journée chaude, demain. Un bien bel été s'annonce, conclut Nazaire, complice.

Mais pour l'avenir d'Irma, nulle promesse de douceur et de quiétude ne vient.

— Je serais bien curieuse de savoir ce que deviennent les étudiantes de Bishop qui n'ont pu faire de stage, dit-elle, comme on réfléchit tout haut.

— Je ne vois pas pourquoi tu t'inquiéterais d'elles, riposte son père.

— J'ai su que la D^re Grace Ritchie travaillait au *Western Hospital* de Montréal, dit Zéphirin.

— Mais on ne sait pas si elle y joue vraiment son rôle de médecin, dit Irma, se souvenant des prédictions de sœur Marie-Immaculée.

— Il en faut donc du courage à nos jeunes femmes! s'exclame le septuagénaire. Surtout à celles qui ont plus de talents que la moyenne et qui veulent les mettre à profit.

— Je sais que ma fille n'en manque pas, réplique Nazaire.

Ces témoignages de confiance gravés sur son cœur, Irma se sent mieux disposée au sommeil. Elle se retire dans sa chambre, non étonnée d'entendre la porte du solarium se fermer et la conversation se muer en bruissements.

Peu fortuné, Nazaire possède toutefois une richesse : l'éloquence. Il en a fait la preuve pendant ses neuf ans de journalisme à *L'Événement*; le temps est venu de mettre son pouvoir de persuasion au service de sa fille. Puisque les universités du Québec refusent Irma à leur faculté de médecine, sauf la *Bishop's University,* Nazaire propose une rencontre avec le directeur de cette faculté. Il lui semble plus prometteur d'aller en personne discuter des raisons qui les incitent à priver leurs étudiantes de formation pratique à la fin de leurs cours théoriques.

De l'espoir à revendre, Irma, vêtue d'un tailleur émeraude, et son père, portant un complet marine, prennent le train qui les emmènera à Montréal. Au bonheur de se sentir soutenue s'ajoute pour la jeune femme le plaisir de vivre de belles heures d'intimité avec son père.

Après dix minutes de cahotements pour sortir de la ville de Québec, le train s'engage dans les prairies de Portneuf. Friand de géographie et d'histoire, Nazaire n'a pas réalisé que, le nez collé à la fenêtre du wagon, il soliloquait depuis un bon moment lorsque sa fille l'interrompt :

— Papa, j'aimerais que vous me racontiez votre plus belle soirée de fréquentations avec maman.

Nazaire fronce les sourcils. Irma comprend qu'il ne lui est pas facile, même après sept ans de séparation, d'évoquer les beaux souvenirs de sa vie avec Phédora. Le visage tourné vers la fenêtre, il lui est plus facile d'évoquer ces instants magiques de l'été 1872.

— Hypnotisés par la beauté du paysage et par les émanations de bonheur qui flottaient dans l'air, la main de Mlle Venner dans la mienne, sa tête abandonnée sur mon épaule, son souffle dans mon cou... c'était le bonheur en abondance! Le soleil émergeait d'un nuage sombre et inondait d'une radieuse clarté les hauteurs de Lévis, la pointe de l'île d'Orléans et la côte de Beaupré. Le Château Frontenac, même, participait à cette illumination féerique.

— Et puis, papa? demande Irma, peu entichée de descriptions du genre.

Nazaire se racle la gorge, joint ses mains et ne les quitte plus du regard, évitant ainsi de croiser celui de sa fille.

— Regarde en bas, entre les deux rives, m'a dit Mlle Phédora. Mon bras à sa taille, nous contemplions le grand fleuve qui roulait paisiblement ses eaux profondes, se déployant comme un large ruban nuancé d'azur et d'argent, baignant toute la grève de Beauport jusqu'à la chute Montmorency. Cette magnificence ne semblait là que pour nous deux. Abandonnée au pouvoir enchanteur du décor, ta maman m'accorda une première étreinte. Le soleil descendait toujours. Bientôt, il plongea à demi sous la ligne de l'horizon.

— Allez, papa! Plus vite.

— Plus vite?

— Oui. Êtes-vous retournés chez vos parents avant la nuit?

— Impossible! C'était bien trop beau. Le soleil couché, le Château Frontenac s'illuminait à tous les étages. Sur les hauteurs de Lévis, depuis Saint-Romuald jusqu'à la pointe Saint-Joseph, au pied des falaises, deux franges de lampes électriques étincelèrent, et la lune vint magnifier le décor.

Cette fois, Irma est séduite... Son père reprend d'une voix ouatée :

— Notre avenir nous semblait calqué sur ces horizons sans fin. En plus, c'était soir de musique.

— Comment?

Enfin, Nazaire tourne son visage vers sa fille. Un sourire aux lèvres, il poursuit :

— Des jeunes femmes, vêtues de soieries ou de batiste, élégantes, séduisantes, s'arrêtaient au kiosque ou au café pour savourer les mélodies interprétées par l'orchestre du Château. Plusieurs couples passaient de la valse au triple cotillon avec une grâce et un plaisir contagieux.

— Vous avez dansé avec maman?

— Chut! Fallait pas le dire. C'était interdit par la religion.

Irma se sent complice. Quelle délectation!

— Les promeneurs affluaient de tous les côtés. Les banquettes étaient remplies de spectateurs impatients. Dans les allées du jardin du Fort, des amoureux enlacés rêvaient.

— Vous deux aussi?

La tête retombée sur la poitrine, Nazaire maîtrise mal l'émotion qui l'habite.

— Nous deux aussi, confie-t-il, incapable d'affronter le regard d'Irma, à peine plus jeune que l'était Phédora, lors de cette soirée. Puis, il se ressaisit.

— Avant que la foule se disperse, l'orchestre interpréta l'hymne national. Quelques promeneurs seulement s'attardèrent au café. Ma douce Phédora et moi avons alors décidé de quitter la terrasse. Un silence profond enveloppait toute cette nature. Pas un nuage à l'horizon. Pour nous deux, la vie prenait une teinte de vrai bonheur. Nous étions convaincus d'être faits pour vivre ensemble.

— C'est pour ça que vous vous êtes mariés, conclut Irma, ravie.

— Nous avons partagé les mêmes idéaux, les mêmes plaisirs et les mêmes valeurs... jusqu'au jour où la mort nous arracha notre troisième fils.

Le souvenir de ce douloureux événement assaille le père et sa fille, menaçant d'enterrer là un récit des plus bienfaisants à entendre pour Irma. Elle ne s'y résigne pas.

— Vous étiez rendu au mariage, papa.

Nazaire s'essuie les yeux et replace son mouchoir dans sa poche. Il sort son portefeuille et, avec précaution, il en retire une photo qu'il garde nichée au creux de sa main.

— Mais qu'est-ce que c'est? Je peux voir? réclame Irma.

Jamais elle n'a vu cette photo de Phédora.

— Elle a été prise lors d'un opéra joué à Québec, à la salle Jacques-Cartier, explique Nazaire.

— Vous la cachez là parce que c'est la plus belle...

Il hoche la tête.

— Vous la regardez souvent?

— De moins en moins.

— Pourquoi?

— Pour finir par guérir.

— J'ai une grande faveur à vous demander, papa.

— Dis toujours.

— J'aimerais l'avoir cette petite photo-là, et celle de votre mariage, aussi.

— Laquelle?

— Celle qui a disparu du salon, répond Irma, encore obnubilée par la gracile mariée, d'un chic digne de la bourgeoisie anglaise, le sourire éblouissant, au bras d'un homme de grande taille, élégant et radieux.

Un clignement de paupières suffit pour signifier son consentement. Irma le remercie d'un sourire éloquent.

— Je prendrais bien mes bulletins du cours primaire aussi.

— Je ne crois pas qu'ils te soient très utiles.

— Je le sais, mais c'est à cause de l'écriture de maman, des beaux mots qu'elle adressait à mes professeurs... pour les remercier de leur dévouement, murmure-t-elle.

Nazaire regarde sa montre; il souhaite faire une sieste.

Irma apprécie que silence et temps lui soient accordés pour réfléchir aux confidences de son père et penser à son entrevue avec les autorités de Bishop.

❧·❧

Le train s'immobilise. Il reste juste assez de temps à Nazaire pour faire ses recommandations à sa fille.

Près de la gare Windsor, une dizaine de calèches sont mises à la disposition des voyageurs. Le cocher à qui Nazaire demande d'être conduit à la *Bishop's University* lui répond en anglais.

— Il ne faut pas t'attendre à ce que les cours soient donnés en français, ma fille.

— Je m'y ferai facilement. Grand-papa Venner me parlait presque toujours en anglais. Je n'ai pas eu le temps d'oublier... dit Irma.

Les deux passagers ne causent plus, saisis par l'impressionnante architecture de cet édifice. L'attelage s'arrête. Le cocher, la main tendue vers Nazaire, réclame son dû, impatient de repartir en quête d'autres clients.

— On a déjà vu plus avenant, fait remarquer Irma.

— J'en conviens, mais si on faisait une petite prière avant d'entrer ? murmure Nazaire à l'oreille de sa fille.

— Vous croyez au pouvoir de la prière, vous ?

— Bien sûr. Toi aussi, j'espère.

— Oui, mais moins depuis que maman est partie.

— Ah, je comprends.

— On peut toujours, reprend-elle. Mais, à bien y penser, on devrait la faire après la rencontre.

— C'est avant qu'on en a besoin, non ?

— Les sœurs nous disaient que les prières d'action de grâces étaient toujours mieux reçues.

— Dans ce cas, disons merci au bon Dieu tout de suite.

— Vous êtes confiant, vous !

— Bon, assez bavardé, allons-y, propose Nazaire.

Irma devance son père dans l'escalier, mais elle l'attend devant l'imposante porte de bois sculpté. Un large corridor les conduit au bureau de M. Campbell, doyen de la faculté de médecine. Il les y attendait, accompagné de son directeur adjoint. Les salutations se

font en anglais ainsi que l'historique de cette faculté de médecine rattachée au collège Bishop de Lennoxville. Nazaire en est agacé.

— Messieurs, je peux me débrouiller dans la langue de Shakespeare, mais vu la délicatesse du sujet à traiter, j'apprécierais que nous discutions en français, demande-t-il.

M. Campbell, dont le physique reflète l'autorité et le prestige de son poste, hoche la tête, l'air ennuyé. Finalement, il y consent. À peine a-t-il entrepris d'exposer le syllabus des cours que Nazaire et sa fille constatent que l'homme est, de toute évidence, plus à l'aise en anglais.

— Vous n'avez pas parlé des stages dans les hôpitaux : quand les faisons-nous ? demande Irma.

— Nos hôpitaux refusent les étudiantes dans leurs salles.

— Mais les stages sont essentiels pour obtenir notre diplôme, dit Irma.

— Je sais, mais je n'ai pas autorité sur les hôpitaux, riposte M. Campbell.

— Mais, pas de stages, pas de formation complète.

— Vous avez raison.

— Et pas de formation complète, pas de permis d'exercer la médecine. Mais pour quelle raison ?

— Certains prétendent qu'il serait disgracieux, dégoûtant même, d'exposer un corps nu au regard des jeunes filles.

Irma riposte aussitôt.

— Ça ne l'est pas pour les garçons ? En vertu de quoi ?

— C'est bien connu que la nature féminine est plus sensible et plus fragile...

Irma rougit d'indignation. Nazaire s'empresse de reprendre la parole :

— Je présume que vous n'explorez pas le corps féminin...

— C'est que le corps des femmes cache tant de mystères...

— Excusez-moi de vous interrompre, M. le doyen, mais la science n'est-elle pas là pour les percer, ces prétendus mystères ?

— Vous êtes très jeune, mademoiselle. Il est normal que bien des aspects de la question échappent à votre entendement.

— Vous pensez que parce que je suis une femme, je ne peux comprendre aussi bien que vous, les hommes ? C'est très insultant ce que vous dites, monsieur. Avant longtemps, vous verrez que vous avez eu tort de nous traiter ainsi.

D'un geste de la main, Nazaire prie sa fille de ne pas s'emporter.

— C'est trop injuste ! Je vais aller où on me donnera une formation égale à celle des garçons.

— Peut-être que le problème sera résolu lorsque vous serez prête à faire vos stages, mademoiselle, dit l'adjoint.

— Je veux des garanties, pas des peut-être, monsieur.

— Nous avons présenté des demandes à cette fin, mais comme je vous l'ai dit, nous n'avons pas de pouvoir sur les règlements des hôpitaux. Désolé !

— Venez papa, on perd notre temps ici.

Depuis l'échec auprès de la *Bishop's University,* Irma est d'humeur fragile.

Son grand-père s'interroge : « Est-ce le bon moment de lui en faire part ? » rumine-t-il, examinant les pages de journaux qui font mention de certains détails concernant des femmes pionnières en médecine.

— Qu'est-ce que tu en penses, Angèle ?

— Je les lui montrerais à votre place. Ou elle reste indifférente, ou elle s'inspire de leur courage.

— Tu peux venir avec moi ? Il serait temps de la distraire. Ça fait plus d'une demi-heure qu'elle jongle sous le cerisier.

Complices, Zéphirin et sa fille vont étaler, sur la table à piquenique, des papiers autour desquels ils échangent.

— Déguisée en homme !

Ces paroles frôlent l'oreille d'Irma et piquent sa curiosité. Elle s'amène.

— Qu'est-ce que vous regardez ? demande-t-elle, les mains posées sur le bord de la table.

— Des pages de vieux journaux, dit Zéphirin.

L'une d'elles porte le titre : *The Mysterious Doctor James Barry*. Irma se l'accapare.

— Vous le connaissez, grand-père ?

— Comme ci, comme ça. Il est venu au Canada à la fin des années 1850. Il avait été chargé d'inspecter nos hôpitaux, dit-il l'air narquois.

— Et puis...

— C'est quand il est mort, en 1865, qu'on a découvert qu'il n'était pas un homme.

Irma est estomaquée.

— Mais pourquoi cette mascarade, d'après vous ?

— Il semble bien que c'était le seul moyen pour cette dame d'être acceptée en médecine.

Des extraits de journaux anglophones, d'autres francophones, dont le *Journal de Québec* en font mention. Leurs versions se recoupent : Miranda Barry est née à Londres en 1795 et fut diplômée en médecine à l'âge de dix-huit ans sous le pseudonyme de James.

— Elle a vraiment pratiqué en homme ! s'étonne Irma.

— Plus que ça, reprend Zéphirin, elle est entrée dans l'armée britannique et elle aurait travaillé en Afrique du Sud, en Espagne, en Belgique et aux Indes. Les annales médicales l'honorent pour avoir été le premier médecin à pratiquer des césariennes.

— Mais personne ne s'est aperçu qu'elle était une femme ? demande Irma, déroutée.

Angèle, une page de la revue américaine en main, explique :

— D'après cet article, tous ceux qui l'ont connu ont souligné l'étrangeté de ce personnage, un végétarien qui conseillait de boire du vin.

Tous trois s'esclaffent.

— Ils le présentent comme un être sévère, d'une intelligence hors du commun, avec des manières et une voix efféminées, poursuit Zéphirin.

Angèle brûle d'envie de raconter l'événement le plus cocasse de la vie du Dr Barry.

— Je t'en laisse le plaisir, concède son père.

— Qu'est-ce qu'il lui est arrivé ? Vous me faites languir, tante Angèle. Racontez !

— Le Dr Barry a si bien caché son jeu qu'il a été accusé d'homosexualité quand il travaillait au Cap, en Afrique du Sud.

Les rires fusent. Puis, Irma réfléchit.

— Accusé ! Il aurait donc été puni ?

— Évidemment ! Il a été rappelé à Londres pour ce déshonneur, affirme Zéphirin, de nouveau interrompu par Angèle.

— Imagine-toi donc que son amoureux n'était rien de moins qu'un gouverneur nommé Sir Charles Somerset et qu'il serait allé rejoindre sa flamme en Angleterre, enchaîne-t-elle.

— Il avait découvert que le Dr Barry était une femme, à ce moment-là ?

— Il semble que oui. Tous deux auraient quitté l'armée pour vivre pleinement une vie de couple normal. On dit qu'ils ont été très heureux.

— Longtemps ?

— Hélas, non. Ce fut de courte durée. M. Somerset est mort accidentellement en faisant de l'équitation. Les journalistes précisent qu'à la suite de ce décès, Miranda coupa de nouveau ses cheveux et reprit le nom de Dr James Barry pour le reste de sa vie.

Plus un mot de la part de la jeune femme visiblement préoccupée. Puis, son visage s'illumine.

— Il faudrait que j'aille rencontrer Mlle Abbott. Elle vient de terminer ses études en médecine à Bishop. Je vais demander à mon père s'il ne peut pas m'accompagner à Montréal, dit-elle.

— Bonne chance, ma belle ! dit Zéphirin.

Irma lui lance un regard interrogateur.

— Va le voir, Irma. Ça va lui faire plaisir de te raconter ce qui lui arrive...

— Pas un autre emploi, j'espère.

— Va le voir...

Tôt en soirée, Irma LeVasseur se rend chez son père. La démarche alerte, elle laisse la brise légère jouer dans sa chevelure selon ses fantaisies. La découverte du Dr Barry n'a pas que ravivé son humour ; elle a stimulé son esprit combatif. Non surprise de le trouver penché sur une liasse de papiers, elle lui annonce :

— Je viens vous enlever pour une journée, papa.

— M'enlever ? Mais pour m'emmener où ? réplique-t-il, amusé.

— À Montréal.

Nazaire fait la moue.

— Je suis vraiment débordé, cette semaine, ma pauvre fille. Je viens tout juste d'être élu à la présidence de la Société musicale Sainte-Cécile... En plus, j'ai commencé une recherche qui me tient énormément à cœur, confie-t-il à sa fille.

— Vous pouvez l'apporter avec vous. On travaille bien en train.

— Je ne me vois pas partir avec toute ma paperasse...

— Qu'est-ce que c'est ?

Nazaire se redresse, pose les mains sur ses genoux et, le ton solennel, il déclare :

— Comment te dire ? C'est que je vois cet ouvrage comme un prolongement de moi-même. Quelque chose qui va transcender la mort. Une sorte d'héritage laissé à la société.

— Ah ! Je pensais que c'était leurs enfants que les parents considéraient de la sorte.

— Je ne dis pas le contraire. Mais cette fois, c'est sur le plan intellectuel... tu comprends ?

— Ah, bon ! Et c'est quoi ?

— Je veux écrire l'histoire de la musique au Québec.

— Une grosse entreprise, convient Irma.

— On est fait pour ça je pense, nous deux, dit-il, une lueur de fierté dans l'œil.

— Puis, votre réponse pour Montréal, papa ?

Nazaire fronce les sourcils.

— J'ai une idée ! Si tu peux attendre quelques jours, je ferais d'une pierre deux coups !

Irma se montre contrariée.

— C'est que j'ai appris une grande nouvelle, dit-il, effervescent. Tu te rappelles mon ami, le Dr Canac-Marquis ? Eh bien, il se marie et je suis invité à ses noces !

— Vous n'irez pas aux États-Unis pour un simple mariage, quand même !

— Pour un simple, peut-être pas, mais pour un double, oui ! s'exclame-t-il, ravi de jouer sur les mots...

Ferdinand Canac-Marquis épousera une femme née à l'île d'Orléans, de onze ans sa cadette, et le Dr Leclerc, son ami, a obtenu une dispense pour marier sa cousine germaine, une fille de Québec.

— Vous avez l'intention de vous imposer ce voyage ?

— Je ne peux pas manquer ça ! C'est un événement unique. Rien que le fait que l'évêque ait permis que ce double mariage soit célébré dans une maison privée...

Irma ne partage pas l'enthousiasme de son père.

— Je partirais dans trois jours pour arriver chez mon ami la veille du mariage, au moins, ajoute-t-il.

Aucune réplique de la part de sa fille.

— On pourrait faire le trajet ensemble jusqu'à Montréal... propose-t-il.

Sa fille en est finalement ravie.

Près de la porte d'un bel appartement de la rue Gilford, est gravé sur une plaque de bronze *Dr M. ABBOTT.*

Au cœur de cette journée de canicule, Irma supporte difficilement son tailleur de lin sur sa blouse de soie marron mais, convenances sociales obligent. Le carreau vitré de la porte lui renvoie une image plutôt parfaite de son apparence ; à peine quelques mèches de cheveux à repiquer dans son chignon. Un profond soupir, le souvenir du visage de Maude bien en mémoire, son introduction dix fois modifiée, Irma agite le heurtoir. Deux coups devraient

suffire. Elle attend, elle écoute. Rien. Sa fébrilité est aussitôt délogée par l'appréhension. Des bruissements de pas semblent venir de la cour arrière. Une jeune femme gracile et souriante apparaît dans l'allée longeant la maison ; elle porte un tablier sur sa longue robe de coton bleu.

— Je peux faire quelque chose pour vous, ma p'tite demoiselle ? lui demande-t-elle, avec un sourire amusé.

— J'aimerais voir la D^{re} Abbott.

— C'est moi. Ça ne se voit pas au premier coup d'œil, je l'admets, répond la femme, s'essuyant les mains sur son tablier. Il y avait un peu de ménage à faire sur le parterre derrière la maison... Vous venez pour une consultation ?

— Oui et non. Je m'appelle Irma LeVasseur. J'ai lu des articles de journaux à votre sujet. Je veux vous féliciter pour...

— Si je m'attendais à ce que quelqu'un se déplace pour me féliciter !

Rien de cette entrée en matière ne se passe comme Irma l'avait prévu. Tout pour la rassurer et la mettre à l'aise.

La D^{re} Abbott déverrouille la grande porte de bois sculpté et lui fait signe d'entrer. Devant elle, un large corridor flanqué de deux colonnes indique la présence d'au moins trois pièces de chaque côté. La femme prie sa visiteuse de l'attendre dans la première. « C'est comme ça que j'aimerais meubler mon propre cabinet de consultation », pense Irma, éblouie par l'ameublement de style Louis XVI.

Revêtue d'un sarrau blanc, une épinglette gravée à son nom sur le revers gauche, la D^{re} Abbott ouvre un cahier et s'adresse à sa visiteuse avec une affabilité exemplaire :

— Un problème de santé, Mlle LeVasseur ?

— Je suis en très bonne santé, affirme Irma, la mine réjouie. C'est la santé des autres qui me préoccupe...

Le regard de Maude se fige puis s'illumine.

— Seriez-vous en train de me dire que vous voulez devenir médecin ?

Irma le lui confirme d'un sourire lumineux.

— Dans ce cas-là, suivez-moi dans la cuisine. On va causer autour d'une bonne limonade.

Une carafe au milieu de la table, devant chacune un verre qu'elles vident rapidement, les deux femmes font connaissance. Plus elles échangent sur leur passion pour la médecine, plus Irma apprécie cette femme de huit ans son aînée qui dégage sérénité et détermination. La rondeur de son visage, sa bouche joliment pulpeuse et ce regard qui joue entre l'espièglerie et une certaine tristesse correspondent à la photo reproduite dans le *Journal de Québec*. Irma éprouve suffisamment d'aisance pour la questionner :

— Vous parlez un français impeccable... Vous avez pourtant fait vos études en anglais ?

— J'ai grandi dans un milieu où on parlait les deux langues. Ma sœur aînée et moi avons été élevées par *granny* Abbott. Je n'avais que sept mois quand la tuberculose nous a enlevé notre mère.

Irma se surprend d'avoir ajouté, tout spontanément :

— Moi, j'avais dix ans.

— De la tuberculose, elle aussi ?

— Non. Ce n'est pas la maladie qui nous a séparées, répond-elle, visiblement affligée.

— Excusez-moi, Mlle LeVasseur. Je ne voulais pas être indiscrète...

Du coup, un climat d'intimité s'installe entre les deux jeunes femmes. Du vouvoiement, elles passent au tutoiement sans même s'en rendre compte. Irma écoute la jeune doctoresse lui parler de son enfance :

— Mon père était canadien-français ; pasteur... anglican.

Irma se garde bien de laisser voir qu'elle le savait.

— Il se nommait Jeremiah Babin et il a disparu peu après ma naissance... C'est tout ce que je sais de lui.

— Disparu... murmure Irma, interloquée.

— Je sais. Bien des gens trouvent ça tragique, mais pas moi. Ce que ma grand-mère a fait pour moi et ma petite sœur, mes parents n'auraient pu le faire.

« Comme nos vies se ressemblent ! » constate Irma, taisant cette réflexion.

— À ce que j'ai su, les Babin vivaient très modestement alors que les Abbott étaient fortunés et instruits. De porter leur nom au lieu de celui de mon père m'a même facilité les choses...

— Vous l'avez changé avant de vous inscrire à McGill ?

— Non, je ne pense pas que j'aurais fait ça. C'est que ma grand-mère maternelle nous a adoptées légalement, ma sœur et moi, après la mort de maman.

Irma jongle : Venner au lieu de LeVasseur... Quoi qu'il en soit, elle brûle de l'entendre causer de sa formation et de ses projets d'avenir.

À ces questions, Maude répond avec la plus grande transparence. Les deux jeunes femmes découvrent avoir essuyé les mêmes refus des universités qu'elles favorisaient. Et lorsque Maude révèle son intention de parfaire sa formation en Europe, Irma se sent approuvée dans sa décision de n'aller ni à Montréal ni en Ontario.

— En attendant de décrocher ma licence de pratique, j'essaie de me faire accepter comme femme médecin, dit la D^re Abbott.

— C'est difficile ?

— Je crains que ce soit long de la part du Collège des médecins et chirurgiens du Québec. Tant d'idées préconçues sur notre degré d'intelligence et sur notre résistance physique !

Maude fait une pause. L'indignation se lit sur son visage.

— Est-ce comme ça pour toutes les femmes médecins ? s'inquiète Irma.

— Pour les cas que je connais, oui. Emily Stowe, la mère d'Augusta Stowe, n'a obtenu son permis du Collège des médecins et chirurgiens du Québec que vingt-trois ans après avoir terminé ses études.

— Ça n'a pas de sens ! Elle a gaspillé sa vie !

— Pas vraiment. Quand elle est revenue dans sa ville natale, c'était pour soigner les malades et, avec ou sans permis, personne n'a pu l'en empêcher. Même pas les menaces d'amendes et d'emprisonnement du Collège des médecins.

Irma est sans voix.

Maude reprend :

— Sa fille, Augusta, prenait le risque de subir des épreuves semblables lorsqu'elle s'est inscrite à la faculté de médecine de Toronto en 1879. Mais, par son audace et sa vivacité d'esprit, elle a été la première femme à suivre un cours complet de médecine au Canada. Par la suite, elle a été nommée protectrice du nouveau Collège médical des femmes et elle est la première Canadienne à donner des soins spécialisés aux enfants.

— Rien n'est facile chez nous pour les femmes qui veulent sortir des sentiers battus...

— Ce qui m'importe le plus, Irma, c'est de gagner la confiance des femmes. J'aime soigner les enfants. En attendant de me faire une clientèle, je travaille trois jours par semaine au *Royal Victoria Hospital.*

— Est-ce qu'on te donne de vraies tâches de médecin ?

— Comme je n'ai pas encore reçu ma licence du Collège des médecins, non.

— Mais tu as obtenu ton diplôme... Qu'est-ce qu'il veut de plus, le Collège des médecins ?

— Des stages dans les hôpitaux.

— Ah !

— C'est pour ça que je suis au *Royal Victoria Hospital.* Par contre, je ne pousse pas trop parce que je ne suis pas sûre de rester dans la pratique médicale comme telle. La recherche m'intéresse énormément. La pathologie, surtout.

Maude parle avec un enthousiasme contagieux d'un médecin qu'elle aimerait bien avoir comme mentor. Un Ontarien, venu faire ses études à McGill, mais qui vit aux États-Unis depuis dix ans et enseigne à Baltimore depuis cinq ans.

— Rien de moins qu'à la *Johns Hopkins University,* le haut lieu de l'enseignement de la médecine en Amérique du Nord, précise Maude. Ma famille est restée en contact avec le Dr William Osler. Son père aussi était pasteur anglican... Je connais plein de Canadiens qui donneraient cher pour travailler avec lui.

— Il est spécialiste ? demande Irma.

— Pas officiellement. Il a enseigné à McGill en pathologie, mais sa réputation, il la doit au fait qu'il emmène les étudiants au chevet des malades. Il leur apprend à devenir soignants en examinant, en touchant et en écoutant les malades. Autrement dit, le Dr Osler donne l'exemple d'un vrai médecin... C'est quelqu'un qui, en plus de maîtriser les connaissances requises, possède l'art de communiquer avec les gens et de les guérir. Il sait inspirer confiance aux malades.

Éprises d'un même idéal, Irma et Maude réfléchissent en silence.

— Où penses-tu suivre ta formation? demande la D^{re} Abbott.

— À la *Johns Hopkins University*, si j'en avais la possibilité, avoue Irma avec une spontanéité qui plaît à Maude.

— Je te le souhaite de tout cœur.

Les deux jeunes femmes se saluent avec l'impression que leurs routes ne sont pas à leur dernier croisement.

De retour à Saint-Roch, Irma partage réflexions, émois et questionnements avec son grand-père. Plus d'un aveu le heurte.

— Aller étudier à Baltimore, c'est un rêve plus qu'une possibilité, ma pauvre fille. Pourquoi ne pas faire comme la D^{re} Abbott, justement? Accepter ce que t'offrent nos universités canadiennes, quitte à aller te perfectionner plus tard... Aux États-Unis ou en Europe, ce sera toujours possible.

— Pouvez-vous imaginer, grand-père, quelle chance ce serait pour moi d'avoir comme maître le Dr Osler et de fréquenter une université mondialement reconnue?

— Tu parles de chance! Tu fais bien. T'en as peu, à mon avis. La petite Canadienne française à Baltimore, à côté des Américains de souche qui attendent leur place, ça ne pèserait pas lourd dans la balance.

— Si je prenais un nom de famille anglophone et que...

Zéphirin blêmit.

— Qu'est-ce que tu dis là?

— Je pourrais m'appeler Irma Venner.

Interloqué, Zéphirin réfléchit : «Pourquoi serait-ce à moi de lui dévoiler ça?» Le pauvre homme cherche les mots qui pourraient l'en dispenser. De tout son pouvoir de persuasion, il dit d'une voix chevrotante :

— Ce serait une grande erreur, Irma.

— Pourquoi?

— Loin de te donner une chance, ça risquerait de te nuire que de porter ce nom, surtout aux États-Unis.

— Je ne comprends pas, grand-père. Expliquez-vous, le presse Irma, inquiète.

Zéphirin quitte son fauteuil, se dirige vers la fenêtre, lissant sa barbichette blanche à répétition.

— À vous voir, grand-père, on croirait que les Venner ne sont pas bien vus aux États-Unis. J'ignorais même qu'il y en avait... à part maman.

— Il y en a. Je ne sais pas combien. Mais ce que je veux te faire comprendre, c'est qu'il arrive qu'une rumeur de crime soit aussi dommageable, sinon pire qu'une accusation en bonne et due forme.

— Mais c'est grave, ce que vous dites là, grand-père. À qui faites-vous donc allusion?

Avec d'infinies précautions, Zéphirin informe Irma de l'assassinat de D'Arcy McGee et des allégations de meurtre dans cette mystérieuse histoire.

— Le frère de maman? Je n'arrive pas à y croire. Ce doit être inventé par des jaloux, cette histoire, prétend Irma, stupéfiée.

— C'est fort probable, mais je t'avoue, ma p'tite fille, qu'il vaut mieux être prudent. Au cas où la rumeur serait fondée...

Irma n'exige pas plus de détails de son grand-père LeVasseur. Les révélations qu'il a eu le courage de lui faire la ramènent à Sir William Venner. À la tristesse qui embrumait son regard à l'évocation du passé. À sa hantise de glaner les moindres miettes de bonheur et de s'en régaler.

Recluse dans sa chambre, Irma exige la tranquillité de la part de son frère qui, comme tous les jours de pluie, promène sa mélancolie

dans toutes les pièces de la maison. La porte verrouillée, les tentures fermées, Irma s'allonge sur son lit. L'obscurité favorise sa réflexion. Tant de choses apprises en vingt-quatre heures, cela lui donne le vertige. Des décisions doivent être prises face à son avenir, mais que de contraintes! Que de freins à sa liberté! Et l'aspect financier n'est pas le moindre.

Après douze jours d'absence, Nazaire, de retour des États-Unis, fait une entrée triomphale à la maison paternelle des LeVasseur. Sur le point de se mettre au lit, Zéphirin n'a plus sommeil. Nazaire l'entraîne hors du salon pour lui chuchoter quelque chose à l'oreille. Irma, son frère et leur tante en sont agacés.

— Y a rien que grand-père qui a droit à votre secret, déplore Irma.

Les deux hommes se regardent. Le torse bombé de satisfaction, Nazaire prend la parole :

— Tu cherches une université où on te donnera la même formation qu'aux hommes, ma fille?

— Vous savez bien que oui.

— Tu es prête à faire un séjour aux États-Unis pour réaliser ton rêve?

— J'en parlais justement à grand-père, la semaine dernière.

— Eh bien, ma fille, ça y est! On t'attend à l'Université Saint-Paul, au Minnesota.

Irma penche la tête, visiblement ennuyée.

— Ne me dis pas que tu refuserais une pareille chance! s'écrie Nazaire.

— Je visais la *Johns Hopkins University*, à Baltimore.

— Mais tu ne connais pas un chat dans tout Baltimore tandis qu'au Minnesota, il y a toute une colonie franco-américaine... Sans compter que le Dr Canac-Marquis et son épouse sont disposés à t'offrir couvert et gîte. Tu imagines les économies que tu pourrais faire?

— Papa, je sais que votre ami est très gentil et très généreux, mais il n'est pas question que j'habite avec des nouveaux mariés.

Un rappel abrupt pour Nazaire : sa fille a dix-sept ans, elle est de la trempe des indépendantes à qui on doit suggérer plutôt qu'imposer.

— Ils ne reviennent de voyage que le 2 septembre... Avec l'aide de Miss Murray, leur domestique, tu auras le temps de te trouver une chambre sur le campus, peut-être, conseille-t-il, regrettant d'avoir présumé son acquiescement.

— Peut-être, si jamais je vais faire mes études au Minnesota, rétorque-t-elle.

Il n'en fallait pas plus pour déconcerter les trois adultes qui l'observent.

La question financière est vite mise sur la table. De quoi refroidir les ambitions de Mlle LeVasseur qui en perd sa verve. Elle sait avec qui elle devra aborder cette question, et la tâche n'en demeure pas moins ardue. « Encore trois ans et demi avant d'atteindre ma majorité et ne plus dépendre de Mme Philomène », déplore-t-elle.

— As-tu l'intention d'aller seule la rencontrer ? lui demande son grand-père.

— Je ne sais pas. Je vais prendre quelques jours de réflexion.

Paul-Eugène profite de ces moments de silence pour exprimer son opinion. Aucune décision n'est prise que déjà, il envisage le pire.

— Si tu t'en vas étudier à l'autre bout du monde, tu vas faire comme maman. On ne te reverra plus.

Les gorges se serrent.

— Peu importe où j'irai, Paul-Eugène, je t'écrirai souvent, lui promet Irma, de l'émotion plein la voix.

— Tu avais dit que tu ne m'abandonnerais jamais.

— Tant que tu seras entouré comme tu l'es, tu n'as pas à te sentir abandonné. Pour que je puisse m'occuper de toi quand ils ne seront plus là, il faudra que j'en aie les moyens.

Quelques gestes d'approbation viennent.

— Tu peux être assuré qu'en devenant médecin, j'aurai l'argent pour m'occuper de toi et de bien des enfants souffrants, clame Irma, le regard lumineux.

— Dans combien d'années le seras-tu ?

— Dans quatre ou cinq ans, si tout va bien.

— Mon Dieu, que ça va être long ! J'aurai vingt-quatre ans !

— Il y a un moyen de ne pas trouver le temps long, Paul-Eugène.

— Je le sais. Tante Angèle n'arrête pas de me pousser à travailler...

— Bâtis-toi un projet, lui suggère Irma.

— Facile à dire pour vous autres. Vous n'êtes pas dans ma peau, allègue le jeune homme, accablé comme s'il portait sur ses épaules toute la détresse du monde.

— Je te laisse réfléchir à ton projet et je vais en faire autant.

Sur ce, Irma salue les siens et se retire dans sa chambre. Debout devant sa fenêtre dont les tentures de velours ont été cintrées pour laisser l'air lui apporter les parfums du jardin, elle tente de mettre de l'ordre dans ses pensées. La perspective d'être guidée dans son apprentissage médical par l'éminent Dr Osler l'emballe au plus haut point. Celle d'être accueillie à l'Université Saint-Paul au même titre que les aspirants serait son deuxième choix, mais elle ne voit pas d'autre issue pour septembre prochain. « Une fois aux États-Unis, ce sera peut-être plus facile de m'arranger, mais je ne crains pas moins que les époux Canac-Marquis soient tentés de me traiter comme leur fille... » Puis la question financière vient placer un bémol sur ces opportunités ; elle pourrait même la contraindre à faire ses études au Québec. Un échange avec Mme Philomène devient incontournable.

Que de mises en scène de cette rencontre avant de trouver le sommeil !

❖

Les rayons du soleil qui zigzaguent sur ses draps apportent à Irma une idée non moins lumineuse. Elle saute de son lit, se débarbouille, se pomponne, revêt une robe de coton ivoire légèrement festonnée, griffonne un mot à l'intention de Zéphirin, attrape quelques beignes en vitesse et se dirige vers la rue Saint-Jean. Il n'est pas encore huit heures que déjà les piétons s'affairent, les chevaux trottent et les portes des commerces grincent. Irma aime cette atmosphère pour l'énergie qu'elle dégage et pour l'enthousiasme qu'elle communique. Des salutations gracieuses lui sont adressées; elles compensent les grivoiseries de certains passants, affriolés par cette « belle jeunesse ». Avant de se rendre chez Philomène, au cours de la journée, Irma passe d'abord chez sa tante Rose-Lyn. La façade blanche aux volets rouges de sa résidence se dessine à quelques pas. Les rideaux de dentelle ont été tirés. Une odeur de thé s'échappe de la fenêtre gauche. Instants de réconfort. Moments d'appréhension.

— Mais quel bon vent t'amène, ma jolie? s'exclame Rose-Lyn, une tasse à la main, vêtue d'un peignoir vaporeux, la chevelure d'un roux givré torsadée en chignon.

— Les remords, ma tante!

— Oh, que je te crois, gamine! Viens, la table est prête. C'est comme si j'attendais quelqu'un pour me décider à déjeuner ce matin.

— Vous êtes toujours aussi recevante, ma tante.

— Ça ne paraît pas beaucoup. T'es pas venue ici depuis le temps des Fêtes.

Irma veut s'excuser, mais sa tante l'en dispense.

— Je sais, je sais. Beaucoup d'étude et de travaux en dernière année d'école normale. T'as choisi l'école où tu vas enseigner? demande la belle quinquagénaire qui a hérité des yeux céruléens de son père.

Irma fixe le plancher.

— Dis-moi pas que t'as raté un examen, je te croirais pas.

— Loin de là, ma tante. Mais j'ai réalisé que ce n'est pas ça que je veux apporter aux petits enfants.

— Explique-toi, Irma.

— Je veux les soigner...

— Tu es revenue à ta première idée. Une vraie Venner. Jamais la voie facile.

— Ça ne sera pas si difficile, ma tante. J'ai des possibilités d'entrer dans plus d'une université.

Plus qu'étonnée, Rose-Lyn écoute sa nièce lui brosser un tableau des démarches entreprises et des choix qui s'offrent à elle.

— Dans combien d'années comptes-tu t'inscrire à l'une ou l'autre université ? demande Rose-Lyn.

— Pas question d'attendre. Je veux commencer ma formation dès septembre prochain.

— Mais tu n'as que dix-sept ans, Irma. Tu ne vas pas t'expatrier aux États-Unis sans personne pour veiller sur toi, s'écrie sa tante, au bord de la panique, chamboulée par les souvenirs amers que certains événements cachés ont laissés dans sa mémoire.

Irma ne reconnaît plus cette femme habituellement si sereine et enjouée.

— Vous seriez plus tranquille si j'allais au Minnesota, tout près de chez les amis de papa ?

— Pourquoi ne pas aller à Montréal ? C'est déjà assez loin...

— Ma tante !

— Ne tiens pas compte de mes peurs de vieille femme... T'as du caractère, du gros bon sens et plus d'expérience qu'on en avait à ton âge.

Autre répartie qui laisse Irma perplexe.

— T'as idée de ce que ça pourrait te coûter de faire tes études aux États-Unis ?

— Justement, ma tante, c'est pour ça que je viens vous voir.

— Ma pauvre fille, tu sais bien que je risque d'avoir bien besoin de l'argent que papa m'a laissé.

— Je ne viens surtout pas vous demander de l'argent, tante Rose-Lyn.

— C'est quoi alors ?

— De m'accompagner chez Mme Philomène...

— Tu aimerais que j'intercède pour toi, c'est ça ?

— Avec moi, tante Rose-Lyn.

— J'espère que tu ne t'attends pas à ce qu'elle se montre généreuse envers toi.

— Mais ce n'est pas son argent. C'est le mien !

— Elle est chargée de bien l'administrer pour toi, tu le sais.

Non sans regret, Irma est forcée de l'admettre.

— De plus, ça n'a jamais été le grand amour entre nous deux... reconnaît-elle.

Quelques considérations échangées sur la personnalité de Philomène, ses droits et ses obligations inspirent à Irma et à sa tante une approche tout en délicatesse et diplomatie.

— Tu me donnes quinze minutes pour me rendre présentable et j'y vais avec toi, décide Rose-Lyn.

— Je ne sais pas comment vous remercier, tante Rose-Lyn. Vous êtes toujours avec moi dans les grands moments de ma vie. Quand mon petit frère est mort, c'est vous qui m'avez emmenée à l'église, vous vous en souvenez ? Papa et maman pleuraient tellement !

— Oh ! Que je m'en souviens. On avait dû faire garder ton frère par une voisine, tant il était en crise au moment de sortir le petit cercueil de la maison.

— Je n'oublierai jamais non plus ce que vous avez fait pour moi le jour où grand-papa Venner est mort. Rien que de m'avoir prise dans vos bras, c'est comme si j'avais retrouvé ceux de maman, confie-t-elle, encore ébranlée.

Lorsqu'elles se présentent à la résidence des Venner, la veuve se montre plus accueillante qu'à l'accoutumée. Est-ce dû à la présence de Rose-Lyn ? Irma le croit. Aussi, Philomène paraît moins austère, toute de blanc vêtue, pomponnée comme avant le décès de William, sa chevelure grisonnante tressée en couronne autour de sa tête.

— Puis, t'as cherché du travail ? demande-t-elle à Irma.

— Pas besoin d'en chercher...

— Ça ne manque pas les écoles qui ont besoin de maîtresses, j'imagine.

— Vous avez raison, mais moi je n'ai pas fini mes études.

— T'as raté des examens! s'exclame la veuve, sur le point de s'emporter.

Jetant un coup d'œil de temps à autre vers sa tante, Irma fait part à la veuve de ses démarches et de ses récentes décisions avec toute l'affabilité dont elle est capable. La fixant droit dans les yeux, Philomène fronce les sourcils, hausse les épaules, dodeline de la tête et soupire. Pour une rare fois, Irma souhaite qu'elle parle.

— Je me demande si t'as pas hérité des idées de grandeur de...

— Ne touchez pas à mes parents, Mme Philomène! Vous n'avez qu'une chose à faire : respecter les dernières volontés de grand-papa. Il m'a laissé de l'argent pour payer mes études et vous devez me le donner. Sinon, je vais le dire à...

— Pauvre p'tite fille! Tu ne sais même pas à qui t'adresser, réplique la veuve avec sarcasme.

Rose-Lyn s'apprête à intervenir, mais Irma lui coupe la parole.

— C'est ce que vous pensez! Vous risquez d'être surprise. Ma tante Rose-Lyn est de mon bord. N'est-ce pas, ma tante?

— Je suis certaine, Philomène, que vous allez vous faire un honneur de respecter les dernières volontés de papa. Je sais combien il vous était cher, à vous aussi, dit Rose-Lyn, attendrie.

Irma a eu le temps de se ressaisir et de prendre conscience qu'elle ne pourra rien tirer de bon d'un échange intempestif.

— Je pense, Mme Philomène, que grand-papa Venner m'approuverait. Il a toujours dit qu'il souhaitait que je fasse des études supérieures...

— Imagine-toi pas qu'il t'a laissé un million! Tu pourrais faire ta médecine au Canada. Ça coûterait bien moins cher.

— Je sais, mais ici on ne peut faire de stage dans les hôpitaux.

— Pas de stage, pas de doctorat. Et pas de doctorat, pas de possibilité de pratiquer la médecine au même titre que les docteurs, explique Rose-Lyn.

Sourde aux justifications de ses visiteuses, la veuve Venner signifie son intention de s'enquérir du prix d'une formation médicale à Bishop et de ne concéder à la jeune héritière que les sommes équivalentes.

«Si grand-papa vivait, il n'agirait pas comme vous... Je vous en supplie, grand-père William, raisonnez-la, au moins», marmonne-t-elle, un pas dans l'embrasure de la porte.

— Qu'est-ce que tu dis?

— Je parlais à grand-papa. Vous venez, tante Rose-Lyn?

— Si ça ne la dérange pas, je prendrais un thé avec Philomène avant de repartir.

— Tu es la bienvenue, Rose-Lyn.

— À bientôt, ma tante. À un de ces jours, Mme Philomène.

«Mon père en a été empêché, mais pas moi. Coûte que coûte, j'y arriverai», jure Irma en préparant ses bagages forte de l'approbation obtenue à l'arraché de Philomène, en cette fin d'août 1894.

Dans la chambre qui lui était réservée chez ses parents, elle part à la recherche d'objets qu'elle apportera avec elle pour se sentir moins seule. Assise sur le plancher devant un tiroir bondé de papiers hétéroclites qu'elle prend le temps de classer en ordre chronologique, elle vit le sentiment de rattraper son enfance. Quel n'est pas son étonnement d'y trouver la partition de cette scène des *Vêpres siciliennes* de Verdi qu'avait chantée sa mère la veille de sa disparition! À la première ligne de cette pièce intitulée *Addio, mia patria amata*, est écrit à la main : *Adieu mon pays, je succombe.* «Comment expliquer que cette partition se retrouve à travers mes papiers? Je ne serais pas surprise que ce soit papa qui l'ait placée là. Mais pourquoi?» se demande la jeune femme de dix-sept ans. Ce texte et celui de la sérénade de Schubert que Phédora chantait avec une ferveur saisissante sème un doute dans l'esprit d'Irma : «Maman avait peut-être un amant... qui l'aurait emmenée aux États-Unis», songe-t-elle. Cette hypothèse lui répugne. «Les bonnes chanteuses d'opéra doivent toutes interpréter ces mélodies avec autant de ferveur que maman», conclut-elle, finalement.

Occupée à faire le tri entre ce qu'elle place dans ses malles et ce qu'elle confie à son grand-père LeVasseur, Irma choisit plusieurs

articles de journaux et les recueils de chroniques écrites par son père. Elle s'attarde un moment à *La Berceuse pour quintette*, une pièce qu'il avait composée pour célébrer sa naissance, puis décide de l'apporter avec elle. Au fond d'un autre tiroir, une photo richement encadrée ; Phédora Venner, portant une robe de soirée et un superbe collier de pierres de lune, pose, radieuse. « Ce devait être lors d'une soirée d'opéra où elle avait chanté », croit-elle, éblouie par le bonheur qui brille dans les yeux de sa mère. « Pourquoi papa a-t-il fait disparaître tous les souvenirs de maman dans cette maison ? Par chagrin ? Par colère ? Pour protéger Paul-Eugène ? » Irma l'ignore. Son père a toujours refusé d'aborder ce sujet tandis que les Venner ont clamé à qui s'en inquiétait que Phédora avait décroché un contrat fort intéressant aux États-Unis et qu'elle avait continué d'y travailler. Si c'était la vérité, pourquoi ne nous a-t-elle jamais écrit à nous ses enfants ? Zéphirin Levasseur, maintes fois questionné par sa petite-fille, répondait :

— Je t'en parlerai quand tu seras assez vieille pour comprendre...

À quelques jours de son départ pour le Minnesota, Irma présume que ce temps est venu. Elle compte bien obtenir les révélations promises avant de quitter sa ville natale.

Il ne lui reste que deux tiroirs à fouiller. Dans l'un d'eux, elle retrouve des bulletins de son cours primaire ; ceux qu'elle avait réclamés de son père et qu'il déclarait introuvables. Elle y reconnaît l'écriture de sa mère. « Quelle belle main ! Quelle délicatesse dans sa façon de remercier les enseignantes pour leur dévouement ! » constate-t-elle avec fierté. Cadeau des derniers instants : un portrait grand format des noces de ses parents. « Qu'elle avait l'air digne, maman ! Papa aussi, avec son allure de directeur d'orchestre », pense-t-elle, amusée. Mais le temps presse. Il ne reste plus que cinq jours pour terminer les préparatifs. Irma doit s'acquitter d'une tâche pour le moins éprouvante : annoncer à son frère qu'elle a choisi de faire ses études aux États-Unis.

Chemin faisant vers la résidence de Zéphirin où habite maintenant son frère, elle cherche la manière de l'aborder. « De toute

façon, il ressent tout avant même qu'on lui parle. À quoi bon chercher des entourloupettes ? » en vient-elle à se dire, disposée à toute éventualité.

Avant qu'elle se soit engagée dans le couloir, Paul-Eugène vient à sa rencontre.

— Qu'est-ce que tu prépares, Irma ?

— Mon départ pour l'université.

— Laquelle ?

— Une bonne...

— Où ? Dis-le !

— Je n'ai pas le choix, Paul-Eugène. Y a rien qu'aux États ou en Europe que je peux avoir une vraie formation. Ce sera moins loin aux États-Unis.

— Je le savais.

La tête abandonnée sur ses bras croisés sur la table, Paul-Eugène sanglote. Sa détresse semble presque aussi profonde qu'après le départ de sa mère, il y a sept ans.

— De plus, tu t'en vas dans le même pays que maman... Qui me dit que tu ne te sauves pas comme elle ? gémit-il.

— Je vais t'écrire toutes les semaines, jusqu'à ce que je revienne, lui jure Irma.

— Tu dis ça, mais tu vas faire comme maman. Je le sais.

— Je te dis que non. Regarde, je te laisse mon adresse. Tu vois ? C'est la preuve que je ne pars pas pour toujours... Maman ne nous l'a jamais donnée, elle, son adresse.

— Elle ne nous a jamais écrit, non plus, ajoute-t-il, désespéré.

Pour consoler son frère, Irma y va d'une promesse :

— Je vais exiger de papa qu'il t'emmène avec lui quand il viendra me voir aux États-Unis.

Paul-Eugène se calme.

De peur qu'il réagisse mal au moment du départ, Irma prévoit une diversion. Tournant le dos à son frère, elle sort de son sac à main une de ses photos d'étudiante, la lui dédicace et ajoute une dizaine de x avant de la glisser dans une petite enveloppe qu'elle cachette.

— C'est une surprise, lui dit-elle. Je te la donnerai avant de monter dans le train et tu ne devras pas l'ouvrir avant d'être revenu à la maison.

— Je te le promets.

Chapitre III

Sous un soleil de plomb, une calèche bondée de malles et de passagers se dirige vers la gare de Saint-Roch à Québec. Sur le siège avant, Nazaire, droit comme un général d'armée, conduit l'attelage de son père. Habituellement, il sifflote. Mais pas aujourd'hui. À ses côtés, Paul-Eugène, le menton collé à la poitrine, a cessé de prier et d'espérer; pas un saint n'a daigné exaucer ses prières. Sa sœur le quitte. Sur la banquette arrière, Zéphirin et Irma causent à voix si basse qu'il ne peut rien saisir de leurs propos; de quoi ajouter à sa frustration.

Aux alentours de la gare, quelle cacophonie : des chevaux impatients hennissent à fendre l'air, de larges roues de métal écrasent les cailloux sur leur passage, des voyageurs fébriles et leurs accompagnateurs se répandent en promesses et souhaits de circonstances. Les LeVasseur se coulent dans cette cohue sans se faire remarquer, à l'exception d'Irma; l'élégance de son corsage vert paré de dentelles ambrées et la vivacité de son regard lui attirent l'attention des jeunes hommes. Se rengorgeant de fierté, Nazaire ne manque pas l'occasion de le lui faire remarquer :

— Tu n'auras pas moins d'admirateurs aux États, tu sais. Mais tu te rappelleras qu'au Québec aussi y a des jeunes hommes qui ont du goût et de l'avenir.

— Si vous saviez comme je n'ai pas la tête à ça ! réplique-t-elle, non moins flattée.

Tout comme sa sœur, Paul-Eugène nourrit d'autres préoccupations.

— Tu vas trouver le temps long, quarante-deux heures toute seule... dit-il, inquiet.

— Ne t'en fais pas pour moi, grand frère. J'ai apporté plein de choses pour m'occuper.

— Tu le sais, ta sœur pourrait passer une semaine complète rien qu'à lire, lui rappelle Zéphirin. Des livres d'histoire et de sciences, des biographies, des romans...

— Très peu de romans, corrige Irma.

Le train à destination des États-Unis, via Montréal, siffle pour la deuxième fois.

Le temps est venu pour Irma de saluer les trois hommes qui l'accompagnent. À son grand-père Zéphirin qu'elle embrasse en refoulant ses larmes, elle déclare :

— C'est vous, grand-père, qui me donnez le courage de faire la chose la plus difficile de ma vie... C'est à vous que je penserai si la tentation me vient de tout lâcher.

— Ces mots-là, je ne les oublierai jamais, ma p'tite Irma. Tu es devenue ma plus grande raison de vivre. Puis si le bon Dieu vient me chercher avant ton retour, sache que j'aurai prévu quelque chose de spécial pour toi. Tu le demanderas à ta tante Angèle ; c'est elle que j'ai désignée pour s'occuper de mes affaires, lui confie-t-il avant de la libérer de son étreinte.

À bout de souffle, Rose-Lyn surgit :

— J'ai bien cru ne jamais y arriver... Tout pour me retarder ce matin ! Je ne me serais jamais consolée de te savoir partie sans...

— Je suis contente de vous serrer dans mes bras et de pouvoir vous redire combien j'apprécie tout ce que vous avez fait pour moi, ma tante.

— Sois très prudente, Irma. Tu es si jeune. Je t'avoue que si tu étais ma fille, je ne te laisserais pas partir seule comme ça.

Des flèches dans les yeux, Nazaire prie sa belle-sœur de se calmer.

Témoin de la scène, Paul-Eugène s'avance :

— Je suis prêt à y aller avec elle, moi, tante Rose-Lyn, offre-t-il.

Irma place dans la main de son frère l'enveloppe promise.

— C'est la preuve que je ne passerai pas un jour sans penser à toi, lui dit-elle, s'efforçant de sourire.

— Il est temps de monter, ma grande, dit Nazaire, de peur que la situation s'aggrave.

Irma se réfugie dans les bras de son père, le temps de lui murmurer :

— Je vous aime, papa. Je vais tout faire pour que vous soyez fier de moi.

— Je le suis déjà, ma chérie.

Un dernier appel aux voyageurs résonne dans le haut-parleur. Un silence lourd de chagrin chez ceux qui souhaitent déjà le retour d'Irma LeVasseur. Sans se retourner, elle se dirige vers l'entrée du wagon où la majorité des voyageurs l'ont déjà précédée. « Qu'il démarre au plus vite, maintenant », souhaite-t-elle, tant ces au revoir sont déchirants. Vite campée dans un siège où elle peut jouir des deux places, elle choisit de demeurer près de l'allée. Pour ne plus voir sur le quai. Pour ne plus être vue.

Enfin, la locomotive crache une fumée noire, hoquette et démarre, arrachant à leur patelin les passagers qui, comme la jeune LeVasseur, découvrent leur attachement pour Québec. Petite ville fière de posséder son Château, son Parlement, sa Citadelle et ses Plaines. Petite ville où, toutefois, francophones et anglophones s'épient, se comparent et rivalisent.

À peine le train a-t-il déserté la ville de Québec et ses banlieues qu'Irma déleste un de ses sacs de tous les documents qu'elle compte lire. L'urgence de trouver un peu de réconfort l'y pousse. Comme chaque fois que la vie la malmène. Comme depuis son premier chagrin d'enfant, alors qu'elle n'avait que quatre ans et que Zéphirin avait ouvert devant elle un livre illustrant des anges volant vers le

ciel. «C'est avec eux qu'il est parti ton p'tit frère», lui avait-il dit pour la consoler. Ce rappel guide sa main, non sur la pile de livres mais sur une des deux enveloppes que Zéphirin lui a remises en quittant la résidence familiale de la rue Fleury pour se rendre à la gare.

— Dans celle-là, j'ai mis un peu d'argent pour agrémenter ton séjour. Dans l'autre, tu verras... Je ne veux pas que tu l'ouvres avant d'être en route pour les États-Unis, lui a-t-il chuchoté à l'oreille.

Dans l'enveloppe destinée aux dépenses imprévues, de l'argent a été placé entre deux feuilles pliées. Sur la première est écrit : *Pour ton confort et pour payer les timbres que tu mettras sur les lettres que tu nous enverras.* Irma écarquille les yeux en apercevant la liasse de billets de vingt dollars. Il y en a dix. Au recto de l'autre feuille, un second mot du grand-père LeVasseur : *Je suis heureux de faire pour toi, ma petite-fille, ce que je n'ai pu faire pour ton père.*

Irma ferme les yeux et porte les mains à sa poitrine. «Il ne peut en exister deux comme Zéphirin LeVasseur. Mon Dieu, gardez-le en santé pendant mon absence.» Cette enveloppe bien rangée au fond de son sac à main, Irma saisit la deuxième, la palpe. La fébrilité et une appréhension indéfinissable la font hésiter. Peur d'être déçue. Peur d'avoir mal. Ses doigts glissent doucement sur le rabat, en décollent la moitié avec précaution. Elle l'ouvre juste assez pour y apercevoir deux feuillets écrits recto verso. L'espoir refait surface. Elle dégage un feuillet. *Pour me faire pardonner de ne pas avoir répondu à certaines de tes questions...* y lit-elle.

Ses mains tremblent. Des larmes se fraient un chemin sous ses paupières. Des images, des sons, des odeurs viennent inopinément la troubler plus encore. Des images toutes de tendresse. Une voix limpide comme le cristal. Un parfum d'œillets et de roses mariés. Irma reconnaît cet effluve qu'elle cherche désespérément à retrouver depuis sept ans. Sept ans d'un vide particulièrement douloureux en ce jour où elle s'éloigne de ceux qui se sont évertués à lui rendre sa joie de vivre, son entrain et ce brin d'espièglerie qui les amusait.

Irma referme les yeux, le temps d'imaginer... Un vœu. Un rêve insensé : Phédora est à la gare de Saint-Paul. Elle s'élance vers sa

fille. Une étreinte les soude l'une à l'autre longtemps, le temps de gémir de douleur passée. Le temps de crier leur joie. Le temps que le rêve s'évanouisse et tourne au cauchemar. Comme ces instants magiques vécus en écoutant chanter sa mère un dimanche de mai 1887. Le dernier où elle et son frère ont pu se laisser envoûter par la beauté de leur mère, par la beauté de son chant.

De l'autre bout du wagon, une voix tonitruante, annonçant la venue du contrôleur, tire Irma de cet épisode déterminant de sa vie d'enfant. Elle lève la tête, regarde derrière et ne voit personne portant uniforme et casquette. « Vos billets s'il vous plaît », entend-elle de nouveau. « Il est encore loin. J'ai le temps », juge-t-elle. Les mains moites, le cœur qui s'affole, Irma vide l'enveloppe et passe outre sa manie de lisser les papiers sur ses genoux avant d'en entreprendre la lecture.

Ma très chère Irma,

Tu comprendras qu'il m'est plus facile de t'écrire que de te dire ce que tu exiges de savoir. Tu as raison, vient un temps où la vérité doit être dévoilée. Par respect pour le droit que la personne a de savoir ce qui la concerne de près.

Ce que je crois bon de te dire aujourd'hui au sujet de ta mère, c'est que, d'abord, je l'aimais beaucoup et elle le savait. Entre ton père et ta mère, il y avait un amour sincère, j'en suis certain. Du moins les premières années. Mais, avec le temps, j'ai cru découvrir que ces deux personnes n'étaient pas faites pour vivre ensemble. Ta mère a été élevée dans l'adulation à cause de sa beauté et de ses nombreux talents. Une petite princesse à qui ses parents ne refusaient rien. Un peu comme Guillaume, imagine-toi donc. La fortune de ton grand-père Venner le leur permettait.

Quand ta mère et ton père se sont rencontrés, ce fut le coup de foudre. Un amour qu'ils auraient voulu à l'image des opéras que ta mère chantait et des mélodies sentimentales que ton père jouait. Ils avaient en commun beaucoup d'idéal et de talent. Par contre, ta mère n'avait pas, comme ton père, l'ambition de fonder une grosse famille. Son amour pour ton père

semblait diminuer de maternité en maternité. Un jour, j'ai cru qu'il s'était éteint...

Irma s'arrête. Le souvenir du dimanche magique intensifie son doute.

«Maman ne regardait pas papa lorsqu'elle chantait les mots d'amour, je m'en souviens. Mon frère me l'avait fait remarquer. Mais je voulais garder mon bonheur au chaud, comme un petit trésor que personne n'avait le droit de me prendre. Jusqu'à preuve du contraire, même si j'ai peu de chances d'être dans la vérité, je préfère croire que mes parents se sont toujours aimés. Que c'est pour devenir une grande cantatrice qu'elle est partie aux États-Unis», décide-t-elle.

Je suis sûr que ta mère a beaucoup souffert à la pensée de vous abandonner. Je ne lui ai jamais fait porter tout le blâme de ce drame, même si je considère qu'elle en est la plus responsable. Les Venner ne partagent pas mon avis, du moins en apparence, tu t'en doutes bien.

Il est temps que je réponde à la question que tu m'as si souvent posée : Ta mère a vécu à New York. Je ne sais pas si elle y est encore. Je suis enclin à douter qu'elle se soit fait connaître sous le nom de LeVasseur, encore moins sous celui de Venner, à cause du drame survenu dans cette famille. Mais qui sait? Elle a peut-être même adopté un autre de ses prénoms. Je sais qu'elle aurait préféré porter celui d'Éloïse.

Je ne suis pas sûr que ce soit bon pour toi de chercher à revoir ta mère. Mais je respecterai ta décision. Je te connais...

Si tu as le goût de me mettre au courant de tes démarches, ça me fera plaisir de t'aider dans la mesure du possible.

Ton grand-père qui t'adore,

Zéphirin.

Les yeux fermés, la tête renversée sur le dos de son siège, Irma se sent entraînée dans une spirale d'émotions.

— Mamzelle, votre billet, s'il vous plaît, demande le contrôleur posté devant elle.

Irma sursaute. Elle fouille tous les compartiments de son sac à main, pas de billet. Puis, elle se souvient tout à coup de l'avoir placé dans la poche de sa jupe... pour ne pas le chercher. «Le voilà, monsieur!» dit-elle, se limitant à le lui montrer. En même temps que son précieux billet est sorti le papier sur lequel elle avait écrit son itinéraire. Une idée fulgurante lui traverse l'esprit. Changer de destination...

L'homme au ventre proéminent, la main tendue sous son nez, attend pour poinçonner son billet. Il commence à s'impatienter.

— Minnesota, mademoiselle?

— Peut-être pas... J'aimerais savoir s'il est possible, à Montréal, de changer mon billet... En prendre un pour New York.

Le contrôleur pointe sur elle son œil inquisiteur et demande à voir ses papiers.

Réprimant juste à temps son agacement, Irma fouille de nouveau dans son sac à main et en sort son baptistaire et une lettre d'admission à l'Université Saint-Paul.

— Y aurait fallu y penser avant, ma p'tite demoiselle. Ça va vous coûter plus cher, dit l'homme qui lui donnait une quinzaine d'années seulement.

— Je le sais.

— Je vais voir ce qu'on peut faire, mais ce ne sera pas simple.

En toute hâte, Irma consulte sa carte géographique. «New York, c'est bien moins loin de Québec que le Minnesota. Il y a une université, là aussi. Si j'avais su que maman pouvait être là», se dit-elle, navrée. Les questions tourbillonnent dans sa tête : «Dans combien de temps pourrais-je me retrouver à New York? Sera-t-il trop tard pour m'inscrire à une faculté de médecine? Si oui, une semaine, est-ce suffisant pour entreprendre des recherches et arriver à temps pour mes études à Saint-Paul? J'ai bien peur que non. Je ne peux vraiment pas me permettre de perdre un an d'université, de décevoir grand-père Zéphirin et de causer de l'embarras au Dr Canac-Marquis qui a facilité mon admission à l'Université Saint-Paul.»

En attendant la réponse du contrôleur, Irma note les démarches qu'elle entend effectuer si jamais elle change de destination :

1. *Me trouver une chambre pas chère, près de la gare.*
2. *M'occuper de mon inscription.*
3. *Aller à l'Opéra de New York avec la photo de ma mère.*
4. *Obtenir son adresse et son numéro de téléphone.*
5. *Me rendre tout près de chez elle... pour la voir sans être vue.*
6. *Lui téléphoner, si c'est possible.*

Irma dépose son crayon. « Mais pour lui dire quoi ? Que je l'aime et qu'elle m'a beaucoup manqué ? Que son fils ne s'en est pas encore remis ? Que... que... »

L'allégresse d'une possible rencontre se dissipe, délogée par le ressac d'une colère trop souvent refoulée. « Maman, je vous en veux de nous avoir abandonnés. D'avoir fait tant de peine à plein de monde : papa, mon frère, mes deux grands-pères, tante Rose-Lyn. Vous avez couvert de honte toute la parenté. »

La révolte bout dans ses veines. Dans son cœur, l'amour et la haine s'entrechoquent. Instants de froide lucidité. Irma réfléchit. « Où est la vérité ? Qui me la dira ? Ma mère ? Mon grand-père LeVasseur ? Mon père ? Tante Rose-Lyn Venner ? » Toutes ces questions sans réponses lancent la jeune femme dans une double quête : devenir médecin et retrouver Phédora.

Irma range la carte géographique tombée à ses pieds. Le contrôleur revient, se poste devant elle et dit :

— Je vous avais prévenue, mamzelle. Ce sera compliqué et ça vous coûtera cher...

— J'ai décidé de garder ce billet-là, dit-elle, étonnée elle-même de sa réponse.

— Sont ben toutes pareilles ! marmonne le contrôleur aux tempes grisonnantes en poinçonnant le billet avec un agacement évident.

Honteuse, Irma se donne une contenance en fouillant dans un de ses sacs pour en sortir une photo de sa mère. Celle où Phédora, en robe de bal, affiche une allure fière et audacieuse. « Elle devait être dans la trentaine. Est-elle toujours aussi belle et digne ? Chante-t-elle encore ? Pense-t-elle à nous le soir avant de s'endormir ? Il

m'est difficile de l'imaginer maintenant, à quarante-trois ans. J'ai peur que... Non, elle a dû trouver le bonheur puisqu'elle n'est pas revenue.»

Revient à la mémoire d'Irma une soirée de juillet passée en compagnie de son père sur les plaines d'Abraham. À douze ans, elle avait atteint l'âge de recevoir de lui certaines confidences. Elle en était très honorée.

— Y avait-il une pièce que maman chantait et qui vous touchait plus que les autres?

— *Rêverie du soir,* avait répondu Nazaire, des sanglots dans la voix.

— Pourquoi?

— Elle me la fredonnait souvent pendant nos fréquentations.

— Pour vous faire plaisir.

— Oui, mais aussi pour les mots d'amour si bien tournés de cette chanson.

— Des mots que vous n'avez pas oubliés, j'imagine.

Un geste d'approbation de la part de Nazaire, puis le silence avait repris toute sa place.

Après une deuxième nuit tumultueuse à bord du train du Canadien Pacifique, Irma se réveille avec le souvenir troublant d'une des chroniques publiées par son père dans *L'Événement.* Une possible pièce du puzzle Nazaire-Phédora. «Dans quel sac ai-je bien pu placer ces papiers-là? Pourvu que je ne les aie pas rangés dans ma grosse malle», souhaite-t-elle. Son déjeuner peut attendre. Refroidir même. Elle n'a d'appétit que pour ce texte qui pourrait dater d'avant le départ de sa mère.

Le train ralentit. «North Bay», lance le contrôleur qui déambule dans le corridor. S'arrêtant devant Irma, il l'invite à aller se dégourdir les jambes.

— *You have fifteen minutes.*

— *Maybe later. Thank you, Sir,* répond-elle, sans lever les yeux vers le préposé qui lui propose de mettre son déjeuner au chaud.

— *It's not necessary.*

— *As you like!* lui lance le quinquagénaire, retournant sur ses pas, une grimace au visage.

«Une vraie Philomène, ce bonhomme-là! Comme si j'étais destinée à en avoir toujours une sur mon chemin!» Tout en poursuivant sa recherche, Irma grignote une demi-tranche de pain. Les minutes s'écoulent, il n'en reste que cinq avant que le train redémarre. Bredouille, elle se dirige vers le wagon arrière et demande à l'homme en uniforme la permission d'aller chercher des papiers importants dans sa grosse malle.

— *Impossible! Truly impossible, Miss.*

— *When is the next stop?*

— *In two hours, maybe three.*

— *I can't wait that long!*

— *You have no choice, Miss,* répond-il, un sourire narquois sur les lèvres.

Vexée, la jeune passagère demande à parler à son supérieur. Le contrôleur s'esclaffe.

— *Impossible, Miss,* répète-t-il, pressé de filer vers un autre wagon.

Irma retourne à son siège, met un peu d'ordre dans ses sacs et tombe, ô miracle, sur la ribambelle des chroniques de son père. L'appétit lui revient. Elle dévore les croûtons, tartinés ou non, chauds ou refroidis, peu lui importe. Du plateau qu'elle place par terre, elle ne garde que le verre de lait qui accompagnera sa lecture.

On s'agite dehors. Les renseignements ne se donnent plus qu'en anglais. Les voyageurs se bousculent. Presque pas de femmes. Deux ou trois montent avec des enfants. Des hommes, jeunes et moins jeunes. Le train s'emballe. Irma craint de devoir partager sa banquette avec un autre passager. Le contrôleur s'engage dans l'allée d'un pas décidé. Irma ne bronche pas. Elle devine qu'il ralentit, lève les yeux et croise son regard malicieux. «Le même que Philomène», reconnaît-elle, renfrognée. Le passager qui le suivait prend place sur la banquette... juste derrière elle. «Que je suis chanceuse!» pense-t-elle, reprenant ses aises.

De retour aux chroniques de Nazaire, Irma fait un survol des différents titres. *Floraisons printanières* retient son attention. Le mot *Phébus* la rassure. Il avait tellement frappé son imaginaire et piqué sa curiosité de fillette de neuf ou dix ans ! Elle se souvient d'avoir éprouvé alors l'impression de pénétrer illicitement dans les secrets des grandes personnes. En relisant ce texte aux descriptions lyriques, elle ne comprend sa fascination de jeune fille qu'après nombre de paragraphes.

Devant pareille résurrection universelle, l'homme reste sous le coup d'une admiration muette, gêné qu'il est par les freins imposés à sa faculté de jouissance. Il se prend à regretter de ne pouvoir se plonger tout entier dans cette atmosphère divinement embaumée. Cependant, hypnotisé par le charme pénétrant de cette virile floraison, le voilà bercé dans de multiples rêveries auxquelles son imagination ne tarde pas à associer une apparition féminine qu'il pare instantanément d'un mignon chapeau-bergère, d'une luxuriante chevelure, de prunelles d'azur, d'un blanc corsage, de toutes petites chevilles, le tout enjolivé d'une désinvolture de gazelle.

Irma s'arrête, rabat sur cette page les feuilles qui la précédaient. Le temps en a modifié le sens. Était-ce pour le journaliste Le Vasseur un simple exercice littéraire ou ces textes lui ont-ils été inspirés par un amour secret ?

Irma en reprend la lecture, pesant chaque phrase, attentive aux allusions, aux ellipses et au choix des mots. « Ils pourraient bien n'être que le jeu littéraire d'un rêveur comme papa », conclut-elle, réfractaire aux déductions peu étoffées. Avec la même ferveur, elle reprend sa recherche. Un autre titre attire son attention : *Oubliée.*

Un feu de grille brûlait dans le petit salon et projetait sur les tentures une clarté blafarde et vacillante. Il y avait deux existences humaines dans ce petit salon : elle, d'un côté, lui, de l'autre. Elle s'était pelotonnée dans un vaste fauteuil de velours d'Utrecht, don de ses parents, lutinant légèrement, du bout d'une mule exquise, le

grillage en cuivre doré du foyer. Lui s'était nonchalamment étendu sur un divan, bâillant, le front soucieux comme sous le poids d'une inquiétude ou l'obsession d'une grosse affaire. L'atmosphère de la pièce était lourde; on y respirait quelque chose comme les signes avant-coureurs d'un orage.

Ce passage ranime chez Irma le déchirant souvenir des quelques disputes dont elle fut témoin entre ses parents. La description que fait Nazaire de la pièce et des meubles est en tout point conforme à la maison où elle est née. Une anxiété diffuse brûle sa poitrine. La tentation de renoncer à poursuivre cette lecture l'effleure, aussitôt vaincue par le besoin de savoir et de comprendre.

Soudain, la forme féminine se dépelotonna en se redressant de toute sa hauteur. Une voix brève le tira, lui, de sa médita-tion. C'était la voix féminine qui rompait le silence. «J'espère, dit-elle, en scandant ses paroles, qu'elle est bien et dûment partie...» Elle darda sur lui des yeux qui lui farfouillaient l'âme dans ses plus intimes replis. Qu'allait-il répondre? Il se sentait faiblir sous le feu de ses deux prunelles noires, menaçantes et de plus en plus rivées sur lui. Il se voyait enclavé dans un ter-rible dilemme. Dire la vérité, c'était pour le moins provoquer toute une scène qui risquait de tourner au drame. Ne pas la dire n'était pas honnête mais laissait une porte ouverte à des explications ultérieures et... au repentir final.

«Mais oui, elle est partie, fit-il, avec une contrainte mal déguisée. Elle a dû prendre le train de minuit hier.»

Le regard de la femme avait pris une expression dédaigneuse de doute.

« Tonnerre de Dieu! Où donc s'égarent tes soupçons? Jusqu'ici, ne t'ai-je pas prodigué, et dans ma conduite et dans mes at-tentions, l'affection la plus tendre?»

Elle n'avait plus bougé d'un doigt. Elle l'avait écouté avec une souveraine méfiance; c'était l'instinct qui parlait, comme chez la plupart des femmes, du reste. Puis elle s'était mise à jouer négligemment avec la châtelaine qui ornait son corsage.

Foudroyée par la vraisemblance de propos aussi troublants, Irma interrompt sa lecture. La liasse de papiers bien enfouie dans un de ses sacs, elle cherche une position confortable pour dormir. Ultime moyen d'oublier.

Encore plus de vingt minutes avant de s'arrêter à la gare de Sudbury.

Les yeux fermés, Irma n'est pas moins en proie à de sombres questionnements. « Si mon père s'était inspiré d'expériences personnelles, comment a-t-il pu croire que ses lecteurs ne les devineraient pas ? Sinon, pourquoi avoir semé de tels doutes dans leur esprit ? » Jamais encore Irma n'avait imaginé que Nazaire avait pu tromper son épouse. Elle se félicite d'avoir différé son voyage à New York. Ce qu'elle pourrait apprendre de sa mère, si jamais elle la retrouvait, risque de la chambouler une fois de plus. Lasse de tant cogiter, incapable de dormir, elle tente de se concentrer sur des sujets propices à la détente. La réminiscence du banquet des diplômés de l'école normale Laval la fait sourire. Comme toute mondanité. Comme toute recherche de vernis social. Comme toute soif de pouvoir pour le pouvoir. Après beaucoup d'hésitation, cédant au désir de ses compagnes, elle était allée assister à ce qu'elle considérait comme un défilé de velléités, comme un spectacle de bouffons. Dérogeant à la coutume de parader au bras d'un élégant jeune homme, Irma, sobrement vêtue, s'était présentée seule, s'attirant les regards cyniques des demoiselles « de bon goût ». « Comme je ne les envie pas avec leurs petites manières affectées et leur plaisir simulé en compagnie de messieurs aux conversations stériles », se disait-elle. À peine les musiciens avaient-ils installé leurs instruments qu'elle avait quitté la salle de bal et terminé la soirée chez son père, devant une toile sur laquelle elle avait peint, en se marrant, la scène qu'elle venait de quitter.

« Sault-Sainte-Marie », annonce-t-on. « Mais j'ai dormi tout l'après-midi ! », constate Irma, tout étonnée. Il ne reste plus que quinze heures avant d'arriver à destination, dont huit à passer dans le silence comateux de la nuit. Il faut de nouveau prendre un autre train. La jeune voyageuse n'apprécie pas ces changements,

craignant d'écoper d'un compagnon ou d'une compagne indésirable, de devoir converser avec un inconnu ou, pis encore, d'être assise à côté d'un soûlon.

À sa sortie du wagon, une chaleur humide l'accueille. Douce comme une caresse de mère. Enveloppante comme la doudou que sa fausse grand-mère lui avait retirée lorsqu'elle était venue habiter chez Sir William Venner. « Voir si une grande fille de dix ans a encore besoin de ça pour dormir », avait allégué Philomène. Ce morceau de tissu ouaté, c'était tout ce qui lui restait de Phédora, la nuit venue. Bien qu'usé à la corde, il la réchauffait encore. Il lui suffisait de le serrer fort sur sa poitrine pour avoir moins froid... en dedans. Sa texture, son odeur reviennent à sa mémoire.

Le relais ne prend guère plus de quinze minutes. Le temps de soulager ses muscles alourdis. Une inquiétude la ramène vers un contrôleur à qui elle demande si ses bagages sont placés dans le bon train.

— *You're going to Minnesota?*
— *Yes, to Saint-Paul.*
— *No problem, Miss. Go!*

« *Go!* Tu parles d'une manière cavalière de traiter les passagers! Je ne suis pas un cheval », marmonne-t-elle, vexée.

Irma traverse quatre wagons avant de trouver un îlot moins occupé. Une jeune maman et son bébé viennent prendre place sur la banquette face à celle qu'elle a choisie. « Je me demande comment je vais arriver à me concentrer sur mes papiers. La mère et son enfant me semblent si tristes... » se dit Irma, constamment happée par le moindre son qu'émet le bébé. Les deux jeunes femmes échangent un regard attentif, puis Irma esquisse un sourire courtois. « Au cas où cette jeune maman aurait besoin d'aide pendant le trajet », prévoit-elle.

En attendant que le dîner soit distribué aux voyageurs, elle se penche d'abord sur des textes dignes de la captiver : les documents reçus de l'Université Saint-Paul deux jours avant son départ du Québec. Nazaire lui avait remis aussi une imposante enveloppe en provenance du « très dévoué Ferdinand Canac-Marquis ». Un mot de sa main est agrafé à un document.

Ma chère Irma,

Quel bonheur de penser que tu seras avec nous dès notre re-
tour de voyage et cela pour quelques années ! Je te souhaite la
bienvenue et te promets de faire tout en mon pouvoir pour
que tu sois heureuse au Minnesota.

J'attire ton attention, Irma, sur un nom en particulier : Mrs.
Mary Putnam Jacobi. Elle est l'auteure de plusieurs études
soumises au programme. Cette femme fut la première admise
à la faculté de médecine de Paris. Elle a fondé la première
clinique pour femmes et enfants à New York où elle vit de-
puis une bonne dizaine d'années, je crois. Il serait bon que
tu la rencontres, un jour. Si j'en crois ton père, vos idéaux se
rejoignent. Mis à part son livre intitulé Hysteria and Brain
Tumor, *ses études portent principalement sur la médecine*
infantile et sur les Women in Medicine.

Irma n'en croit pas ses yeux. Une deuxième raison et non
la moindre l'appelle à New York. « Mais quand pourrais-je m'y
rendre ? », se demande-t-elle, secouée par cette nouvelle.

Fébrile, elle replonge dans la lecture du prospectus de l'université. De tous les cours au programme, l'anatomie, les pathologies, la
neurologie et la santé des nouveaux-nés sont ceux qui l'intéressent
davantage, sans oublier la chirurgie. Peu lui importe de devoir y
sacrifier tous ses loisirs. Faute de piano, des tubes de peinture à l'huile,
des pinceaux et des toiles lui suffiront, comme par le passé, croit-
elle, pour trouver la détente quand la fatigue se fera trop intense.

Presque tous les passagers font la sieste après le dîner. Irma aussi
en sent le besoin. Ces trente heures en train ont eu raison de sa
réserve de placidité. Le besoin de bouger se fait de plus en plus
impérieux. Elle parcourt trois fois l'allée avant de retourner se re-
croqueviller sur son siège. Des pleurs d'enfant la rejoignent dans
son sommeil. Un bébé hurle de douleur avant d'agoniser sous les

regards impuissants de ses parents. Irma s'agite, veut se porter à son secours, mais elle est ligotée à un poteau. Elle crie à l'aide.

— Êtes-vous souffrante, mademoiselle ? lui demande, en touchant son épaule, un passager alerté par ses cris.

Irma sursaute, se frotte les yeux, muette d'étonnement.

— Pardonnez-moi. Quand on est médecin, ça devient un réflexe que d'accourir dès qu'on entend une plainte, dit l'homme à qui elle donnerait une cinquantaine d'années.

— Je vous remercie, docteur. Un cauchemar. Ça va aller.

Il sera bientôt minuit. Le médecin s'arrête près de la jeune maman qui n'est pas encore parvenue à endormir ce bébé dont les pleurs semblent émaner d'une grande détresse. Présumant qu'il la réconforte et lui donne des conseils judicieux, Irma s'abstient d'intervenir. Elle prend note du siège que ce gentil médecin occupe, souhaitant qu'il se rende à Saint-Paul, lui aussi.

Lorsque le bébé, épuisé, succombe au sommeil, Irma croit possible de retrouver la sérénité. Mais les sanglots de cet enfant persistent à son oreille. Dans son cœur, surtout. Elle ne parvient pas à détacher son regard de la jeune mère exténuée, livide comme l'était Phédora lorsqu'elle assistait, impuissante, à l'agonie d'Émile, son petit frère décédé avant d'avoir eu le temps de goûter à la vie. Parti avant d'avoir éprouvé le plaisir de jouer avec les sons, d'aller vers les autres, de découvrir le monde, de transmettre ses connaissances et son amour. Irma avait six ans. Elle en a dix-sept aujourd'hui et la blessure est toujours aussi vive. « Un autre événement qui vient solliciter le don de ma vie à la cause des enfants malades », se dit-elle, jurant, en son âme et conscience, de ne jamais trahir ce serment.

De nouveau, Irma ferme les yeux ; il est plus facile ainsi de meubler son imaginaire de projections réconfortantes. « Il n'est pas loin ce jour où grâce à mes soins, le bébé moribond se montrera gourmand. Je me vois rendre à sa mère cet autre qui, blafard à force de lutter, a retrouvé couleur et vigueur. Avec quel bonheur je rendrai l'espoir à des parents pour avoir arraché à la mort une enfant qui n'avait plus la force de lever la tête ! »

Un cliquetis d'ustensiles tire Irma de ses songes. Les voyageurs qui l'entourent semblent vivre une certaine effervescence. Des employés ont commencé à servir le déjeuner et dans moins de deux heures, le train s'arrêtera à la gare où Miss Murray, la domestique du Dr Canac-Marquis, doit l'accueillir.

L'appétit, l'hilarité et la courtoisie dont font preuve les passagers gagnent Irma. Le repas terminé, elle classe ses papiers, les range dans ses bagages à main et n'a plus qu'à se laisser distraire par le bébé et sa mère qu'elle gratifie de ses sourires. Une conversation s'engage avec la jeune maman. Mais ce qu'elle lui apprend la peine : sous les ordres du curé de la paroisse, ce bambin, fils d'alcoolique et orphelin de mère depuis deux mois, doit être confié à un couple de lointains parents aux États-Unis alors que ses cinq frères et sœurs sont disséminés dans différentes familles de la région natale.

— Et vous êtes...

— Sa cousine, répond celle qu'Irma croyait être la maman.

— Vous approuvez ça que des enfants soient dispersés comme ça ?

— Loin de là. J'étais prête à remplacer leur mère pour que ça n'arrive pas, mais monsieur le curé ne voulait rien entendre.

— À cause du père ? présume Irma.

— C'est lui, ce bon à rien, qui devrait sortir de la maison, pas ses enfants, déclare la jeune femme, indignée. On sait bien, toutes les excuses sont bonnes pour les hommes. Pour les femmes, par exemple...

— Aucun pardon ?

— Aucune faveur. On a tous les devoirs et si un gars tourne mal, c'est la faute de sa mère. Si un autre est couailleux, c'est à cause des filles, enchaîne-t-elle, visiblement malmenée par la vie.

— Je ne peux pas dire que vous avez tort.

— Si j'avais donc plus d'argent... murmure-t-elle, au bord des larmes.

— Qu'est-ce que vous feriez ?

— Je retournerais direct à Québec avec le p'tit et je ramasserais ses frères et sœurs.

— Il vous en manque beaucoup ?

— Pour survivre un an... Le temps que j'aie mes vingt et un ans et que je puisse me marier.

— Vous avez un amoureux ?

Le visage de la jeune femme s'illumine.

— Oui. Il a mon âge mais il gagne sa vie depuis trois ans déjà.

— Il a de l'argent, non ?

— Oui et non. Tant qu'il restera chez ses parents, il doit leur en donner. Puis il est en train de réparer une vieille maison pour nous...

— Il est vaillant ?

— Plein de qualités, mon Gabi !

Irma fouille dans son sac à main, en sort une enveloppe et un papier sur lequel elle griffonne quelques mots avant de les donner à sa compagne de voyage.

— C'est le nom et l'adresse de mon grand-père.

— Mais je ne le connais pas.

— Je sais, mais j'aimerais que vous lui portiez cette enveloppe en arrivant à Québec.

La jeune femme la fixe d'un regard inquisiteur.

— C'est pressant. J'ai demandé à mon grand-père de vous donner l'argent qu'il devait m'envoyer cette année pour mes petites fantaisies. En attendant, prenez ça, dit Irma, lui tendant plus de la moitié des billets de vingt dollars que Zéphirin lui avait offerts.

— Pourquoi vous feriez ça ? Vous ne me connaissez même pas ! rétorque la demoiselle, gardant les mains jointes sur le bambin.

— Parce que, comme vous, je ne peux pas me résigner à voir une famille être éparpillée de la sorte. Et si ça vous met plus à l'aise, vous n'aurez qu'à rembourser mon grand-père quand vous en aurez les moyens.

— Dans ces conditions-là, j'accepte, mademoiselle....

— Irma LeVasseur, mon nom. Le vôtre ?

— Gertrude Sauvé, de Saint-Romuald. Et lui, c'est Simon, ajoute-t-elle en désignant le bébé qu'elle regarde avec tendresse.

— Savez-vous ce que je souhaiterais le plus au monde, Gertrude?

La jeune femme se montre inquiète.

— Que vous preniez le prochain train pour Québec, avec le bébé.

— C'est bien mon intention. Monsieur le curé m'a payé mon billet de retour aussi, répond-elle, un large sourire sur son visage. Tant qu'à y être, je vais vous avouer autre chose, Mlle Irma : je me marchais sur le cœur en allant conduire le p'tit Simon chez ces gens-là...

— Ils ne sont pas corrects?

— Des vieux rabougris et égoïstes. Je ne l'invente pas, monsieur le curé lui-même l'a dit. Il se vante de les avoir suffisamment sermonnés pour qu'ils acceptent de prendre le petit. C'est rassurant, encore!

Irma est sidérée.

— J'avais oublié de vous dire que la mère de Simon, c'était la belle-sœur de monsieur le curé. Elle est morte en tombant en bas de l'escalier de la cave. Tout le monde sait que c'est son bon à rien qui l'a poussée. Y est toujours saoul. Puis quand y est saoul, y est violent.

Irma comprend les réflexions de Gertrude à propos de l'injustice faite aux femmes.

Lorsque les voyageurs à destination de Saint-Paul sont priés de se préparer à descendre, Irma lui offre son aide.

— Je pourrais m'occuper du petit Simon pendant que vous prendrez des arrangements pour votre retour au Québec.

— J'apprécie, Mlle Levasseur.

Un homme s'approche.

— Je peux vous donner un coup de main? dit-il en libérant Gertrude d'un sac chargé à pleine capacité.

Irma reconnaît le médecin venu la sortir de son cauchemar.

— Je n'ai pas pu m'empêcher de prêter l'oreille à votre conversation. J'ai présumé que vous alliez faire des études aux États-Unis...

— Oui, ma médecine, répond Irma, sous le regard ébahi de Gertrude.

— Mes félicitations, mademoiselle, pour votre courage. Pour votre générosité, aussi, d'ajouter le médecin.

Puis, se tournant vers Gertrude, il dit :

— Vous pouvez lui remettre son argent; elle en aura grand besoin. Je vais m'occuper de vous et des orphelins. Je suis le Dr Tanguay. J'habite Lévis et je travaille à l'Hôtel-Dieu. Prenez ça en attendant...

Au tour du Dr Tanguay de remettre une liasse de billets à Gertrude.

— Je n'aurais jamais cru vivre un conte de fée dans ma vie, dit Gertrude pendant que son bienfaiteur et Irma échangent leurs adresses.

Malgré le tumulte de la gare, le bambin s'est endormi, la tête abandonnée sur l'épaule d'Irma. Quel bonheur pour la future pédiatre! Abasourdie par le dénouement de ce voyage, elle sursaute lorsqu'une femme rousse dans la vingtaine, élégante mais sobre, lui adresse la parole :

— Excusez-moi, je sais que vous n'êtes pas celle que je dois ramener avec moi, mais vous lui ressemblez tellement... Je me demandais si vous n'auriez pas aperçu votre sosie sur ce train?

Irma rétorque, souriante :

— Vous cherchez une fille de dix-sept ans, mais sans enfant, c'est ça, Miss Murray?

— Je ne me suis donc pas trompée! Vous êtes bien Irma LeVasseur?

— Effectivement, mais j'aide une jeune dame, le temps qu'elle revienne du guichet.

Ce premier contact entre les deux jeunes femmes ne ressemble en rien à celui que, de part et d'autre, elles avaient imaginé. Il n'en fallait pas plus pour que s'installe, entre Irma et Miss Murray, une relation fort agréable.

➤•◄

Nombre de fois, au cours du mois d'août 1894, la jeune Canadienne avait imaginé sa vie au Minnesota et elle l'avait orchestrée dans les moindres détails. Du moins pour ce qui relevait de son pouvoir. Pour gérer les aléas, elle comptait sur son goût de l'aventure.

Le couple Canac-Marquis est rentré au début de septembre 1894, tel que prévu, après avoir obtenu une audience de Sa Sainteté Léon XIII. Bien qu'étonnés du refus d'Irma de loger dans leur luxueuse résidence de la rue Washington, Ferdinand et son épouse, Emma Plante, n'ont pas tardé à lui organiser un cocktail de bienvenue.

Mme Canac-Marquis, jeune dame courtoise, cultivée et d'humeur agréable, lui a réservé un accueil très cordial. Monsieur ? Aussi, mais quelques persiflages sur l'indépendance de Mlle LeVasseur se sont glissés dans la conversation. Le docteur éprouve pour son grand ami Nazaire une admiration et une gratitude dont il aurait aimé témoigner en offrant l'hospitalité à sa fille. Si louables que soient les intentions de Ferdinand, Irma craint d'être utilisée comme un tribut entre les deux hommes. Une entrave à son besoin fondamental de liberté. Le serait tout autant une attitude paternaliste de ce couple à son égard.

À son arrivée à l'université, une déception d'envergure attendait l'étudiante canadienne-française : la direction de la faculté présente des réserves relativement à son assistance à certains cours et à certains laboratoires. Et pour cause, on sous-estime la préparation théorique reçue au Québec. «Je n'ai pas fait tout ce chemin pour subir le même sort qu'au Canada», se dit Irma, clamant son droit à la même formation que ses confrères de classe.

Accoudée à sa table de travail, dans une de ces chambres exiguës d'une aile réservée aux filles sur le campus, elle fait la somme des efforts investis depuis plus de quatre ans, tant de sa part que de celle de ses proches. Comment ne pas se souvenir des rudes épreuves qui ont mis en péril la poursuite de sa formation ? La disparition de sa mère, la mort subite de Sir William Venner, les années difficiles sous la tutelle de Philomène, l'exclusion des facultés de médecine

du Québec comme étudiante à part entière, puis, aujourd'hui, les efforts d'adaptation à ce nouveau pays, à un milieu bilingue à prédominance anglaise, à une population d'étudiants très majoritairement masculine et quoi encore? Aucun des sourires narquois sur son accent, si subtil soit-il, ne lui échappe. «Et pourtant, nombre d'étudiants portent un nom de famille francophone, constate Irma. Faut-il croire qu'ils sont nés ici...» Pis encore, certains professeurs affichent à son égard un air si condescendant qu'elle les croit habités de pitié pour la téméraire étudiante canadienne-française. Les quelques jeunes filles qui fréquentent cette université sont éparpillées dans différents pavillons et rares sont celles qui résident sur le campus. D'où la difficulté pour la jeune Canadienne française, pourtant peu timide, de se faire des amies. Les soirées sont longues et, à certains moments, le mal du pays envahit son cœur et son cerveau au point qu'elle n'arrive pas à se concentrer sur son travail.

Après trois semaines de vains pourparlers avec les autorités de l'Université Saint-Paul, Irma se demande si elle doit lâcher prise pour quelques mois ou maintenir ses revendications. Au nom du droit à l'égalité entre étudiants et étudiantes. Par fidélité à elle-même. Par solidarité envers celles qu'elle souhaite dispenser de telles luttes. «Par solidarité, c'est ça! Il faut que je mette la main sur les textes de Mme Putnam Jacobi», décide Irma. Lui vient à l'esprit la possibilité que le Dr Canac-Marquis, qui l'a incitée à lire les œuvres de cette pionnière, possède l'ouvrage prônant l'égalité des droits entre hommes et femmes. «Je n'aurais pas dû jeter cette lettre, j'aurais au moins le titre de ce livre», se reproche-t-elle. Il n'est pas encore dix heures, ce samedi matin, qu'Irma ose téléphoner chez les Canac-Marquis.

— Que je suis chanceuse! s'exclame-t-elle en reconnaissant la voix de Miss Murray à qui elle confie son désir de parler au docteur.

— Un instant, je vous reviens.

En moins de temps qu'il en faut pour le dire, la voix tonitruante de Ferdinand se fait entendre dans le cornet.

— Ça ne peut pas tomber mieux, nous offrons un dîner à nos meilleurs amis dimanche et tu comptes parmi nos invités, Irma.

— C'est que j'aurais besoin dès aujourd'hui d'un ouvrage de la D^{re} Putnam Jacobi.

— Je les ai tous et ça me fera plaisir de te les prêter. C'est à quel sujet ?

— Serait-ce trop vous demander que de me laisser voir lequel me serait le plus utile ? demande Irma, hésitant à l'informer du but de sa requête.

— À ta guise, Irma.

— À quelle heure pourrais-je venir ?

— Dès maintenant si le cœur t'en dit !

Irma jubile.

Trois peignes fixés à sa chevelure désinvolte, une jupe de coton fleuri qu'elle agence à une blouse verte, un veston de laine, un porte-documents sous le bras, Irma file chez le Dr Canac-Marquis. À Ferdinand qui l'invite à prendre le petit déjeuner avec eux, elle répond :

— Merci. J'ai mangé.

— Viens causer un peu...

— C'est gentil, mais je préfère travailler tout de suite, répond-elle.

— Tu viendras prendre le dîner, dans ce cas.

— Demain, docteur. Aujourd'hui, je suis à la course.

— Ah, bon ! dit Ferdinand, un tantinet dépité.

Dans son bureau, tout un mur est garni de livres et de revues.

— Sur ce rayon, j'ai placé les ouvrages de la D^{re} Putnam. Sur celui de gauche, toutes les revues dans lesquelles elle a publié des articles. Je peux t'aider à élaguer si tu me dis...

— Je vous en prie, ne me privez pas du plaisir de me plonger dans ses écrits. À moins que vous souhaitiez que je n'occupe pas votre bureau trop longtemps.

— Tu peux prendre toute la journée, si ça te plaît. Tu sais que tu es chez toi, ici.

Irma l'approuve d'un signe de tête, ravie de pouvoir cacher son embarras entre les pages d'un livre.

— Je vais demander à notre domestique de prendre soin de toi, ajoute-t-il avant de se retirer.

— Vous n'avez pas à la déranger pour moi, Dr Canac-Marquis.

Miss Murray ne tarde toutefois pas à se présenter. Le plaisir de causer un brin avec Irma n'est pas absent de son empressement à répondre au vœu de son patron. Ce plaisir est réciproque.

— Qu'est-ce que je vous apporte, Mlle LeVasseur?

— Rien, merci. Par contre, j'aurai peut-être un autre service à vous demander plus tard.

— Ça me fera plaisir, Mlle LeVasseur. Dans combien de temps voulez-vous que je revienne?

— Une demi-heure, peut-être.

Irma se concentre d'abord sur les revues. Dans l'une d'elles, l'étudiante trouve un article inspirant. *The Commencement Exercises of the Woman's Medical College of the New York Infirmary,* publié en 1883. Dans une autre, *Progress in Medical Education. The Woman Taking the Lead.* Une troisième article traite de *The Higher Education of Women.* Du rayon des livres, elle tire *Women in Medicine* et «*Common Sense*» *Applied to Woman Suffrage,* tous deux publiés en 1894. Cette provision suffit, Irma ne souhaite plus que s'enfermer dans sa chambre du campus pour glaner dans ces textes les arguments qui feront fléchir en sa faveur les autorités de la faculté de médecine. Il lui tarde de voir apparaître Miss Murray. En l'attendant, et pour ne pas s'attirer les soupçons de Ferdinand, elle ajoute à sa collecte deux autres revues et autant de livres traitant de sujets strictement médicaux. La voici, enfin.

— Voudriez-vous aller discrètement porter ce livre-là dans la manche de mon veston?

La domestique fronce les sourcils.

— Je sais que ça vous semble louche, mais c'est pour éviter que le docteur s'inquiète. J'ai un urgent besoin de ce livre, même s'il ne traite pas de médecine. Je vais le rapporter, je vous le jure, quand votre patron sera au travail.

— Si je n'avais pas été témoin de ce qui s'est passé à la gare, à votre arrivée, avec le bébé, je refuserais de vous rendre ce service. Par méfiance...

— Je vous comprends. Je n'oublierai pas ce que vous faites là, Miss Murray. Quand j'en aurai le temps, je vous expliquerai tout.

Sur ce, Elen Murray prend la direction du vestibule et Irma celle du boudoir où Ferdinand est occupé à lire son journal.

— Merci beaucoup, Dr Canac-Marquis, dit l'étudiante, de la porte entrebâillée du boudoir.

— T'as trouvé tout ce que tu cherchais? demande-t-il, son journal à la main, sans même la questionner sur le titre des livres qu'elle a consultés.

— Oui, oui.

— Je termine ce paragraphe et je t'accompagne...

— Ne vous dérangez pas, docteur. Merci encore.

— À demain, Irma. Nous te réservons de belles surprises! lui annonce Ferdinand.

Très occupée à préparer la réception du lendemain, Miss Murray a placé un sac près de la porte du vestibule et y a glissé, enveloppé dans le veston d'Irma, le gros livre intitulé «*Common Sense*» *Applied to Woman Suffrage*.

— Quelle femme intelligente! Il n'est pas juste qu'elle doive gagner sa vie comme domestique, se dit Irma, intéressée à connaître Elen Murray davantage.

Pour l'étudiante penchée sur les écrits de la D^re Putnam Jocabi, les heures ne sont plus que des étoiles filantes. Clouée à sa table de travail, elle attrape d'une main un fruit, des noix, une tranche de pain pour faire taire les requêtes de son estomac. Irma ne veut ni perdre de temps ni être distraite dans l'élaboration d'arguments invincibles contre les préjugés de ses enseignants : bâtir un texte de persuasion étoffé des propos de cette auteure à qui les autorités accordent suffisamment de crédibilité pour mettre certains de ses ouvrages au programme de formation médicale. Une collecte des idées principales et une copie brouillon annotée auront occupé toute sa journée.

La fatigue se fait sentir mais pas autant que l'ambition de terminer ce texte pour le lundi suivant. « Si j'avais tout mon dimanche, au moins », pense Irma, tentée de décliner l'invitation des Canac-Marquis. « En plus, il m'aurait réservé des surprises. Pourquoi je déteste tant les surprises ? » se demande-t-elle, en avalant une bolée de soupe garnie de pain. La certitude de les avoir adorées dans son enfance est ferme. « C'est depuis le départ de maman que je les fuis », constate-t-elle, déterminée à doser ses appréhensions.

Dès son entrée dans cette résidence qu'elle connaît déjà, Irma est médusée par la qualité de l'accueil et le faste des préparatifs. Pour cette réception, les pièces ont été décorées d'œillets, de roses et de chrysanthèmes, la salle à manger, ornée d'une majestueuse pyramide de bonbons et d'une tapisserie de roses. Les cartes du menu, en bosselures dorées, portent dans un angle un portrait miniaturisé des nouveaux mariés. Le docteur, plus que son épouse encore, se montre honoré de la présence de Mlle LeVasseur à qui il dévoile la surprise annoncée :

— Ma très chère Irma, nous avons le bonheur d'être entourés aujourd'hui de gens de chez nous. Des personnalités de souche canadienne-française, déclare-t-il, en lui présentant M. René P. Lemay, fils du poète Pamphile Lemay, le capitaine Aimé Talbot, le commerçant Théofred Hamel, M. et Mme Alcide Dufresne, M. et Mme Jean-Baptiste Robitaille, M. et Mme Adélard Marchand, M. et Mme Alfred Michaud, les demoiselles Nelson et les demoiselles Aubin.

Les propos courtois de ces gens prouvent qu'ils ont tous été mis au parfum des projets d'Irma et de l'amitié qui lie son père à Ferdinand. Un doute surgit. Puis la méfiance. « Le docteur serait-il allé jusqu'à leur parler de maman ? Si c'était pour me mettre sur ses traces, je ne m'en plaindrai pas », songe-t-elle.

Les mets servis relèvent d'un art culinaire remarquable. Irma aimerait bien aller donner un coup de pouce à Miss Murray, mais Ferdinand la prie de demeurer à table, comme les autres invités.

Tant que l'atmosphère se prête aux échanges portant sur la culture ou la médecine, la compagnie de ces gens plaît à Irma. Mais lorsqu'elle est conviée à une partie de cartes, d'euchre ou de whist, elle trouverait bien un prétexte pour en être exemptée. Plus encore lorsque tous ces jeux font place à la danse ; ces « sauteries », comme on les désigne, lui déplaisent au point d'invoquer l'urgence de terminer un travail pour retourner au campus.

— Tu ne vas pas nous quitter avant d'avoir dansé un peu avec nous, la supplie Ferdinand.

— Inutile d'insister, docteur. Un cours de médecine, ça exige de l'étude, vous êtes bien placé pour le savoir, riposte-t-elle du tac au tac.

— Mais il faut savoir s'amuser un peu, ma p'tite demoiselle, lance M. Robitaille.

— Rassurez-vous, monsieur, je m'amuse dans mes livres de médecine. Beaucoup, même.

« La petite Canadienne », comme plusieurs invités la nomment, ne quitterait pas la résidence des Canac-Marquis sans aller saluer Miss Murray et la féliciter pour la réussite de cette réception. « Je vais revenir vous voir au cours de la semaine », lui promet-elle, avec un sourire entendu.

Martelant la chaussée de ses talons, Irma marmonne : « M'amuser... Qu'en sait-il, ce monsieur Robitaille ? Je sais m'amuser. Il ne m'a pas vue... avant que... »

Irma constate que sa mère a emporté avec elle son espièglerie, ses éclats de rire, sa candeur et sa confiance dans les adultes. Son enfance l'a désertée brutalement, tout comme cette jovialité que le repli sur sa douleur de fillette a estompée. Les éclats de rire devinrent impertinents, irrévérencieux même, tant sa vie était aride. « Serais-je déjà devenue une vieille ? » se demande-t-elle, navrée.

D'un pas lourd, Irma se dirige, tête basse, vers sa chambre d'étudiante. Soudain, elle s'arrête, lève les yeux et aperçoit l'édifice qui lui permettra d'assouvir sa plus grande passion : « Non, je ne suis pas une p'tite vieille. Tant que j'aurai des projets, je ne serai pas

une p'tite vieille. Je me battrai pour les réaliser tous. Les p'tites vieilles ne rêvent plus, ne se battent plus, elles se résignent.»

Le lendemain matin, le cœur battant d'espoir, l'étudiante LeVasseur dépose à la réception de l'université une enveloppe rondelette adressée au directeur de la faculté de médecine.

Promesse faite, promesse respectée. Le mercredi suivant, Irma, en congé de cours pour l'après-midi, rend les livres empruntés au Dr Canac-Marquis. Elle se doit aussi d'informer Miss Murray des raisons de sa conduite du samedi précédent. La domestique boit ses paroles.

— Ce n'est pas donné à toutes les filles d'avoir votre cran et votre intelligence, Mlle LeVasseur.

— Y a des personnes pour qui la chance tarde à se présenter. Ça ne veut pas dire qu'elles sont moins douées...

≫‧≪

À trois jours de Noël, le campus de l'Université Saint-Paul est presque désert.

Le gel des dernières nuits a dégarni les rosiers et soumis à ses rigueurs les échinops lilas qui bordent l'allée centrale. Emmitouflée dans un châle de sa mère, accoudée à la table qu'elle a collée à la fenêtre, Irma imagine ces arbustes couverts de duvet blanc ou cristallisés par le verglas.

Première nostalgie de l'hiver nordique.

Regret de ne pouvoir, en cette période de festivités, partager avec les siens les joies de sa récente victoire : les références à la D^re Mary Putnam Jacobi dans sa lettre de protestation ont eu raison de la partialité des autorités et la jeune Canadienne française a maintenant droit aux mêmes privilèges que les autres étudiants. À ce succès viennent s'ajouter deux lettres du Canada : l'une en provenance de Saint-Roch et l'autre de Montréal. Les doigts d'Irma courent sur le repli de l'enveloppe adressée de la main de Maude Abbott. Trois feuillets. Un feston de guirlandes de Noël multicolores encadre le texte sur chacun d'eux. Des vœux pour une année

de succès, de santé et de bonheur remplissent la première page. Sur les deux autres, Maude confie à son amie Irma la déception profonde qu'elle vient de vivre.

Tu te souviens sans doute que je t'ai parlé du Dr Osler et de l'admiration que j'ai pour lui. Il ne cesse de m'encourager à poursuivre mes recherches sur les maladies cardiovasculaires congénitales. À la fin d'octobre, à sa demande, je lui ai fait parvenir mon étude sur les bruits fonctionnels du cœur. Il en a été si impressionné qu'il a décidé de l'inscrire au programme de la Montreal Medical-Chirurgical Society. *Croirais-tu qu'on a refusé que j'entre dans la salle de réunion pour y lire mon article? Qu'on a chargé un médecin de le faire à ma place parce que je suis une femme? On a prétexté, bien sûr, que les femmes ne sont pas admises dans leur société et que, de toute façon, ma recherche perdrait de sa crédibilité si elle était déclarée œuvre de femme. D'ailleurs, on a pris soin d'en accorder la pérennité «to the Dr. Abbott», sans mentionner mon prénom. Je comprends maintenant que la D^{re} Barry ait choisi de se faire passer pour un homme. Nous est-il permis, ma chère Irma, d'espérer que dans ce merveilleux monde de la médecine, vienne le jour où les femmes auront le droit autant que les hommes d'être reconnues pour leur intelligence et leur compétence? J'attends encore ma licence...*
Je souhaite que les choses aient changé d'ici la fin de ta formation...

«Qui croirait que parmi ces misogynes plusieurs ont mis des filles au monde! Quel avenir peuvent-ils bien souhaiter pour elles?» se demande Irma.

Avant de répondre à cette lettre, Irma s'empresse d'ouvrir l'enveloppe qui fait le dos rond. Une carte aux cloches rouges givrées de dorures et plusieurs feuillets y ont été insérés. L'un est signé : *Ton père qui t'adore, Nazaire.* Aux mots d'admiration et d'encouragement succède un aveu : *Je me console de ton absence à la pensée que tu es entourée d'amis exceptionnels qui sauront te conforter, te divertir et même te choyer pendant ces deux semaines de congé.*

Irma sourit. «Me divertir, ça va. Me choyer, peut-être, à la condition de ne pas me materner. La place de mère dans ma vie est strictement réservée à Phédora Venner... pour le jour où je la retrouverai.»

L'autre missive est de Paul-Eugène. «Il a dû griffonner ses perpétuelles jérémiades», soupire Irma.

Ma petite sœur chérie,

Tu ne me croiras peut-être pas, mais je suis content que tu ne viennes pas pour le temps des Fêtes. J'aurais aimé te voir, c'est sûr, mais j'ai pensé que tu prendrais ces deux semaines pour te mettre à la recherche de maman et ça me rend tout heureux. J'espère ne pas me tromper. Tu te rappelles comme je déteste cette période depuis qu'elle n'est plus avec nous. Ça fait sept ans! Qu'est-ce qu'elle attend pour revenir? Si je pouvais donc connaître son adresse. Ce que je lui raconterais nous la ramènerait, ça c'est sûr. Chaque fois que je saurai que tu es partie à sa rencontre, ça me consolera de ton absence. J'ai placé ta photo sur le piano de maman. J'essaie de m'imaginer ce que ça me ferait de nous voir tous ensemble. Parfois, ça me fait du bien.

Vous me manquez, toi et maman, parce qu'il n'y a que vous deux qui me parlaient pour autre chose que pour me faire des reproches. Je t'adore, Irma. (C'est tante Angèle qui a corrigé mes fautes.)

Irma est surprise de constater que sa tante Angèle n'a pas tiqué sur le dernier paragraphe. «Des reproches, elle n'a pas le choix de lui en faire si elle veut qu'il s'assume, ce garçon pas chanceux», pense-t-elle. Le ton de cette lettre l'incite à croire qu'il serait possible d'améliorer le sort de son frère. Nazaire semble, hélas! résolu à laisser son fils voguer à sa guise. «Ou à la dérive... Comme un radeau délabré... Qui pourrait le repêcher en attendant que j'aie terminé mes études? Je sais que ce ne pourrait être papa. On dirait qu'il s'est laissé contaminer par la honte des Venner... Grand-père Zéphirin? Mais combien de temps pourra-t-il encore l'aider? Tante

Angèle, peut-être ?» Les bons vœux de cette femme, ses mots d'encouragement et ses félicitations soutiennent son espoir.

Persuadée que la lettre de Zéphirin sera la plus délicieuse des quatre, Irma se l'est réservée pour la fin.

> *C'est ton premier Noël loin de nous. Loin de moi. Il faudra bien que je m'y habitue. Tes études ne font que commencer et ton futur travail de guérisseuse t'amènera peut-être ailleurs que dans notre belle ville de Québec. Puis un jour, ce sera moi qui partirai... pour le grand voyage.*

> *Tu vas peut-être penser que je commence à perdre la tête si je te dis que c'est pour toi que j'ai marché si longtemps sur ma terre à bois l'autre jour pour trouver le plus beau sapin que j'ai jamais rapporté dans mon salon. Comme si j'étais sûr que ça rendrait notre éloignement moins pénible. Chaque fois que les bleus me prennent, je le regarde rempli de la même fierté avec laquelle je te regarderais si tu étais avec nous. Avec plus de fierté même du fait que tu es absente pour une mausus de bonne cause. Autre petit secret entre nous deux : cette année, j'ai demandé un cadeau au p'tit Jésus : qu'il me laisse encore de bons moments à passer avec toi. Que je puisse te voir au moins une fois avec ton épinglette de docteur bien en vue sur ton uniforme. Je suis bien capable de me rendre à soixante-dix-huit, quatre-vingts ans, tu sais. Après, tu seras là pour me soigner si j'ai des bobos. J'ai pensé qu'un petit vingt dollars pourrait agrémenter ta nuit de Noël. Si j'en crois ton père, tu seras invitée chez les Canac-Marquis. Tu pourras t'y présenter* chic and swell.

Dans le cœur d'Irma, le désir d'être agréable à cet homme en tout irréprochable est plus fort que sa répulsion pour le magasinage. «Pourquoi pas une robe de velours ? Maman en portait souvent», songe-t-elle en remontant sa chevelure sous un chapeau de feutre noir à rebords ornés de fourrure de lapin. Même fourrure à son manteau qui rejoint ses bottes de cuir au long laçage.

Sur la rue principale, les boutiques s'échelonnent et rivalisent de séduction. Irma en connaît une réputée pour ses bas prix et pour la qualité de ses vêtements pour dames. Elle s'arrête devant la vitrine, recule d'un pas et revient... Miss Murray cause avec une vendeuse. Irma entre et file vers un rayon, droit dans la mire de la domestique. L'apercevant, Elen lui fait signe d'aller la rejoindre. Les formules de politesse font vite place aux nouvelles de dernière heure :

— Le docteur est très contrarié... Madame est encore alitée pour une grippe, dit Miss Murray.

— Contrarié ? Vous voulez dire qu'il est attristé.

— Oui, sûrement, aussi. Mais c'est qu'il a fait plein d'invitations pour le souper de Noël.

— Je vois...

— Ça me fait bien de la peine...

— Elle est si mal en point ?

— Je sais qu'elle va s'en remettre, mais c'est que je ne suis pas toujours sûre que pour mon patron la santé de sa femme passe avant son goût des mondanités, marmonne la domestique.

Irma ne dit mot.

— Vous serez avec nous pour Noël, Irma ?

— Je vais voir. Si je me trouve une toilette, lance-t-elle, rieuse, aussitôt disparue derrière une rangée de robes de soirée.

Elen Murray ne tarde pas à la rejoindre :

— Je vous en prie, Mlle Irma, ne refusez pas... surtout pour ce jour-là. J'aurai un peu plus l'impression de me retrouver avec les miens si vous venez.

Une grande détresse tire les traits de la jeune femme dont elle ne sait rien, sinon qu'elle serait, pour une cause qui lui échappe, la protégée du Dr Canac-Marquis.

— Vous n'avez pas de famille ici ? demande-t-elle, compatissante.

— Ici, non. Je me sens comme dans un désert, sans ma parenté, sans...

« Sans son amoureux », présume Irma. Elen parvient difficilement à cacher son émoi.

— Je viendrai pour vous, Miss Murray. C'est promis.

Suit une accolade si spontanée que les deux jeunes femmes éclatent de rire.

Irma sait qu'elle s'achètera une nouvelle robe. Elle sait aussi qu'il lui sera désormais plus agréable d'accepter les invitations du Dr Canac-Marquis.

Les journaux américains attaquent une femme de nationalité anglaise, fille d'éditeur et épouse d'un médecin juif, installée aux États-Unis depuis quelques années. Irma en est sidérée. La D^re Mary Putnam Jacobi, cette pionnière qu'Irma se propose d'aller rencontrer à New York, est perçue comme une menace pour les femmes chrétiennes et respectueuses de la loi. Elle est accusée de les soulever contre l'autorité civile en les incitant à réclamer le droit de vote. À preuve, la publication « *Common Sense* » *Applied to Woman Suffrage,* ouvrage dont Irma a tiré des extraits sur le droit des femmes pour exiger de l'Université Saint-Paul une formation complète. Récemment, la D^re Putnam Jacobi aurait poussé l'effronterie jusqu'à demander une réforme de la Constitution de l'État de New York. Autre accusation et non la moindre, Mme Mary Putnam utiliserait ses contacts de femme médecin pour se faire entendre sur la place publique. Affectée au *St. Marks Hospital,* elle prétendrait avoir les mêmes droits que ses confrères médecins.

« On m'avait dit que les Américains étaient plus évolués que les Canadiens sur leur perception des femmes et de leurs droits... Quelle illusion ! » constate Irma.

De cette déception naît en son cœur une admiration accrue pour Mary Putnam. Jamais plus Irma ne pourra porter son regard sur un de ses ouvrages sans que montent en elle l'indignation mais aussi un vif désir de solidarité. « Ce que je donnerais pour me retrouver à New York ! Mme Mary, maman... » Or le premier semestre de l'année universitaire 1895 est commencé. Inutile de songer à quitter le campus avant le mois de juin. Et encore ! Irma vient tout juste de recevoir une offre enviable qui la privera, toutefois, de la possibilité de vivre ses vacances scolaires au Québec : un de ses

professeurs lui propose de travailler dans un petit hôpital dont il est le chirurgien en chef.

Renoncer à revoir sa famille après un an d'éloignement, reporter ses démarches pour retrouver sa mère ainsi que sa rencontre avec la D^re Putnam Jacobi, tel est le prix à payer pour cette expérience prometteuse. La nouvelle attriste ses tantes et révolte son frère. Zéphirin rêve de se faire petit oiseau pour aller lui rendre visite. Nazaire ne ménage pas ses encouragements, les étayant de faits récents concernant la place que les femmes et les arts gagnent au Québec.

Je lisais ce matin dans les journaux de la fin de semaine qu'une jeune femme, sous le pseudonyme de Françoise, tient depuis quatre ans sa propre chronique dans La Patrie *et qu'elle se prépare à publier un recueil de nouvelles. Il y a aussi les romans de Laure Conan, née Félicité Angers, qui deviennent de plus en plus populaires.*

Loin de réjouir Irma, ces nouvelles l'indignent : «Encore l'obligation pour ces femmes de cacher leur identité pour accéder à la renommée!»

J'ai pu mettre la main sur un de ses romans qu'elle a intitulé À l'œuvre et à l'épreuve. *Certains passages m'ont tiré les larmes. Je me limiterai à t'en citer deux : «Rien n'est beau comme la voix humaine, quand elle est belle.» «C'est bien singulier comme nous restons enfants en certaines choses. C'est fort heureux quant aux sentiments.»*

Tu devines que j'ai pensé à ta mère en lisant de si délicieuses paroles. Si je pouvais remonter le temps, je serais un bien meilleur mari... Que de choses je dirais à celle que je chéris toujours! Malgré tout le chagrin qu'elle m'a causé, j'éprouve autant d'amour pour elle que lorsque je l'ai épousée, il y a vingt-trois ans.

«Enfin! Il m'en parle de lui-même. Mais pourquoi tant de non-dits entre mes parents? Il est loin d'être toujours louable ce proverbe qui affirme que le silence est d'or.»

Nazaire en avait beaucoup à raconter à sa fille, ce jour-là. Le verso de la page est entièrement couvert.

Je prépare une marche militaire qui sera jouée à l'ouverture du prochain Carnaval de Québec. Ma joie sera d'autant plus grande que nous aurons de la visite rare cette année... La grande cantatrice Albani, Emma Lajeunesse de son vrai nom, doit venir chanter au manège militaire. Ta mère l'adorait. Elle avait gardé tous les articles de journaux qui parlaient de sa venue à Montréal en 1883. Un train spécial était allé chercher notre diva à la frontière américaine et dix mille personnes l'attendaient à la gare Bonaventure. Des raquetteurs, flambeaux en main, lui avaient fait une haie d'honneur. Les musiciens de la fanfare marchaient en chantant « Vive la Canadienne ». Pour couronner le tout, notre poète Louis Fréchette lui avait écrit une ode. Ta mère est partie avec ces papiers-là. Je me demande si elle ne rêvait pas de faire la même carrière... Peut-être croyait-elle qu'il est nécessaire de quitter son pays pour réussir. D'ailleurs, l'Albani a déjà confié aux journalistes que les Canadiens ne savaient pas l'apprécier. Nous, on pense que c'est elle qui nous a tourné le dos.

Du coup, naît chez Irma un intérêt pour cette cantatrice, pour l'influence qu'elle aurait pu exercer sur Phédora. « Peut-être se produira-t-elle encore aux États-Unis », espère-t-elle, dans l'intention d'assister à un de ses concerts.

Les autres paragraphes de la lettre de Nazaire se résument en quelques recommandations paternelles et en prières de transmettre ses meilleures salutations au couple Canac-Marquis.

— Nous ne recevons que nos amis intimes, cette fois, annonce le docteur dans son invitation pour le premier dimanche de mai 1895.

Dans la voix du médecin, quelque chose d'étrange... Irma attend la suite.

— Me ferais-tu la faveur d'apporter tes cahiers de musique ?

— Oui, bien sûr, répond-elle, oubliant de lui en demander la raison.

Intriguée, Irma devancera l'heure d'arrivée de quelques minutes. Le printemps hâtif lui inspire une tenue plutôt légère aux couleurs claires : du blanc et du bleu avec une bottine de fin cuir chamois, voilà qui lui sourit.

À la résidence de la rue Washington, Irma s'étonne d'être accueillie par Ferdinand et sa domestique. Le docteur affiche un large sourire et ses gestes sont remarquablement réservés. Avec Miss Murray, ses échanges sont feutrés.

— Madame n'est pas là ? demande Irma.

— Je t'expliquerai lorsque les autres invités seront avec nous, dit Ferdinand.

Irma le suit au salon où des plats de biscuits ont été apportés.

— Tu ne peux imaginer le plaisir que tu vas faire à mon épouse. Elle adore le piano et la musique classique, dit-il en la libérant des cahiers de musique qu'il va placer sur le piano.

— Il y aura des pianistes parmi vos invités ?

— Oui. Une pianiste. Toi.

— Vous auriez dû me le dire.

— Je n'avais pas jugé nécessaire de le préciser.

— Je n'aime vraiment pas ce genre de surprise. Si ce n'était de déplaire à votre épouse, je repartirais dès maintenant.

— Tu t'en fais bien trop. On ne sera pas plus d'une dizaine de personnes et pas une ne pourrait jouer plus que la gamme.

Irma, campée dans un fauteuil, se mure dans un silence que seule l'arrivée de deux couples vient rompre. MM. Lapierre et Watier sont médecins et leurs épouses tiennent à le souligner en serrant la main de la « future D^{re} LeVasseur », pour reprendre les paroles de Ferdinand.

L'absence de l'hôtesse est remarquée. Des regards étonnés se croisent, mais sans plus. Enfin, Ferdinand s'excuse de devoir s'absenter un instant. Un craquement de porte, le chuintement de pas

sur le tapis de Turquie et voilà que, bras dessus, bras dessous, M. et Mme Canac-Marquis font leur entrée au salon. Madame est ravissante dans sa robe de taffetas mauve parée de dentelles roses. Avec grâce, Ferdinand lui présente une coupe au contenu différent de celui qu'il a offert aux invités.

— Mes très chers amis, je veux que nous buvions à la santé de notre enfant, annonce-t-il, enlaçant son épouse avec tendresse et fierté.

La nouvelle trouble Irma. Elle vient d'avoir dix-huit ans, Emma en a vingt-cinq. Pourraient être siens le privilège d'Emma Plante, son euphorie à la pensée d'être porteuse du plus grand miracle de l'humanité, son émerveillement devant ce petit être qui balbutiera le mot le plus doux de la terre : maman.

Félicitations, réjouissances et toasts se succèdent pour l'enfant qui devrait naître en novembre prochain. Visiblement émue, la future maman se dirige vers Irma et dit :

— Ma très chère demoiselle, mon mari m'a parlé de votre talent... J'aimerais offrir à mon enfant, même s'il n'est là que depuis trois mois, dit-elle en plaçant une main sur son ventre, le bonheur de vous entendre au piano.

— Je n'ai jamais joué devant public. Et je n'ai pas touché un clavier depuis presque deux ans. J'aurais préféré me préparer un peu.

— Ça ne s'oublie pas si vite quand on a du talent comme toi, réplique Ferdinand, pressé d'aller accrocher son bras au sien pour la conduire au piano.

Avant même qu'une touche du clavier vibre, des applaudissements saluent le courage et la générosité de la jeune femme de Québec. Aucune des neuf personnes impatientes de l'entendre ne pourrait soupçonner de quel étrange sentiment Irma est soudain habitée. Nombre de fois elle a tenté de se placer dans la peau de sa mère. Phédora, fille de Sir William Venner. Phédora, épouse de Nazaire LeVasseur. Phédora, mère éprouvée. Mais jamais encore elle n'a communié au bonheur que peut ressentir une artiste à l'accueil du public. Une sérénade de Schubert guide ses doigts sur le clavier. Portée par le souvenir d'un certain dimanche de juin 1887,

Irma enfonce les touches avec cette intensité que magnifiait la voix de Phédora. Aucune faille dans sa mémoire.

La pièce terminée, elle tarde à quitter le piano... le temps de revenir de Saint-Roch.

Emma Canac-Marquis sanglote, les autres dames s'épongent les joues avec discrétion. Le Dr Watier s'en trouve importuné et ne s'en cache pas. « Il est normal qu'une femme dans votre condition soit plus sensible... », allègue-t-il à l'intention de la future maman. Du coup, Mmes Lapierre et Watier serrent les paupières, relèvent le menton et s'accrochent un sourire au visage.

— Elle joue du Mozart aussi, dévoile le Dr Canac-Marquis.

— Mon Dieu ! J'aurai vraiment besoin de votre indulgence pour interpréter une pièce de ce grand musicien.

Elle lui est assurée à l'unanimité.

— Je vous propose un extrait des *Noces de Figaro*.

Bien rendue, la pièce a séduit. Les compliments abondent. Irma quitte le clavier, invitant quelqu'un d'autre à venir s'y installer.

— Tu es la seule ici à posséder ce beau talent, lui rappelle Ferdinand.

Les dames présentes envient cette jeune femme.

— Tant d'aptitudes pour les arts et pour les sciences à la fois, c'est plutôt rare, fait remarquer Mme Lapierre. Irma lui sourit.

La conversation des messieurs passe des sports aux grands spectacles donnés à New York. Trêve de timidité, Irma leur manifeste son intérêt.

— Saviez-vous qu'une cantatrice de chez nous, de réputation internationale, y a été invitée plusieurs fois ? leur demande-t-elle.

— Vous voulez parler d'Emma Lajeunesse, présume M. Lapierre, manifestement épris d'opéra.

— Vous la connaissez ?

— Elle doit venir ici en mars prochain. Elle est si populaire au *Covent Garden* de Londres que ça fait bien quatre ans qu'on ne l'a pas entendue à New York. On lui prépare tout un accueil.

— Elle a chanté souvent à New York ?

— Régulièrement après avoir été invitée à l'inauguration du *Metropolitan Opera House*.

Irma souhaite que le Dr Lapierre en dise davantage, mais il est interrompu par Miss Murray qui, de la cuisine, a suivi la conversation et se hâte d'y prendre part :

— La dernière fois, c'était en 1889. Tous les journaux en ont parlé. J'aurais tellement aimé assister à ce concert, leur apprend-elle, émue.

— Vous la connaissez vous aussi ! s'exclame Irma.

— Bien, c'est normal... répond-elle, aussitôt prise d'un malaise dont seul le couple Canac-Marquis connaît la cause.

Miss Murray se tourne vers les dames à qui elle offre un apéritif, puis retourne à la cuisine.

« L'Albani a pu croiser maman puisqu'elles étaient toutes deux à New York il y a six ans, pense Irma, chamboulée. Mais où se produira-t-elle en mars ? »

Ferdinand s'empresse de prendre la parole :

— Dans sa grande modestie, Mlle LeVasseur ne vous l'aurait pas dit, mais son père et la cantatrice seront tous deux en vedette au prochain Carnaval de Québec.

Les yeux s'écarquillent, les mots d'admiration se multiplient.

— Son père, qui est aussi mon grand ami, est journaliste et musicien, entre autres. C'est sa propre composition qui sera jouée pour l'ouverture de ce carnaval. Une marche militaire.

— Nos félicitations à votre père, dit le Dr Watier, suivi de son épouse et des autres invités.

— J'aimerais bien aller l'entendre, mais notre enfant n'aura que quatre mois... dit Ferdinand, attristé.

— Un sacrifice facile à faire, réplique son épouse, subjuguée par l'enfant qu'elle attend.

De nouveau remuée, Irma s'empresse de signifier son intention de retourner au campus. « Des travaux m'attendent à ma chambre », dit-elle, taisant le besoin de solitude qui l'y pousse plus que tout.

Étendue sur son lit, elle ferme les yeux pour mieux se réapproprier les émotions vécues en cet après-midi. « Comme s'il fallait que je sois loin de mon patelin pour que des fragments de mon enfance me soit rendus », pense-t-elle, encore portée par cette magie qui

a guidé ses doigts sur le clavier. Encore habitée par l'ivresse que semblait vivre Phédora en interprétant cette mélodie. Des instants divins.

➤•◄

Septembre 1895 venu, Irma profite de ses trois seuls jours de vacances pour donner des nouvelles à sa famille. À son grand-père Zéphirin, elle écrit :

> *Le sacrifice d'un beau congé avec vous tous au cours de l'été fut adouci par mes deux mois d'expérience en milieu hospitalier. Quel privilège que celui qui me fut accordé d'assister à plusieurs interventions chirurgicales ! Grand-père, je veux devenir chirurgienne aussi. Vous le savez, nos hôpitaux acceptent rarement d'opérer de jeunes enfants. Je pourrai le faire moi... dans mon hôpital. Je vous entends rouspéter, grand-père. Oui, je le sais. Il faut de la collaboration et des sous pour fonder un hôpital. J'ai gagné pas mal d'argent cet été ; en plus, le Dr Watier m'a offert de retourner travailler avec lui l'an prochain. Je ne suis pas sans penser qu'il me restera de l'argent de l'héritage laissé par grand-papa Venner. Philomène a accepté de m'en envoyer un peu plus pour la prochaine année. C'est encore tante Rose-Lyn qui a réussi à la raisonner. Une chance que je l'ai, cette tante. Je lui ai confié une autre mission : que Philomène paie mon billet de train pour aller à Québec à Noël. J'essaie de ne pas me faire d'illusions pour ne pas avoir trop de peine si jamais elle me le refusait...*

La réponse de Zéphirin ne tarde pas à lui parvenir :

> *Il faut que tu viennes fêter ça avec nous. Ce sera un merveilleux couronnement de ton année 1895.*

Avant ce Noël tant attendu, Mme Emma Canac-Marquis accouche d'un garçon dont le prénom sera Raoul-Ferdinand. Malgré des mois de préparation mentale, Irma LeVasseur tremble en ouvrant ses

bras à l'enfant que la jeune maman lui présente. Elle le contemple, médusée. Renoncer définitivement au bonheur de serrer contre soi un petit être, le sien, qui incarne l'amour dans ce qu'il a de plus noble pour arracher à la mort des milliers de bébés lui semble souhaitable mais difficile.

« Que de mystère en ce tout petit garçon ! Mais que d'impuissance aussi ! » Saisie de l'imprévisible destin réservé à l'enfant qui naît, Irma mesure comme jamais auparavant la dose d'abandon et de courage requise à qui devient parent. Elle n'est pas moins troublée par l'incommensurable responsabilité qui y est rattachée. Devant ce petit être fragile, elle sent sa propre vulnérabilité. Ses propres craintes. Peur qu'il ait mal. Peur qu'il vive l'abandon. Peur que la vie lui semble dénuée de sens. La moindre souffrance qui pourrait être infligée à cet enfant lui apparaît comme le plus odieux de tous les crimes.

— Ne désespérez pas, ma chère amie. Votre tour viendra de vivre ce grand miracle, dit la maman, témoin de l'émoi de la jeune femme.

Irma lui rend son enfant avec une délicatesse maternelle.

Informé de la naissance de Raoul-Ferdinand par télégramme, Nazaire n'a pas tardé à expédier une lettre de courtoisie à ses amis de Saint-Paul. Aux félicitations et aux vœux de santé pour la mère et l'enfant, il ajoute l'annonce officielle de la prestation qu'il donnera lors de l'ouverture du Carnaval de Québec, faisant grand état de la présence de la cantatrice Albani à cette même soirée. *Saluez bien ma chère Irma pour moi,* écrit-il. Le message lui est transmis de vive voix lors d'une autre invitation à venir voir leur bébé.

Irma s'attendait à ce que son père glisse une enveloppe pour elle dans ce courrier. Quelques dizaines de dollars, en prévision des Fêtes. De retour à sa chambre, elle cuve sa déception. Son déplaisir est d'autant plus ressenti que les sommes attendues de Philomène ne sont pas encore arrivées. Irma devra passer le temps des Fêtes aux États-Unis. Et qui plus est, avec très peu d'argent. New York ne lui est pas plus accessible que le Québec. Déception extrême. Colère contre la mesquinerie, au mieux l'indifférence et la négligence de

sa «fausse grand-mère». Vide affectif qui lui glace le sang. La fille de Phédora crie son chagrin, la bouche couverte du châle de sa mère. «C'est de votre faute, maman. Je devrais vous haïr quand j'ai si mal. Je devrais vous chasser de ma mémoire. De ma peau. De mon cœur. Aurais-je le droit un jour de savoir, au moins, pourquoi vous avez choisi de nous abandonner?» Une peine insondable injecte la douleur dans tout son corps. Irma se recroqueville sous ses draps, en quête d'un apaisement qui ne vient pas. Jamais elle n'a ressenti un vide aussi glacial. Le néant veut l'aspirer. L'épuisement l'emporte.

À son réveil, le lendemain, la fille de Phédora refait le bilan de son existence. «Je ne peux compter que sur moi. Je dois me raccrocher à l'espoir. Garder en tête mon idéal : sauver des vies d'enfants.»

En quête de réconfort elle-même, Irma cherche les mots pour consoler les LeVasseur qui espéraient sa visite. Pour toute distraction, elle acceptera les invitations des Canac-Marquis chez qui l'exaltation est devenue quotidienne depuis la naissance de Raoul. Les plus infimes progrès de l'enfant les émerveillent. Irma partage leur enchantement. Le contact de cet enfant lui apporte un bien-être encore jamais éprouvé. Un baume sur une meurtrissure intérieure. En est un aussi la joie qui illumine Miss Murray chaque fois qu'elle se trouve en sa compagnie.

— Si j'étais de votre classe sociale, je vous demanderais la permission de vous adopter comme ma jeune sœur, lui confie-t-elle au jour de l'An.

— Je me fous des classes sociales et je souhaite que vous en fassiez autant, Miss Murray.

Leur accolade leur laisse un goût d'amitié.

❧·❧

Rarement le mois de janvier ne m'aura causé une telle effervescence, écrit Irma dans une lettre adressée à sa tante Rose-Lyn. Et pour

cause, celui de l'an 1896 confirme la venue à Saint-Paul de la grande cantatrice Albani.

Plus que cinq mois d'études acharnées et de travaux complexes pour terminer cette deuxième année universitaire. Plus que deux mois avant la rencontre avec la grande chanteuse, ajoute-t-elle dans sa lettre.

Une rencontre dont elle imagine les résultats avec un espoir fou.

Toute la population canadienne-française de Saint-Paul s'est préparée à accueillir la cantatrice avec décorum pour ce début de mars 1896. La veille du concert, sachant que Mme Albani séjournera à l'hôtel Ryan, le Dr Canac-Marquis a suggéré à son épouse que des fleurs et une bouteille de champagne soient livrées à la chambre de la diva.

En secret, la fille de Phédora se prépare tout autrement à cette grande soirée, repoussant sa visite chez les Canac-Marquis, de peur d'être questionnée sur le sujet ou, pis encore, d'être invitée à se rendre avec eux à la salle de concert. Non. Irma a tout planifié dans la solitude de sa chambre et elle assistera au concert dans la plus grande discrétion. Pour ce faire, elle a acheté un billet pour un siège au beau milieu d'une allée latérale.

Une tenue classique mais de bon goût, dans les couleurs marines, trois photos de Phédora dans son sac à main, le cœur battant la chamade, Irma se rend à la salle de concert. Il faut éviter de s'y présenter trop tôt : isolée dans une rangée de sièges vides, elle risquerait d'attirer l'attention des spectateurs qui entrent. Par ailleurs, ignorant quels sièges les Canac-Marquis occuperont, elle doit éviter d'arriver après eux.

Du hall de la salle de spectacle, les gens commencent à se diriger vers leur siège. Irma jette un coup d'œil vers la rangée où elle a réservé le sien pour constater qu'elle est déjà bien garnie. Elle se faufile alors entre deux couples qui prennent cette direction, passe, en s'excusant, devant deux personnes assises dans la même rangée et prend place sur le siège qu'elle avait réservé. Un monsieur se présente presque au même moment.

— *Excuse me, Miss. That's my seat.*

Irma se lève et reconnaît s'être trompée de rangée.

Pardon me, Sir, dit-elle, pressée de reculer dans la véritable rangée U.

De sa place, Irma voit le couple Canac-Marquis entrer, bras dessus, bras dessous, et se diriger vers les premières rangées. Soulagée, elle se replonge dans la lecture du programme de la soirée. L'Albani interprétera entre autres une œuvre de Wagner, le grand chant d'amour d'Isolde à Tristan. Nul besoin de saisir le sens des paroles de cet extrait d'opéra; la voix de l'Albani en traduit à elle seule toute l'intensité dramatique. Irma y succombe. Sur ses joues mouillées, elle porte discrètement son mouchoir. D'autres femmes, moins réservées ou plus émotives, font davantage montre de leur émoi. Le rideau descend sur cette pièce. Les applaudissements fusent.

Irma tremble. Dans quelques minutes, elle devra trouver le courage de respecter la promesse qu'elle s'est faite. Une longue file se forme en direction de la loge de la cantatrice. Le couple Canac-Marquis en semble absent. «La maman doit se sentir pressée de retrouver son bébé», déduit Irma, demeurée à son siège en attendant le moment idéal d'aller féliciter la vedette de cette soirée.

Il ne reste plus que deux personnes devant la loge lorsqu'elle décide de s'y rendre. Mieux encore, il n'y a personne derrière elle.

Irma passe vite des félicitations au but réel de sa visite :

— Je suis originaire de Québec, mais j'ai une proche parente qui vit aux États-Unis depuis quelques années. Elle est chanteuse d'opéra. Peut-être vous êtes-vous déjà rencontrées...

— Elle se nomme...

— ... Phédora Venner ou Phédora LeVasseur.

— Elle aurait quel âge ?

— Dans le début de la quarantaine.

— Dans quelles villes s'est-elle produite ?

— Surtout à Québec et à New York.

La cantatrice réfléchit un instant puis demande :

— Vous avez une photo, mademoiselle ?

— Oui, madame, j'en ai apporté trois, répond Irma, fouillant dans son sac à main pour enfin les lui présenter d'une main tremblante.

Mme Albani les considère attentivement. Irma l'observe, retenant son souffle.

— Quelle jolie dame ! Il me semble l'avoir déjà vue, en effet. Mais je ne pourrais dire si c'est au Canada ou au *Metropolitan Opera House,* dit Emma.

Attente, espoir, déception. La cantatrice, visiblement épuisée, lui rend les photos.

— Désolée, ma p'tite demoiselle ! Bonne fin de soirée ! dit-elle, invitée par son impresario à quitter la place.

Ce soir-là, dans la solitude de sa chambre d'étudiante, la fille de Phédora revit cette rencontre à ne pas s'en rassasier. Nombre de fois elle en modifie le scénario, imaginant les renseignements qu'elle aurait pu obtenir... L'aube commence à dessiner des ombres lorsqu'elle cède enfin à la fatigue. Quatre heures plus tard, une question la sort brutalement des langueurs du sommeil : « Combien me restera-t-il d'argent en mai ? » Penchée sur son carnet de comptabilité, elle additionne et soustrait pour conclure qu'il lui en manquerait pour séjourner une semaine à New York. « À moins que Philomène fasse exception. Que lui écrire pour lui débarrer le cœur et obtenir un peu plus de cet argent qui m'appartient ? » se demande-t-elle.

Les sommes qu'elle lui concède sur l'héritage de Sir William couvrent à peine les dépenses de ses études. Et pourtant, Irma se montre des plus économes pour une fille de son âge. Son grand-père Zéphirin ne lui refuserait pas une aide supplémentaire, mais elle se garde bien de la lui mendier. « Je vais écrire à Philomène et lui expliquer que dans le cadre de ma formation, je dois travailler avec une femme médecin à New York. »

❧ ❦

Quatre jours après le passage d'Albani à Saint-Paul, Irma cherche à se remettre d'un échec cuisant. S'il est un cours qu'elle aurait

supprimé du programme, c'est celui qui traite beaucoup plus d'administration et de sociologie que de médecine. Guère motivée, elle avait, la veille de l'examen, jeté un coup d'œil rapide sur ses notes et présumé que le simple bon sens lui dicterait les bonnes réponses. Il n'en fut pas ainsi. Le résultat fut désastreux. Au fait de la performance de l'étudiante LeVasseur dans d'autres disciplines, le professeur considéra sa note de 30 comme du mépris, ou pour la matière, ou pour l'enseignant. C'est en ces termes qu'il l'apostropha en lui remettant sa copie devant tout le groupe. Désarmée, Irma était retournée à sa place sous les regards railleurs de ses condisciples. Certains prédirent alors que la «téméraire LeVasseur» ne tiendrait pas le coup et qu'elle quitterait l'université sans terminer sa médecine. Irma l'apprit malencontreusement d'un petit groupe d'étudiants qui prenaient des gageures sur son cas et elle en fut très peinée.

«C'est auprès du petit Raoul que je pourrais le mieux oublier ce fâcheux événement et retrouver un peu de bien-être dans mon groupe d'étudiants. En fin d'avant-midi, le docteur devrait être à son bureau et Miss Murray à la cuisine», croit-elle.

De la fenêtre, Elen l'a vue venir et s'est empressée d'aller lui ouvrir.

— Ça fait presque deux semaines qu'on ne vous a pas vue, s'exclame-t-elle. Vous n'avez pas été malade, toujours? Vous avez les traits tirés.

— Je suis en très bonne santé, mais j'ai été débordée de travaux et d'examens.

— Entrez, vite! Vous allez voir que notre petit homme a changé... Il est très fort, dit la domestique en l'emmenant à la salle de séjour où il se trouve avec sa mère.

Emma est fière d'en faire la démonstration.

— Tous s'entendent pour dire que notre fils fait bien plus que ses quatre mois, affirme-t-elle, offrant ses index à l'enfant qui les agrippe et parvient à se soulever, presque debout.

La jeune mère rayonne de bonheur et de fierté.

— Vous ne devinerez jamais la surprise que j'ai eue hier, annonce-t-elle à Irma. Attendez-moi ici.

La dame disparaît puis revient avec une enveloppe à la main.

— Une lettre de la grande cantatrice Albani ! Pour me remercier des fleurs et du champagne qui ont été apportés à sa chambre d'hôtel. Écoutez-moi ça :

Chère Madame Marquis,

Quoique j'aie eu le plaisir de voir Monsieur le docteur Marquis ce matin, je tiens à vous remercier encore pour la belle corbeille de fleurs que vous m'avez offerte et surtout pour votre délicieux élixir.

J'espère, un de ces jours, avoir le plaisir de faire votre connaissance. En attendant, je garderai un bien bon souvenir de mes compatriotes de Saint-Paul.

Meilleurs saluts et compliments distingués,

E. Albani-Gye

Une pause, un regard inquisiteur sur ses auditrices, Emma ajoute :

— Elle a sûrement remarqué qu'elle et moi portions le même prénom. Qu'en pensez-vous, Mlle LeVasseur ?

— Peut-être, mais je dirais que votre délicatesse aussi a dû la toucher, réplique Irma.

— Je l'envie d'avoir pu exploiter ses talents, avoue la jeune maman.

— Vous auriez aimé être chanteuse ? lui demande Miss Murray.

— Et comment ! Je crois qu'il n'y a pas de plus beau métier au monde, confie-t-elle, le regard nimbé de tristesse.

— Est-il possible que vous ayez assisté au concert ? demande Miss Murray en s'adressant à Irma.

Avant qu'elle trouve quoi répondre, Mme Canac-Marquis explique :

— J'ai cru vous apercevoir de loin pendant la pause, mais mon mari dit que je me suis trompée...

— Vous avez aimé votre soirée? demande Irma, faisant fi de la question.

— Un pur délice. Je dois vous avouer cependant que je l'aurais mieux appréciée si je ne m'étais pas inquiétée de mon petit trésor...

— Elle s'est fait du souci pour rien, il a dormi toute la soirée sans se réveiller, réplique Elen.

— Mon mari m'a chicanée. Il dit que je devrais sortir plus souvent sans mon bébé. Qu'est-ce que vous en pensez, madame la doctoresse?

— C'est vous qui savez ce qui vous convient, dit Irma, centrée sur le bambin avec qui elle s'amuse.

Invitée à partager leur repas, elle refuse. Déjà, il est question du congé de Pâques et des réceptions que le couple prévoit donner et elle ne veut pas ébruiter la possibilité qu'elle soit en vacances à New York. Les questions afflueraient et elle n'a pas le goût de leur dévoiler les raisons de ce voyage.

En entrant sur le campus, elle passe devant le pigeonnier : une lettre pour elle, en provenance de la veuve Venner. Cinq lignes pour dire qu'elle ne croyait pas un mot de cette requête. *Si tu oses m'en présenter une autre du même acabit, je diminue ta pension.* Ce refus, agrémenté d'une menace, a de quoi mettre Irma en furie. De retour à sa chambre, les poings enfoncés dans ses oreillers, elle libère sa colère contre cette femme qu'elle accuse d'abus de pouvoir par vengeance. « Elle ne me pardonnera jamais l'amour que grand-papa me portait. Elle rognera tant qu'elle pourra sur l'argent qu'il m'a laissé, rien que pour me faire fâcher. Comment grand-papa a-t-il pu s'aveugler au point de croire qu'elle prendrait soin de moi après sa mort? »

La seule pensée de profiter des huit jours de congé de Pâques pour se rendre à New York l'avait si bien motivée qu'elle avait pu remettre ses travaux avant la date limite et libérer ainsi deux jours de plus pour ses vacances pascales. Le chagrin a délogé le fiel qui coulait dans les veines d'Irma. Une douleur l'étrangle. Comme chaque printemps, à cause de juin. C'est pire cette fois, car elle s'était

prise d'espoir. Irma gémit, recroquevillée dans son lit, appelant sa mère comme au soir de sa disparition.

En juillet 1896, Irma a repris l'emploi occupé l'été précédent sous la houlette du Dr Watier, grand ami de Ferdinand Canac-Marquis. Deux raisons l'y ont incitée : l'intérêt pour ce travail riche d'expériences et le besoin de liberté. Peu d'étudiants étaient invités à travailler auprès des chirurgiens et qui plus est, elle était la seule femme à faire partie de l'équipe d'intervention. « Tous les jours, j'ai l'impression d'être témoin de miracles », a-t-elle confié au Dr Canac-Marquis qui lui a obtenu ce privilège. Par ailleurs, Irma est consciente que la liberté passe par l'autonomie financière. « Encore un an et demi et Philomène n'aura plus aucun pouvoir sur moi », se dit-elle. Ainsi Irma reçoit-elle chacune de ses paies comme un pas de plus vers cet affranchissement. « Le prochain Noël, c'est à Saint-Roch de Québec que je le passerai », se jure-t-elle. Ce projet en tête, elle reprend ses cours avec entrain.

À la faculté de médecine, dès l'ouverture de la session d'automne, de nouvelles compagnes du laboratoire de dissection recherchent sa présence dans leurs équipes de travail. Des garçons s'y ajoutent. « Par curiosité et pour tester l'étudiante canadienne-française », présume Irma, demeurée suspicieuse. Ses appréhensions d'abord confirmées, Irma parvient à gagner leur admiration : ses succès scolaires, toutes matières confondues, épatent ses condisciples. « Que c'est difficile de faire sa place quand on est une étrangère ! L'obligation de performer semble incontournable, pour les femmes surtout », constate-t-elle.

Pour Ferdinand et Emma, respectés et enviés, le bonheur semble acquis. Le premier anniversaire de leur fils devient l'occasion d'inviter de nombreux amis à leur résidence de la rue Washington. Un dîner de vingt couverts rassemble les couples Lavallée, Dufresne, Charlebois, Watier, Stillwater, Lapierre, Gendron, ainsi que M. et Mme Joseph Canac-Marquis et le Dr Kaufmann du Dakota. Irma LeVasseur en

reçoit la liste en même temps que l'invitation. La présence d'au moins trois médecins et son attachement pour le bambin influencent sa décision positivement. « Les échanges risquent d'être fort enrichissants », considère-t-elle.

La table est somptueusement garnie. Irma ne peut s'empêcher de penser à la somme de travail que Miss Murray a dû assumer. Aussi insiste-t-elle pour l'aider à faire le service. Son hôte s'en montre contrarié mais, cette fois, elle l'ignore.

Les cartes du menu portent dans un angle le portrait miniature du jeune Raoul-Ferdinand. Les meilleurs crus de France sont offerts : chablis, sauternes, clairet, bourgogne, champagne. À la fin du repas, les invités se voient aussi offrir des cigares de première qualité.

À l'heure du digestif, Mme Canac-Marquis réclame une séance de chants. Certaines, parmi ses invitées, ont de fort belles voix et adorent chanter. Elles réclament d'être accompagnées au piano par Mlle LeVasseur. Peu friande d'honneurs, Irma s'y prête uniquement pour faire plaisir aux gentilles dames. Les coupes se remplissent généreusement, des messieurs s'approchent du piano, mêlent leurs voix à celles des dames. L'hilarité est devenue contagieuse.

Du coup, toute l'attention est dirigée vers Irma, la plongeant dans un embarras que Ferdinand ne semble pas remarquer. Une invitée l'accapare, l'affublant de questions sur le Québec des dix dernières années. Le ton devient plus intime...

— Et votre mère ? demande la dame. Notre ami Ferdinand n'en a pas parlé...

— Ma mère est cantatrice...

— Une grande chanteuse d'opéra, se hâte de répondre le Dr Canac-Marquis, surgi à l'improviste.

— Elle se produit dans quelle ville ?

— À New York, principalement... ajoute-t-il, sans la moindre hésitation.

Irma est stupéfaite. « Ou il a voulu m'épargner tout embarras, ou il en sait plus que je ne le pensais », conclut-elle, se remémorant la dernière visite du docteur chez Nazaire, à Saint-Roch. Irma n'a pas oublié l'interdiction que son père lui avait faite d'assister à cette

rencontre. Ce qu'elle donnerait pour lire dans l'esprit de Ferdinand ! Le questionner, en temps opportun, la hante. Le goût de quitter la fête, aussi. Peine perdue, Emma et son mari insistent pour que la jeune Canadienne partage avec les convives le goûter aux huîtres servi avec un moselle, pendant que les dames discutent maintenant de voyage.

Un peu grisé, Ferdinand argumente :

— Ma chère Irma, tu passes trop de temps enfermée dans cette minable petite chambre à étudier comme si tu n'avais pas une intelligence supérieure à la moyenne. Crois-en mon expérience, on travaille cent fois mieux après s'être amusé.

— Je ne fais pas qu'étudier, riposte-t-elle, un tantinet vexée.

— J'imagine que ça vous manque de ne pas avoir de piano, dit Mme Canac-Marquis.

— Je compense par la peinture, lui apprend-elle, croyant ainsi diriger la conversation vers des sujets qui ne la concernent pas.

Les échanges traitant d'art, de médecine et du sort des bambins malades sont les seuls qui intéressent Irma et ils se font rares en pareille circonstance ! Causer de mode, de décoration ou d'autres mondanités la fait bâiller.

— Vous serez des nôtres pour le réveillon de Noël, présume Ferdinand avant qu'Irma quitte sa demeure.

— J'ai juré sur la tête de mon grand-père de fêter Noël à Québec, réplique-t-elle, radieuse.

— Avis aux passagers à destination de Québec : nous serons à la gare de Saint-Roch dans cinq minutes, annonce le contrôleur d'une voix tonitruante.

Dans la poitrine d'Irma, une joie trop grande. Sur ses joues, des larmes glissent sans retenue. Des larmes brûlantes. Comme celles qui lui sont venues depuis deux mois à la pensée de revoir son village, la famille LeVasseur et sa tante Rose-Lyn. Devant elle, la rivière Saint-Charles étale sa blancheur immaculée sur laquelle miroitent des foyers lumineux.

Dans les wagons, l'ambiance de ce 23 décembre 1896 a incité les voyageurs à la fête. Ils sont nombreux à descendre à la gare de Saint-Roch. Les flocons de neige dansent une farandole dans le ciel du faubourg. Des hommes, que la fiole cachée dans la poche de leur manteau a rendu hilares, les imitent.

Assise sur le bout de son siège, ses bagages sur les genoux, Irma LeVasseur se trémousse comme une enfant. Dans son cœur, elle l'est redevenue. Le train hoquette. À l'instar des autres passagers qui descendent, avec un sourire courtois et un mot d'excuse, la jeune demoiselle se fraie un passage dans les allées encombrées. Par la glace, elle aperçoit les calèches alignées qui dessinent une dentelle multicolore autour de la gare où une trentaine de personnes sont venues attendre... un fiancé, un parent, un époux, un fils ou une fille. Un long râlement, puis le train s'immobilise. Irma n'est plus qu'à cinq ou six pas de la sortie. Elle étire le cou. L'attroupement est dense. Où sont les trois hommes qu'elle brûle d'enlacer? Qu'il n'est pas facile de repérer des gens dans une foule quand on mesure à peine un mètre cinquante! «Ah! Je les ai trouvés», s'écrie-t-elle, sous le regard amusé des voyageurs qui lui cèdent le passage. La taille et le manteau de chat sauvage que porte l'un d'eux l'incitent à croire qu'il s'agit de son grand-père. Si la légèreté de ses bagages lui a permis d'atteindre rapidement le quai de la gare, sa petite taille l'a empêchée de voir venir sur sa droite les trois hommes qu'elle chérit le plus au monde. Père et grand-père ont cédé le passage à Paul-Eugène qui l'enlace en sanglotant. Irma le ramène vite au plaisir de leurs retrouvailles. Zéphirin et Nazaire feignent de se disputer :

— C'est à mon tour, je suis son père.

— C'est le plus vieux qui a préséance, prétend Zéphirin.

— D'accord! Mais faites ça vite, réclame Nazaire.

Leur étreinte est si enflammée qu'Irma en perd son chapeau de feutre. Nazaire n'a pas attendu tout ce temps pour se contenter d'une simple accolade. Ce gaillard s'incline vers sa fille, la soulève, la serre dans ses bras et l'embrasse avec chaleur. Leurs éclats de rire fendent l'air. Tous les quatre se dirigent ensuite vers la carriole à

deux sièges, heureux d'y retrouver les peaux de mouton sous lesquelles ils se glissent en frissonnant.

Sur le siège arrière, Nazaire et son fils se disputent l'attention d'Irma, traitant de cadeaux, de réveillons et des rigueurs de l'hiver.

— J'ai une faveur à vous demander, grand-père, annonce Irma.

— Déjà! s'exclame Zéphirin, moqueur.

— J'aimerais qu'on aille un tout petit peu sur la rue Saint-Joseph, en passant.

— C'est que ta tante Angèle doit piétiner d'impatience à la maison.

— Seulement dans le bout des magasins, d'abord.

Zéphirin lui jette un regard enjoué et commande le trot à sa jument. Irma est ravie. Quel enchantement que celui de revoir la grande librairie de J. A. Langlais, la firme de décoration de Jos Gauthier, le magasin de fourrures J. B. Laliberté ltée, le grand magasin Paquet où Sir William Venner l'emmenait souvent!

— Nous allons chez papa ou chez vous? demande-t-elle, alors que sur le siège arrière, une discussion enflammée sur les vertus du travail risque de perdurer.

— J'ai convaincu ton père de venir passer les premiers jours de ta visite chez nous. Y a de la place dans ma maison et c'est là que tout le monde aime se rassembler. Tandis que chez ton père...

— Tandis que chez mon père, c'est moins grand, mais c'est surtout très en désordre depuis que...

— Ta mère était très exigeante là-dessus. Mais il faut que tu comprennes qu'un homme qui vit seul est moins porté à se ramasser.

À deux minutes de la résidence familiale des LeVasseur, l'effervescence gagne la visiteuse tant attendue. Irma n'est pas surprise de voir accourir sa tante Angèle, un torchon à la main, affublée de son tablier de cuisinière.

— Amène-toi, ma chouette, que je te gâte à mon goût. Que t'es belle! Encore plus qu'avant! Viens vite te réchauffer.

Derrière la porte refermée, les LeVasseur ne veulent rien manquer des six jours de festivités qu'ils amorcent avec Irma.

Cuisine recherchée et bien arrosée, échanges de cadeaux et de vœux, confidences et promesses meublent les jours et empiètent sur les heures de sommeil.

Zéphirin privilégie les fins de soirée quand il est seul avec sa chère Irma. Tous deux s'affalent dans un fauteuil devant l'âtre qui rugit et se laissent fasciner par les flammes qui éclatent, s'entrecroisent et s'anéantissent.

— Tu savais concernant Albani? demande Zéphirin, penché vers sa petite-fille.

— Qu'est-ce que vous voulez dire?

— Elle doit être bien triste. On a appris, par son ami Louis Fréchette, qu'elle ne chantera plus au *Covent Garden*.

— Mais pourquoi?

— À cause de son âge.

— Elle serait si vieille que ça?

— Elle n'a que quarante-neuf ans, mais dans le monde du spectacle, c'est vieux.

«Maman en a quarante-cinq», se rappelle Irma, troublée.

— C'est dommage, reprend Zéphirin, parce qu'il paraît qu'au dernier concert qu'elle y a donné, elle a interprété le grand chant d'amour d'Isolde à Tristan avec un brio inégalé. Sa voix serait passée de soprano léger à soprano dramatique, ces dernières années. Ce que j'aurais donné pour l'entendre!

— Je l'ai entendue, moi...

Zéphirin croit rêver.

— Répète ça...

— Oui, grand-père, je suis allée l'entendre... Elle est venue à Saint-Paul.

— Tu lui as parlé?

— Oui.

— Puis? Parle, bon dieu!

Irma lui chuchote l'essentiel de sa rencontre avec la diva.

— Comment savais-tu qu'elles auraient pu se rencontrer?

— Les dates et les lieux de concert de l'Albani ont été publiés dans les journaux et Miss Murray les a conservés.

— Ah!

— Qu'est-ce que vous en pensez, vous, grand-père?

— Qu'il y a toute une marge entre les possibilités et les certitudes.

— C'est pour ça que je veux aller à New York l'été prochain... si j'en ai les moyens.

Aucune réplique de la part de Zéphirin.

— D'après vous, mon père semble-t-il intéressé à refaire sa vie?

— J'ai l'impression qu'il n'en a ni le temps ni le goût.

Irma pousse un soupir de soulagement. Zéphirin aimerait en connaître la raison.

— Si maman est partie pour faire carrière, rien ne dit qu'elle ne fera pas comme l'Albani quand elle ne pourra plus chanter, explique-t-elle.

— Ce n'est pas impossible, dit le vieil homme hochant la tête.

Soudain laconique, Zéphirin fixe les flammes, visiblement très ému.

— Quand je pensais à toi, et Dieu sait que c'est arrivé souvent, je me demandais comment on peut s'habituer à vivre loin de son village aussi longtemps, dit le vieil homme.

— Je ne pense pas qu'on s'habitue, grand-papa.

— À cause des souvenirs...

— Entre autres. Les vôtres, grand-père, sont-ils plus joyeux que tristes?

Zéphirin réfléchit. Ses soupirs comme ses rires retenus laissent croire à un bon équilibre.

— Pour être honnête avec toi, Irma, je te souhaite de vieillir avec aussi peu de regrets que j'en ai.

— Pourtant, vous n'avez pas eu la vie aussi facile que mon grand-papa William...

— Tu te trompes, ma p'tite fille. La vraie richesse, à mon avis, c'est de pouvoir marcher la tête haute devant qui que ce soit et de vivre dans la paix, la liberté. Ça n'a pas de prix tout ça, et personne ne peut te l'enlever, déclare Zéphirin avec une solennité aux accents de testament.

Irma n'a pas à l'interroger pour deviner qu'il fait allusion au drame du jeune Venner et elle refuse d'alourdir plus longtemps l'atmosphère de ce tête-à-tête tant souhaité.

— Racontez-moi un de vos plus beaux souvenirs, grand-père, se presse-t-elle de lui demander.

Fixant la grande horloge sur le point de sonner ses douze coups, il répond :

— Peut-être pas le plus beau, mais un des plus émouvants : c'était en 1855. Ton père n'avait que sept ans. Fier comme un paon, déjà. Curieux comme une belette. Ta grand-mère et moi l'avions emmené avec nous sur les Plaines. C'était une journée d'été comme on les aime. Un événement d'une grande importance politique se produisit. Pour la première fois, depuis la cession du Canada à l'Angleterre, un vaisseau de guerre français venait jeter l'ancre dans le port de Québec. *La Capricieuse* accosta sous le commandement de M. de Belvèze. On n'aurait jamais imaginé, quinze ans plus tôt, qu'un jour des marins français marcheraient à côté des grenadiers anglais dans la parade militaire.

— Qu'est-ce que ça vous a fait, grand-père ?

— Je me suis senti comme un enfant qui assiste à la réconciliation de ses parents.

La comparaison va droit au cœur d'Irma. Zéphirin le constate. Trop tard pour se rattraper. Il tente de faire diversion :

— Tu aurais dû voir les belles photos dans tous les journaux. *Le Canadien,* le *Morning Chronicle,* le *Journal de Québec* et le *Mercury* étaient de ceux qui nous informaient le mieux sur la guerre et les principaux événements d'Europe. Le nom du maréchal Pélissier est toujours resté dans la mémoire de ton père qui a adopté sa manière de tourner sa moustache.

— Qu'est-ce qu'il a fait de si spectaculaire ?

— Très tôt, Pélissier passe dans le corps d'état-major. Il est, de tous les maréchaux de Napoléon III, celui qui a côtoyé le plus grand nombre de généraux en qualité d'aide de camp. Son parcours est aussi impressionnant que la panoplie de promotions reçues. Il a été le premier maréchal du Second Empire fait duc. Vice-président

du Sénat, il a été promu ambassadeur à Londres, grand chancelier de la Légion d'honneur et gouverneur général de l'Algérie où il mourut en 1864.

— Vous me rappelez que papa aime les récits de guerre. Tout autant que vous...

— Mais ce qui a le plus impressionné ton père, c'est la personnalité de ce maréchal. Pélissier n'avait pas la souplesse de principes qui permet de plaire à tous. Il n'était ni flatteur ni courtisan du pouvoir. D'une grande franchise, il vouait une haine instinctive à l'intrigue et aux intrigants. Il n'en fallut pas plus pour qu'il passe pour un ours mal léché. Ce qui déplaisait chez lui, c'était son humour caustique et certains mots cruels. Il avait parfois la réplique vive. Alors qu'il était maréchal de France, il participa un jour à une réunion au ministère de la Guerre. Grand fumeur, il arriva sur les lieux avec un magnifique cigare aux lèvres. Un des maréchaux présents se permit de lui faire une observation pour lui rappeler de ne pas fumer au ministère. Pélissier lui répondit vivement : « Je savais que vous aviez peur du feu, monsieur, mais j'ignorais totalement que vous craigniez même la fumée. »

Tous deux s'esclaffent.

— Vous avez d'autres souvenirs amusants comme celui-là, grand-père ?

— Des tonnes ! Savais-tu qu'il se donnait des bals sous la porte Saint-Jean ? J'y ai invité ma fiancée.

— Grand-maman Madeleine ?

— Oui. C'était la première fois.

— Elle était comment ?

— Une princesse, ma Madeleine !

— Racontez-moi votre soirée de bal.

— Tu sais que danser avant l'âge de vingt et un ans, ce n'était pas accepté dans nos traditions.

— Même pour des noces ! s'étonne Irma.

— Là, c'était différent.

Zéphirin sourit et explique :

— Chez les gens de la classe moyenne, fallait voir comment ça se passait dans mon temps.

Irma s'approche, friande d'entendre son grand-père.

— La cérémonie religieuse avait toujours lieu tôt le matin, à cause de l'obligation d'être à jeun pour communier. Après, parents et amis faisaient une procession dans les principales rues du quartier. Puis, à moins d'exception, c'est dans la maison de la mariée qu'on allait pour le traditionnel repas de noces. Après le repas, les beaux-pères et belles-mères ne se faisaient pas prier pour troquer leur costume du dimanche pour des vêtements moins gênants : les femmes en jupes et mantelets bien empesés; les hommes enlevaient leurs bottes et leur gilet. «Ousqu'i ya de la gêne, y a pas d'plaisir», qu'ils disaient.

Ni l'un ni l'autre n'ont pensé retenir leurs éclats de rire. Angèle vient le leur reprocher et, réfractaire à tout ce qui peut concerner l'alcool et les plaisirs interdits par l'Église, elle regagne aussitôt sa chambre.

Zéphirin reprend, d'une voix feutrée :

— Dans un coin retiré de la maison, que l'on avait transformé en cabaret, un ami débitait un flacon de gin à tant le verre. Les gens de la noce connaissaient ce coin et ne se privaient pas d'y aller se mouiller le gosier. Faut pas oublier que le vendeur y trouvait largement son profit. Je te jure qu'on dansait ferme, dit Zéphirin, si ragaillardi qu'il a de nouveau haussé le ton.

— Pas trop fort, grand-papa !

Zéphirin, hilare, fait la sourde oreille.

— Tu sauras que le danseur qui avait invité sa dulcinée voyait d'un très mauvais œil qu'un autre homme la fasse danser sans avoir demandé et obtenu sa permission. Que de soirées de plaisir !

Le vieil homme s'arrête, observe sa petite-fille et dit, l'œil perplexe :

— Tu dois bien commencer à y penser, toi aussi ?

— Au mariage ?

— Oui.

Irma baisse la tête, croise et décroise ses doigts, manifestement embarrassée.

— J'ai été indiscret ?

— Ce n'est pas la raison. Premièrement, je ne connais pas un homme de mon âge qui serait intéressé à marier une fille comme moi, puis...

— Je t'arrête, Irma. Une fille bien tournée, bien élevée et intelligente comme toi ! Mais voyons donc !

— Vous oubliez le principal, grand-papa. Je vais exercer un métier normalement réservé aux hommes. De plus, je ne suis pas sûre de vouloir des enfants.

— Ah non ?

À la lueur du braisier, Irma a perçu la déception sur le visage de Zéphirin.

— On ne devrait mettre des enfants au monde que si on est décidé à...

La fille de Phédora n'a pu terminer sa phrase.

— Ça fait encore mal, hein ? dit le vieil homme, caressant cette tête aux reflets de cuivre, nichée dans son cou.

Un sanglot secoue les épaules de la jeune femme. Zéphirin ne peut retenir les siens. Lorsqu'il parvient à se contrôler, il murmure :

— Faut donc croire que les moments de grand bonheur ne peuvent être parfaits sur cette terre...

— Ceux que vous me donnez, grand-papa, sont si grands qu'ils compensent les épreuves que la vie a mises sur mon chemin.

— Tu es une gagnante, toi ! Que j'aimerais vivre encore vingt ans pour être témoin de tes réussites.

— Moi, j'aimerais que vous ne mouriez jamais, réplique-t-elle, non moins émue.

❧ ❧

Ce n'est pas sans douleur que, sur le quai de la gare de Saint-Roch, Irma se prépare à quitter les quatre LeVasseur qui l'accompagnent quand une voix de femme l'interpelle :

— Ouf! S'il avait fallu que je te manque! s'exclame Rose-Lyn à bout de souffle.

— Quelle belle surprise! Comme on s'est saluées hier soir, je ne vous attendais pas aujourd'hui.

— Je sais, mais je n'ai pas dormi de la nuit à force de chercher comment l'attendrir...

— De qui parlez-vous, ma tante?

Rose-Lyn lui présente une enveloppe.

— Ouvre-la tout de suite. Dépêche-toi avant que le train parte. Tu vas comprendre.

Irma s'inquiète.

— Aie pas peur! Vas-y!

L'enveloppe éventrée laisse voir quelques billets : cinq de vingt dollars et un autre de cinquante dollars.

— C'est pour arracher cet argent à notre belle Philomène que je me suis rendue chez elle à sept heures ce matin. J'avais tellement peur qu'elle change d'idée que je lui ai fait croire que ton train partait deux heures plus tôt.

Irma tombe dans les bras de sa tante, l'embrasse de toute l'affection et de toute la gratitude qu'elle lui porte.

— Je vais enfin pouvoir y aller! s'exclame-t-elle, pressant l'enveloppe sur son cœur.

— Aller où?

— Au devant de maman... chuchote-t-elle.

Le sifflement du train enterre sa voix. Un employé presse les voyageurs de prendre place sur leur siège.

— Il faut que je me sauve...

— Ça ne vous tente pas de faire le voyage avec moi, ma tante?

— Un jour, je le ferai... lui annonce Rose-Lyn, le plus sérieusement du monde.

Son regard ne laisse aucun doute dans l'esprit d'Irma; sa tante ne blague pas.

Comme elle déplore que le dernier sifflement du train la prive des explications qu'elle allait réclamer de sa tante! Lui écrire, réfléchir, lire et surtout dormir résument son programme pour les

quarante-deux heures de train qu'elle doit faire avant de se retrouver au Minnesota.

Les Canac-Marquis attendaient le retour d'Irma pour organiser une grande réception. «Je ne voudrais pas que vous soyez offensés de mon absence, c'est que j'entreprends un très gros semestre. En plus de mes études, je travaillerai les fins de semaine», leur a-t-elle répondu par voie postale. Déçu, le couple a toutefois apprécié sa promesse de leur rendre de courtes visites de temps à autre. Toutefois, avant la fin de ce semestre, une occasion toute particulière l'amène à la résidence des Canac-Marquis où quarante personnes se sont rassemblées, à compter de minuit, pour accomplir dans l'allégresse leurs devoirs de charité envers les enfants pauvres et les orphelins. Une douzaine de Franco-Américains se sont ajoutés aux invités habituels. Toutes les activités, du jeu de *Progressive Euchre* à la danse en passant par la séance de chants et le «souper royal», appellent un don. Deux personnalités ont droit aux plus grands égards : M. Montreuil de la Cour Déziel de Lévis et le Dr Vowinkel, un des plus savants gynécologues de Berlin. Ne serait-ce que pour cette rencontre inopinée, Irma se félicite d'avoir cédé aux supplications d'Emma Canac-Marquis. Ce qu'il lui apprend des progrès de la médecine en Europe et de la place des femmes en gynécologie comme en pédiatrie la fascine. Une admiration réciproque naît de cet entretien qui se conclut par une invitation de la part du Dr Vowinkel :

— Quand vous serez prête, faites-moi signe et je vous organiserai un stage dans trois de nos hôpitaux les plus réputés de Berlin, dit-il en lui laissant son adresse postale.

Portée par un enthousiasme nouveau, la jeune Canadienne rêve d'aller en Europe pour enrichir sa formation médicale de connaissances en pédiatrie et en gynécologie. Cette ambition n'est pas sans la tourmenter, sans la torturer, même. «Demeurer fidèle à mon intention d'aller à New York dès mes prochaines vacances ou y

renoncer et garder cet argent pour des études en Europe ? » Une lutte s'engage entre son cœur et sa raison.

Sur le point de quitter la résidence du docteur, Irma passe par la cuisine.

— Je vous admire, Miss Murray, pour votre dévouement. Quand est-ce que vous allez prendre le temps de vous reposer après une telle nuit ?

— Je récupère vite. Une couple d'heures de sommeil après le dîner en même temps que le petit Raoul, ça me suffira.

Mme Canac-Marquis les rejoint à la sauvette.

— Excusez-moi, mesdemoiselles ! Irma, j'aimerais te parler dans le particulier au courant de la semaine... chuchote-t-elle, se cachant la bouche de sa main gauche.

— Vous n'êtes pas malade, toujours ? s'inquiète Irma.

— Ma santé est très bonne. C'est sur un autre plan...

— C'est à propos de ce que vous m'avez confié hier ? demande Elen toute pétillante.

— Oui, oui. Chut !

— J'ai hâte de connaître votre réponse, Mlle LeVasseur, s'écrie la domestique, visiblement optimiste.

— Que de mystère ! Pourquoi ne pas me le dire tout de suite ? suggère Irma.

— Ça ne se discute pas sur le coin d'une table. C'est bien trop important, rétorque Mme Emma, pressée de retourner vers ses invités.

Chapitre IV

MME Canac-Marquis n'en démordait pas :
— Mlle Irma, vous êtes la personne qui pourrait le mieux consoler mon petit Raoul quand je lui manquerai. Il vous aime tant. Puis, s'il fallait qu'il tombe malade...

Emma avait accepté de partir en voyage avec son mari à la condition expresse qu'en leur absence, leur fils soit confié à deux personnes : les demoiselles Murray et LeVasseur.

— J'avais d'autres projets... avait rétorqué Irma.

— Je sais que vous tenez à travailler à l'hôpital pendant vos vacances, mais je vous donnerai le double de ce que vous auriez pu gagner.

Le lendemain, Irma était prête à rendre sa réponse :

— Je conserverai mes cinq jours de travail à l'hôpital mais je passerai mes soirées, mes nuits et mes fins de semaine avec votre petit garçon et Miss Murray.

La maman avait accepté ce compromis.

Ainsi, Irma passa tout son été à la résidence du couple Canac-Marquis. Son amour pour le bambin et les avantages financiers qui découlaient d'un tel engagement lui avaient donné le courage de reporter son voyage à New York. « L'an prochain, j'aurai mes vingt et un ans ; je saurai alors combien il me reste de l'héritage de

grand-papa Venner et je pourrai prendre congé tout l'été sans craindre de manquer d'argent pour terminer mes études», avait-elle conclu en toute lucidité et sérénité.

La veille du retour des voyageurs, Irma, accoudée sur le pied du lit de Raoul, le regardant dormir, fait le bilan de son aventure : «Une expérience que je ne regretterai jamais. Ces deux mois ont été une vraie sinécure pour moi. D'abord, Miss Murray est une femme extraordinaire avec qui je suis à développer une belle amitié ; à toi, mon petit homme, je dois de m'avoir fait redécouvrir les plaisirs de l'amour gratuit, les bienfaits de l'émerveillement, sans parler de ta joie de vivre que je dirais contagieuse. Ah ! La vie nous joue de ses beaux tours, parfois. Par contre, j'ai peur de m'être trop attachée à toi...»

Fin août 1897, le couple Canac-Marquis rentra de son voyage au parc national Yellowstone. Les retrouvailles du bambin et de sa mère furent des plus touchantes.

— À certains moments, raconte Emma, j'étais aussi tourmentée dans mon cœur de mère que les sites que nous visitions.

— Tourmentée ? demande Irma.

— Dans mon ventre, là où j'ai porté mon fils, je ressentais une brûlure indéfinissable. Au creux de mon estomac, un serrement qui m'empêchait de manger tant je me sentais coupable d'abandonner un enfant de cet âge si longtemps. C'était encore pire quand je regardais ces montagnes entrecoupées de gorges de plus de mille cinq cents pieds de profondeur et ces gigantesques geysers d'eau bouillante...

— Les *Mammoth Hot Springs,* un site à visiter, enchaîne Ferdinand, tout guilleret dans le but de mettre fin aux aveux de son épouse.

— Mais j'avais accepté d'y aller, reprend Emma. Mon mari m'a fait comprendre que si je faisais des efforts pour profiter de ce voyage, j'en éprouverais beaucoup d'agrément.

— D'autant plus que ça n'apportait rien à notre fils de se torturer comme elle le faisait.

— Il avait raison. J'ai réussi à me contrôler. Après avoir démontré mes aptitudes à la chasse et à la pêche, j'ai prouvé à un mari incrédule que j'étais une excellente écuyère. Même qu'il n'aurait pu compétitionner avec moi...

Un malaise chez Ferdinand. Il se tourne vers Irma à qui il s'empresse de demander :

— Notre p'tit homme ne vous a pas fait trop de misères ?

— C'est un enfant adorable !

— Il ressemble à sa mère, mais il a l'intelligence de son père, se targue Ferdinand, fier de sa progéniture.

— J'espère qu'il sera moins téméraire que toi, riposte son épouse.

Puis, se tournant vers Irma et Miss Murray venue les rejoindre au salon, elle relate :

— Nous étions à l'hôtel à causer avec des touristes lorsque mon beau Ferdinand décide de lancer un pari : qui serait prêt, comme lui, à descendre à mille cinq cents pieds de profondeur pour attraper des aiglons dans un nid perché sur un rocher effilé et pointu ?

— C'était une blague... corrige Ferdinand.

— Admets que j'ai dû intervenir pour que tu ne passes pas à l'acte.

S'adressant de nouveau aux deux autres femmes qui l'écoutent avec un plaisir évident, elle enchaîne :

— Imaginez donc qu'en soirée, mon mari a relevé un défi qui, cette fois, en valait la peine : M. Hill était parti avec sa fille pour aller voir le *Red Rock,* en face des *Mammoth Falls;* mais voilà qu'il s'est aventuré, à son insu, sur un terrain dangereux et il risquait de tomber dans un précipice si personne n'allait le secourir. Sa fille a couru à l'hôtel pour demander de l'aide et mon mari est parti à toute vitesse avec d'autres touristes pour sauver le pauvre homme qui se cramponnait au calcaire. Ferdinand a insisté pour que ce soit lui qui descende...

— Il a suffi que je me laisse glisser prudemment jusqu'à ce que j'arrive près de M. Hill qui a pu s'agripper au câble à son tour et être remonté, explique Ferdinand.

— Vous imaginez la réception triomphale qu'on lui a faite, ajoute son épouse.

— Il s'agissait d'écouter son cœur et de prendre les précautions qui s'imposaient. Je vous avoue que dans mon travail de chirurgien, je dois souvent courir des risques encore plus grands, fait remarquer le docteur.

Cette révélation va droit au cœur d'Irma qui rêve de devenir chirurgienne.

— Des risques encore plus grands, dites-vous ?

— Ô combien !

Les confidences du médecin sur l'angoisse qui ronge un chirurgien sur le point de perdre un patient, ou devant l'obligation d'annoncer à un parent qu'il n'y a plus d'espoir en la guérison de l'être aimé ne font pas que lever le voile sur la magnanimité et le dévouement de cet homme ; elles attisent chez la future doctoresse une flamme qui, croit-elle, fera feu de tout obstacle dressé sur sa route.

« Quel merveilleux été ! » constate Irma en regagnant sa chambre d'étudiante. De plus, le semestre s'annonce riche en expériences médicales. « Après dix ans de difficultés de tout genre, j'étais sur le point d'oublier le goût du bonheur », se dit-elle, consciente toutefois de la place que le jeune Raoul a prise dans sa vie. Cet enfant, c'est un petit être auquel elle s'est attachée, c'est une petite vie comme celles qu'elle s'apprête à sauver en tant que médecin, mais c'est aussi tous ceux qu'elle pourrait mettre au monde. C'est l'incommensurable plaisir de se perdre dans leur regard. Un regard limpide comme l'eau de la source qui ramène à l'essence de l'être. Libre. Pur. Abandonné. « L'enfant, c'est l'ultime expérience de l'infini », déduit la jeune femme de vingt ans, fascinée, obnubilée par cette découverte qu'aucune analyse en laboratoire n'aurait pu lui apporter.

Depuis ce séjour bienfaisant, les visites de la jeune Canadienne à la résidence du Dr Canac-Marquis se font plus nombreuses. À Miss Murray qui, réjouie, le lui fait remarquer, elle confie :

— Y a Raoul qui m'attire comme un aimant, mais y a aussi le fait que de mieux connaître votre patron me le fait apprécier davantage. Chaque fois que j'ai la chance de l'entendre parler de son travail, j'ai l'impression d'apprendre plus et mieux qu'à certains de mes cours.

— Je voudrais bien pouvoir en dire autant, mais il me perd, le docteur, avec ses mots savants.

— C'est normal, vous n'avez pas fait d'études médicales.

— N'empêche que je trouve passionnant le récit de ses expériences.

— Je m'en suis aperçue...

— Tiens, vous m'espionnez maintenant! s'écrie Elen, l'œil espiègle.

— Avec plaisir, à part ça! réplique Irma.

Depuis l'arrivée de la jeune Canadienne dans son entourage, Elen manifeste une joie de vivre qu'on ne lui connaissait pas. Ainsi en est-il de tous les habitants de la prestigieuse demeure des Canac-Marquis. Heureux dans sa profession et dans sa vie personnelle, le docteur ne semble destiné qu'à davantage de confort et de succès. Mme Emma savoure sa maternité et ne tarit pas d'éloges envers Ferdinand. «Un époux et un père de famille comme j'en souhaiterais à toutes les femmes», clame-t-elle devant qui veut l'entendre. Ainsi entouré, le jeune Raoul jouit de toutes les conditions qui favorisent l'épanouissement d'un enfant. Après plus de trois ans de rapports affables avec ces Franco-Américains, leur bonheur rejaillit sur la jeune expatriée.

«C'est mon année!», s'était dit Irma à l'arrivée de l'an 1898. Le 20 janvier, elle avait célébré ses vingt et un ans entourée des plus beaux souvenirs de son enfance et des rêves qu'elle nourrissait pour l'été. Tout indiquait que Miss Murray et le couple Canac-Marquis ignoraient sa date de naissance. C'est donc dans la solitude de sa chambre, à la lueur vacillante de quelques chandelles, qu'elle avait célébré son

anniversaire. Sur le point de s'en plaindre, elle avait compris qu'elle n'en retirerait rien d'agréable. « La solitude est peut-être nécessaire au moment de franchir une nouvelle étape de sa vie », pensa-t-elle. Celle de sa majorité enfin acquise avait pour elle des saveurs de liberté, d'accomplissement et de confiance en soi, et ce, dans tous les domaines de son existence. « Maintenant, à quoi je veux qu'elle ressemble, ma vie ? » s'était-elle demandé. « Faire de mon passé, de mes chagrins comme de mes joies, un tremplin vers un avenir étoffé de réalisations », tel était le nouveau leitmotiv né de cette soirée en solitaire. Sur un papier à lettres de fantaisie, Irma traça d'une main appliquée le boulevard qu'elle comptait emprunter :

> *Je multiplierai les hôpitaux pour enfants, j'y accueillerai tous ceux que les autres institutions refusent; on les soignera gratuitement, on soutiendra les mamans, on les outillera pour qu'elles s'acquittent bien de leurs responsabilités. Je me tiendrai au courant de tous les progrès de la science médicale pour contrer la maladie et secourir ceux qui héritent d'une malformation ou d'un retard mental. Je serai là où la mort menace et je l'anéantirai. Quand je quitterai ce monde, si l'effroi veut m'assaillir, j'appellerai à mon secours tous ces petits que j'aurai ramenés à la vie, tous ces malades à qui j'aurai rendu la santé.*

Ce soir-là, elle s'est mise au lit avec le sentiment d'avoir exercé sur son destin tout le pouvoir qui lui était dévolu.

Au retour du congé de Pâques, le courrier avait apporté à la fille de Phédora la libération tant attendue. Philomène avait chargé Rose-Lyn d'envoyer de l'argent à Irma et de l'informer de la somme approximative qui restait de son héritage.

> *La veuve a exigé que je confie l'administration de cet argent à ton grand-père LeVasseur qui décidera si le moment est venu de t'informer de la somme restante. Je sais qu'elle abuse de ses droits, mais je n'ai rien dit. Tu devines pourquoi... Connaissant*

ta relation avec ton grand-père LeVasseur, je ne suis pas in-
quiète. Vous vous arrangerez bien avec ça.

« Une peccadille pour moi que cette dernière tentative de me
contrôler ! » s'était exclamée Irma tant elle était heureuse de ne plus
dépendre de Mme Philomène. Libérée de l'autorité de cette femme
et de toute inquiétude financière, elle avait eu l'impression de se
mieux définir et, par voie de conséquence, de pouvoir s'accomplir
dans la fidélité à elle-même.

Le lendemain, elle avait informé le Dr Watier des vacances qu'elle
comptait prendre en juillet. Puis, dans une lettre qu'elle avait reprise
trois fois avant de l'expédier, elle avait expliqué à son grand-père
les motifs qui l'emmèneraient à New York pour quelques semaines,
lui demandant de garder le secret. La réaction de Zéphirin était
vivement attendue.

Ma très chère Irma,

Nous avions tant hâte de te revoir. Mais comme tu nous fais
languir ! Je suis sûr que tu ne fais pas exprès, tu sais trop com-
bien tu nous manques.

Je ne suis pas sûr d'approuver ton projet dans sa totalité.
Obtenir une rencontre avec cette grande dame de la médecine
qu'est le Dr Mary Putnam Jacobi, d'accord ; mais je te répète
que la recherche de ta mère risque de te causer bien de la fa-
tigue et de grandes déceptions. Je te donne, sous toute réserve,
le nom du musicien qui travaillait avec ta mère : Karl Forbes
de New York.

Tu crois en la sagesse du vieil homme que je suis devenu ? Il te
conseille de ne pas t'acharner à vouloir déterrer le passé. Si le
destin ou le bon Dieu, appelle-le comme tu voudras, veut que
tu la rencontres, ta mère, il te guidera vers elle. Mets tous tes
efforts, plutôt, à réaliser le rêve pour lequel tu travailles si fort
depuis des années.

Pardonne-moi, j'ai de la misère à me rappeler que tu n'es plus
une petite fille, vois-tu ? Tu es majeure, maintenant, tu as bien
le droit de prendre une telle décision.

En passant, comme tu le sais, ton héritage a retonti entre mes mains. Tu n'as qu'à me faire signe quand tu as besoin d'argent. Il t'en reste plus qu'il n'en faut pour terminer tes études. Reviens vite, ma chère petite,

Ton vieux Zéphirin

Impossible pour Irma de ne pas relire cette lettre quand, deux semaines plus tard, elle se retrouve à New York sous une chaleur suffocante, dans une petite chambre d'hôtel de la 10ᵉ Avenue, à proximité de la rivière Hudson.

Lasse de ses trente heures de train mais plus encore des appréhensions et des tergiversations vécues avant d'entreprendre cette aventure, elle dénoue sa chevelure et revêt un peignoir léger. Affalée dans un fauteuil qui lui rappelle ceux de son grand-père Venner, elle s'abandonne à la rêverie : Phédora radieuse. Phédora étonnée, bouleversée. Phédora ravie de revoir sa fille. Phédora en pleurs dans les bras de sa fille.

Les photos retirées de l'album de Zéphirin nourrissent sa vision. Le regard de Phédora est si doux, si éloquent d'amour, de tendresse... Non sans un effort de réalisme, Irma se rappelle que sa mère a eu quarante-sept ans le 20 avril. « Elle est probablement moins jolie... Mais j'ai lu quelque part que le regard ne change jamais. Elle aura sûrement conservé son épaisse chevelure, aussi. Quelques fils argentés pourraient bien s'y être glissés... »

Le besoin de dormir l'accable, elle ne résiste pas.

De sa fenêtre, des signes du soleil levant.

Sur la table dégarnie, Irma reprend la carte de New York et l'itinéraire qu'elle a déjà tracé, advenant que ses recherches soient laborieuses. Une photo de Phédora glissée dans son sac à main, elle se rendra au *Metropolitan Opera House* et au *Carnegie Hall* et demandera à voir les programmes de concert des années 1887 à 1898. Si ces gens ont été aussi minutieux que son père, il sera facile d'y retrouver le nom des musiciens et chanteurs ainsi que le titre des pièces interprétées. L'opéra est situé entre la 39ᵉ et la 40ᵉ Rue, sur Broadway, et le *Carnegie Hall* est au coin de la 50ᵉ Rue. De l'un comme de l'autre, il sera facile d'aller se reposer dans *Central Park*.

La logistique établie, Irma remet en question la façon dont elle devrait aborder sa mère. Debout devant son miroir, elle tente de se regarder avec les yeux de Phédora, souhaitant n'avoir pas trop changé. « Mon visage un peu moins rondelet, mon menton plus volontaire, mes cheveux noués en chignon, rien de plus », pense-t-elle, confiante. Le bon sens la rattrape aussitôt : « Ça fait onze ans qu'elle ne m'a pas vue. Je n'étais qu'une petite fille. Aurait-elle reçu des photos de moi pendant ces années ? J'en doute. Qui aurait pu les lui envoyer ? Grand-papa Venner, peut-être. Mais je n'avais que treize ans quand il est mort. » L'enthousiasme fait place aux désillusions : « Comment ai-je pu imaginer que nos retrouvailles se feraient avec la simplicité et la cordialité de deux amies qui se retrouvent après quelques mois d'absence ? De part et d'autre, nous avons vécu un drame. Un drame qui perdure depuis onze ans. Le dénouement peut-il ne pas être pathétique ? » Irma constate qu'elle redoute les épanchements émotifs. Qu'elle les fuit, même.

Il lui tarde maintenant de tirer le rideau sur cette projection et de recourir à la raison : « Après avoir quitté un mari déçu de n'avoir pu devenir médecin, maman sera peut-être ravie d'apprendre que j'ai concrétisé le rêve de cet homme. Elle m'en félicitera. Elle sera fière d'apprendre que sa fille a eu le courage de passer outre les préjugés méprisants des recteurs d'université et des confrères médecins. Qu'elle gagnera des salaires honorables. »

Le souvenir d'une dispute sur ce dernier point entre ses parents resurgit. Phédora jubilait. Son professeur de chant lui avait décroché une petit contrat à l'étranger, aux États-Unis peut-être, et elle en faisait part à son mari avec fierté et enthousiasme.

— T'as l'air d'oublier que t'es mariée et que t'as des enfants, Phédora...

— Si j'avais su... avait marmonné Phédora, les dents serrées sur une colère qui avait sidéré sa fille.

— Je n'en reviens pas que t'aies pensé un seul instant que tu pourrais abandonner tes enfants des semaines de temps pour aller chanter ailleurs, avait répliqué Nazaire d'un ton orageux, claquant la porte derrière lui.

Accoudée au piano, le visage niché dans ses mains, Phédora avait pleuré. Irma se souvient avoir tenté de la consoler de douces caresses et de mots d'amour. Sa mère avait fini par se calmer et l'avait enlacée.

— Il ne faut pas te faire de peine avec ça, ma chérie. Ta maman est très fatiguée. C'est pour ça qu'elle a pleuré, avait-elle expliqué.

Ce soir, devenue adulte, Irma fait une autre lecture de l'événement. « Peut-être que maman ne se serait jamais enfuie si papa ne l'avait pas empêchée de réaliser son projet, cette fois-là. Quelle aurait été notre vie, alors ? La mienne ? J'aurais pu faire mes études hors du pensionnat, loin de Philomène. Mon frère... Il serait méconnaissable. J'aurais probablement choisi de faire mes études en médecine aux États-Unis, mais peut-être qu'elle y séjournerait elle aussi de temps à autre. Pour chanter. Pour me rendre visite. » L'euphorie accolée à ce fantasme est de trop courte durée. Le vide qu'il laisse derrière lui n'est que plus intolérable. « Il ne faut plus que je me laisse dériver comme ça », décrète la fille de Phédora.

Le soleil brille de toute sa splendeur, ce matin de la mi-juillet 1898. Et pourtant, Irma LeVasseur semble lui faire un pied de nez tant elle est élégante dans sa robe marine fleurie de marguerites blanches et parée d'un col de dentelle, cintrée à la taille et cachant à peine le genou. Sur sa tête, un chapeau de paille orné d'une fleur de soie indigo. À son bras, un minuscule sac à main où elle a entassé argent, papiers et rouge à lèvres. Le tout lui confère la dignité et le bon goût d'une dame de la haute société. Contrairement à ses habitudes, elle a chaussé des bottines à talons cubains, faites de peau de kangourou importée d'Australie ; ainsi, elle peut dépasser quelque peu les cinq pieds qu'on lui accorde difficilement. Avec une invincible détermination, portant d'une main sa bourse et de l'autre, une collation prévue pour le midi, elle s'engage dans la 10ᵉ Avenue, direction nord, vers la 39ᵉ Rue où domine *The Metropolitan Opera House*. Le sourire aux lèvres, les piétons déambulent allégrement. Comme si

la tiédeur de ce matin les incitait à un brin d'indolence sur Broadway où s'échelonnent boutiques, cafés, tavernes et centres d'arts.

Devant le prestigieux édifice de sept étages totalement rénové, Irma ralentit pour se remémorer les étapes de son approche : « D'abord, acheter mon billet, ensuite, demander à consulter les archives des années 1887 à 1898. » Aux questions posées sur le but de ces consultations, elle prévoit alléguer une recherche sur l'histoire des salles d'opéra en Amérique du Nord. Avant de pousser l'imposante porte aux serrures et à la poignée cuivrées, elle reformule à voix basse les phrases qu'elle a préparées, portant attention à son accent anglais. Une dizaine de personnes l'ont précédée à la billetterie. Quand vient son tour, Irma apprend qu'elle ne peut obtenir un billet que dans les rangées les plus éloignées. Elle s'y est prise un peu trop tard. Quant à la consultation des archives, on lui fait remarquer que cet exercice relève d'une autorité vers laquelle elle est dirigée. Une fois la requête enregistrée, une réponse pourrait être livrée dans une dizaine de jours. L'argumentation de la jeune femme sur le peu de temps dont elle dispose laisse le gros monsieur affecté à ce service totalement indifférent. Insiste-t-elle ? Il quitte le comptoir de renseignements sans même lui faire l'aumône d'un sourire courtois.

Résolue à faire fi de ces déboires, Irma décide de se rendre tout de go au *Carnegie Hall,* situé à proximité de *Central Park.* De dimensions moins impressionnantes que *The Metropolitan Opera House,* cette salle, réputée mondialement pour son extraordinaire acoustique, peut accueillir près de trois mille personnes. Sur le mur adjacent à la porte principale est fixée une plaque commémorative en l'honneur d'Andrew Carnegie qui, en 1890, a payé la construction de cette salle de spectacles, toute de briques italiennes. Ici, l'accueil est plus chaleureux. Miss LeVasseur est priée de spécifier lequel des trois auditoriums l'intéresse :

— *The Main Hall, the Recital Hall or the Chamber Music Hall ?*
— *The three, please.*

L'étonnement se lit sur le visage de la réceptionniste qui lui présente des formulaires de réservation. Réitérant sa demande en

d'autres mots, Irma apprend qu'il n'existe pas d'archives classées au *Carnegie Hall*. Se montrant plus précise, elle explique son intention de prendre connaissance des programmes de spectacles donnés après 1887 dans *the Recital Hall*. Un rendez-vous lui est offert pour le mercredi suivant, le temps de préparer les textes qui auraient pu être conservés durant ces années.

— *It's too late, Sir.*

— *Sorry, Miss!*

De nouveau rebutée dans ses attentes, Irma comprend qu'elle devra revenir à New York et s'accorder plus de temps si elle ne veut pas repartir bredouille. Le pas hardi, elle se dirige vers *Central Park*. Ses deux randonnées matinales lui ont creusé l'appétit. Dans ce parc des plus achalandés, deux ou trois bancs sont disponibles, ici et là. La jeune touriste préfère, au prix d'une centaine de pas supplémentaires, se rendre à un endroit de prédilection, *The Bethesda Terrace*, œuvre de Frederick Law Olmsted, réalisée en 1873. Au centre de cette terrasse a été érigée une magnifique fontaine à trois vasques supportant une statue nommée *Angel of the Waters* ; elle évoque l'ange biblique au lac de Bethsaïda, à Jérusalem. C'est pourquoi on retrouve, au gradin supérieur de la fontaine, les personnages bibliques de ce passage de l'Évangile de saint Jean où aveugles, paralytiques et boiteux attendent le mouvement des eaux pour implorer leur guérison.

Irma est obnubilée par le rideau d'argent que forme le débit d'eau autour des bassins. Elle plonge machinalement la main dans son petit sac à collation, en sort un sandwich qu'elle déguste quand elle est surprise soudain par la présence d'un caniche qui attrape le reste de son pain. Une dame, sans doute sa maîtresse, bondit, prend le petit chien sous son bras, le gronde et murmure, visiblement embarrassée : « *Sorry, Miss. Sorry!* » Un premier regard furtif est échangé... aussitôt suivi d'un deuxième. Le cœur d'Irma bat à tout rompre. Pas un mot n'est prononcé avant que cette femme d'un âge moyen, menue, distinguée, son chien sous le bras et un sac sur l'épaule, file d'un pas pressé, laissant derrière elle un parfum... particulier, évocateur. La dame se retourne, une fois, deux fois, puis

une dernière fois avant de disparaître derrière la haie de verdure. Une brûlure au ventre, un cœur qui bat en accéléré font croire à Irma que cette fragrance, cette démarche, ce regard surtout, ne lui sont pas étrangers. «Sinon, pourquoi cet étonnement, presque de l'affolement dans le regard de cette dame?» se demande Irma.

Quelques pas dans les allées fleuries de *Central Park,* les cris joyeux des enfants qui se cachent derrière les arbustes, un couple âgé déambulant bras dessus, bras dessous, rien ne la distrait de l'impression de plus en plus claire d'avoir croisé une ancienne connaissance. Un banc libre dans un angle du jardin, presque personne autour, Irma le choisit pour réfléchir. Une photo de Phédora sur les genoux, elle en analyse les traits, les compare à ceux de la dame au petit chien. «C'est presque impossible qu'elle ait changé à ce point... Son regard n'était pas si sombre, il me semble. Et cette démarche...» se dit-elle, en proie à une grande tristesse. Soudain, tout devient flou. Se loge au fond de son cœur le sentiment étrange d'avoir effleuré du bout des doigts sa mère, ou une connaissance, sans avoir pu la retenir. «Et si elle avait fait demi-tour, la dame au petit chien...» pense Irma, observant de sa place les piétons qui se baladent dans les sentiers du parc. La nostalgie des siens l'incite à leur trouver des ressemblances. Une dame distinguée à la chevelure poivrée lui rappelle sa tante Angèle. Pas un vieillard pourtant n'est comparable à Zéphirin LeVasseur. Celui qui passe devant elle et à qui elle donnerait deux cents ans tant ses épaules semblent porter tous les malheurs de la terre, l'amène à s'interroger sur le sort qui fut réservé à la cantatrice canadienne-française dans la cohue des artistes du célèbre *Metropolitan Opera House.*

Dans son sac à main, Irma retrouve la liste des opéras qui y seront présentés en 1898-1899. Y tient l'affiche, à compter du samedi soir prochain, le *Faust* de Charles Gounod, l'œuvre jouée lors de l'ouverture officielle de cette salle d'opéra le 22 octobre 1883. «Si le destin y conduisait aussi ma mère», pense Irma, rêveuse.

❖

Irma a attendu cette soirée au *Metropolitan Opera House* avec une fébrilité peu commune. Ce grand jour enfin venu, elle s'y présente dès l'ouverture des portes. Sans prétendre à l'élégance des dames qui l'entourent, elle se félicite d'avoir revêtu ses plus beaux atours : une robe de soirée en taffetas indigo assortie d'un chapeau blanc enrubanné du même bleu. Les effluves qui se croisent sur le passage de ces dames rivalisent de diversité avec les froufroutements de leurs jupes de satin. De son siège, choisi dans les dernières rangées, Irma s'en amuse. Plus l'heure du spectacle approche, moins il est facile de remarquer chacune des dames qui entrent. Celles qui prennent place non loin d'elle paraissent beaucoup plus jeunes que Phédora et que Simone, la domestique des Venner. Des messieurs au col de chemise amidonné et aux moustaches soignées viennent s'asseoir de chaque côté de la jeune demoiselle et lui jettent des regards flatteurs. Irma en savoure l'effet derrière le sourire courtois mais réservé qu'elle leur retourne. Au troisième clignotement des lumières, tout s'éteint et le rideau se lève. « C'est le rôle de Marguerite que maman interprétait », se rappelle Irma. La cantatrice qui l'incarne ce soir, une femme corpulente aux cheveux d'ébène, n'a rien en commun avec Phédora si ce n'est le registre de sa voix. Irma en éprouve du déplaisir. Le thème de cet opéra, la reconquête de la jeunesse à n'importe quel prix, ne la fait pas vibrer. « Quelle futilité ! » se dit-elle, résolue à quitter après l'entracte.

Plus de la moitié des spectateurs profitent de la pause pour se dégourdir les jambes. Irma est du nombre des spectateurs qui se dirigent vers le prestigieux hall où sont offerts boissons alcoolisées, thé et café. Seuls les messieurs font la file devant le comptoir de services ; les dames attendent que leur consommation leur soit apportée par les gentilshommes qui les accompagnent. « Ça me donnerait une certaine contenance si j'avais un verre à la main », pense Irma. Placée derrière la plus courte file, elle est consciente de faire exception. De fait, tous les regards se tournent vers elle. La précède un homme dans la trentaine, de fière allure, visiblement amusé de voir une jeune femme aussi menue avoir l'audace d'aller à l'encontre des conventions. Il lui sourit, se retourne deux autres fois vers elle avant de lui demander d'une voix attentionnée :

— *What do you drink, Miss?*

Irma hésite puis choisit :

— *A tea.*

— *I will take it for you*, lui dit-il en lui désignant, non loin de là, deux tabourets libres près d'une petite table.

— *Thank you, Sir!*

Événement impromptu. Trop pour qu'Irma s'en amuse. Son cœur s'affole, ses jambes tremblent, la tentation de déguerpir l'assaille. Mais un regard discret vers le galant homme l'en dissuade. Il ne la perd pas de vue. Plus encore, de ses sourires bienveillants, il la cloue à son siège. Se chamaillent dans son esprit les questions qu'il pourrait lui poser et les réponses qu'il sera de mise de lui donner.

— Déjà! s'exclame-t-elle, en apercevant la tasse de thé posée devant elle.

— Oh! Vous parlez français! Quelle chance! dit-il.

— Vous êtes bilingue, vous aussi!

— Oui, mais je n'ai pas le bon accent en français.

— Il est meilleur que le mien en anglais.

— Je ne vous crois pas, Mlle...

— Irma LeVasseur.

— LeVasseur! Ça me dit quelque chose, ce nom-là, avoue-t-il, sans parvenir à plus de précision.

— Et le vôtre, monsieur?

— Bob Smith, dit-il en lui tendant la main. En réalité, Robert Smith.

— Vos parents ne sont pas nés ici, quoi?

— Mon père, oui.

— Et votre mère?

— Non. Elle a dû y venir avant les années 1865-1866, parce que je suis né ici.

Bob semble hésiter à poursuivre pendant qu'Irma est saisie par un souvenir : «La mère de grand-père Zéphirin portait le même nom de famille : Charlotte Smith. Quelle étrange coïncidence!»

Un malaise, de part et d'autre.

— Et vous, Mlle LeVasseur, depuis quand votre famille vit-elle aux États-Unis?

Au tour d'Irma de louvoyer. Mentir ou dire la vérité?

— Je suis d'abord venue pour faire des études...

— En musique, je gage!

— Non. J'aime la musique mais je préfère la médecine.

Étonnement et ravissement incitent Bob Smith à proposer un toast:

— Au D^re^ LeVasseur!

— Un instant! Le vôtre, votre métier?

— Bijoutier.

— Succès à vous, monsieur le bijoutier! Puis-je savoir le nom de votre commerce?

— DIAMOND EVELYN.

— C'est joli, reconnaît Irma.

— Merci! On m'a toujours dit que j'avais hérité des talents de commerçant de mon grand-père William. Malheureusement, je n'ai pas eu la chance de le connaître autrement que par ce que ma mère m'en a dit. Ça fait une bonne dizaine d'années qu'il est mort.

«Son grand-père se nommait William! Commerçant! Décédé il y a dix ans!» Irma dépose sa tasse sur la table pour ne pas que Bob voie trembler ses mains. Elle est si soufflée de ce qu'elle vient d'entendre qu'elle retient peu des propos du bijoutier concernant son commerce. Ce sont ses origines, maintenant, qui l'intéressent.

Une voix dans le haut-parleur annonce la fin de l'entracte. M. Smith se lève.

— Vous m'excuserez de devoir vous quitter si brutalement, Mlle LeVasseur. Je ne peux malheureusement pas assister à la deuxième partie, dit-il en regardant sa montre.

— Dommage! s'exclame Irma.

Une telle spontanéité a retenu l'attention du beau jeune homme qui, d'un battement de cils, lui exprime le même regret. Irma le regarde s'éloigner, déchirée entre les convenances à respecter et une irrésistible envie de lui emboîter le pas... pour en savoir plus. Tout bêtement, elle se laisse emporter par la cohue qui se précipite vers

la salle de concert. Elle s'apprête, comme un zombie, à occuper son siège lorsqu'elle entend un chuchotement derrière son épaule :

— Mlle LeVasseur, seriez-vous d'accord pour qu'on poursuive notre conversation à un moment donné ?

« Je rêve, ma foi ! » pense Irma avant de répondre :

— Oui, oui, mais...

— La semaine prochaine, peut-être ?

— Je ne suis dans la région que pour quelques jours de vacances, M. Smith...

— Dommage ! dit-il à son tour. Je vous laisse ma carte. Pour vos prochaines vacances, ajoute-t-il, forcé de quitter la salle avant de se retrouver en pleine obscurité.

En guise d'au revoir, un geste de la main de part et d'autre.

Sur le minuscule carton joliment imprimé, Bob a ajouté à la main : *Au coin de* Columbus Avenue *et de la 68ᵉ Rue.* « La DIAMOND EVELYN serait donc située tout près du *Metropolitan Opera House* ! » constate Irma, ravie.

Les mille conjectures qui tourbillonnent dans sa tête l'isolent du spectacle qui fait renifler certaines spectatrices. L'idée de passer incognito devant la bijouterie DIAMOND EVELYN, ou d'y entrer pour saluer M. Smith avant de retourner à Saint-Paul, la rend fébrile. Mais comment en apprendre plus sur sa famille sans s'exposer à devoir étaler sa propre enfance ?

Pour l'étudiante en médecine qui a obtenu un rendez-vous avec la pionnière de la pédiatrie aux États-Unis, c'est un grand jour que ce 20 juillet 1898. « Je connais plein de choses sur Mᵐᵉ Mary Putnam Jacobi, sauf son apparence physique », constate-t-elle, à quelques pas du 328, 15ᵉ Rue Est, où habite le couple Putnam Jacobi. Obsédée par les sujets dont elle veut s'entretenir avec la Dʳᵉ Putnam, Irma n'a pas réfléchi avant de tirer de ses bagages une jupe de taffetas soyeux de couleur cardinal qu'elle a agencée à une blouse de soie blanche.

Mais la chaleur torride de New York ne tarde pas à lui faire regretter ce choix.

Dans le jardin où elle est conduite par la gouvernante, des massifs de muguets exhalent un des arômes préférés d'Irma. Au centre, une fontaine décorative dans laquelle flottent différentes plantes aquatiques. Tout autour du jardin, des arbres exhibent, sur fond de verdure, des fruits de toutes dimensions qui vont du jaune prune au rouge écarlate des mûriers. Irma est émerveillée par l'ambiance édénique de ce parterre.

Un frottement de semelles sur le pavé de pierres grises, puis une femme toute de blanc vêtue, aux proportions agréables, aux traits affirmés mais au regard d'une douceur nostalgique vient vers elle.

— Mlle LeVasseur, bienvenue chez moi, dit Mary Putnam, d'une voix retenue.

Irma reconnaît dans cet accueil une particularité propre aux femmes de la noblesse anglaise.

Invitée à s'attabler avec elle à l'ombre d'un érable argenté, elle se voit offrir limonade, fruits vermeils et crème glacée. Au cœur de cet après-midi caniculaire, Irma les accepte avec gratitude. Tout est si serein dans les gestes et les propos de la D^{re} Putnam Jacobi que la jeune Canadienne n'éprouve en sa présence qu'une réserve de bon aloi envers une personne dont elle est de trente-cinq ans la cadette. Aucune timidité. Que le sentiment d'avoir le droit d'être bien, d'être vraie.

Interrogée sur son parcours professionnel, la quinquagénaire confie :

— Il a fallu un décret du ministre de l'Éducation pour que je sois admise à l'École de médecine de Paris.

— Comment avez-vous été accueillie ?

— Si je vous dis que le corps universitaire était presque exclusivement composé d'hommes, donc de gens opposés à ma présence, cela vous donne une idée ?

Irma le lui confirme d'un signe de tête.

— Il faut dire que j'étais la première femme à être admise à cette école.

— Qu'est-ce qui vous a le plus rebutée ?

— Et qui me rebute encore ? Écoutez-moi bien, ma petite, dit Mary en poussant son assiette à peine entamée au centre de la table. Près de la moitié des patients dans les cliniques sont des femmes et un tiers, des enfants. De plus, le nombre d'infirmières formées dans les centres hospitaliers ne cesse de croître. Ne trouvez-vous pas absurde que les femmes ne puissent y pratiquer la médecine pour ne pas déroger à des principes ancestraux cent fois désuets ?

Irma l'écoute avec un respect qui la prive de mots. Un pincement des lèvres suffit à le lui exprimer.

— Après quinze ans de revendications de nos droits, je commence à voir la semence sortir de terre, dit Mary dans un long soupir de soulagement.

Sur son front, des ridules, et dans ses yeux, une lassitude qui ne ment pas.

— Quand je suis arrivée à Paris, j'ai été bouleversée de voir que la plupart des femmes françaises trouvaient tout à fait normal d'être traitées comme des citoyennes de seconde classe, reprend-elle, invitant Irma, du même souffle, à lui faire part de ses propres luttes et de son idéal. Quelque peu intimidée, la future doctoresse en fait un bref récit. Mary l'écoute avec une réceptivité émouvante avant de conclure :

— Je vois bien que la même passion nous allume.

Puis, pensive, elle ajoute :

— Une passion qui m'a fait commettre quelques erreurs, cependant.

Un vif intérêt se lit dans le regard d'Irma.

— Sitôt ma formation terminée, je suis venue à New York pour soigner et pour enseigner. Impatiente de voir changer les mentalités, je n'ai pas pris le temps de bien comprendre les mœurs américaines avant de m'aventurer devant une classe. Après quelques mois d'enseignement, je désespérais de pouvoir accomplir ma tâche tant mes élèves se montraient insatisfaits. Heureusement, j'avais une confidente d'Angleterre...

Irma ne se lasse pas de l'écouter. «Ce que sa personne dégage de générosité, de courage et d'abnégation est plus fort encore que le récit de ses luttes et de ses victoires», constate-t-elle.

Le sort des enfants malades tourmente la D^{re} Putnam Jacobi et lui fait déplorer le manque d'empathie de ses confrères masculins à ce sujet.

— J'ai perdu deux fils en bas âge et je ne m'en suis pas encore remise, confie-t-elle, serrant les paupières.

— Je crains que de ne pouvoir sauver un petit de la mort m'affecte autant que la perte d'un enfant que j'aurais mis au monde, avoue Irma.

Mary se lève, vient entourer ses épaules et la presse tout contre elle.

— Ça se pourrait bien, vous savez. Promettez-moi de ne jamais avoir honte de ça.

Irma voudrait le lui promettre, mais le doute et l'émotion la privent de mots. La D^{re} Putnam Jacobi retourne s'asseoir, pose un regard attendri sur son invitée et demande :

— Puis-je espérer que nous travaillions ensemble, un jour ?

— Vous me faites là tout un honneur, madame. Mais vous comprendrez que je souhaite avant tout porter secours aux petits enfants de chez nous.

Un doute passe sur le visage de Mary.

— Vous pensez trouver au Québec des gens qui vous appuieront ?

— Je le souhaite vivement.

— Vous me semblez si confiante... Je me demande si je dois vous mettre en garde ou attendre...

— Je préfère profiter de votre expérience, quitte à être agréablement surprise de la tournure des événements, dit Irma.

— Puisque vous y tenez, je ne vous cacherai pas que les obstacles viennent souvent de nos confrères médecins...

— Malgré tout votre bagage d'études et d'expériences ?

— Hélas, oui. Je vais vous raconter un fait. J'ai publié plusieurs articles dans des revues scientifiques et chaque fois, j'ai essuyé des

critiques acerbes. Or, des confrères médecins livraient sensiblement les mêmes propos et s'attiraient des félicitations et parfois même des honneurs. Vous devinez pourquoi ?

— Parce que ce sont des hommes et que les femmes ne sont pas crédibles à leurs yeux.

— C'est ça. Maintenant, écoutez bien ce qui suit. En 1876, je terminais un essai basé sur des études de cas et des statistiques prouvant que, contrairement à ce que les messieurs pensaient, les menstruations n'empêchent pas la femme de demeurer en possession de tous ses moyens. J'étais sur le point de présenter mon étude à des juges de l'Université Harvard quand j'ai décidé de le signer d'un pseudonyme. Des amis proches m'avaient conseillé de le faire. Convaincu que l'étude était l'œuvre d'un éminent chercheur ou d'un médecin, le jury, avec l'appui des milieux scientifiques et médicaux, a décerné le Boylston Prize et une bourse de deux cents dollars à son auteur. Je ne peux vous cacher que cet honneur m'a laissé un goût amer.

La révélation incite au silence. Soudain Mary, visiblement inquiète, demande :

— Vous avez une bonne santé, Irma ?

— Très bonne, docteure.

— Et vos parents, aussi ?

— Oui, oui.

— Quel privilège !

— C'est le vôtre aussi, madame ?

— Je pense qu'il n'était pas possible d'avoir une meilleure santé que la mienne jusqu'à l'âge de cinquante-quatre ans, déclare-t-elle.

Puis son visage se rembrunit.

— Pendant toutes ces années, reprend-elle, j'ai traversé plusieurs épreuves, quelques-unes de nature à briser le système nerveux de n'importe quel être humain. Mais je n'ai jamais fléchi. Je m'arrêtais souvent pour apprécier la chance que j'avais ; non seulement tous mes muscles, tous mes organes vitaux étaient en parfaite condition, mais mon esprit était toujours très clair et vif. C'est ainsi que vous vous sentez, Irma, n'est-ce pas ?

— Oui, madame, se contente-t-elle de murmurer, tout en respect.

Adossée à sa chaise, le regard happé par un univers lointain, Mary confie :

— Il y a deux ans, j'ai commencé à vivre des expériences étranges. J'éprouvais souvent l'impression d'habiter dans une maison de verre sur le sommet d'une haute montagne où je pouvais voir dans toutes les directions et admirer l'immensité bleue et dorée. Le bonheur que je ressentais alors était immense. À cause de cette sensation, je n'éprouvais jamais de faiblesse ou d'irritation, sauf à de courts moments. Je vivais dans un calme doré, aussi paradisiaque qu'un lever ou un coucher de soleil. Un jour, à la suite d'une douleur soudaine et intense à la tête, j'ai découvert que cette euphorie pouvait être le symptôme d'une maladie et que je ne l'aurais jamais vécue en d'autres circonstances.

Mary s'arrête.

Sur son visage, la détresse déloge l'enchantement. L'espoir lui serait permis si ses propres recherches sur les maladies du cerveau ne la ramenaient infailliblement à la réalité. Sa réalité. La tête renversée sur le dos de son fauteuil, elle pousse un long soupir et dit :

— Vous m'excuserez de vous avoir embêtée avec mon histoire. Vous êtes jeune et confiante en l'avenir... Il faut aller au bout de vos rêves, ma belle enfant.

— Vous êtes extraordinaire, D^re Putnam Jacobi. Ce que vous venez de m'apprendre vaut des années d'université. Qu'ils sont privilégiés tous ceux qui ont la chance de vous côtoyer et de vous entendre !

— Plus on a reçu, plus on doit donner... riposte Mary, le ton empreint de lassitude.

« Me sera-t-il donné un jour de recevoir de telles confidences de ma mère ? » se demande Irma, jugeant le moment venu de quitter cette grande dame. Ajouter à ces échanges risquerait d'en faire oublier l'essentiel, considère-t-elle.

⇒•⇐

Au terme de dix autres jours de quête de renseignements auprès des salles de spectacles, de visites de cimetières et de balades à *Central Park,* et après être passée en catimini devant la bijouterie de Bob Smith, Irma est rentrée à Saint-Paul. Sa déception est à la mesure des espoirs qu'elle avait nourris et des dépenses encourues. Ne s'avèrent positives dans ce bilan que la découverte de la DIAMOND EVELYN et la rencontre avec son propriétaire. L'accueil chaleureux du Dr Watier et de son personnel de l'hôpital où elle a repris le travail pour le reste de l'été vient mettre un baume sur sa déconvenue.

À son grand-père Zéphirin, elle avait promis de communiquer les résultats de ses démarches. « Toutes mes démarches ? Tous les résultats ? Non. Pas plus que ma rencontre inopinée avec Bob. Surtout que ce garçon porte le même nom de famille que sa propre mère... Ma visite chez les Putnam Jacobi ? Oui », décide-t-elle.

Grand-père, j'ai gardé pour le dessert ma rencontre avec la D^{re} Putnam Jacobi. Je cherche les mots qui traduiraient fidèlement ce que j'ai ressenti en présence de cette femme exceptionnelle. J'ai été distraite au début de notre rencontre par le fait qu'elle n'avait que neuf ans de plus que maman. J'étais portée à essayer d'imaginer et de comparer. Cette femme dégage en même temps qu'une grande force une tendresse si enveloppante que j'avais parfois l'impression de me retrouver devant des femmes différentes selon le sujet abordé. Mais ce qui m'a le plus impressionnée, c'est son exceptionnelle lucidité. Lucide et honnête envers elle-même comme je n'aurais pas cru l'humain capable. Grand-père, vous auriez dû l'entendre parler de sa maladie... J'en avais des frissons dans le dos.

J'ai bien failli pleurer et me jeter dans ses bras quand elle m'a déclaré qu'elle souhaitait que nous travaillions ensemble un jour. Aussi, quand elle a dit reconnaître en moi la passion qui l'animait pour la cause des femmes et la santé de leurs enfants. Ses dernières paroles ont été si suaves que je ne suis pas près de les oublier. « Je sais qu'on se reverra, Mlle Irma. Je le souhaite vivement. Et sachez qu'ici, vous serez toujours la

*bienvenue », m'a-t-elle dit. J'ai alors formulé les mêmes vœux
sans trop savoir quand et comment ils pourraient se réaliser.
J'en ajoute un autre, vous revoir très bientôt, grand-père.*

*S'il vous plaît, ne parlez pas à papa de mon voyage. Je le ferai
moi-même quand je sentirai que le moment s'y prête. Merci !*

Votre Irma préférée

Avant qu'une réponse lui parvienne, Irma a eu le temps d'entamer
sa session d'automne. Une ferveur décuplée l'anime.

— Comme si un peu de l'âme de Mme Putnam m'habitait, confie-
t-elle à Miss Murray qu'elle accompagne au parc où elles sont venues
pour amuser le petit Raoul.

— Ce n'est pas impossible ! C'est votre imaginaire ou son ascen-
dant qui s'exerce encore sur vous.

— Je penche pour votre deuxième hypothèse.

— J'ai lu des choses au sujet de la communication entre les cerveaux. Des expériences qui prouvent que c'est réel.

— Vous avez encore ces livres ? demande Irma, sceptique.

— Non, mais je pourrais peut-être les récupérer et vous les
montrer.

— J'essaierai de trouver quelques minutes pour y jeter un coup
d'œil, réplique Irma, discrète sur l'intérêt qu'Elen vient d'allumer
en elle.

« Si cette histoire de communication entre les cerveaux était
vraie, je pourrais faire savoir à maman que je suis aux États-Unis,
que je la cherche et que je l'aime, même si... Et que son fils serait le
plus heureux du monde si... » pense-t-elle, plus fébrile qu'elle ne le
voudrait. Elen l'a-t-elle perçu qu'elle demande :

— Mlle Irma, avez-vous déjà fait l'expérience, dans un groupe,
de fixer une personne sans qu'elle vous voie et de constater qu'elle
se retourne vers vous comme si elle voulait savoir ce que vous lui
voulez ?

— Hum, oui.

— Comment expliquez-vous ça ?

— Je ne m'y suis jamais attardée. Je dirais peut-être que c'est
ce que l'on appelle de la télépathie ou un phénomène du genre.

Ou simplement le fruit du hasard, répond-elle, rebelle à toute interprétation gratuite.

Elen l'approuve d'un signe de tête, perdue dans ses pensées.

— Y a tant de choses à découvrir... Heureusement! Sinon, la vie serait bien moche, confie-t-elle, mystérieuse.

— Je sais que sur le plan scientifique, tout un univers nous échappe. C'est ma hantise d'aller chercher le plus de connaissances possible.

— Pour combattre la maladie? présume Elen.

— C'est ça.

— Il paraît que si on vivait toujours dans l'harmonie, on ne serait jamais malade.

Irma écarquille les yeux.

— Il paraît aussi que nous avons, à l'intérieur de nous, ce qu'il faut pour guérir...

— Si c'était le cas, on n'aurait pas besoin de la médecine, rétorque Irma.

— C'est à cause de notre ignorance...

Irma lui sourit. Embarrassée par le sujet, elle ne souhaite pas s'y attarder. L'enfant qu'elle accompagne dans ses jeux lui en fournit l'opportunité. Elen les observe, ravie.

— Ses parents se préparent déjà à fêter son troisième anniversaire. Comme ils font tout en grand, ils n'ont pas trop d'un mois et demi pour le faire, dit-elle, émerveillée par les progrès du garçonnet.

— Il est tellement entouré d'amour ce petit! Je souhaiterais le même sort à tous nos enfants, réplique Irma.

— S'il n'y avait pas tant de pharisiens dans notre société, y aurait moins d'enfants malheureux, relance Elen, la voix hachurée.

Irma demeure bouche bée d'étonnement. «Quel lien peut-elle bien faire entre la détresse des enfants et l'hypocrisie des gens?» Elle pense le lui demander quand Elen reprend la parole.

— Vous allez venir à la fête de Raoul, Mlle Irma?

— J'espère en trouver le temps.

À quelques jours de cet anniversaire, c'est le branle-bas chez les Canac-Marquis. Que de courses à faire pour la maman, de plats à cuisiner pour la domestique et de cartons d'invitation à adresser pour le papa !

Ce matin du 15 novembre 1898, Emma Canac-Marquis doit affronter une tempête de neige pour terminer ses emplettes.

— Tu n'aurais pas dû m'attendre. Tu n'avais pas à risquer de prendre froid comme ça, lui dit son mari, la retrouvant fiévreuse à son retour du travail.

Malgré sa détermination à vaincre la maladie et les bons soins de son époux, la situation d'Emma s'aggrave. Ferdinand fait appel à un de ses éminents collègues, le Dr Schweizer. Le diagnostic de Ferdinand est confirmé : la jeune maman souffre d'une pneumonie sévère. Informée par Miss Murray de l'épreuve qui frappe la famille Canac-Marquis, Irma est sidérée. Toutes deux appréhendent le pire.

De fait, ce 28 novembre 1898, après avoir épuisé toutes les ressources de la science, les Drs Canac-Marquis et Schweizer s'avouent impuissants à sauver la jeune femme de vingt-huit ans. La catastrophe est épouvantable. Le vide dans cette famille, un gouffre sans fond. La détresse de Ferdinand, indescriptible. Irma et Miss Murray sont foudroyées.

Soudées l'une à l'autre depuis la tragédie, elles ne sortent du chagrin et de la révolte que pour prendre soin du jeune orphelin. Son père le leur a confié, le temps que... Mais le temps n'existe plus depuis le décès de sa chère Emma. Devant lui ne se dessine qu'un tunnel sans issue.

Le corps de Mme Canac-Marquis n'est pas en terre que son fils réclame sa maman. La présence constante et affectueuse des demoiselles Murray et LeVasseur, tout comme l'empressement de la parenté à distraire cet enfant, sont devenus vains. Irma est terrassée. La détresse d'un enfant lui est insupportable. Celle d'un bambin qu'on ne peut raisonner lui triture le cœur. Le goût amer de l'impuissance l'étouffe. À bout de résistance, elle éclate en sanglots

dans les bras de Miss Murray qui veille avec elle dans la chambre du bambin.

— J'ai beau chercher, je ne trouve pas de remèdes pour le soulager.

— En existe-t-il, au moins? demande Elen, non moins chagrinée.

— J'espère que oui.

— Je vous dis que non, moi.

L'affirmation de Miss Murray est sidérante.

— Avez-vous pensé, reprend-elle, qu'avant longtemps, vous, au moins, vous pourrez prendre votre revanche en sauvant des milliers d'enfants de la mort?

«Elen a dû beaucoup souffrir pour parler ainsi», pense Irma, incapable d'ajouter une parole à ses propos. Épuisée, Irma réclame quelques instants de sommeil.

— Je reviendrai vous remplacer pour que vous puissiez dormir un peu vous aussi avant les funérailles, promet-elle à Elen.

Enfin seule dans sa chambre du campus, roulée dans ses couvertures, Irma fait le bilan de sa relation avec la défunte. «Nous allions devenir de grandes amies», constate-t-elle, se félicitant d'avoir touché le clavier devant des inconnus rien que pour elle; pour lui faire plaisir. «C'est le geste que je devais poser pour connaître la grande sensibilité de cette femme, sa délicatesse, sa culture et surtout, son amour débordant. Une complicité s'installait d'elle-même entre nous deux, depuis sa maternité, surtout. Je n'aurais pas cru qu'elle allait tant me manquer. Et que dire de l'abîme que sa mort creusera dans l'existence de son fils?» Irma accueille toute cette souffrance sans retenir ses larmes. Elle pleure, et sur son passé, et sur l'avenir de ce bambin auquel elle s'est tant attachée.

Il vient trop vite ce jour où personne ne peut plus se mentir. Emma ne reviendra plus. Dans quelques heures, son corps sera mis en terre.

— Ma place est ici auprès de votre fils pendant les funérailles, plaide Irma jusqu'à ce que Ferdinand lui en accorde la faveur.

— Vous ne voulez pas que je reste avec vous ? demande Elen.

— Je pense qu'il est préférable que je sois seule... Raoul mérite toute mon attention.

À vrai dire, Irma n'a pas trop du temps des funérailles pour trouver un peu de lucidité à travers l'imbroglio d'émotions qui l'habitent. « Demain, il faudra déjà passer à une autre étape, mettre fin au despotisme que la mort exerce dans cette maison depuis quatre jours. Il faudra s'agripper à l'espoir. Le crépuscule n'engendre-t-il pas l'aurore ? Le déclin, la régénération. Il faudra habituer ce petit être à l'absence. Une absence infinie. Il faudra veiller à ce qu'il ne perde pas trop de sa joie de vivre. » De telles perspectives angoissent Irma. L'interpellent.

Rien n'est épargné pour la cérémonie funèbre de Mme Canac-Marquis. L'église de la paroisse Saint-Paul se fait lugubre. Entièrement tendue de draperies de deuil, elle n'est éclairée que par l'image du Christ demeurée illuminée. Tout revêt un caractère à la fois noble et touchant, à l'image de la défunte. Le service funèbre, chanté par le curé de la paroisse accompagné d'un diacre, d'un sous-diacre et d'un maître de cérémonie, confère un caractère solennel à l'événement. La chorale de l'église, accompagnée à l'orgue par Mme Hoffman, une amie de la défunte, porte l'émotion à son paroxysme.

⋙ ⋘

Les lendemains sont des plus pénibles, et pour Ferdinand, et pour Irma dont il réclame de plus en plus la présence.

— Tu es celle qui, après moi, a le plus connu et aimé ma douce Emma. C'est avec toi que je me sens le plus à l'aise d'en parler, lui confie-t-il.

« Comment trouver le temps de réconforter l'orphelin et son père sans compromettre la réussite de mes études ? » se demande-t-elle. La décision d'espacer ses visites n'est pas sans causer quelques déchirements. Irma doit admettre qu'elle a besoin de revoir le bambin fréquemment. Pour s'assurer qu'il aime encore jouer à

cache-cache avec elle. Qu'il peut encore rire aux éclats quand elle le sort de son repaire et le couvre de câlins.

— Tu aurais encore quelques minutes, Irma? lui demande le Dr Canac-Marquis, au moment où elle s'apprête à quitter sa résidence après une de ses visites éclair.

— Juste un peu... Votre fils a été long à endormir ce soir, lui apprend-elle, adossée à la porte de sortie.

— J'ai une grande faveur à te demander... et ça ne peut pas attendre beaucoup.

Transie d'appréhension, Irma l'écoute sans broncher.

— Viens habiter avec nous, la supplie-t-il.

Il n'est de mots pour traduire le trouble dans lequel Ferdinand vient de plonger cette jeune femme.

— Tu as bien vu que mon fils se cramponne à toi aussitôt qu'il te voit...

— Il faut lui donner le temps de s'habituer.

— Si tu venais le temps qu'il s'habitue, comme tu dis.

— Ça demande réflexion, docteur.

— Je pense que si tu écoutes ton cœur, tu n'auras pas besoin de réfléchir bien longtemps...

— Je vous répète que ce n'est pas une décision facile, dit Irma avec une fermeté à ne pas défier. Je vous laisse, docteur, j'ai tellement de retard à rattraper.

Entre la compassion pour cet homme éprouvé, son amour pour le petit Raoul, les examens de fin de session et son besoin de solitude, Irma cherche un équilibre. Son cerveau s'embrouille. Trop d'émotions viennent fausser son jugement. Désemparée, elle se tourne vers son père à qui elle écrit pour traduire la détresse de Ferdinand et l'embarras dans lequel il la place.

Je crois que votre visite lui ferait grand bien. En trouverez-vous les moyens et le temps? Je le souhaite ardemment.

«Pourquoi devrais-je accepter tout le fardeau que le docteur met sur mes épaules? Je n'ai que vingt et un ans. Il en a quarante! C'est trop pour moi.» Irma doit trouver le courage de le lui avouer.

« En personne ? Je ne peux m'y résigner », se dit-elle, privilégiant l'écriture. « Un billet laissé dans sa boîte postale me conviendrait », juge-t-elle. L'écrire le soir, le relire le lendemain matin et attendre un autre jour pour le glisser dans une enveloppe lui semble sage.

Le 11 décembre 1898

Dr Canac-Marquis,

Quelques mots pour vous redire ma sympathie et ma peine. Et pour vous et pour votre fils. Votre épreuve m'affecte beaucoup, vous le savez. Elle m'affecte trop, même. Ma santé et mes études pourraient en souffrir si je ne prends pas un peu de recul. Le temps est venu de vous faire un aveu : ce que vous attendez de moi est trop lourd pour les épaules d'une fille de mon âge. Trop lourd pour moi, en tout cas.

Je dois vous décevoir... J'en suis désolée.

Irma LeVasseur

La semaine passe, aucune nouvelle du Dr Canac-Marquis. Irma s'en étonne. Mais voilà qu'à quatre jours de Noël, elle apprend avec soulagement que Jeanne Broche, veuve d'un collègue de travail, est installée à la résidence du Dr Canac-Marquis pour prendre soin de l'enfant et voir à l'administration de la maison. La perspective de jouir enfin d'un peu de répit et de solitude lui est agréable. Elle vient compenser l'éloignement de sa famille en cette période des Fêtes imminente. « Célébrer un événement comme la naissance quand elle perd son sens pour un enfant devenu orphelin à trois ans, non. Par ailleurs, ça me fera plus d'argent pour un autre séjour à New York et pour aller étudier en Europe » pense-t-elle. Rêver de voyages l'aide à dissiper quelque peu la morosité qui l'envahit depuis le décès d'Emma. « Mais rêver de retrouver sa mère au moment où il faut consoler un bambin d'avoir perdu la sienne, quel paradoxe ! » reconnaît-elle.

Les invitations se multiplient de la part de Ferdinand pendant le congé de Noël. À aucun moment, il n'a fait allusion à la courte lettre qu'elle lui a écrite.

— Ça fait plus de dix jours que je ne t'ai pas vue, Irma. Reste donc à souper avec nous, la prie-t-il, un soir où il rentre plus tôt de l'hôpital. Si tu savais comme ta présence me réchauffe le cœur en cette période où il fait aussi froid en dedans que dehors.

— J'accepte votre invitation, mais je ne pourrai m'attarder après le souper...

— À ta guise, ma chère Irma.

— Je vais aller donner un coup de pouce à Elen, lui annonce-t-elle.

Dès qu'il l'aperçoit, Raoul se lance en courant dans ses bras. Mme Broche, d'apparence chaleureuse et très courtoise, reste là, désemparée.

— Donnez-lui encore un peu de temps. Vous verrez, il finira par s'attacher à vous, dit Irma, ignorant que Ferdinand les observe.

— Aussi bien apprendre à vivre tout le monde ensemble dès maintenant... lance-t-il, causant manifestement un émoi chez ces trois femmes.

Aucune d'elles ne riposte. Il est évident pour Irma que cette remarque la concerne, la bouleverse même, mais elle feint de l'ignorer. « J'espère me tromper, se dit-elle. Ce serait trop désastreux s'il s'amourachait de moi... »

Tout au cours du souper, la jovialité du garçonnet crée une atmosphère propice à la détente et à l'harmonie. Irma l'apprécie. Le repas à peine terminé, on frappe à la porte. Un vieillard aux belles manières se présente :

— J'ai appris le décès de votre chère épouse par *Le Courrier canadien*. Je tenais à venir vous offrir mes sympathies.

Le Dr Canac-Marquis le regarde, médusé.

— Je sais que vous ne me reconnaissez pas... C'est normal, vous voyez tant de patients dans une année ! Mais moi je ne vous oublierai jamais. Vous avez sauvé mon petit-fils, mon seul petit-fils, il y a deux ans.

— Entrez, monsieur, je vous en prie.

— Pen, mon nom courant. Frank Pen, précise-t-il en tendant la main au docteur.

Libéré de son manteau et de son chapeau, il est conduit au salon. Invitée à y rejoindre les deux hommes, Irma est présentée avec sobriété.

— Le Vasseur! Je me souviens d'un certain Zéphirin... Il était de mon âge.

— Mon grand-père est né en 1820, précise Irma.

— Moi en 1822. Il m'a connu sous le nom de François Trépanier. Mais quand j'ai quitté le Canada, j'ai dû changer de nom, avoue le visiteur, un sourire en coin.

— Ça donnait une chance en affaires que de porter un nom anglais... Bien des Franco-Américains ont fait comme vous, dit Ferdinand.

M. Trépanier hoche la tête. Irma brûle de l'entendre se raconter.

— Peut-être que bien des Canadiens ont changé leur nom, mais peu l'ont fait pour les mêmes raisons que moi...

Plus un mot dans le salon. Qu'un silence suppliant de la part d'Irma et du docteur.

— Le 22 décembre 1838, j'ai été condamné... à mort.

Irma retient son souffle. Un frisson lui traverse le dos. « Tout comme le frère aîné de maman, cet homme aurait donc fui aux États-Unis pour éviter la pendaison », pense-t-elle.

— En 1838, dites-vous? relance Ferdinand.

— Vous avez deviné, docteur, de quel groupe je faisais partie...

— Vous avez toute mon admiration, M. Trépanier.

— J'étais un des plus jeunes Patriotes. Mon père croyait obtenir la clémence des Anglais parce que je n'avais que seize ans. Peine perdue.

— Vous avez été nombreux je crois à vous exiler au Minnesota.

— C'était un meilleur sort que de se faire déporter en Australie, convient-il.

— Croyez-vous que les Patriotes exilés par ici se sont retrouvés avec le temps?

— Trop peu et trop tard. Je viens tout juste de mettre la main sur la liste complète de ceux qui furent traînés devant la cour martiale anglaise. Plusieurs se sont cachés, comme moi, sous un faux

nom. D'après mes recherches, je serais le dernier survivant. Vous comprenez, Dr Canac-Marquis, pourquoi le retour à la santé de mon petit James était si important ?

Qu'un signe de tête affirmatif de la part de Ferdinand tant l'émotion l'envahit.

— Même s'il n'a que douze ans, ce garçon est comme le livre que j'aurais voulu écrire...

Devant les regards interrogateurs, il s'explique :

— J'aurais voulu écrire tout ce qui nous est arrivé. Je l'ai raconté à James et il a juré de le faire. Il faut que nos descendants sachent un jour que...

Sa voix s'est éteinte.

— Pas rien que vos descendants ! Il faut que tous les Canadiens français sachent ce que nos Patriotes ont fait pour les sauver, reprend Ferdinand avec une flamme patriotique ravivée. S'il a besoin d'un mécène, votre petit James, je me ferai un plaisir et un honneur de l'aider.

Irma est muette d'admiration, et devant ce noble Patriote, et devant Ferdinand qui, une fois de plus, fait preuve de philanthropie.

Suspendue aux lèvres de François Trépanier pendant plus d'une heure, la jeune Canadienne voudrait l'empêcher de repartir. Ferdinand aussi.

— Des pages de notre histoire qui doivent être écrites, dit ce dernier, papier et crayon à la main pour noter l'adresse de M. Trépanier et de James.

— Il faut que vous viviez assez longtemps pour tout raconter à James. Avez-vous une bonne santé, M. Trépanier ? demande Irma, prête à le secourir.

— Grâce à Dieu, oui. Des petits bobos de vieillard, mais rien de grave.

Le Dr Canac-Marquis l'invite à passer à son cabinet au cours de la prochaine semaine.

— Vous me faites là une bien grande faveur, docteur.

— J'aimerais revoir votre petit-fils, par la même occasion.

Très ému, le vieillard laisse son adresse au docteur et annonce son départ.

Irma n'a pas le temps de l'en dissuader qu'il est déjà dans le vestibule, prêt à saluer son hôte. La visite impromptue de cet homme l'a chamboulée. Tant d'évocations : le drame familial des Venner, le rappel de son grand-père LeVasseur, le sort réservé aux Patriotes et l'urgence d'admettre les jeunes enfants dans les hôpitaux.

Le témoignage de M. Trépanier a suscité des échanges d'une qualité exceptionnelle entre Irma et Ferdinand. Les problèmes personnels ont fait place à des considérations patriotiques et humanitaires « comme si ce valeureux Patriote avait déteint sur nous », se dit Irma, en retournant au campus.

Le lendemain, elle ouvre avec fébrilité une lettre en provenance de Nazaire.

Avant même que tu me le suggères, ma chère Irma, j'avais pensé aller passer une semaine ou deux avec mon ami tant éprouvé, mais comme ton frère a une bien mauvaise grippe et que tu lui avais promis qu'il m'accompagnerait, je ne peux entreprendre ce voyage. Je dois t'avouer bien honnêtement que je ne vois pas le jour où Paul-Eugène pourrait me suivre dans mes déplacements. Tu sais comme moi que son équilibre mental est très fragile et qu'il y a peu de chances qu'il s'améliore.

Je te souhaite un beau congé de Noël.

Furieuse, Irma réplique aussitôt :

Malgré tout le respect que je vous porte, papa, je trouve inacceptable qu'un père ait honte de son fils. Il n'a quand même pas commis de crime !

Je vous supplie de trouver le moyen de venir auprès de votre ami, le plus tôt possible. En ce qui concerne mon frère, si son état vous humilie tant que ça, je le prendrai avec moi.

➤⋅◄

L'année 1899 commence dans une atmosphère de grisaille. Tout comme Nazaire, Ferdinand se fait muet et absent. Pour dissiper la confusion qui lui pèse, Irma prend rendez-vous avec le Dr Canac-Marquis, à son cabinet. L'accueil chaleureux du docteur la surprend.

— Vous semblez prendre le dessus, docteur. Si vous saviez comme ça me soulage.

— Quand l'épreuve nous frappe, il faut la considérer comme un ennemi à combattre; si on reste par terre, on prête flanc à d'autres coups...

— Vous avez toute mon admiration, docteur.

— Merci, Irma. Je suis heureux de te l'entendre dire. Ça m'inspire confiance pour l'avenir...

— C'est me donner trop d'importance...

— Oh, non! Tu sais que la pierre angulaire de l'amour c'est l'admiration...

— Je me suis mal fait comprendre, je crois, réplique Irma, chamboulée.

Ses intuitions se révélant fondées, Irma est confrontée à une situation inextricable.

— Je comprends que tu te rebiffes un peu à l'idée d'unir ton destin au mien quand le temps sera venu, reprend Ferdinand. Mais on n'est pas de la trempe à se laisser mener par des qu'en-dira-t-on, nous deux.

— Je m'excuse, Dr Canac-Marquis, mais vous perdez votre temps à espérer... J'ai renoncé définitivement au mariage pour me consacrer au soin des tout-petits. Ni vous ni personne d'autre ne me fera dévier de mon idéal.

Blafard, Ferdinand se laisse tomber dans son fauteuil.

— Je ne peux pas croire que je m'étais trompé à ce point! Je croyais que tu avais assez d'estime et de reconnaissance envers moi pour...

Sachant qu'il n'a pas à terminer sa phrase, il espère une réaction d'Irma, mais en vain. Il cherche son regard, mais elle persiste à le lui dérober. Cet échec lui inspire un argument, infaillible, juge-t-il.

— Ton amour pour mon fils, il est sincère ou non ?

— Justement. C'est parce que je l'aime follement, votre petit Raoul, que je ne lui imposerai pas un deuxième deuil.

— Comment ça, un deuxième deuil ?

— Vous savez bien que je ne suis que de passage aux États-Unis. C'est dans mon pays que je veux travailler.

Ferdinand se lève, se dirige vers la porte et, d'un signe de la main, donne congé à sa visiteuse.

La réaction du Dr Canac-Marquis est aussi glaciale que ce 10 février 1899. Réaction d'autant plus imprévisible qu'au cours de la dernière année, Irma avait découvert chez cet homme une aménité et une ouverture d'esprit exemplaires.

— Je suis navrée pour...

La jeune femme quitte le docteur sur des mots qu'elle choisit de taire. «Navrée de votre refus de tenter de comprendre. Navrée surtout pour votre fils qui en souffrira injustement», pense-t-elle, une main sur la poignée de porte, son regard sollicitant une excuse ou l'expression d'un regret... qui ne vient pas.

Dans la solitude de sa chambre d'étudiante, Irma se sent déchirée par ses choix. Il lui semble entendre ce bambin de trois ans réclamer sa présence. «Que lui répondra son père ? Comment imaginer que, de son côté, Elen ne soit pas inquiète de mon silence ?»

À son grand-père Zéphirin, elle confie avoir connu l'amertume et avoir dû lutter pour la déloger de ses sentiments envers Ferdinand Canac-Marquis. Faire croire à cet homme de grande intuition qu'elle n'a pas éprouvé un certain dépit et des moments d'intense lassitude serait chimérique. Une lettre acheminée à sa chambre plus d'une semaine plus tard par le Dr Canac-Marquis le lui confirme. À sa demande de pardon, Ferdinand ajoute :

Il n'y a pas que mon fils qui te réclame dans cette maison. Tu nous manques à tous. Sache que tu seras toujours la bienvenue. Ne tarde pas trop, je t'en prie.

Interminables, ces jours où Irma n'a pu serrer dans ses bras ce garçonnet si affectueux. Triste à pleurer ce silence qu'aucun éclat

de rire n'est venu lézarder. Fade comme le néant l'absence de cet enfant au regard envoûtant. «Que deviens-tu, mon petit homme? Sais-tu ce que je deviens, moi, sans ta candeur qui m'incitait à l'abandon? Sans ta joyeuse insouciance qui m'invitait à jouer ma vie?» Trop de privations pour la fille de Phédora. «Non, je ne tarderai pas», murmure-t-elle, en se dirigeant d'un pas alerte vers la résidence de l'orphelin.

Mars est arrivé mais sans la chaleur qui l'accompagne habituellement. Irma grelotte sous sa cape pourtant bien fourrée. «Entre chien et loup, l'humidité est toujours plus présente», se rappelle-t-elle. Mais, à deux pas de la maison, elle constate que l'émotion et la fatigue n'étaient pas étrangères à ses tremblements.

Au claquement du heurtoir répond, sans délai, le craquement de la porte du vestibule, puis Mme Broche apparaît, le petit Raoul à ses trousses.

— Quelle belle visite! s'exclame-t-elle. Venez voir, Miss Murray.

Irma s'étonne du peu d'empressement de l'enfant à venir vers elle. Elle s'avance et lui tend les bras, mais Raoul se tourne vers Mme Broche, une moue aux lèvres.

Témoin du chagrin de sa visiteuse, la femme explique :

— Ne vous en faites pas, Mlle LeVasseur. C'est la preuve qu'il vous aime beaucoup.

Irma est sceptique.

— Laissez-lui un peu de temps et vous verrez.

— Le pardon en prend beaucoup, ajoute Elen venue les rejoindre.

— Vous voulez répéter? demande Irma.

— Je pense qu'il faut lui laisser le temps de vous pardonner de l'avoir délaissé ces derniers jours, précise-t-elle.

— C'est comme ça, les enfants, laisse tomber Mme Broche, le regard manifestement captivé par un triste souvenir.

Le docteur vient d'entrer. Contre toute présomption, il salue leur visiteuse sans plus d'exubérance que les fois précédentes. Dirigeant toute son attention vers son fils, il ne s'adresse à Irma que pour lui apprendre que Nazaire s'inquiète de son silence.

— Étonnant ! Il n'a pas répondu à mes deux dernières lettres ! réplique-t-elle, taisant les raisons alléguées.

Il est probable que les reproches adressés à son père concernant son attitude envers Paul-Eugène l'ont choqué ou blessé. « Le jour où je les verrai arriver tous deux à Saint-Paul, je ne pourrai que me féliciter de lui avoir dit le fond de ma pensée », songe-t-elle. Inquiète soudain d'avoir oublié de prendre la clé de sa chambre, elle fouille dans son sac à main. Geste magique, le petit Raoul se précipite vers elle, assuré de recevoir une friandise. Irma l'attrape, les bras de l'enfant se nouent autour de son cou avec frénésie, les cajoleries abondent. Tous deux reprennent le temps perdu sous le regard charmé de Ferdinand.

À la mi-mars, le veuf refait la décoration de sa maison et en renouvelle le mobilier. « Son moral prend du mieux », en conclut Irma qui, de ce fait, réserve une grande partie de ses temps libres à Raoul et à Miss Murray dont elle apprécie beaucoup la compagnie.

Rentré plus tôt ce jeudi après-midi de printemps, Ferdinand Canac-Marquis est heureux de retrouver chez lui Irma, lisant une histoire à son fils.

— J'ai hâte de te montrer le beau travail que les ouvriers ont fait, dit-il, piétinant d'impatience.

Devant le piètre intérêt de sa visiteuse, il déclare :

— C'est aussi pour toi que je veux embellir cette maison.

Sidérée, Irma interrompt sa lecture.

— On ne sait jamais ce que la vie nous réserve, ajoute Ferdinand.

— Vous n'êtes pas du genre à souhaiter qu'une étudiante rate ses examens, quand même !

— Surtout pas ! Je ne te veux que du bien, Irma. Que ton plus grand bien.

— Il me semblait aussi, conclut-elle, pressée de reprendre son récit.

Le bambin demeure captivé par les illustrations de son livre sur les animaux de la ferme. Irma retourne à lui, heureuse de mettre fin à un échange d'une ambiguïté déroutante. La dernière page lue, elle embrasse l'enfant et le ramène à Mme Broche. « J'ai terminé ma récréation », dit-elle, souriante. Dans l'entrée du salon, Ferdinand l'attendait.

— Avant que tu partes, je voudrais t'annoncer une bonne nouvelle.

— J'écoute, dit-elle, pressée de quitter.

— Ton père sera avec nous dans deux jours !

— Samedi ! Ah, bon ! Pour combien de temps ?

— Pour quatre ou cinq jours, au moins.

Après trois mois d'un silence presque total, voilà donc que Nazaire s'amène à Saint-Paul sans la prévenir. Surprise et embarrassée, Irma ne trouve pas le courage de demander au docteur si son père vient seul ou accompagné de Paul-Eugène. La réponse risque trop de la décevoir. Cheminant vers le campus, elle se perd en « peut-être » et en « pourquoi ? » lorsque sa réalité d'étudiante la rattrape. « Deux jours à attendre sans savoir, c'est long, mais deux jours seulement pour me dégager des travaux universitaires les plus urgents, c'est très court », constate-t-elle.

Ce samedi 26 mars 1899 arrive, empreint de la tiédeur des matins de mai. Jour de congé et jour de retrouvailles pour l'étudiante du Québec. Il n'est pas encore neuf heures que tout est rangé dans sa chambre et qu'elle termine sa toilette. Son miroir lui retourne une image satisfaisante : une fine torsade dans les cheveux de chaque côté de la tête, un blouse couleur pêche au col festonné, une longue jupe marron et le châle de Phédora sur le bras pour le retour en fin de journée. À moins de recevoir une invitation formelle, elle ne se rendra sur la rue Washington qu'après le dîner. En attendant, que de belles heures de lecture à savourer.

Irma gravit lentement le large escalier enjolivé de poutres cannelées, prête l'oreille un instant et fait claquer le heurtoir. La porte s'ouvre enfin. Ils sont trois à l'accueillir. Nazaire, tenant par la main

le bambin de trois ans, et derrière lui, Ferdinand. Ils sont trois à
la réclamer. Irma se laisse happer par l'enfant qui lui crie, comme
toujours depuis le décès de sa mère : « Mamma ! Mamma ! » Pendu
à son cou, Raoul lui couvre le visage de baisers. Leurs rires enchan-
tent les deux hommes qui échangent alors des regards teintés de
complicité. Une complicité qui intrigue la jeune femme.

— Va voir ton papa un petit instant, dit-elle à Raoul en le rendant à Ferdinand. Puis, elle se tourne vers Nazaire qui, lui ouvrant
les bras, dit :

— Comme c'est loin Saint-Paul quand on brûle de revoir des
gens qu'on aime !

— Moi aussi, je comptais les heures.

— Que de choses nous avons à nous dire ! ajoute-t-il, le sourire
franc et le regard enveloppant.

— ... dans ma chambre, demain, murmure-t-elle, lui jetant
un clin d'œil.

— Entendu.

— Vous n'allez pas vous confiner entre ces quatre murs déjà
trop étroits pour une seule personne, riposte Ferdinand.

— Je n'y vois aucun problème, dit Irma.

— Y a un boudoir et de belles chambres ici pour vous deux,
reprend Ferdinand, laissant son fils retourner dans les bras de sa
« mamma ».

— Nous verrons, conclut Irma. Parlez-moi des gens de Saint-
Roch, papa.

Le visage de Nazaire se rembrunit.

— Ton grand-père va plutôt bien... à part qu'il s'ennuie bien gros
de toi. Justement, il a profité de ma visite pour t'envoyer une lettre.
Je te la remettrai demain.

— Aujourd'hui, papa, s'il vous plaît. Et les autres ?

— Ta tante Angèle est toujours très occupée, mais elle est loin
de s'en plaindre. Elle t'envoie quelque chose, elle aussi.

— Elle est musicienne, si je ne me trompe pas ? demande
Ferdinand.

— Angèle a tous les talents. En plus d'être douée pour la musique, elle excelle en couture, dessin, cuisine...

Voilà que Nazaire s'attarde à brosser le portrait de sa sœur. Irma l'observe plus qu'elle ne l'écoute. Elle n'est pas sans deviner que la volubilité de son père sur un sujet qui risque d'ennuyer le docteur n'est qu'un subterfuge pour ne pas avoir à parler de Paul-Eugène. «Je me reprendrai bien demain», se dit-elle, consciente de le soulager en cédant à la supplication du petit Raoul de le suivre dans sa salle de jeu.

Lorsqu'elle revient au salon, un quart d'heure plus tard, les deux hommes, visiblement incommodés, interrompent leur conversation. Nazaire se racle la gorge et invite Irma à lui parler de ses cours.

— Comme je vous l'écrivais, j'en prendrais encore plus que mes professeurs m'en offrent. Surtout en ce qui concerne les soins à donner aux jeunes enfants, le dépistage des maladies infantiles, les laboratoires...

— Tu ne manques pas d'ambition, ma fille!

— J'en connais qui en ont encore plus que moi. La semaine dernière, je recevais une belle lettre de mon amie Maude Abbott qui entreprend trois ans de formation auprès de grands cliniciens anglais et allemands. Elle compte bien profiter de ce séjour à l'étranger pour collectionner des spécimens de laboratoire.

— Des spécimens, en quelle matière? demande le Dr Canac-Marquis.

— En cardiopathie et en troubles respiratoires. Il se peut qu'elle vienne à Baltimore pour rencontrer le Dr Osler.

— Le Dr Osler?

— Oui. Un maître hors du commun. C'est son mentor, ajoute Irma, le regard accroché à un rêve...

— Je lis tout ce qui se publie sur les récentes découvertes en médecine et je n'ai jamais vu ce nom, lui fait remarquer Ferdinand, sceptique. Dr Osler... Ça ne me dit vraiment rien.

— Il serait le seul à appliquer aux cas qu'il traite les innovations des collègues et de nouvelles connaissances scientifiques et

pathologiques. Il apprend à ses élèves à devenir de vrais soignants, pas rien que des médecins.

Un débat s'engage entre l'aspirante à la médecine et le docteur Canac-Marquis.

— Il semble bien qu'un conflit de générations est à se former entre les médecins, lance Nazaire pour que cesse cette discussion qu'il juge un peu trop houleuse. Si on parlait de voyages? suggère-t-il.

Membre cofondateur de la Société de géographie de Québec, secrétaire-archiviste pendant douze ans avant d'accéder à la vice-présidence, Nazaire a mené et signé une importante étude sur le lac Winnipeg et il travaille à une autre sur le bassin du grand fleuve Mackenzie. Le sujet passionne Ferdinand. Irma s'en réjouit.

— Un de mes grands rêves, confie Nazaire, ce serait d'accompagner le capitaine Bernier dans une de ses expéditions.

— Qui est ce monsieur? demande le docteur, curieux à souhait.

— Un homme exceptionnel, natif de L'Islet. À peine plus jeune que toi. À dix-sept ans, il avait déjà son propre navire. Il transportait du bois de Québec à l'Angleterre. Il parle d'explorer les régions polaires...

Causant d'évasion pendant tout le souper, Nazaire et Ferdinand ont conquis l'intérêt des deux autres femmes qui se sont approchées pour les écouter, les interroger et les envier de posséder tant de connaissances. Tel n'est pas le cas de Raoul qui, se sentant oublié, tente tout pour attirer l'attention des adultes. Agacé, Ferdinand demande à Mme Broche de le mettre au lit. L'enfant proteste et s'agrippe au bras d'Irma qu'il ne veut plus quitter.

— Je vais y aller avec vous, si vous me le permettez, Mme Broche.

L'acquiescement de la dame était prévisible. Le docteur se tourne vers Nazaire et lui confie à mi-voix:

— C'est à se demander s'il n'est pas en train de prendre Irma pour sa mère.

— Ce n'est pas étonnant. Ma fille est cousue de fibres maternelles.

— Affirmation gratuite ! rétorque-t-elle avant de quitter la salle à manger.

Miss Murray retourne à ses casseroles. Laissés seuls, les deux hommes se regardent, désemparés.

— Je pense que le moment n'est pas bien choisi, mon cher ami, dit Nazaire.

— Ou bien ce n'est pas la bonne façon d'aborder ta fille...

— C'est un fait. J'avais oublié qu'elle n'a jamais été très friande de compliments.

Vingt minutes s'écoulent avant qu'Irma réapparaisse.

— On t'attendait pour prendre le digestif, lui annonce Ferdinand.

— Vous savez bien que je ne bois pas d'alcool, lui rappelle-t-elle, visiblement agacée.

Nazaire s'empresse de dissiper ce léger malentendu :

— Je parlais de ton grand-père. Il aurait tellement aimé m'accompagner.

— Qu'est-ce qui l'en empêchait ? demande Irma, de la nostalgie plein la voix.

— Ses jambes, son cœur.

— Mais il ne m'a jamais parlé de malaises dans ses lettres !

— C'est pour ne pas t'inquiéter, probablement.

Une grande tristesse dans le regard d'Irma.

— Il a eu soixante-dix-neuf ans, ce mois-ci... Je ne pense pas qu'il puisse se rendre au XXe siècle.

— Mais voyons donc ! Dans moins de quinze mois, je serai rentrée à Saint-Roch. J'en prendrai soin de mon grand-père.

— Ce sera un grand jour pour lui que celui de ton retour. Tout autant que celui de voir sa petite-fille au bras d'un monsieur de qualité.

— Vous n'êtes quand même pas venu de Québec pour me parler de mariage, papa.

— Il serait normal qu'une fille de vingt-deux ans s'y prépare...

Outrée, Irma se lève, prête à regagner le campus.

— À demain, papa ! Merci de votre invitation, Dr Canac-Marquis. Vous saluerez Miss Murray pour moi.

À moins de dix minutes de la maison, Irma fige sur place. « J'ai oublié la lettre de grand-père ! Moi qui avais tellement hâte de la lire ! » Elle hésite à faire demi-tour puis reprend son chemin. « Ça m'apprendra à être soupe au lait ! »

Réveillée tôt le lendemain matin, des idées plein la tête, de l'ordre à mettre dans sa chambre, Irma a retrouvé la jovialité qui l'habitait à l'idée de passer des moments d'intimité avec son père. Elle s'arrête devant la photo de mariage de ses parents, placée là sur sa table de travail. « La ranger dans un tiroir ? Non. Si jamais mon père considérait que Phédora Venner n'est plus sa femme, elle sera toujours ma mère », se dit-elle. Soucieuse de plaire à son père dont les goûts sont axés sur les styles recherchés, elle troque une tenue décontractée contre un tailleur de couleur avocat qui met en valeur l'éclat de ses yeux pers.

Il n'est pas encore dix heures que des pas résonnent dans le corridor. Irma n'attend pas que Nazaire frappe à la porte de sa chambre. L'homme de fière allure, l'œil guilleret, deux colis au bout des bras, n'en souhaitait pas moins.

— Pour vous, Princesse, dit-il, en se prosternant devant sa fille.

— Je vous en prie, cher valet, relevez-vous, lui retourne Irma sur le même ton.

Nazaire l'embrasse avec une tendresse qu'il n'avait pas exprimée la veille. D'un coup d'œil, il a balayé la pièce sans ajouter le moindre commentaire. Il dépose les paquets sur la table et presse sa fille de les ouvrir.

— Tout de suite ?

— C'est mieux maintenant. Tu verras.

— Puis la lettre de grand-père, vous l'avez apportée ?

— Oui, oui. Je te la donnerai après...

Irma déballe le plus gros colis avec une frénésie qui plaît à son père.

— Une blouse de satin bleue ! Mais qu'elle est belle ! Ça fait des années que j'en rêve.

— Ta tante Rose-Lyn a dit qu'elle appartenait à ta mère. Elle a pensé que ça te ferait plaisir...

Médusée, Irma presse le vêtement sur sa poitrine. Quelques larmes glissent sur le satin.

— Penses-tu qu'elle te fait ? demande Nazaire, pour ramener sa fille à la gaieté.

— Je la porterai, papa.

— Bien ! Tu ouvres l'autre maintenant ?

— Qui me l'envoie ? demande Irma.

— Tu vas le deviner vite.

Une enveloppe rondelette... sur du papier fleuri... sur une épaisseur de papier de soie.

— C'est un cadre. Une photo de maman ?

— Hum ! Pas sûr ! Développe, la presse Nazaire.

Irma est médusée.

— Elle est belle, non ? lui demande son père, mendiant la gratitude.

Pas un mot. Que l'expression d'un charivari d'émotions sur le visage d'Irma, devant une photo d'elle et de son frère prise le Noël précédant la déchirure familiale.

— Lis le p'tit mot, suggère-t-il, dérouté par ce silence.

Les gestes lents, la jeune femme déplie la feuille pliée en quatre.

Ma sœur adorée,

C'est papa qui a payé l'encadrement. Je voulais te le donner à Noël, mais tu n'es pas venue. J'aurais tellement aimé aller te la porter avec papa. Le médecin dit que je ne suis pas encore assez rétabli. Viens vite nous voir, grande sœur chérie.

Je t'embrasse mille fois,

Ton frère unique

Tout sur le visage d'Irma exprime le reproche et l'indignation. Nazaire s'y attendait.

— Il s'est passé des choses qui ne s'écrivent pas et qui ne se racontent pas devant les étrangers, Irma, lui apprend-il, avec toute l'autorité dont il est capable.

Irma est chamboulée. Les pourquoi, les comment, les réponses qu'elle souhaiterait entendre se bousculent dans sa tête et la condamnent au mutisme. Nazaire ne la brusque pas cette fois. D'un battement des cils, elle se montre prête à entendre ses explications.

— Ton frère a été très malade. Un peu avant Noël, il a voulu mourir.

Tentative de suicide? Irma ne veut pas l'entendre.

— Il a été hospitalisé pendant plus de deux mois. Une grave dépression. Il devra prendre des médicaments pour le reste de ses jours.

Irma ferme les yeux, se couvre le visage, emportée par des images effarantes. Ce qu'elle a appris sur certains traitements donnés en santé mentale la trouble profondément. Comment ne pas craindre que Paul-Eugène les ait subis?

— Il a changé? demande-t-elle, d'un souffle de voix.

— Un peu, oui. Moins émotif, plus serein. Moins plaignard.

— La musique?

— Il en fait toujours. D'ailleurs, ça fait partie de ses traitements.

Un baume sur sa douleur, que cette information.

— Mon Dieu! Que choisir? murmure-t-elle.

— Choisir...

Irma hésite.

— Entre lui et maman, laisse-t-elle tomber.

— Ta mère?

— Au cas où je la retrouverais à New York. Je veux y retourner...

— Y retourner? Mais tu ne m'as pas dit que tu y étais allée!

— J'y suis allée, papa. Vous devinez sans doute pourquoi je ne vous l'ai pas dit.

Nazaire, le menton collé à la poitrine, réfléchit.

— Bien sûr, j'aurais tout tenté pour te faire changer d'idée. Du moins, pour te recommander d'attendre quelques années. Maintenant, on est quittes, toi et moi, au chapitre des secrets ?

D'un signe de tête, Irma en convient.

— Je peux te dire ce que je pense de cette entreprise ?

— Par rapport à maman ?

— Oui. Pourquoi t'embarquer dans une aventure qui risque de te décevoir, de te coûter des sous et de prendre de ton temps pourtant si précieux ?

— Vous n'avez pas connu ce que c'est, vous...

Nazaire vient enlacer sa fille, sans parvenir à trouver une parole réconfortante.

— Pardonne-moi, ma chérie. On est si gauches nous, les hommes, dans de telles circonstances.

Un long silence partagé les apaise.

— Ton voyage à New York, ça s'est bien passé ?

Pendant plus d'une heure, Nazaire a fait preuve d'une réceptivité exemplaire. De rares commentaires. Un laconisme tissé d'émotion, de respect et d'empathie.

— Je t'emmène manger où tu voudras, offre-t-il à sa fille.

— Ce sera à votre tour de parler... Je veux tout savoir concernant mon frère, dit-elle.

Devant son miroir, Irma repique dans son chignon une mèche de cheveux égarée, replace le col de sa veste et se dit prête à partir. Comme elle n'a pas l'habitude de fréquenter de grands restaurants, elle dirige son père vers un petit café très achalandé en semaine mais paisible le samedi :

— Il ferme à une heure trente, dit-elle, pressant le pas.

Sitôt installée avec son père à une table, une soupe, puis une omelette et des pommes de terre rôties leur sont servies. Irma ne tarde pas à engager la conversation :

— Puis, Paul-Eugène...

— Il a été très bien traité. Les religieuses se sont comportées comme des mères à son endroit.

— Où ? Pas avec les fous, j'espère.

— Pas dans un asile, Irma. À l'Hôtel-Dieu de Québec.

— Ah! Ça me soulage! Mais qu'est-ce qui s'est passé?

— Il a fait une pneumonie qui a mal tourné.

— Comment, mal tourné?

— Beaucoup de fièvre. Aucun appétit. Perte d'intérêt à la vie. Il refusait tout.

— Comme quoi?

— De sortir de sa chambre. De parler. Il pleurait jour et nuit, puis...

Nazaire, la gorge nouée, se tourne vers le carreau qui donne sur une ruelle encombrée.

— Puis quoi, papa?

— Dans sa tête, c'est devenu comme ce que je vois là. Un fouillis. En plus, il s'est mis à voir des fantômes. Ta tante n'en pouvait plus.

Le chagrin les étrangle. Tous deux ont repoussé leur assiette au centre de la table. Leur silence est de plomb. Ils ont pour diversion le cliquetis des ustensiles et les bribes de conversation qui viennent des autres tables.

Soudain, Nazaire relève la tête et, les gestes nerveux, il palpe les poches de son veston.

— Ouf! J'ai eu peur de l'avoir perdue. Tiens, Irma, c'est la lettre de ton grand-père. Je pense qu'elle te réserve une belle surprise.

Un regain d'espoir illumine le visage de la jeune femme. Ses doigts courent sur le rabat de l'enveloppe qu'elle éventre, en explore le contenu et l'exhibe devant son père qui l'interroge :

— Est-ce qu'il t'en envoie assez pour que tu puisses prendre ton été pour venir à Québec?

— Dans un an, j'y serai pour de bon, papa, lui rappelle Irma.

— Je vois...

Tous deux marchent en silence jusqu'au campus.

— Vous revenez demain, papa?

— Mon ami Ferdinand a prévu autre chose...

Irma a deviné et se montre fort contrariée.

— Il m'a dit que ce sont des amis que tu connais déjà.

Paupières basses, bouche close, Irma réfléchit.

— Vous êtes tous attendus en après-midi... ajoute son père, du bout des lèvres.

Sans plus de réponse qu'une simple accolade, Irma regagne sa chambre.

Dans la salle à manger du Dr Canac-Marquis, aucune surcharge, aucun faste. Que du bon goût avec une touche de sobriété. Des bouquets de lilas sur la table, un menu réduit à cinq services, ni champagne ni spectacle. « Le décès de son épouse ne remonte qu'à six mois, tout de même », se dit Irma qui apprécie une telle ambiance. Assise près de son père, elle n'avait pas prévu que leur hôte prenne la parole de façon solennelle. Après avoir souhaité la bienvenue à ses invités, il déclare :

— Je sais que de là-haut, mon épouse adorée se réjouit de nous voir tous réunis autour de cette table. C'est un vibrant témoignage de la considération que vous lui portiez et de la fidélité de votre amitié envers nous deux. À travers les épreuves, le bon Dieu met sur notre chemin des personnes qui nous apportent compréhension et réconfort. Tous, à tour de rôle, vous avez été de ces personnes. L'une d'elles s'est plus particulièrement dévouée pour mon fils et moi-même. Je veux nommer Mlle Irma LeVasseur, une des femmes les plus douées du Québec, une femme des plus modestes et des plus charitables. Une future diplômée de la Faculté de médecine de l'Université Saint-Paul.

Tous les regards sont rivés sur Irma qui cache son déplaisir derrière un sourire de bon aloi.

— J'ai le plaisir et l'honneur aujourd'hui de vous présenter son père, Nazaire LeVasseur, un homme aux mille talents. De cet homme remarquable, j'ai appris à chanter alors qu'il dirigeait une chorale qu'il avait fondée dans ma ville natale. De lui, j'ai aussi obtenu l'aide indispensable pour être admis en médecine au Collège Victoria. Journaliste de grand talent, il a fondé *L'Événement* avec le très honorable Fabre, et en fut le rédacteur en chef pendant de

nombreuses années. Musicien né, il maîtrise le violoncelle, l'orgue, le piano et c'est à lui que nous devons le célèbre Septuor Haydn de Québec. Il a succédé à Calixa Lavallée comme directeur d'un quatuor vocal. Fait peu banal, mon ami Nazaire a été impliqué dans le choix de l'hymne national des Canadiens.

Les convives échangent un regard à la fois étonné et ravi. Irma, qui ignorait cette contribution, se promet de questionner son père. Ferdinand enchaîne :

— Homme de grande culture, Nazaire LeVasseur a participé à la fondation de la Société de géographie de sa ville. Capitaine adjudant du neuvième bataillon des Voltigeurs, il était du nombre des valeureux de l'expédition du Nord-Ouest et fut promu major. Nos plus sincères félicitations, Major LeVasseur.

Nazaire se montre très flatté. Irma ne souhaite plus que le docteur se taise.

— Membre de l'Académie de musique de Québec, mon ami compte quelques compositions de pièces musicales, dont une berceuse pour saluer la naissance de sa fille ici présente.

Tous les regards se tournent de nouveau vers Mlle LeVasseur.

— Je m'en voudrais, mes chers invités et amis, de garder sous silence le grand honneur qui fut accordé à mon ami Nazaire : depuis un an déjà, il exerce la fonction de consul du Guatemala, du Nicaragua et du Brésil. Levons nos verres à M. le consul et à sa fille, la D^{re} Irma LeVasseur.

Nazaire se lève pour remercier son ami Ferdinand ainsi que les invités réunis autour de la table. Il termine son bref discours par un hommage à sa fille pour qui il entrevoit un brillant avenir « que ce soit au Canada ou aux États-Unis », précise-t-il.

Ce soir-là, allongée sur son lit, la jeune femme ne trouve pas le sommeil. Trop de bouleversements dans sa vie depuis le décès de Mme Emma. « Changer d'air. Quitter le Minnesota dès la fin juin. Aller chercher ma spécialité en chirurgie dans une autre ville américaine. Baltimore, Boston, New York... Pourquoi pas New York ? Ou tout près ? » Cette perspective l'apaise et la dispose au sommeil.

❦

Déterminée à ne vivre ce mois de juin que pour ses études, résolue à décliner toute invitation du Dr Canac-Marquis, Irma ne fait que de courtes visites au garçonnet qu'elle adore et à Elen de qui elle doit aussi se détacher. Quelle n'est pas sa surprise d'entendre frapper à sa porte, à dix heures, ce jeudi soir, 16 juin 1899, et de trouver devant elle le Dr Canac-Marquis.

— Je suis très inquiet pour mon fils, dit-il. J'aimerais que tu viennes le voir, Irma.

— Il ne dort pas encore?

— Il a beaucoup pleuré aujourd'hui. Mme Broche n'arrive pas à le consoler.

Irma n'hésite pas à le suivre.

À la résidence du docteur, c'est le silence. Mme Broche se présente sur la pointe des pieds, juste le temps de rassurer Ferdinand et de lui souhaiter une bonne nuit.

— Merci d'être venue si rapidement, dit le docteur en dirigeant Irma vers le salon. Je l'aime tellement cet enfant-là que je serais prêt à donner ma vie pour lui...

— Mais qu'est-ce qui arrive au petit? Je l'ai vu, il n'y a pas plus de trois ou quatre jours, et il me semblait très bien. Où a-t-il mal? Vous avez bien tenté de le soigner, non? demande-t-elle, impatiente devant l'air mystérieux de Ferdinand.

— Je ne le peux pas tout seul.

— Bon, alors, qu'est-ce que je peux faire?

— Tu veux vraiment le guérir de son mal, Irma?

— Mais quelle question! On ne laisse pas souffrir un enfant.

— Donne-lui la chance de vivre et de grandir comme des milliers d'autres enfants... dans une vraie famille.

Irma est sidérée.

— Vous savez bien qu'on ne console pas un enfant de l'absence de sa mère en le privant en plus de celle de son père.

— C'est pour ça que je m'adresse à toi, Irma. Pour qu'il retrouve une mère sans être privé de son père. Fais-le pour lui et pour moi.

Le regard du Dr Canac-Marquis se pose longuement sur la jeune et ravissante jeune femme. Langoureusement. Les faux-fuyants ne sont plus possibles.

— Vous avez un grave problème, Dr Canac-Marquis. Je vous ai déjà dit que ce n'était pas possible.

— Que de fois j'ai essayé de te faire comprendre que ce pourrait l'être...

Irma veut partir, mais il la retient :

— Laisse-moi au moins le temps de t'expliquer. Il n'y a pas que le bonheur de mon fils qui me préoccupe. Le tien aussi, Irma. J'ai une foule de projets pour nous deux. Ta vie sera facile avec moi. Tu n'auras qu'à me dire ce que tu désires et je...

— Adieu...

— Non, Irma. Donne-toi la peine de réfléchir. Pense à ce petit être qui est si attaché à toi.

— Pour rendre un enfant heureux, il faut l'être soi-même, docteur.

— Je ne peux pas croire que tu n'éprouves aucun sentiment amoureux envers moi.

— Que j'en éprouve ou non ne changerait rien à ma décision, c'est ça que vous ne semblez pas vouloir comprendre.

Irma s'arrache des bras du Dr Canac-Marquis et se précipite vers le campus avec le sentiment d'avoir échappé de justesse à un grave danger.

La porte de sa chambre verrouillée à double tour, accoudée à sa table de travail, elle vit de nouveau la déchirure. « Sans que ce soit le grand amour, je sais que je pourrais vivre moyennement heureuse en épousant Ferdinand Canac-Marquis, admet-elle. J'aime sa générosité, son courage, la profession qu'il exerce avec tant de passion et de compétence, ses manières affables. J'adore son fils. Mais une voix intérieure me dit de maintenir mon refus de l'épouser. Sinon, je me sentirais profiteuse et infidèle à moi-même », conclut-elle.

La vision du petit Raoul se lançant dans ses bras, partagé entre les pleurs et les rires, la rattrape. Son refus d'épouser Ferdinand la place devant l'odieux de l'abandon. « Je m'étais juré de ne jamais faire vivre drame semblable à un enfant. J'avais cru que le célibat en était la garantie. » Allongée sur son lit, dans l'obscurité la plus complète, elle tente désespérément de retrouver la raison. Sa souffrance est indescriptible.

Après quelques heures d'un sommeil agité, Irma sort de son lit, se dirige vers la fenêtre d'un pas de zombie et tire les rideaux. Un vendredi pluvieux. Il est neuf heures trente. On frappe à sa porte.

— Qui est-ce ?

— *A letter for you.*

— *One moment, please.*

Irma passe devant son miroir pour nouer sa chevelure avant d'ouvrir.

Un étudiant lui tend une enveloppe. L'expéditeur avait inversé les chiffres du numéro de chambre. « Mais c'est l'écriture de papa », reconnaît Irma. Elle palpe l'enveloppe avec une appréhension qui ne tarde pas à se justifier. Au préambule d'usage succèdent des propos qui la font rugir.

J'ai pour Ferdinand toute l'affection d'un père envers un fils admirable. Tu comprends avec quel bonheur j'en ferais mon gendre ? Il t'a peut-être déjà dit qu'il serait prêt à revenir s'installer au Québec si tu le souhaites. Ce n'est pas un hasard si les circonstances t'ont amenée à aller faire tes études à Saint-Paul. Le bon Dieu l'a mis sur ta route pour faire son bonheur et celui de son enfant. En retour, tu auras le grand privilège de pratiquer ton métier à ta guise, de partager ton expérience avec un mari qui saura te comprendre, sans compter qu'il t'offrira le confort, la reconnaissance publique et l'aisance financière. Il est rare qu'un médecin puisse épouser une femme de son rang. Sache que Ferdinand l'apprécie beaucoup et qu'il te le témoignera toute sa vie.

J'aimerais bien que vous veniez vivre au Québec, mais je comprends qu'il y a bien des avantages à pratiquer la médecine aux États-Unis. Pour une femme, surtout.

Je souhaite que tu ne voies dans toutes ces paroles que mon désir de te savoir heureuse. Si tu peux de ce fait rendre le bonheur à mon grand ami et à son adorable fils, je t'en serai reconnaissant pour le reste de mes jours.

Ton père qui t'aime,

Nazaire

Chapitre V

« Un miracle ! S'il y a un petit Jésus, il a été de mon bord, cette fois-là », s'écrie Irma, ébahie. Comme elles lui ont semblé longues ces deux semaines de juillet où chaque soir, en rentrant de son stage en médecine interne, elle a vainement espéré trouver son relevé de notes dans son pigeonnier. Ce jour est enfin venu! Le succès de sa quatrième année d'études, supérieur aux précédents, signe, croit-elle, la fin d'une période pour le moins rocambolesque sur le plan personnel. *Comme une mouche prise dans une toile d'araignée, voilà comment je me suis sentie. S'il faut, pour tourner la page définitivement sur toute cette histoire avec le Dr Canac-Marquis, que j'aille chercher ma dernière année de formation médicale dans une autre ville des États-Unis, je le ferai. Vous devinez que ce n'est pas mon premier choix. En plus de devoir m'adapter à une nouvelle équipe universitaire, je risque de ne plus revoir mon amie Elen et le petit Raoul,* a-t-elle écrit à son père.

En congé ce jour-là, Irma choisit une incursion en librairie et une promenade au parc pour célébrer ses succès scolaires. Elle ne s'attarde guère devant sa garde-robe; parmi ses quelques costumes de sortie, elle choisit sa jupe de toile bleue et une blouse d'organdi blanche au col et aux poignets bordés de dentelle. « Pas de chignon

aujourd'hui», décide-t-elle. Sa généreuse chevelure flotte sur son dos, à l'exception d'une mèche prélevée de chaque côté qu'une broche décorative vient fixer sur le dessus de sa tête. «Je crois qu'elle vient de ma tante Rose-Lyn, celle-là. À moins qu'elle ait appartenu à maman...»

Irma reçoit la tiédeur de ce matin de la mi-juillet comme une caresse de la vie. Aussi prend-elle le temps de s'en laisser envelopper. Le pas léger, elle savoure l'état de quiétude et d'enchantement qui l'habite.

La librairie vient tout juste d'ouvrir ses portes, les clients se font rares. Irma s'en réjouit. Fascinée par un livre de médecine traitant de santé mentale, elle en feuillette les pages en dodelinant. Une femme l'observe, hésite à l'aborder.

— Je m'excuse de vous déranger, Irma.

— Elen!

— C'est providentiel que je vous trouve ici.

— Vous ne me semblez pas bien, qu'est-ce qui vous est arrivé?

— Le docteur...

Avant qu'Elen éclate en sanglots, Irma l'entraîne à l'extérieur. Toutes deux se dirigent vers le parc. Un banc dans un coin discret est libre, elles y prennent place.

— Qu'est-ce qui est arrivé au Dr Canac-Marquis? Dites! supplie Irma, appréhendant un accident mortel ou un suicide.

— Il quitte le Minnesota et... et... j'ai perdu mon travail.

Estomaquée, Irma s'interdit de l'interrompre. Cette nouvelle la chamboule. Comment ne pas voir un lien entre ce départ de Ferdinand et le refus catégorique qu'elle lui a exprimé le mois précédent? Comment ne pas se sentir quelque peu responsable du désarroi de son amie Elen? Comment, par ailleurs, ne pas se réjouir de la libération qu'elle souhaitait sans avoir à quitter l'Université Saint-Paul?

— Il s'en va vivre à San Francisco avec son ami, le Dr Philémon Roy, précise Elen.

— Mais son fils?

— Ils l'emmènent avec eux.

— Mais qui va s'en occuper ?

— Sa Française.

— Mme Broche accepte d'aller vivre là-bas ?

— Elle a l'habitude des dépaysements, sa belle veuve !

« Sa belle veuve ! » Ce qu'Irma vient de percevoir dans le ton et le choix des mots la renverse. Elle réfléchit en silence.

Elen poursuit, amère :

— Elle est plus de sa classe que moi, vous comprenez ? Surtout pour se balader à San Francisco... Ça se voit à l'œil nu que Jeanne Broche a réussi à lui chavirer le cœur. Il prétexte que le climat est plus clément à San Francisco, mais moi je ne suis pas si naïve qu'il le pense. Je sais très bien que c'est parce que ce serait mal vu par ici qu'il s'acoquine avec une autre femme alors que ça ne fait même pas un an que la sienne est décédée.

Jamais Irma n'aurait soupçonné chez ces deux femmes un penchant amoureux pour Ferdinand ! Encore moins chez Elen, cette jeune femme à la fois sobre et élégante, ravissante avec sa longue chevelure blonde et sa taille effilée.

— Ils partiraient quand ? demande-t-elle pour alléger l'atmosphère.

— Vers la fin août, semble-t-il.

— Je suis désolée pour vous, Elen.

— Je le suis pour lui, aussi.

— Pourquoi ? demande Irma, interloquée.

— Vous comprenez très bien ce que je veux dire...

Irma espère une explication, mais en vain.

— Je dois vous laisser, Mlle Irma. Mon patron m'a demandé de faire le grand ménage de la maison avant leur départ.

— Et Raoul ?

— Il semble mieux s'entendre qu'avant avec Mme Broche. C'est sûr qu'il vient souvent vers moi et qu'il...

Elen hésite.

— Et quoi ? insiste Irma.

— Il... il vous réclame très souvent.

Les yeux baissés, une brûlure au ventre, Irma ne dit mot.

— Au revoir, Irma, murmure Elen.

Sans se retourner, Elen quitte le parc d'un pas lourd, visiblement repliée sur sa douleur. Dans cet oasis, choisi pour venir
savourer son exploit universitaire, Irma se retrouve seule sur son
banc, inquiète du petit Raoul et bouleversée par les comportements
de Ferdinand. « Quel homme étrange ! Je pensais le connaître assez
bien », se dit-elle, prenant conscience du même coup de la com-
plexité des humains.

À compter de ce jour, Elen se fait silencieuse. Un silence qui
perdure et la chagrine. Par ailleurs, les réponses des universités de
Boston, de Baltimore et de New York à une demande d'admission
entrent. « J'aurais dû me douter qu'il était trop tard pour y être
admise à la prochaine session », se dit-elle. N'eût été le départ du
Dr Canac-Marquis vers un autre État américain, Irma LeVasseur en
serait fort déçue. Mais voilà que les événements semblent jouer en
sa faveur. « Ne serions-nous que des marionnettes entre les mains
du destin ? » se demande-t-elle devant l'échec de ses démarches.

« Rien n'a changé », constate-t-elle en passant devant la maison du
Dr Canac-Marquis, en cette première semaine de septembre 1899.

En y réfléchissant un peu, elle présume que, par prudence, le
docteur ne s'est pas empressé de vendre sa propriété... Au cas où il
aurait envie de revenir. Au cas où la dame française ne s'habituerait
pas à la vie trépidante de San Francisco. Au cas où leur vie commune tournerait à l'échec.

Sa poitrine se serre à la pensée de ce que devient le petit Raoul.
« Pourvu qu'il se sente vraiment aimé de cette dame Broche, formule-
t-elle comme une prière lancée vers le ciel. S'il est une chose qui me
fait douter de l'existence de Dieu, c'est la souffrance des enfants »,
s'avoue-t-elle. Pour le seul bonheur de les entendre rire, elle se rend
à un terrain de jeu où plusieurs bambins, accompagnés d'adultes,
s'amusent. « C'est sur cette image que notre planète devrait être
calquée », se dit-elle, observant leurs jeux innocents, s'émouvant

de voir le parent accourir, caresser et consoler au moindre pleur. Un instant, elle ferme les yeux pour mieux fixer dans sa mémoire leurs regards lumineux, pour garder présents à son oreille leurs éclats de rire... beaux comme du cristal, non moins fragiles, hélas! « La maternité est le plus grand des miracles de notre existence », conçoit-elle.

Irma entreprend cette dernière année d'étude, assurée de pouvoir se consacrer exclusivement à sa formation médicale. Avec le départ de la famille Canac-Marquis, adieu les rencontres mondaines, mais aussi adieu les contacts enrichissants avec des invités de marque et les moments de pur bonheur avec cet enfant qui lui aura fait mesurer l'ampleur du sacrifice qu'elle s'impose en renonçant à la maternité.

Les cours sont captivants et les expériences en laboratoire, passionnantes. Quand vient la lassitude, il suffit à la jeune doctoresse de se projeter quelques instants au chevet des petits malades qu'elle accueillera dans sa future clinique pour que la détente s'installe. Consciente de ne pas encore posséder toutes les ressources financières pour une telle acquisition, elle entend bien acquérir toutes les compétences médicales qui lui permettront d'être des plus efficaces le temps venu.

Par souci d'économie et en raison des dépenses reliées à la rentrée scolaire, Irma court les soldes pour renouveler sa garde-robe. « Toujours le même problème », constate-t-elle devant la rareté des vêtements de taille quatre et des chaussures pour dame de pointure six et demi. Se lassant vite du magasinage, la fille de la fière Phédora choisit un sarrau un peu trop grand mais beaucoup moins cher que les autres, mais des souliers à son goût. Les peignes à cheveux la fascinent depuis son enfance. Elle s'attarde devant un comptoir, en examine quelques modèles et les replace sans céder à la tentation de s'en procurer de nouveaux. « J'en ai tellement ! » pense-t-elle. Son apparence fort jeune et sa taille gracile surprennent les uns et déjouent les autres. « Une petite racée d'une énergie indomptable », a déclaré un professeur de laboratoire qui avait sous-estimé sa force et son endurance.

En rentrant de ses courses, quelle n'est pas la surprise d'Irma de découvrir dans un de ses sacs un deuxième sarrau, de première qualité et de la bonne grandeur. « Mystère ! Je ne me souviens pas de l'avoir pris ; encore moins d'avoir payé les deux. » Au fond de ce sac, une broche à cheveux qu'elle n'a pas vue sur le présentoir. « Elle est trop belle pour ne pas avoir été exposée dans un présentoir verrouillé, croit-elle. Comment a-t-elle pu se retrouver parmi mes achats à mon insu ? » Irma examine sa facture, ces deux articles n'y sont pas inscrits. Elle se souvient, par contre, qu'après être passée à la caisse, elle y a laissé son sac et est retournée dans les allées pour acheter une paire de bas, jugés finalement trop dispendieux.

Lasse de se poser des questions, Irma range le tout et se plonge dans la lecture d'articles de journaux reçus de son grand-père au cours des dernières semaines. Les sujets d'actualité qui touchent son pays la captivent. Tous les chroniqueurs confirment une reprise économique tant en Angleterre qu'aux États-Unis. D'où le dilemme dans lequel ces deux pays plongent le Canada. L'un se définit comme *la plus grande des races gouvernantes jamais connues*, l'autre s'arroge le titre de *première puissance industrielle du monde*. « Toujours la même course au pouvoir... Et il faudrait que nous, les Canadiens, mettions nos jeunes soldats à leur service », déplore Irma, appréhendant un conflit majeur entre la Grande-Bretagne et l'Afrique du Sud. « Petit peuple, peuple dominé ; citoyens sans voix, citoyens négligés », constate-t-elle, pensant aux milliers d'enfants dont la santé est sacrifiée sur l'autel des *dominions*. « Au lieu d'investir tant d'argent dans les guerres, pourquoi ne pas travailler ensemble à éliminer les épidémies et la famine ? Comme les humains sont bêtes ! » conclut-elle.

À ces pages de journaux du Québec s'ajoutent des articles de revues. Tous concernent la médecine et le sort des enfants abandonnés. On y brosse un tableau de l'état lamentable dans lequel se trouvent les institutions chargées de récupérer les enfants trouvés. Pour inciter les lecteurs à la générosité et pour dénoncer le laxisme des gouvernements, on publie un rapport du nombre d'orphelins décédés dans deux de ces institutions : à l'Hôpital général de

Montréal, sur les 1207 enfants admis en 24 ans, 841 sont décédés. À l'Hôtel-Dieu de Québec, sur une période de 40 ans, 736 des 1375 enfants reçus sont morts en très bas âge. « Quelle catastrophe ! » se dit Irma, saisie par l'urgence de trouver des moyens de sauver les enfants. Ces données avivent sa révolte contre les institutions qui bafouent le droit des femmes à l'exercice de la médecine.

Un autre texte rend hommage au notaire Louis Falardeau, fondateur de l'hôpital du Sacré-Cœur, la première institution au Québec à accueillir les enfants abandonnés. La réjouissance du futur médecin est de courte durée. *Une place leur est faite à travers les pauvres et les épileptiques*, spécifie-t-on. Irma imagine sans peine la frayeur de ces tout-petits, témoins d'une crise d'épilepsie. Un vœu monte sur ses lèvres : « Que parmi les pauvres accueillis se trouvent des hommes et des femmes capables d'apporter affection et réconfort à ces enfants en attendant que je leur offre un hôpital rien que pour eux. »

Une troisième chronique, plus encourageante, cite en exemple le *Montreal General Hospital* qui vient d'ajouter le volet « Clinique des maladies des enfants » à sa clinique externe.

Irma s'empresse de remercier son grand-père et le prie de poursuivre la collection de tous les textes traitant de médecine et relatant les moindres progrès réalisés en la matière tant à l'étranger qu'au Québec.

J'ai entendu dire qu'un groupe de médecins de l'Hôtel-Dieu songeait à ouvrir une clinique de puériculture où l'information, la formation aux mères et les soins aux enfants seraient distribués gratuitement. Si vous trouvez le moyen de rejoindre un certain Joseph Edmond Dubé, j'aimerais que vous vous informiez de ce projet et que vous me disiez où ils en sont... Qui sait ? Je pourrais peut-être me joindre à cette équipe à mon retour à Québec.

Je compte les mois, grand-père chéri. Vous ne savez pas comme je suis rassurée en apprenant que papa avait dramatisé votre état de santé. Je cherche à comprendre pourquoi il a fait ça...

La raison que je trouve est qu'il croyait avoir trouvé le moyen de me pousser au mariage de votre vivant, comme il disait lors de sa visite à Saint-Paul.

Je crois que vous avez oublié, dans votre dernière lettre, de répondre à mes questions concernant les hommes. C'est peut-être parce que vous avez un brin exagéré en compliments à mon égard!!! Vous me jugez très intelligente... Si vous aviez à rencontrer les personnes que je côtoie à l'université, vous verriez que les vrais génies existent et que je n'en suis pas un. Loin de m'en attrister, je crois compenser en développant chaque jour davantage mon amour, principalement pour les enfants et leurs mamans.

Prenez bien soin de vous en attendant que je sois là pour vous gâter.

Votre petite-fille des plus reconnaissante,

Irma

D'un pas pressé, Irma file jeter à la poste une carte de vœux pour son frère. Il aura vingt-quatre ans dans deux jours. Trop absorbée par ses études, elle n'a pas vu venir le 18 septembre. Elle imagine la déception de Paul-Eugène. « Mille excuses et une gerbe de baisers l'en consoleront », souhaite-t-elle, soudain troublée par l'impression d'être suivie. Elle ralentit et se range sur la droite du trottoir pour laisser passer plus pressé qu'elle. L'autre aussi ralentit.

— Vous préparez-vous pour le marathon, D^re LeVasseur ?

Irma reconnaît la voix d'Elen Murray à qui elle ouvre les bras. Leur accolade est particulièrement chaleureuse.

— Vous avez si bonne mine, ma chère Elen ! Que vous arrive-t-il ? demande Irma non moins réjouie qu'étonnée.

— Le docteur m'a trouvé un nouvel emploi, beaucoup mieux payé... lui apprend la jeune femme, remarquablement bien vêtue.

Médusée, Irma attend des explications.

— Je travaille dans un magasin de vêtements pour dames, maintenant.

— Lequel ?

Un sourire taquin sur les lèvres, Elen déclare :

— Vous y êtes déjà venue...

Irma fronce les sourcils. Un doute surgit.

— C'est vous qui avez glissé...

— Vous méritez bien plus qu'un bon sarrau et une broche à cheveux, Irma.

Perplexe, Irma ne sait qu'ajouter sinon un mot de reconnaissance.

— Pourquoi ne viendriez-vous pas prendre le thé chez moi ? J'ai amassé d'autres petites choses pour vous, Irma.

— Je n'ai pas grand temps, mais j'accepte.

Chemin faisant, Elen pavoise sur les avantages de son nouvel emploi :

— Toujours endimanchée, traitée comme une vraie demoiselle par les clientes et la patronne, habillée chic à peu de frais, toujours en congé le dimanche...

Irma l'écoute, son attention dérivant de temps à autre sur le fait que le Dr Canac-Marquis ait eu tant d'égards pour son ancienne domestique. Elle profite d'un instant de silence pour demander :

— Depuis quand faites-vous ce travail ?

— Depuis presque deux mois.

— Le docteur a eu le temps de vous le trouver avant de partir !

Elen s'arrête, dévisage Irma et avoue, d'un filet de voix :

— Je croyais que vous le saviez...

— De quoi voulez-vous parler ?

— Ils ne sont pas partis...

On n'entend plus que des frappements de talons sur la chaussée. Irma voudrait couvrir son émoi de propos légers, mais son esprit est vide et sa bouche pleine de silence. Plus que la curiosité, l'irrésistible désir de revoir le petit Raoul lui ferait rebrousser chemin et se diriger illico vers la résidence des Canac-Marquis. « La souffrance qui en résulterait pour ce petit et pour moi risque d'être plus grande

que celle de la privation », craint-elle, refrénant l'élan de son cœur. Que d'hypothèses plausibles pour expliquer ce revirement ! Que de risques d'erreurs aussi !

— Ils ont reporté leur départ ? demande Irma avec prudence.

— Je ne pourrais pas vous dire. Annulé, je crois.

— Vous savez pourquoi ?

En réponse, un haussement d'épaules, puis un signe de tête négatif.

Un malaise tangible les garde muettes jusqu'à l'appartement de la nouvelle vendeuse. Un logis sobre mais décoré et aménagé avec goût et intelligence. Le thé est servi avec une simplicité qui plaît à l'invitée.

— Je profite des ventes au rabais pour faire des cadeaux à ceux qui sont dans le besoin, dit l'hôtesse en revenant de sa chambre avec des sacs de vêtements pour enfants.

— Vous achetez pour vos neveux et nièces ?

— C'est ce qu'on pense, répond-elle, narquoise.

— On se trompe ?

— Eh, oui ! C'est pour vos petits malades du Québec... vos futurs patients.

— Je ne savais pas que la cause des enfants pauvres et malades vous tenait tant à cœur, Elen. J'en suis profondément touchée.

— La regrettée Mme Canac-Marquis m'a souvent parlé de votre idéal de vie. Je trouve ça tellement admirable que si je m'écoutais, je rentrerais au Québec avec vous l'été prochain.

— Mais pourquoi ?

— Pour vous aider. En même temps, ça me donnerait un but dans la vie et ça me ferait oublier ce qui me crève le cœur...

Abandonnant ses sacs de vêtements sur le plancher, Elen Murray se laisse choir dans la berçante qui fait face à son invitée, couvre sa figure de ses mains, visiblement affligée. Irma s'approche et murmure :

— C'est notre petit Raoul qui vous inquiète beaucoup, c'est ça ?

Un signe de tête d'Elen manifeste que sa douleur est autre.

Le regard empathique, Irma l'invite à se confier.

— C'est difficile... Surtout que c'est la première fois que j'en parle à quelqu'un d'autre que ma mère... Il y a une dizaine d'années de cela, quand elle a fait des démarches pour me trouver une famille qui m'accepterait dans ma condition.

Il n'est de parole qui puisse traduire la stupéfaction d'Irma et la détresse d'Elen. Les deux jeunes femmes savent qu'en de telles circonstances, seul le respect peut dicter le mot qui réconforte.

— Vous avez dû beaucoup souffrir, dit Irma, évitant de lui imposer son regard.

— Pour commencer, je dois vous dire que mon vrai nom est Hélène Marquis. Je suis de la parenté éloignée du docteur.

Estomaquée, Irma tente de replacer dans leur véritable contexte les événements des quatre dernières années. On ne peut plus bouleversée, elle n'a ni le goût ni le temps d'intervenir. Hélène sait qu'elle a toute son attention et sa sympathie.

— Peut-être vous êtes-vous doutée que j'étais née au Canada ?

— Pas vraiment, Hélène.

De s'entendre désignée par son véritable prénom l'incite à d'autres confidences.

— J'avais dix-sept ans quand on m'a forcée à quitter mon village. Mon père m'a mise à la porte. Maman n'était pas d'accord, mais... C'est elle qui a pensé me confier au Dr Canac-Marquis. Il était de passage à Québec, à l'été 1890. Encore célibataire, il cherchait quelqu'un pour prendre soin de sa maison et faire ses repas... tant que je serais capable. Je n'ai eu que dix jours de congé pour la naissance de mon fils...

Les mots sont superflus. Les minutes passent, modulées par le besoin de silence d'Hélène.

— Je n'ai pu l'embrasser qu'une fois avant qu'on me l'arrache...

Les deux jeunes femmes sont en pleurs.

— Maman saurait où vit mon petit homme, reprend Hélène, plus sereine. Huit ans, déjà. On m'avait dit que je pourrais le reprendre quand je serais mariée.

« D'où son amère déception, peut-être, de n'avoir pu épouser Ferdinand », présume Irma, préférant demander :

— Vous n'avez pas trouvé...

— Des garçons très bien m'ont été présentés, mais...

Hélène quitte sa chaise, se dirige vers une fenêtre et dérobant son regard à son invitée, elle explique :

— Malheureusement, je suis si marquée par ce qui m'est arrivé... que je... que j'ai de gros problèmes à vivre de l'intimité avec un homme. Dès que ce moment-là approche, j'ai rien qu'envie de m'enfuir.

— Vous êtes encore jeune, vous avez le temps de soigner vos blessures et de trouver un homme qui vous comprenne.

— Je ne pense pas qu'on puisse soigner ce genre de blessure.

— Je dis que c'est possible, moi. À une prochaine rencontre, Hélène, si vous le voulez, je vous parlerai de ceux que j'appelle les médecins du cœur.

— Que vous me faites du bien, Mlle LeVasseur ! J'aimerais que vous m'appeliez toujours Hélène, maintenant.

— Et vous, Irma.

— Et que l'on se tutoie.

— Pourquoi pas !

— Je sais, Irma, que tu auras beaucoup à faire avant de quitter le Minnesota, mais j'aimerais bien discuter avec toi de mon intention de retourner au Québec.

Irma lui en fait la promesse, l'embrasse et sort de son appartement, tentée de ne pas se rendre directement sur le campus. La marche l'aide à retrouver la paix. Mais avec ses deux sacs de vêtements pour enfants, elle se sent trop encombrée. Les révélations de cette jeune femme éprouvée ont mis la pagaille dans son esprit et lui ont chamboulé le cœur. Toutefois, à la détresse partagée s'est ajouté un sentiment de bien-être qu'Irma ne saurait nommer. « C'est comme si je venais de trouver la sœur que je n'ai jamais eue », se dit-elle, attentive à cet apaisement, effleurée par la possibilité d'avoir été privée d'une grande faveur.

❖

« Quelle chance pour mon père que cette capacité de s'émerveiller ! »
se dit Irma en relisant sa dernière lettre.

Ma très chère fille,
Je ne te cacherai pas que je vibre au diapason de l'humanité
entière à la venue du XXᵉ siècle. C'est avec euphorie que je
constate qu'inventeurs, scientifiques et chercheurs lui offrent
les fruits de leur génie et de leur labeur : G. Marconi établit
la première communication par télégraphie sans fil, J. John
Thomson détecte la présence d'électrons dans l'atome, Edison
et Dickson font breveter la première caméra, Pierre et Marie
Curie découvrent le radium, E. Berliner invente le gramo-
phone, H. Ford construit sa première voiture.

Au Canada, la population a augmenté de trois millions et le
pays entre dans une période de grande prospérité. Le marché
anglais lui achète ses produits agricoles et le marché américain,
son bois et son foin. Le Québec profite de cette conjoncture
économique : on assiste à un essor de l'hydroélectricité, de la
production minière et de l'industrie des pâtes et papiers.

Tout un contexte pour ton retour au Québec et plus encore
pour ton entrée officielle dans la collégialité des médecins.

Dans moins de six mois, tu seras définitivement des nôtres.
Peux-tu imaginer le bonheur que ton retour apportera dans
la famille ?

Joyeux temps des Fêtes, Mᵐᵉ la doctoresse !

Aucune note mélancolique ne ressort des vœux de son frère et
de son grand-père pour Noël et le Nouvel An. Leurs propos ne sont
que le reflet de leur bonheur de la savoir de nouveau avec eux dans
quelques mois.

La perspective d'un retour imminent dans sa ville natale ra-
gaillardit la jeune doctoresse invitée à partager le réveillon de Noël
avec son amie Hélène. Le ton incite aux confidences.

— J'ai eu toute une surprise la semaine dernière...

— Dis, Hélène.

— Mme Broche est venue au magasin où je travaille pour m'annoncer son départ pour San Francisco.

— Seule?

— Non, non. Avec le p'tit. Elle allait rejoindre le docteur. Il aurait loué une résidence qu'il a pris le temps de meubler à grands frais avant de les faire venir.

— Je ne savais pas que le projet n'avait été que reporté.

— Moi non plus. Mme Broche a tenu à me préciser que, sa réputation d'excellent médecin-chirurgien l'ayant précédé, le Dr Canac-Marquis a été chaleureusement accueilli par la presse française et anglaise de toute la ville.

— Je n'en doute pas, dit Irma pressée de clore ce sujet. Pour ma part, je suis tellement heureuse de penser que c'est mon dernier Noël au Minnesota.

— Ce n'est peut-être pas le dernier que nous passons ensemble... d'ajouter l'hôtesse, le ton vibrant d'espoir.

— C'est peut-être au Québec que tu trouveras mari...

— Si c'est un vœu, il faudra me le répéter au jour de l'An.

— Mlle Marquis serait-elle superstitieuse?

Les deux jeunes femmes, leur verre rempli d'une liqueur au parfum de cassis, trinquent à leur amitié.

— Une si belle amitié mérite bien que je prenne un «p'tit réchauffant», comme disait mon grand-père Zéphirin, dit Irma.

D'anecdotes en anecdotes, de confidences en confidences, elles sont surprises par le crépuscule. Irma accepte de dormir chez Hélène et d'y passer la journée du 25 décembre.

Mon plus beau cadeau de Noël fut la confirmation d'une amitié réciproque entre Hélène et moi, écrira-t-elle à son grand-père.

De son autre amie, Maude Abbott, Irma reçoit la nouvelle de son retour imminent à Montréal, après une formation des plus enrichissantes en Europe.

Peu après la fête des Rois, Nazaire adresse à sa fille une lettre enflammée :

Je viens de relever un beau défi et j'espère réussir le prochain.
J'ai terminé la traduction de Femme ou sabre, *une œuvre de*
M. Gilbert Parker et je commencerai bientôt celle de l'ouvrage
de M. Napoléon-Alexandre Comeau, Life and Sport on the
North Shore of the Lower St. Lawrence and Gulf. *Je ne*
trouve rien d'aussi valorisant que de me dépasser. Je pourrais
parier que tu n'en penses pas moins même si tu n'es qu'une
toute jeune femme. L'avenir me le prouvera...

Ton père qui t'adore,

Nazaire

N'eût été le bleu au cœur que lui laisse l'absence du petit Raoul, Irma considérerait cette période de sa vie comme la plus douce, la plus gratifiante aussi. Sa formation universitaire se termine avec un taux de réussite inespéré. Les superviseurs de stage sont unanimes à clamer que la jeune Canadienne possède toutes les aptitudes et attitudes qui feront d'elle un médecin exemplaire. À cette incomparable satisfaction s'ajoutent les joies de l'amitié. Leur complicité n'a pour limite que l'engagement d'Irma à propos du retour d'Hélène à Québec :

— Ça me semble prématuré de venir en juin. Je n'ai aucune idée du temps qu'il me faudra pour organiser ma clinique.

— Je me chercherai du travail en attendant...

— Et s'il fallait que mon projet ne trouve pas d'appui ?

— Impossible, Irma !

— Possible, Hélène.

— Malgré tous tes diplômes ?

— Il n'y a pas que les diplômes qui importent dans la fonda-tion d'un hôpital : les permis, les règlements gouvernementaux, l'aménagement.

— Je vois.

— Nous nous écrirons, suggère Irma. Je t'informerai dès que je verrai poindre la possibilité de te faire venir.

— Je doute que tu en trouves le temps... Je me sentirai si seule. Les Canac-Marquis sont partis et leurs amis m'ont vite oubliée. Il

faut admettre que je ne suis pas de leur rang... Une simple domestique dont on ne dit rien, laissant planer les pires présomptions.

— Et au Québec?

— Ma famille proche? La parenté du côté de ma mère a été correcte avec moi, mais depuis le temps... L'autre m'a tourné le dos définitivement. Il me semble entendre mes tantes paternelles chuchoter : « Quand une fille comme la grande Hélène s'en va aux *States* sans donner de nouvelles, on sait pourquoi. »

L'inquiétude voile le regard d'Hélène.

— Ce ne sera pas simple, admet-elle, mais j'ai ma p'tite idée...

Irma lui offre son écoute, mais Hélène s'est réfugiée dans un rêve qu'elle semble vouloir garder secret.

Au grand désarroi d'Hélène, le 1er mai 1900, Irma a quitté le Minnesota sans elle. « Je t'écrirai dès que je serai arrivée chez grand-père LeVasseur », lui a-t-elle promis. Les deux amies ont convenu de ne pas prolonger leurs adieux au-delà du temps requis pour qu'Irma récupère son billet et enregistre ses bagages. Avant de rentrer au Canada, la fille de Phédora est passée par New York, déterminée à poursuivre ses recherches.

À la gare de Saint-Roch, le 23 juin 1900, Irma constate avec bonheur que le décor n'a pas changé depuis 1896. Bien qu'arrivée dix minutes avant l'heure prévue, elle espère y trouver un des LeVasseur venus l'accueillir. Avant qu'elle l'ait aperçu, Paul-Eugène, qui la dépasse d'une tête, noue ses bras dans son dos. « Enfin! Enfin! Ma belle Irma, t'es avec moi pour toujours », dit-il, des plus éprouvé par cette attente prolongée. Nazaire, le crâne dégarni, doit s'interposer entre sa fille et son fils pour que ce dernier lui laisse la chance d'embrasser celle qui a réalisé le plus cher de ses rêves.

L'expression de son amour fait vite place à celle de la fierté. « Dre LeVasseur, dit-il, non sans une certaine ostentation, j'ai une hâte folle de te présenter à des amis médecins. Le Dr Dufresne m'a

appris qu'il serait présent lui aussi à la prochaine convention médicale. Tu te rappelles de lui, il...

— Non, papa. Je ne sais pas de qui vous parlez. Mais vous, comment allez-vous ?

— Très bien, très bien. Le Dr Dufresne fait partie du Septuor Haydn et il venait souvent chez ton grand-père LeVasseur, enchaîne-t-il.

— Désolée, je ne m'en souviens pas. Où est grand-père ?

— À la maison. J'ai chargé mon bon ami Dufresne de te faire un bel accueil, lundi matin, reprend Nazaire, surexcité.

— C'est gentil, lui répond Irma, sans plus, préoccupée de ne pas voir son grand-père à la gare.

— Il aimait mieux t'attendre à la maison.

— Il n'est pas malade, toujours ?

— Non, mais avec tes semaines de retard, t'as failli le faire mourir d'impatience, puis d'inquiétude.

Questionnée sur la cause de ce retard, Irma manifeste sa préférence :

— On s'en reparlera à un moment plus propice.

Les retrouvailles entre Zéphirin et sa petite-fille sont des plus émouvantes. Leur accolade est enflammée, leur impatience à trouver un moment d'intimité pour causer, difficile à contrôler.

Paul-Eugène s'est rapproché.

— C'est vrai, hein, grand-père, qu'elle devait revenir à la fin de mai ?

— J'ai fait de mon mieux, tu sais, réplique Irma qui lui a caché, tout comme à Nazaire, les motifs de ce deuxième séjour à New York.

— Il fallait bien qu'elle se repose un peu avant d'entreprendre un travail exigeant comme celui d'un docteur, ajoute Zéphirin après avoir jeté un clin d'œil complice à l'intention d'Irma.

— Vous avez raison, papa. Jamais je n'oserais faire le moindre reproche à notre belle et courageuse Irma, dit Angèle, sortie en rafale de la cuisine pour venir embrasser sa nièce.

L'atmosphère de ce repas redore les plus beaux souvenirs de la jeune doctoresse. L'émotion qu'elle provoque, ajoutée à la

fatigue du voyage et aux événements vécus lors de son séjour à New York, font ressortir chez Irma une fébrilité que les LeVasseur ne lui connaissaient pas.

— Il me semble que tu as beaucoup changé, fait remarquer sa tante aussitôt approuvée par Nazaire.

— Le travail, les responsabilités, l'ennuyance, ça fait vieillir une personne, plaide Zéphirin.

— Y a les préoccupations aussi, ajoute Irma. Je n'ai pas beaucoup de temps pour me préparer à la convention des médecins qui aura lieu dans trois jours.

— Il faut que tu demandes ton admission au Collège des médecins et chirurgiens de la province de Québec, aussi, lui rappelle son père.

— Je brûle, dit-elle, d'entendre les exposés de ceux-là mêmes qui se sont opposés à mon inscription en médecine. Aussi j'ai bien l'intention de prendre contact avec certains médecins dont j'ai suivi l'évolution au cours des dernières années, grâce à vous, grand-papa.

Si Irma doit reporter certaines occupations à la semaine suivante, ce ne sera certes pas son tête-à-tête avec Zéphirin. Et le meilleur moyen de s'en assurer est de lui demander l'hospitalité pour une semaine. Paul-Eugène s'en réjouit d'autant plus qu'il loge la plupart du temps chez son grand-père. Quant à Nazaire, il ne manifeste aucune objection.

— C'est très tôt le matin qu'on sera le plus tranquilles, dit l'homme qui avait célébré ses quatre-vingts ans, en mai.

— À six heures trente ? murmure Irma à son oreille.

— Dans le solarium, précise-t-il, affirmatif.

La soirée se passe à la résidence des grands-parents LeVasseur où sont invités quelques parents et amis. Irma cède volontiers la vedette, tantôt à son père, tantôt à son frère qui réclame de faire entendre ses meilleures interprétations au piano. À quatre reprises, il joue des airs que Phédora chantait. Ces mélodies et les souvenirs qu'elles ressuscitent ont raison des efforts héroïques d'Irma pour ne pas pleurer. Les semaines qu'elle vient de passer à chercher sa

mère, jour et nuit, épluchant cette fois les programmes des salles de concert, des troupes d'opéra et des boîtes de nuit l'ont fragilisée. L'échec essuyé lui a laissé une entaille au cœur. La crainte que sa mère ait sombré dans la misère après quelques années d'une gloire éphémère, ou qu'elle se soit leurrée sur les sentiments de l'homme qui l'avait emmenée vivre à New York, l'a plongée dans une profonde tristesse. Phédora a quarante-huit ans, l'âge où seules les cantatrices de grande renommée poursuivent leur carrière. L'exemple d'Albani, forcée de quitter le *Covent Garden* à cet âge, est demeuré à la mémoire d'Irma. « De quoi vit ma mère maintenant, si elle est encore de ce monde ? » s'est-elle demandé, tentée de se présenter dans les refuges pour femmes ou de téléphoner dans les hospices et hôpitaux de la ville.

— Heureusement, confie-t-elle à son grand-père Zéphirin, mon séjour à New York n'a pas été infructueux sur tous les plans. Il y a eu cette rencontre inoubliable avec la D^{re} Putnam Jacobi.

— Raconte-moi...

— J'ai été très impressionnée par cette grande dame. Elle est si passionnée pour la santé des enfants que je n'aurais pu trouver meilleure personne à qui confier mes projets.

— Ses épreuves ont semblé te toucher beaucoup. Crains-tu qu'il t'arrive la même chose ?

— J'ai peur que de ne pouvoir guérir un petit malade m'affecte autant que la perte d'un enfant que j'aurais mis au monde...

Zéphirin entoure ses épaules et la presse tout contre lui.

— En as-tu parlé avec Mme Putnam Jacobi ?

— Oui. Mais je ne savais pas qu'elle ne s'était jamais consolée de la perte de ses deux garçons décédés en bas âge.

— Tu sais, ma chérie, la vie que tu as choisie de mener n'est pas moins méritoire que celle des missionnaires... Avec plus de combats à mener, peut-être même.

— Je sais que Mme Putnam Jacobi en a gagné plusieurs. Elle s'est battue pour être admise en médecine. Cette lutte gagnée, elle a dû subir, sans se laisser atterrer, l'ironie et la désapprobation de ses confrères. Un jour, un vieux professeur d'anatomie a voulu lui

interdire d'assister à un cours de dissection, invoquant très sérieusement le fait que la présence d'une femme risquait de distraire ses confrères masculins qui devaient se concentrer sur leur travail.

— Pareille offense aurait pu t'être faite à l'Université Saint-Paul, présume Zéphirin.

— Ils ont essayé de m'exclure de certaines classes de laboratoire, mais ils ont su assez vite de quel bois je me chauffais...

— Je n'en doute pas, réplique Zéphirin. Tu es plus de la nature du chêne que du roseau.

— La D^re Putnam Jacobi m'a invitée à travailler avec elle, reprend Irma, radieuse.

— Tu n'as pas accepté, j'espère.

— Je ne lui ai pas caché qu'elle me faisait là tout un honneur mais que je souhaitais avant tout me porter au secours des petits enfants de chez nous.

— Comme tu me fais plaisir ! s'exclame l'aïeul, pressant entre ses mains tremblantes celles de sa petite-fille.

— J'espère trouver au Québec des femmes qui ont le cran et l'intelligence de Mary Putnam, reprend Irma. Savez-vous quelle mention elle a reçue pour sa thèse de doctorat ?

Zéphirin veut savoir.

— Parfaite. Du jamais vu. Surtout pour une femme ! Tous les journaux importants, pour ne nommer que *Le Figaro* et le *Evening Post* de New York, en ont parlé. Mme Putnam me les a montrés.

— Chez nous aussi, on soulignera tes talents et ton courage.

Irma hoche la tête, moins préoccupée de vedettariat que de son intégration au Collège des médecins et chirurgiens du Québec. À la direction de cette institution siègent d'éminents médecins dont certains qui s'étaient montrés hostiles à son acceptation à la faculté de médecine. Le regard de la jeune femme s'assombrit.

— Je ne serais pas surprise de devoir me battre encore, dit-elle, évoquant une autre des épreuves vécues par la D^re Putnam à son arrivée aux États-Unis. Heureusement, elle avait une confidente en or : la D^re Elizabeth Blackwell, une pionnière, comme elle ; une Anglaise qui avait dû ouvrir les portes des facultés de médecine de l'Angleterre.

— De beaux exemples pour toi, dit Zéphirin, une flamme d'espoir dans le regard.

— Vous l'avez dit. D'autant plus qu'au Québec, les préjugés me semblent encore plus forts qu'aux États-Unis et qu'en Europe.

— Je ne comprends pas qu'en 1900, on manque encore de confiance en l'intelligence des femmes, dit Zéphirin.

— D'après vous, grand-père, ça vient d'où ces idées-là ?

— Ma pauvre petite fille, notre société a toujours été menée par des hommes qui, en majorité, ne comprennent rien aux femmes, ou les craignent. L'Église, l'État...

Irma réfléchit, tête basse, esquisse un sourire vainqueur et dit :

— La D^{re} Putnam Jacobi a joué un bon tour à tous ces messieurs savants qui clamaient que les femmes, à cause de leurs cycles menstruels, ne pouvaient devenir médecins.

— Raconte.

Tourné vers sa petite-fille, Zéphirin se fait tout oreille.

— Cette femme a écrit un essai qu'elle a publié sous un pseudonyme masculin et l'Université Harvard lui a décerné le Boylston Prize, un des plus convoités.

Suit un silence d'une émotion intense, puis Zéphirin ajoute :

— Je ne serais pas étonné que tu sois de cette trempe, toi aussi.

Des larmes aux yeux, il caresse, de ses mains décharnées, le visage de sa chère Irma.

— Tu pourras toujours compter sur mon aide... parvient-il à murmurer.

Elle lui sourit.

— Je sais ce que tu penses. Il est vrai que je me fais vieux, que je ne suis pas plus instruit qu'il le faut, mais je suis certain qu'après ma mort, je pourrai mieux t'aider que de mon vivant. Tu...

Un sanglot dans sa gorge. Des bras tendus vers celle pour qui il appréhende un avenir éprouvant.

⋙•⋘

Irma a l'impression que son cerveau est demeuré toute la nuit en état de veille tant la seule pensée d'assister à sa première convention médicale la surexcite. Juchée sur ses talons hauts, revêtue de son tailleur noir, un chapeau assorti dont la voilette légère flotte sur son front, Mlle LeVasseur est conduite à l'Université Laval dans la plus belle calèche de son grand-père.

Dans le hall d'entrée de la salle des promotions, que des hommes en tenue de ville, cigares à la bouche, offrant à des confrères une poignée de main gantée de gris ou de noir. Pas une femme, sauf Irma LeVasseur. Comment expliquer l'absence de la D^re Maude Abbott? À l'exception de quelques-uns, les honorables médecins invités ignorent la petite dame; certains la saluent à la sauvette, un sourire narquois aux lèvres. D'autres, comme le Dr Dufresne, membre du Septuor Haydn, et le Dr Triganne, de Somerset, lui souhaitent la bienvenue et filent aussitôt vers des confrères qu'ils sont heureux de retrouver. Un homme aux manières affables s'arrête.

— Bonjour, mademoiselle...

— D^re LeVasseur, précise Irma.

— Mes hommages, docteur. René Fortier, spécialiste des maladies de l'enfance, dit le Beauceron, établi à Québec.

— J'ai bien entendu parler de vous, Dr Fortier. Moi aussi je veux soigner les tout-petits.

— Tant mieux, on ne sera jamais assez nombreux... conclut-il, sollicité par nombre de confrères impatients de lui adresser la parole.

Laissée à elle-même, Irma va prendre place sur un siège de la rangée arrière de la salle des promotions. Un homme dans la quarantaine l'y rejoint.

— Je suis chargé de prendre les présences. À quel titre avez-vous été invitée ici, mademoiselle? demande-t-il, une pile de papiers sur le bras.

— Je suis médecin et mon inscription est faite depuis des mois, monsieur.

— Votre nom?

— D^re Irma LeVasseur, répond-elle, insistant sur chaque syllabe.

— Ah, bon! dit-il, le ton sarcastique, en lui remettant une copie du programme de la convention.

Deux des dix communications scientifiques inscrites pour la première journée intéressent particulièrement la D^re LeVasseur : «Le progrès de la médecine à Québec depuis cinquante ans», recherche exposée par le Dr Simard, président, et «Le rôle du médecin dans la prophylaxie privée et publique de la tuberculose», par le Dr René Fortier. Le Dr Sirois de Saint-Ferdinand-d'Halifax les entretiendra ensuite de l'importance de la licence interprovinciale.

Le décorum est d'autant plus de mise que cette convention vient souligner le quatrième anniversaire de la Société médicale de Québec et le premier du *Bulletin médical de Québec*. De plus, ses organisateurs souhaitent qu'à cette occasion soit fondée l'Association des médecins de langue française de l'Amérique du Nord.

Au tintement cristallin de la cloche, la centaine d'hommes rassemblés dans le hall défilent dans les allées. Plusieurs sièges ont été réservés dans les premières rangées pour les dignitaires, dont des prêtres.

— L'abbé Matthieu, recteur de l'Université Laval, a interrompu ses vacances au Château-Bellevue de Saint-Joachim pour venir souhaiter la bienvenue aux congressistes, souligne le présentateur.

Manifestement fier de l'honneur qui lui est fait, M. le recteur précise :

— J'ai cru d'abord que la chose n'était pas nécessaire. Un père ne se croit pas obligé de dire à ses enfants que la maison paternelle leur est toujours ouverte. Presque tous, vous avez étudié à l'Université Laval. Quelques-uns, il est vrai, ont étudié dans d'autres universités, mais ils connaissent l'œuvre que nous poursuivons ici, le dévouement que nous y mettons...

Irma grogne en son for intérieur ; ces propos ravivent son dépit d'avoir été écartée de la liste des postulants à la médecine de cette institution même. Un mot la tire de ce moment de distraction :

— Vous voulez vous unir pour être plus forts. Vous savez que l'arbre le plus gros, le plus solide, peut facilement être renversé par la tempête s'il s'élève seul, mais qu'il n'a rien à craindre s'il se dresse

dans une forêt dont les branches amies le protègent contre la fureur de la tourmente. Vous vous rappelez ce féroce César...

« Où est-ce qu'il nous emmène ? » pense Irma, s'échappant de ce discours pour n'y revenir qu'à l'évocation de...

— ... rivaux nombreux et puissants qui, par tempérament et par éducation, peuvent, tout en désirant bien faire, vouloir vous imposer des choses contraires à vos intérêts. Pour les sauvegarder, ces intérêts, vous devez être unis. Pour être unis, vous devez vous connaître, vous voir de temps en temps et discuter ensemble les questions qui vous intéressent. Votre discussion sera honnête, chrétienne ; elle sera un dialogue dans lequel les combattants alterneront avec un égal talent, avec une grâce charmante ; elle rappellera ces églogues dans lesquelles les bouviers de Théocrite et les chevaliers de Virgile se disputaient le prix du chant et aimaient à terminer leurs luttes courtoises par un échange de présents.

« Les églogues ? Les bouviers de Théocrite ? Les chevaliers de Virgile ? Mais qu'est-ce que c'est ? Du charabia ! Même avec les femmes ? » estime Irma.

Après avoir invité les congressistes à se sentir chez eux dans leur *Alma Mater,* il annonce la présence du Dr Ernest Choquette de Saint-Hilaire qui, pour clôturer la convention, les divertira par la lecture d'extraits de *Carabinades,* un recueil de nouvelles humoristiques dans lequel il a relaté ses souvenirs d'étudiant à l'Université Laval. L'abbé Matthieu juge important de souligner que la préface de cet ouvrage est du Dr William Henry Drummond, et la postface du Dr Nérée Beauchemin. La majorité des cent cinquante médecins présents sont diplômés de l'Université Laval.

Au nombre des trois médecins venus de Montréal, est chaleureusement accueilli le Dr Emmanuel-Persillier Lachapelle, surintendant de l'hôpital Notre-Dame, membre fondateur de la Société médicale de Montréal, un des médecins francophones les plus influents.

Pas un mot pour la jeune femme présente. Une réflexion de la D^{re} Putnam Jacobi lui revient à la mémoire : « Je ne vous cacherai pas que les obstacles viennent souvent de nos confrères médecins... »

Le Dr Louis-Joseph-Alfred Simard, doyen de la Faculté de médecine de l'Université Laval, prend la parole sous les applaudissements enthousiastes de ses confrères. Il lui incombe de brosser un tableau de l'évolution de la médecine depuis les cinquante dernières années dans le district de Québec. Irma attendait ce moment avec impatience.

— ...De 1847 à 1876, d'immenses progrès ont été réalisés tant au point de vue des conditions de l'admission à l'étude qu'au point de vue des conditions imposées pour l'obtention de la licence. En effet, rien n'était plus facile que de remplir les conditions nécessaires pour l'obtention du brevet. Il suffisait de subir devant un des neuf comités formés de quatre membres du Bureau de médecine, un examen oral de sept à dix minutes sur quelques matières seulement du cours classique. Il faut préciser en plus que les connaissances qui s'acquièrent dans les deux années de philosophie étaient considérées comme des connaissances de luxe, ce qui permettait de décrocher un brevet après les Belles-Lettres. De leur côté, certaines universités ne se gênaient pas pour donner le brevet à des étudiants tout à fait incompétents.

«C'est à faire dresser les cheveux sur la tête», se dit Irma qui ne cesse de prendre des notes. De la bouche du doyen, elle apprend qu'avant 1880, ni la pathologie générale, ni l'hygiène, ni la toxicologie, ni l'histologie normale ne faisaient partie des cours de médecine. Qu'on n'exigeait des élèves que l'assistance à deux périodes de six mois de cours.

— Les abus allèrent si loin, déclare le Dr Simard, que le tiers des licences accordées n'était pas mérité. Il fut même constaté que l'on donna le brevet et ensuite le doctorat à des apprentis tailleurs et barbiers.

Un bourdonnement d'indignation se fait entendre dans l'auditoire.

— D'où les plaintes qui amenèrent la loi de 1876, enchaîne le doyen. L'examen préliminaire devint plus sérieux et cessa d'être oral. Autres bienfaits de cette loi, elle engageait les étudiants à faire

des études classiques régulières et débarrassait le pays du fléau des répétiteurs...

Quelques applaudissements timides se font entendre et se perdent dans le silence des médecins qui se sentent visés.

— Une troisième étape dans cette évolution fut l'arrêté du lieutenant-gouverneur en Conseil de 1894, suivi d'un autre en 1896. Par ces arrêtés, le curriculum médical est complété par l'adjonction de plusieurs cours spéciaux : maladies mentales et nerveuses, maladies des enfants, gynécologie, bactériologie, ophtalmologie, rhinologie et laryngologie, médecine opératoire et petite chirurgie en plus des exercices à la morgue.

« L'Université Saint-Paul a ces disciplines au programme depuis des années ! » constate la jeune doctoresse.

— Je dois ajouter aussi que depuis 1895, à la suggestion du président, le Bureau de médecine a commencé à imposer des examens sérieux à ses finissants.

Des médecins chuchotent entre eux dans la salle. Irma ne comprend pas que cette exigence puisse soulever la contestation.

Le Dr Simard termine son exposé en soulignant la supériorité du système médical québécois sur celui de l'Ontario, entre autres, et cela « grâce aux efforts de l'Université Laval à suivre les progrès de la science médicale ».

— En finissant, qu'il me soit permis d'espérer que le mouvement de progrès manifesté aujourd'hui ira en grandissant, et qu'ainsi sera atteint le grand désir que nous avons tous : voir la profession médicale du district de Québec marcher à l'unisson de la science médicale.

Ce vœu lui vaut une ovation.

Lors de son exposé sur la prophylaxie privée et publique de la tuberculose, le Dr Fortier, professeur d'hygiène à la faculté de médecine, s'attarde à son tour sur l'importance qui doit être accordée aux pratiques d'hygiène pour prévenir les maladies contagieuses et favoriser la guérison des malades. Sa prédilection pour les enfants démunis fascine la D^re LeVasseur. « Comme j'aimerais faire partie de son équipe », pense-t-elle.

Le Dr Louis-Joseph-Octave Sirois de Saint-Ferdinand-d'Halifax est ensuite présenté à l'auditoire. Ce dernier met peu de temps à soulever l'assemblée en résumant les dangers que représente le projet de loi proposé par le Dr Thomas Roddick, de l'Université McGill :

— Un conseil médical fédéral réduirait considérablement le rôle des médecins francophones en raison de leur sous-représentation au sein de ce conseil, à savoir deux ou trois sur les vingt-quatre membres. Cette loi enlèverait aux Canadiens français tout contrôle sur l'enseignement médical pour le remettre aux gens de l'Ontario. Nous serions perdants aussi quant au nombre d'heures d'étude : au Québec, la formation médicale exige 3200 heures alors que l'Ontario n'en exige que 1540. De plus, les provinces anglaises ne valorisent pas les études classiques qui sont partie intégrante de la culture canadienne-française. Autre inconvénient : comme l'Ontario compte un surplus de médecins, le Québec risque de se faire envahir par des praticiens de la province voisine.

Au chapitre des doléances s'ajoutent celles que présente le Dr Georges Paquin qui, travaillant en milieu rural, déplore l'absence d'un tarif uniforme pour l'ensemble des médecins. Lui succède son cousin, Charles-Rosaire Paquin, qui propose de plus qu'une autre rencontre de ce genre se tienne dans deux ans pour commémorer le cinquantenaire de l'Université Laval. Il recommande que d'ici là, on se consacre avec ferveur à l'élaboration de tous les projets d'avancement et de réformes susceptibles de rehausser la réputation de cette grande institution.

Les applaudissements ne se font pas attendre.

Avec le même enthousiasme, le Dr Brochu prend la parole pour suggérer que le rassemblement de 1902 ne se limite pas aux seuls médecins qui ont étudié à l'Université Laval, mais qu'il englobe la grande famille des médecins de langue française de l'Amérique du Nord. La nouvelle association aurait pour but d'organiser des conventions périodiques de médecine en français et de promouvoir la création de sociétés médicales partout au Québec et dans les autres foyers francophones du continent. Le Dr Brochu affirme :

— La réunion de tous les médecins de langue française dans les murs de la première université francophone d'Amérique aura un énorme écho en Europe, plus particulièrement en France. Les principales sociétés médicales françaises y délégueront nécessairement des médecins renommés. Au surplus, les conventions que tiendra l'association permettront d'établir des contacts avec les Louisianais et les médecins européens de langue française qui émigrent de plus en plus aux États-Unis. Rappelons-nous les conventions de la *British Medical Association* et celles de l'AMC de Montréal où, à cause de la barrière linguistique, les médecins canadiens-français ont été réduits à un rôle tout à fait effacé dans les discussions.

Plusieurs congressistes jugent un tel projet pour le moins téméraire et doutent d'une renommée scientifique internationale des médecins du Québec. Le Dr Brochu émet alors un autre argument :

— Les nouveaux laboratoires construits à Québec et à Montréal vont produire dans les prochaines années des travaux originaux qui alimenteront avantageusement les discussions dans les futures conventions.

Irma retient son souffle, assurée que l'orateur mentionnera, entre autres, ceux de son amie Maude Abbott. Déception !

— De plus, enchaîne le conférencier, les nombreuses communications de cette convention assureront le suivi des revues médicales de langue française.

L'assemblée accueille cette proposition avec optimisme.

Le Dr Lachapelle se lève et demande la parole :

— Je vous promets d'exercer toute mon influence pour que ce projet se réalise, cher confrère.

Séance tenante, des comités se forment pour organiser la convention de 1902. Des noms prestigieux sont élus à la tête de ces comités. Irma se propose d'approcher certaines de ces personnalités lors du banquet qui clôturera cette première journée. C'est d'ailleurs la seule motivation qui l'incite à participer à cette faste soirée.

Dans la salle somptueusement décorée, des places sont désignées devant chaque couvert. Irma n'est pas surprise de trouver, au

bout d'une table, un carton réservé à Mlle Irma LeVasseur, Québec, et, à sa droite, celui du Dr Triganne, de Somerset, le seul représentant des médecins francophones des États-Unis. De courtois, les échanges devenaient intéressants lorsque le Dr Ahern, président, demande le silence. Suit une série de toasts, prétexte à de grandes envolées oratoires. Le premier va à la reine, le second à la ville de Québec et, par ordre d'importance, à l'Université Laval, à la profession médicale, au Collège des médecins, aux sociétés sœurs, à la presse médicale, au Conseil d'hygiène de la province par le Dr Fortier à qui répond le Dr Lachapelle. Irma a noté leur place à la table d'honneur. Quelle n'est pas sa surprise d'entendre le toast suivant adressé « aux dames », par les D^rs DeVarennes et Masson. Elle n'est pas sans soupçonner que cet hommage est réservé aux dames préposées au service. Restent deux autres toasts : l'un à *La Presse* et le dernier au président de la Société médicale de Québec, le Dr Ahern.

Au nombre d'ustensiles placés devant chaque convive, Irma présume l'élaboration du menu. Sa curiosité guide sa main jusqu'au feuillet plié en deux devant son couvert. Elle l'ouvre discrètement...

MENU

Petites bouchées de homard
Consommé de volaille aux brunoises
Petites truites du Lac Munière
Concombre et pommes fondantes
Ris de veau piqué et braisé au Gourmet
Agneau du printemps nappé de menthe
Asperges au beurre fondu
Sorbet au champagne
Cailles sur canapé au cresson
Salade de laitue et tomates
Petits fours glacés
Desserts
Café noir

« C'est scandaleux ! Douze services ! Mais quelle incohérence entre les discours et la conduite ! se dit Irma. Après une journée à décrier le manque de ressources financières pour mettre en place des programmes d'hygiène qui sauveraient tant de nourrissons, après avoir dénoncé le manque de prodigalité des riches et des autorités politiques, comment peut-on s'empiffrer ainsi, la conscience en paix ? » La retiennent à cette table l'intention d'établir un contact avec certains médecins et le respect des convenances. Dès lors, sa décision est prise : la D^{re} LeVasseur ne participera pas aux festivités du lendemain, dont l'inauguration de nouveaux chars du tramway électrique pour aller visiter les chutes Montmorency.

Le repas s'éternise pendant cinq heures. Difficile, presque impossible d'adresser la parole aux médecins assis à la table d'honneur. Chance inouïe, avant que les cailles soient servies, le Dr Emmanuel-Persillier Lachapelle, président du Collège des médecins et chirurgiens du Québec, se lève de table et se dirige vers la sortie. Irma en fait autant et va se placer sur son chemin. C'est à lui qu'elle a adressé sa demande d'admission et de pratique de la médecine au Québec.

— Je me présente : D^{re} Irma LeVasseur. Je tiens à vous féliciter pour vos propos, Dr Lachapelle.

— Mes hommages, mademoiselle ! J'ai appris que vous avez étudié au Minnesota. Pourquoi être allée si loin ?

— Vous n'êtes pas sans savoir, Dr Lachapelle, que nos universités francophones n'admettent pas les femmes à leurs facultés de médecine...

— Je sais, mais vous auriez pu étudier à la *Bishop's University*. Depuis 1890, une trentaine de femmes y ont étudié.

— Être diplômée sans obtenir le permis de pratiquer, ça rime à quoi ?

Ignorant sa question, le Dr Lachapelle enchaîne :

— Je connais une charmante dame du nom de Maude Abbott qui fut reçue en médecine à Bishop et...

— Je la connais bien, docteur. Dites-moi donc pourquoi elle n'est pas ici aujourd'hui ?

— C'est une réunion des médecins FRANCOPHONES...

— Ah... Mais elle est née au Québec et elle est parfaitement bilingue.

— Si je ne m'abuse, Mlle Abbott se consacre surtout à la muséologie et à la recherche sur les malformations du cœur.

— Faute de mieux. Pas de stage, pas de cours complet, donc pas de licence. Heureusement que la recherche l'intéresse.

— C'est une protégée du Dr Roddick, lance le médecin, pour mettre fin à cet échange quelque peu houleux.

— Je vois. Vous...

— Excusez-moi, D^re LeVasseur, mes confrères m'attendent. Bonne chance!

Irma pressent qu'elle en aura besoin. Il lui tarde d'entrer en contact avec Maude dont l'absence, hors de tout doute, est imputée à son lien avec le Dr Roddick et l'Université McGill.

La soirée se termine sans qu'elle puisse reprendre sa conversation avec le Dr Fortier.

Tout au cours de cette dernière semaine de juin, Irma se penche sur les journaux de la ville, en quête de commentaires sérieux sur cette convention des médecins. Tous lui consacrent une ou deux colonnes. La liste des congressistes y figure. Dans *Le Soleil*, le nom d'Irma LeVasseur est inscrit, sans son titre de médecin, au bas de la liste. Injustice que *L'Événement* a évitée. Par contre, le *Bulletin médical de Québec* lui consacre quelques lignes des plus élogieuses :

> ... *Aussi, le* Bulletin *est-il spécialement heureux de se faire l'interprète de la Société médicale de Québec pour remercier cordialement tous les bienveillants confrères qui ont répondu à l'appel et plus particulièrement les distingués visiteurs de Montréal et d'ailleurs qui ont contribué si largement à rehausser l'éclat de ces réjouissances intimes. Mlle le D^r LeVasseur, de Saint-Paul, Minnesota, fille de notre citoyen*

M. N. LeVasseur a bien voulu, par sa présence, rappeler à notre mémoire nos nombreux confrères de la grande République américaine dans ce qu'ils ont de plus suave et de plus consolant, surtout le jour de notre fête nationale, nous voulons dire la « Canadienne aux jolis yeux doux, aux yeux si doux ».

« Il y a du Nazaire LeVasseur là-dessous, présume Irma. Son titre de consul et son amitié avec le Dr Dufresne auraient-ils joué en ma faveur ? » Comment ne pas espérer que les mêmes éléments lui facilitent son admission au Collège des médecins et chirurgiens de la province de Québec ?

À la mi-juillet, toujours sans nouvelles de cette noble institution, Irma décide d'aller en personne chercher la réponse attendue. Elle profitera de son séjour à Montréal pour rencontrer la D^{re} Maude Abbott et visiter les crèches et les institutions qui se spécialisent en pédiatrie.

Au bureau du Collège des médecins, elle reçoit un accueil mitigé. S'enquiert-elle des délais prévus pour l'obtention de sa licence que le réceptionniste répond :

— Votre demande suit le processus normal.

— Ce qui veut dire ?

— Dans quelques jours, vous recevrez une lettre qui vous informera des conditions de votre admission.

— Des conditions ?

— Vous trouverez réponse à vos questions dans votre lettre, Mlle LeVasseur.

— Se pourrait-il que je doive revenir à Montréal ?

— Fort possible.

— Dans ce cas, je demande à voir monsieur le président du Collège. Aujourd'hui même.

— Ça ne marche pas comme ça, mademoiselle. Vous devez prendre un rendez-vous.

— N'est-ce pas ce que je fais ? réplique Irma, peu encline aux entourloupettes.

— Le Dr Lachapelle ne sera disponible que dans la matinée de jeudi...

— Dans deux jours seulement?

— Vous avez bien compris, mademoiselle.

— Ça vous dérangerait de respecter mon titre? D^{re} Irma LeVasseur, c'est ça mon nom, précise-t-elle, étirant le cou pour vérifier la note qu'il inscrit dans l'agenda du Dr Lachapelle.

De retour à sa chambre d'hôtel de la rue Sherbrooke, Irma s'interroge sur les objections qu'on pourrait soulever à son droit d'exercer sa profession. «Maude pourra peut-être m'éclairer», se dit-elle, espérant la rejoindre à l'Université McGill.

Pour le plus grand réconfort de la petite dame médecin, le réceptionniste de l'hôtel se montre des plus complaisants. Pour elle, il compose le numéro de téléphone de la D^{re} Abbott.

— J'ai devant moi une très élégante demoiselle qui aimerait vous parler, dit-il, ne la quittant pas de son regard enjôleur. Irma s'en tient à la courtoisie, pressée d'entendre la voix de Maude.

— Tu ne peux pas savoir comme je suis contente, D^{re} Abbott!

Après plus de six ans de séparation, les jeunes doctoresses se retrouveront le lendemain matin, à neuf heures trente. Une pièce de dix sous déposée sur le comptoir, un geste de gratitude de la main, Irma file vers sa chambre. Dans son carnet de notes, elle griffonne la liste des sujets dont elle veut discuter avec son amie.

Malgré une nuit écourtée par trop de préoccupations et par la joie de revoir Maude, Irma emprunte, quinze minutes à l'avance, les longs corridors de l'Université McGill. Devant la porte close du bureau de la D^{re} Abbott, elle hésite, sourit à la pensée de ce qu'elles sont devenues en six ans, puis décide enfin de frapper. La jeune femme du début de la trentaine l'accueille d'une chaleureuse accolade. Irma reconnaît son menton volontaire, son regard franc et sa grande simplicité. Toutes deux se disent heureuses d'être revenues au Québec. Leur amitié, nourrie par une correspondance assidue, agrémente leurs retrouvailles. Irma est surprise et ravie d'apercevoir, exposés sur le mur de droite, trois titres honorifiques au nom de la D^{re} M. Abbott. Elle s'approche pour mieux les voir.

— Une médaille d'or de lord Stanley! s'exclame-t-elle.

— Pour ma double formation ici, à McGill, précise Maude.

Deux autres prix sont encadrés : un en anatomie avancée et le Prix du chancelier.

— Toutes mes félicitations, D^re Abbott !

Sur le visage de Maude, l'expression d'un regret.

— Depuis trois ans, dit-elle, je suis forcée de diminuer ma pratique. Ma tâche de curatrice adjointe au musée de cette université me demande tellement de temps... Rien n'était classé avant que j'y travaille. La méthode n'est écrite nulle part. C'est pour ça que j'ai dû aller en Europe et aux États-Unis, voir ce qu'on y faisait de mieux en archives médicales. Comme je te le disais dans une de mes lettres, c'est à Baltimore, finalement, que j'ai le plus appris...

Questionnée sur la convention des médecins de la province de Québec, Irma ne cache pas sa déception. Que son amie Maude n'ait pas été invitée à y assister l'indigne d'autant plus que les raisons invoquées par le Dr Lachapelle sont véridiques.

— Elle est loin d'être réglée cette rivalité entre anglophones et francophones, allègue Maude.

— Entre hommes et femmes aussi, d'ajouter Irma.

Ces échanges incitent à la réflexion. Maude s'inquiète.

— Où prévois-tu t'établir, Irma ?

— Je ne peux rien décider avant d'avoir obtenu mon permis du Collège des médecins.

— Ça ne devrait pas tarder.

— Je commence à en douter, avoue Irma, lui faisant rapport de sa visite au bureau du Dr Lachapelle.

Maude semble embarrassée.

— J'y pense, dit-elle. Tu as fait tes études à l'étranger, toi.

— À plus forte raison, Maude ! La formation que j'ai reçue à l'Université Saint-Paul est de beaucoup supérieure à celle que donnent le Québec et l'Ontario. J'en ai eu encore la preuve lors de la convention...

Maude se lève, fait le tour de son bureau, s'approche de son amie et lui dit :

— Je pense, ma chère Irma, que nos confrères masculins ne sont pas disposés à nous faciliter les choses. Comme si on leur faisait ombrage.

— Comme si on leur volait un privilège exclusif, ajoute Irma.

— C'est un peu ça, tu sais. Ils s'imaginent que les études supérieures ne sont accessibles qu'aux hommes... jusqu'à ce qu'on leur prouve le contraire.

— Tu y es arrivée, toi.

— C'est une lutte de tous les jours, Irma. Parce que je suis une femme, il faut que je leur fournisse dix preuves au lieu d'une... Si je revendique quelque chose pour mieux accomplir mon travail, je dois me perdre en justifications.

Irma n'en est pas surprise.

— Mais pas un d'entre eux ne me fera dévier de mes projets, ajoute Maude.

Une supplication dans le regard de son amie l'incite à clarifier ses propos.

— Je veux pousser mes recherches en cardiopathie le plus loin possible et, par conséquent, devenir une pathologiste de renommée mondiale.

— Ta détermination me fait du bien, Maude.

— Tu en as autant que moi, Irma. Tu peux compter sur mon appui.

De retour à sa chambre d'hôtel, profondément impressionnée par cette rencontre, la D^{re} LeVasseur sent son espoir se vivifier. Rien ne lui interdit de présumer qu'elle pourrait repartir pour Québec sa licence en main.

Dès l'aube, le lendemain matin, Irma prépare sa journée d'exploration : une visite à la Crèche de la Miséricorde, ensuite au *Children's Hospital,* pour terminer par le *Montreal General Hospital* qui, depuis dix ans, réserve dans le secteur de la clinique externe un espace à une clinique des maladies infantiles.

De la crèche, elle sort bouleversée par le manque de personnel, la pénurie de ressources matérielles et le débordement des salles. Faute d'espace et de personnel, le *Children's Hospital* n'admet que les enfants âgés de plus de deux ans et l'autre ne reçoit personne en bas de cinq ans. Partout, les besoins sont criants. Irma n'est pas sans soupçonner que la situation est aussi alarmante dans la ville de Québec.

Recroquevillée dans ses draps, au soir de cette journée révélatrice, Irma a mal. Vive meurtrissure dans son cœur et dans sa chair que lui cause le sort réservé aux jeunes enfants malades. Certains propos tenus lors de la convention des médecins lui reviennent à l'esprit ; elle s'insurge contre cette tendance à fermer la porte aux médecins des autres provinces. Elle se révolte contre le sexisme qui règne dans les facultés de médecine du Canada. « Que de temps et de talents perdus ! Que d'exigences injustifiées », pense-t-elle, déterminée à en causer le lendemain avec le Dr Lachapelle.

Irma entrevoit cette visite à l'image du soleil qui empourpre le firmament à son réveil.

Première déception :

— Le Dr Lachapelle s'excuse ; il a un empêchement majeur. Un de ses confrères a accepté de vous recevoir.

Deuxième déception :

— Vous pourrez obtenir votre admission au Collège et votre droit de pratiquer, mais à la condition de vous soumettre aux examens du Québec et de les réussir.

— Comment ? Après toutes mes années d'études dans une université reconnue pour la qualité de son enseignement, vous pensez m'obliger à subir d'autres examens comme si je n'avais pas la preuve de mon succès entre les mains ? dit-elle, brandissant son certificat. Non, merci ! Je vais m'adresser à la véritable autorité...

— Le Dr Lachapelle vous aurait dit la même chose.

— Je vais aller plus haut, puisqu'ici, vous n'avez pas l'air de comprendre qu'on n'a pas de temps à perdre avec des formalités. Des centaines d'enfants meurent chaque jour, faute de soins...

— Vous n'aviez qu'à faire vos études au Québec.

— Pas une faculté francophone n'a voulu m'accepter.

— La *Bishop's University* vous aurait admise...

— Je voulais un cours de médecine complet, monsieur. Et j'en ai payé le prix.

— Ça ne vous fera pas mourir que de vous faire évaluer.

— Vous ne comprenez pas que... Vous ne comprenez rien ! lance Irma, outrée.

— Je n'ai pas d'autre choix, grand-père.

Zéphirin avait fondu en larmes.

— J'ai le sentiment de te voir pour la dernière fois, avait-il dit, après s'être avoué incapable d'accompagner Irma à la gare.

— D'ici Noël, j'aurai obtenu mon permis de l'Assemblée législative et nous saluerons la nouvelle année ensemble, grand-père. Vous verrez...

Irma avait tenté de s'en convaincre pour ne pas que leur au revoir ait des accents d'adieu. Elle n'avait accepté de se tourmenter davantage qu'à bord du train qui l'emmenait une fois de plus aux États-Unis. À New York, encore une fois.

En attendant d'obtenir sa licence du Collège des médecins et chirurgiens du Québec, et à l'invitation de la D^{re} Putnam Jacobi, Irma entre travailler au *St. Marks Hospital*. Déplorant la discrimination dont ses confrères médecins font preuve, Irma compte bien en tirer quelque avantage. « Je reviendrai avec un bagage que la majorité d'entre eux n'a pu s'offrir », se dit-elle. De fait, pas plus d'une douzaine, parmi les congressistes de juin dernier, ne possédaient un perfectionnement acquis à l'étranger. La D^{re} LeVasseur allait, auprès d'une des trois premières femmes diplômées en médecine aux États-Unis, trouver une compréhension sans précédent et bénéficier d'une expérience des plus enviables.

Visiblement heureuse de l'accueillir dans son jardin en cet après-midi de juillet, Mme Putnam Jacobi a chaleureusement remercié Irma de venir remplacer la D^{re} Florence R. Sabin, retenue pour un stage de perfectionnement à la *Johns Hopkins Medical School* de Baltimore. Ayant elle-même milité en 1891, en compagnie de trois autres femmes et du célèbre Dr William Osler pour que cette institution destinée aux femmes comme aux hommes voie le jour, Mary ne pouvait qu'approuver le choix de la D^{re} Sabin. De

plus, l'étude que cette jeune femme est affairée à terminer sur le fonctionnement du cerveau la fascine. Elle en parle avec une ferveur contagieuse. Soudain, le ton se fait plus intime.

— Durant l'hiver 1896, au cours de ma marche matinale, j'ai ressenti une douleur intense juste en bas de l'occiput. Elle a duré de trois à cinq minutes, puis elle disparut et ne revint pas de la journée. Mais le lendemain matin, exactement à la même heure, le mal réapparut au même endroit et dura exactement le même temps. Depuis cette date, le phénomène s'est reproduit chaque matin pendant quatre ans, mais à aucun autre moment de la journée. Malheureusement, depuis quelques mois, la douleur du matin persiste, s'intensifie et s'étend en plus de provoquer des nausées et des vomissements. Je pense que je n'ai jamais eu aussi mal à la tête de toute ma vie. Ça commence tôt le matin et ça disparaît au début de l'après-midi sous l'influence de la phénalgine. La crise passée, mon esprit redevient clair et vif comme avant, précise-t-elle, s'efforçant d'afficher un sourire de satisfaction.

Irma maintient un silence éloquent de compassion.

— Que diriez-vous d'une petite sieste, D^{re} Levasseur ? suggère Mary, les traits tirés, le teint blafard.

Irma l'approuve avec empressement. Son voyage en train l'a fatiguée, la réaction de son grand-père, profondément chagrinée et les confidences de Mary Putnam, bouleversée. Un sentiment filial l'habite. Toutefois, les propos de Mary ont ranimé le triste souvenir de Phédora. « Peut-être se sont-elles déjà rencontrées... Dans une salle de concert... À l'hôpital... » Il lui semble impossible qu'une personne sensible et talentueuse comme la D^{re} Putnam Jacobi ait entendu ou traité une chanteuse d'opéra sans en garder un souvenir particulier. Le lui demander au fil d'une conversation ? Irma songe à en saisir l'opportunité, au risque de devoir s'expliquer. Une photo de sa mère demeure bien rangée dans son porte-monnaie.

❧ ❧

« Pas loin d'ici, au coin de *Columbus Avenue* et de la 78ᵉ Rue », avait précisé Bob en parlant de sa bijouterie. Avant d'entreprendre sa première semaine de travail au *St. Marks Hospital*, Irma a décidé de passer à ce commerce. Pour une rare fois dans sa vie, elle hésite devant sa garde-robe, essaie un tailleur de lin puis lui préfère une robe fleurie bleu et blanc pour revenir à son premier choix : une blouse bleu pâle et une jupe marine. « Il fait chaud et j'aurai l'air moins guindée », pense-t-elle, consciente de la fébrilité qui l'habite. « Même si je n'en porte pas beaucoup, je suis fascinée par les bijoux », dirai-je à Bob, en préambule.

Elle est là, déjà, cette bijouterie. Il n'est que onze heures trente. Un peu trop tôt pour Irma dont le cœur bat la chamade en apercevant le panneau lumineux DIAMOND EVELYN. Une somptueuse vitrine protégée par un grillage de fer forgé parle haut de la qualité de l'entreprise.

De crainte d'avoir été aperçue de l'intérieur, Irma gravit les deux marches puis appuie sur la clenche... qui résiste. « J'aurais dû y penser », se reproche-t-elle, plus nerveuse. Une sonnerie avertit le marchand et le gardien de sécurité de l'arrivée d'un client. Le gardien se présente d'abord, suivi de Bob qui, de derrière son comptoir, a aperçu Irma et s'empresse de l'accueillir.

— *I thought I would never see you again, Miss LeVasseur! Wow! Come in!*

— Vous semblez en pleine forme, Bob !

— Et maintenant, vous...

— Je remplace une autre docteure au *St. Marks Hospital.*

— Pour longtemps ?

— Pour un an, probablement. D'ici là, j'aurai ma licence pour pratiquer au Canada.

L'expression d'un regret passe sur le visage de Bob.

Irma se dirige vers un présentoir pour dissimuler le malaise indéfinissable qui fait trembler ses mains et sa voix. Bob Smith croit comprendre qu'elle est intéressée à se choisir un bijou. Avec une courtoisie empreinte de tendresse, il lui explique le contenu de ses présentoirs verrouillés : des bijoux de très grande valeur. Questionnée sur son choix, Mᴵˡᵉ LeVasseur répond :

— C'est pour offrir en cadeau.

— Pour votre fiancé ?

— Non, pour ma mère, déclare-t-elle, surprise de sa réponse.

Bob l'invite aussitôt à le suivre dans son bureau où d'autres bijoux sont réservés aux clients spéciaux, précise-t-il. Irma accepte de bon cœur. «Occasion idéale pour en savoir davantage sur lui», pense-t-elle.

Dans un écrin sorti d'un tiroir fermé à clé, sont disposées de magnifiques chaînes d'or et d'argent.

— Elle a quel âge votre mère, Mlle Irma ?

— Ne vous sentez pas obligé de parler en français ; je suis aussi à l'aise en anglais, dit Irma, faisant fi de la question posée.

— J'ai tellement peu la chance de parler la langue de ma mère que je ne manque pas les occasions qui se présentent.

— Je comprends.

— Mais de qui avez-vous appris l'anglais ? demande Bob.

— Mon grand-père maternel était anglophone, mais il se débrouillait bien en français ; ma vraie grand-mère aussi, mais je n'ai pas eu la chance de la connaître.

— C'était la même chose pour moi. Mais du côté de mon grand-père Smith, pas un ne comprenait le français. Mon père l'a appris un peu de ma mère, mais il l'a vite oublié, révèle-t-il, le regard rembruni.

Irma contrôle difficilement son émoi. «Tant de similitude entre notre parenté maternelle, ça tient du rêve ! Garde la tête froide, Irma LeVasseur», se dit-elle, non moins désireuse d'obtenir d'autres renseignements. Mais comment le faire adéquatement ?

— Votre mère a-t-elle de la parenté aux États-Unis ? trouve-t-elle à dire, pour relancer Bob sur le plan familial.

— Pas sûr. Elle avait un frère, mais je crois qu'ils ne se fréquentaient pas beaucoup. Je ne l'ai jamais vu, dit-il, avec détachement.

Irma a de plus en plus de mal à se concentrer sur les bijoux exposés devant elle. Par convenance, elle jette un coup d'œil sur les chaînettes en argent, en désigne une et en demande le prix.

— Pour vous, Miss LeVasseur, ce sera dix dollars.

— Et celle-là ?

— Plus chère mais beaucoup plus jolie. Je vous la laisserais pour vingt-cinq dollars.

— Bien, j'y réfléchis et je reviens vous voir.

— Vous n'avez pas le temps de prendre un petit lunch avec moi ? Il sera bientôt midi.

— Malheureusement, pas aujourd'hui. Je suis attendue, déclare Irma, pour une raison qu'elle ignore.

— La prochaine fois, j'espère.

Irma lui sourit. « Me voilà comédienne », se dit-elle, non moins amusée que surprise. Loin de se le reprocher, de retour à son appartement, elle mesure la nécessité de faire une pause. Son passage à la DIAMOND EVELYN a ajouté d'autres pièces à son puzzle. « Je dois prendre le temps de les considérer avec lucidité avant de revoir Bob. Tant d'hypothèses demandent à être validées. Evelyn, serait-ce le nom de sa mère ? Dans l'affirmative, ne pourrait-il pas s'agir d'une parente des Venner ? Les allusions de Bob à ses grands-parents maternels sont si bouleversantes de similitude avec mes grands-parents Venner. » Cette deuxième rencontre avec Bob Smith fouette son espoir de percer le mystère entourant les exilés Venner, Phédora comprise.

Comme beaucoup de ses confrères médecins, la D^{re} LeVasseur ne compte pas ses heures au *St. Marks Hospital*. Seule femme dans cette équipe d'hommes dont le dévouement et la compétence sont exemplaires, il n'est facile pour la petite *Canadian* d'établir des relations amicales. Le temps libre et la pratique des sports lui font défaut. *Je me satisfais facilement des bonnes relations professionnelles que nous avons*, confiera-t-elle à Hélène dans une de ses lettres. *Privilège incomparable, je suis bien acceptée, mes idées aussi. Et comme j'adore apprendre, je suis, semble-t-il, une collaboratrice exemplaire.*

Sa satisfaction au travail compense la solitude qu'elle vit lorsqu'elle se retrouve dans son minuscule appartement de la 16e Avenue.

Les Putnam Jacobi, Bob Smith et Hélène, qui vient la voir de temps à autre, comptent parmi ses intimes. Quand vient une journée de congé, elle s'adonne à sa correspondance ou visite la D^re Putnam Jacobi, mais le plus souvent, elle se rend à *Central Park* où elle peut trouver la paix autant que des divertissements. En ce dimanche de la mi-octobre, une fête d'enfants y est organisée. Ils sont nombreux. Autant d'adultes les accompagnent. De petits chiens aussi. L'un d'eux porte à ses oreilles de jolis rubans rouges. «Comme il ressemble à celui de l'été 1898!» constate Irma, se frayant un chemin pour mieux l'observer, au cas où la dame y serait aussi. Même apparence, la dame. Même regard scrutateur. Même empressement à disparaître. Même agitation dans le cœur d'Irma. «Quel drôle de hasard! Quelle coïncidence! dirait mon amie Hélène. À moins que cette dame habite tout près du parc... Mais pourquoi me regarde-t-elle ainsi? Je présumerais qu'elle a tout simplement trouvé en moi le sosie d'une connaissance si je n'avais pas ressenti, en l'apercevant, le même trouble que la première fois. »

Le lendemain matin, un souvenir fulgurant la tire de sa langueur. «C'est elle! C'est une des domestiques de grand-papa Venner. Celle que j'aimais le plus. Celle que Philomène n'aimait pas. Elle était beaucoup plus mince, mais je reconnais les traits de son visage. C'est dans sa chambre que grand-père Venner m'avait installée. Simone! Mais quel était son nom de famille? » La mémoire refusant d'opérer, Irma adresse à son père une lettre farcie de questions, le suppliant de lui répondre le plus vite possible.

Après deux semaines d'attente, un courrier arrive en provenance de Saint-Roch.

Ma chère fille,

Tu m'excuseras d'être peu jasant quand il s'agit d'événements rattachés à ta mère et à sa famille. Les années ont beau passer, la blessure est toujours là et il suffit de peu pour l'aviver.

Pour répondre à ta première question, les Venner ont eu tellement de domestiques que je ne peux rien te jurer... Mais il me semble que dans ces années-là, c'était Simone Michaud

qui travaillait chez tes grands-parents. Je ne sais ni quand ni pourquoi elle est partie, encore moins où elle est allée.

Au sujet des prénoms de tes tantes Venner, je ne saurais te dire. Ta tante Rose-Lyn pourrait mieux t'informer que moi.

Oui, ta mère portait plusieurs prénoms : Héloïse-Marie-Anne-Phédora. Tu me laisses entendre que tu n'as pas renoncé à la chercher... Je croyais que le succès de tes études médicales, ton travail et les démarches imposées pour obtenir ta licence t'occuperaient assez pour te la faire oublier un peu. Ça fait treize ans qu'elle est partie. Tu ne penses pas que si elle avait voulu reprendre contact avec nous elle l'aurait déjà fait ? S'il m'était donc donné d'être à la fois père et mère ! Ça réglerait un peu le problème de ton frère aussi. Je ne sais plus quel saint prier pour qu'il arrête de promener sa morosité devant tout le monde.

Je ne peux que te souhaiter d'être heureuse malgré cette grande épreuve qui a marqué ta jeunesse.

Ton père qui t'adore,

Nazaire

Les révélations de Nazaire ont laissé les hypothèses d'Irma dans la case des incertitudes. « Les frontières traversées, maman a très bien pu emprunter l'un ou l'autre de ses prénoms... Mais lequel ? Et avec quel nom de famille ? Venner ? LeVasseur ? » Par ailleurs, il lui apparaît relativement facile de découvrir l'adresse de Simone Michaud. « À moins qu'elle ait changé de nom... » Une grande lassitude et l'impression de se retrouver dans un cul-de-sac la ramènent aux propos de son père. « Je devrais peut-être suivre ses conseils et cesser de chercher maman puisqu'elle ne s'est pas manifestée depuis son départ. Pas aux LeVasseur, en tout cas. Aux Venner, peut-être ? » Écrire à sa tante Rose-Lyn et reprendre contact avec Bob Smith lui insufflent un nouvel espoir.

Un congé au milieu de la semaine lui en offre la possibilité. « Chez nous, on dirait que c'est l'été indien », pense-t-elle, humant

cette odeur tiède et chargée d'odeur de fenaison que la terre lui retourne comme une caresse avant les longs mois d'hiver. Légère comme une gazelle dans sa jupe de mousseline marron mariée à une blouse ample couleur feuille d'automne, elle se présente à la bijouterie DIAMOND EVELYN avec une assurance qui la ravit non sans l'étonner.

— *Miss* LeVasseur! Mais où étiez-vous passée? lui demande Bob, manifestement si heureux de la voir qu'il a quitté son comptoir de vente pour venir l'accueillir.

Un ordre est donné à son commis de prendre la relève.

— Quel plaisir de vous revoir, Miss LeVasseur!

— Vous...

— Oui, je me suis inquiété de vous, avoue-t-il, tendre et troublant.

— Je m'excuse, M. Smith. Je travaille soixante-douze heures par semaine à l'hôpital.

— Ah! Mais pourvu qu'il ne vous soit rien arrivé de regrettable, ça va, déclare-t-il, étonnant Irma en s'adressant à elle uniquement en français.

— Je suis venue...

— Chercher votre chaîne?

— Je ne me rappelle pas en avoir choisi une, mais je venais aussi pour prendre de vos nouvelles.

Bob regarde sa montre.

— Je ferme dans vingt minutes. Ça vous laisse assez de temps pour acheter votre bijou avant que je vous emmène avec moi; on va aller prendre une bouchée, qu'en pensez-vous?

«... je vous emmène avec moi.» Des paroles qui font vibrer la jeune femme comme jamais dans sa vie. Des mots qui, dans la bouche de Bob, jouent la plus belle mélodie à son oreille, enveloppent son cœur de la plus chaude des caresses rêvées.

Irma, que l'émotion a bâillonnée, concède d'un signe de tête. Elle le suit dans son bureau comme une jeune première à un rendez-vous secret. Quel n'est pas son étonnement de voir le gracieux bijoutier déplier devant elle un carré de velours bourgogne dans lequel il avait enveloppé quatre chaînes.

— J'ai mis de côté celles qui avaient eu l'air de vous plaire...
dit-il, attentif à la réaction de sa cliente privilégiée.

— Oui, je m'en souviens. Laquelle coûte le moins cher, déjà ?

Le bijoutier la regarde, l'air espiègle et dit :

— Celle que vous choisirez.

— Je suis sérieuse, M. Smith, redonnez-moi les prix s'il vous
plaît.

— Dix dollars, ces deux-là, et vingt-cinq les deux autres, comme
je vous ai déjà promis, lui rappelle-t-il, on ne peut plus courtois.

Redoublant d'efforts pour masquer son émoi, Irma examine
les quatre bijoux, comme si elle n'avait pas déjà choisi le moins
dispendieux, la petite chaîne en argent.

— C'est pour offrir à votre mère, m'avez-vous dit.

— Oui, oui.

— Vous la verrez pendant le temps des Fêtes, présume-t-il,
occupé dans une petite pièce arrière à préparer l'emballage.

— Normalement oui...

— J'espère qu'on vous accordera au moins quelques jours de
congé avec elle.

— Je l'espère moi aussi, mais comme je suis placée sur la liste
des urgences, je ne peux pas m'éloigner de l'hôpital, dit-elle, soulagée d'avoir pu présenter une explication plausible.

— Je comprends.

Lorsqu'il revient vers elle, un petit colis joliment emballé à la
main, Bob ignore qu'en son absence, sa cliente a eu le temps de
s'égarer dans des fantasmes au parfum d'envoûtement. Comme si
elle était prise en défaut, Irma rougit.

— Ça va faire du bien d'aller prendre l'air. Il fait chaud
aujourd'hui, dit-il, en lui tendant le boîtier.

— Je vais vous attendre dehors, décide-t-elle.

Le propriétaire de la DIAMOND EVELYN doit parler à son
commis avant de fermer boutique. Le temps lui paraît long jusqu'au
moment où elle voit Bob verrouiller la porte. Lorsqu'elle l'aperçoit à
ses côtés, sa bouche s'est vidée de mots. Peu entraînée aux conversations futiles, Irma le déplore en ce moment. Viennent la tirer

d'embarras les enfants qu'ils croisent sur le trajet vers le restaurant. Les échanges qu'ils inspirent s'animent et Irma a soudain l'impression d'être délivrée de son malaise. Bob parle de ces petits êtres avec une tendresse qui l'interroge. « Pourquoi ai-je présumé qu'il n'était pas marié ? Qu'il n'avait pas d'enfants ? » Ces questions la hantent.

— Je me suis demandé si vous aviez choisi le nom de votre bijouterie...

— En hommage à une femme ? enchaîne-t-il, rieur. Ma mère méritait bien ça !

Interloquée, Irma en perd l'appétit. Heureusement pour elle, Bob doit retourner à son commerce.

— Vous ne m'en voudrez pas de ne pas vous raccompagner, Mlle LeVasseur ?

— Absolument pas, dit-elle, pressée de se retrouver seule pour ruminer l'information qu'elle vient de recevoir.

— Le temps passe si vite en votre compagnie que j'avais l'impression qu'il n'était que midi et demi.

— Moi aussi.

— Laissez-moi vous dire que vous ne ressemblez en rien aux autres femmes de votre âge que j'ai connues, tient-il à lui avouer avant de la quitter.

— Et vous pensez connaître mon âge ? dit-elle, ravie de sa répartie.

— Vous me le direz bien à notre prochaine rencontre.

Irma baisse la tête, médusée.

— N'attendez pas si longtemps, cette fois, dit-il, posant sur elle un regard suppliant.

— J'essaierai.

Irma a l'impression de marcher sur des nuages. La même euphorie que lorsque toute petite, sur une musique de *Faust*, sa mère la faisait virevolter au bout de ses bras. Le même vertige enivrant. « ...je vous emmène avec moi. » Paroles exaltantes, tant de fois souhaitées. « Abandon, que tes délices m'ont manqué ! Qu'il me serait doux de tremper mes lèvres à ta coupe, ne serait-ce que le temps d'en reconnaître la succulence. Le temps de me sentir

désirée, recherchée, à mon tour. Je divague mais je ne veux pas m'arrêter. Pas tout de suite. Pas avant d'avoir ressenti l'absence de bleus au cœur. »

Sa balade terminée, Irma rentre à son appartement, le trouve plus coquet. Elle passe devant son miroir et s'arrête : « Plutôt jolie, Irma LeVasseur », pense-t-elle, gratifiant son image d'un sourire complaisant. De son sac à main, elle sort le précieux colis et le palpe avec l'étrange sensation de toucher... son artisan. L'emballage est de si bon goût qu'elle hésite à le défaire. Avec d'infinies précautions, elle s'y aventure. « Mais ce n'est pas la chaîne que j'avais choisie ! En or ! Quatorze carats ! J'aurais dû m'en douter... » Posé sur son cœur, le bijou devient magique. Noué à son cou, il scintille. Comme ses yeux. « C'est pour ma mère », lui a-t-elle dit. « Qu'en a-t-il cru ? Son regard à la fois vif et enveloppant aurait-il pénétré mes pensées les plus secrètes ? Jusqu'à mon inconscient ? Jusqu'à mes désirs refrénés ? Comment ne pas être séduite par son port de tête à peine altier malgré sa chevelure touffue aux reflets ambrés ? Comment ne pas remarquer la finesse de ses doigts et souhaiter les sentir sur ma peau ? Et sa bouche virilement dessinée... Je dois éviter de la regarder. »

Chapitre VI

— Des plans pour me faire faire une syncope, ma p'tite vinyenne !

— Grand-père, je vous l'avais dit, qu'on fêterait Noël ensemble.

Au beau milieu de la soirée du 23 décembre 1900, Irma frappe à la résidence de Zéphirin.

— Tu reviens pour de bon, cette fois, présume l'octogénaire au regard d'enfant.

— Je vais plutôt défoncer la nouvelle année avec vous puis fêter le jour de l'An.

— Dix jours ? Même pas deux semaines ?

— Grand-père ! C'est déjà beau que j'aie obtenu un congé aussi long. Les malades n'attendent pas que le temps des Fêtes soit passé pour réclamer des soins.

— Je comprends, mais je trouve ça court. Faut pas perdre une seule de ces minutes, ma p'tite fille.

— J'aimerais bien accorder un peu de temps à papa, à ma tante Rose-Lyn puis un peu plus à Paul-Eugène, aussi.

Zéphirin hoche la tête et balbutie :

— On dirait que je m'en viens égoïste en vieillissant...

— Vous avez bien droit à un petit défaut, vous aussi.

— Ce sera le plus beau Noël de mes six dernières années, murmure-t-il, ému.

Réunis dans le grand salon, les aînés savourent leur apéritif. Un jeune homme les envie ; Irma et sa tante, pas le moindrement.

— Tu le sais, Paul-Eugène, qu'il ne faut pas mêler l'alcool aux médicaments, lui rappelle sa tante Angèle.

— On peut être très heureux sans alcool, reprend Irma. J'ai trop des cinq doigts de ma main pour compter le nombre de fois où j'en ai pris. Et ce ne sont pas les occasions qui ont manqué...

— Tu fais allusion aux réceptions données par mon ami Ferdinand, suppose Nazaire. Cet homme connaît les bons vins... surtout depuis son voyage en Europe, reconnaît-il, happé par le souvenir de sa dernière visite à Saint-Paul.

Pour la soirée du 24 décembre, tous se sont endimanchés. Nazaire étrenne un nouveau complet, vert bouteille, cette fois, dont il fait parade avec l'élégance d'un ambassadeur en service. Paul-Eugène, rébarbatif aux habits, porte un chandail tout neuf avec un pantalon des grands jours.

—Touche comme la laine est douce, prie-t-il sa sœur. C'est grand-père qui m'a aidé à le choisir.

—Je reconnais votre bon goût, dit Irma, s'adressant aussi à Zéphirin.

—Tu n'en manques pas, toi non plus, dit Angèle.

Son compliment ne semble pas partagé.

—Ça vous surprend que je porte une robe de cette couleur ? demande-t-elle aux hommes.

—Le rouge te va très bien, répond son père. C'est que...

Zéphirin vient à son secours :

— C'est à cause du souvenir. Tu ressembles tellement à ta mère, habillée comme ça.

— Le dernier soir qu'elle a chanté, précise Paul-Eugène, elle portait une robe presque pareille. Un peu plus chic, par exemple. Tu t'en souviens, Irma ?

— Je serai sur mon lit de mort que je m'en souviendrai encore, confie-t-elle, s'efforçant de ne pas sombrer dans la mélancolie.

— De moi, personne ne fait de cas dans cette maison ? Personne ne me complimente ? lance Angèle pour revoir un sourire sur tous les visages.

Nazaire se lève, invite son père à l'imiter et tous deux trinquent :

— À l'élégance d'Angèle LeVasseur ! dit son frère.

— Et à son dévouement pour les petits plats qu'on a hâte de déguster, ajoute Zéphirin.

Tous deux vont l'embrasser sous les regards attendris d'Irma et de son frère.

— Vous allez devoir patienter encore un peu, papa. Mes pâtés à la viande sont en train de cuire, puis mon dessert secret aussi, leur annonce Angèle, pétillante.

Paul-Eugène feint d'aller fouiner dans la cuisine.

— Il y a longtemps que je ne t'ai vu d'aussi bonne humeur, lui fait remarquer sa sœur, enchantée.

— C'est à cause de toi...

— Dans ce cas, allons-nous-en, Nazaire, propose Zéphirin, blagueur.

L'atmosphère de cette soirée incite aux réminiscences. Les spectacles et les concerts qui ont le plus impressionné les LeVasseur demeurent leurs plus beaux souvenirs. Zéphirin confie :

— Je me rappelle la salle Jacques-Cartier. Pendant des années, on y jouait du théâtre français et on y donnait des banquets de grande classe.

— On y tenait aussi des bazars au bénéfice des asiles de la ville, je m'en souviens, ajoute Nazaire.

— Des asiles ? Mais quelle sorte ? demande Irma, intriguée.

Visiblement gêné par cette question posée en présence de Paul-Eugène, Zéphirin s'empresse d'ajouter :

— Cette salle n'a pas eu qu'une existence utile. Elle a connu des moments de gloire. On y donnait des représentations vraiment artistiques. Dommage qu'on l'ait perdue. Il manque un vrai théâtre à notre ville. Aujourd'hui, on doit se contenter de cinéma américain et de romance genre *yankee*.

— Vous avez raison, reprend Angèle. Le théâtre de chez nous est devenu une marchandise entre les mains du premier venu.

— Une simple exploitation financière, confirme Nazaire.

— Nulle en sciences, en enseignement et en élévation morale, de dire Angèle.

— Rien de comparable à la Caserne des jésuites qui était située sur la rue de la Fabrique, affirme Zéphirin. Que de beaux concerts, dans cet édifice !

— Dans une de ces salles, pendant des années, le Septuor Haydn a donné de brillantes soirées de musique, tu t'en souviens, Nazaire ? demande sa sœur.

Nazaire agite ses doigts sur son verre, les yeux noyés dans son rhum.

— Je revois, sur les sièges réservés aux dignitaires, les gouverneurs généraux et leur suite, répond-il avec langueur.

— Le meilleur de la société venait nous entendre, de préciser Angèle, d'heureux souvenirs dessinant un large sourire sur son visage poudré.

— C'était en quelle année ? demande Irma, dont la voix trahit l'émoi.

— Autour de 1877-1880.

— Maman y chantait ! s'exclame-t-elle, souhaitant que l'un d'eux parle de Phédora.

Telle n'est pas la volonté de Zéphirin qui invite tout le monde à passer à la salle à manger.

— Il faudra partir de bonne heure cette année pour la messe de minuit. Les paroissiens de Limoilou vont se précipiter pour avoir des places assises, prétexte-t-il.

— De Limoilou ?

— Tu n'es pas au courant, Irma, mais pour la deuxième fois en quatre ans, leur église vient d'être rasée par un incendie.

Angèle et Nazaire se hâtent vers la cuisine pour servir le potage. De la salle à manger, on les entend chuchoter. Ils parlent de Phédora... Irma quitte la table et, sur la pointe des pieds, va les rejoindre. Sans ambages, elle demande :

— Vous avez eu de ses nouvelles ?

— De qui parles-tu ? demande Nazaire, feignant la sincérité.

— Comme vous... De ma mère. Vous me le diriez si vous aviez appris quelque chose à son sujet ?

— Évidemment. C'est ta mère, après tout, répond Angèle.

Irma ne demeure pas moins troublée. Pour ne pas gâter le plaisir de ces retrouvailles, elle s'efforce toutefois d'oublier cette diversion à la fête et retourne s'asseoir près de son frère. S'intéresse-t-on à ce jeune homme ? « Il le faut, conçoit Irma. Sinon, il va replonger dans la morosité. Comme il est difficile d'aborder un sujet réjouissant avec lui ! » Paul-Eugène n'a presque rien accompli de l'année. Grippes, anémie et maux de ventre se sont succédé, le gardant inactif et déprimé. Irma souhaite le confier à un médecin fiable avant de regagner New York.

— Tu as des projets pour l'année qui vient, Paul-Eugène ?

— Ça dépend de toi, petite sœur !

Irma n'apprécie pas ce genre de dépendance.

— Tu entrevois quoi, au juste ? tente-t-elle de lui faire préciser.

— On va s'installer ensemble, je vais t'aider dans ton travail...

— Je peux te garantir que lorsque je m'installerai par ici, tu emménageras avec moi, mais je ne sais pas quand. C'est pour ça qu'il est important que tu prévoies faire des choses intéressantes, par toi-même.

— Tu pourras peut-être me dire quand tu reviendras pour de bon, tout à l'heure.

— Je ne comprends pas...

— J'ai ramassé ton courrier, Irma. Après le dessert, je te le donnerai.

« Peut-être pas un génie, mon frère, mais il n'est pas moins ratoureux », constate Irma, sa curiosité fort piquée.

Ce moment venu, Angèle dépose au centre de la table un gâteau au chocolat fondant garni de menues feuilles de gui.

— C'est mon préféré ! s'exclame Paul-Eugène.

— Moi aussi, déclare Nazaire.

— Le plus vieux a droit à deux morceaux, prétend Zéphirin.

— Ma sœur aussi, réclame Paul-Eugène.

Le repas terminé dans l'hilarité, le fils de Phédora prie Irma de le suivre dans sa chambre.

— Ce n'est vraiment pas le bon moment. Il faut se préparer pour la messe de minuit, dit leur grand-père.

— Ce ne sera pas long, promet Irma.

— T'as reçu des lettres très importantes, dit Paul-Eugène pour contrer l'ordre de Zéphirin.

De fait, l'une d'elles provient du gouvernement du Québec, et une autre, d'Hélène Marquis. Irma ouvre l'enveloppe adressée par l'autorité provinciale : elle y trouve une sommation à subir un examen d'admission à la pratique médicale devant le bureau des examinateurs, si elle veut être admise au Collège des médecins et chirurgiens du Québec, et obtenir le permis de pratiquer sa profession dans sa province.

— Après six ans d'études et de stages ! C'est de la pure discrimination ! s'écrie Irma, outrée.

— J'aime pas ça quand tu te fâches, Irma ! C'est Noël, demain...

Dans l'espoir de retrouver sa bonne humeur, elle s'empresse d'ouvrir le courrier d'Hélène, assurée de n'y trouver que des mots chaleureux et des souhaits de circonstance.

J'ai reçu une longue lettre de mon ancien patron. Le docteur parle d'abord de lui et de son collègue, M. Roy. Ils auraient été reçus membres d'honneur et médecins de La Gauloise, une société de secours mutuels. Le Dr Canac-Marquis occupe un poste de chirurgien en chef à l'Hôpital français de cette ville et au California Women's Hospital.

Tu ne pourras jamais imaginer le reste, Irma. Il m'a fait deux demandes : la première, que j'aille les rejoindre à San Francisco ; la deuxième, que je te transmette ses vœux du Nouvel An et que je te dise qu'il souhaiterait te compter parmi ses médecins-chirurgiens. Tu n'aurais qu'à dire oui et il t'assure d'un salaire alléchant et d'un logis très confortable.

J'aimerais connaître ta décision le plus vite possible car je n'accepterai son offre que si tu en fais autant. Je me suis permis d'imaginer le plaisir que nous aurions toutes deux à nous retrouver ensemble autour du petit Raoul. Tu sais qu'il vient d'avoir ses cinq ans. Son père m'a envoyé une photo de lui. Il est adorable. Dommage qu'il n'en ait pas mis une autre pour toi.

Irma remet à plus tard la lecture des deux autres paragraphes. Ceux qu'elle vient de lire l'ont sidérée. « Quel homme étrange que ce Ferdinand ! Comment peut-il ignorer certains événements fâcheux, pourtant récents, dont il est le principal artisan ? » Le courrier d'Hélène remis dans son enveloppe, Irma range dans sa bourse, sans les ouvrir, les autres lettres adressées à son nom. Paul-Eugène l'observe, intrigué.

— Tu n'es pas curieuse, toi.

— J'ai trop peur d'être déçue. Je veux qu'on passe une belle fête de Noël tous ensemble, explique-t-elle, prête à quitter la chambre.

Paul-Eugène la retient de nouveau.

— J'ai une chose importante à te dire.

— Quoi donc, Paul-Eugène ?

— Tu crois que grand-père va bien, mais...

— Mais quoi ?

— Mais faut pas te fier aux apparences. Il n'est redevenu joyeux que depuis que tu es arrivée. Il ne faudrait pas que tu repartes. Ça va le tuer.

— Tu fais du chantage, maintenant ?

— Si tu savais... Il pleure souvent depuis la fin de l'été.

— Si tu arrêtais, Paul-Eugène, de promener ton air déprimé devant lui, il pleurerait peut-être moins souvent. Tu n'as pas l'air de réaliser la chance que tu as d'être logé et nourri pour rien, ici. Tu devrais au moins t'occuper de distraire grand-père, en retour.

— Tu ne comprends pas comme c'est difficile pour moi, encore plus dans le temps des Fêtes.

Irma se montre plus empathique.

— Elle apportait tellement de joie dans la famille, maman, tu te rappelles ? Sa voix et son rire sont restés gravés dans mon oreille... Sur le coup, ça me fait du bien de les rappeler, mais après j'en ai pour des journées à m'en remettre.

— Oui, je me souviens, Paul-Eugène, répond Irma, transportée, tout comme son frère, en ces années où le bonheur était quotidien.

— C'est gênant à dire pour un gars de mon âge, mais elle me manque tant que...

— Que quoi, Paul-Eugène ?

— Que si j'étais sûr de la trouver là, j'irais la rejoindre.

— Où ça ?

— Au paradis.

Irma lui ouvre ses bras et sans un mot, l'entraîne dans un balancement évocateur des moments de doux abandon vécus dans les bras de sa mère. Paul-Eugène s'y prête et semble en éprouver un grand réconfort. Irma ne redoute pas moins une nouvelle dépression, le retour d'idées suicidaires chez ce jeune homme anémique, désœuvré et hypersensible. Habitée d'une accablante impuissance, elle reconnaît sa propre nostalgie dans la mélancolie qui voile le regard de son frère. Mais chez elle, une force de caractère, des ambitions et des réussites ont fait le poids. Elle ferme les yeux, happée par la réminiscence d'une voix, celle de Phédora interprétant, en duo, *Carmen* de Bizet.

— Ce que je donnerais pour la réentendre chanter *Carmen,* murmure Paul-Eugène, au même instant.

Irma le regarde, le souffle coupé.

— Tu le peux, Paul-Eugène. Tout comme moi. Ferme les yeux et concentre-toi, s'entend-elle lui répondre, transportée dans une sphère libre des barrières de l'espace et du temps.

Entre ses paupières mi-closes, Irma voit les larmes glisser sur les joues exsangues de son frère. « Il a réussi », constate-t-elle, en une parcelle d'éternité, Phédora et ses deux enfants se sont retrouvés.

— C'est le plus beau cadeau de Noël de toute ma vie, confie Paul-Eugène, radieux.

Une émotion intense les rapproche. Leurs mains se joignent en gage de fidélité.

— Tu pourras toujours compter sur moi, jure Irma.

— Vous avez bien joué, tante Angèle, dit Irma, au retour de la messe de minuit.

— C'est une organiste-née, réplique Zéphirin, fier à souhait.

— Ça m'a tellement manqué d'être entourée de gens qui me sont chers quand j'entendais ces cantiques de Noël, leur avoue Irma, ravissante dans sa robe de velours rouge achetée au Minnesota.

— Et moi, je ne m'habitue pas à voir ta place vide sur notre banc d'église, dit son grand-père.

Irma croit qu'il se retient de pleurer. Angèle aussi puisqu'elle offre de lui préparer un bouillon chaud pour le réconforter avant d'aller dormir.

— Je vais aller avaler ça dans ma chambre, annonce Zéphirin, sa tasse à la main.

Angèle et son neveu ne tardent pas à suivre son exemple. Même si elle n'a pas sommeil, Irma gagne sa chambre. Étendue tout habillée sur son lit, elle ferme les yeux pour mieux savourer les moments suaves de cette soirée. Un craquement dans le corridor la surprend. Elle se lève, colle son oreille à la porte de sa chambre. Des pas feutrés s'éloignent. Avec d'infinies précautions, elle entrouvre sa porte. Un clic se fait entendre, venant du boudoir, croit-elle. Une lueur de chandelle s'est glissée dans le corridor. «Je gagerais que c'est grand-père qui est allé s'enfermer là», pense Irma, succombant à la tentation d'en obtenir la preuve. «C'est moi, grand-père», chuchote-t-elle, la joue collée à la porte. Curieusement, aucun son. Elle tourne la poignée délicatement. Zéphirin, un album de photos sur les genoux, n'a rien entendu. Il sursaute en l'apercevant. Un malaise apparaît sur son visage, dans son geste pour dissimuler l'album et dans ses marmonnements, audibles pour lui seul.

— Y a pas de mal à se rappeler de bons souvenirs, dit-il enfin, s'efforçant de sourire.

Irma l'approuve du bout des lèvres, distraite par ce recueil de photos dont elle ignorait l'existence. Questionnée sur sa provenance, l'aïeul répond :

— C'est au début des grands froids, l'hiver passé, que j'ai décidé de faire du ménage et de classer les photos que je voulais garder.

— Je peux voir ?

— On ferait mieux d'attendre à demain. Il est tard.

— Pas pour moi, grand-père.

— Pour un vieux bonhomme comme moi, oui.

— Vous venez vous coucher tout de suite d'abord, dit-elle, prête à éteindre la lampe.

— Je te suis, consent son grand père, son album de photos sous le bras.

Le 25 décembre a filé sans que Zéphirin trouve le temps de respecter sa promesse. La parenté et les amis se sont succédé dans sa demeure jusque tard dans la soirée. Le lendemain matin, on s'inquiète. Zéphirin, le plus matinal de la maisonnée, tarde à se présenter au déjeuner.

— Je vais aller frapper à sa chambre, décide Angèle.

— Laissez-moi y aller, l'en supplie sa nièce.

Pour réponse, un râlement. Irma ouvre et se précipite vers le lit. Son grand-père est en proie à une forte fièvre.

— Faut pas vous énerver. Un p'tit coup de froid puis de la fatigue, c'est tout ce que j'ai, parvient-il à marmonner pour la rassurer.

— Puis la toux que vous essayez d'étouffer dans vos draps, c'est quoi ça ?

— Je n'en suis pas à ma première grippe, quand même.

— Maintenant, grand-père, vous allez me laisser vous soigner.

Le regard du vieil homme s'illumine.

— Je me demande si vous n'avez pas fait exprès pour tomber malade, dit-elle, taquine. Vous vouliez m'avoir à vous tout seul, hein ?

L'aïeul ne peut nier le bonheur qu'il ressent de voir « son petit docteur » à son chevet chaque fois qu'il ouvre les yeux ou réclame quelque chose.

Malgré les meilleurs soins prodigués, les jours filent et la fièvre persiste. Il ne sera pas présent au salon avec parents et amis pour enterrer la vieille année et souhaiter la bienvenue à la première du siècle nouveau. Parole d'Irma, il ne sera pas seul dans sa chambre. Sa « petite docteure » lui réserve ses dernières vingt-quatre heures en sol québécois.

— J'interdis à M. Zéphirin LeVasseur de sortir du lit avant d'avoir gagné la bataille contre cette grippe-là, décrète-t-elle.

À la faveur de la nuit et du sommeil de son grand-père, Irma s'approche d'un des tiroirs de la commode laissé entrouvert. Elle y aperçoit l'album de photos que son grand-père avait promis de lui montrer. Le moment opportun de l'en sortir semble là. Le malade risque moins de se réveiller et les proches de venir prendre de ses nouvelles. Il est quatre heures du matin. Deux ou trois craquements du plancher, un grincement de tiroir, rien pour réveiller le malade. Avec d'infinies précautions, l'album en main, Irma prend place dans un fauteuil placé au pied du lit. Le précieux recueil posé sur ses genoux, elle tourne les pages avec avidité. De la lumière! Qu'il en manque dans cette pièce pour bien distinguer les figures! Irma feuillette la moitié de l'album avant qu'apparaisse une série de photos de sa mère : Phédora au bras de son mari, Phédora avec ses enfants, Phédora sur scène, Phédora dans le luxueux salon des Venner en compagnie de toute la famille, sans oublier leur fidèle domestique; sur la plus saisissante de toutes, Phédora particulièrement radieuse, chante, accoudée à un piano. Un jeune homme chante avec elle alors que Nazaire, le front crispé, les accompagne au clavier. Comment résister à la tentation de retirer de l'album certaines de ces photos qui ne sont retenues que par de petits coins? Au risque de déplaire à son grand-père, Irma succombe. « Demain matin, je les lui montrerai et lui demanderai de me les prêter... » Les précieux papiers glacés à peine enfouis dans la poche de sa robe, Irma est à replacer l'album quand elle croise avec stupéfaction le

regard de son grand-père. Ses paupières se referment presque aussitôt. Qu'a-t-il pu voir ? Est-ce là un signe de son consentement ? Une désapprobation qu'il n'oserait exprimer ? Irma ne le quitte du regard que lorsqu'un ronflement régulier lui confirme qu'il est retombé dans un profond sommeil. Elle s'y laisse aller à son tour.

— Ce fut ma meilleure nuit, dit-il, à son réveil. Le pire est passé...

— Je le pense aussi, dit Irma, constatant que la fièvre l'a presque complètement quitté.

— Aujourd'hui, je me lève, docteure.

— Doucement, grand-père. Vous ne vous en êtes pas rendu compte, mais je suis sûre que cette grippe vous a affaibli.

— Je me rends compte de bien plus de choses que tu penses, ma belle, dit-il, le regard suspicieux.

Irma lève la tête et rougit.

— À cause de l'album de photos... la nuit dernière ?

— Tout en testant mes forces, aux p'tites heures ce matin, j'ai profité du temps où tu dormais comme une bûche pour compter combien de photos tu avais prises.

— J'avais l'intention de vous en parler, grand-père...

— Je n'en doute pas.

— Pourquoi l'aviez vous caché, cet album ?

— Pour te le rendre le jour où je verrais qu'il te fait plus de bien que de mal, tu comprends ?

La gorge serrée, Irma le lui confirme.

— Même si tu les a regardées en cachette, c'est le signe que tu es prête à les prendre avec toi.

— Toutes ?

— J'aimerais bien m'en réserver quelques-unes pour les jours où j'ai besoin de jongler.

— Je n'en avais choisi que douze, grand-père.

— Je sais, mais c'est à toi qu'elles reviennent.

❧ ❧

De la fenêtre de son minuscule appartement de New York, Irma regarde tomber la neige. Comme les flocons, les sentiments qui l'habitent depuis son retour aux États-Unis atterrissent, s'égarent, puis réapparaissent, hétéroclites : exaspération devant les exigences des autorités pour lui concéder sa licence, joie d'avoir été reçue avec tant de convivialité chez les Jacobi pour la fête des Rois, regret d'avoir contrarié Hélène en refusant l'offre du Dr Canac-Marquis, et bonheur de savoir son grand-père Zéphirin sur le chemin de la guérison.

Emmaillotée jusqu'aux yeux, habitée d'heureux souvenirs de son enfance, Irma fonce dans la première tempête de neige de l'hiver tandis qu'il fait encore jour. La poudrerie est si rare à New York ! Trop rare pour Irma qui a toujours éprouvé un plaisir sauvage à la braver. Elle n'a pas encore poussé la porte contre la rafale qu'un homme se présente... à bout de souffle. Il sort un papier de la poche intérieure de son paletot. La main hésitante, le regard inquiet, le commissionnaire cherche ses mots. Irma a compris.

— Un télégramme... C'est ça ?

— *Yes, Miss.*

Irma s'affole. À mi-voix, elle lit :

— *Grand-père LeVasseur décédé 10 janvier. Sépulture le 12.*

Le commissionnaire lui offre ses sympathies, pressé de disparaître comme s'il était responsable du malheur annoncé.

Irma est terrassée. Son foulard de laine retourne sur son crochet près de la porte, ses mitaines et son chapeau échouent sur la table avant qu'elle ait pu goûter la fraîcheur d'un seul flocon de neige. La tête nichée entre les mains, celle qui célébrera ses vingt-quatre ans dans une semaine pleure une troisième perte. La plus cruelle après celle de sa mère. Un regret surgit. Ne pas avoir assez dit son admiration, son amour, sa reconnaissance à cet homme exceptionnel. Ne pas lui avoir assez exposé ses blessures, ses doutes et ses soifs. « Il était de si bon conseil. Si sensible. Si généreux », reconnaît Irma. « Les funérailles auront lieu demain. Attraper le prochain train et arriver à Québec à temps pour la célébration religieuse... Presque impossible. Sans compter que je dois reprendre le travail lundi

matin. » Entre le cœur et la raison, peu d'espace pour un choix. Une prière monte sur ses lèvres :

— D'où vous êtes, grand-père, vous demeurez avec moi, j'espère. Il me semble vous entendre me dire : « Ma p'tite fille, ne t'impose pas ce voyage. Pourquoi ne pas garder à ta mémoire et dans ton cœur les délicieux moments que nous avons passés ensemble lors de ta dernière visite ? »

Le temps de s'y résigner, Irma reproche à la vie de la malmener injustement, cruellement. « S'il est vrai que le soleil brille pour tout le monde sur cette terre, sur quelle planète suis-je donc ? Pourquoi tant de sentiers ténébreux sur ma route ? » Puis, sa pensée se dirige vers Paul-Eugène. « S'en remettra-t-il de ce deuxième deuil, lui si vulnérable ? » Pour lui, des mots de réconfort glissent sur une page blanche, comme les larmes qu'elle ne peut retenir.

Mon très cher Paul-Eugène,

Une fois de plus, l'épreuve nous frappe. Je devine ta souffrance. Nous vivons la même. Pour toi, elle est probablement plus grande en raison de ta solitude et de ta santé fragile... J'espère que tante Angèle acceptera que tu demeures avec elle jusqu'à ce que je rentre à Québec pour de bon. À moins que tu préfères retourner vivre chez notre père.

Si le goût te vient de m'écrire, j'aimerais que tu me racontes comment c'est arrivé la mort de grand-papa Zéphirin. Qui était près de lui ? A-t-il mentionné mon nom ? Je veux que tu me dises tout. Papa était là, j'espère ! Comme il doit être attristé !

Écrivez-moi quelqu'un, je vous en prie, le plus vite possible.

De ton côté, Paul-Eugène, essaie de te distraire. Apprends de nouvelles pièces musicales. Offre-toi d'autres cours de peinture. Va te promener sur les Plaines. L'air pur aide au moral.

Ne cède pas au découragement, mon cher frère ; quelque chose me dit que le meilleur est probablement devant nous.

*Je prie grand-père pour nous deux. J'essaierai de t'écrire plus
souvent.*

N'oublie pas que je t'aime,

Irma

Cette lettre cachetée, Irma sent qu'elle peut mieux résister à la
tentation de présenter à son frère l'ultime consolation : tout faire
pour lui ramener Phédora. « Mais s'il advenait que je ne la retrouve
pas ? Ou que, pis encore, elle refusait de revoir son fils ? Que d'inconnues ! » se dit Irma. Une certitude s'impose toutefois : le décès
de Zéphirin LeVasseur a intensifié son désir de retrouver sa mère.
« Une autre rencontre avec Bob Smith pourrait me révéler d'autres
pistes. À mon prochain congé, je retournerai voir le beau bijoutier »,
se promet-elle. Le besoin de connaître un peu mieux cet homme et
ses sentiments à son égard n'est pas étranger à ce projet. La présence
d'une attirance plus marquée pour cet homme colmate quelque peu
l'entaille creusée dans son cœur par la perte de celui à qui elle ne
trouvait aucun défaut.

Il sera bientôt trois heures trente. Irma prend quelques minutes
pour écrire à sa tante Rose-Lyn avant de se diriger vers le *St. Marks
Hospital* où elle doit travailler jusqu'à minuit.

*J'allais plutôt bien avant d'apprendre la mort de grand-père
LeVasseur. J'ai hâte de vous revoir, tante Rose-Lyn. En regardant des photos de famille, pour me sentir un peu moins
loin de vous tous, je me suis posé une question par rapport à
Simone, vous vous rappelez, une des domestiques de grand-
papa William : vers quelle année aurait-elle quitté la résidence
de grand-papa ? Son nom était bien Michaud, si ma mémoire
est bonne. Un autre test pour ma mémoire : se peut-il qu'une
de vos sœurs porte aussi, parmi ses prénoms, celui d'Evelyn ?
Cette question m'est venue en passant devant une bijouterie,
pas loin de mon appartement, qui affiche : DIAMOND EVELYN.
C'est joli, n'est-ce pas ? Si j'avais la chance d'être marraine
d'une petite fille et qu'on me laissait le choix de son prénom,
ce serait celui-là.*

Je suis toujours sans nouvelles de ma demande de licence. J'ai appris de Maude qu'elle a attendu quatre ans avant qu'on la lui accorde. Et pourtant, elle a fait ses études au Québec. Je crois que le silence et l'inaction sont parmi les agressions les plus violentes. Ça nous tient en otage. Je ne connais pas pire entrave à la liberté. Heureusement qu'ici, je peux soigner les enfants et leur maman. C'est auprès d'eux que je puise réconfort et énergie.

Je vous embrasse en attendant de vous lire, tante chérie.

Votre petite Irma

En route vers l'hôpital, Irma s'arrête au bureau de poste pour y déposer ses lettres. Elle n'a pas fait deux pas dans le large corridor de l'étage réservé aux femmes qu'elle croise la D^{re} Putnam Jacobi. Alertée par les traits tirés de la jeune doctoresse, elle la prie de la suivre dans son bureau. En apprenant le deuil qui affecte sa collègue, Mary exprime sa compassion avec l'empathie d'une mère. À l'aube de la soixantaine, cette femme porte sur son front sillonné de rides, sur ses épaules voûtées et dans sa démarche alourdie, les stigmates de plus d'une épreuve. «Comme maman dont elle est de dix ans l'aînée. Toutes deux ont perdu des enfants. Toutes deux ont vécu de l'incompréhension. Toutes deux sont sorties des avenues tracées par leurs ancêtres. Toutes deux sont particulièrement douées», considère Irma, distraite des propos que lui tient la D^{re} Putnam Jacobi.

— Pourquoi ne prendriez-vous pas le reste de la journée pour vous reposer, D^{re} LeVasseur?

— C'est gentil de votre part, mais je préfère cent fois aller voir mes malades. Rien au monde ne m'apporte autant de réconfort et de satisfaction.

— À votre convenance, ma chère enfant.

«Ma chère enfant!» En pareille circonstance, ces mots vont droit au cœur d'Irma. Sa main reste posée sur la poignée de la porte, et son regard, rivé à celui de Mary. Se confondent le visage de cette femme et celui qu'elle prête à Phédora. En l'absence de gestes, Irma ne ressent pas moins la réciprocité de leurs sentiments. Une

filiation qui transcende celle de la chair. Une admiration qu'aucune parole ne vient profaner.

— J'admets qu'il est rare qu'on refuse un congé, D^{re} Putnam Jacobi. Mais il n'est pas impossible que, le temps venu, je vous demande une faveur d'un autre genre, lui annonce Irma.

Avant de prendre le train pour Québec, en décembre dernier, Irma avait adressé quelques lignes à Bob Smith : *Je passerai vous rendre une petite visite pour vous souhaiter la bonne année dès mon retour. Je suis tellement heureuse de pouvoir passer le temps des Fêtes avec ma famille.* Deux mois se sont écoulés sans qu'elle trouve le temps de respecter sa promesse. Irma se sent prête, en ce premier congé de février, à passer à la DIAMOND EVELYN.

— Mlle LeVasseur! J'ai cru que vous étiez restée au Québec!

— Je m'excuserais d'avoir tant tardé si...

— Vous avez été malade, ça se voit.

— Non, pas moi. Mon grand-père LeVasseur, lui apprend-elle, au bord des larmes.

— Vous n'avez pu le sauver, c'est ça.

— C'est ça, confirme-t-elle, pour clore le sujet.

Bob quitte son comptoir et vient enlacer Irma. Comme l'aurait fait un grand frère affectueux.

— Vous tremblez, en plus. Suivez-moi. J'ai quelque chose pour vous réchauffer.

D'un signe de la main, il passe le flambeau à son commis et entraîne Irma dans son bureau, étend sur ses épaules une large écharpe, la sienne, et verse, dans un petit verre, un liquide ambré.

— Prenez ça. Ça va vous faire du bien.

— Qu'est-ce que c'est?

— Le remède miracle de ma grand-mère Smith.

« Rassurant », pense Irma.

Elle le hume, puis y trempe les lèvres.

— Que c'est fort!

— C'est pour ça que ça travaille vite et bien. Allez-y par petites gorgées.

Devant le regard craintif de sa protégée, Bob s'en verse une quantité égale, en prend une première lampée... puis frémit.

— C'est sûrement un de ses meilleurs, dit-il, décrochant un sourire à Irma.

— Elle était bonne pour vous, votre grand-mère Smith? demande Irma, songeant à la réponse que lui donnerait Nazaire si elle lui posait la même question.

— Elle vit encore. Elle a été correcte avec moi, mais j'avais une préférence pour mon grand-père. C'était à lui, ce commerce-ci.

— Il vous l'a laissé en héritage?

— Mieux que ça. Il m'a même enseigné le métier. Je n'avais que dix-sept ans quand il m'a emmené travailler ici avec lui.

— Vous deviez l'aimer...

— Il a été un vrai père pour moi.

— Ça fait longtemps qu'il est parti? demande Irma, présumant, à l'émoi de Bob, un décès plutôt récent.

— Trois ans. Mais des fois, je dirais que ça fait trente ans. D'autres fois, trois jours. Vous?

— Trois semaines, aujourd'hui, parvient-elle à articuler.

— Je vois que vous l'aimiez beaucoup.

— C'était réciproque. C'est le seul homme à qui je n'ai pas trouvé de défaut, avoue-t-elle, en souriant.

— Oups! Les messieurs n'ont qu'à bien se tenir avec vous, Mlle LeVasseur.

— J'exagère. Grand-papa Venner aussi, je l'aimais.

— Vous avez dit? demande Bob, comme pour s'assurer d'avoir bien entendu.

— Que j'étais très proche aussi de mon autre grand-père, reprend-elle, sans préciser son nom, cette fois.

Le regard rivé sur un coupe-papier qu'il polit d'un air distrait, le bijoutier tarde à reprendre la parole.

— C'était à lui. Il avait dû faire quelque chose d'important pour son pays puisque ce cadeau lui a été remis de la main du

président Lincoln peu de temps avant son assassinat. Les deux noms y sont gravés, voyez.

Irma s'approche pour mieux voir. Bob prend une gorgée du doux élixir, Irma l'imite.

— Il y a des objets comme ça qui, à eux seuls, racontent toute une vie, murmure-t-elle, songeuse.

— Vous avez ce culte, vous aussi, Mlle LeVasseur?

— Oui, et je pense qu'on l'acquiert plus vite si on a passé beaucoup de temps avec ses grands-parents.

La remarque semble toucher Bob qui l'approuve de hochements de tête. D'un long moment de réflexion, il sort pour révéler :

— Dans ma jeunesse, je me plaignais d'avoir passé une partie de mon enfance avec eux. J'aurais aimé vivre avec mes parents, comme tous les enfants de mon âge. Mais maintenant, j'apprécie...

— C'est indiscret de vous demander pourquoi?

— Ma mère n'a jamais pu s'habituer à vivre loin de sa famille. Elle a attendu que je sois en âge d'aller à l'école pour s'en retourner... Pensionnaire pendant l'année, j'allais chez mes grands-parents pendant mes congés.

« Pas possible ! Trop de ressemblances dans nos vies pour que ça ne rime à rien », pense Irma, interloquée. Que de questions sur le bout de ses lèvres, retenues par respect ou par appréhension, ou un peu des deux. Une autre gorgée stimule son audace.

— Votre mère était de...

— Du Canada, un pays que je rêve de visiter un jour, dit-il, ajoutant la nomenclature des régions européennes qui le fascinent tout autant.

Irma l'écoute, conquise par son enthousiasme.

— J'ai l'intention, moi aussi, d'aller à Paris et en Allemagne d'ici quelques années. Pour me perfectionner en soins aux nourrissons. En attendant, il faut que je mette de l'argent de côté. Je dois partir, annonce-t-elle, surprise de constater qu'elle est là depuis plus d'une heure.

— C'est fou comme le temps passe vite en votre compagnie, dit Bob, dans un long soupir.

Tous deux vident leur verre et promettent de se revoir sans plus de précision. Par réserve, de la part d'Irma.

Soixante-douze heures de travail par semaine au *St. Marks Hospital*, des publications médicales à lire, une correspondance plus exigeante et plus diversifiée à entretenir depuis le décès de Zéphirin LeVasseur, autant d'occupations qui ont balayé les mois à une vitesse vertigineuse. Pâques s'annonce lumineux et apportera deux jours de congé à la D^re LeVasseur. Devant l'hôpital, les tulipes n'ont pas attendu la fin d'avril pour s'épanouir. Les hémérocalles et les rhododendrons les ont supplantées. Il y a aussi de multiples variétés de lys. Irma admire le doigté du jardinier, déplorant de ne pas être aussi douée en la matière. Elle s'attarde à contempler une de ces plates-bandes quand s'affirme en son esprit la décision de consacrer son Vendredi saint à la recherche de Simone Michaud. « Elle pourrait peut-être savoir où est maman. Sinon, m'aider à la trouver. C'est peut-être d'elle que j'obtiendrais des renseignements sur les prénoms des femmes Venner. »

Il n'est pas encore dix heures lorsque ce jour venu, Irma se dirige vers le centre-ville de New York. Dans son sac à main, elle a glissé une enveloppe au contenu précieux sur laquelle il ne restera qu'à ajouter un numéro de rue ou d'avenue. À l'intérieur, sur une seule feuille sont consignées les questions les plus urgentes :

1. *À ma mère, je demande de se manifester. De la manière qui lui conviendra.*

2. *Accepteriez-vous de me parler ? Mieux encore, de me rencontrer ?*

3. *Préférez-vous m'écrire ?*

4. *Saviez-vous que je suis devenue médecin et que je travaille à New York en attendant mon permis de pratiquer au Québec ?*

5. *Êtes-vous en bonne santé ?*

Je vous laisse mes deux adresses : celle de mon apparte-
ment et celle de l'hôpital où je travaille. Je vous en prie,
répondez-moi.

Irma, fille de Nazaire LeVasseur et de Phédora Venner

La seule pensée du bonheur qu'elle apporterait à son frère lui insuffle le courage d'intercepter la dame à la démarche détendue et
au sourire courtois qui sort du *Metropolitain Opera House* et de lui
demander si elle ne connaîtrait pas une chanteuse qui ressemble-
rait à celle de la photo présentée. «*Sorry!*» La suivante se contente
du même mot. Les autres n'ajoutent rien qui l'éclaire. De toute la
matinée, pas une personne interrogée n'a articulé la phrase tant
souhaitée : «*Yes, Miss. I know her address...*» Aucune ne lui a semblé
agacée, mais plusieurs se sont montrées intriguées.

Déçue de sa matinée au *Metropolitain Opera House*, Irma se rend
au *Carnegie Hall*. Distraite par le but de sa démarche, elle n'a pas
reconnu, avant de l'intercepter, la jeune femme qu'elle avait soignée
le mois précédent. La question de son médecin a intrigué la patiente.

— Des parentes? a-t-elle demandé.

— Des cousines du Canada venues vivre ici vers les années
1890.

À un homme d'un âge avancé, d'allure très digne, qui sifflotait
un air de Verdi, elle a osé poser les mêmes questions. La photo au
creux de sa main, il l'a observée hochant la tête et a fini par avouer
que ce visage lui disait quelque chose, mais qu'il ne pourrait dire
quand et où il avait pu rencontrer cette personne. «*Are you sure?*» lui
a-t-elle demandé, le cœur battant la chamade. Avant de le laisser
aller, elle lui a donné son adresse, au cas où sa mémoire accompli-
rait le miracle attendu.

Avant la fin de l'après-midi, dépitée, Irma met fin à ses recherches. «Je ne dois pas avoir la bonne méthode», conclut-elle,
courtisée par l'idée de questionner la D^{re} Putnam Jacobi lors d'une
visite à son domicile.

❧ ❧

En sortant de l'hôpital après une journée de travail réconfortante, Irma est arrêtée par la réceptionniste :

— D^re LeVasseur. *It's for you.*

Une lettre en provenance de Saint-Paul, au Minnesota. L'expéditrice : Hélène Murray. L'enveloppe est dodue. Irma l'ouvre en toute hâte. À la lecture du premier paragraphe, une appréhension lui serre la gorge. Les sanglots ont raison de sa retenue. « Pas lui... Surtout pas lui ! » murmure-t-elle le cœur broyé. Le petit Raoul Canac-Marquis est décédé... Il n'avait que cinq ans.

Une lettre de son père m'apprend que son fils était malade depuis février et que malgré la sollicitude presque maternelle de Mme Broche, et malgré les soins médicaux les plus recherchés, une néphrite l'a emporté le 19 avril, peu avant minuit.

Incapable de poursuivre sa lecture, Irma se dirige d'un pas accablé vers son appartement. À peine a-t-elle conscience de croiser des piétons, tant elle est chamboulée. Si elle ne l'a pas porté en son sein, ce petit garçon, elle l'a porté dans son cœur au prix de grands tourments. Attachement réciproque, hésitations, privations ont tissé entre elle et lui des liens qu'elle ne saurait définir. Des liens plus forts que les silences. Plus forts que les absences. Plus immuables que les serments. Irma ne peut retenir ses pleurs. Une dame âgée, la croisant, pose sa main sur son bras et d'une voix veloutée lui demande :

— *Can I do something for you ?*

D'un signe de la tête, elle lui signifie que non, mais ses lèvres murmurent :

— *Raoul is dead.*

— *Raoul ?*

— *A little boy.*

— *I'm sorry, Miss. I'll pray for you.*

Jamais le trajet entre l'hôpital et son logis n'a paru aussi long à la D^re LeVasseur.

Après avoir verrouillé la porte derrière elle et donné libre cours à son chagrin, elle retire la lettre de son sac à main pour en terminer la lecture.

Si tu savais, Irma, comme je regrette de ne pas avoir repris mes fonctions de gouvernante à Noël dernier, comme le souhaitait le docteur. Si je n'avais changé de mentalité ces dernières années, je m'en voudrais pour le reste de ma vie. Le fait que le Dr Canac-Marquis ne me fait aucun reproche m'aidera à me pardonner... Je me demande pourquoi il a mis tout ce temps à nous en informer. Je dis « nous » parce qu'il m'a chargée de t'apprendre cette triste nouvelle.

Irma s'arrête. La douleur de ce père si éprouvé devient la sienne. Le temps qu'elle se ressaisisse. Le temps de faire la part des choses. Sa raison vient à sa rescousse : « Si la meilleure équipe médicale a échoué, rien ne m'autorise à croire que ma présence aurait sauvé cet enfant de la mort. »

Je vais te confier quelque chose qui risque de te choquer, de te faire sourire ou de t'intéresser : une bonne amie m'a conseillé de confier mes inquiétudes à une diseuse de bonne aventure qu'elle connaît bien. Une femme de très bonne réputation. Je suis allée la rencontrer. La voyante m'a parlé du petit Raoul et elle m'a dit, entre autres, que c'est la peur qui l'a fait mourir. Elle affirme que toutes les maladies du rein sont causées par la peur. Dans le cas de ce petit garçon, il semble que ce fut celle d'être abandonné une autre fois. Le docteur aurait parlé d'épouser Mme Broche en mai et de placer Raoul en pension pendant leur voyage de noces. La voyante a dit que le petit aurait conclu que son père utilisait ce prétexte pour le laisser à la pension pour toujours.

Les propos rapportés par Hélène horripilent la D^{re} LeVasseur. « Fumisterie. Élucubrations sordides », s'écrie-t-elle, lançant le papier au bout de ses bras. Puis, elle se dirige vers la cuisine, à la recherche d'un plat à concocter. Cette activité, tout comme la

marche et la peinture, l'apaise. Une soupe aux légumes convient. Sur sa planche à dépecer, Irma coupe ses légumes avec une énergie féroce. Un combat se livre en elle. Une révolte contre... le destin, ou la volonté de Dieu, ou la négligence humaine? Elle ne saurait le dire, mais elle se sent aux prises avec un affreux dilemme que sont venues aggraver les présomptions de la cartomancienne. Plus Irma s'efforce de les réfuter, plus elles sollicitent sa réflexion. La sérénité lui fait défaut. Le courage aussi. Celui de faire parvenir une lettre de sympathie au papa éprouvé. Manque de courage mais aussi absence de mots qui conviennent...

Le potage est prêt, mais Irma n'a pas faim. Elle doit reprendre le travail à six heures trente le lendemain matin. Avant même que le soleil ait empourpré l'horizon, elle voudrait dormir. Dormir parce que cette journée, consacrée aux interventions chirurgicales, risque d'être épuisante. Dormir pour devenir sourde à toute interrogation, ne serait-ce que quelques heures. Dormir pour avoir moins mal. Dormir, le temps de croire qu'elle a rêvé.

Après trois heures de vains efforts, Irma décide de prendre les grands moyens. Son meilleur somnifère : la lecture de textes portant sur la politique et les finances. Des journaux accumulés, elle retire les pages qui en traitent, les apporte dans son lit et les classe par ordre d'intérêt. Hélas, les idées véhiculées la ramènent opiniâtrement aux questions d'injustice, d'ignorance et d'incompétence; viennent s'y greffer les circonstances entourant la mort du petit Raoul.

Exaspérée, Irma se lève, déterminée à exorciser tous les petits démons qui troublent sa paix, à commencer par les propos de la cartomancienne. «Les plus faciles à vaincre», se dit-elle. Or, il n'en est pas ainsi. Il lui suffit d'imaginer un instant qu'il s'agit d'un enfant qu'elle n'aurait pas connu intimement pour accorder une certaine crédibilité au fait que la souffrance psychologique puisse causer une détresse mortelle. Chez le bambin comme chez l'adulte. Elle projette d'en causer avec des confrères... quand elle en aura trouvé le courage.

Revenue à sa table de travail, elle confie au papier ses réflexions sur la souffrance et la mort des enfants, y ajoute ses sentiments de

compassion puis adresse le tout au Dr Ferdinand Canac-Marquis. Avant de fermer l'enveloppe, elle se relit, de peur que certaines phrases portent à interprétation. Contrairement à son amie Hélène, Irma ne veut pas céder à la culpabilité, et ses propos en témoignent.

Après une nuit chahutée de cauchemars, celle qui avait toujours envisagé ne travailler que directement auprès des enfants est saisie d'une autre urgence : pousser les recherches portant sur les maladies infantiles. La nécessité d'informer les mères des conditions hygiéniques favorables à la santé des nourrissons va de pair, constate-t-elle. Mais où en est le projet du Dr Dubé sur ce point ? Ne rêvait-il pas, depuis quelques années, de mettre sur pied un organisme de surveillance médicale de l'enfance ?

Zéphirin LeVasseur n'étant plus là pour la documenter au sujet de l'actualité médicale au Québec, la D^{re} LeVasseur ose demander au Collège des médecins de lui poster la *Revue médicale* même si elle n'est pas encore admise « officiellement » dans ses rangs.

Dans une lettre, Nazaire annonce que sa sœur souhaite qu'il ramène Paul-Eugène vivre avec lui, ce qui vient accabler sa fille.

Je les comprends, mais je sais qu'il va trouver le temps long, ici. Je ne suis presque jamais à la maison et je t'avoue que s'il était là je serais porté à le fuir. Il m'étrive et me décourage. Il n'y a pas moyen de lui faire comprendre que ce n'est pas à vivoter comme il fait qu'on se bâtit une vie intéressante. Un ami médecin à qui j'en ai parlé m'a appris qu'il existait un médicament très efficace contre la dépression. Comme ton frère refusait d'aller le consulter, c'est à moi qu'il a donné quelques comprimés, le temps de voir les effets. Toqué comme tu le connais, Paul-Eugène a refusé de les prendre. Il aime mieux empoisonner l'atmosphère avec sa neurasthénie.

Aussi, d'autres engagements me demandent de nombreux déplacements. Un nouveau poste, que je n'ai pu refuser, vient de m'être offert : la direction de l'Agence Henri Menier, un propriétaire foncier bien connu. J'y trouve beaucoup d'agrément et je jouirai de bénéfices intéressants, à long terme. Je suis

toujours consul de la Belgique, président de la Société musicale Sainte-Cécile et président de Gaz et Électricité pour le gouvernement. Comme tu vois, je fais plus que mon possible pour aider ton frère financièrement. J'apprécierais que tu lui envoies aussi un petit chèque de temps à autre.

Un chèque de quarante dollars glissé dans l'enveloppe adressée à Paul-Eugène LeVasseur, Irma réitère à son frère ses vœux les plus chers : rentrer au Canada, ouvrir sa clinique à Québec et l'inviter à habiter avec elle.

La guérison de ses jeunes patients au cours des dernières semaines a quelque peu compensé les déboires de la seule LeVasseur à habiter aux États-Unis. La seule Canadienne française à y pratiquer la médecine. La seule femme du Québec à ne pas avoir obtenu le droit de pratiquer son métier en son propre pays. Le chauvinisme et l'évidente misogynie du Collège des médecins la blessent, non seulement dans ses droits, mais aussi dans sa dignité. « À la direction de cette institution se trouvent pourtant de bons médecins. Des hommes de cause, même », pense Irma en recevant les deux derniers numéros de la revue réclamée ainsi que des pages de différents journaux annonçant que depuis le 5 juillet, au Canada français, [...] *sous la poussée sociologique d'un professeur agrégé de la Clinique médicale de l'Hôtel-Dieu, le D*ʳ *Joseph Edmond Dubé, et de trois de ses confrères qu'il est parvenu à enrégimenter sous sa bannière, est ouverte la première « Goutte de lait » dans la province de Québec. Des consultations de puériculture et une propagande en faveur de l'allaitement maternel ou d'un lait sain sont gratuitement offertes à toutes les mamans et futures mamans.*

« En dépit de son excellente réputation, le Dʳ Dubé aura mis trois ans à réaliser son projet », constate Irma, craignant de devoir se battre plus longtemps encore pour concrétiser les siens. Plusieurs sont d'ordre professionnel ; un autre, d'intérêt personnel : retrouver sa mère.

La saison estivale offre à tous les médecins du *St. Marks Hospital* deux semaines de vacances ; la D^re^ LeVasseur choisit de les prendre pendant la seconde quinzaine du mois d'août. Une lettre de Paul-Eugène la motive plus que jamais à se lancer de nouveau à la recherche de Phédora. Après avoir relaté les dernières heures de grand-père Zéphirin, révélant à sa sœur que le mourant l'avait maintes fois réclamée à son chevet, le jeune homme décrit sa détresse, l'inquiétude qui l'envahit à la pensée de Phédora, les cauchemars où elle lui apparaît abandonnée de tous, souffrant de pauvreté et de maladie. Paul-Eugène a supplié son grand-père agonisant de tout lui avouer au sujet de sa mère. « Demande à ta sœur. Je lui ai dit tout ce que je savais à son sujet », lui aurait-il répondu. À cet argument, Paul-Eugène ajoute : *C'est le plus grand cadeau que tu puisses m'offrir pour mon anniversaire. Tu te souviens que j'aurai 26 ans le 18 septembre prochain ?*

« Serait-ce l'angoisse que me fait vivre la détresse de mon frère ? Ou serait-ce l'obligation dont m'a chargée grand-père ? » se demande Irma, forcée d'admettre, après réflexion, que l'une et l'autre sont reliées. Elle en reconnaît les symptômes à ses heures d'insomnie, à ses rêves tourmentés, à son irritabilité et à sa perte d'appétit. « Me remettre à la recherche de Simone et de maman m'apportera-t-il un apaisement ? Le risque de sortir de ces deux semaines épuisée et découragée est aussi prévisible que celui d'être comblée », s'avoue-t-elle. Irma décrète que de consacrer une semaine à ses recherches et l'autre à des lectures portant sur les maladies infantiles serait préférable. « À moins que nos retrouvailles dépassent mes rêves », nuance-t-elle.

L'invitation de la D^re^ Putnam Jacobi, qui aimerait la recevoir chez elle avant de quitter le *St. Marks Hospital* pour ses vacances, lui plaît beaucoup. « Nous aurons besoin de tout notre après-midi, tant j'ai de choses à vous raconter, lui avait annoncé Mary. L'accueil en témoigne. Mary qui l'attendait au jardin la presse de prendre place juste devant elle. Un grand verre de limonade leur est versé, après quoi Mary demande à sa gouvernante de ne pas les déranger. Irma

s'en étonne d'autant plus que son hôtesse ne semble pas en grande forme. Tout de go, Mary demande :

— Où en êtes-vous, ma chère Irma, au sujet de votre permis de pratique au Canada ?

Au fait de l'attente interminable que lui font subir l'Assemblée législative et le Collège des médecins et chirurgiens du Québec, elle déclare :

— J'admire votre courage et votre ténacité, Irma. Je vois en vous une excellente collaboratrice pour une cause qui m'est très chère...

Irma retient son souffle.

— Je vous ai déjà parlé de *The Association for the Advancement of the Medical Education of Women* ?

— Oui. Ça fait pas loin de trente ans que vous l'avez fondée.

— Effectivement, c'était en 1872. Hélas, je n'ai plus la santé pour continuer de la présider. Vous me suivez ?

— Je suis très sympathique à cette cause, D^{re} Putnam Jacobi. Mais je dois vous avouer mon peu d'attrait pour l'enseignement. Je préfère de beaucoup la pratique médicale et la recherche.

— Dommage ! J'avais vu en vous toutes les qualités que requiert ce poste : la lucidité, la détermination, l'impartialité, la facilité d'expression, mais surtout cette même flamme que nous partageons pour que justice soit faite aux femmes.

— Je suis très touchée par ce que vous pensez de moi, D^{re} Putnam Jacobi, mais je ne considère pas avoir toutes ces qualités. Par ailleurs, ne pensez-vous pas qu'il serait préférable que ce soit une femme d'ici qui prenne la relève ?

— Peut-être avez-vous raison, admet-elle, songeuse.

Irma n'ose briser le silence qui s'installe.

— Vous avez parlé de recherche... en maladies infantiles, j'imagine ? demande Mary.

— Justement, oui.

— J'ai une proposition à vous faire. Ça vous plairait d'aller travailler quelque temps au dispensaire du *Mount Sinaï Hospital* ?

— Celui que vous avez fondé en 1871 ?

— C'est bien cela. Vous savez, Irma, que cet hôpital a toujours été dirigé par des femmes diplômées en médecine et spécialisées en pédiatrie ?

— Non, mais je vous avoue que pour cette raison, votre offre m'intéresse deux fois plus.

— Vous pourriez profiter de vos quinze jours de congé pour aller le visiter et y rencontrer des membres de la direction, suggère-t-elle. Il est situé sur la 100ᵉ Rue Est, non loin de *Central Park*.

L'hésitation se lit sur le visage de la jeune femme.

Mary s'inquiète :

— Auriez-vous renoncé à votre projet de fonder un hôpital pour enfants ?

— Jamais ! Au grand jamais ! C'est que j'avais bien d'autres projets pour mes vacances...

— Une visite dans votre famille, j'imagine.

— Indirectement, oui.

Mary tend l'oreille, en quête de précisions.

Irma hésite, le temps de maîtriser ses émotions. D'un ton résolument détaché, elle explique :

— J'aimerais accorder du temps à ma mère.

— Vous iriez au Canada ?

— Non, ma mère vit ici, à New York.

— Je l'ignorais, rétorque Mary, visiblement très surprise.

— Elle a été chanteuse d'opéra, laisse tomber Irma.

— Ah, oui ! Et son nom ?

— Phédora. Phédora Venner.

— Aurait-elle chanté au *Metropolitan Opera House* ?

— À compter des années 1887, probablement, s'empresse-t-elle de répondre.

— Vous n'êtes pas sûre ?

— Non. J'étais encore au Canada lorsqu'elle est venue ici pour poursuivre sa carrière.

Mary s'avance sur le bord de sa chaise, ouvre ses mains sur la table, invitant Irma à lui tendre les siennes. Le regard rembruni, la voix couverte, elle murmure :

— Ma pauvre enfant! Que de souffrances! Vous êtes sans nou-velles d'elle depuis plusieurs années, c'est ça?

Un signe d'acquiescement, quelques larmes égarées sur ses joues, Irma se lève, prête à quitter Mary.

— Non, Irma, attendez. Vous avez des photos de votre mère?

Mary saisit avec empressement celle qu'Irma lui tend:

— Un visage qui ne m'est pas inconnu... Où ai-je pu la voir? Quel âge aurait-elle aujourd'hui?

— Elle vient d'avoir cinquante ans.

Mary poursuit sa réflexion devant la photo.

— À moins que je l'aie eue comme patiente... chuchote-t-elle pendant qu'Irma prie. Dès mon retour de vacances, je vais prendre le temps d'aller consulter mes anciens dossiers à l'hôpital, promet-elle.

Irma parvient à lui sourire malgré sa déception de devoir at-tendre encore deux autres mois. «Si vous saviez, madame, comme chaque espoir ravive ma douleur, vous vous précipiteriez sur vos dossiers», s'abstient-elle de lui confier en se dirigeant vers la sortie du jardin.

Cette fois, Mary ne la retient pas.

«Pourquoi ai-je dit tout ça? songe Irma. Qu'est-ce que Mme Putnam Jacobi va penser de ma mère? Sachant que je suis venue aux États-Unis pour la première fois en 1894, elle aura vite fait de deviner la rupture entre mes parents...»

Ces questions et des dizaines d'autres se bousculent dans sa tête, heurtant sa raison. Les révélations qu'elle vient de faire ont échappé à son contrôle. Comme un fruit mûr qui tombe de l'arbre. Un barrage qui cède sous l'avalanche. Une mise à nu, irrécupérable.

Malgré une chaleur suffocante, Irma se barricade dans son appartement de la 10e Avenue, à proximité de la rivière Hudson. Coupée des bruits de la rue, il lui sera plus facile, croit-elle, de retrouver sa lucidité et de trouver les motifs, conscients ou non, qui l'ont portée à dévoiler un secret jusque-là si bien gardé. Les suppli-cations de son frère Paul-Eugène, le désir de faire la lumière sur le passé de Phédora et sur sa condition actuelle, ses relations privilé-

giées avec Mary Putnam, voilà autant d'incitatifs qui se présentent à son esprit. Il lui semble que désormais ses liens avec la D^re Putnam Jacobi ne seront plus les mêmes. De quoi donner à réfléchir à celle que la moindre intrusion dans son intimité rebute.

Lasse d'appréhensions et de tergiversations, Irma imagine sa mère bien portante, radieuse et ravie de revoir sa fille. Les photos retirées de l'album de Zéphirin nourrissent sa vision. Le regard de Phédora est si doux, si éloquent d'amour, de tendresse...

La fatigue la fait glisser dans une somnolence puis dans un profond sommeil où se loge un rêve troublant : Phédora frappe à sa porte. Elle la voit mais, muette et paralysée, elle veut mourir de douleur en la voyant repartir sans avoir pu lui répondre ni lui ouvrir. Lorsqu'elle ouvre les yeux, elle aperçoit un papier glissé sous sa porte :

> *Bonjour Irma !*
> *Je suis venue frapper à ta porte à six heures vingt.*
> *Ou tu es au travail, ou tu es sortie.*
> *Je vais aller prendre une bouchée et je vais revenir.*
> *Hélène*

Après des mois d'une correspondance assidue, ce soir-là, Hélène et Irma vivent des retrouvailles émouvantes.

— Comme si tu avais deviné que j'étais en vacances, dit Irma, ravie.

— Mon ange gardien me dit tout...

— En connaîtrais-tu un autre comme lui, je l'engagerais, riposte Irma, mi-rieuse, en songeant à sa hantise de retrouver Phédora.

— Je vais le consulter !

Infailliblement, le décès du petit Raoul vient alimenter leur conversation. Puis, Hélène reprend sur ce ton jovial qu'Irma apprécie tant :

— Je sens que ma vie est sur le point de prendre un virage important...

Irma sourit, charmée par cette candeur dont Hélène ne s'est jamais départie malgré les épreuves vécues. Invitée à s'expliquer, elle dit :

— Une sorte de prophète me l'a confirmé...

— Ta diseuse de bonne aventure, j'imagine.

— Oh, non! Bien plus sérieux que ça.

Irma attend la suite.

— Tu crois au pouvoir de la lune sur les marées?

— Ce n'est pas une question de croyance, c'est un fait observé par les scientifiques.

— Voilà! s'exclame Hélène, rassurée. Tu crois donc à l'influence des planètes.

— De certaines, oui. Mais pas sur les humains.

Hélène affiche une moue de déception.

— Explique-moi ta théorie, reprend Irma, plus conciliante.

— Parmi les planètes, il y en a une qui prend environ vingt-neuf ans à faire le tour du soleil. Saturne.

Devant le flegme de son amie, Hélène se fait plus convaincante :

— Les astrologues nous apprennent que Saturne est responsable des grands changements que les gens connaissent dans leur vie, entre vingt-huit et trente ans.

— Sans qu'on ait rien à y voir! riposte Irma, réfractaire.

— Ce n'est pas ce qui a été dit. Nous gardons le peu de liberté que nous avons, mais cette planète nous prédispose... Comme le soleil qui favorise la floraison.

Irma hoche la tête, retient un sourire moqueur puis demande, pensive :

— Quel est le plus grand changement que tu souhaites dans ta vie?

Hélène baisse les yeux. Une profonde tristesse se lit sur son visage.

— Tu le sais, dit-elle.

— Ton retour au Québec en fait partie, n'est-ce pas?

— C'est la première étape, dit Hélène qui n'est plus que supplication devant son amie.

— Si je peux finir par le décrocher, ce permis, je t'emmènerai avec moi. Y a plein de grands magasins dans notre ville... Sans compter qu'en travaillant avec le public, tu auras plus d'occasions de te faire courtiser, ajoute Irma, un tantinet railleuse.

— Ce n'est pas un mari que je veux trouver, c'est mon fils, tu le sais bien. Puis, j'échangerais facilement mon travail en magasin pour un autre dans un hôpital pour enfants. Le tien, par exemple.

Cette révélation méduse Irma.

— Dis-moi que tout cela est réalisable, la prie Hélène.

— Si Saturne le veut, bien entendu...

Éclats de rire et moments d'émotion, aveux et projets, promenades et contemplation ont fait de ces trois jours le joyau des sept ans écoulés depuis leur première rencontre à la gare de Saint-Paul.

Hélène la sensible, Hélène la moqueuse, Hélène la blagueuse a laissé dans le cœur d'Irma un goût de détente et de bonheur. Elle lui confiait, lors de leur dernière soirée :

— L'abandon forcé de mon fils a été la plus grande épreuve de ma vie. Une cruauté que je ne souhaite à personne. Elle m'a jetée dans une dépression si profonde que je ne pensais pas en guérir... Et depuis, chaque jour, ma plus grande préoccupation est de ne laisser passer aucune occasion de glaner un brin de joie. Avant de m'endormir, le soir, je les compte comme autant de marguerites cueillies et j'imagine le superbe bouquet sur ma table de nuit.

— Y a-t-il eu des jours où tu n'as trouvé aucune marguerite sur ton chemin ?

— Tu sais bien que oui, mais je me dis alors : c'est qu'elles ne sont pas encore sorties de terre. Demain, peut-être...

L'aptitude au bonheur de cette jeune femme l'a subjuguée. « Sa visite a été comme une bouffée d'air pur », se dit Irma, inspirée de se rendre dans une tabagie pour y acheter des magazines de variétés et des journaux au lieu de passer par la librairie pour se replonger dans un livre traitant de médecine et de recherches médicales. Le temps, fort clément, invite à la balade. Les piétons se montrent souriants et détendus.

D'une première boutique, elle sort avec deux journaux et une revue de mode qu'elle feuillette en déambulant vers une autre tabagie. « Si mon père me voyait, il n'en reviendrait pas. Comme il

serait fier de sa fille!» pense-t-elle, en examinant les photographies de mannequins généreusement maquillés et arborant des bijoux et des tenues à la limite de l'excentricité.

— *Excuse me!* s'écrie-t-elle, après avoir heurté un piéton et lui avoir fait échapper son pot de fleurs, à demi vidé de son contenu sur la chaussée.

— *Miss LeVasseur!*

— *Mr. Smith!*

Leurs éclats de rire attirent l'attention des autres piétons qui les observent, tous deux accroupis sur le trottoir à ramasser terre et fleurs.

— Êtes-vous pressée? demande Bob.

— Non. Je suis en vacances cette semaine.

— Vous m'accompagneriez? J'allais au cimetière. C'est l'anniversaire de la mort de mon grand-père Smith, aujourd'hui.

— Avec plaisir, répond Irma, surprise de sa spontanéité.

— Vous semblez en très grande forme, D^{re} LeVasseur! Seriez-vous en amour?

Irma éclate de rire comme si c'était la meilleure blague entendue.

— Moi, en amour! Il faut d'abord le vouloir pour tomber en amour.

— Vous croyez? Je connais des gens à qui c'est arrivé sans qu'ils le recherchent. Même que dans certains cas, ça a été une épreuve.

Irma, qui n'est pas sans penser à sa mère, répond :

— Vous avez raison.

— Je dirais même que depuis quelque temps, je m'aperçois que je pourrais tomber en amour.

— Comme on sent venir une grippe? demande Irma, moqueuse.

— À peu près, docteure, rétorque Bob, sur le même ton.

— Puis, quels sont vos symptômes, M. Smith?

— Ne me dites pas que vous ne les avez jamais ressentis, Mlle LeVasseur.

— Quels sont vos symptômes, M. Smith? relance Irma, faisant fi de sa question.

— Je ne sais pas si c'est pareil pour les femmes, mais je me sens heureux, plus préoccupé de mon apparence...

— Si c'est tout, ce n'est pas une grosse attaque!

— Je n'ai pas fini, docteure, fait-il remarquer, moqueur.

— Oh! Pardon! Je vous écoute, monsieur.

— Oups! J'allais passer tout droit, s'écrie Bob, à deux pas du cimetière.

Plus un mot. Bob Smith pousse la grille de fer forgé, emprunte une allée vers la droite. Irma le suit, envahie soudain d'une crainte obscure. Une appréhension qui lui brûle le ventre. «Je pense que je m'évanouirais s'il fallait que je me retrouve face à une pierre tombale où son nom serait inscrit...» pense Irma. Une pellicule photographique – *Héloïse-Marie-Anne-Phédora Venner* – vient se coller sur chaque stèle croisée, puis disparaît sous les écriteaux des disparus *Brown, Davis, Mc Carty, Johnson...*

Bob s'est arrêté. Agenouillé devant le monument funéraire de la famille Smith, il dépose le bouquet avec révérence et prie. Il se relève, s'attarde de nouveau puis se tourne vers la jeune femme demeurée debout derrière lui. «Il me manque encore», confie-t-il, avec une émotion qui dénoue les bras d'Irma. Leur accolade est aussi chaleureuse que lorsqu'elle avait appris à Bob le décès de Zéphirin, six mois plus tôt. Le temps s'éclipse, cette fois. Les interdits aussi. Bob cherche la bouche d'Irma qui s'abandonne. Un instant. Un trop court instant pour Bob que cette étreinte de leurs âmes, de leurs cœurs, de leurs corps. Un glissement de la raison. Un vertige dont Irma a du mal à sortir.

— Voyez-vous, Irma, c'est de ces autres symptômes dont je voulais parler, confie Bob.

Puis, son bras entourant les épaules de la jeune femme, il reprend l'allée en direction de la sortie de ces lieux saints.

— Cette espèce d'aimant qui rive notre pensée à l'autre quand elle n'est pas là et qui, en sa présence, agit... sans notre permission, poursuit-il.

Irma voudrait affirmer qu'elle n'a rien éprouvé de tel, mais sa voix la trahirait, tout comme ses mains qui tremblent. Un accord

ressenti les guide vers un petit parc floral paré d'une fontaine d'eau où ne sont disposés que cinq ou six bancs. Leur choix va spontanément vers celui qui, adossé à un bosquet, semble perdu au fond du parc.

— Vous ne souriez plus, Irma.

— Je pense qu'on s'est conduits comme des irresponsables... On s'est raconté une histoire.

— Et si elle était vraie ?

— Nous sommes des étrangers, Bob.

— Pas de cœur ! Ça, j'en suis sûr.

— Vous ne savez rien de moi et moi si peu de vous.

— C'est dans une autre dimension que ça se passe. Comment vous dire...

Irma se penche et cueille un brin d'herbe qu'elle roule entre ses doigts. Bob avait espéré qu'elle l'aide à trouver les mots qui définiraient l'attrait qu'il éprouve pour elle.

— Ne ressentez-vous pas la même chose ? relance-t-il.

Le silence d'Irma perdure.

— Vous n'êtes pas libre, c'est ça ?

— D'une certaine façon, oui. Mais il n'y a pas que ça.

— Je me suis trompé sur vos sentiments ?

Irma ne dit mot.

— Je vais trop vite...

— Si on parlait d'autre chose, suggère Irma.

— Comme vous voulez.

Irma échappe sa revue de mode sur le gazon. Bob s'empresse de la ramasser. Au moment de la lui rendre, il est saisi par l'illustration de la page couverture.

— Ce mannequin ressemble tellement à... à ma mère quand elle était jeune.

— Elle était aussi belle qu'elle ? parvient-elle à articuler malgré le flot d'émotions qui l'envahit.

— Je ne sais pas si les autres filles Venner lui ressemblaient, mais si je vous montrais les photos que j'ai d'elle, vous ne pourriez pas dire le contraire.

« Venner ! » Irma est devenue aphone. Si cette Venner était dans la parenté proche ! Une des cousines de maman, peut-être. Une de ses sœurs, qui sait !

— Elle avait plusieurs frères et sœurs, votre mère ?

— Je ne pourrais vous dire. Je me demande si je l'ai déjà su... Mon père ne m'en a jamais parlé, mes grands-parents Smith, non plus.

— Je vois bien que les garçons sont généralement moins curieux que les filles.

— Je ne le vous fais pas dire.

— Vous trouvez que je pose trop de questions, Bob ?

— Trop ? Je ne sais pas. Beaucoup, oui.

Irma se tait. Le magazine ouvert sur ses genoux, elle en feuillette les pages dans l'espoir d'amener Bob à commenter d'autres illustrations. Une publicité sur les rouges à lèvres le pique.

— Je n'ai jamais été attiré par les femmes qui se maquillent beaucoup.

— Entre pas du tout et trop, il y a...

— Il y a les femmes comme vous, Irma, qui savent doser.

— Ce doit être un commerce payant, dit Irma.

Cette fois, elle a su lancer Bob sur un sujet qui risque de le faire discourir pendant une bonne demi-heure. « Je pourrai me permettre alors de mettre fin à notre rencontre », songe-t-elle, déjà plus sereine.

Exaucée à souhait, Irma roule son magazine dans ses journaux, glisse la bandoulière de son sac à main sur son épaule et se prépare à saluer Bob.

— Je vous donne rendez-vous ici, dans...

— J'aurais de la difficulté à vous préciser un moment. Je change d'hôpital et peut-être même d'appartement.

— Vous allez où ?

— Au *Mount Sinaï Hospital.*

— Je le connais.

— Je vais vous écrire, promet-elle, creusant sur le front de Bob des sillons d'inquiétude.

La fille de Phédora quitte seule le petit parc où sa vie personnelle vient de basculer. Cédant à la tentation de tourner la tête vers le parc, elle y aperçoit Bob, toujours assis sur le même banc, la tête entre ses mains. Elle en est d'autant plus attristée qu'elle craint de le décevoir de plus en plus.

Cette journée commencée dans l'allégresse et la détente a pris des allures de veille d'orage. Irma ne parvient pas à faire la lumière dans ce fouillis intérieur où elle est, à certains égards, tentée de se complaire, mais aussitôt ramenée à ses choix de vie et aux interdits qu'ils lui imposent quant à l'amour. Comme un arc-en-ciel après l'orage, la révélation du nom de la mère de Bob vient confirmer au moins quelques-unes de ses intuitions. « Qui de mon grand-papa William ou de mon arrière-grand-père maternel ou d'un grand-oncle Venner serait le père d'Evelyn Venner ? » se demande-t-elle.

Machinalement, Irma s'arrête au bureau de poste. Dans sa case postale, une grande enveloppe. Sa provenance a de quoi lui flanquer une tachycardie. Le deuxième paragraphe, plus encore.

Par décision du Collège des médecins et chirurgiens du Québec, nous vous réitérons l'obligation de subir un examen d'admission à la pratique médicale devant le bureau des examinateurs si vous voulez être admise au Collège des médecins et chirurgiens du Québec et obtenir le permis de pratiquer votre profession en ladite province.

De retour à son appartement, Irma, furieuse, rétorque :

Avec tout le respect que je vous dois, messieurs, permettez-moi de vous poser quelques questions. Comment pouvez-vous douter de ma compétence alors que je détiens un doctorat en médecine octroyé par une université américaine dont la réputation est établie depuis des années ? Ne savez-vous pas que, préalablement, j'ai fait un cours complet à l'Académie des dames de Jésus-Marie, à Sillery ? Que j'ai réussi mes examens à l'école normale Laval et obtenu un diplôme d'école modèle ? Qu'après un cours spécial de lettres et de sciences à l'Université du Minnesota, j'ai consacré quatre années complètes à l'étude

de la médecine ? N'avez-vous pas lu, dans mon dossier, que j'ai aussi fait un stage au St. Marks Hospital *sous la direction de la D^{re} Mary Putnam Jacobi, une pionnière en médecine infantile ?*

Sans doute prétendez-vous que j'ignore qu'à l'Université Laval de Montréal, on n'exige même pas que les aspirants aient réussi un cours complet d'études pour être admis à la faculté de médecine. De plus, je sais aussi que les candidats que vous soumettez à l'examen du Bureau de médecine sont admis avec aussi peu que 50 % des points. Pis encore, j'ai appris, preuve à l'appui, que cette même faculté de médecine qui refuse les femmes, comme l'a fait celle de Québec, admet des candidats sans brevet d'admission sur la seule promesse que ces messieurs essaient de compléter les études normalement requises par le Collège des médecins et chirurgiens.

Tant d'injustice devrait vous faire rougir de honte et renoncer à un procédé aussi despotique que celui que vous tentez de m'imposer.

Puisse l'intelligence que vous vous octroyez, messieurs, être saisie de la logique de mes propos et me dispenser de cette exigence trop injuste.

D^{re} Irma LeVasseur

Cette lettre acheminée par envoi recommandé au Collège des médecins et chirurgiens du Québec, Irma se penche de nouveau sur sa table de travail pour faire à son amie Hélène le récit abrégé de cette journée étourdissante.

❧ ⋅ ☙

Avec l'indomptable espoir de rentrer bientôt au Québec, la D^{re} LeVasseur cumule les expériences. Son stage au *Mount Sinaï Hospital* s'avère très formateur en soins pédiatriques. Les femmes qui le dirigent et le personnel traitant offrent des soins de qualité dans

une atmosphère chaleureuse. De quoi faire rêver la D^re LeVasseur qui s'est coulée dans cette équipe comme si elle en avait toujours fait partie. « C'est ce modèle que j'aimerais transporter chez nous ! » se dit-elle, consciente toutefois qu'elle devra se montrer tenace et patiente. Trop peu de femmes pratiquent la médecine au Québec. De plus, à l'exception de la D^re Maude Abbott, bilingue et curatrice du *Medical Museum of McGill University*, les autres femmes médecins sont rattachées à des hôpitaux anglophones où elles sont confinées à des tâches mineures désignées par leurs confrères masculins, lui a-t-on appris.

Son expérience dans cet hôpital, en tout irréprochable, place Irma devant un dilemme de taille : ou exercer sa médecine comme elle le souhaite et renoncer à travailler dans sa patrie natale, ou rentrer au Québec où tout est à bâtir pour la femme médecin. Et bâtir est synonyme de combats, d'abnégation et d'audace... sans garanties de succès. N'était-ce pas le message que Mme Putnam Jacobi lui avait laissé lors d'une de leurs précieuses conversations ?

Comme il lui tarde de la revoir pour lui en faire part ! L'occasion lui est offerte par le biais d'une invitation reçue de Mary à assister à une conférence qu'elle donnera lors d'une assemblée de *The League for Political Education*. Cette fois, la D^re Putnam Jacobi ne traite pas de médecine. Témoignant de ses valeurs, de ses motivations et de ses ambitions, cette femme qui suit le trajet de sa maladie avec une lucidité sidérante résume ses combats, dévoilant ainsi ses remarquables aptitudes au bonheur. Loin de s'apitoyer sur son sort, Mary partage dans les moindres détails l'allégresse vécue à l'occasion de la naissance de sa première petite-fille. Pour elle, cette enfant est une part d'elle-même. Une part de sa propre vie qui se perpétue juste assez loin pour qu'elle puisse en être témoin. Le sang de son sang. La chair de sa chair. La plus grande des fortunes souhaitables.

Irma sort de cette causerie fortement ébranlée. La conscience de priver Nazaire du bonheur magnifié par Mary en persistant dans son intention de ne pas enfanter, l'attriste. Sur le point de douter que ce bonheur soit aussi intense pour un homme que pour une

femme, Irma se rappelle le plaisir que ses deux grands-pères semblaient éprouver en compagnie de leurs petits-enfants.

Viennent accentuer son dilemme les instants magiques passés en compagnie de Bob qu'elle revoit sporadiquement. Bob est là. Dans sa pensée, mais aussi dans son cœur, craint-elle. « Si j'étais certaine qu'il n'est pas mon cousin, j'aurais encore plus de difficulté à maintenir le cap », s'avoue-t-elle, non sans nostalgie. Premier élan passionné. Première douleur d'amour. « Continuer de le revoir ? Il le faudrait, même si le déchirement demeure inévitable. »

Venue féliciter la D^{re} Putnam Jacobi pour son exposé, Irma se voit confrontée aux confidences faites précédemment au sujet de Phédora. En retrait dans un coin de la salle, Mary lui demande :

— Est-ce bien Venner, le nom de famille de votre mère ?

— Phédora Venner, oui.

— Je n'ai pas retrouvé ce nom dans mes anciens dossiers de patients.

— Merci de vous en être souciée, docteure.

— Je ne l'ai pas vu non plus au programme des concerts de 1902.

— Elle a pu prendre un congé... bafouille Irma.

Perspicace, Mary n'insiste pas.

Comme pour se faire pardonner d'apporter avec lui tempête et froidure, février a décoré les paysages, coiffé le toit des maisons et favorisé la fraternité. Irma le vit d'autant plus intensément que, loin de sa ville natale, les rencontres amicales et la correspondance demeurent les seuls palliatifs à son mal du pays. Maude Abbott, sa fidèle amie du Québec, qui l'informe régulièrement des faits traitant de l'évolution de la médecine au Canada, ne lui cache toutefois pas la vérité.

Les mentalités sont si récalcitrantes quand il s'agit de laisser les femmes prendre leur place dans le monde des sciences que j'ai parfois la tentation d'aller jouir de tous mes droits ailleurs. Mais

ne crains pas, tant que je pourrai mener mes recherches comme je l'entends, je resterai à Montréal...

Maude ajoute un conseil à son amie Irma :

Si tu ne veux pas attendre quatre ans comme moi, tu pour-rais rappeler à l'Assemblée législative qu'elle a l'autorité pour exiger du Collège des médecins qu'il t'accorde ton permis de pratiquer la médecine. Elle n'a qu'à faire voter un bill privé. Tu pourrais aussi mentionner à nos élus, s'ils ne le savent déjà, que précédemment et dans des situations similaires, le gouvernement fédéral l'a fait et l'Angleterre, leur mère-patrie, aussi.

De l'enthousiasme à revendre, Irma se prête à cet exercice et rédige un texte qu'elle juge convaincant. Au bureau de poste où elle se rend pour faire enregistrer son courrier, une lettre de Nazaire l'attend. Une lettre qui lui insuffle un nouvel espoir.

Je ferai tout en mon pouvoir pour que ce soit la dernière année que tu passes loin de nous. J'ai encore quelques amis médecins, mais ils ne sont pas chauds à l'idée d'intercéder en ta faveur et risquer ainsi de se faire des ennemis. Du côté du gouver-nement, j'avais un meilleur contact avec feu notre premier ministre Félix-Gabriel Marchand. Le fait qu'il ait proposé une nouvelle politique en matière d'éducation prouvait, à mon avis, son ouverture d'esprit. Quant à son épouse, Mme Joséphine, je connais son dévouement à la cause des femmes; je sais qu'elle appuierait ta demande, mais je ne suis pas sûr qu'elle réussisse à se faire entendre seulement. Pour tout dire, les femmes sont aussi malvenues en politique qu'en médecine au Canada, mais ailleurs aussi.

Ne te surprends pas si tu ne reçois rien de ton frère; il m'a dit qu'il voulait te punir de ton retard à revenir vivre à Québec. Il a passé un meilleur hiver que le précédent : pas de rhume, pas de grippe. Par contre, il se tâte le pouls vingt fois par jour,

*au cas où un malaise s'annoncerait... Que de talents perdus !
Quelle vie inutile !*

*Ta tante Rose-Lyn est venue porter un colis pour toi. Elle
croyait que tu étais sur le point de rentrer pour de bon. Est-ce
que tu veux que j'ouvre le paquet ou préfères-tu t'en occuper
à ton retour ?*

*Comme je ne suis pas très en moyens, je t'offre en cadeau de
fête en retard : les démarches que je ferai pour hâter ton admission au Collège des médecins.*

Tu nous manques beaucoup !

Nazaire

Irma accueille cette intervention de son père comme un écho
aux recommandations de son amie Maude et un *amen* au pressenti-
ment qu'elle éprouve. « Je crois même que ce sera le parfum des lilas
du Québec que j'irai humer en juin 1902 », se dit-elle.

Pour garder son espoir à marée haute, Irma a sollicité une visite
de sa bonne amie Hélène. Sa réponse est attendue avec une espérance fébrile.

« Que de déceptions et que d'impuissance faut-il vivre ! Pourquoi
nous laisser croire que la jeunesse est une étape de réalisation alors
que même au service d'une noble cause, les obstacles dressés sur
notre route sont si grands ? » se demande la jeune femme moins
d'un mois plus tard. D'une part, Hélène lui apprend qu'elle ne peut
lui rendre visite avant Noël prochain. Par ailleurs, elle doit, après le
congé pascal, se présenter au Collège des médecins pour y subir des
examens. En dépit de son insistance, des interventions de Nazaire
et d'une lettre d'appui de la D^{re} Putnam Jacobi, les autorités concer-
nées maintiennent l'obligation, pour la D^{re} LeVasseur, de subir une
évaluation pour qu'une licence lui soit accordée. Elle a dû prendre
rendez-vous avec cette noble institution et prévoir trois ou quatre
jours pour les examens, tel qu'indiqué par le secrétaire du Collège
des médecins et chirurgiens du Québec. « Quel abus de pouvoir !
Quel manque de respect ! Quel mépris ! » Irma fulmine. « S'il existe

des aspects positifs à cet échec, ce sera d'abord la preuve éminente de mes connaissances et de mes compétences en médecine ; ensuite, ce sera le bonheur de causer une immense joie à mon frère, surtout, et de réagir de vive voix à la lettre de ma tante Rose-Lyn », pense-t-elle. Une lettre particulière. Rose-Lyn y manifeste une jovialité sans précédent et reformule son vœu de *voir New York avant de mourir. Je ne veux plus me contenter de le visiter dans les livres et les revues. Est-ce que le ciel m'accordera cette immense faveur ? Je le souhaite plus que jamais.* Cet engouement étonne Irma. Que de questions elle compte lui poser !

Deuxième partie

Chapitre VII

L oin de sa famille, lasse d'attendre les résultats de ses examens du Collège des médecins et la décision des autorités politiques, Irma a souhaité la visite d'Hélène comme un capitaine cherche le phare dans une nuit de brouillard. Elle apprécie d'autant plus sa relation avec cette jeune femme que leurs parcours ont des repères communs : toutes deux ont connu un abandon déchirant. L'une s'est vue forcée de le faire vivre à son enfant, l'autre l'a essuyé de la part de sa mère. Toutes deux ont été l'objet de discrimination sociale : l'une pour sa grossesse hors mariage, l'autre pour son choix de carrière. Qu'en sera-t-il de leur vie amoureuse ? Paisible ? Tourmentée ? Impossible ?

Le train doit entrer en gare vers onze heures. « Si elle a bel et bien pris celui-là, elle devrait être avec moi pour dîner », croit Irma qui vérifie sa coiffure, soulève le couvercle de son chaudron de ragoût pour s'assurer qu'il soit à point, et retourne aussitôt à la fenêtre. Le froid des derniers jours a semé des milliers de petits cristaux sur la mince couche de neige. « Au moins, on a eu un Noël blanc », se dit Irma, distraite tout à coup par son journal intime oublié sur une pile de livres. Non pas qu'elle doute de la discrétion d'Hélène, mais la reliure déglinguée de ce cahier pourrait attirer son attention. Elle le glisse dans un tiroir de sa commode, juste sous la photo de noces

de ses parents. « Ça va faire trente et un ans en juin. Ils seraient déjà un vieux couple », pense-t-elle, apaisée à l'idée que, de toute façon, leur amour aurait probablement subi les flétrissures de la routine et des malentendus.

— Personne dans cet appartement ? entend-elle de sa chambre à coucher. On entre ici comme dans un moulin, ma foi !

— Hélène ! Que je suis contente ! s'écrie Irma, se pressant de la débarrasser de ses multiples bagages.

Coquette dans sa pelisse au col de chat sauvage, sa généreuse chevelure emprisonnée sous un chapeau de fourrure assorti, Hélène Murray est ravissante. Irma la fait tourner sur elle-même pour l'en complimenter.

— Ça va être gênant de sortir avec vous, mam'zelle !

— Il faut que je compense les titres que je n'ai pas, D^{re} LeVasseur.

— Donne-moi ton manteau et viens goûter à ce que j'ai préparé.

Sur la nappe de papier, étourdissante avec ses couronnes de Noël, ses *Merry Christmas,* ses clochettes dorées et ses flocons rouges, Irma a placé deux couverts tout neufs.

— De la vraie porcelaine ! s'exclame Hélène, une assiette à la main.

— Vaut mieux en avoir moins, mais de qualité.

— Je suis de ton avis, mais n'empêche que ça va être gênant de vous recevoir, madame docteure, s'exclame Hélène, heureuse de lui donner la réplique.

— Attention de ne pas l'échapper ! Je n'ai que deux services.

— Parce que tu penses que je n'aurais pas les moyens de t'en payer un autre ?

Irma allait protester.

— T'as bien raison, reprend Hélène. J'économise maintenant que j'ai des projets intéressants.

— Je sers le potage et tu me racontes ça, dit Irma, aux anges.

— Mais on commence par toi. Tu ne m'as pas invitée seulement pour me montrer ta vaisselle neuve !

— Ça ne serait pas dans le ton du temps des Fêtes, mes histoires. J'aime mieux écouter...

— Mon scoop ? Bien je pense que je vais te surprendre, Irma.

— Essaie donc !

— Depuis trois mois, je fais du bénévolat.

Irma sourit.

— Tu ne pourras jamais deviner où.

— Dans un *pet shop*, lance son amie, railleuse.

— Dans un hôpital, D^re LeVasseur. Tu devines pourquoi ?

Irma lui exprime sa déception devant la lenteur du Collège des médecins à lui faire connaître ses résultats d'examen et celle du gouvernement à voter le bill qui lui permettrait de pratiquer sa médecine au Québec. Hélène s'en montre attristée.

Le repas terminé, Irma met son invitée au parfum des sorties qu'elle a planifiées. Un programme calqué sur leur vie : trop ambitieux pour les seules vingt-quatre heures que compte une journée. Le 29 décembre, incursion sur *Madison Avenue* pour admirer ses boutiques luxueuses mais surtout pour visiter la cathédrale *St. Patrick*. Le lendemain, repos. Le troisième jour, balade dans le *Upper West Side* pour ses magasins, ses meilleurs restaurants et les glissades en traîneau. Au jour de l'An, promenade au *Times Square* illuminé de néons multicolores et fort animé pour saluer la nouvelle année. Le lendemain, au hasard des circonstances... Les yeux d'Hélène pétillent.

— Demain donc, c'est la cathédrale, rappelle Irma.

— Je ne te savais pas si dévote, dit Hélène, moqueuse.

— Savais-tu que cette église est un des principaux attraits touristiques de New York ?

— J'avoue mon ignorance.

Pour cette sortie, les deux jeunes femmes s'amusent à rivaliser de coquetterie.

— Je pense qu'après le départ de maman, je n'ai plus jamais joué à ça, confie Irma, habitée, le temps de l'aveu, d'un relent de tristesse.

— Il est grand temps que tu t'y remettes, riposte Hélène. Tout à coup un prince charmant chercherait une jolie petite femme comme toi.

— Dommage pour lui!

La voyant brosser un veston marron qu'elle portera avec sa jupe de lainage à carreaux bruns et ocre, Hélène juge le moment tout désigné de lui présenter le cadeau qu'elle veut lui offrir.

— Ne bouge pas, je reviens dans une minute, lui dit-elle.

Sur les épaules d'Irma, elle vient déposer un col de renard qui rehausse à merveille l'élégance de son tailleur. Irma n'en croit pas ses yeux.

— Tu me le prêtes! s'exclame-t-elle, se dandinant devant son miroir.

— Avec plaisir!

— Je vais lui faire attention.

— C'est ma condition, réplique Hélène, feignant de le lui prêter.

Sous un soleil radieux, le froid se fait moins mordant. L'apparition des deux clochers de la plus grande cathédrale des États-Unis les incite à presser le pas. Plus elles avancent sur la 5ᵉ Avenue, plus elles comprennent que cet édifice néogothique puisse accueillir plus de deux mille cinq cents personnes. Les grandes portes de bronze ornées de sculptures de saints sont fort imposantes. Un visiteur apprend à son épouse qu'elles pèsent neuf tonnes.

— T'as entendu ça, Hélène? demande Irma.

— Je n'en doute pas, elles sont si difficiles à ouvrir.

C'est l'extase devant le grand dais de bronze qui s'étend au-dessus du maître-autel. Des statues de saints et de prophètes ornent les quatre piliers qui soutiennent la voûte. Les deux jeunes femmes en perdent la parole. Elles voudraient mieux admirer le chemin de croix, ce chef-d'œuvre qui obtint le premier prix d'art sacré à l'Exposition universelle de Chicago en 1893, mais le grand nombre de visiteurs les en empêche.

— On reviendra dans quelques minutes, suggère Irma. Viens voir la statue de bronze là-bas.

Elizabeth Ann Seton, lit Hélène. T'as déjà entendu parler de cette sainte, toi ?

— Non, mais si tu lis plus bas, tu vas apprendre comme moi que c'est la première Américaine canonisée par l'Église catholique. Elle aurait fondé la communauté des Sœurs américaines de la charité, chuchote Irma, au moment où quelqu'un lui touche l'épaule.

— Bonjour, jolie dame !

— M. Smith ! On ne pouvait pas trouver endroit plus sublime pour se souhaiter la bonne année !

— Vous pensez ? Je vous inviterais plutôt dans un joli petit restaurant, tout près d'ici.

— Je ne suis pas seule. Je vous présente Hélène, ma meilleure amie, annonce Irma, espérant ainsi dissuader Bob de maintenir son invitation.

Les présentations sont empreintes de cordialité. Hélène serre la main de ce monsieur qu'elle juge au début de la trentaine. « Elle m'a caché qu'elle avait un cavalier, la vilaine, pense-t-elle, surprenant leurs regards attendris. Quel agencement bizarre ! » juge-t-elle.

— Votre nom de famille, Mlle Hélène ? demande Bob.

Un sourire entendu vers Irma, elle répond :

— Vous avez le choix : Elen Murray ou Hélène Marquis.

— Vous aussi ! s'écrie Bob, étonné.

— Qu'est-ce que vous voulez dire ?

— Sortons d'ici pour ne pas déranger les gens qui prient, suggère-t-il.

Sans plus de discussion, les deux jeunes femmes acquiescent à l'invitation de le suivre dans un petit café de *Madison Avenue.* S'y entassent des clients que l'hilarité du temps des Fêtes n'a pas quittés. Nombreux sont ceux qui viennent saluer Bob Smith et lui offrir leurs vœux. À chacun, gracieusement, il présente Irma comme sa grande amie. Hélène les observe. « J'ai cru qu'ils étaient amoureux... Je me suis trompée et c'est tant mieux ! Ce type n'est pas particulièrement séduisant. Il me semble plutôt pédant. »

Près de la fenêtre dont le soleil a dégivré plus de la moitié, il tire une chaise pour chacune de ses invitées et voit à ce qu'on leur

324 Docteure Irma - Deuxième partie

serve à boire. S'adressant à Hélène, il reprend la conversation là où il l'avait laissée.

— J'apprends donc que vous avez anglicisé votre nom, vous aussi...

Troublée par la crainte de devoir en dévoiler la cause, Hélène confirme d'un geste de la tête et se tourne vers Irma qui s'empresse d'alléguer :

— Ça a été une mode...

— À laquelle vous ne vous êtes pas soumise, vous, d'ajouter Bob.

— Soumise ! C'est un mot que ma bonne amie Irma ne chérit pas, lance Hélène, redevenue enjouée.

— J'admire les femmes qui ont du cran, déclare Bob.

— Ça en prend une bonne dose pour être médecin quand on est une femme, s'empresse de confirmer Hélène.

— Et vous, Mlle Marquis ?

— Je travaille dans un grand magasin de vêtements pour dames. En passant, je préfère conserver le nom de Murray au lieu de Marquis.

— Pardon ! Vous êtes très élégante, Mlle Murray. Et vous aussi, Irma.

Ce compliment plaît à Hélène mais pas le ton. « Il me donne l'impression d'être un beau coureur de jupon, cet homme-là », craint-elle. Mais une fois informée du métier qu'il exerce, elle nuance son jugement : « Il a dû se donner cette contenance pour être à la hauteur de sa bijouterie... » Les échanges, centrés dès lors sur la musique et les multiples facettes de la beauté, se poursuivent dans une atmosphère de jovialité.

Le moment venu de se quitter, chacun y va de ses vœux pour la nouvelle année. M. Smith embrasse Mlle Murray et lui souhaite la santé et la paix. Elle fait de même, ajoutant des vœux de bonheur. Bob se tourne vers Irma, pose ses mains sur ses épaules, le temps d'un long regard et il l'embrasse en lui murmurant des paroles qu'Hélène aurait payé cher pour entendre.

— Je vous le promets, réplique Irma, visiblement touchée.

— Petite cachottière, va ! Tu ne m'avais pas dit que tu avais un prince charmant ! s'exclame Hélène aussitôt sortie dans la rue.

— Il ne faut pas se fier aux apparences, ma chère amie.

— Ne viens pas me dire que tu...

Agacée par ces insinuations, Irma presse le pas, devance Hélène et se faufile à travers la masse des piétons.

— On rentre à la maison, lui crie-t-elle.

Hélène essaie de la rejoindre.

— Mais tu n'as pas dit qu'on avait une autre visite à faire ?

— Oui, mais je crois qu'il vaudrait mieux la remettre à demain.

— Pourquoi marches-tu si vite ? As-tu peur que ton beau bijou-tier te rattrape ? Est-ce que je t'aurais fait honte ? Est-ce que... Est-ce que...

Hélène n'entend pas la moitié des réponses qu'Irma lui donne, tant elle file à vive allure.

— Je peux savoir ce qui t'a pris ? demande Hélène à leur arrivée dans l'appartement.

— Non, pas maintenant, rétorque Irma, se hâtant vers la cui-sine, sitôt libérée de ses vêtements de sortie.

« Qu'est-ce qui lui prend ? » se demande Hélène, désarmée.

— Des confidences à une amie très chère, ça se fait autour d'une table en dégustant un bon repas, Miss Murray.

— Moi qui pensais te connaître... s'écrie Hélène, figée au milieu de la place.

— Tu viens m'aider ?

Tout en pelant des légumes, Hélène épie son hôtesse du coin de l'œil. « Comme elle est mystérieuse aujourd'hui, ma belle Irma ! Amusante, mais déconcertante », se dit-elle.

— J'ai réalisé tout à l'heure que je ne t'avais jamais imaginée entourée de prétendants.

— Tant mieux ! T'aurais perdu ton temps.

— C'est probablement parce que tu m'as déjà dit que tu ne vou-lais pas te marier.

— Qu'est-ce que t'en penses ?

— Que tu es une de ces personnes qu'on croirait née avant tout pour écouter, réconforter et secourir. Pour donner, autrement dit. Pas pour recevoir.

Aucun commentaire ne vient d'Irma. Hélène n'en est pas surprise. L'ambiance se prête au bilan et au rappel des moments forts de leur relation d'amitié. Irma les commente d'un sourire, parfois d'un simple battement de cils, d'autres fois d'un acquiescement ému.

— Tu vois, s'écrie soudain Hélène, c'est encore moi qui parle !

— Ton besoin est plus grand que le mien, tout simplement.

— Peut-être, mais à partir de maintenant, je n'ouvrirai plus la bouche que pour te poser des questions.

Le plat principal servi, elle annonce :

— Voici ma première : depuis quand connais-tu M. Smith ?

Les coudes appuyés sur la table, les mains jointes sous son menton, Irma dévoile avec sobriété les étapes de sa relation avec Bob Smith.

— T'aimerais faire croire que ce n'est qu'une connaissance. Mais ça crève les yeux qu'il y a plus que de l'amitié entre vous deux.

Une tristesse dans le regard d'Irma. Un long soupir. Le silence. Hélène pressent un aveu... difficile à exprimer.

— Me fais-tu confiance, Irma ?

— Il faudrait que je lui dise...

— Que tu l'aimes ?

— Qu'il doit m'oublier.

— Tu continues de croire que tu ne peux être bon médecin que si tu restes célibataire ?

— Oui. Et puis, il n'y a pas que ça, Hélène.

Irma se sent plus à l'aise d'évoquer ses doutes sur un possible lien de parenté avec Bob que de lui avouer son refus de le rendre malheureux en refusant la maternité.

Hélène en perd le souffle.

— Comment l'a-t-il découvert ?

— Je pense qu'il ne le sait pas. Je n'en suis pas sûre.

— Quoi ? Mais qu'est-ce que tu attends pour le lui dire, Irma ?

— La bonne occasion. Le courage, aussi.

— Mais quelle histoire, ma pauvre amie! Tu es bien sûre qu'il est ton cousin? De quel degré?

— Je ne le sais pas. J'ai posé des questions à ma tante Rose-Lyn. Ou elle a oublié de me répondre ou elle ne veut pas me dire la vérité... C'est elle qui pourrait le mieux m'informer. Tout ce que je sais, c'est que sa mère est une Venner, comme la mienne!

— Tu sais son prénom?

— Oui. C'est celui qu'il a donné à sa bijouterie.

— Quelle aventure palpitante, Irma!

— Je m'en passerais.

Un long silence ponctue leur échange. Irma débarrasse la table, rapportant dans la cuisine des assiettes encore garnies de poulet et de légumes refroidis. Elle en revient avec le dessert traditionnel des Venner, au temps des Fêtes.

— Mais c'est donc bien beau! Qu'est-ce que c'est? demande Hélène.

— Un *plum-pudding*.

Hélène veut en connaître la recette. Irma lui tend son papier.

— Tout ça! Ce doit être compliqué, présume-t-elle, marmonnant d'une voix à peine audible :

Plum-pudding pour 8 personnes

1⅓ tasse de raisins de Smyrne

1⅓ tasse de raisins de Corinthe

⅔ tasse de raisins de Malaga

¾ tasse de zeste d'orange et de citron confit

1⅓ tasse de cassonade

½ tasse de chapelure

1⅓ tasse de graisse de rognon de veau

⅔ tasse de farine

½ tasse d'amandes émincées

3 œufs

4 onces de bière brune

4 onces de cognac, de whisky ou de xérès

1 c à soupe de cannelle

½ c à café de gingembre
½ c à café de muscade
½ c à café de macis en poudre, sel

Préparation

Dans une terrine, mélangez les raisins, les épices, les amandes et l'alcool choisi. Mélangez la graisse de rognon avec la cassonade, puis ajoutez en mélangeant à la main, les œufs battus, le zeste, la farine et la bière. Travaillez la préparation jusqu'à ce qu'elle soit homogène. Ajoutez les raisins macérés, mélangez à nouveau. Versez la préparation dans un moule beurré, tassez-la. Recouvrez le moule d'un papier sulfurisé, ficelez le tout et enveloppez l'ensemble dans un torchon propre, noué bien serré. Faites cuire le pudding à la vapeur 3 heures. Veillez à mettre assez d'eau. Laissez refroidir et reposer au minimum 15 jours dans un endroit frais, mais pas forcément au froid. Le jour même, réchauffez le pudding dans l'autocuiseur à la vapeur une heure. Démoulez sur un plat de service et faites-le flamber aussitôt devant vos amis avec un verre de whisky ou de cognac chaud.

Servez-le soit avec une crème anglaise, soit avec un brandy butter.

Je crois que je vais me contenter de venir en manger chez toi, Irma. Pour revenir à ton cousin, penses-tu qu'il irait jusqu'à demander une dispense pour...

Irma l'interrompt :

— Je ne laisserai jamais l'affaire se rendre jusque-là, voyons !

— Tu ferais mieux de ne pas trop tarder à lui parler, dans ce cas.

— Je le sais.

— Ça ne doit pas être facile de renoncer à un homme bien établi, avec un chic commerce. Qu'est-ce que tu vas faire, Irma ?

— Je me demande pourquoi les belles choses de la vie sont si compliquées, murmure-t-elle, encore plongée dans une profonde réflexion.

— Comme les histoires d'amour, par exemple?

— Pour moi, l'amour égale renoncement et la réalisation professionnelle, combat.

— Peut-être que c'est de ta faute... À cause des choix que t'as faits, ose Hélène.

Irma penche la tête, les yeux rivés sur la flamme de la chandelle. Un miroir de ses sentiments. Le vacillement de ses orientations après chaque rencontre avec Bob. D'un long soupir jaillit une question pour son amie :

— Crois-tu au destin, Hélène?

— Moitié, moitié.

— Tu veux dire?

— Je pense qu'il mène le bal tant qu'on n'a pas compris qu'on peut le changer.

Devant le scepticisme de son amie, elle ajoute :

— Je peux te donner mon exemple. Quand j'ai eu mon fils, je me suis sentie forcée de me soumettre aux décisions des autres, croyant que c'était mon destin et qu'on ne pouvait rien contre lui. Mais maintenant, je sais que j'aurais pu agir autrement. Ça fait quelques années que je l'ai sortie de ma vie, la résignation. Plus jamais elle ne me mènera par le bout du nez comme elle l'a fait pendant ma jeunesse.

— Comment expliques-tu que tu sois encore seule?

— Ce n'est qu'une question de temps. J'ai décidé de la sorte d'homme que je voulais dans ma vie et je le trouverai bien un jour, affirme-t-elle avec une assurance à la limite de la désinvolture.

— À t'entendre, si je continue de rêver à mon hôpital, je l'aurai?

— Ça ne veut pas dire que ce sera facile. Moi, je dois pratiquer la patience et la confiance. Toi, tu as peut-être à déblayer un chemin à travers les broussailles...

— Et à me préparer à vivre une forme d'amour sublimé...

— Ouf! Tu veux dire un amour angélique? Je me demande si c'est bienvenu de jouer à ce jeu sur la terre... Surtout pour une fille comme toi, Irma.

— Tu veux dire...

— Prête à sortir ses crocs dès qu'un obstacle se présente sur sa route.

Faute de pouvoir s'en défendre, Irma lance à la blague :

— Ça doit être la faute aux astres!

Aux éclats de rire succède le souhait d'Hélène : aller dormir.

Au terme de sa visite, après cinq jours de plaisirs partagés, Hélène avoue :

— Je ne me souviens pas d'avoir eu autant de plaisir en si peu de temps.

— Qu'est-ce que tu as le plus aimé?

— Nos tête-à-tête et la glissade en traîneau. Et toi?

— Moi aussi. Ça faisait bien quinze ou seize ans que je n'avais pas ri à en avoir mal au ventre, dit Irma, obligée, à cause de son travail, de laisser son amie attendre le train sans elle.

— Faut pas que tu sois en retard. Va, Irma.

— Tu reviens à Pâques?

— J'essaierai! promet Hélène.

Un tantinet influencée par les croyances d'Hélène, Irma a demandé un coup de pouce au destin. Avec l'arrivée du printemps, il se manifeste : *D'ici quelques semaines, au plus un mois, tu devrais recevoir une confirmation du bill voté en ta faveur, ma très chère fille!* lui écrit Nazaire LeVasseur.

« Quelqu'un pour crier : Hourra! Hourra! Bravo Irma! cherche Irma, en liesse. Vous, grand-papa Venner? Vous, grand-père LeVasseur? Vous, papa? Tante Angèle, tante Rose-Lyn, venez! » Au milieu de la place, Irma danse en fredonnant une valse de *Faust* dont elle a oublié le titre. La main gauche posée sur l'épaule de son

partenaire fantôme, l'autre main gracieusement abandonnée dans la gauche de monsieur, elle se laisse porter par l'euphorie... partagée de loin. À bout de souffle, elle s'arrête un moment. « À vous tous, dit-elle à son public imaginaire, j'annonce que dans quelques mois, je rentrerai au Canada où l'on m'appellera D^{re} LeVasseur, chirurgienne, obstétricienne. Après neuf ans passés loin de vous, êtres si chers, je vous retrouverai pour ne plus vous quitter. Dites, William et Zéphirin, on fête ? » Un grand éclat de rire ponctue son excitation.

Irma court porter à la poste une lettre électrisante à Maude et à Hélène, puis s'arrête au *Food store* pour prendre du pain chaud, des fromages, des raisins, des oranges et un gâteau au chocolat. Sur sa table, elle place le couvert de « vraie porcelaine » qui a fait l'admiration d'Hélène. Elle en ajouterait bien un autre. Pour Bob, si elle était sûre de ne pas succomber à ses charmes. Si elle n'avait pas à le prévenir de son imminent retour au Canada. Si elle apprenait qu'il a rencontré une femme, disponible et amoureuse. Un instant de courageuse lucidité lui révèle que le désir de s'abandonner à l'amour de cet homme risque d'être plus grand que la raison qui l'en écarterait. Inutile d'analyser les autres dangers d'une telle invitation. « Est-il donc impossible sur cette terre de goûter des joies pures ? Une sérénité profonde ? Pour cela aussi il faut se battre ? Eh bien ! Je me battrai. Il y aura un deuxième couvert sur cette table. Pour Phédora. Avec elle, je causerai en mangeant des étapes de mon combat, mais surtout de mes projets d'avenir », décrète-t-elle, ragaillardie.

Dès la première semaine de mai, une enveloppe de grand format, en provenance du gouvernement du Québec, lui est livrée. Avant de l'ouvrir, Irma la presse sur sa poitrine avec ferveur. Des larmes embrouillent la lecture des premières lignes.

Loi autorisant le Collège des médecins et chirurgiens de la province de Québec à admettre dame Irma LeVasseur au nombre de ses membres après examen.

Sanctionnée le 25 avril 1903.

ATTENDU que dame Irma LeVasseur, de la cité de Québec a, par sa pétition, représenté :

Qu'elle a fait un cours complet à l'académie des dames de Jésus-Marie, à Sillery;

Qu'elle a subi subséquemment des examens à l'école normale Laval, à Québec, où elle a obtenu un diplôme d'école modèle; Qu'après un cours spécial de lettres et de sciences à l'Université du Minnesota, dans les États-Unis d'Amérique, elle a suivi le cours de médecine régulier de quatre années de ladite université, laquelle lui a conféré le degré de docteur en médecine, le 7 juin 1900;

Qu'elle a subi l'examen préliminaire d'admission à l'étude de la médecine dans la province de Québec et qu'elle n'a pu suivre les cours, conformément au désir de la loi;

Attendu qu'elle a demandé l'adoption d'une loi l'autorisant à faire partie du Collège des médecins et chirurgiens de la province de Québec;

Attendu que le bureau de ladite profession a approuvé l'adoption de cette loi, à condition que ladite requérante subisse un examen d'admission à la pratique devant le bureau des examinateurs et qu'il est à propos d'accéder à cette demande;

En conséquence, Sa Majesté, de l'avis et du consentement du Conseil législatif et de l'Assemblée législative du Québec, décrète ce qui suit :

Le Collège des médecins et chirurgiens de la province de Québec est autorisé à admettre au nombre de ses membres, les examens ayant été réussis, dame Irma LeVasseur, et à lui accorder la licence requise pour pratiquer la médecine, la chirurgie et l'art obstétrique dans la province de Québec.

La présente loi entrera en vigueur le jour de sa sanction.

Les projections défilent dans la tête d'Irma à la vitesse d'un film en accéléré : «D^{re} LeVasseur, nous vous louons cette maison au plus bas prix, pour que nos enfants soient traités», entend-elle

des autorités de la ville de Québec. «D^{re} LeVasseur, je serais ravi de m'associer à votre projet», viennent lui dire une dizaine de médecins dont le Dr Dubé. «D^{re} LeVasseur, il me fait plaisir de vous donner ces petits lits», déclare un marchand sollicité. Dans les magasins à rayons, Irma est sûre d'obtenir des dons de couvertures, de vêtements et de vaisselle. Sur la couverture d'un cahier tout neuf, elle inscrit QUÉBEC. Sur la première page, elle dresse une liste des priorités à établir en rentrant dans sa ville natale. Une autre s'impose aussi, moins euphorisante : des adieux à faire. À sa grande bienfaitrice, Mme Putnam Jacobi et à Bob Smith.

Irma a affronté les élus provinciaux, la haute direction du Collège des médecins, des doyens de facultés universitaires, pas une de ces rencontres ne l'a autant angoissée que la perspective de s'expliquer avec cet homme. Il le faudra pourtant.

Laisser Mary avec un au revoir aux accents d'adieu et quitter New York sans être parvenue à retrouver la domestique des Venner, sans nulle trace de Phédora, cela l'attriste.

Et Hélène? Irma présume qu'elle se réjouira de voir poindre la possibilité de retourner vivre au Canada.

Ce même jour, prévoyant ne fouler le sol américain que pour peu de temps encore, Irma s'accorde une autre soirée, la dernière peut-être, au *Metropolitan Opera House*. Au programme, du Verdi. Un goût de coquetterie au cœur, elle a l'impression de jouer à la grande dame; comme lorsqu'elle se déguisait avec ses petites amies de la rue. Sa plus élégante robe de soirée, de couleur vert pomme, une chevelure bouclée sous un chapeau à voilette aux douces teintes d'amande lui vont à ravir. Impossible de passer inaperçue. De fait, dès son arrivée à la salle de spectacles, un gentilhomme lui cède le passage, un autre lui tend le bras en approchant l'escalier. «Ç'aurait pu être Bob», pense-t-elle à chaque fois. Tout compte fait, elle espère le revoir. «Des aveux, juste le temps de l'entracte serait l'idéal.» Irma s'entend lui dire d'un seul souffle : «Je retourne enfin au Québec. Je saluerai la famille Venner pour vous.»

Irma quitte le hall de la salle d'opéra, somptueusement décoré, et se dirige vers le siège correspondant à son billet quand une fragrance connue effleure ses narines. Elle tourne lentement la tête.

Mary Putnam et son époux l'ont aperçue juste à temps pour la complimenter sur sa tenue et apprendre qu'elle a obtenu son permis. Des félicitations lui sont présentées, aussitôt suivies d'une proposition de la part de Mary :

— Me ferez-vous le plaisir de venir prendre le thé avec nous dimanche prochain, vers les trois heures ?

Irma acquiesce avec bonheur.

De son siège, elle peut observer Mme Putnam Jacobi. Elle n'est pas sans présumer que toutes deux, à demi-présentes au spectacle, se projettent dans leur propre drame. L'ambiance les y porte. De fait, à travers le jeu des comédiens, Mary assiste à son lent mais indéniable déclin et Irma s'efforce d'assumer ses deuils et ses pertes. Avant le dernier acte, elle songe sérieusement à tourner la page sur l'épisode Phédora. «L'idéal professionnel et humanitaire de la D^{re} Irma LeVasseur doit reprendre ses droits sur les tribulations familiales», se dit-elle. Puis, une nuance vient s'imposer : «À moins que mon cousin, ou sa mère, puisse m'aider... »

Après une journée stressante à la salle d'opération, la D^{re} LeVasseur aspire à quelques heures de repos avant l'arrivée de son amie Hélène. Elle n'a pas fait deux pas hors de l'hôpital qu'elle entend :

— Vous deviez venir me voir, Irma. Ça fait deux mois de ça. Je n'en peux plus de...

— Moi aussi, je...

Sur ces trois mots, Bob enlace Irma.

— Non, Bob. Vous avez mal interprété, dit-elle, tentant de se dégager de son étreinte.

— C'est vous, Irma, qui avez mal interprété. Vous avez cru que je ne quitterais jamais mon commerce pour l'amour d'une femme, c'est faux.

— Mais...

— Je serais même prêt à vous suivre au Québec, si vous le vouliez.

— Partons d'ici, je vous en prie.

— Je vous emmène manger, dit Bob. Je connais...

— J'ai quelqu'un qui doit venir chez moi en soirée, je ne peux...

— Vous avez un amoureux, c'est ça?

— C'est mon amie Hélène qui doit arriver par le train, vers huit heures.

— Vous n'avez pas répondu à ma question, Irma.

— J'ai quelque chose d'important à vous dire...

— Je ne suis pas votre genre d'homme, je suppose?

« Au contraire! » aurait répondu Irma, tant cette ardeur amoureuse empreinte de panique le rend plus séduisant encore.

Tous deux marchent d'un pas pressé vers un restaurant à proximité du *Mount Sinaï Hospital*. Une table est disponible au fond de la pièce.

— Vous avez au moins une heure à m'accorder? lui demande Bob, le regard criant d'appréhension.

— Un peu plus...

Interloqué, il s'adosse à sa chaise, fronce les sourcils, croyant rêver.

— Je n'ai jamais rencontré une femme aussi imprévisible que vous, Irma.

— C'est la faute du destin, dirait mon amie Hélène.

— La faute du destin? Mais expliquez-moi, bon Dieu! Vous allez me rendre fou.

— Quand on a du sang de Venner, on ne devient pas fou pour si peu.

— Qui vous a dit que j'avais du sang de Venner?

— Vous.

— Ah, oui? Dans votre sommeil, peut-être.

— Un garçon qui a eu un grand-père maternel commerçant, né au Québec, et une mère du nom d'Evelyn Venner ne peut être que le petit-fils ou l'arrière-petit-fils de William Venner, mon grand-père, ou d'un homme de sa parenté.

— Votre grand-père, Irma? Votre grand-père?

— Vous avez bien compris, Bob. Vous et moi...

— Non! Un instant! Vous me faites marcher, Irma.

Le regard braqué sur celle qui se révèle être sa cousine, Bob proteste de tout son être.

Irma maintient son affirmation.

— Je ne vous croirai que sur preuves, dit Bob qui a éloigné son assiette.

De son sac à main, Irma sort quelques photos.

— Qui est cette femme, d'après vous ? demande-t-elle, lui en exposant une première.

— Ma mère, quand elle était jeune.

— Désolée, c'est ma mère, au début de la trentaine. Regardez ce qui est écrit derrière.

Bob la tourne et la retourne, littéralement abasourdi par cette révélation. Après un silence empreint d'une vive émotion, il confie d'une voix feutrée :

— Je me rappelle avoir déjà entendu maman prononcer ce nom lors de conversations avec mes grands-parents Smith. Pour moi, Phédora me semblait un nom magique. Un nom de fée. J'aurais aimé que ce soit celui de ma mère. Elles se ressemblent énormément, sauf que votre mère donne l'impression d'être une vedette...

Irma étale devant Bob trois photos qui lui donnent raison : Phédora sur scène ; Phédora dans le luxueux salon des Venner en compagnie de toute la famille, sans oublier leur fidèle domestique et Rose-Lyn ; sur la plus saisissante de toutes, Phédora, particulièrement radieuse, chante, accoudée à un piano.

Sur le visage du cousin Venner se succèdent étonnement et admiration sans qu'une parole sorte de sa bouche.

— Vous allez m'aider ? chuchote Irma.

La question le laisse pantois. Quelques instants de réflexion le disposent à rassurer sa cousine.

— Vous avez raison. Quand on a du sang de Venner, comme vous dites, on ne baisse pas les bras au premier obstacle. D'ailleurs, d'après ce que je viens d'apprendre, on ne sera pas les premiers à sortir des rangs.

— Qu'est-ce que vous voulez dire ?

— À se ficher même de certains règlements de l'Église catholique.

— Ce n'est pas à ce sujet que...

— ...Je t'aime, Irma, et je crois que tu m'aimes aussi, lance-t-il, en franchissant la barrière du vouvoiement.

Le nier? Elle ne pourrait le faire avec conviction. Les joues en feu, le regard timide, elle réplique :

— L'attirance qu'on ressent l'un pour l'autre vient peut-être de notre lien de parenté.

— Pour moi, ça n'a pas d'importance. Je sais que je t'aime et je me fous du reste.

— Bob!

— Pourquoi gaspiller le peu de temps qui nous est donné à se mentir, Irma?

— Mais je...

— Dans combien de temps penses-tu rentrer au Québec?

— Dans trois ou quatre semaines.

— On va les prendre pour mieux se connaître et faire des projets, dit Bob, réconforté.

— Faire des projets? Les miens sont déjà bien arrêtés et ils ne laissent pas de place...

— ...aux modifications?

— À un homme dans ma vie.

— Je ne te crois pas, Irma.

— Je me suis assez battue depuis neuf ans, plus rien ni personne ne me fera renoncer à mon idéal.

— Qui est...

— Me consacrer totalement au soin des enfants.

— Si je comprends bien, tu ne veux pas avoir d'enfants...

— C'est ça.

— Ce n'est pas un problème pour moi, Irma. Je t'aime et je veux être avec toi. Je veux qu'on vive notre amour comme on l'entend.

Irma le désapprouve d'un signe de tête.

— Donne-toi au moins le temps d'y penser.

— Ça ne changerait rien, maintient Irma, serrant les poings sur une envie folle de se jeter dans ses bras.

— Une fois de plus, je ne te crois pas. Regarde-moi dans les yeux et essaie de jurer que tu ne m'aimes pas, dit Bob, les mains d'Irma retenues dans les siennes, en attente...

Il devine qu'elle refrène de toutes ses forces les larmes qui gonflent ses paupières, qui brouillent son regard et qui la rivent au silence. La réponse n'en est que plus éloquente.

— Irma, écoute-moi. Ce sont les missionnaires qui sacrifient tout comme ça dans la vie. Toi, tu es dans le vrai monde. Tu peux sauver la vie de milliers d'enfants sans renoncer à l'amour. Réfléchis, je t'en supplie.

Irma regarde sa montre.

— Le train va arriver dans moins d'une demi-heure, Bob. Je dois aller accueillir Hélène.

— On n'est qu'à dix minutes de la gare. Je peux t'accompagner, si tu veux, suggère Bob.

— C'est préférable qu'on en reste là pour ce soir.

— Comme tu veux, Irma. Mais promets-moi qu'on se verra le plus souvent possible avant ton départ.

— On va se revoir... après-demain, si tu veux. Si je n'ai pas changé d'idée, je t'expliquerai tout.

— Puis tu me diras à quelle aide tu faisais allusion, tout à l'heure.

— Je te le promets, Bob.

Irma et son cousin conviennent de l'heure et du lieu de leur prochaine rencontre.

Bob s'approche, la regarde amoureusement, hésite et, finalement, tend la joue à cette femme qui le fascine plus que toutes celles qu'il a fréquentées précédemment. Déstabilisée, Irma l'embrasse... amoureusement.

— Tout va s'arranger... dit Bob en la serrant dans ses bras.

❧ ⚜

Au cours de cette soirée qui se prolonge jusqu'aux petites heures du matin, Irma confie à son amie Hélène les émois de sa dernière rencontre avec Bob.

— Je ne sais pas ce qui m'a pris de l'embrasser.

— Ton cœur a pris le dessus sur ta raison, peut-être.

— Je m'en veux de ne pas avoir été conséquente avec moi-même.

— C'est-à-dire?

— Je me suis contredite. En parole, je refuse son amour, puis...

— Je ne comprends pas que tu sois si braquée sur ton refus du mariage. Comme si tu ne pouvais pas être un aussi bon docteur parce que t'as un mari. Les hommes ont des épouses et des enfants sans que ça fasse d'eux de moins bons médecins.

— Ce n'est pas pareil pour une femme. Encore moins pour un caractère comme le mien.

Hélène grimace.

— Une femme est plus entière qu'un homme, je pense. Pour moi, un mariage n'est pas réussi si on n'a pas d'enfants.

— Puis?

— C'est que je ne veux pas avoir d'enfants. Puis, jamais je n'imposerais ce sacrifice à un homme que j'aime...

L'émotion l'a bâillonnée. Sa blessure de petite fille abandonnée par sa mère, rouverte, à vif.

«On dirait que t'as vécu un grand drame, toi aussi», murmure Hélène, s'approchant d'Irma devant qui elle s'accroupit, ses mains enveloppant les siennes. Un signe de tête et des larmes insolentes sur les joues d'Irma le lui confirment.

— Je suis capable de garder un secret, Irma.

— Je sais.

— C'est à cause de ta mère?

— Partie quand j'avais dix ans. Pas revue depuis.

Le cœur en charpie, Hélène n'a pas à en savoir davantage pour saisir la douleur d'Irma. Elle comprend que pour son amie, il n'est de façon plus noble de guérir cette blessure que de consacrer tout son être à soigner des centaines et des milliers d'enfants.

— Il n'y a pas que ça, Hélène. Depuis la mort de mes petits frères, c'est comme si la volonté d'arracher le plus d'enfants possible à la mort s'était gravée dans mon cœur et jusque dans ma chair. Plus tard, mes lectures et mes cours venaient me donner raison. Sur cent bébés qui naissent chez les Canadiens français, plus de vingt meurent avant l'âge de cinq ans. Un drame qui me déchire... Chaque fois que j'apprends le décès d'un nourrisson, c'est comme si on m'arrachait les tripes.

— Je t'envie, Irma.

— Pourtant...

— Oui, je t'envie. Pour ta grandeur d'âme, c'est sûr, mais pour...

— Dis, Hélène.

— J'aimerais tellement me sentir aimée par un homme, même si pour des raisons différentes des tiennes, je devais refuser son amour.

Un silence qui se prolonge, la fatigue et les questionnements plongent Irma dans un demi-sommeil.

— Ai-je rêvé, Hélène, ou si tu m'as vraiment dit que tu étais attirée par Bob?

— Tu as vraiment rêvé, Irma. Je n'ai surtout pas la prétention d'intéresser un homme de la classe de M. Smith. Je ne suis qu'une simple vendeuse, sans beaucoup d'instruction, sans fortune, sans ancêtres de race noble.

— Quand on aime d'un amour sincère, on ne recule pas pour des raisons semblables, tu le sais bien. J'espère que si un monsieur de son rang te demandait en mariage, tu ne le refuserais pas, si tu l'aimais, rétorque Irma, l'esprit plus clair.

La jeune femme baisse la tête, hésite puis balbutie :

— Va donc savoir ce que l'avenir nous réserve...

La visite d'Hélène, si bienfaisante fût-elle, a chamboulé Irma, peu entraînée aux confidences et toujours affectée par le rappel des

douleurs de son enfance. La pensée de rendre visite à Mary Putnam Jacobi la réconforte. Le désir de voir Mary accourir au devant d'elle et de sentir son étreinte est présent. Tout comme le goût de s'abandonner au ravissement éprouvé à l'entendre raconter des fragments de sa vie. Mary le fait avec une telle intensité. Une telle transparence. Mais aussi avec cette autorité propre aux pionnières.

Le soleil est d'une ardeur précoce en cette fin de mai. «Comme si nous méritions cette faveur», se dit Irma en pénétrant dans le jardin des Jacobi. Accueillie par la gouvernante, elle est conduite dans l'allée bordée de géraniums topaze et de lys royaux d'un rouge flamboyant. Sur une petite table, des plateaux de hors-d'œuvre et un service à thé de fine porcelaine anglaise ont été déposés. Dans un des fauteuils d'osier, Mary l'attendait. Plus sereine que souriante. Une nostalgie dans le regard. Les bras grands ouverts vers celle qui ne l'a jamais déçue. Celle pour qui elle éprouve une affection qui transcende les liens du sang. Sa fille spirituelle.

— Il est fort probable qu'à compter de maintenant, nos chemins se séparent... en apparence seulement, dit Mary après avoir échangé quelques paroles d'usage avec son invitée.

L'émotion est palpable.

— Nous avons emprunté des parcours comparables dès notre jeunesse : des combats à mener et des victoires à célébrer, dont quelques-unes dans le secret de nos cœurs. Là où se vivent les joies les plus profondes. Loin des feux de la rampe. Lorsque je jette un regard sur mon passé, j'entrevois votre avenir, ma très chère Irma. En commun, nous avons cette détermination nourrie d'une vision très claire de ce que nous devons accomplir. Les flatteries et les honneurs ne sauraient nous faire vaciller. Les obstacles décuplent nos forces. Notre révolte envers la souffrance des bambins nous...

Un nœud dans la gorge, quelques larmes perdues sur ses joues exsangues, Mary s'est tue.

Irma a écouté sans broncher, sans émettre le moindre commentaire. Son cœur et sa mémoire tout à ces paroles aux accents d'adieu. Le moment est venu de confier à Mary :

— Jamais je n'aurais pu espérer plus grand privilège que celui d'avoir rencontré une femme comme vous, madame. Vous avez

été pour moi... cette mère... que j'ai perdue à l'âge de dix ans. Que j'aurais aimé retrouver avant que vous...

Un appel au silence. À l'intensité du moment. Au triomphe de la confiance mutuelle. Aux liens intemporels qui se nouent en cet instant. Aux serments qui s'entendent au-delà des mots. Le langage du cœur s'est imposé.

Une abeille vient se poser sur une fleur de muguet, juste à leurs pieds.

— Ainsi en est-il de la vie, balbutie Mary...

— ... la main qui donne ne repart jamais vide, reprend Irma.

Mary pose sur elle un long regard admiratif.

— Je savais que vous aviez déjà compris ça, Irma.

Une allégresse gagne les deux femmes. À l'invitation de Mary, elles lèvent leur tasse de thé :

— Aux vertus de l'amitié !

— À l'admiration que j'ai pour vous, madame.

— Au vœu que je formule en cet instant pour vous, ma très chère Irma.

Avide de l'entendre, Irma pose sur Mary un regard suppliant.

— Que vous puissiez embrasser celle que vous cherchez avant qu'elle ait quitté cette terre.

Les bras de Mary s'ouvrent pour accueillir cette jeune femme qui, pour la première fois, ne renie plus ses blessures.

— Vous êtes si grande, Irma, que je crains pour vous l'incompréhension et l'ingratitude.

— J'aurai votre exemple en mémoire dans ces moments-là, madame.

Avant de se dire un dernier au revoir, Irma sollicite une faveur :

— J'aimerais pouvoir vous écrire et vous lire.

— Je l'espère moi aussi, ma chère enfant.

Derrière sa photo de collation des grades en médecine, Irma écrit l'adresse de son père et ajoute : *Phédora Venner, ma mère.*

— Au cas où vous la croiseriez, précise-t-elle en la lui remettant.

Dans un silence que seuls les balbutiements de la nature trahissent, les deux femmes se donnent l'accolade et se quittent avec une magnanimité qui n'a d'égal que leur affection réciproque.

⇝·⇜

— Pourquoi ne pas te donner la chance de rencontrer une femme qui aura le goût de bâtir une vraie famille avec toi ? suggère Irma à son cousin Bob.

— Une vraie famille ? C'est ce que nous avons connu, toi et moi ? Soyons honnêtes, Irma. Tout a été exemplaire dans celle des Venner ?

Irma est foudroyée. À qui et à quoi Bob fait-il allusion ? En saurait-il beaucoup plus qu'il ne l'a laissé voir ?

— Tes parents t'ont déçu ? demande-t-elle, avec doigté.

— Et je ne suis sûrement pas le seul dans ce cas.

— Qu'est-ce que tu sais des miens, Bob ?

— Rien, ou presque.

Irma attend un développement qui ne vient pas. Les paupières mi-closes, Bob tourne et retourne entre ses doigts la petite cuillère placée devant son assiette.

—J'ai eu beaucoup de peine dans ma jeunesse... confie-t-il, enfin.

— Moi aussi.

— À cause de ma mère.

— Moi aussi.

Au tour de Bob de solliciter des confidences.

— J'avais dix ans quand maman a quitté Québec pour venir vivre ici, dévoile-t-elle, se prêtant à toutes les questions de Bob.

— Ton père n'a pas eu l'idée d'emménager ici avec sa famille ?

— Elle ne le lui a pas demandé... De toute façon, il ne l'aurait pas fait.

— Il ne l'aimait plus ?

— Lui ? Il l'aime encore.

— Elle s'est sauvée avec un autre homme ?

— Il semble que oui. Maman est partie à notre insu. Si quelqu'un était au courant et connaissait la vérité, il n'a jamais voulu me la dire.

— On dirait que malgré tout, tu as gardé de beaux souvenirs de ta mère...

— Oh oui ! Pas toi ?

— Pendant des années, j'ai vécu de la colère contre mes parents et le grand-père Venner.

— Qu'est-ce qui s'est passé, Bob ?

Irma apprend que pour s'épargner de cruelles inquiétudes, Sir William Venner avait mandaté Rose-Lyn, baptisée Rose-Evelyn, pour accompagner son frère aîné, le temps de faire taire les soupçons qui pesaient sur lui à la suite du meurtre non élucidé de D'Arcy McGee.

— Pendant son séjour ici, ma mère, qui s'ennuyait à mourir, est tombée enceinte. En apprenant la chose, grand-père Venner aurait interdit à ma mère d'ébruiter ce scandale et l'aurait placée devant un ultimatum : ou tu maries le père de ton enfant ou tu ne reviens plus jamais au Québec.

— Elle n'a pas voulu marier ton père ?

— C'est lui qui n'a pas voulu... de moi. Jamais ma mère n'aurait accepté que je sois adopté par des étrangers.

— Je la comprends.

— C'est avec l'argent que grand-père William avait donné aux Smith pour qu'ils s'occupent de moi qu'ils ont pu acheter ce commerce. C'était le rêve de mon père et l'héritage que mon grand-père voulait me laisser.

— Un héritage taillé sur mesure, on dirait.

— Tu as raison. J'aurais pu ne pas aimer la joaillerie...

— Tu m'avais dit qu'elle avait peut-être une autre sœur ici... C'est maman ?

— Je n'en suis pas sûr. Mes grands-parents n'ont jamais voulu en parler devant moi ; j'ai saisi quelques bouts de phrases parfois quand ils pensaient que je dormais.

— Tu t'en souviens ? Raconte-moi, le supplie Irma.

— Laisse-moi le temps de m'informer davantage.

— Mais je dois rentrer dans dix jours...

— Pourquoi tant te presser?

— Ça fait neuf ans que je vis à l'étranger. Je veux travailler auprès des enfants de chez nous. J'ai ma licence, enfin!

— C'est encore l'étranger pour toi, New York?

— Oui.

— Si on retrouvait ta mère, reviendrais-tu?

— Ça dépendrait d'un tas de choses.

— Comme...

Irma refuse d'en dire davantage. De peur que les événements l'entraînent sur des sentiers insoupçonnés.

— On va franchir les étapes une à une, d'accord?

— Je sais que je te reverrai, Irma. J'en suis sûr. Je t'accompagnerai à la gare le jour de ton départ. Tu acceptes?

— Tu sais bien que oui.

Leur accolade est chaleureuse, empreinte d'une retenue qu'ils ont du mal à maintenir.

Empruntant des directions opposées, Bob et Irma ne se quittent qu'en apparence. «J'ai l'impression qu'un fil invisible nous lie l'un à l'autre... pense Irma. Grand-père Zéphirin, si c'est vrai qu'il y a un ciel, je sais que vous y êtes. Venez à mon secours, je vous en prie. Aidez-moi à me détacher de cet homme. À rester fidèle à mon idéal. *Amen.*

Une surprise de taille l'attend à la porte de son appartement.

Hélène est là, trois malles bondées à ses pieds.

— Qu'est-ce qui t'arrive? lui demande Irma, estomaquée.

— Que de bonnes choses! s'exclame Hélène.

— Tu me dis la vérité?

— Bien sûr, Irma.

— Ou tu as l'intention de devancer ton retour au Québec ou tu viens t'installer à New York.

— J'ai l'intention d'occuper ton logement après ton départ et de me chercher du travail à New York.

Irma est sidérée.

— Quelqu'un au Québec fait des recherches pour retrouver mon fils et voir s'il désire me connaître. En attendant, je vais mettre tes conseils en pratique, déclare-t-elle.

— Mes conseils ?

— Oui. Me donner la chance de rencontrer un homme de qualité.

— Il n'y en a pas au Minnesota ?

— S'il y en a, ils ne se sont pas manifestés. Tant pis pour eux, il est trop tard.

— Tout un remue-ménage pour trouver un mari ! s'exclame Irma.

— C'est toi qui m'a appris à prendre les grands moyens, s'il le faut, pour réaliser ses rêves.

Muette d'étonnement, Irma hoche la tête, sans plus.

Que de fois Irma LeVasseur avait puisé courage et ténacité dans le souvenir de ses luttes pour accéder à des études médicales ! Centrée sur cet objectif, elle avait tenu sa vie personnelle en marge, ne se doutant aucunement que son départ des États-Unis puisse être déchirant. Derrière elle, Irma laisse une grande amie qu'elle n'est plus sûre d'accueillir éventuellement au Québec. Venue à New York pour y trouver un mari, il y a fort à parier qu'une fois exaucée, Hélène ne reviendra jamais vivre en sa terre natale. Par ailleurs, les dernières paroles de Mary Putnam Jacobi ont sonné le glas dans son cœur. Perdre sa deuxième mère avant d'avoir retrouvé Phédora lui semble trop cruel. Et que dire de la tourmente que la dernière étreinte de Bob, sur le quai de la gare, a semée en elle ! La négation avait fait place à des aveux non moins généreux que déchirants :

— Bob, je te souhaite de rencontrer une femme qui t'aime autant que je t'aime.

Loin de cet homme, privée de la caresse de ses mains dans son dos, de son souffle chaud sur son cou et de ses lèvres fiévreuses sur sa bouche, Irma souffre du mal d'amour.

Le retour dans sa famille, en ce 25 juin 1903, est souligné avec tiédeur par Paul-Eugène qui avait imaginé que si Irma tardait tant, c'est qu'elle lui ramenait sa mère.

— T'as pas vraiment cherché, Irma, lui reproche-t-il.

— Plus que ça, d'autres personnes à New York poursuivent mes recherches, a-t-elle rétorqué pour le calmer.

Son père et sa tante se portent à son secours.

— Il ne faudrait pas connaître ta sœur pour croire qu'elle mérite ce blâme, dit Nazaire. Irma ne fait jamais les choses à moitié.

— Il peut y avoir bien des circonstances qui expliquent que ce soit difficile de la retrouver. Puis son travail lui demandait beaucoup de temps, sans parler de sa vie personnelle, a ajouté Angèle. Des insinuations qui ont fait rougir sa nièce.

Installée dans la chambre de feu son grand-père Zéphirin, privilège sollicité, obtenu et combien apprécié, Irma LeVasseur ne tarde pas à glaner la moindre information sur l'état des institutions de santé au Québec. Quelle place la société médicale lui concédera-t-elle? Elle s'empresse de lire les numéros de la *Revue médicale* qui ne lui avaient pas été expédiés aux États-Unis après le décès de Zéphirin. Des articles sont consacrés, entre autres, à deux médecins qui se sont distingués lors de la convention de 1900 : le Dr Brochu et le Dr Fortier. Le Dr Brochu, animateur de cette convention, vient de se mériter une double promotion : professeur de pathologie mentale à l'Université Laval de Québec et surintendant de l'Asile de Beauport. Irma se promet de visiter cette maison. La seule évocation de ce genre d'institution la trouble profondément. Les témoignages rapportés par la D[re] Putnam Jacobi au sujet des traitements infligés aux patients internés en Europe en sont la cause. « S'il m'était permis de présumer qu'on les traite mieux chez nous... » Mais la loi du silence qui gère ce genre d'hôpital lui inspire plus de doutes que d'espoir.

Dans cette même revue, un hommage est rendu au Dr Brochu pour un autre exploit : l'Association des médecins de langue française de l'Amérique du Nord, qu'il rêvait de fonder, a vu le jour officiellement en juin 1902.

Mention est faite aussi du dispensaire pour enfants, logé à l'Hôtel-Dieu de Québec, où le Dr René Fortier donne cours et formation. *Ce service permet à la puériculture et à la pédiatrie de répondre aux pressants besoins médicaux et sociaux de la population pauvre de la région,* y lit-elle. Le cœur de la jeune doctoresse bat à tout rompre. « C'est dans ce dispensaire que j'irai d'abord travailler », prévoit-elle, déterminée à prendre un rendez-vous avec le Dr Fortier.

Un troisième texte, rédigé par le Dr Alexander Mackenzie Forbes, attise un espoir que la D^{re} LeVasseur nourrit depuis près de dix ans. Ce médecin de langue anglaise, professeur de chirurgie orthopédique à l'Université McGill, raconte qu'avec l'aide de bons amis, il a pu louer une maison de la rue Guy, à Montréal, pour vingt dollars par mois et y recevoir les cas les plus urgents en attendant que des ressources financières lui permettent d'acheter les appareils spécialisés et de s'adjoindre un personnel médical qu'il pourra rémunérer. *Un traitement convenable et précoce éviterait à des milliers de petits enfants l'agonie d'être infirmes pour le reste de leur vie,* écrit le Dr Forbes.

Du coup, pour Irma, la liste des visites à effectuer s'allonge. Démarches incontournables et déterminantes sur le choix de la ville et de l'institution où elle exercera sa profession. Bien que Québec demeure son premier choix, Montréal n'est pas exclu. Or, dans chacune de ces villes, les deux sommités médicales ont fait obstacle à son choix de carrière : le Dr Fortier, à son admission à la Faculté de médecine de l'Université Laval de Québec ; le Dr Emmanuel-Persillier Lachapelle, alors président du Collège des médecins et chirurgiens de la province de Québec, l'a obligée, de concert avec les autorités politiques, à subir un examen avant de l'admettre au Collège et de lui émettre son permis. Ce même Dr Lachapelle a rédigé le code de déontologie des médecins, il a mis sur pied un conseil de discipline et a obtenu le droit exclusif pour le Collège de

décerner les licences de pratique et d'interdire les praticiens jugés illégaux. De ce nombre, Irma LeVasseur avait fait partie, en raison de son sexe et de sa formation reçue aux États-Unis.

« Si je dois œuvrer à Montréal, il vaut mieux que je gagne son appui moral, tout au moins », considère Irma, en relisant le profil professionnel de cet éminent médecin.

Ses trente-cinq ans d'expérience ont débuté à l'Hôtel-Dieu de Montréal duquel il s'est inspiré pour fonder l'hôpital Notre-Dame. De plus, il a enseigné pendant plus de vingt-cinq ans à l'Université Laval de Montréal. Tout récemment, il a fondé la Ligue antituberculeuse de Montréal. Le Dr Emmanuel-Persillier Lachapelle s'est acquis une réputation d'homme d'affaires respecté aux postes d'administrateur de la compagnie d'assurances La Sauvegarde, ainsi qu'à la Banque provinciale.

Dans l'espoir que ses démarches soient concluantes, la D^{re} LeVasseur, elle, donne la priorité à sa ville natale.

Du Dr Fortier, la D^{re} LeVasseur obtient un rendez-vous sans trop de difficultés.

— L'enseignement théorique est essentiel, mais il nous manque une institution spécialisée où nos étudiants pourraient éprouver leur savoir en cours de formation, dit-il, après lui avoir fait visiter le dispensaire.

Aucune ouverture de sa part vers une embauche possible de sa jeune consœur. Ce que voyant, Irma lui annonce :

— C'est mon rêve que d'ouvrir un hôpital de ce genre. Le Dr William Osler est notre précurseur en la matière.

Du scepticisme à revendre, l'éminent médecin l'invite à s'expliquer.

— C'est un Canadien. Il a fait sa médecine à l'Université McGill avant d'aller se perfectionner à Londres et à Vienne. Il est l'auteur du premier grand manuel de médecine moderne.

— Ah oui ? Et le titre ?

— *The Principles and Practice of Medicine* publié au début des années 1890. Il n'a pas été traduit; c'est peut-être pour ça que vous...

— Je n'ai jamais vu son nom sur la liste des médecins qui travaillent dans nos hôpitaux, non plus.

— C'est qu'il était professeur de pathologie à McGill, mais il travaille aux États-Unis depuis une bonne décennie. Il a enseigné à la *Johns Hopkins University*. Sa réputation est internationale, échappe-t-elle, avant de réaliser que cette affirmation risque de blesser son interlocuteur.

Le torse bombé, la tête altière, le Dr Fortier prend sa revanche :

— Malgré l'excellence des résultats que vous avez obtenus à l'examen du Collège des médecins, je vous recommande fortement de parfaire votre formation de pédiatre en Europe avant de songer à ouvrir une clinique pour enfants.

— C'est justement auprès des enfants et des femmes que j'ai travaillé à New York, depuis trois ans, Dr Fortier.

— C'est un conseil, D^{re} LeVasseur. Vous en faites ce que vous voulez, ajoute-t-il sur un ton de supériorité, avant de reconduire sa visiteuse perplexe vers la sortie.

Irma ne sait qu'en déduire.

Après une semaine d'exploration, elle confie à son père, au cours d'un souper en tête-à-tête :

— J'ai l'impression de me trouver devant une meute de loups...

— À ce point-là ?

— Mais je ne me laisserai pas dominer. Je me ferai louve et j'apprendrai à hurler avec eux.

— Si ton grand-père t'entendait, comme il serait fier de toi ! dit Nazaire, ému.

— Il m'entend. Du moins, je me plais à le croire.

Puis, plus un mot.

Irma promène nonchalamment sa fourchette dans son assiettée de légumes. Son père l'observe, inquiet.

— On dirait que tu me caches quelque chose...

Nazaire a vu juste. Que de choses sa fille tait et devra continuer de taire ! Irma compte bien garder secret son amour pour Bob, cet

homme vers qui se glisse dans la nuit la plainte de ses désirs de femme inassouvis.

Ce soir, Irma craint un autre départ.

— Je ne m'attends pas à ce que vous m'approuviez, mais je pense que j'aurais plus de chances du côté de Montréal.

— Mais tu viens d'arriver, Irma. Tu ne vas pas nous faire ça ! Pense à ton frère. Maintenant qu'il a digéré sa déception à propos de sa mère, il est méconnaissable. De l'entrain, des idées, de l'entregent... Tout ça parce que tu es là.

— Je sais. Mais ce serait seulement en attendant que les portes s'ouvrent du côté de Québec. Puis je viendrais vous voir souvent. Même que j'ai pensé offrir à Paul-Eugène de me suivre...

Trente secondes de silence ont fait passer Nazaire de l'enthousiasme au scepticisme.

— Anxieux et dépendant comme il est ? T'as peu de chances de le convaincre, ma fille.

— Avant de faire quoi que ce soit, je vais en causer avec mon amie Maude Abbott et je vais tenter d'obtenir un rendez-vous avec le Dʳ Lachapelle.

— Moi qui espérais tant que...

— N'en parlez pas tout de suite à tante Angèle ni à mon frère, s'il vous plaît.

— Je leur dis quoi ?

— Simplement que je suis allée rendre visite à mon amie Maude.

— J'ai le sentiment que tu ne seras toujours que de passage parmi nous, ma p'tite fille.

— J'irai où il me sera possible de réaliser mon rêve, papa.

— J'ai compris... Et si je t'en trouvais des collaborateurs dans notre ville ?

— Et de l'argent aussi ?

— De l'argent... répète Nazaire, embarrassé, lissant les quelques mèches de cheveux qui chatouillent son crâne.

❖

À bord du train qui sillonne les champs de Portneuf, de la vallée du Saint-Maurice et de tout l'Est de l'île de Montréal, Irma renoue avec le paysage québécois de la rive nord du fleuve Saint-Laurent. Elle se laisse porter par la douce impression d'être blottie dans des bras chaleureux. À ceux de Bob elle préfère aujourd'hui ceux de Phédora, moins troublants. Elle n'a qu'à fermer les yeux quelques instants pour entendre battre le cœur de sa mère. «Pourvu que je ne sois pas obligée, comme elle, de me couper de mes racines pour me réaliser.»

À Montréal, Maude Abbott lui réserve l'accueil d'une grande sœur, d'une amie très chère. Sa soirée et la matinée du lendemain lui sont consacrées. C'est bien peu pour rattraper tout le temps perdu, considèrent les deux jeunes doctoresses.

— Je ne fais pratiquement plus de médecine, déclare Maude, visiblement attristée. Je n'en ai plus le temps. Le Musée m'occupe trop pour que je puisse maintenir ouverte une clinique de consultations.

Irma n'envie pas son sort.

— Tu y renonces pour toujours? lui demande-t-elle.

— Je l'ignore. Ce que je sais, par contre, c'est que je peux allier conservation du Musée et recherches sur les maladies congénitales du cœur. Ce sera peut-être ma façon de sauver des vies.

Un silence lourd d'interrogations incite Maude à faire un aveu:

— J'ai l'impression que nous serons toujours habitées par ce dilemme entre la pratique médicale et la recherche...

— ... entre la volonté de faire notre place dans la société médicale et l'urgence de répondre aux besoins des malades, des enfants surtout, enchaîne Irma.

— Comment ça se présente à Québec?

— C'est décevant. On vient d'ouvrir un service de pédiatrie à l'Hôtel-Dieu de Québec, mais je ne suis pas invitée à y travailler.

— Mais pourquoi?

— Maintenant que j'ai ma licence, on prétexte que je devrais aller chercher du perfectionnement en pédiatrie en Europe. Comme

si je n'avais pas travaillé deux ans auprès d'une des plus grandes pédiatres en Amérique et que je ne venais pas de passer plus d'un an au *Mount Sinaï Hospital.*

— C'est pour ça que tu viens à Montréal?

— Je viens rencontrer le Dr Séverin Lachapelle pour qu'il m'intègre dans son équipe, si jamais je décide de faire une première expérience à Montréal. Il m'intimide beaucoup.

— Je crois que son allure altière est attribuable à son passé de zouave pontifical et de député d'Hochelaga à la Chambre des Communes. Le Dr Lachapelle est de toutes les causes sociales et humanitaires. C'est un homme de cœur, tu verras.

— Tu savais que lors de son mandat comme député d'Hochelaga, il s'est opposé au droit de vote des femmes?

— Pour quelles raisons?

— Un fardeau de trop sur «leurs faibles épaules», pour employer ses mots.

— Tu doutes de sa confiance en la femme...?

— En la femme médecin, spécialement, et des conséquences que ça pourrait avoir sur le projet que j'ai l'intention de lui soumettre.

L'écoute attentive de Maude et l'exemple de sa détermination personnelle confortent Irma dans ses démarches.

Le lendemain matin, un rendez-vous est consenti à la D^{re} LeVasseur. Non pas, comme elle l'aurait préféré, à la Crèche de la Miséricorde dont le Dr Séverin Lachapelle est le surintendant médical depuis 1899, mais à son bureau du quartier Saint-Henri. Après avoir jonglé une partie de la nuit à son approche avec cet éminent médecin, Irma a décidé d'aborder, en tout premier lieu, l'épineuse question de la mortalité infantile.

— Croyez-moi, D^{re} LeVasseur, je ne suis pas moins révolté que vous par le peu de moyens dont on dispose pour traiter nos enfants. Ici, à Saint-Henri, je vois le mal de près. Dans ce quartier, reconnu comme un des plus pauvres de Montréal, vingt nourrissons sur cent meurent, faute de soins.

— J'admets que la pauvreté est en partie responsable, mais c'est surtout à la pénurie de médecins et de cliniques qu'il faut s'en prendre, vous ne croyez pas?

— Vous avez en partie raison. En partie seulement parce que je crois sincèrement que le problème a son origine dans des événements qui datent de cent cinquante ans.

— À quoi faites-vous allusion, Dr Lachapelle?

— À l'abandon de notre mère patrie.

Un coup en plein cœur, pour Irma.

— On n'a pas idée, poursuit Séverin Lachapelle, des conséquences désastreuses de la Conquête de 1759 sur la population canadienne-française.

— Sur la santé de nos enfants, aussi?

— Jusque-là, bien sûr. Conquis par les Anglais, nous nous retrouvions coupés de nos racines et des enseignements de notre mère patrie. Minoritaires et dominés par les Anglais, nous avons développé une image de pauvres et de victimes. Nous avons senti le besoin de protéger notre langue, nos valeurs, notre religion, ce qui a créé chez notre peuple un attachement excessif à notre passé, nos habitudes, nos méthodes et, par conséquent, une fermeture à la nouveauté.

— Dr Lachapelle, vous venez de me donner le meilleur cours d'histoire du Canada de ma vie. Merci! Je comprends maintenant qu'il est primordial de faire évoluer les mentalités...

— Vous comprenez donc que la disponibilité des médecins et leurs compétences ne suffisent pas. Il faut rééduquer les parents... Les familles sont fatalistes. Elles se résignent trop facilement devant la mort de leurs jeunes enfants, sous prétexte que ce sont de petits anges pour le ciel.

— Les mamans manquent d'information, aussi.

— D'où l'importance des cours que je donne sur l'hygiène et la pathologie, en général. Vous connaissez la Crèche de la Miséricorde, D^{re} LeVasseur?

— Je l'ai visitée, il y a trois ans.

— Nous n'y sommes que deux. En mon absence, c'est le Dr Masson qui est d'office. Il nous faudrait un autre médecin...

— Si c'est une invitation à me joindre à vous, elle me sourit, Dr Lachapelle. Je suis certaine de pouvoir y faire du bon travail.

— Vous ne semblez pas manquer d'assurance, D^{re} LeVasseur. Voilà qui est rare, dit-il sur un ton qu'Irma ne saurait dire s'il est empreint de sincérité ou de moquerie.

— De l'assurance? Je sais qu'un jour je parviendrai, avec la collaboration de mes confrères, à offrir à nos enfants francophones le pendant de l'hôpital qu'on met sur pied présentement pour les petits anglophones bien nantis. À la différence que notre hôpital offrirait des soins gratuits.

— Vous croyez encore au père Noël?

— Je crois en l'efficacité d'une prise de conscience et des efforts concertés de la part des médecins.

— D^{re} LeVasseur, je ne voudrais pas vous blesser, mais vos projets font preuve d'un manque d'expérience...

— Je suis disposée à en prendre encore de l'expérience. À la Crèche de la Miséricorde, entre autres, si vous m'y acceptez. Par contre, je serais curieuse de savoir combien d'années de travail dans les hôpitaux il faut, selon vous, pour être reconnu comme médecin d'expérience, rétorque Irma, lui rappelant ses trois ans de pratique médicale aux États-Unis.

— Tout est relatif, répond-il, visiblement désireux de clore cette discussion.

— Vous reconnaîtrez, Dr Lachapelle, que je compte plus d'années de formation médicale que la majorité des médecins du Québec admis à la pratique, sans compter mes nombreux stages dans des hôpitaux très réputés du Minnesota et de New York, défile-t-elle.

— En ce qui a trait à un travail à la crèche, je dois aller chercher des avis de mes confrères et des autorités de l'institution, réplique-t-il, déjà debout pour accompagner sa visiteuse vers la sortie.

Déçue et perplexe, Irma reprend le train pour Québec. En sortant de la gare, l'idée lui vient de passer chez Nazaire pour lui faire part des résultats de sa visite à Montréal.

— Paul-Eugène s'en voudra de t'avoir manquée. Il vient tout juste de repartir, lui annonce son père.

— Il vient souvent faire son tour, comme ça ?

— Non. C'est qu'il avait reçu du courrier pour toi et il pensait te trouver ici.

Le regard inquisiteur, Nazaire lui remet deux enveloppes en provenance de New York. Les deux portent le nom de leur expéditeur : Hélène Murray et Bob Smith.

— Qui est ce M. Smith ? lui demande-t-il.

L'ombre d'un reproche voile le regard de sa fille.

— Excuse-moi si j'ai été indiscret... S'il s'était identifié comme médecin, je n'aurais pas été surpris, mais à voir l'épaisseur de la lettre, je me suis demandé si tu n'avais pas laissé derrière toi un prétendant qui souhaite ton retour à New York.

— Franchement, papa ! réplique-t-elle, faussement indifférente avant de pavoiser sur les qualités de son amie Hélène.

Visiblement préoccupé, Nazaire se remémore les propos de son ami Ferdinand au sujet de sa domestique Elen Murray. Des bribes de souvenirs s'enchevêtrent. Il lui est si difficile de ne pas demander à sa fille de l'éclairer qu'il ose une hypothèse :

— Elle est en vacances à New York, j'imagine...

— Elle travaille dans un magasin de lingerie fine, corrige Irma, sur un ton qui met fin à toute question sur le sujet.

— Ton voyage à Montréal...

— ... guère plus encourageant que mes démarches à Québec.

— Donne-toi le temps. Tu peux te permettre quelques mois de répit, dit-il, regardant sa montre pour la deuxième fois.

— Vous êtes pressé ce matin, papa ?

— Oui et non, c'est que je voudrais faire deux journées dans une pour me permettre de prendre congé vendredi prochain.

— Pourquoi vendredi prochain ?

— J'attends de la grande visite, déclare Nazaire, en se frottant les mains de contentement.

Cette frénésie chez son père et son envie folle de se faire questionner titillent Irma. Lasse d'attendre ses confidences et présumant

du genre de personne susceptible de lui causer un tel émoi, elle le relance :

— Vous songez à refaire votre vie ?

Nazaire s'esclaffe !

— J'aime bien trop ma liberté pour m'enchaîner une autre fois, lance-t-il.

Il n'avait pas pris le temps de peser ses mots.

Irma est blessée.

Pas un mot mais des gestes qui ne laissent planer aucun doute. Elle a tourné le dos et se dirige vers la sortie. Nazaire se précipite derrière elle dans l'intention de lui présenter des excuses :

— C'est une façon qu'on a de parler entre hommes, mais ce n'est pas ça que je ressens par rapport à ta mère, dit-il, des plus sincères.

Irma revient sur ses pas. Pour rien au monde elle ne voudrait rater cette occasion de l'entendre parler de sa vie avec Phédora et des sentiments qu'il éprouve à son égard.

— Vous êtes sincère, papa ?

Nazaire baisse la tête. Irma le croit au bord des larmes.

— Vous ne pensez pas qu'on pourrait s'en parler maintenant ? Entre adultes ?

— Ça se résume en peu de mots, ma fille. On ne s'est pas compris parce qu'on ne savait pas comment se parler... de ces choses-là.

— Ces choses-là...

— De nos besoins. De nos insatisfactions. Mais personne, au grand jamais, ne remplacera Phédora Venner dans ma vie, jure-t-il, un gémissement dans la voix.

— Si elle revenait...

— Ce serait le plus beau jour de ma vie, s'exclame-t-il.

— Inconditionnellement ?

— Je pense que oui.

La réponse la satisfait, la comble d'espoir, même.

— Mais de qui attendez-vous la visite, finalement ?

— Savais-tu que mon ami Ferdinand s'est fiancé à Noël ?

— Non.

— Il vient présenter sa future épouse à sa famille.

— Mme Broche?

— C'est bien ça. J'ai demandé à Angèle de me prêter la maison paternelle pour les recevoir. J'invite des amis de Québec aussi. Je peux compter sur ta présence?

Les yeux rivés au plancher, Irma tarde à répondre.

— C'est de convenance, dit-elle.

— Par reconnaissance, aussi, n'est-ce pas?

— Y a-t-il beaucoup d'autres devoirs comme celui-là qui soient éternels? demande-t-elle, un tantinet railleuse.

— Quand même, Irma!

D'un pas alerte, le cœur à marée haute, la fille de Nazaire s'engage dans la rue Saint-André avec le sentiment que les révélations de son père sont venues combler un de ses plus grands espoirs. Elle n'est pas sans souhaiter que les deux lettres qu'elle rapporte dans son sac à main la comblent tout autant. Un doute lézarde sa quiétude. Une toute petite déchirure du rabat de l'enveloppe adressée par Bob lui permet de constater qu'elle recèle trois feuillets. Mais elle ouvre d'abord le courrier d'Hélène, le présumant moins troublant. Elle ralentit le pas et en entreprend la lecture.

Je serai brève aujourd'hui. Je te reviendrai plus tard. Il faut que je te dise que j'ai vu ton cousin. Je suis allée m'acheter des boucles d'oreilles. Il s'est montré très chic à mon endroit. Il m'a consenti un rabais et il m'a invitée à revenir. Je l'ai trouvé beaucoup plus aimable que par le passé.

Ces quelques lignes ont chamboulé le cœur d'Irma. L'éloignement et la perspective de savoir que Bob puisse s'intéresser à une autre femme lui inspirent des sentiments qu'elle réfute avec toute la force que lui inspire son amitié pour Hélène. «Je ne sais pas si je me fais des idées sur le sens de ces mots, mais je sais que je suis devenue jalouse, ma foi», se dit-elle, martelant la chaussée d'indignation.

À quelques pas de la maison patriarcale, Irma décide d'entrer par la porte arrière, pour échapper à sa tante et à son frère. Recluse dans sa chambre, la porte verrouillée, elle s'affale dans le fauteuil de

son grand-père. «Comme si ce n'était pas suffisant que je vive tant d'oppositions de l'extérieur, me voilà en guerre contre moi-même. Contre cette partie en moi qui réclame l'amour. Qui a tant de mal à renoncer à celui qui m'est offert. Celui qui, pour la première fois de ma vie, me transporte dans un état aussi enchanteur que celui dans lequel la maladie emmenait Mary Jacobi. »

Irma accueille la douleur de la privation amoureuse et le goût de trahir. Trahir son idéal professionnel. Trahir sa parole. N'at-elle pas cherché à dissuader Bob de nourrir le moindre espoir de l'épouser? «Si grand-père Zéphirin était encore là pour me conseiller! Ou maman...» L'évocation de Phédora, de ses tourments affectifs et de ses choix déchirants ajoute à son désarroi.

Paul-Eugène, désœuvré, aux trousses de sa sœur depuis son retour au Québec, fait le tour de la cour et de la maison.

— Irma, où es-tu? J'avais cru te voir arriver? crie-t-il. Voyant que la porte de sa chambre est verrouillée, il comprend que sa sœur est là.

— Viens écouter ça, Irma. Je peux te jouer toute la pièce sans faire une seule erreur.

Tentée de décliner cette invitation, elle se rappelle les exhortations faites à son frère de se remuer, d'occuper son temps de façon constructive, d'apprendre de nouvelles pièces musicales.

— J'arrive. Va t'installer. Je te rejoins, répond-elle, le temps de chasser la brume de ses yeux rougis.

Accoudée au piano, dérobant son visage à Paul-Eugène, Irma écoute les premières mesures avec attention, mais elle se retrouve vite dans un état second, obsédée par la pensée de Bob et des mots qu'il a pu confier à l'enveloppe enfouie dans sa poche.

— Puis, qu'est-ce que tu en penses? demande le pianiste avide d'applaudissements.

— C'est très touchant, Paul-Eugène.

— Veux-tu entendre celle que je suis sur le point de jouer par cœur?

— Ce n'est pas tout à fait le bon moment...

— Irma ! Qu'est-ce que t'as ? On dirait que t'as pleuré... C'est à cause de ma musique ?

— Oui, Paul-Eugène. C'est ta musique...

— Tu l'as reconnue, hein ? J'aurais pas dû...

— Au contraire, tu as bien fait. Tu la joues tellement bien, dit-elle, souhaitant que son frère ne lui en demande pas le titre. Souhaitant aussi qu'il ne s'acharne pas à la suivre.

— On se revoit pour le souper ? lui dit-elle pour ne pas trop le frustrer.

— Pas avant ça ?

— Je vais me dépêcher de finir ma correspondance pour être libre toute la soirée. D'accord ?

Irma allait s'enfermer dans le bureau de son grand-père quand elle se ravise; pour Paul-Eugène, à demi satisfait, la tentation d'y faire quelques apparitions sera plus forte que si elle se retire dans sa chambre.

Il est enfin venu le moment d'ouvrir cette enveloppe. Le souffle court, de l'appréhension plein le cœur, elle sort les feuillets pliés en trois. L'émotion la gagne lorsqu'elle aperçoit, à l'angle gauche de la première page, en lettres embossées : DIAMOND EVELYN.

My very dear Irma,

J'espère ne pas faire de fautes. J'écris si peu souvent en français. C'est aussi exceptionnel que la femme que tu es. Je n'ai pas daté ma lettre parce que je sais que je vais mettre plusieurs jours avant de la poster. Il y a des choses que les hommes, en général, ont de la difficulté à dire et à écrire.

Irma ferme les yeux, presse le papier sur son cœur, habitée par la vision de Bob... comme s'il était de nouveau assis devant elle à lui exprimer son amour. Une inquiétude la ramène au texte. « Et si c'était un adieu ? »

À ma grande surprise, je ne suis pas de ceux-là. J'en remercie le ciel. C'est probablement dû aux sentiments que j'éprouve pour toi. Ils sont plus forts que mes peurs. Plus forts que mon

orgueil aussi. Ils me permettent de te redire que je serais prêt
à tout abandonner pour te rejoindre, où que tu sois. Des bi-
jouteries, je peux en ouvrir partout dans le monde. À moins
que tu souhaites que je devienne ton assistant... Tes désirs se-
ront les miens, Irma, ma chérie.

Irma, sa chérie, laisse tomber sur le tapis la page qu'elle vient de
lire et, la figure enfouie dans un oreiller, laisse s'échapper les sanglots qui lui déchirent la poitrine. Épuisée par le chagrin, elle se
recroqueville sur elle-même, étreignant de ses deux mains ce ventre
voué à la stérilité, ce cœur promis à des milliers de petits visages
émaciés, à leurs petits bras tendus, à leurs regards qui mendient
soulagement, tendresse et guérison.

Le souper est servi et Irma ne répond toujours pas aux appels de
son frère. Après avoir frappé plusieurs fois à la porte de sa chambre,
Angèle parvient enfin à la sortir d'un sommeil hanté par les supplications de Bob. Demeurée pensive dans l'entrée de la chambre
où des papiers jonchent le plancher, elle ne peut se confiner au
silence.

— Ça ne va pas, aujourd'hui, Irma?

— Vraiment pas.

— Je peux t'être utile?

— Oui. En me laissant dormir. Je n'ai pas faim.

— Paul-Eugène...

— Dites-lui que demain, je l'emmènerai magasiner avec moi.
Ce soir, il faut que je me repose.

— Je m'en occupe, Irma. Je veux que tu saches que mes oreilles
et mon cœur sont habitués aux secrets... ajoute Angèle, refermant
doucement la porte derrière elle.

Irma cherche le sommeil. Lorsqu'elle se réveille en sursaut, elle
ne pourrait dire combien d'heures elle a dormi, mais elle se sent
mieux. Elle entrouvre les tentures : tout est calme à l'extérieur. Dans
l'éclairage bleuté de la lune se découpe le lilas dont pas une feuille ne
bouge. Elle retourne vers son lit, écoute attentivement ; un silence
absolu que seul le tic tac de l'horloge vient denteler. Irma allume la
lampe. Il est presque minuit. Elle replace les trois feuillets en ordre,

glisse le premier en dessous et s'enfouit dans ses draps, prête à réécouter Bob.

Maintenant que je t'ai dit de quel amour je t'aime, je ne veux pas te torturer davantage avec ça. Je t'aime trop. Je t'aime même assez pour comprendre que tu préférerais ne pas prendre le risque d'épouser un homme qui te ferait dévier de ton idéal. Je suis persuadé que ça n'arriverait pas avec moi, que je te soutiendrais, au contraire; mais je ne peux pas le croire à ta place. Je n'ai pas encore trouvé le moyen de te convaincre, peut-être.

Sache que tu as le droit de changer d'avis et de me revenir n'importe quand. Si l'attente est longue, ta présence va me manquer, mais ton exemple de courage et l'amour qui nous habite seront mes seuls réconforts.

Je ne suis pas très avancé dans mes recherches. L'été, le commerce marche très fort et je dois aller en Italie dans deux semaines pour voir leurs nouveaux produits. Un petit mot de ta part me vaudra le plus beau des diamants.

Mon cœur t'appartient, my dear love,

Bob

Sur le troisième feuillet, un simple post-scriptum.

J'allais oublier de te dire que je trouve très charmante ton amie Hélène. Chaque fois que je la vois, c'est comme si un peu de toi me revenait quelques instants...

Les gestes lents, Irma replace les pages soigneusement dans leur enveloppe qu'elle dépose dans un tiroir. Une phrase de cette lettre fera office de mantra pour le reste de la nuit : *Je t'aime même assez pour comprendre que tu préférerais ne pas prendre le risque d'épouser un homme qui te ferait dévier de ton idéal.*

Il n'est pas encore six heures qu'Irma entend déjà sa tante Angèle s'affairer dans la cuisine. Elle présume l'avoir vivement inquiétée la

veille. Sur la pointe des pieds, à la faveur des grasses matinées de Paul-Eugène, elle va la rejoindre dans la cuisine.

— Vous êtes déjà debout, chuchote-t-elle.

— J'ai pensé qu'un bon chocolat chaud te ferait du bien. Je m'en suis préparé un, aussi. Tiens, prends ta tasse, on va aller dans ta chambre, suggère Angèle.

Un peu abasourdie, Irma n'a pas le temps de riposter.

Elle dégage le fauteuil de Zéphirin, l'offre à sa tante et prend place sur le bord de son lit. Le miroir placé devant elle lui retourne un visage flétri, aux yeux cernés de bistre. Irma le couvre de ses mains réchauffées par sa tasse de chocolat fumant.

Sans ambages, sa tante dit :

— Je te connais assez pour savoir que tu ne pleures pas pour des banalités, Irma. Je veux connaître le coupable. Y a qu'un grand amour qui puisse faire autant souffrir. Ne reste pas seule avec ta peine, ma chérie, la supplie-t-elle.

Irma vient se blottir dans ses bras, anéantie par ce mot qu'elle ne pourra jamais plus entendre sans revoir les yeux suppliants de Bob, ses lèvres frémissantes de désir.

— Je me suis laissée piéger, ma tante. Il est si exceptionnel qu'il a failli me faire dévier de ma route.

— Et si c'était le bon chemin qu'il t'indiquait ?

— De toute façon, c'est un amour impossible, ma tante.

— Il n'est pas libre ?

— Ce n'est pas ça.

— C'est quoi, alors ?

— Je ne pourrai jamais combler les rêves légitimes d'un époux...

Angèle n'ose questionner. L'aveu semble si lourd qu'elle tente de créer une ouverture :

— L'intimité dans le couple te poserait des problèmes ?

— Oh, non !

— Je ne peux pas voir.

— Des blessures de mon enfance. Plus fortes que mes désirs. Des serrements de douleur qui sont restés incrustés dans ma chair. Dans mon cœur aussi. Des empreintes indélébiles.

— Tes petits frères ?

— Oui. Puis le désespoir de maman, son petit cadavre dans les bras. Je ne pourrais jamais survivre à une douleur pareille.

«Mon Dieu que la vie est cruelle, parfois!» se dit Angèle, mêlant ses larmes à celles de cette jeune femme trop meurtrie pour ses vingt-six ans.

Un grincement de portes, un craquement de planches, un cliquetis d'ustensiles viennent mettre fin à cet échange qu'Angèle propose de reprendre à un moment favorable. Irma ne s'y objecte pas.

— Il ne faut pas que je déçoive mon frère, dit-elle, se détachant de l'étreinte de cette femme qui lui donne l'impression d'avoir vécu semblables tourments.

— Je refais ma coiffure et je vais vous rejoindre pour le déjeuner, promet-elle.

Postée devant son miroir, elle met plus de temps à rafraîchir son visage et à tamponner ses yeux bouffis qu'à renouer son chignon. Zieutée dans ses moindres gestes par son frère, elle doit user d'ingéniosité pour l'occuper en attendant l'ouverture des magasins.

— Ça te tenterait de jouer aux cartes ?

— Qu'est-ce que tu m'apprends là! Tu sais jouer aux cartes, toi?

— Je connais quelques jeux, mais dis-moi lequel tu préfères.

— C'est le whist militaire. Tu sais comment il se joue?

— Non, mais tu vas me le montrer. Ça fait longtemps que je veux l'apprendre.

Paul-Eugène connaît des instants de grand bonheur. Enseigner à sa sœur, la corriger mais surtout l'entendre rire comme avant qu'un grand malheur leur colle une immense détresse au cœur, le porte au septième ciel.

— Une dernière, supplie-t-il.

— Une dernière. Après, tu vas te préparer à sortir, concède-t-elle sur un ton résolu.

— J'aimerais bien qu'on aille dans un magasin de vêtements puis dans une bijouterie aussi.

Irma fronce les sourcils.

— Faire réparer la petite chaîne que grand-père Zéphirin m'a donnée avant de mourir, précise Paul-Eugène.

L'évocation chamboule Irma.

— Tu joues bien mal tout d'un coup ! lui reproche son frère.

— Excuse-moi, j'étais distraite.

— Je ne joue plus, décide-t-il, renfrogné.

— On se reprend demain soir ?

— C'est ma pratique de musique, demain soir. Demain midi ?

— Oh, non ! Jamais le jour. J'ai trop à faire, répond Irma.

Après cette magnifique journée passée en compagnie de sa sœur, l'insatiable Paul-Eugène vient encore frapper à sa porte, sous prétexte de lui souhaiter une bonne nuit.

— C'est moi, ton frère. Je voulais aussi te réserver pour après-demain.

Irma joue l'endormie. Elle avait prévu cette tentative de Paul-Eugène et s'était hâtée de souffler la lampe, quitte à la rallumer quand toute la maisonnée serait plongée dans le sommeil. À la faveur de l'obscurité, ses idées sont plus claires : « Bob m'aime. J'aime Bob. Seule une grande cause peut me donner le courage de préférer les lambeaux d'un amour à ceux d'un idéal », croit-elle.

Ses mentions d'excellence et sa licence en main, Irma avait enfin rejoint les rangs du Collège des médecins. Est-ce à dire que sa présence en milieu hospitalier allait être saluée avec enthousiasme ? La D^{re} LeVasseur le croyait, compte tenu de la pénurie de médecins et des besoins criants en soins infantiles. Or, à l'Hôtel-Dieu de Québec, le seul hôpital de la ville à offrir un service de pédiatrie, on

lui répond que l'équipe médicale est complète. Du côté de Montréal, même fermeture, appuyée sur des allégations de réorganisation. Le Dr J. Edmond Dubé, récemment rentré d'Europe où il est allé chercher une formation en pédiatrie, lui a dit :

— C'est ce qui vous manque pour vous joindre à l'équipe que je suis en train de former.

Consternée, Irma cherche à comprendre. Comme elle déplore l'absence de son grand-père Zéphirin dont elle appréciait la sagesse et la lecture des enjeux sociaux et politiques qui, depuis 1867, faisaient de la population francophone un peuple bafoué dans ses droits les plus fondamentaux. Or Nazaire ne s'intéressait pas moins à ces sujets. Si ses propos à saveur politique avaient ennuyé sa fille dans sa jeunesse, voilà qu'au cœur de la tourmente, elle les sollicitait.

Venue lui faire part de ses déceptions, Irma reçoit de son père un accueil mitigé :

— J'attends de la grande visite, mais je peux t'accorder une bonne demi-heure.

— Je commence à croire que le Dr Lachapelle a raison : toute cette opposition n'est pas nécessairement dirigée contre moi ; c'est une question de mentalité propre au Québec.

— Il n'en reste pas moins que dans la somme des injustices que subit la population francophone depuis tout près de cinquante ans, les droits des femmes sont presque réduits à zéro, surtout dans la classe professionnelle et politique. Les hommes auront beau, en tant qu'individus, vous respecter, vous apprécier, vous admirer même, il n'en reste pas moins que ce sont les hommes, majoritairement anglophones, qui détiennent le pouvoir et ça fait leur affaire d'appliquer les lois civiles qui vous en écartent.

— Mais je ne suis absolument pas intéressée à occuper leurs postes. Je ne demande qu'à soigner les malades.

— T'as jamais pensé que la présence de femmes dans certains milieux pouvait être dérangeante ?

— Je ne vois pas comment.

— J'irais même plus loin, ajoute Nazaire. Pour certaines personnes en autorité, vous êtes menaçantes.

Irma s'en offusque.

— Je vais t'expliquer, reprend Nazaire. Vous autres, les femmes, vous incarnez le dévouement et la droiture. Imagine qu'une personne comme toi qui possède plus de connaissances que la majorité de ces messieurs, et qui, par surcroît, n'a pas la langue dans sa poche, ça leur fait réellement peur. Jamais ils n'oseront l'avouer; ils vont préférer t'éloigner sous toutes sortes de prétextes.

Irma hoche la tête, plus éclairée mais non moins accablée.

— Je sais que je ne prêche pas pour mon genre en t'exposant la situation aussi crûment, mais pour le bonheur de ma fille, rien ne m'est trop difficile.

— Qu'est-ce que vous me conseillez de faire?

— Hum... Être un peu plus patiente. Plus tolérante, peut-être. Ce qui ne veut pas dire de baisser les bras. Ça, jamais!

Cette conversation est soudainement interrompue par l'apparition de deux silhouettes derrière la porte vitrée.

«Pas déjà!» s'exclame Irma, on ne peut plus contrariée. Non seulement souhaitait-elle prolonger cet entretien avec son père, mais elle s'était juré de ne pas être là quand les fiancés Canac-Marquis se présenteraient.

Nazaire se précipite vers l'entrée.

Ferdinand et Jeanne sont rayonnants de bonheur... et d'amour. Les accolades se font dans l'hilarité et l'exubérance avant que leur apparaisse la D^{re} Irma LeVasseur, réservée, digne, aux sentiments impénétrables. Les deux femmes échangent des salutations brèves mais courtoises.

— Vous n'avez pas changé, M. LeVasseur, dit Jeanne Broche. Et pourtant nous nous sommes vus en 1898, la dernière fois. Ça fait déjà cinq ans...

Irma apprécie que le Dr Canac-Marquis ne lui ait pas laissé le temps de répondre à une de ces formules d'usage qui la chiffonnent.

— J'ai reçu ton témoignage de sympathie, Irma. Je t'en remercie sincèrement, s'empresse-t-il de lui exprimer en guise de salutations.

Et Nazaire, se tournant vers sa fille, enchaîne aussitôt, un tantinet maladroit :

— Comme je te le disais, mes invités se sont fiancés à Noël.

Irma les en félicite.

— Notre ami vient présenter sa future à sa famille et à ses amis, ajoute Nazaire que la nervosité porte au verbiage.

— Mais nous nous offrons un petit séjour au Château Frontenac avant de nous rendre à l'île d'Orléans, de préciser Jeanne Broche, bien moulée à la vie mondaine.

— Tu travailles à quel hôpital, Irma ? demande le Dr Canac-Marquis, manifestement agacé par les préciosités de sa douce.

— Je n'ai pas encore choisi...

— Vous savez que nous nous marierons le 14 juillet ? Date bien choisie, n'est-ce pas ? signale la fiancée.

— Le soir même de notre mariage, nous partons pour l'Europe, enchaîne Ferdinand.

— Ce sera au tour de mon mari de faire la connaissance de sa belle-famille, dit Jeanne, sur un ton langoureux. Vous n'êtes jamais allée en Europe, Mlle LeVasseur ?

— Pas encore, non.

Irma en profite pour annoncer qu'elle doit les quitter.

Le Dr Canac-Marquis manifeste le désir de la revoir. « Pour discuter médecine et projets d'avenir », précise-t-il.

Irma sourit, volontairement énigmatique.

Cette pause dans les démarches professionnelles de la D^{re} LeVasseur n'allait pas se limiter à cette rencontre inopinée. Pour clôturer le séjour du couple à Québec, Nazaire LeVasseur offre une grande réception où il convie des personnages influents de Saint-Roch, au 72 de la rue Fleury. Pour l'honneur et pour l'affection qu'il porte à Ferdinand, il est prêt à se conformer aux restrictions de sa sœur Angèle relativement au menu et au nombre de convives. Toutefois, il ne pardonnerait pas à sa fille de décliner l'invitation en bonne et due forme qu'il lui a faite pour cette réception. Que d'efforts il lui impose sans véritablement s'en rendre compte !

Portant redingote noire, sur sa chemise blanche à col chinois, le crâne légèrement dégarni mais la moustache généreuse, un double menton inscrit dans la ligne de sa silhouette arrondie, Nazaire, du haut de son mètre quatre-vingts, demande le silence à ses invités avant que la griserie les rende trop indisciplinés. Après leur avoir réitéré sa fierté et sa joie de les recevoir autour « d'un grand homme et de sa distinguée fiancée », Nazaire amorce l'éloge de son ami, « médecin en chef, à San Francisco, de l'Hôpital français et de l'Hôpital des femmes ».

Irma ignorait cette deuxième attribution et comprend que son père ait tenu à l'annoncer en sa présence.

— De par toute la Californie et même en Europe, on dit de mon ami : « *He is a crack doctor* », clame-t-il, preuve écrite à la main.

Des regards s'échangent, des têtes s'inclinent et Nazaire reprend son souffle.

— Je m'en voudrais de ne pas accorder une juste attention à madame Jeanne Broche qui, par ses qualités et son grand mérite, a su gagner le cœur de Ferdinand. Elle était là à se dépenser jour et nuit auprès du jeune Raoul, dans l'espoir de l'arracher à la mort...

Après une pause où l'émotion noue les gorges, l'hôte tente de poursuivre en faisant état des talents artistiques de la dame :

— Elle a fait de leur résidence de la gracieuse baie de San Francisco une reproduction classique de l'art français dans ce qu'il a de plus pur, unique en son genre.

Le peu de réaction de son auditoire incite Nazaire à abréger son discours.

— Si j'ai pris le temps de vous dévoiler un des nombreux talents de cette dame, c'était pour vous préparer à apprendre une autre très bonne nouvelle : le couple Canac-Marquis se portera acquéreur de l'immeuble Julien, au 1204 de la rue Saint-Vallier, le rénovera et en fera son pied-à-terre au Québec. Levons nos verres à leur amour, à leurs succès et à leurs projets !

Irma, ne trouvant rien de réjouissant dans cette nouvelle, file à la cuisine et ne revient à la salle à manger que pour aider Angèle à servir les invités. Le repas terminé, elle invite son frère à faire une escapade avec elle sur les plaines d'Abraham.

— Je n'en pouvais plus, avoue Paul-Eugène sitôt sorti de la maison.

— Je m'en doutais.

— Je me sens tellement mal avec papa...

— Tu sais pourquoi ?

— Pour plein de choses, Irma. C'est difficile à dire. C'est comme s'il ne vivait toujours que dans sa tête. Quand je lui parle, c'est comme si je lançais une balle sur un mur et qu'elle revenait tout le temps.

— Tu ne sens pas qu'il t'écoute ?

— Tu veux la vérité ?

— Bien oui, Paul-Eugène.

— Il fait des efforts pour m'écouter, mais il ne réussit pas à cacher que je lui tombe sur les nerfs. C'est clair qu'il ne m'aime pas. Ça fait longtemps que je le sais, balbutie-t-il, au prix de maints efforts pour ne pas pleurer.

— Je vois ça autrement, moi. On va se chercher une place tranquille sous un arbre, puis je vais t'expliquer ce que je pense, lui propose Irma, s'accordant ainsi le temps de bien peser ses propos.

Tente-t-elle de le distraire avec ses commentaires sur tout ce qui bouge sur leur trajet, Paul-Eugène ne déride pas.

— Puis ? demande-t-il, écrasé sous le premier arbre trouvé sur les Plaines.

— T'as raison quand tu dis que papa ne réussit pas à tout te cacher. Surtout sa peine de te voir malheureux. Et c'est ça que tu interprètes comme un manque d'amour.

— Non, non, Irma. Toi et tante Angèle vous n'aimez pas me voir triste, vous non plus, et pourtant ça ne me fait pas pareil. Quand je me retrouve avec papa, je ressens une grosse boule, là, en plein milieu, dit-il, désignant son plexus solaire.

Le silence est bienvenu.

— J'aurais jamais dû venir au monde.

— Dis pas ça, Paul-Eugène. Tu n'es pas inutile sur cette terre. Puis, tu fais ce que tu peux. Peut-être même qu'un jour tu seras devenu indispensable pour moi.

— Tu dis ça pour m'encourager.

— Je suis sincère, Paul-Eugène. Une femme qui vit seule a besoin d'un homme fiable avec elle.

— Tu vas faire comme les autres...

— Qu'est-ce que tu veux dire?

— Tu vas te marier, Irma.

— Ce n'est pas du tout mon intention.

— Tu vois, y a pas que les autres qui me cachent plein de choses. Toi aussi, s'écrie-t-il, outré.

— Je te dis la vérité, je te le jure.

Paul-Eugène marmonne en arrachant des brins d'herbe qu'il lance plus loin.

— Qu'est-ce que tu dis? Je veux l'entendre, insiste Irma.

— Tu l'auras voulu...

— Parle.

— T'as un cavalier, Irma.

— Pardon!

— Je le sais. Tu l'as dit à tante Angèle.

— Tu écoutes aux portes, Paul-Eugène LeVasseur? T'es pire qu'un enfant!

Irma quitte les Plaines, laissant son frère retourner seul à la maison. Elle prend la direction inverse pour aller causer avec sa tante Rose-Lyn Venner qu'elle n'a que saluée rapidement à son retour à Québec.

Juste devant sa porte, Irma entend, de la fenêtre ouverte, une voix qu'elle reconnaît. « Ah, non! Philomène m'a devancée. La voix d'homme, c'est probablement celle de Guillaume. Un mot en français, deux en anglais... Tiens, le voilà qui parle médecine. C'est bien lui. Toujours aussi vantard. Et sa mère qui en rajoute. Ça me suffit! Je me reprendrai, décide-t-elle, s'arrêtant à l'église, un des rares endroits où elle pourra trouver la paix en cette journée irritante.

Là aussi, d'autres l'ont précédée. Nombreux mêmes. Des femmes surtout. Majoritairement plus âgées qu'elle. Convenances obligent, Irma plonge le bout de ses doigts dans l'eau bénite, fait le signe de la croix, avance dans une allée latérale, fait sa génuflexion et

s'agenouille sur le petit banc, les coudes pointés sur le prie-dieu, les mains jointes sous le menton, puis elle ferme les yeux. Les émanations d'encens qui flottent dans l'air l'apaisent. Un silence habité de confiance, de pardon et d'amour lui parle. Confiance en l'avenir en dépit des revers. Pardon à Paul-Eugène, à Philomène, à Guillaume... à Phédora aussi. Amour. « Celui que je dois choisir, mon Dieu. »

Quelqu'un vient de prendre place devant elle. Trop curieuse, elle soulève les paupières.

— Viens, Paul-Eugène, on va rentrer à la maison.

« Rien n'arrive pour rien, Irma », ne cessait de lui répéter Angèle. Cette conviction de sa tante l'a finalement incitée à réfléchir à la tournure des événements. Son grand-père William lui avait servi plus d'une fois un conseil inspiré de la même sagesse : « Rien ne sert de ramer à contre-courant. »

— Vous rappelez-vous, tante Rose-Lyn, qu'il vous l'ait répété, à vous aussi ? demande Irma lors d'une de ses nombreuses visites.

— En plus, il parlait d'expérience, papa. T'a-t-il déjà parlé du *Bienvenue* ?

— Qu'est-ce que c'est ?

— Son bateau à vapeur. Philomène doit avoir conservé une photo sur métal où on voit ce bateau crachant le feu à un quai de Québec. C'est maman qui en avait choisi le nom.

— Il l'aimait beaucoup, grand-maman Mary ?

— Il la portait sur la main, sa Mary. Ils s'adoraient ces deux-là. Si tu avais vu les beaux cadeaux qu'il lui rapportait de ses voyages !

— Elle est morte jeune, je pense.

Rose-Lyn ne sourit plus. L'ombre d'un drame vient de passer sur sa figure.

— Elle n'avait que cinquante-trois ans, dit-elle, taisant la cause de son décès : le chagrin et l'inquiétude.

— C'était en quelle année ?

— En 1868. Une année qui n'aurait jamais dû exister dans la vie des Venner, échappe-t-elle.

— Pourquoi ?

— Je n'ai pas vraiment le goût d'en parler...

Irma fait le lien. « L'année où ma tante a dû accompagner son frère aux États-Unis. C'est ça », pense-t-elle.

— Maman n'avait que dix-sept ans. Elle devait être inconsolable.

— On l'était tous, réplique Rose-Lyn.

Irma conclut, à cette réponse, que sa tante vivait alors à New York et qu'elle n'a pas assisté aux funérailles. Pour ne pas la torturer davantage, elle annonce le but de sa visite :

— En pensant à grand-papa William, j'ai pris une décision, ma tante.

Rose-Lyn apprécie cette diversion.

— Raconte-moi ça.

— Puisque je n'arrive pas, pour l'instant, à me faire engager dans un hôpital, j'ai décidé de faire des visites à domicile.

— Dans Saint-Roch ?

— Dans Saint-Roch puis autour.

— Ma pauvre petite fille, tu ne seras pas très occupée... Il n'y a pas grand monde qui a les moyens de payer un médecin pour qu'il vienne à la maison.

— Je ne demanderai rien. Tant que je le pourrai.

— Tu as tant d'argent que ça ?

— J'en ai fait pas mal à New York.

— Je n'ai pas de misère à croire que tu avais de bien meilleurs salaires que les médecins du Québec. N'empêche que tu ne pourras pas faire ça pendant des années.

— Ma tante Angèle est prête à me loger et me nourrir pour m'encourager.

— Puis quand tu n'auras plus un sou ?

— Ne vous inquiétez pas. Je n'irai pas jusque-là, ma tante. Je vais continuer mes démarches tout en faisant mes visites aux malades.

— C'est beau la générosité, mais il faut se méfier de l'emballement. Maman nous disait : « Quand tu as une décision à prendre, demande-toi si dans cinq ans, tu seras encore fière de l'avoir prise. »

— Vous pensez que je ne suis pas réaliste ?

— C'est un piège quand on a ton tempérament. Tu te passionnes tellement...

Le Dr Séverin Lachapelle ne lui a-t-il pas fait semblable mise en garde ? Irma reste pensive. La déception tire ses traits.

— Je t'ai fait de la peine ? lui demande Rose-Lyn.

— J'avais imaginé que vous m'approuveriez autant que tante Angèle.

— Je ne suis pas contre, mais je veux t'éviter des regrets. Ça empoisonne une vie, les regrets.

Irma présume qu'elle fait allusion à son aventure avec le père de Bob.

— Je ne vois pas ce qui m'amènerait à regretter d'avoir secouru les enfants pauvres.

— Tu as déjà parlé d'aller te perfectionner en Europe... Ça prend de l'argent, ça aussi.

— Vous avez raison, tante Rose-Lyn. Je vais essayer de garder un juste équilibre dans l'organisation de ma vie.

— Tu as toute mon admiration, ma chère Irma.

❧ ❦

À l'été 1904, après dix mois de soins à domicile prodigués surtout aux familles démunies, Irma constate sur le terrain l'urgence d'ouvrir des cliniques spécialisées en pédiatrie. Trop de fois elle s'est rendue au chevet d'un enfant mourant pour qui elle ne pouvait plus rien, faute d'avoir été prévenue plus tôt ou d'avoir avec elle les instruments et les médicaments qui lui auraient permis de le traiter. D'autres souffrant d'infections aiguës ou de malformation requéraient des soins impossibles à prodiguer à la maison. La D^{re} LeVasseur constate que les visites à domicile sont essentielles mais qu'elles ne suffisent pas. Elles doivent être maintenues pour orienter les petits malades vers une institution qui possède l'espace, l'équipement et le personnel pour les traiter. Or, la ville de Québec

n'en compte aucune. Il y a bien quelques salles réservées au sein d'hôpitaux bondés, mais il y a pénurie de médecins spécialisés.

— Je dois partir pour quelques mois... annonce Irma, la voix chagrine, en présence de Nazaire, de Paul-Eugène et d'Angèle rassemblés dans le jardin après le dîner, ce dimanche 28 août 1904.

— Travailler? demande Nazaire, prêt à se réjouir.

— Étudier.

— Pas encore! s'exclame Angèle.

— Il semble bien que ce soit le prix à payer pour me faire accepter par mes collègues et pour ouvrir un hôpital pour enfants.

— Mais c'est injuste, proteste la tante. Ça fait dix ans que tu étudies.

— Puis tu l'as ta licence, ajoute Nazaire.

— Vous le savez, papa, si j'étais un homme, on n'exigerait de moi rien de plus que mon cours universitaire.

— Tu t'en vas où, cette fois? questionne Angèle au bord des larmes.

— En Europe.

— Pourquoi si loin?

— Tant qu'à aller me chercher une formation plus poussée en pédiatrie, je vais me diriger vers les pays qui sont les plus réputés en la matière. Abraham Jacobi, l'époux de Mary, me disait que depuis trente ans déjà, les revues pédiatriques sont nombreuses en France et en Allemagne alors qu'il n'en existe que deux aux États-Unis. C'est la preuve que les recherches y sont plus avancées. C'est pour ça qu'un certain nombre de nos médecins préfèrent l'Europe aux États-Unis.

— Tu aurais sans doute préféré retourner aux États, présume Nazaire.

Angèle s'efforce de ne rien laisser voir des confidences reçues de sa nièce. Pour faire diversion, Irma reprend :

— Le Dr Séverin Lachapelle a promis de me faire une place, à mon retour, dans son équipe de la Crèche de la Miséricorde à Montréal. J'ai au moins cette possibilité au cas où je ne trouverais aucun allié à Québec pour ouvrir mon hôpital.

Paul-Eugène, recroquevillé sur lui-même, n'a pas ouvert la bouche. Toutes ces raisons ne sauraient excuser sa sœur de faillir de nouveau à sa promesse.

— Ça fait trois fois que tu me fais croire que tu vas rester pour de bon avec moi, puis tu t'en vas. Je ne te fais plus confiance, Irma LeVasseur !

— Si j'étais méchante, Paul-Eugène, je te demanderais combien de fois tu n'as pas tenu tes promesses, toi non plus.

— Je les tiens, moi.

— Combien de fois tu nous as annoncé que tu avais décidé de te prendre en main et de cesser de dépendre de tante Angèle pour refuser par après les occasions de travailler que papa te proposait ?

En dépit de sa grande taille et de ses vingt-huit ans, Paul-Eugène n'offre plus que l'image d'un enfant boudeur.

— Je ne pars pas pour te punir, tu le sais bien, reprend Irma. Ne pense pas que c'est facile pour moi de refaire mes bagages. Surtout pour l'Europe.

— Tu vas revenir pour Noël ?

— Si je me rends compte que je perds mon temps là-bas, je ne tarderai pas à revenir.

Paul-Eugène en semble quelque peu réconforté.

À la veille de prendre le bateau en direction de l'Europe, Irma passe saluer sa tante Rose-Lyn.

— C'était urgent que je vous voie aujourd'hui, ma tante.

— Tu ne sembles pas mal en point, pourtant !

— Comme si je ne vous parlais que pour quêter des faveurs. Vous savez combien je vous aime, ma tante...

— Bien sûr, Irma. Je te taquinais. Mais dis-moi ce qui t'amène ce matin.

— Une grosse nouvelle ! Je m'en vais chercher du perfectionnement en Allemagne et à Paris.

L'effet de surprise passé, Rose-Lyn réplique :

— Si ça prend ça pour que ton rêve se réalise enfin, vas-y ma fille. Où prends-tu le bateau ?

— À New York.

Une tristesse vite réprimée sur le visage de cette femme de la fin cinquantaine suscite les questions d'Irma :

— Vous aimeriez visiter cette ville ? parvient-elle à articuler d'un air faussement détaché.

La réponse tarde à venir.

— Un vieux rêve, dit-elle enfin, fixant le plancher d'un regard absent.

— Vieux ne veut pas dire impossible, ma tante.

Rose-Lyn hoche la tête.

— As-tu besoin d'argent ? demande-t-elle, dans un effort manifeste pour s'arracher à ses jongleries.

— Vous avez déjà fait beaucoup pour moi, répond Irma.

— Beaucoup ?

— Je n'ai pas oublié vos interventions auprès de Philomène...

— Tu ne m'as toujours pas répondu ! lui fait remarquer Rose-Lyn.

Un air soucieux, des doigts qui se croisent et se décroisent, un regard qui fuit parlent haut du malaise d'Irma.

— Je vais être obligée d'aller te chercher ça avec des pincettes, quoi ?

— C'est de famille, on dirait, de faire la sourde oreille à certaines questions.

— Qu'est-ce que tu racontes là ! s'exclame Rose-Lyn.

— Ça fait plus de deux ans que je vous ai posé une question dans une de mes lettres, et j'attends encore la réponse.

— Je ne vois pas... T'es sûre que je l'ai reçue, cette lettre ?

— Je ne peux pas en douter, vous m'avez fait des commentaires sur certains passages.

— J'ai peut-être pensé que ça n'avait pas beaucoup d'importance.

— C'est vrai que ça peut paraître banal de me dire si quelqu'un de votre famille portait le prénom d'Evelyn.

— Je ne vois pas ce qu'un oui ou un non aurait changé dans ta vie, riposte Rose-Lyn qui s'est rendue à la fenêtre et a écarté les rideaux comme si elle attendait quelqu'un.

Son embarras vaut le plus franc des aveux, au regard d'Irma.

— Je n'aurai pas besoin d'argent, ma tante. Seulement d'une bonne dose de courage.

— Tu l'auras, ma chérie. Tu l'auras...

Rose-Lyn est retournée vers la fenêtre, offrant sa joue à la caresse du rideau de fine dentelle qui flotte au gré du vent. «Ce qu'elle donnerait pour que ce soit son fils qui la caresse ainsi», pense Irma, l'émotion à fleur de peau. À fleur de paupières. Sur la pointe des pieds, elle se dirige vers la cuisine d'où elle revient un verre à la main.

— De la bonne eau froide, ma tante...

Rose-Lyn l'accepte sans se retourner, prend quelques gorgées et dit :

— Un jour, si le bon Dieu le veut, je prendrai le train pour New York.

— La prochaine fois que j'irai, je vous emmènerai avec moi, ma tante. En attendant, je vais vous écrire... dit-elle en l'embrassant.

Troisième partie

Chapitre VIII

Juin 1906. Après deux ans d'études et de stages en Europe, la Dʳᵉ LeVasseur rentre au pays.

À cinq minutes de la gare, le train hoquette, les passagers trépignent d'impatience, le village de Saint-Roch conte fleurette à Irma avec ses tulipes pomponnées et ses pommiers en fleurs. Vibrant au diapason, le charretier sifflote sans arrêt en conduisant sa passagère à la maison ancestrale des LeVasseur. De quoi supporter l'euphorie du retour en ce milieu d'après-midi où des odeurs de lilas en fleurs surprennent et charment les passants tout au long de la rue Fleury.

Ses valises échouées près de l'entrée principale, Irma longe la maison et file vers le jardin. De la fenêtre de la cuisine vient un fredonnement... «C'est la voix de tante Angèle!» Une voix qui, chez cette femme de cinquante-six ans, n'a rien perdu de sa justesse, de sa chaleur et de son vibrato. Sur la pointe des pieds, Irma emprunte l'escalier... heureuse de trouver la porte arrière déverrouillée.

— Irma! Tu ne nous avais pas avertis de... s'écrie Angèle, une main sur le cœur, l'autre sur la bouche pour ne pas crier trop fort. Sa joie est à la mesure du chagrin éprouvé chaque fois qu'elle a vu repartir sa nièce.

Étonnée de ne pas voir surgir son frère, Irma interroge sa tante. «Il est allé aider son père à laver les vitres», lui apprend-elle, ravie

de savoir que toutes deux pourront causer en toute liberté pendant quelque temps. Les bagages entrés, pas une minute à perdre à les ranger. Les deux femmes se réfugient dans l'ancien bureau de Zéphirin, emportant avec elles une théière fumante, un plateau de biscuits à la mélasse frais sortis du four et les quelques carrés de sucre à la crème qui restent de la veille.

— Comme si grand-père était encore là, lance Irma, folâtre.

— Il est encore là, riposte Angèle. Raconte-moi tout ce que tu ne m'as pas écrit dans tes lettres...

— Si on faisait venir papa et mon frère pour souper ou veiller avec nous ?

— Tantôt, si tu veux. Mais dis-moi avant, tes amours avec Bob... Du nouveau ?

— La correspondance entre nous deux s'est de plus en plus espacée compte tenu du fait que je n'avais pas toujours une adresse fixe, à Paris comme à Berlin.

— Rien qu'à te voir l'air, il y a autre chose, Irma.

— Le détachement, ce n'est jamais facile. La tête veut, mais le cœur ne suit pas tout le temps.

— Surtout quand on est loin de tous les siens.

— C'est ça. Pour le moment, je n'ai pas tellement la tête à parler de Bob. Une autre fois si vous voulez...

— Que je suis égoïste, Irma. Tu dois avoir bien plus besoin de te reposer que de jaser. Qu'est-ce que tu penserais d'une bonne sieste avant le souper ?

— J'apprécierais, tante Angèle.

— Je ne laisserai personne te déranger, lui promet-elle, en l'accompagnant jusqu'à sa chambre dont elle referme la porte avec précaution.

Lorsque Irma se réveille en sursaut, des voix viennent de la grande salle à manger dont une la surprend. À celles de son père, de son frère et de sa tante Angèle, une autre s'est ajoutée. Un instant, elle croit reconnaître celle de Phédora. De quoi se demander si elle est vraiment sortie du sommeil profond qui l'a tenue au lit jusqu'à

six heures trente. Après s'être frotté les yeux, même décor qu'avant sa sieste. Irma n'est ni à Paris ni en Allemagne, encore moins à New York. Devant son miroir, elle constate qu'un coup de peigne s'impose et que sa blouse est froissée. Mais comme la voix mystérieuse se fait de nouveau entendre, elle se contente de replacer sa chevelure et, sur la pointe des pieds, elle file vers la salle à manger.

— Tante Rose-Lyn! Mais...

— J'ai pensé que ça te ferait plaisir qu'on l'invite, lui annonce Angèle, fière de son initiative.

Avant que les deux femmes aient eu le temps de se jeter dans les bras l'une de l'autre, Paul-Eugène se précipite vers sa sœur et la serre si fort dans ses bras qu'elle doit le calmer. Nazaire s'avance et l'accueille avec cette tendresse paternelle qui la réconforte d'une si longue absence. Rose-Lyn, la dernière, n'entend pas se priver de cette étreinte tant désirée.

— Vous auriez dû venir me réveiller, tante Angèle. Un peu plus et je me rendais à demain matin, dit Irma, enchantée de les voir tous là, l'attendant autour d'une table bellement décorée pour saluer son retour.

— J'y allais dans cinq minutes, dit son frère. Y a toujours des limites à patienter.

— Sans compter qu'on a une faim de loup, ajoute Nazaire.

— Tout est prêt, leur assure Angèle aussitôt retournée vers la cuisine d'où elle rapporte une soupière fumante.

— Un potage aux légumes! s'exclame Irma, humant l'arôme qui s'en dégage.

— Je n'ai pas oublié que c'était ton préféré...

L'hilarité et le plaisir de déguster les bons plats d'Angèle sont au rendez-vous. Banalités, taquineries, questions interrompues et réponses tronquées primèrent sans que personne s'en plaigne. Dans les regards qu'Irma et Rose-Lyn s'échangent passent des sous-entendus qui n'échappent pas à l'observation d'Angèle. Il lui tarde d'en saisir les raisons.

— Si on allait tous s'asseoir au salon pour t'entendre nous raconter ton séjour en Europe, propose Nazaire. Tes lettres nous ont tellement laissés sur notre appétit.

— Justement, enchaîne Paul-Eugène qui emboîte le pas à sa sœur et prend place à ses côtés sur le grand fauteuil. Je n'ai jamais compris pourquoi tu es allée si loin pour apprendre comment soigner les bébés.

— Parce que la Faculté de médecine de Berlin, en Allemagne, compte plus de quarante ans d'expérience et qu'elle a été la première à ouvrir ses portes aux femmes. Celle de Paris a suivi son exemple quatre ans plus tard. Et depuis, ces deux villes rivalisent pour recevoir le plus d'étudiantes étrangères dans leurs universités.

— Une question de popularité, soupçonne Nazaire.

— C'est compréhensible que la France se comporte en mère patrie, qu'elle cherche à étendre le prestige de la culture française dans le monde. Pas un mois ne passe sans que la grande presse ne vante les mérites de Louis Pasteur et d'autres médecins ou chercheurs français.

— Qu'est-ce qu'il a fait, ce monsieur? demande Paul-Eugène que le mot mérite a touché.

— Grâce à ses recherches en bactériologie, on peut désormais enrayer la contagion et affirmer que certaines maladies sont évitables. Un de ses collaborateurs, le Dr Émile Roux, qui m'a enseigné et que j'ai beaucoup apprécié lors de mon stage à l'Hôpital des Enfants Malades de Paris, a découvert les causes de la diphtérie et croit en avoir trouvé le remède. Il est maintenant directeur de l'Institut Pasteur.

— La France cherchait à damer le pion à l'Allemagne, déduit Nazaire.

— Les étudiantes étrangères doivent être moins nombreuses que les Françaises, à Paris, croit Rose-Lyn.

— Bien au contraire! Le professeur Brouardel, doyen de la Faculté de médecine de Paris, nous disait que de 1885 à 1895, sur cinq mille étudiants il y avait plus de mille étrangers dont cent soixante-neuf femmes. Et savez-vous combien on y compte de Françaises?

— Je dirais, une cinquantaine, au moins, ose Angèle.

— La moitié de ça. Ce sont les Russes qui sont les plus nombreuses. Il semble qu'elles représentent quatre-vingts pour cent des étrangères qui étudient à Paris.

— Qu'est-ce qui explique le peu de Françaises dans les universités ? demande Nazaire.

— La mentalité de ce peuple, papa. Les sages-femmes étaient acceptées et respectées en France, mais dès que les jeunes filles ont réclamé leur droit à des études universitaires, la bataille a commencé. Les hommes qui détenaient le pouvoir ont sorti leur panoplie d'arguments démodés, usés à la corde pour les en empêcher. Vous dire tout ce que j'ai entendu et lu de méprisant au sujet des femmes !

— Quelle sorte d'arguments ? veut savoir Rose-Lyn.

— Dans un pays chrétien comme la France, la femme est encore considérée comme la cause unique du péché, la complice du serpent.

— Que le clergé pense ainsi, peut-être, mais pas les scientifiques ! croirait Nazaire.

— Détrompez-vous ! Freud, un psychanalyste de réputation mondiale, a lancé que l'envie de réussir chez une femme était une névrose.

— Une névrose ? Qu'est-ce que c'est ? interroge Paul-Eugène.

— C'est une sorte de maladie qui attaque le cerveau...

Soucieuse de ne pas accabler son frère de mauvais souvenirs, Irma se hâte de passer à un autre exemple :

— Lui-même médecin et écrivain, Rabelais prétendait que la Nature s'était égarée en créant la femme. Voltaire a poussé plus loin encore en affirmant qu'elle n'a aucun génie créateur.

— Ça ne semble pas avoir été plus facile pour les femmes d'entrer dans les universités en France qu'au Canada, conclut Angèle.

— Pourtant, en 1868, quatre femmes déjà munies d'un baccalauréat ont exigé d'être admises en médecine et elles ont réussi un coup d'éclat en profitant d'une situation politique.

— Je me doutais bien que les politiciens y étaient pour quelque chose, avoue Angèle.

— C'est normal, ce sont eux qui détiennent le pouvoir... avec le clergé et les gens instruits, précise Nazaire.

— Qu'est-ce qui s'est passé ? demande Rose-Lyn.

— C'est que le doyen de la Faculté de médecine de Paris s'est montré un p'tit brin intéressé. «Sans excès», disait-il. En même temps, le ministre de l'Éducation menait une campagne pour l'éducation des jeunes filles et, ce jour-là, le Conseil des ministres était présidé par une femme.

— On devine la suite. Le Conseil a tranché en faveur des femmes, s'empresse d'affirmer Nazaire.

— Contrairement à ce qu'on aurait pu croire, au lieu d'une victoire assurée, ce fut le début des hostilités de la part des médecins et des professeurs d'université. L'un d'eux soutenait que pour faire une femme médecin, il fallait lui faire perdre la sensibilité et la pudeur; il fallait donc l'endurcir par la vue des choses les plus horribles.

— C'est vouloir dénaturer la femme, riposte Angèle.

— Et sous-estimer ce dont elle est capable. Comme si les épreuves avaient toujours épargné les femmes. C'est insultant! s'écrie Rose-Lyn.

— Vous avez raison. Pour lui comme pour plusieurs collègues, la femme qui parvenait à pratiquer la médecine n'était plus une jeune fille, ni une épouse, ni une mère.

— C'est aux États-Unis qu'on a montré le plus d'ouverture. Les statistiques révèlent qu'en 1888, on comptait trois mille femmes médecins aux États-Unis alors qu'il n'y en avait que douze dans toute la France.

— Les premières qui ont été admises à la pratique dans les hôpitaux ont beaucoup de mérite, dit Rose-Lyn, pensive.

— C'est pourquoi la première Française n'a obtenu son doctorat en médecine qu'en 1875. Seize ans plus tard, ce fut Augusta Klumpke, une Américaine à qui les autorités de la Faculté de médecine de Paris ont fait jurer de ne jamais se présenter à un concours de médecin interne d'un hôpital. Ensuite, Mlle Francillon fut la première Française de souche à obtenir son doctorat en médecine.

— Elle a respecté sa promesse, la D[re] Klumpke? demande Nazaire.

— Non, et ça a donné lieu à des pétitions et à des propos blessants dans les journaux.

— Comme quoi? questionne son père.

— Toujours sur l'incapacité intellectuelle des femmes... Je n'oublierai jamais les propos du Dr Pozzi, un des plus grands gynécologues d'Europe qui comparait un hôpital à un navire et disait : « Peut-on laisser un navire des heures entières à une femme? »

— Non! répondent en chœur Angèle et Rose-Lyn.

— Vous voulez en connaître la raison? De par sa nature, la femme est un être soumis à des éclipses de jugement et de volonté, disait-il.

— Franchement! s'écrie Angèle, scandalisée.

— Ce n'est pas très différent de ce que certains pensent chez nous. Mais, dis-moi, ces trois ou quatre femmes ont-elles persévéré? demande Rose-Lyn.

— Elles ont persévéré et c'est grâce à elles si depuis 1890, en Europe, les femmes peuvent être admises comme médecin interne dans un hôpital.

— Les messieurs n'ont pas dû apprécier, reprend-elle.

— Un autre grand médecin parisien a réagi en écrivant dans un journal : *La femme médecin est une de ces herbes folles qui a envahi la flore de la société moderne.*

Tous éclatent de rire. Paul-Eugène ne perd pas de vue sa sœur même si certains propos lui semblent obscurs.

— En Allemagne, les mentalités doivent être différentes, présume Nazaire.

— À cause de la barrière de la langue et du fait que j'y ai surtout travaillé auprès de grands maîtres de la médecine infantile, j'ai moins perçu les préjugés contre les femmes. Par contre, les Allemandes ne sont guère plus nombreuses que les Françaises dans les universités et les milieux hospitaliers.

— Crois-tu que ça valait vraiment la peine de t'imposer tant de sacrifices? relance-t-il.

— Sans l'ombre d'un doute, papa. Tout ce que j'y ai appris en neurologie, en dermatologie et en pédiatrie à Paris, puis en

gynécologie et en technologie médicale à Berlin! Le Dr Brouardel, par exemple, a instauré des mesures de prévention contre la typhoïde et la tuberculose; des collaborateurs ont construit des appareils si perfectionnés qu'ensemble, ils ont pu éteindre une épidémie de typhus. Les Drs Pasteur et Roux sont parvenus à démontrer l'efficacité de la vaccination contre les maladies contagieuses et contre la rage. Et combien de choses encore! Vraiment, papa, je n'avais rien à perdre et tout à gagner. Je suis persuadée que mes deux ans d'études en Europe sont la clé qui va m'ouvrir les portes au Québec.

Nazaire se montre insatiable d'informations strictement médicales. Pour son fils, sa sœur et sa belle-sœur, les intérêts divergent quelque peu.

— Raconte-nous comment tes journées se passaient, la prie Angèle.

— À Paris, pour les cours et les travaux, j'allais à la faculté; les dissections et toutes les études en laboratoire se faisaient dans différents pavillons. Nos matinées étaient réservées au stage hospitalier dans l'une ou l'autre des vingt et une cliniques, mais je suis allée surtout à la clinique de médecine infantile des Enfants Malades.

Paul-Eugène lutte pour ne pas dormir, Rose-Lyn aurait préféré rentrer avant la nuit, mais elle n'a pas vu passer les heures. Nazaire regarde sa montre.

— C'est si intéressant que j'aimerais qu'on poursuive toute la nuit, mais je me suis levé très tôt, ce matin. Si j'avais su...

— C'est ma faute, papa, je voulais vous faire une belle surprise.

Curieusement, Irma n'a pas sommeil et Angèle non plus. Elles se sont bien gardées de le laisser voir à Paul-Eugène. Réinstallée dans la chambre de son grand-père Zéphirin, mais temporairement, souhaite-t-elle, Irma dépouille son courrier en présence de sa tante. «Enfin, des nouvelles de Mme Putnam Jacobi!» s'exclame-t-elle, éventrant sans ménagement cette enveloppe tant attendue. La lettre est datée du 11 mai et est signée de la main de Mary. Irma pousse un soupir de soulagement... avant de remarquer la calligraphie...

Je ne peux plus marcher. Je commence à perdre toute initiative, moi qui en avais tant. La semaine dernière, j'ai commencé à ressentir une lourdeur dans mon bras gauche. Je peux deviner la paralysie qui m'attend et présumer qu'il me reste peu de temps à vivre. Je ne suis ni déprimée ni mélancolique, mais je deviens indifférente à tout, sauf à la contemplation. Au moment où vous lirez ces quelques lignes, ma très chère Irma, vous serez probablement à prendre quelques jours de repos avec votre famille après tout ce temps passé loin d'elle. Si vous venez à New York, accordez-moi l'immense faveur de votre visite. Que de choses vous aurez à m'apprendre, à votre tour, sur l'évolution de la médecine en Europe! J'aimerais vous revoir avant de faire le grand passage. Entre autres, pour vous redire ma grande admiration et causer avec vous de tout ce que nous avons en commun.

Pour Irma, il n'est de mots dans cette lettre qui ne sonnent le glas.

— Vous m'excuserez, tante Angèle, je pense que je devrais me reposer un peu, la prévient-elle, le papier à la main.

— De mauvaises nouvelles...

— Mme Putnam Jacobi...

— Tu ne vas pas repartir aussi vite?

— Cette dame, c'est comme ma deuxième mère...

Plus un mot. Un long sanglot impossible à mater traverse sa poitrine.

Paul-Eugène entre en rafale.

— Tante Angèle! Irma! Où êtes-vous? Pourquoi vous n'êtes pas venues m'avertir?

Angèle lui fait signe de se calmer. Il a tôt fait de comprendre qu'Irma ne va pas bien.

— C'est ton voyage qui t'a rendue malade?

— Non, non. Je viens d'apprendre qu'une dame que j'aime beaucoup est très malade.

— Une dame? Tu me le dirais si c'était maman?

— Bien sûr!

— Tu ne la connais pas, reprend Angèle, expliquant à Paul-Eugène que sa sœur a besoin de se reposer.

Irma se retire dans la chambre qui lui est réservée, jette un regard sur ses malles, vide la plus petite et y entasse le nécessaire pour trois ou quatre jours. Elle prend un bain, arme son réveil pour cinq heures et se glisse dans ses draps. Une lutte s'engage entre sa volonté de dormir et les questionnements qui tourbillonnent dans sa tête. Vains sont ses efforts, elle n'arrive pas à fermer l'œil.

Avant même que l'*Angelus* du matin sonne, elle se rend à la gare d'où elle peut téléphoner chez les Jacobi. Une voix masculine lui répond. Abraham Jacobi est dévasté. Mary Putnam, décédée le 10 juin, sera enterrée ce matin même. Irma sort de la gare et reprend sa route comme un zombie. Affaissée sur un banc placé en bordure de la rue Fleury, il lui suffit de fermer les yeux pour revoir un de ces boulevards de New York où elle aurait voulu rejoindre le cortège de la femme qui lui a donné son second souffle de vie. À n'en pas douter, d'ex-confrères de travail et d'anciens patients l'entourent. Aucun d'eux ne pourrait soupçonner la détresse de la jeune D^{re} LeVasseur.

Elle n'a pas trente ans qu'un quatrième deuil vient creuser le vide laissé par le décès de ses grands-pères et celui du petit Raoul. Deux femmes ont tracé à Irma des voies incontournables. Après lui avoir donné la vie, Phédora l'a éveillée à l'amour et à la beauté artistique. Son départ l'a conduite sur un sentier de privations et de quête. Près de vingt ans plus tard, Mary Putnam, par son amour, son admiration et sa confiance, lui tendait la main sur une route lumineuse, chatoyante et féconde comme source au printemps.

Inquiète de l'absence de sa nièce à une heure si hâtive, Angèle a repoussé son assiette au milieu de la table et, sa tasse de café à la main, elle garde les yeux braqués sur la fenêtre qui donne sur la rue Fleury.

— Mme Mary t'inquiète ? demande-t-elle, en l'accueillant dans le vestibule.

— Elle ne souffre plus...

— Toi, oui. Encore une fois. Je comprends que la perte de Mary Putnam doit te faire revivre celle de ta mère, dit-elle, la serrant dans ses bras.

— La mort est plus cruelle. Dans sa fatalité, elle ne laisse aucun espoir de retrouvailles. À moins d'avoir la foi chrétienne.

— L'as-tu, Irma? demande sa tante en lui servant un thé chaud.

— Dans les moments de bonheur, j'ai l'impression de croire en l'existence d'un Dieu paternel, bienveillant et généreux. Vient une épreuve personnelle comme celle de la fugue de maman, ou une injustice faite aux enfants et je doute de son existence.

— Maman était très croyante et elle m'a laissé sa foi en héritage. J'ai douté parfois, dans ma jeunesse, mais plus maintenant. Papa y puisait une grande joie de vivre aussi.

— Je vous envie, ma tante. J'écoute souvent parler les mourants. La perspective d'une vie après la mort offre du réconfort à certains, mais n'est qu'un mirage pour d'autres. Personnellement, je suis convaincue qu'elle est un palliatif au mal de vivre. Un anesthésiant pour les angoissés.

— Et celle qu'on enterre aujourd'hui, croyait-elle en l'éternité?

— Elle était protestante. Elle croyait en Dieu mais ne ménageait pas ceux qui prétendaient le représenter sur terre. Certains responsables religieux ont fait des critiques acerbes de ses écrits traitant du droit des femmes. Elle m'a confié avoir pris du recul par rapport aux croyances chrétiennes de son temps. Nous partagions sensiblement le même credo et la même perception des valeurs à préconiser...

— Le dévouement auprès des femmes et des enfants?

— Entre autres. L'intégrité et la fidélité à son idéal, aussi.

— Jésus a préconisé ces valeurs...

— Je sais. Les sœurs nous en ont tellement parlé.

Revient à la mémoire d'Irma le visage de Mary exprimant les bonheurs vécus dans sa carrière de pédiatre et sa joie d'être grand-mère, pour la première fois. «En cette enfant, c'est ma vie qui continue au-delà de ma mort. Un peu de mes os se sont miraculeusement orchestrés pour lui donner un corps parfait.» À la

fin de l'entretien, une dame lui avait demandé de préciser ce qui la charmait le plus chez sa petite-fille. « *She lives* », avait-elle répondu spontanément.

« *She is dead* », murmure Irma, espérant trouver un peu d'apaisement dans l'ancien bureau de son grand-père.

Les mots n'étant plus requis entre les deux femmes pour exprimer leurs besoins et leurs sentiments réciproques, Angèle n'ira pas la rejoindre.

Le décès de Mary creuse un trou béant dans la vie d'Irma LeVasseur. Chagrin et souvenirs incrustent en son cœur la ferme intention de demeurer dans le sentier ouvert par Mary.

Penchée sur une tablette de papier à lettres, elle rédige un texte en hommage à la D^re Mary Putnam Jacobi :

> *I only want to think of Mary Putnam Jacobi in the zenith of her physical and mental power, and the fire and magnetism of her vibrant being. She was one to inspire and lead, and generously and gloriously did she give of her talents to her beloved profession. When the history of women in medicine is fully written, there will be no more commanding figure than hers. She will be a beacon light to future generations.*
>
> D^re Irma LeVasseur

Une copie est adressée à Abraham Jacobi, une autre à la revue médicale de New York pour fin de publication.

« Serait-ce qu'un bon vent souffle enfin sur mon existence ? » se demande Irma, invitée, à l'occasion d'une convention médicale tenue à la Crèche de la Miséricorde, à donner une conférence sur *le rôle de la femme comme éducatrice physique de l'enfant*. Sur son papier, les mots coulent comme rivière. Des mots qu'elle porte avec une passion qu'il lui est enfin donné d'exprimer. « Une forme d'accouchement », pense-t-elle, jetant un dernier coup d'œil à sa chevelure

avant de quitter sa chambre d'hôtel de la rue Sherbrooke. Le port d'un tailleur noir égayé d'une blouse rose lui semble de circonstance.

Devant un public composé principalement de confrères médecins dont le Dr Lachapelle, de doyens de facultés de médecine et de quelques religieuses œuvrant dans le monde hospitalier, la jeune conférencière déclare :

— Cause qui m'est extrêmement chère, que celle du rôle d'éducatrice que la mère est appelée à jouer auprès de ses enfants. Cause de toute actualité parce qu'on commence maintenant à comprendre toute l'importance de la femme au foyer, et on lui fait faire des études plus sérieuses et plus complètes afin de la préparer à remplir dignement le rôle qu'elle est appelée à jouer. Une mère se doit à ses enfants.

Dans ce siècle d'émancipation, de revendications féminines et d'affranchissement de bien des devoirs, cette loi de responsabilité n'a jamais été contestée. Au contraire, elle a été accentuée, et les liens de l'enfant et de la mère sont mieux compris et resserrés. C'est une loi qui est écrite au cœur en parfait accord avec celle de la nature et par conséquent peu sujette à être affectée par de simples considérations sociales.

Irma a longuement mûri ce passage inspiré de ses lectures, de ses études en Europe mais aussi de sa propre expérience avec Phédora. Avant de reprendre cet exposé qui fait écho à un vécu douloureux, la conférencière se demande qui, parmi ces dizaines de personnes suspendues à ses lèvres, pourrait deviner qu'elle vient de révéler sa propre détresse ? Qui pourrait croire qu'à cet instant, elle a nommé ses meurtrissures ? Mais une louve ne fuit pas. Elle affronte.

— Toute femme, et surtout toute mère, devrait être plus ou moins médecin. Sa responsabilité lui impose une éducation spéciale et des connaissances étendues pour qu'elle soit à la hauteur de ses devoirs. Si cela était compris, nous aurions beaucoup moins de dégénérescence et d'infériorité physique, affirme-t-elle, au risque de choquer certaines oreilles.

De fait, grognements et chuchotements se font entendre, puis s'estompent. Irma reprend, non moins convaincue :

— Si la place d'une femme est au foyer, elle y est surtout comme mère de ses enfants. Que ce mot de « mère » renferme de commandements, de sacrifices et d'amour ! Sa signification est infinie.

Un serrement de la gorge a éteint sa voix. L'assistance, visiblement touchée, retient son souffle. Irma se ressaisit.

— La femme est née avec toutes les aptitudes nécessaires. Elle a une richesse d'intuition qui lui permet de comprendre l'enfant. De le deviner. On a dit avec raison : « Le meilleur médecin de l'enfant, c'est la mère. » En effet, c'est elle qui le suit pas à pas, qui épie ses moindres petites exigences, étudie ses dispositions et peut en percevoir les variations. Ajouter la science à l'intuition d'une mère afin qu'elle puisse comprendre le sens de ces observations et en tirer profit, c'est l'outiller pour remplir la plus noble et la plus intéressante des tâches.

Non prémédités, ces derniers mots lui font ressentir le poids du sacrifice qu'elle s'est imposé en décidant de se faire la mère de tout enfant malade.

Le temps des applaudissements permet à la conférencière de reprendre le fil de son exposé.

— Le foyer serait son royaume où, heureuse reine, elle puiserait toutes les satisfactions de l'esprit et du cœur en se dépensant d'une manière intelligente pour les êtres qui lui sont les plus chers. Je n'appuierai jamais assez sur cette qualité. L'enfant attend tout de celle qui lui a donné le jour et qui doit le diriger dans la vie, faire pousser droit ce roseau fragile. À part l'ignorance, il y aussi la faiblesse et la négligence qui peuvent faire en sorte que la mère manque à son devoir. Je fais allusion à ces petits défauts mignons, ces petits travers, cette légère difformité que peut présenter un bébé et qui sont perçus par certaines mamans comme un attrait de plus et qui ne les inquiètent guère. Si ces anomalies ne sont pas corrigées, soit par fausse tendresse soit par aveuglement, elles peuvent devenir une source d'ennuis et même faire le malheur de l'enfant quand il sera plus vieux et qu'il comprendra son état. Cet enfant aurait raison alors d'adresser d'amers reproches à sa mère.

Maintes fois, Irma s'était exercée à prononcer ces dernières paroles sans trémolo dans la voix. Ce défi relevé, elle reprend la parole avec plus d'aisance.

— Nous sommes nés avec l'idée du beau; nous aimons bien paraître et voulons nous rapprocher le plus possible de l'idéal; nous envions la stature des uns, l'élégance, le teint, l'air de santé des autres et plus l'esprit est raffiné par l'éducation, le contact d'un milieu cultivé, plus les désirs sont exigeants, les aspirations élevées. Faisons en sorte de n'avoir jamais à regretter d'avoir, par notre ignorance ou notre négligence, marqué un être pour toute sa vie.

La voix de la conférencière faiblit et meurt. Dans la salle passe une onde de détresse. Des têtes s'inclinent, des yeux se mouillent, des lèvres se serrent.

— Nous toutes qui sommes pleines d'aspirations qui nous rendraient si heureuses, reprend-elle, débordante d'aménité, nous pouvons dans une large mesure, il me semble, procurer aux enfants que nous aimons ces avantages que nous avons désirés pour nous-mêmes. Et cette responsabilité de la mère commence déjà quand elle est jeune fille; elle doit alors se renseigner, s'instruire sur ce qui peut influencer ses futures fonctions. Ce qui vaut la peine d'être fait vaut la peine d'être bien fait. Une partie de l'énergie, les longues heures dépensées aux travaux de fantaisie qui font tant d'anémiées parmi nos jeunes filles seraient beaucoup plus utilement employées à faire des provisions de connaissances pour le succès de leur grand rôle futur.

Des visages se renfrognent. D'autres s'illuminent. La D^{re} Le-Vasseur conclut :

— C'est à nous, femmes, qu'incombe la tâche sublime d'éducatrice de ces petits êtres qui deviendront, si nous le voulons, l'orgueil de la famille et de la race.

Ovationnée, la conférencière se voit interceptée à sa sortie de la salle par nombre de religieuses et quelques médecins qui souhaitent obtenir son adresse pour lui confier des patients. «Dans quelques jours, je pourrai vous la donner», promet la jeune pédiatre, décidant tout de go de prendre un appartement à Montréal.

De fait, quarante-huit heures lui ont suffi pour arrêter son choix sur le 61 de la rue Saint-Hubert, un logement de trois pièces déjà meublées. La nouvelle se répand. Les demandes de visite à domicile se multiplient.

Les événements m'ont devancée, écrit-elle à sa tante Angèle, en lui faisant la liste des articles qu'elle devra lui envoyer par le train. Je ne peux me permettre de perdre une seule journée tant les besoins sont criants ici. Avec un peu d'imagination, j'ai transformé le petit salon en bureau de consultation. Tante Angèle, je ne trouve pas les mots pour décrire le bonheur que je ressens. Ça fait tellement d'années que je rêve de voir des mamans venir me confier leur enfant malade, repartir outillées, réconfortées et confiantes, et revenir me le montrer guéri ou en voie de l'être. Même si pour bien des raisons, je préférerais m'installer à Québec, j'ai maintenant la certitude intérieure que c'est ici, à Montréal, que je dois ouvrir ma première clinique. Je compte sur vous pour expliquer ma situation à Paul-Eugène. Dites-lui que je suis disposée à lui faire une place chez moi. Je pourrais lui confier bien des petites tâches. Par contre, il sera privé de piano. S'il hésite à accepter mon invitation, dites-lui que vous serez tous trois invités chez moi quand je serai mieux installée.

Tante Angèle, j'ai le sentiment, enfin, de tremper mes lèvres dans la coupe du bonheur, comme dirait grand-père.

Ce bonheur, la D^re LeVasseur le vit seize heures par jour à soigner les enfants, à secourir leur mère et à les conseiller sans exiger de frais fixes. « Vous me donnez ce dont vous êtes capable », leur dit-elle. Plusieurs s'excusent : « Je n'ai pas un sou, à moins d'enlever le pain de la bouche de mes autres enfants... » Irma les reçoit avec le même empressement et les traite avec la même attention que s'ils pouvaient laisser quelques dollars dans sa main avant de partir. La fatigue ne rogne aucunement le bonheur qu'éprouve la « petite docteure ». Sa nouvelle vie lui plaît au point de se mettre à la recherche d'un plus grand logement et de s'adjoindre une aide.

❧ ❧

À l'aube de l'été, un événement des plus réjouissants oblige toutefois Irma à réorganiser sa vie : la directrice de la Crèche de la Miséricorde requiert ses services à titre de médecin interne. Comment concilier ce poste et le maintien de son bureau privé? «Le jour, auprès des enfants que la société a qualifiés de bâtards, et le soir, à ma petite clinique de consultation», conclut-elle, en affichant sa disponibilité à la porte du 61 de la rue Saint-Hubert.

Le 3 juillet 1906, la D^{re} LeVasseur s'engage à donner un an de son temps et de ses soins à l'œuvre des enfants ostracisés par la morale judéo-chrétienne. Les autorités de la Crèche de la Miséricorde célèbrent l'événement comme «un cadeau de la divine Providence». Dans l'esprit de la jeune doctoresse, des mots qu'elle n'oserait prononcer tout haut : «La divine Providence qui daigne s'occuper des enfants que la société considère objets de honte, que l'Église juge fruits du plus grand de tous les péchés, n'est-ce pas assez paradoxal?»

En échange du salaire auquel elle renonce pour les dix mois à venir, la jeune pédiatre propose des améliorations. Ces petits êtres, que la morale catholique arrache à leur mère, vivent dans une trop grande promiscuité, souffrent d'insuffisance alimentaire, faute de ressources, et sont victimes d'un manque flagrant de stimulation, sans parler de leur détresse affective. Des bénévoles sont recrutées pour leur donner le biberon ou faire leur toilette mais, sauf la D^{re} LeVasseur, rares sont les femmes qui prônent l'importance des caresses pour le développement normal de l'enfant. Pis encore, de jeunes religieuses sont réprimandées par leur supérieure pour avoir cajolé ou gâté un de ces enfants. «Vous êtes ici pour répondre à leurs besoins essentiels», leur dit-on. «Comme si la tendresse et l'amour n'en étaient pas!» répliquerait bien la D^{re} LeVasseur si elle ne connaissait pas la mentalité qui inspire de tels propos. «Ces petits bâtards n'ont aucun droit. Encore chanceux qu'on leur donne le gîte et le couvert en attendant qu'ils soient adoptés», ont clamé certaines personnes en autorité.

À ces perceptions discriminantes s'ajoutent nombre de réticences face aux changements préconisés par cette pédiatre riche

de plusieurs années de formation et d'expérience aux États-Unis comme en Europe. «On n'a ni l'argent, ni l'espace, ni le personnel pour appliquer de telles mesures», allègue-t-on.

Navrée mais non résignée, la jeune doctoresse part à la recherche de moyens efficaces pour faire évoluer les mentalités.

— Que diriez-vous de rencontres-causeries sur des thèmes qui touchent les soins à la petite enfance? suggère-t-elle à la directrice.

— Je vais en discuter avec mes consœurs, lui répond celle-ci, favorable à cette idée.

À quelques semaines de Noël, deux missives destinées à Irma ont été acheminées à Québec. «On croyait sûrement que je passerais le temps des Fêtes avec ma famille», se dit-elle, non sans une certaine nostalgie. Dans une grande enveloppe envoyée par Angèle LeVasseur, Irma trouve un mot de félicitations et d'encouragement de sa tante, des vœux de Noël de son frère qui espère aller la visiter bientôt et, chose étrange, une autre enveloppe, plus petite, dont l'adresse semble avoir été écrite par deux personnes différentes. Une des calligraphies est identique à celle d'Hélène, l'autre, un vrai mystère. Irma en sort deux feuillets. Celui du dessus provient effectivement de son amie Hélène. La signature du deuxième lui coupe le souffle. «Ce n'est pas autre chose que ça... Je devrais me réjouir, mais... Mais je ne croyais pas l'aimer autant. Je ne peux pas lui reprocher d'avoir renoncé à m'attendre, je ne lui ai donné aucun espoir lors de notre dernier échange. Oh, Bob! Qu'il ne te soit jamais donné de connaître la douleur qui m'habite en apprenant que je serai à jamais privée de l'amour que tu me portais. Je n'avais pas réalisé que depuis notre première rencontre, je l'avais gardé jalousement en mon être, ce si tendre amour. Il était là pour me garder le cœur au chaud. Pour illuminer mon regard chaque fois qu'il se posait sur un enfant, sur un vieillard, sur un myosotis. À mon réveil, il était mon premier rayon de lumière. Quand venait la nuit, un échec à la solitude. Il me permettait de me considérer comme

une vraie femme, même si je ne voulais pas aller plus loin... Je n'avais pas pensé qu'il pouvait m'être enlevé et que ce jour-là, son absence me laisserait un bleu atroce au cœur. »

Une heure de chagrin usurpée au sommeil, il ne reste que quatre heures de repos pour celle qui vient d'apprendre les fiançailles de Bob et d'Hélène. Zéphirin n'étant plus là, Irma prie Angèle de venir seule lui rendre visite.

Vous conviendrez avec moi qu'il ne faut pas que mon frère sache que c'est pour Montréal que vous prenez le train.

Angèle connaît trop sa nièce pour banaliser cet appel au secours. «Une bonne amie a besoin de mon aide pour quelques jours», dit-elle à Paul-Eugène. Le silence et les yeux rembrunis du jeune homme trahissent le doute qui l'habite. Aussi, Angèle en fait part à Irma dès son arrivée à son appartement.

— Je n'en suis pas surprise... Son sixième sens est tellement développé, rétorque-t-elle.

— Tu parles de...

— Son intuition. Certains appellent ça l'instinct. Mais moi je préfère l'intuition parce qu'elle va au-delà de la survie.

— La tienne t'avait-elle prévenue ?

— Au sujet d'Hélène et Bob ? Pas vraiment. À moins que j'aie refusé de l'écouter...

— Comme si ton instinct de survie était intervenu, ose Angèle.

Irma dodeline puis avoue :

— Que Bob offre son cœur à Hélène ne me conduira pas au suicide, quand même.

— Mais tu ne vis pas moins une grande peine d'amour, Irma. Ta raison souhaitait que Bob se détache de toi, mais rien que ta raison. Tout le reste est meurtri.

— Depuis hier soir, j'arrive à trouver de petites zones de bien-être intérieur. Comme si à elle seule l'annonce de votre visite m'y disposait.

— Et qu'est-ce qui te console un peu ?

— Me mettre dans la peau d'Hélène. Je n'ai tellement pas de difficulté à imaginer le bonheur qu'elle doit ressentir.

— Que de courage et de générosité chez toi, ma très chère Irma ! Combien d'autres femmes seraient folles de jalousie à ta place.

Pour éponger sa peine, Irma évoque le souvenir du plus beau serment d'amour qui lui ait été fait : « Ma très chère, je ne souffrirai pas de ne pas avoir d'enfant si tu acceptes mon amour. Que tu sois ma cousine me fait t'aimer encore plus. Ensemble, nous la retrouverons ta mère. Tu trouveras en moi le complice qu'il te faut. Tes projets seront les miens. Réfléchis encore, Irma, je t'en supplie... »

— Tu l'aimes encore... dit Angèle.

— Est-ce qu'on peut en guérir, ma tante ?

— Mon expérience en ce domaine n'est pas encourageante.

— Vous avez vécu ça ? s'étonne Irma.

— Hélas, oui. Un impossible amour. Réciproque, à part ça.

— Mais je ne comprends pas !

— Avec un religieux. Un père jésuite.

— Il était comment ?

— Beau comme un dieu. Le plus intelligent des hommes que la terre ait portés. Puis délicat, avec ça.

— Vous aussi, vous l'aimez encore. Il y a longtemps que vous l'avez vu ?

— Oh, oui ! Il a demandé à être transféré en France.

— À cause de vous ?

— À cause de notre amour...

Dans les bras l'une de l'autre, Angèle et Irma vivent un moment magique.

Plus sereine, Irma confie, presque souriante :

— Pourquoi vouloir enlever de la bouche d'un autre un mets qu'on ne peut soi-même déguster ?

— Décidément, ma chérie, tu as pris tout ce qu'il y avait de meilleur chez tes parents...

— Peut-on souhaiter plus beau compliment ?

— Il est sincère, Irma.

— Ils vont se marier en mai... Vous imaginez les arbres en fleurs, la tiédeur du printemps, la nature et son souffle nouveau ?

— Te voilà poète, maintenant! s'exclame Angèle pour faire échec à la mélancolie qui veut reprendre du terrain.

— Un peu à la Nazaire LeVasseur... réplique Irma, un tantinet moqueuse.

— Tu es une jeune femme qui mérite tellement d'être connue, soutenue et appréciée. Tu viens de m'inspirer une nouvelle cause.

— Dites vite, tante Angèle.

— Toi! Ce sera toi et tes projets!

Une nouvelle étreinte se veut serment de la part d'Angèle et gratitude de la part de sa nièce.

Irma retourne à la lettre d'Hélène.

— Ils m'invitent. Regardez ce que Bob a ajouté :

Notre porte te sera toujours ouverte, cousine adorée.
Je n'oublie pas la mission dont tu m'as chargé.
Si tu savais comme elle me tient à cœur.
Je t'embrasse tendrement

Bob

— Tu y arriveras? demande Angèle.

Le front crispé, Irma attend une explication.

— Tu le sais bien... À ne l'aimer que comme un cousin?

— Le temps, mon travail et... la vie, finalement, s'en chargeront bien.

— Tu m'impressionnes, Irma. Je déplore que ton grand-père Zéphirin ne soit pas avec nous en de pareils moments.

— Vous avez perdu la foi, ma tante?

— T'as raison de me corriger... Il est toujours avec nous. Je le crois fermement. Tu lui as demandé de t'aider à retrouver ta mère?

— Non. C'est à Bob que je me suis adressée.

— C'est donc cette mission que tu lui as confiée!

À la Crèche de la Miséricorde, le projet de conférences proposé par la D^re LeVasseur est accueilli avec une certaine réserve par l'autorité.

Et pour cause, il devient pour l'animatrice l'occasion de décrier certains tabous sociaux.

Devant une salle composée d'un auditoire exclusivement féminin, dont des aides laïques et les religieuses de la crèche, la D^{re} Irma LeVasseur soutient :

— Il est odieux de considérer nos enfants dits illégitimes comme des objets de honte. De les traiter comme des coupables alors qu'ils sont des victimes... Comme la majorité de leurs mères, d'ailleurs. Victimes d'abuseurs, de lâches, de violeurs. Des hommes que la société couvre et protège de son silence alors que ces pauvres filles restent sans droit de parole, sans défense, sans secours. Comble de l'injustice, on va jusqu'à les priver de leur droit d'être comprises. Leur droit d'être absoutes et aidées. Dans nombre de cas, on va jusqu'à leur arracher leur enfant et on ajoute à l'offense en leur faisant de fausses promesses. Je m'explique. Que de témoignages j'ai reçus à l'effet que nombre de ces mères honnies viennent, une fois mariées, réclamer leur enfant. À leurs revendications pourtant légitimes, on répond trop souvent par le mensonge et l'hypocrisie. Je parle en connaissance de cause...

Des signes d'indignation se manifestent sur certains visages ; sur d'autres, c'est l'inquiétude ou la réprobation. La D^{re} LeVasseur reprend d'une voix empreinte d'émotion :

— Ma meilleure amie est une de ces victimes née d'une bonne famille canadienne-française, violée par son patron et expédiée aux États-Unis pour y cacher sa grossesse et son accouchement. On lui a montré son fils naissant, une seule fois, le temps de l'affliger d'une peine profonde ; peine qu'elle méritait, lui a-t-on dit. Combien de temps encore nous tairons-nous, les femmes du Québec ? Que nous faut-il donc pour que nous réclamions la justice pour nos mères, nos sœurs et nos filles ?

Des auditrices indignées gardent les yeux rivés au plancher. D'autres couvrent leur approbation de discrétion. Certaines essuient une larme discrètement.

La conférencière poursuit avec la même fougue :

— Le mal fait, ne pourrait-on pas tenter de compenser par une plus grande mansuétude envers ces petits êtres innocents? N'ont-ils pas une âme et un cœur, eux aussi? Dès lors, ne sont-ils pas enfants de Dieu, eux aussi? Ne méritent-ils pas que nous prenions soin de leur corps mais aussi de leur cœur et de leur âme? Nombre d'experts en pédiatrie m'ont enseigné, lors de mes études en Europe et plus encore, lors de mon stage au *Mount Sinaï Hospital,* que la tendresse et le respect leur sont aussi indispensables que les bons soins physiques. Les en priver entraîne des retards de développement et les prédispose à la maladie.

Aux objections qui viennent de certaines auditrices, Irma réplique :

— Donner de l'amour et du respect ne requiert ni plus d'argent, ni plus d'espace ou de personnel. Tout est dans l'attitude...

Sur la pointe des pieds, le dos courbé, deux religieuses quittent la salle. Perplexe, ignorant leurs motifs, la conférencière annonce :

— Nous allons faire une pause de dix minutes.

Une des deux ne revint pas.

Contrairement à ce qui avait été prévu, après cette première causerie, la D^{re} LeVasseur n'en donnera plus que trois. «Les autres sont suspendues pour une période indéterminée. Faute de temps», lui apprend-on. «Ce n'est qu'un prétexte», pense Irma.

Dès lors, une intervenante surprise à causer avec la jeune doctoresse est sommée de se mettre au travail sans perdre un instant. «Mes services sont appréciés mais pas mes idées», constate Irma, navrée.

— À quoi me servent mes études en pédiatrie si je ne puis les appliquer? demande-t-elle au Dr Séverin Lachapelle à qui elle confie sa déception en sortant de la crèche après son travail.

Deux ans auparavant, ce médecin ne lui avait-il pas promis son aide à la condition qu'elle aille en Europe se perfectionner en pédiatrie?

— C'est un travail délicat. Il faut l'accomplir au compte-gouttes et le plus discrètement possible, ma chère Irma. Mes vingt-cinq ans d'expérience en médecine et mes dix autres en politique m'ont appris

que c'est presque un miracle quand on réussit à concilier sciences et œuvres de bienfaisance.

— Serait-ce plus facile avec des laïcs? demande-t-elle, trottinant derrière le médecin qui file à grands pas.

— Parfois, mais pas toujours...

«Réponse calquée sur la poudrerie qui tourbillonne dans les rues de Montréal», juge-t-elle.

Sur ces mots, le Dr Lachapelle s'engage dans une direction opposée, enfonce ses bottes de feutre dans la neige docile puis se retourne, le temps d'offrir à sa collègue d'en discuter plus longuement une autre fois.

Irma l'en remercie d'un geste de la main. Dépitée, elle cherche un second souffle d'énergie dans sa résistance aux bourrasques qui la bousculent. Perdue dans ses fourrures d'où ne sortent que ses petits yeux d'ébène, elle les défie avec toute l'insolence qu'elle a retenue en présence du Dr Lachapelle. À sa porte, deux mamans l'attendent, serrant leur bambin sur leur poitrine.

Au terme de cette journée, la fatigue replonge Irma dans ses rêves de jeune fille. Le scepticisme de son enseignante du couvent de Sillery face à son désir de devenir médecin lui revient en mémoire. Un défi de taille pour une femme. Irma a arraché aux autorités politiques et médicales ce droit et celui de pratiquer médecine générale, chirurgie, obstétrique et pédiatrie. Mais ces victoires ne suffisent pas. Freinée dans la poursuite de son idéal par un mur de préjugés sociaux et religieux, elle compte abattre cette barrière, sinon la contourner.

À sa tante Angèle, elle écrit :

Je poursuis mon travail à la Crèche de la Miséricorde en dépit des contraintes qui me sont imposées et des conditions dans lesquelles vivent nos petits orphelins.

J'ai tant rêvé de soigner et guérir tous les enfants malades qui me sont confiés! J'avoue que j'y parviens plutôt bien, compte tenu des moyens qui me sont donnés. Je voudrais aussi apporter à ces enfants démunis toute la tendresse qu'ils réclament

de leurs petits bras tendus ; mais, à moi seule, je n'y arriverai jamais. Le nombre de poupons qui augmente sans cesse me fait voir la démesure de mes désirs. C'est navrant. Sur le point de me laisser envahir par une immense tristesse, j'ai constaté qu'il y avait mieux à faire. J'ai l'intention d'amorcer des démarches sérieuses et concrètes pour réaliser le projet qui me tient à cœur depuis des années. Je devrai donc quitter ces petits à qui je souhaitais apporter des soins de meilleure qualité. Je vous en parlerai... Je compte passer quelques jours à Saint-Roch au début de l'été.

Informée par son amie Maude Abbott de la réalisation d'un projet semblable au sien dans l'Ouest de Montréal, Irma ne tient plus en place. Par un bel après-midi de janvier, toutes deux se rendent au 500 de la rue Guy. Un homme d'une grande affabilité, que le soin des enfants passionne, les accueille.

— Le jour même où je louais un premier local dans cette maison, j'accueillais cinq petits patients, dit le Dr Alexander Mackenzie Forbes, chirurgien orthopédique au *Montreal General Hospital*. C'était le 30 janvier 1904. Je revois encore ces bambins rachitiques dont trois présentaient des difformités sérieuses, ajoute-t-il, la désolation traçant de longues rainures sur son front.

— Je remarque, dit Irma, que vous affichez le nom de votre clinique dans les deux langues...

— Pour moi, un enfant malade n'a ni race ni couleur. Il devient mon patient dès qu'il entre dans cette maison.

— Pauvre ou riche... présume-t-elle.

— Pauvre ou riche, D^{re} LeVasseur.

Irma est touchée d'entendre le Dr Forbes s'adresser à elle en lui attribuant son titre de médecin. Que de fois ses confrères ont cherché la formule qui les en exempterait !

— Il semble que vous apportiez un soin particulier à vos jeunes patients, la belle saison venue, dit Maude.

Le Dr Forbes sourit puis explique :

— Je crois fermement aux vertus du grand air et du soleil pour se maintenir en santé tout comme pour favoriser la guérison. Je fais

monter des tentes dans le jardin qu'un généreux voisin nous prête pour que nos petits handicapés puissent profiter de l'été. Vous serez peut-être surprises d'apprendre que dans certaines familles, les enfants difformes sont cachés...

— Comme si c'était une honte, dit Maude.

— Ça ne m'étonne pas, Dr Forbes, reprend Irma. Il y a chez nous une croyance entretenue, hélas, à l'effet que l'enfant infirme naît pour punir les parents d'une faute grave qu'ils auraient commise. Comment voulez-vous que ceux qui adoptent cette croyance se sentent à l'aise de conduire leur enfant chez un médecin ou dans un hôpital?

— Il y a un gros travail d'éducation à faire auprès des familles, relance la D^{re} Abbott.

— Je vous approuve mais, en même temps, je me demande où je pourrais loger de nouveaux patients. Qui va les soigner? Tous mes locaux sont remplis à pleine capacité, fait remarquer le Dr Forbes.

— C'est plus alarmant encore dans l'Est de Montréal, ajoute Maude. On n'en a pas d'hôpital pour accueillir nos enfants francophones et les soigner gratuitement, n'est-ce pas, D^{re} LeVasseur?

— J'ai à cœur de pallier cette pénurie, Dr Forbes. C'est pour ça que je viens prendre conseil auprès d'une personne comme vous qui a vécu l'expérience, déclare Irma.

— J'en suis très honoré, D^{re} LeVasseur. Mais... Vous me semblez bien jeune pour vous lancer dans une telle aventure.

— J'ai trente ans, huit ans d'études et cinq ans d'expérience, Dr Forbes.

— Pardonnez-moi, je n'aurais pas cru, avoue le médecin, réjoui.

Un instant de silence et de réflexion le ramène à la faveur implorée par la jeune doctoresse:

— Vous conseiller? Je ne peux parler que de mon expérience personnelle. J'avoue que si c'était à recommencer, je m'y prendrais autrement.

— Vous voulez dire...

— D^{re} LeVasseur, n'ouvrez pas votre clinique avant d'avoir gagné des personnes influentes et bien nanties à votre cause.

Les échanges se poursuivent dans un climat d'aménité. Le Dr Forbes questionne les deux jeunes femmes sur leurs études, leurs stages et leurs idéaux, et il les écoute avec respect et cordialité. Les deux doctoresses allaient lui dire au revoir quand il s'adresse à Irma :

— J'ai l'impression de vous avoir déjà rencontrée. Et vous ?

— Je ne crois pas.

— Pourtant, votre visage et vos manières me disent quelque chose.

— Un sosie, peut-être. Si vous le revoyez, faites-le-moi savoir, suggère Irma, amusée.

Maude aime bien retrouver chez son amie cet humour trop peu fréquent.

Le lendemain, 15 avril 1907, Irma frappe à la porte du bureau du Dr Lachapelle. Du même âge que Phédora, il a fait preuve maintes fois de rigueur mais aussi de sagesse et de générosité. Elle revient lui exposer son projet.

— Vous avez la compétence et la détermination pour le mener à bonne fin, D^{re} LeVasseur. Il vous reste à trouver les appuis financiers et à vous assurer la collaboration de confrères médecins, dit-il, muet sur ses propres dispositions.

Irma est désarmée. « J'avais donc mal saisi ses intentions », songe-t-elle.

— Parmi vos confrères, lesquels, selon vous, seraient intéressés à m'épauler ? lui demande-t-elle.

— Le Dr Masson, oui. D'autant plus que tout comme vous, il brûle de mettre en pratique la formation qu'il est allé chercher en Europe.

— Vous croyez qu'il acceptera de soigner les enfants gratuitement ?

Le Dr Lachapelle penche la tête, plongé dans une réflexion qu'il s'accorde avant de se prononcer :

— Lui, je n'en suis pas sûr. Dans le pire des cas, on ne sera que deux pour démarrer le projet.

— Vous êtes intéressé, Dr Lachapelle ! Il me semblait aussi que...

Dans un élan d'enthousiasme, Irma quitte son siège, se dirige vers Séverin et lui ouvre les bras. Étonné mais non contrarié, il fait de même. L'accolade est brève, comme il se doit entre professionnels et collègues de travail. De retour à son fauteuil, le Dr Lachapelle discourt sur l'urgence d'offrir des soins médicaux appropriés aux enfants et de le faire dans un milieu adapté à leur âge.

— Si on attend que le gouvernement prenne de lui-même cette initiative, nous allons perdre encore des milliers d'enfants. J'ai tenté d'en faire valoir la nécessité lors de la première convention de l'Association des médecins de langue française de l'Amérique du Nord, en 1902. J'ai clamé haut ma foi en la force numérique du peuple canadien-français, comme je l'avais fait dans l'introduction de *Femme et nurse*, ce livre que j'ai publié en 1901. Je crois sincèrement, D^{re} LeVasseur, que le moment est venu de se tourner vers les gens fortunés...

— C'est aussi ce que me recommande le Dr Forbes. Des gens fortunés, il y en a à Montréal. Mais lesquels seraient disposés à donner de leur argent pour sauver nos enfants ?

Sur une feuille de son bloc-notes, le médecin griffonne un nom et une adresse :

— Commencez par aller voir cette bonne dame, conseille-t-il, en lui tendant le papier. Mme Thibaudeau est de toutes les œuvres charitables.

Consciente de n'avoir pas une minute à perdre, Irma se lève, prête à passer à l'action.

— Un p'tit instant, dit Séverin Lachapelle qui s'était laissé déstabiliser par la fougue et l'intrépidité de cette jeune femme. Pour ce qui est de l'équipe de médecins bénévoles, je vais y penser.

— Je vous fais confiance, docteur.

— Vous avez tout mon appui, D^re LeVasseur. Vous en aurez grand besoin.

— Je le sais.

Confortée par les promesses du Dr Lachapelle, Irma n'est pas moins consciente du défi qu'elle s'apprête à relever. Fonder un hôpital pour les enfants pauvres est une entreprise d'envergure qui exige d'être préparée dans les moindres détails. De plus, pour avoir été confrontée plus d'une fois au scepticisme des hommes vis-à-vis du potentiel intellectuel des femmes, Irma craint qu'ils ne soient pas moins méfiants à l'égard de leurs compétences en affaires.

Sur la rive nord du Saint-Laurent où elle est venue se balader, la D^re LeVasseur laisse ses rêves glisser sur les reflets argentés que dessine la lune sur les eaux calmes du fleuve. Lui apparaissent des dizaines de femmes en larmes, accourant à son hôpital dans l'espoir qu'elle arrache à la mort le bambin qu'elles pressent sur leur poitrine. « Il me faut une bonne équipe de médecins dévoués et des dames patronnesses qui réconfortent les mamans le temps qu'on soigne leurs petits. Viendra un temps où on ne comptera plus les guérisons. Les nouveaux-nés survivront, les familles se multiplieront. La nation canadienne-française gagnera des femmes et des hommes vigoureux. »

Cette vision au cœur, Irma retourne à son appartement, prête à définir les objectifs de l'hôpital qu'elle veut fonder :

1. *Soigner les enfants qui ne sont pas reçus dans les autres hôpitaux, sans distinction de race ou d'allégeance religieuse ;*
2. *Aider les femmes qui ne peuvent procurer les soins nécessaires à leurs enfants ;*
3. *Former des gardes-malades et des aides maternelles pour travailler auprès des enfants hospitalisés et des familles dans le besoin.*

Trois jours plus tard, Irma se rend chez Mme Thibaudeau. Le luxe de sa résidence impressionnerait quiconque n'a pas fréquenté les familles bourgeoises. Mais Irma a fait cet apprentissage avec les

Venner, les Canac-Marquis et les Putnam Jacobi. Une gouvernante l'accueille, la fait asseoir au salon, le temps de prévenir sa patronne... Irma se croirait dans l'un des salons du Dr Canac-Marquis. Du tapis aux meubles, sans négliger les bibelots, tout parle d'aisance et de bon goût. Lorsque apparaît Marie Thibaudeau, femme opulente au regard franc, Irma n'est pas surprise. Intimidée? Quelque peu, oui.

— Mes hommages, D^{re} LeVasseur! J'allais quitter pour une réunion, mais je veux bien vous accorder quelques minutes. Votre projet en vaut la peine...

— Vous le connaissez?

— Le Dr Lachapelle m'en a soufflé un mot. Mais j'aimerais vous entendre, madame.

Ravie, Irma énumère succinctement les trois objectifs de son projet, lui en laisse une copie et sollicite un rendez-vous.

— Donnez-moi quelques semaines. Le temps d'en discuter avec des dames qui pourraient nous appuyer.

— Ai-je bien entendu? Vous avez bien dit NOUS appuyer?

— En effet.

— Si je vous avais connue il y a trois ans, Mme Thibaudeau, nous aurions peut-être notre hôpital pour enfants aujourd'hui.

— C'était peut-être mieux ainsi. Vous êtes bien jeune, D^{re} LeVasseur... Il faut être bien armées, nous les femmes, pour obtenir l'accord et la collaboration de nos hommes, croyez-en mon expérience.

— J'en ai des armes en réserve, Mme Thibaudeau. Ça fait plus de dix ans que je me bats et depuis cinq ans, je n'ai reculé devant rien pour venir au secours de nos petits enfants...

Une émotion a voilé le regard de la jeune doctoresse et retenu ses derniers mots. Mme Thibaudeau l'a ressentie.

— Je le sais, ma chère petite dame. J'ai entendu parler de vous, je sais que vous travaillez à la Crèche de la Miséricorde... Dommage que ma grande amie, Justine Lacoste-Beaubien soit en Europe pour quelques mois encore. Je pense qu'elle serait une des premières à encourager votre initiative. Sans compter que son mari, comme tous les De Gaspé Beaubien, est plutôt fortuné. Chère Justine! Elle n'est tellement pas gâtée...

Pas gâtée ? Irma en reste médusée d'étonnement.

Mme Thibaudeau se lève.

— Nous reparlerons de tout ça un autre jour, si vous le voulez bien, D^re^ LeVasseur. On m'attend, dit-elle en lui donnant une vigoureuse poignée de main à laquelle Irma répond tout en lui suggérant une autre rencontre vers la fin avril.

Avec la certitude que son projet commence à prendre forme, Irma poursuit sa quête de sympathisants et de collaborateurs. Indépendante de caractère, il lui est très ardu de frapper à la porte des présumés bienfaiteurs. Plus encore d'essuyer les préjugés des hommes à l'égard des possibilités de la femme de s'aventurer avec succès sur des terrains qui leur étaient dévolus. «Mais la cause en vaut tellement la peine», confie-t-elle à son amie Maude à qui elle vient faire part de ses déboires et de ses intentions.

— Je suis allée présenter mon projet à deux curés qui bénéficieraient d'avoir un hôpital pour enfants dans leur paroisse.

— Je devine leur enthousiasme.

— Tu veux rire ? De vrais Thomas ! Sans parler de leur perception d'un hôpital bien administré...

— Par des hommes, je présume.

— Par des hommes et des religieuses. Surtout pas par une jeune femme célibataire.

— À bien y penser, ma pauvre Irma, tu t'es adressée aux plus réfractaires de la société.

— J'ai l'intention d'utiliser les journaux, cette fois.

— Tu as des contacts ?

— Non, mais je ne serais pas surprise qu'une journaliste comme Françoise, reconnue comme la première femme journaliste du Canada français et qui travaille pour *La Patrie,* accepte de publier ma lettre dans sa chronique.

— Robertine Barry, de son vrai nom, est une journaliste qui défend les droits des femmes dans ses chroniques. Tu savais qu'elle a fondé le *Journal de Françoise,* sous-titré *La gazette canadienne de la famille ?*

— Oui. Mon père m'a gardé les numéros publiés avant mon retour de New York. Je l'admire pour sa ténacité à réclamer le droit des femmes à une formation professionnelle à tous les niveaux. D'ailleurs, j'ai appris deux choses à son sujet lors de mon séjour en Europe : Robertine Barry avait été désignée par le gouvernement canadien comme l'une des représentantes du Canada à l'Exposition universelle de 1900 qui a eu lieu à Paris ; aussi, en 1904, elle fut nommée Officier de l'Académie par le gouvernement français en reconnaissance de son apport à la culture française.

Un doute traverse l'esprit de Maude :

— Par contre, son style me semble peu apparenté au tien, ose-t-elle avancer, au fait de la verve, de la fougue et parfois même de l'impétuosité des propos de son amie Irma quand une cause lui tient à cœur.

— On verra bien, réplique-t-elle, reconnaissant la pertinence de cette remarque.

De retour à son appartement, elle réfléchit au ton que devrait prendre sa lettre pour être agréée de Françoise et toucher les lecteurs montréalais. L'inspiration vient.

Samedi, 20 avril 1907

Ma chère Françoise,

Plusieurs personnes philanthropes de Montréal veulent mettre à exécution un projet qu'elles chérissent depuis longtemps. Une nouvelle œuvre verra le jour dans quelques semaines si le sympathique public de Montréal veut bien nous prêter secours. Quelle œuvre philanthropique entre toutes que l'œuvre des petits enfants, n'est-ce pas ? Combien de ces pauvres petits êtres sont voués à la mort par l'ignorance et la négligence, par le manque de soins intelligents, par la pauvreté ! La proportion en est effrayante pendant la saison chaude.

Aussi, nous voulons que nos enfants soient reçus, comme dans toutes les grandes villes, dans un hôpital où des spécialistes donneront quotidiennement des consultations gratuites aux familles indigentes qui y amènent leurs enfants malades.

Nous leur donnerons des conseils fondés sur la science, nous apporterons un soulagement à leurs maux en même temps que des notions élémentaires d'hygiène, lesquelles font défaut, surtout dans la classe pauvre. Nous le ferons avec tout le zèle qu'on peut attendre de personnes dévouées à la cause infantile. Outre les consultations gratuites, cet hôpital donnera refuge aux petits souffreteux qui auraient besoin de plus de surveillance, ou qui, pour différentes raisons, sont privés de l'assistance nécessaire chez eux.

De plus, notre hôpital comprendra une pouponnière pour que des leçons pratiques soient données aux personnes dédiées aux soins des enfants.

Voilà, il me semble, une œuvre qui s'impose, une œuvre qui doit partir du cœur et de la raison tout à la fois. Une ville populeuse comme Montréal devrait avoir son hôpital des enfants.

Je vous remercie, ma bonne Françoise

D^{re} Irma LeVasseur
61, rue Saint-Hubert
Montréal

❧ ❧

Jour et nuit, Irma est hantée par son projet. Il lui tarde que le soleil se lève pour s'engager dans la rue Saint-Denis à la recherche d'une maison suffisamment spacieuse pour y aménager une clinique. Nombre de résidences intéressantes jalonnent cette rue. Tout près de la rue Roy, une maison à trois étages lui semble toute désignée. Des profils se dessinent derrière les rideaux d'organdi. Irma est tentée de s'y présenter. Il n'est pas encore sept heures, constate-t-elle, disposée à attendre un peu quand les tentures s'ouvrent et qu'elle se sent observée. Sans plus tarder, elle frappe à la porte. La jeune dame qui lui ouvre lui apprend, non sans méfiance, qu'elle

n'est que la locataire et que cette bâtisse est une des propriétés de M. Jean-Damien Rolland.

— Il habite ici, M. Rolland?

— Oh, non! Je ne saurais vous dire où il se trouve... Il est si occupé.

— Où travaille-t-il?

— À bien des endroits... Vous ne le connaissez pas?

— Non. Vous pouvez me dire où j'aurais le plus de chances de le trouver?

La locataire l'observe, esquisse un sourire malicieux et dit:

— C'est un citoyen exemplaire, M. Rolland. Ce n'est pas parce qu'il est riche qu'il...

— Je cherche un logement, madame.

— Peut-être qu'au bureau de la J.B. Rolland, on pourrait vous informer...

Irma quitte sans insister davantage. « Le Dr Lachapelle connaît probablement cet homme. Je lui en parlerai demain », se dit-elle, s'attardant devant le 644 de la rue Saint-Denis, à imaginer le devenir de cette maison. « Sur les portes doubles de l'entrée, je ferai peindre en lettres blanches: HÔPITAL DES ENFANTS. Dans le grand salon de droite, ce sera la salle d'attente. J'y ferai installer cinq ou six petits lits pour que les premiers soins soient donnés aux enfants, dès leur arrivée. J'espère que la pièce située à gauche de l'entrée sera assez vaste et éclairée pour en faire une salle de chirurgie. À l'étage, je ferai aménager des chambres et des bureaux pour des soins spécialisés comme l'orthopédie, l'obstétrique et... » Irma est tirée subitement de ses jongleries par une dame à la stature imposante mais au regard inquiet:

— Vous avez besoin d'aide?

— Non, merci! Ou plutôt, oui. J'aimerais rencontrer le propriétaire de cette maison.

— Je ne crois pas qu'elle soit à vendre, si c'est ça votre question.

— On ne sait jamais.

— Je le sais. Elle appartient à mon père, Jean-Damien.

La conversation qui s'engage alors avec Euphrosine Rolland prend une tournure inespérée. À peine Irma lui a-t-elle exposé son projet qu'elle découvre chez cette célibataire visiblement bien installée dans la quarantaine, une femme de grand cœur, très pieuse et surtout très fortunée.

— C'est la divine Providence qui a voulu qu'on se rencontre. Quel privilège elle me fait ce matin! s'exclame Euphrosine, annonçant qu'elle revient tout droit de l'église.

— Je dirais plutôt que c'est moi qui suis privilégiée...

— Si vous saviez, D^{re} LeVasseur... Je n'éprouve pas de plus grand bonheur que de contribuer à une bonne œuvre. Votre souci de la santé de nos enfants me touche d'autant plus que...

Les yeux levés vers le ciel, le ton à la résignation, Euphrosine avoue :

— Le bon Dieu n'a pas permis que je me marie... Aujourd'hui, je comprends pourquoi il m'a ainsi éprouvée.

Perdue dans une prière dont Irma n'oserait présumer des intentions, Mlle Rolland se tourne soudainement vers elle :

— Vous en avez des enfants, ma p'tite dame ?

— J'en aurai des milliers si des gens comme vous veulent bien m'aider à fonder mon hôpital.

— Suis-je indiscrète si je vous demande...

— J'ai renoncé au mariage.

— Ah! Et la vie religieuse ?

— J'ai choisi la liberté.

Mlle Rolland, visiblement désarmée, lui dérobe son regard pour le diriger vers la propriété de son père.

— Que de beaux souvenirs dans cette maison! Ce serait l'honorer que de la consacrer à des petits êtres innocents. Je me charge d'en parler à mon père.

Euphrosine se ressaisit :

— À moins que vous teniez, D^{re} LeVasseur, à lui exposer vous-même votre projet.

— J'aimerais le rencontrer, par la suite.

D'un coup d'œil sur sa montre, Irma constate qu'il est presque sept heures trente.

— Vous m'excuserez, Mlle Rolland, je vais être en retard, dit-elle, filant aussitôt à vive allure.

— Vous ne m'avez pas dit où on peut vous rejoindre... crie Euphrosine.

— À la Crèche de la Miséricorde. Tous les jours.

Son empressement à s'y rendre est d'autant plus grand qu'Irma compte y trouver le Dr Lachapelle au cours de la journée. Que de développements inattendus à lui annoncer !

Avec une ardeur renouvelée, la D^re LeVasseur va, de berceau en berceau, examiner les nourrissons souffreteux, donner les soins requis sans égard aux commentaires grognons.

— On risque de manquer de médicaments au dispensaire, marmonne la Mère Supérieure, irritée.

— Qu'on en commande d'autres, Révérende Mère. On n'a pas le droit de négliger un être humain. Surtout pas un p'tit enfant.

— Vous allez me donner l'argent pour les payer, D^re LeVasseur ? rétorque la religieuse outrée.

— Je vous donne déjà mon temps... Il y a plein de gens à Montréal qui ne demandent pas mieux que d'ajouter leur nom sur une liste de donateurs...

Irma est soudain alertée par des pleurs venant de la salle des bambins de deux ans et plus. Ce sont ceux d'une fillette, assise par terre dans un coin, secouée par des quintes de toux incessantes. Excédée, Irma lui tend les bras, la console de son mieux avant de la transporter dans un petit lit où elle pourra lui prodiguer les soins dont elle a besoin. À une bénévole laïque qui passe près d'elle, la D^re LeVasseur se plaint du manque de couvertures chaudes et dé-crie la négligence dans laquelle cette enfant est laissée.

— Son tour s'en venait... Je suis toute seule pour m'occuper de vingt-deux enfants. Je ne fournis pas, dit la jeune femme.

— Il faudrait aller d'abord aux cas les plus urgents, made-moiselle.

— C'est ce que je fais aussi.

— Je vois...

— Vous voyez quoi, D^re LeVasseur ?

— Que ça ne peut pas continuer comme ça, dit-elle, observant, dans une autre partie de la salle, un petit qui vomit, un autre qui, recroquevillé, semble en proie à de douloureuses coliques.

Spectacle presque quotidien auquel Irma ne s'habitue pas. Encore moins depuis que prend forme son projet d'ouvrir un hôpital réservé aux enfants.

Bien qu'exténuée, elle ne quittera pas la crèche avant d'avoir revu chaque enfant. Elle allait terminer quand le Dr Lachapelle l'interpelle :

— Vous êtes encore ici, vous ?

— J'achève, docteur. Aussi, comme je ne fais pas de bureau privé ce soir, j'aurais aimé parler quelques minutes avec vous avant de partir.

— J'avais prévu vous rencontrer demain, mais aussi bien régler ça ce soir. Je vous attends dans mon bureau.

« Régler ça... Mais que comprendre ? » se demande Irma.

Moins de dix minutes plus tard, debout devant son éminent confrère, elle demande des explications. Quelque peu embarrassé, Séverin l'invite à s'asseoir.

— Vous devez être vidée après une pareille journée...

— Mais... Elle n'a rien d'exceptionnel, ma journée.

— L'épuisement, c'est sournois.

— Où voulez-vous en venir, Dr Lachapelle ?

— Mère Supérieure m'a informé de vos sautes d'humeur... De votre insolence, à son dire. Je vous conseillerais de prendre quelques jours de repos, D^{re} LeVasseur.

Irma, prostrée, garde le silence.

— Comment expliquez-vous autrement...

— Je n'ai pas de temps à perdre à m'expliquer. Vous connaissez les problèmes de cette crèche autant que moi. Vous déplorez les mêmes choses que moi, docteur. Vrai ou faux ?

D'un signe de tête, Séverin lui donne raison. Son regard est demeuré fixé sur ses papiers, ses grands doigts effilés joints sous son menton.

— Ça nous prend une vraie clinique pour enfants et ça presse, reprend Irma. D'ailleurs, c'est de ce projet dont je voulais vous parler ce soir.

— Je le connais. Nous en avons déjà longuement parlé, rétorque le quinquagénaire, manifestement agacé.

— Mais c'est que des développements sont survenus aujourd'hui. Comme par miracle, annonce-t-elle, ne laissant pas à son confrère le temps de l'inviter à poursuivre.

À lui seul, le nom de Jean-Damien Rolland mousse l'intérêt du Dr Lachapelle. De moins de dix ans son aîné, ce richissime homme d'affaires préside nombre de compagnies, siège au conseil d'administration de plusieurs banques et compagnies d'assurances en plus d'assumer la fonction de conseiller législatif. Conquis, Séverin raconte :

— Jean-Damien est un homme de grand cœur, comme son père Jean-Baptiste. Je le connais d'autant plus que nous avons tenté, tous les deux, d'exercer nos talents de politiciens dans le quartier Hochelaga ; lui sur la scène municipale et moi comme député conservateur, au fédéral. Un homme très ouvert. J'aimais discuter avec lui, même si nous avions des divergences d'opinions sur...

— Sur le vote des femmes, je gage.

Séverin relève brusquement la tête. Il fixe Irma, semblant retenir une question. Elle croit la connaître.

— Je sais aussi que vous doutiez des capacités des femmes en certains domaines. J'ai lu. J'ose croire que vous...

Irma s'arrête, hésite, puis choisit ses mots :

— ... que vous nous faites davantage confiance, maintenant.

Un éclat de rire, des hochements de tête et une absence de réponse laissent Irma dans l'incertitude.

Il est dix heures trente lorsqu'elle se retrouve rue Saint-Hubert. Peu de piétons déambulent à cette heure tardive. Elle ne saurait s'en plaindre. L'air pur, le clair de lune et l'impression d'entendre dormir les habitants sont propices à sa réflexion. Une réflexion qui l'amène à présumer que le Dr Lachapelle serait favorable à la fondation d'un hôpital pour enfants sans pour autant accepter que l'institution

relève d'une direction féminine. « Le cas échéant, la présence de plusieurs médecins dans mon comité fondateur devrait le rassurer », se dit Irma. Une autre tâche vient de s'inscrire à son agenda.

Le lendemain midi, Irma LeVasseur entre en coup de vent dans le bureau du Dr Lachapelle :

— Je serai absente pour deux jours. Trois, au maximum.

— Je suis content que vous acceptiez de prendre un peu de repos, D^{re} LeVasseur. Vous le méritez bien. Vous pourriez même...

— Qui a parlé de repos ? Je veux rendre visite à ma famille, à Québec, avant que mon projet me prenne tout mon temps.

« Mais elle est imbattable ! » pense Séverin, demeuré bouche bée.

Sur le point de célébrer son cinquante-neuvième anniversaire de naissance, Nazaire n'entend pas, lui non plus, ralentir son rythme de travail. Toujours inspecteur du gaz et de l'électricité pour le gouvernement provincial, il est demeuré membre honoraire d'un quatuor vocal, organiste à l'église Saint-Patrice, secrétaire de la chambre de commerce de la ville de Québec, président de la Société musicale Sainte-Cécile, responsable de l'agence de propriétaires fonciers Henri Menier et consul de quatre pays. Récemment, il a accepté la vice-présidence de la Société symphonique de Québec dont il est aussi le contrebassiste.

— Tu ne pourras jamais deviner par quelle belle aventure je me suis laissé tenter, dit-il à Irma venue l'informer de l'évolution de son projet. Dans son petit bureau de travail bondé de revues, de livres et d'instruments de musique, il a placé, tout près de la fenêtre qui donne sur la rue Saint-André, une chaise de style Louis XV et une table circulaire. Sur cette table est déposée, couverte d'un tissu opaque, « l'invention du siècle », annonce-t-il, euphorique.

— Mais vous rajeunissez au lieu de vieillir. Vous n'aviez pas assez de chats à fouetter comme ça ?

— Ma chère, celui-là, loin d'être un matou de ruelle, c'est le plus beau persan que t'as jamais vu.

— Cessez de blaguer puis dites-moi ce que vous tramez.

— Quand t'auras vu ce qu'il y a là-dessous, tu comprendras tout, répond-il en soulevant avec une lenteur étudiée le tissu qui recouvre le mystérieux objet.

— Allez donc, papa! Je suis pressée.

— Je parie que tu n'as jamais vu ça. Je suis le seul dans toute la ville à m'en être procuré une, dit-il, découvrant sa machine à écrire de marque Remington.

— Elle ressemble drôlement à celle que j'utilisais quand j'étudiais à l'Université Saint-Paul! s'exclame Irma.

— Tu ne devais avoir que les lettres majuscules sur la tienne.

— Non! Ces machines à écrire existent aux États-Unis depuis plus de dix ans. C'est Christopher Sholes qui en est l'inventeur mais Remington, un autre Américain, les a améliorées.

— J'allais te le dire. Permets-moi de te corriger tout de même. La machine à écrire existe depuis trois cents ans, mais elle n'avait pas autant de touches...

— C'est possible, papa, je n'en ai pas fait l'historique. Mais où l'avez-vous prise?

— Un très bon ami à moi me l'a apportée des États-Unis, répond-il, l'air triomphant.

Irma a vite fait de deviner de qui il s'agit.

— C'est en échange d'un service que j'ai très hâte de lui rendre que le Dr Canac-Marquis me l'a offerte.

— Je peux savoir de quel service il s'agit? demande Irma sur la réserve.

— J'aurai peut-être besoin de toi pour écrire sa biographie, révèle-t-il d'un seul trait.

— Désolée! Je n'en ai pas le temps et pour dire vrai, pas le goût non plus.

Sur ce, Irma se dirige vers la sortie.

Nazaire s'empresse de la rappeler:

— Ne t'en va pas. Je ne sais encore rien de ton projet...

— Je reviendrai. Tante Angèle et Paul-Eugène m'attendent. Ils ont le temps de m'écouter, eux.

— Je t'en prie, Irma. Ne te fâche pas.

— Vous m'aviez promis un coup de main pour mon hôpital ! Au lieu de ça, vous réservez vos quelques heures libres à un pur étranger, échappe-t-elle, outrée, en descendant les marches qui la conduisent dans la rue Saint-André.

Un souvenir refait surface pendant qu'elle se rend à la maison ancestrale des LeVasseur. Elle devait avoir cinq ou six ans lorsqu'un soir d'hiver, une querelle survint entre ses parents. Phédora semblait en colère contre son mari. Elle avait crié : « Tu ne m'écoutes jamais. On dirait qu'il n'y a que ton travail qui compte, que tes p'tites affaires. Nous autres, on est comme des zéros dans cette maison. Eh bien, restes-y tout seul ! » Exaspérée, elle avait pris avec elle sa fille et son fils, avait quitté la maison en pleurant et était allée se réfugier chez son père. Sir William Venner étant absent, Phédora avait reçu un accueil glacial de la part de Philomène : « Ton père t'avait prévenue, Phédora. Il le savait bien que Nazaire LeVasseur ne pourrait te rendre heureuse. Mais t'as voulu faire à ta tête, comme d'habitude », lui avait-elle lancé, comme si d'avoir huit ans de plus l'y autorisait.

Vingt ans plus tard, Irma a le sentiment de revivre une des frustrations de sa mère. Rose-Lyn Venner se souviendrait-elle de cet événement ? La tentation de rendre visite à sa tante avant de prendre le train pour Montréal naît puis se fait envahissante. Mais elle doit d'abord régler une question épineuse concernant son frère. Les quelques lignes qu'Angèle lui a écrites deux semaines plus tôt témoignaient d'un désaccord profond avec Paul-Eugène. Irma vient s'enquérir de la cause et tenter d'apporter une solution.

Même si les abords de la maison LeVasseur n'ont pas changé, Irma constate un certain laisser-aller. Tante Angèle exprime une lassitude inquiétante.

— La présence de mon frère vous accable ?

— Ce serait mentir que de te dire le contraire, Irma.

— Il est encore taciturne ?

— De plus en plus. Puis je ne suis plus capable de le sentir toujours sur mes talons.

— Vous n'êtes pas obligée de le garder ici, ma tante. D'autant plus qu'il a refusé de venir me rejoindre à Montréal.

— C'est vite dit. Il ne veut pas habiter avec son père. Je ne peux quand même pas le jeter à la rue.

— Je vais insister pour qu'il vienne habiter avec moi, tante Angèle.

— Tu reviens à Québec pour de bon! Que je suis contente, ma petite fille! s'exclame Angèle, si ragaillardie qu'elle ne fait plus ses cinquante-sept ans.

Irma baisse les yeux. Angèle a compris.

— Tu t'en vas où, cette fois-ci?

— À Montréal. Je vais enfin pouvoir réaliser un de mes plus grands rêves.

Son enthousiasme pique la curiosité d'Angèle.

— Viens au petit salon, Irma. Viens me raconter ça, au cas où ça me remettrait le cœur à l'endroit.

Plus Irma lui décrit les succès récemment obtenus à la suite des démarches entreprises, plus l'intérêt de sa tante est manifeste. Son regard s'illumine, ses questions fusent, Angèle a retrouvé sa bonne humeur.

— Tu fais un grand honneur aux LeVasseur, Irma. Comme ton père doit être content!

— Il n'en sait rien...

— Tu n'es pas encore allée le voir?

— J'en reviens tout juste, ma tante. Mais vous le connaissez...

Angèle exhorte sa nièce à retourner le voir :

— Si tu savais comme il est fier de toi. Je suis sûr qu'il regrette amèrement de ne pas avoir pris le temps de t'écouter.

— Parfois, je me demande s'il ne cherche pas à fuir.... en se noyant ainsi dans le travail.

— C'est possible.

— À cause de maman?

— Je pense que oui.

— Ça fera vingt ans dans quelques semaines, murmure Irma, la gorge étreinte par un sanglot.

Angèle lui ouvre les bras.

— Tu es la fille que je n'ai pu avoir, ma petite Irma. Dans mon cœur, tu auras toujours la première place, je te le jure.

L'heure de préparer le souper venue, les deux femmes décident de préparer ensemble un repas où Nazaire sera invité. Ainsi leur est-il agréable de poursuivre leur conversation.

— Tu penses que ton père ne s'intéresse pas à toi ? Tu te trompes grandement, Irma. Il est tout simplement malhabile à exprimer ses sentiments.

Irma demeure bouche bée, saisie par l'impression d'avoir également hérité de ce trait de caractère.

— Il est très différent de maman sur ce point, je pense ? trouve-t-elle le courage de demander.

— Tout à l'inverse. Ta mère était très sensible et affectueuse. Une vraie nature d'artiste. Exprimer ses sentiments la rendait encore plus belle, dit Angèle, avec un vibrato dans la voix.

Plus un mot. Que des larmes échappées sur les joues d'Irma.

— Elle te manque encore ? demande Angèle.

— À certains moments, c'est comme si j'avais encore dix ans et que je m'endormais à force d'avoir pleuré...

— Tu n'as pas de nouvelles d'elle ?

— J'espère toujours en recevoir.

— Tu en aurais peut-être de ta tante Rose-Lyn. Qui sait ?

Un acquiescement de la tête et Irma s'empresse de quitter la cuisine et de se diriger vers la chambre de son frère. Angèle lui emboîte le pas.

Les deux femmes trouvent Paul-Eugène allongé sur son lit, somnolant depuis le début de l'après-midi. Réveillé par sa sœur, il s'étonne, s'exclame, puis quelque peu honteux de son état, il bafouille, alléguant une grande fatigue. Irma freine son envie de le sermonner, de peur de compromettre le plan qu'elle vient lui soumettre. Précaution inutile, Paul-Eugène refuse de quitter sa ville natale et il accuse Irma de manquer de parole.

— Un jour, je reviendrai, dit-elle, mais pas avant d'avoir donné un hôpital aux enfants de Montréal. Si tu savais, Paul...

— Pourquoi pas à ceux de Québec ? Ici aussi y a plein d'enfants qui meurent.

— Je le sais. J'aurais préféré mais je n'ai pas obtenu la collaboration que je trouve à Montréal. Dans quelques années, peut-être...

— Dans ce cas-là, je vais attendre que tu reviennes pour vivre avec toi, dit Paul-Eugène, le dos courbé et le visage empreint de résignation.

Les deux femmes ne cachent pas leur déception.

— Pour une fois que tu aurais pu te rendre utile, dit Angèle.

— Utile ? Je ne pensais pas qu'on avait besoin d'un pianiste dans un hôpital, réplique-t-il.

Dans un geste d'exaspération extrême, sa tante quitte la chambre en claquant la porte.

— M'aider à prendre soin des petits enfants, faire des courses, voir à l'entretien de la maison... propose Irma, aussitôt interrompue.

— Je suis un musicien, moi, pas un journalier. Quand est-ce que vous allez le comprendre ?

— Si tu es un vrai musicien, qu'est-ce que tu attends pour le prouver, Paul-Eugène LeVasseur ? Tu vas avoir trente-deux ans et tu n'as encore rien fait pour gagner ta vie. Ce n'est pas en répétant toujours tes huit ou neuf mêmes pièces et en refusant de te perfectionner que tu vas décrocher des contrats !

Les coudes posés sur ses genoux, les mains croisées sous le menton, Paul-Eugène s'est refermé comme une huître. Irma s'excuse :

— J'ai été un peu trop brusque envers toi. Peut-être que tu as juste besoin de temps pour penser à ma proposition.

Il fait la momie.

— Je vais venir chercher ta réponse au cours de l'été, dit-elle, dans l'espoir de le sortir de sa torpeur.

Peine perdue.

En fin d'après-midi, Nazaire passe en rafale.

— Je ne pourrai pas rester à souper; on répète des chants à l'église et ils ont besoin de leur organiste. Je reviendrai demain.

Irma lui emboîte le pas mais en direction du petit parc où elle allait souvent jouer dans son enfance. L'occasion de lui faire part de son projet ne pouvait être plus favorable. Nazaire l'accueille avec un enthousiasme mitigé :

— Dommage que tu ne le mènes pas à Québec, ce projet, plutôt qu'à Montréal. Je pourrais te donner un p'tit coup de main de temps en temps. Mais loin comme ça, avec le peu de temps qu'il me reste...

— Vous aurez peut-être l'occasion de vous reprendre, le jour où ma ville et mes confrères médecins d'ici me traiteront comme un médecin à part entière.

— Tu viens de me donner une idée, ma chère fille. Je le sais comment je peux t'aider. Les journaux !

Nazaire est d'autant plus fier de sa trouvaille qu'il apprend que sa fille aussi s'emploie à expérimenter cet outil pour changer les mentalités. Avant de se diriger vers l'église, il embrasse Irma et lui réitère son amour.

Les arbustes du parc sont devenus adultes. En même temps qu'elle. Des bancs ont été ajoutés. Elle en choisit un tout près d'un massif de fleurs qui dégage une odeur caressante. Celle du muguet. Ce parfum lui est familier. Un instant, elle croit que sa mère le portait. Puis elle se ravise. « C'était celui de la domestique de grand-papa Venner. Celle dont j'occupais la chambre après le départ de maman. Elle serait partie avant ou en même temps... ? »

Saisie d'une vive émotion, sourde à tous les bruits, Irma fixe le trèfle à fleurs roses qui donne son suc à une abeille. Son passé dévoile ses facettes avec la lenteur et la délicatesse d'un pavot bleu sous les chauds rayons du soleil. Elle l'accueille avec une sérénité qui lui fait souvent défaut. Une prédisposition favorable à une visite chez sa tante Rose-Lyn avant de repartir pour Montréal. Irma s'y rend, frappe à sa porte et apprend de sa bonne :

— Elle est partie faire un tour chez sa belle-mère. Elle ne devrait pas tarder à revenir.

— Sa belle-mère ?

— Oui, oui. La veuve Philomène.

— Ah, bon ! fait Irma, qui croyait qu'aucune des filles de Mary LeVallée ne considérait Philomène comme sa belle-mère.

— Vous voulez entrer ?

— Non, je vais aller au-devant de ma tante tranquillement. Il fait si beau.

Bien avant d'apercevoir la demeure des Venner, Irma voit venir Rose-Lyn. « Quand je pense que ce pourrait être maman. Aussi élégante », pense-t-elle, consciente de l'affection qui grandit en elle pour la mère de l'homme qui a su la séduire. Leurs pas se font plus pressés, leurs bras s'ouvrent, les éclats de rire fusent.

— J'allais te demander : quel bon vent t'amène ? Mais tu es si imprévisible que je préfère te laisser me raconter...

Irma lui propose de retourner avec elle au petit parc qu'elle vient de quitter. Que d'attentions pour sa nièce ! Que d'intérêt pour ses projets ! Que d'appréhension aussi !

— Tu me fais donc penser à Phédora quand je te vois ambitieuse et déterminée comme ça.

— Vous aussi, ma tante, quand vous me serrez dans vos bras.

— Ma pauvre chérie ! Si je pouvais donc te la ramener...

— Vous savez où elle est ?

— C'est ça, le problème. Si j'avais été en meilleure relation avec mon frère aîné, j'aurais peut-être pu le savoir.

— Qu'est-ce que vous dites là, ma tante ? Vous pensez qu'il avait de ses nouvelles ? Je veux lui parler.

— Irma, oublie ça.

— Mais pourquoi ?

— Il est décédé avant que tu reviennes de ton stage d'études en Europe.

La déception d'Irma est profonde.

— Qu'est-ce qui vous porte à croire qu'il savait des choses au sujet de maman ?

— Son testament.

— Son testament ?

— Il lui a laissé un gros héritage à ta mère.

— Ma tante ! C'est comme si j'effleurais maman du bout des doigts sans pouvoir la retenir, confie Irma, chamboulée.

Rose-Lyn décide de ne pas aller au devant des questions de sa nièce. « Elle en sait peut-être assez pour aujourd'hui », se dit-elle.

— Vous l'avez lu ce testament ? demande Irma, d'une voix feutrée.

— Oui.

— En quelle année avait-il été fait ?

— En 1905.

— Ce qui porte à croire que maman vivait encore à ce moment-là.

— Rien ne nous interdit de penser qu'elle vit toujours.

— Beaucoup d'argent ?

— La moitié de ses biens puis sa maison sur la rue Sainte-Marguerite.

— Vous êtes allée voir depuis ?

— Elle est inhabitée.

— Qu'est-ce que ça veut dire ?

— On peut supposer bien des choses... Mais on a autant de chances de se tromper que d'être dans la vérité.

— Je suis tellement bouleversée, ma tante. J'aurais besoin d'un peu de solitude...

Une étreinte les soude l'une à l'autre. Les mots sont superflus.

De retour à Montréal, Irma a refait provision d'énergie et d'audace.

— Mme Thibaudeau, pourrions-nous tenir une réunion dans votre salon ?

— Quand ?

— Mercredi prochain, vers neuf heures trente.

— Combien de personnes comptez-vous amener ?

—Vos amies, puis au moins trois médecins que j'espère convaincre...

—Je vais en informer les dames qui ont offert leur appui, D^{re} LeVasseur, dit Mme Thibaudeau, ravie de franchir cette nouvelle étape si attendue.

— Combien seront-elles?

— Quatre ou cinq. Mlle Rolland, c'est sûr, Mme Berthiaume, Mme Bruneau aussi. Peut-être que Mmes Macdonald et Hamel s'y ajouteront.

Son optimisme est digne d'espoir. Et il en faut à la D^{re} LeVasseur qui s'expose à ce que ses confrères médecins se désistent à la dernière minute.

Ce matin du 20 mai 1907, lorsque Irma reprend son travail à la Crèche de la Miséricorde, les corridors lui paraissent moins gris, moins étroits. Il lui tarde toutefois de parler au Dr Lachapelle. D'un pas déterminé, elle se dirige vers son bureau.

— Vous avez eu des nouvelles du Dr Bourgoin, ces derniers jours? lui demande-t-elle d'entrée de jeu.

— Lui est-il arrivé quelque chose de fâcheux?

— J'espère que non. C'est notre première réunion de fondation, mercredi. Je tiens à ce qu'il y participe. Je n'arrive pas à le rejoindre.

— Son absence serait regrettable mais pas au point de nous empêcher de la tenir cette réunion.

— Il faudrait que nous, les médecins, soyons aussi nombreux que les dames patronnesses...

— Mais pourquoi?

— Parce que c'est d'un hôpital, un vrai, dont il est question. Pas d'un asile! Ni d'une crèche!

Une discussion musclée s'engage entre le Dr Lachapelle et sa consœur qui ne veut pas céder un iota sur l'importance de démarrer ce projet sur de solides bases médicales. «Ne jamais perdre de vue que nous sommes là d'abord et avant tout pour arracher des enfants à la mort. C'est pour ça que cet hôpital doit être dirigé principalement

par des médecins formés en pédiatrie. Vous n'avez pas convaincu les Drs Dubé et Masson ? demande-t-elle, inquiète.

— Ma chère, il ne faudrait pas croire que nous partageons tous votre idéal et votre fougue, surtout.

— C'est d'urgence dont il faut parler, docteur, pas de fougue. Si j'en suis habitée, c'est à cause de ce que je vois tous les jours... Tant de petits êtres souffrent et meurent sous les yeux de leurs parents, faute de soins, faute d'hôpital pour les soigner.

Sur la promesse, à peine audible, du Dr Lachapelle de faire son possible, Irma quitte le bureau, accablée. Sa démarche, sa tête retombée sur sa poitrine en témoignent. « Ces hommes ne sont-ils pas témoins des mêmes drames que moi ? Comment peuvent-ils ne pas sentir cette insupportable brûlure au ventre ? Cet étau sur le cœur ? » se demande-t-elle, en se dirigeant vers la salle des nouveaux-nés où de semblables tragédies se produisent chaque semaine. Sœur Saint-Grégoire l'y attend impatiemment. Le regard de la religieuse évoque la mort.

— C'est comme ça à chaque printemps, D^re LeVasseur. Les bébés nous arrivent à pleine porte et trop de berceaux se vident presque aussitôt. La contagion gagne déjà la deuxième salle... lui dit la responsable, visiblement exténuée.

— Qu'est-ce que ça va prendre à nos gouvernements pour reconnaître qu'il nous faut un hôpital au plus vite ?

— Hôpital ou non, vous savez bien que ça ne changera pas grand-chose dans notre crèche. Nos petits orphelins n'y seront pas admis.

— Pardon ? Dans le mien, je vous jure que oui. Les « sans-le-sou » et les orphelins y seront soignés en priorité. Sans différence de race ou de religion.

— Avant que ce genre d'hôpital voie le jour, on n'a pas fini de faire construire des petits cercueils, laisse tomber sœur Saint-Grégoire, la main posée sur le front de Martin, un bébé de cinq ou six mois.

— On va le perdre ce p'tit bonhomme, c'est évident. Il était si charmant, pourtant...

Des larmes roulent sous ses paupières.

En proie à de violents maux de ventre et à des diarrhées constantes depuis une semaine, le petit Martin agonise.

— Mais il est déshydraté, dit la D^re LeVasseur. L'avez-vous fait boire souvent ?

— Aussi souvent qu'on en avait le temps, mais on dirait qu'il vomit tout.

— Il faut ajouter un soluté dans ce temps-là. Vous en avez parlé au médecin ?

— C'est votre salle, D^re LeVasseur. Vous n'étiez pas ici la semaine dernière.

— Il y avait d'autres médecins dans la maison, non ?

Les lèvres serrées, sœur Saint-Grégoire retient un commentaire. Irma croit le deviner. « L'entraide est plus facile entre confrères masculins ». Consciente que ce n'est pas un bill privé qui parviendra à faire tomber les préjugés, la D^re LeVasseur s'arme de courage. Aussi admet-elle que tout le monde manque de temps dans cette crèche. Les médecins, plus encore. « Et dire que nos universités francophones refusent encore les femmes dans leurs facultés de médecine. Quelle bêtise ! Et que penser du Collège des médecins qui tente d'écarter de la pratique médicale celles qui ont reçu la même formation qu'eux ? Si je pouvais emmener ici un de ces éminents... Ce sont eux, ces enfants malades, qui feraient pression sur les doyens pour obtenir du renfort », se dit-elle, sollicitée par cette autre bataille à gagner.

Des cas comme celui de bébé Martin, cette salle en compte une dizaine. Dans une autre, la pneumonie a fait quatre victimes la semaine précédente : des bambins, brûlants de fièvre, délirent et toussent à longueur de nuit. On manque de ventouses pour libérer les bronches des petits malades. Pénurie de personnel aussi : certaines dames bénévoles ont pris congé, craignant de contaminer leurs proches. Alexandrine, l'épouse d'Oscar Dufresne, est du nombre. « S'il fallait que je sois enceinte, je risquerais de perdre

mon bébé », avait-elle allégué. Les dames patronnesses tant franco-phones qu'anglophones envoient un peu d'argent, tricotent quelques layettes et chaussettes et font acte de présence à l'occasion. Comme en période d'épidémie, la communauté a affecté à la crèche tout le personnel religieux dont elle dispose. Les religieuses plus âgées ou de santé faible viennent bercer les enfants plus agités jusqu'à ce qu'ils s'endorment. Des jeunes filles de classe moyenne y travaillent presque bénévolement ; quelques-unes ne le font que pour la cause en attendant de trouver un mari ; d'autres, ayant conçu hors ma-riage, viennent « expier leurs péchés d'impureté ».

À la course comme toutes ses employées, la mère supérieure s'arrête près de la D^re LeVasseur... pour lui glisser un papier dans la main.

— Vous déposerez votre réponse sur mon bureau, s'il vous plaît.

Irma y lit : *Votre engagement prend fin début juillet. Vous serait-il possible de le prolonger ?*

Dilemme déchirant s'il en est ! Consciente des besoins de la Crèche de la Miséricorde, Irma ne peut pour autant renoncer à son projet. La réunion prévue pour le 22 mai devrait éclairer sa décision.

Chapitre IX

Bien que fort attendue, cette rencontre avec les dames patronnesses ne chamboule pas moins la D^re LeVasseur.

Après sa journée de travail à la crèche, ses consultations privées, Irma a dû rogner sur ses heures de sommeil afin de préparer cette réunion. Vêtue d'une jupe de lin blanc et d'une blouse bleue cintrée à la taille, fébrile comme une future mariée, elle fait preuve d'une ponctualité exemplaire. Lorsque la plantureuse Marie Thibaudeau ouvre sa porte, elle accueille une jeune femme essoufflée, les joues empourprées, le regard vif, une épaule affaissée par le poids du sac qu'elle porte en bandoulière. De sa crinière nouée en chignon, s'échappent des volutes couleur caramel.

— Nous sommes déjà dix à vous attendre, lui annonce Mme Thibaudeau.

— Tant que ça !

Un sentiment étrange s'empare d'Irma. Un instant d'une extrême lucidité. Elle n'a que trente ans. Les dames patronnesses et les confrères approchés sont tous plus âgés qu'elle. Parmi eux, certains sont de la génération de ses parents.

Le couloir franchi, dans le grand salon de Mme Thibaudeau, la jeune doctoresse se retrouve devant un auditoire d'élites. Le protocole, respecté par l'hôtesse, exige que les médecins soient les premiers

présentés. Ce n'est pas sans émoi que la D^{re} LeVasseur serre la main du Dr Séverin Lachapelle qui, fièrement, lui présente ses recrues : les Drs J.-C. Bourgoin, Zéphir Rhéaume et Séraphin Boucher. Tous des médecins qu'Irma ne connaît pas. Elle en est ravie. Par contre, l'absence du Dr Raoul Masson qui avait déjà manifesté un grand intérêt pour ce projet la chagrine. Sa déception est d'autant plus grande que ce médecin, ancien assistant du Dr Lachapelle à la Crèche de la Miséricorde, a reçu une partie de sa formation de pédiatre auprès des mêmes maîtres français, les Drs Variot et Comby.

Attendent, debout devant leur fauteuil, de dignes dames qui observent la jeune doctoresse avec une bienveillance à la mesure de leur soif de l'entendre.

— D^{re} LeVasseur, comme vous connaissez déjà Mlle Euphrosine Rolland, je vais vous présenter Mme Lucie Bruneau, épouse du médecin-chef de l'Hôtel-Dieu.

Les deux dames se saluent d'un signe de tête, esquissant un sourire courtois. Il en va ainsi pour la présentation de dame Blanche Berthiaume, bru du propriétaire du journal *La Presse,* de Jeanne Leman, épouse du gérant général de la Banque canadienne nationale, et de Joséphine Dandurand, épouse du sénateur Raoul Dandurand. Toutes ces dames ont pour époux ou parents des financiers, des hommes bien nantis et influents qui, de par leurs titres et leurs avoirs, dirigent la société sur le chemin de la fortune. Mme Thibaudeau les a triées sur le volet.

Invitée à prendre le fauteuil que l'hôtesse lui a réservé, la D^{re} LeVasseur avoue préférer demeurer debout. Déjà de petite taille, il lui semble plus facile ainsi de maîtriser sa timidité. Elle allait aborder le sujet de la réunion lorsqu'on frappe à la porte. Irma s'en réjouit, espérant voir entrer le Dr Masson. Mme Thibaudeau accourt. Des voies féminines se font entendre. « Venez vous asseoir, Mme Leblanc. Entrez, Mme Macdonald. » Les présentations écourtées, Irma passe outre sa déception pour prendre la parole.

— Chers confrères, dévouées et respectables dames, merci de m'accorder une part de votre précieux temps. Grâce à votre présence, cette journée pourrait bien demeurer pour longtemps dans

la mémoire des générations futures. Personnellement, je souhaite qu'elle mette fin à un épisode douloureux de notre histoire : celui de la perte massive de nos bébés et de nos jeunes enfants.

Les regards sont canalisés vers cette petite femme à la prunelle enflammée, au menton intrépide et d'une éloquente sincérité.

Consciente d'avoir réussi son introduction, Irma poursuit :

— À Montréal, l'année dernière, sur mille enfants nés, plus de deux cent cinquante sont décédés, faute d'espace pour les recevoir dans nos hôpitaux catholiques...

Des murmures d'indignation couvrent sa voix. Celle du Dr Lachapelle finit par s'imposer.

— C'est inacceptable, dit-il. Un pays prospère comme le nôtre, épargné de la guerre et de la famine, n'a aucune raison de négliger ainsi ses enfants. Et si vous me le permettez, D^{re} LeVasseur, j'ajouterai que la population protestante n'est guère mieux favorisée...

— Pardon, riposte Mme Macdonald. Depuis plus de trente ans, dans l'aile Morland du *Montreal General Hospital,* les médecins anglophones disposent d'une quarantaine de lits pour soigner les enfants. En plus de ça, ils ont une salle de chirurgie au *Royal Victoria Hospital.*

Le Dr Rhéaume enchaîne :

— Il n'en reste pas moins que nos hôpitaux de Montréal, toutes allégeances confondues, n'ont pas plus de cent dix places officiellement réservées aux enfants.

Forte de l'appui de ces deux médecins, Irma reprend :

— Ce que je trouve plus scandaleux encore, c'est que nos bambins de moins de deux ans sont refusés partout.

Les collègues masculins hochent la tête en signe d'impuissance devant cette réalité. Les dames fulminent, puis gémissent. Chacune d'elles évoque le souvenir d'un drame semblable dans sa famille ou chez une voisine. D'une voix hachurée, la D^{re} LeVasseur leur fait écho :

— J'ai été témoin de scènes déchirantes à la Crèche de la Miséricorde... À mon cabinet personnel, aussi. Combien d'enfants gravement malades m'ont été amenés sans que je puisse les faire

hospitaliser. J'ai eu beau les soigner de mon mieux, je savais que je ne les reverrais jamais.

La jeune doctoresse est sans voix. Son visage s'est rembruni. Un long soupir soulève ses frêles épaules. Devant elle, des femmes bâillonnées par l'émotion. La D^re LeVasseur relève la tête, balaie la pièce d'un regard enflammé et déclare :

— C'est trop injuste ! Et que dire de l'épuisement de la mère et du danger de contagion dans la famille ! Chers confrères, je sais que vous en auriez autant que moi à raconter.

Les médecins l'approuvent.

— Ces situations ne doivent plus se reproduire, reprend-elle. Et pour cela, il nous faut un hôpital. Un hôpital réservé aux enfants. Et le plus vite possible.

— Je reconnais, D^re LeVasseur, que votre projet est admirable, dit le Dr Bourgoin. Mais il y a loin de la coupe aux lèvres.

Quelques dames grimacent. Mme Thibaudeau riposte :

— Ça peut vous sembler irréaliste, mais l'expérience m'a prouvé que quand des gens se serrent les coudes et mettent leurs connaissances et leur savoir-faire au service d'une cause, tout est possible.

— Elle a raison, dit Euphrosine.

Les autres dames abondent dans le même sens.

Demeuré muet et pensif depuis le début des échanges, le Dr Boucher se racle la gorge, frotte la paume de ses mains sur ses cuisses et dit :

— C'est bien beau de vouloir fonder un hôpital pour traiter des enfants. Mais ça ne donnera pas grand-chose si les mentalités ne changent pas.

Mme Thibaudeau l'invite à s'expliquer.

— On aurait beau avoir le plus gros hôpital, le plus bel équipement, malgré tout bien des parents n'y amèneraient pas leurs enfants malades.

Toutes les dames manifestent leur étonnement, certaines vont jusqu'à l'incrédulité.

— Depuis des générations, on entretient de gros préjugés contre l'hébergement des enfants en milieu hospitalier, explique

le Dr Boucher. On doute de l'hygiène qui y règne et plus encore des traitements apportés aux malades. Vous seriez surpris de savoir combien de parents vont préférer aller voir des charlatans...

— Vous avez raison, reconnaît Irma. Et c'est pour ça que j'insiste pour que l'hôpital que nous allons fonder offre une éducation aux mamans et à toutes les femmes qui le souhaitent.

Trois des quatre médecins affichent une moue sceptique. Mme Thibaudeau l'a remarqué.

— Nous promettons de l'aider, déclare-t-elle, pour estomper leurs doutes.

Les sept autres dames font de même. Il n'en fallait pas plus pour que la D^re LeVasseur trouve l'audace de prévenir celles qui la soutiennent :

— Je veux que vous sachiez que dans notre hôpital, en plus de faire une place aux bébés de moins de deux ans, nous accueillerons les enfants qui ne sont pas admis dans les autres hôpitaux, pour des questions de race ou de moyens financiers.

Le Dr Boucher ne se contient plus. Le torse avancé, son regard rivé sur la jeune doctoresse, il l'apostrophe :

— C'est bien beau de vouloir sauver des vies, la nation entière, à vous entendre, mais dites-moi, de quoi disposez-vous, concrètement, pour démarrer un hôpital ?

Avant que l'intéressée ait le temps d'émettre un son, Mlle Rolland, piquée au vif, se lève et, les poings sur les hanches, riposte :

— Dr Boucher, sauf le respect que je vous dois, la D^re LeVasseur a tout ce qu'il faut pour ouvrir un hôpital. D'abord, l'idée, c'est elle qui l'a eue. La compétence et l'expérience en pédiatrie, c'est elle qui les a. La détermination, le courage et la vision, aussi. En plus, elle a notre parole, notre expérience et nos contacts, ne vous en déplaise, Dr Boucher.

La fougueuse Euphrosine se rassoit sous les applaudissements enthousiastes de ses compagnes. Mme Bruneau sent le besoin d'apaiser les esprits :

— Nous sommes toutes conscientes que ça prend de l'argent aussi. Mais nous savons où aller en chercher...

— Nous connaissons des gens très généreux, ajoute Mme Dandurand.

— Les banquiers et les hommes d'affaires vont nous aider, ajoute Mme Leman dont la crédibilité est assurée de par le poste de gérant qu'occupe son mari à la Banque canadienne nationale.

Le Dr Lachapelle veut corriger le tir :

— La Ville de Montréal a le devoir, dit-il, de veiller au bien de ses citoyens en commençant par les soins de santé. Ce sont nos élus qu'il faut d'abord solliciter.

— Je vous avoue que la composition actuelle du Conseil de ville ne m'inspire pas confiance. La rumeur de corruption vise plusieurs conseillers. Et comme vous le savez, il n'y a pas de fumée sans feu, riposte le Dr Rhéaume.

— Il ne faut pas croire tout ce qu'on raconte, lui rappelle Mme Dandurand.

— L'argent est mal distribué, dit le Dr Bourgoin, appuyant le Dr Rhéaume. Par exemple, des contrats en or ont été signés avec de grosses compagnies comme la *Montreal Light Heat and Power*. Ça, c'est prouvé.

Ses collègues livrent d'autres faits scandaleux, dont le favoritisme d'anciens et de nouveaux administrateurs de la Ville. L'indignation se lit sur tous les visages. Euphrosine s'empresse de rappeler au groupe l'interdiction de juger et l'obligation chrétienne de faire preuve d'indulgence. Elle ajoute :

— Personne n'est parfait en ce monde. L'important est que nous travaillions tous à le devenir, n'est-ce pas ?

Les fronts s'inclinent devant la vertueuse demoiselle qui enchaîne :

— Je voudrais attirer votre attention sur un phénomène très particulier qui se produit ici aujourd'hui.

Hommes et femmes se regardent, intrigués.

— Ce n'est pas un hasard si autour d'une jeune dame au grand cœur, nous nous retrouvons tous les douze. Pas dix. Pas treize. Douze. Comme les apôtres...

Les regards se croisent; certains amusés, d'autres sceptiques et quelques-uns empreints d'émotion.

— Jésus n'a eu besoin que de douze apôtres pour bâtir son Église, leur rappelle Euphrosine. Il est sûrement avec nous. N'a-t-il pas dit : « Laissez venir à moi les petits enfants » ?

Un moment de réflexion marque une pause avant que Mme Thibaudeau, un tantinet importunée par les tendances moralisatrices de la pieuse demoiselle, reprenne la parole :

— Et comme il a été dit : « Aide-toi et le ciel t'aidera », je propose que l'on établisse tout de suite un plan de financement.

— Je dispose d'un peu d'argent, dit la D^re LeVasseur, mais c'est une goutte d'eau dans l'océan quand on pense aux sommes qui devront être investies. Des médicaments, des instruments médicaux, de la nourriture, des vêtements, des meubles et quoi encore !

— Vous donneriez toutes vos économies en plus de votre temps ! s'exclame Mme Leman, en pâmoison.

— Je ne ferai pas exception... Nous serons tous sans salaire, pour commencer, annonce la D^re LeVasseur, sachant bien que contrairement aux dames patronnesses, les médecins présents, à l'exception du Dr Lachapelle, ne sont pas entraînés au bénévolat. Ils en feront l'expérience pour la première fois.

Des échanges s'engagent. Des spéculations s'échafaudent.

De son regard persuasif, Mme Thibaudeau va chercher l'assentiment de chacun, puis se tourne vers ses amies, prête à distribuer les tâches. D'entrée de jeu, Mlle Euphrosine offre de rédiger une lettre destinée au Conseil de ville de Montréal et portant la signature des douze personnes qui appuient le projet de la D^re Irma LeVasseur. Toujours dans le but d'amasser des fonds, Mme Dandurand propose d'organiser une fête champêtre au cours de l'été. Son initiative fait l'unanimité. Irma va plus loin.

— J'ai de nombreux amis à New York et je connais leur générosité...

— ... Vous n'allez pas vous imposer un tel voyage, ma p'tite dame, rétorque Jeanne Leman.

— Ce ne sera pas mon premier, fait remarquer Irma.

Quant à eux, les médecins présents promettent de recruter d'autres confrères.

À l'issue de cette rencontre, les «douze apôtres de la santé infantile» semblent gagnés à l'immense tâche humanitaire de fonder un hôpital uniquement voué à l'enfance, sans distinction de race ou de religion.

Les hommes quittent les premiers. Mme Thibaudeau aurait souhaité qu'ils présentent leurs félicitations à la D^re LeVasseur pour son initiative. Elle ne cache pas sa déception et ses invitées la partagent. Irma les en dégage :

— Un rêve est louable en autant qu'il se concrétise, rétorque-t-elle. Sans vous, mesdames, je ne pourrais y arriver. Vous avez toute ma gratitude. Maintenant je dois vous quitter. J'ai tant à faire...

Du coup, le prolongement de son contrat à la Crèche de la Miséricorde s'avère presque impossible. Aussi, il lui tarde d'organiser sa tournée à New York. Une tournée amicale mais avant tout productive.

➤•◄

Quel été que celui de 1907! Que d'espoirs en sa venue! Que de chamboulements aussi pour Irma LeVasseur!

Dès son arrivée à New York, elle effectue une tournée des plus fructueuses au *Mount Sinaï Hospital* où ses ex-collègues de travail se montrent ravis de la revoir et généreux dans leurs dons pour l'hôpital qu'elle veut fonder.

Une visite s'impose chez le Dr Jacobi.

L'ombre de Mary est demeurée présente dans la maison et le jardin. Impossible pour Irma de ne pas imaginer les commentaires de cette grande femme aux propos de son mari encore endeuillé. Plus encore lorsqu'il lui présente un chèque de trois cents dollars.

— Je sais que Mary n'aurait pas fait moins. Elle serait tellement touchée par votre travail de pionnière, dit-il.

— Ne l'était-elle pas elle-même? Vous deux m'avez montré ce qu'était un véritable médecin. Combien de fois elle m'a réconfortée! La vie m'a fait un grand cadeau en me plaçant sur votre route.

Leur au revoir a des accents d'adieu.

Après deux jours de collecte, Irma réserve sa dernière soirée au couple Bob et Hélène.

Surprise de n'être accueillie que par son cousin, elle est troublée plus encore d'apprendre qu'Hélène se repose quelques instants.

— Elle a été malade? demande Irma.

Son regard brillant plongé dans le sien, Bob lui révèle :

— Nous attendons un bébé!

— Mes félicitations! s'exclame Irma, envahie d'un trouble indéfinissable.

— Nous aimerions que tu sois sa marraine.

Trop d'émois en quelques secondes. Tant d'égards aussi! Irma ne sait que répondre.

— Si tu penses ne pas pouvoir revenir dans cinq mois, tu peux signer une procuration...

— C'est vrai. Je n'y avais pas pensé. Ce serait bien parce que...

Hélène apparaît alors, radieuse, ouvrant les bras à son amie. Dans leurs retrouvailles passent des soupirs et des regards plus éloquents que toute parole.

— Dire que sans toi, Irma, rien de tout ce grand bonheur ne serait venu à moi, dit enfin la future maman. Tu nous as révélé l'un à l'autre une affinité exceptionnelle : on m'a forcée à abandonner mon fils et j'épouse un homme dont la mère a connu la même épreuve.

— Nous n'aurons pas assez de toute notre vie pour t'en remercier, ajoute Bob venu les enlacer toutes deux.

— Et toi, comment vas-tu? s'enquiert Hélène, se dirigeant vers le salon.

— Moi aussi je suis...

— Pas enceinte! s'exclame Hélène.

— D'une certaine façon, oui. Je suis même tout près de l'accouchement, annonce-t-elle, resplendissante, avant de leur retracer son cheminement des derniers mois.

Bob l'écoute avec un intérêt enluminé d'admiration. Irma le trouve plus séduisant que jamais. Il en faudrait peu pour qu'elle envie Hélène. L'aveu de Bob va l'en dissuader.

— Ma chère cousine, tu nous fais un tel plaisir en acceptant de devenir la marraine de notre enfant que je t'offre trois cents dollars pour ce bébé que tu vas mettre au monde.

Ces paroles vont droit au cœur d'Irma. Bob n'aurait pu mieux choisir pour parler de la passion d'Irma. Une passion qui, au terme de maints combats, est sur le point de se concrétiser. Les encouragements de ce couple, sa générosité et la confiance qu'il voue à Irma compensent les revers essuyés et l'hostilité maintes fois manifestée.

Au moment du départ, une parenthèse est ouverte au sujet de Phédora et de ce que Rose-Lyn lui en a appris.

— Elle est bien, ma mère ? demande Bob chez qui l'attente de son premier enfant ressuscite des souvenirs si lointains.

— Tu souhaiterais qu'elle connaisse ton enfant ?

— Je ne sais pas, Irma. Je ne sais vraiment pas, répond-il, fixant le bout de ses pieds. Pour revenir à ta mère, je prévois reprendre mes recherches dans une semaine ou deux.

— J'ai cru que tu avais démissionné...

— Une fille comme toi ne mérite pas une telle bassesse.

Irma veut tempérer son jugement d'un peu d'indulgence, mais il le justifie d'un autre aveu :

— Irma, tu es la personne la plus fascinante, la plus courageuse, la plus extraordinaire que j'aie rencontrée. Quand je suis tenté de me plaindre ou de baisser les bras, je n'ai qu'à penser à toi...

Une étreinte clôt leur rencontre, sans un mot ajouté. Hélène en fait autant.

Irma rentre des États-Unis avec une malle bien garnie : des instruments chirurgicaux, des stéthoscopes, des tubes de sérum, des thermomètres, de la lingerie, de la literie, des biberons, des couches

et des vêtements pour enfants. Les dames patronnesses, appelées à venir se réjouir de sa collecte, n'en croient pas leurs yeux.

— Et vous, mesdames, combien d'argent...?

— D^{re} LeVasseur, je crains de vous décevoir, annonce Mme Thibaudeau.

— Moins de mille dollars?

— De la Ville? Beaucoup moins, répond Mme Dandurand.

— Un gros deux cents dollars, dit Mme Bruneau.

L'enthousiasme de la pionnière est davantage mis à l'épreuve lorsqu'on dévoile les recettes de la fête champêtre.

Madame Dandurand explique :

— Nous avions prévu attirer les gens d'affaires et les familles fortunées en organisant une fête-surprise au parc Somher.

— Un événement d'une grande rareté chez nous, précise Mme Bruneau.

— Une rareté? demande Irma, avide de détails.

— Pour une des premières fois, ici à Montréal, on pouvait assister à une projection de photographies animées.

— La découverte de M. Ouimet. Il est venu bénévolement, souligne Mlle Rolland.

— Et puis? demande Irma, impatiente.

Les patronnesses, muettes, fixent Mme Thibaudeau.

— Hum! Quatre-vingt-sept dollars et onze sous. C'est décevant, je l'avoue, mais c'est mieux que rien, fait-elle remarquer.

De nouveau, le silence. Un silence que la voix plaintive, presque inaudible de la D^{re} LeVasseur vient lézarder :

— Ils n'ont pas compris... C'est tout à fait naturel pourtant que les bien nantis et les gens en bonne santé apportent leur secours aux pauvres et aux malades. Qu'une ville ait à cœur de protéger ses citoyens.

— Il fallait s'y attendre, murmure Mme Leblanc qui s'était abstenue de tout commentaire depuis le début de la rencontre. Avec un Anglais, fils de brasseur de bière, comme maire...

— Faut pas parler contre son prochain, rappelle Euphrosine. Notre maire est un homme honnête et de gros bon sens. Il n'est pas très bon orateur, mais il agit.

— Ce n'est pas facile pour M. Ekers de diriger la Ville avec le Parti ouvrier qui sème la bisbille, explique Mme Dandurand.

— On va s'y prendre autrement à l'avenir, dit Mme Berthiaume.

— Comment?

— En passant par des messieurs influents... dans la ville, dit-elle, posant son regard sur mesdames Macdonald et Dandurand. L'idée plaît.

— Faut surtout pas se décourager, clame Mme Thibaudeau, qui n'en est pas à sa première campagne de financement.

— Puis ne jamais perdre de vue l'objectif... ajoute Mme Bruneau.

— Comme si on devait passer par une route cahoteuse avant... dit Euphrosine.

Cet optimisme partagé, les dames patronnesses quittent l'appartement d'Irma.

Adossée à la porte qu'elle vient de refermer, la jeune doctoresse dirige son regard sur la table où s'empilent les dons rapportés des États-Unis. Réconfort, mais aussi conscience de n'avoir pas épousé une cause facile.

Comment ne pas penser à son père en pareille circonstance? Irma ne doute pas de son assentiment. Effet vivifiant. Coefficient d'énergie. De son album de photos, elle retire celle de Nazaire prise lors de sa nomination au consulat du Brésil, vient la placer sur la table de cuisine, au milieu de tous les articles médicaux étalés là depuis son retour de New York. « Ça, papa, ce n'est qu'un début. Pas la fin. Je vous jure qu'un jour on les comptera par centaines ces objets mis au service de milliers d'enfants qui ne seront plus seuls à tenir tête à la mort. Si je croyais qu'une vie sacrifiée pouvait guérir nos petits, je donnerais la mienne sans hésiter... une fois que mon hôpital sera bâti. Mais je n'ai pas cette foi. Pour moi, la mort ne sert personne. La mort, c'est un monstre à combattre. Nous sommes nés pour vivre et faire vivre. En tête de liste, viennent nos poupons, nos bâtisseurs et nos pionnières de demain. C'est pour leur rendre ce droit à la vie, papa, que je ne reculerai devant rien. »

❧ ⚓

« Pour une surprise, c'en est toute une, s'exclame Irma en ouvrant une lettre provenant du Bureau de santé de la Ville de Montréal, ce 15 août 1907. Employée de la Ville ! Moi ! Une femme ! Il y a anguille sous roche », pense-t-elle.

À plusieurs reprises, une demande d'argent, portant la signature de la D^{re} Irma LeVasseur, a été adressée aux autorités de la Ville pour secourir les enfants malades et leur construire un hôpital. Qu'elles lui offrent maintenant de se joindre à la petite équipe de médecins chargés de faire le tour des écoles pour examiner les enfants et leur prodiguer des conseils d'hygiène l'intrigue. Elle redoute une manœuvre de leur part, soit pour l'éloigner de sa pratique médicale, soit pour la distraire de son projet de fonder un hôpital. Le cas de son amie Maude Abbott, affectée à l'enseignement et à la direction d'un musée alors que le besoin de médecins praticiens est criant, l'incite à la prudence. Par contre, l'idée de faire de la prévention et de l'éducation auprès des jeunes d'âge scolaire la fascine. Cette étape s'avère primordiale pour l'amélioration de la santé des populations. Le dilemme est de taille. « Je vais demander conseil à Mme Dandurand, se propose Irma. C'est elle qui, de toutes les dames patronnesses, me semble la mieux informée en matière de politique municipale. »

La rencontre a lieu le lendemain après-midi, chez la D^{re} LeVasseur, entre deux consultations médicales. De Joséphine Dandurand, Irma apprend qu'à Montréal, des médecins précurseurs ont trimé dur pour sensibiliser les dirigeants à cette cause. Élu maire en 1904, Hormidas Laporte les a écoutés et compris.

— Il aurait dû assumer un deuxième mandat pour que son action soit encore plus déterminante, dit Joséphine. Avec la nomination du philanthrope Hubert Brown Ames à la tête du comité d'hygiène publique, une action vigoureuse a été entreprise pour renforcer les mesures en cette matière. De fait, le maire Laporte et M. Ames avaient démontré la nécessité de construire des logements plus spacieux et mieux éclairés, et de les doter de l'eau courante et de toilettes intérieures pour éliminer définitivement les dépôts

d'immondices dans les cours des locataires. La lutte contre la pauvreté allait de pair.

— Si je lis entre les lignes, vous me conseillez de signer ce contrat ? demande Irma.

— Tout est une question de priorité et de temps, mais je crois que ce serait une belle expérience à ajouter à votre bagage, répond Mme Dandurand.

Irma aimerait pouvoir s'engager sur tous les plans à la fois. Elle n'admet pas qu'en cette période prospère du début du XXe siècle, l'ouvrier non spécialisé ne puisse faire vivre sa famille dans des conditions favorables à la santé. Elle s'indigne de la cupidité de ces nombreux constructeurs de logements minuscules où s'entassent les familles à faibles revenus.

— De vrais laboratoires de bactéries, estime-t-elle.

— Je ne suis pas moins exaspérée à la pensée que des statistiques publiées il y a moins de cinq ans amènent à décrire Montréal comme une ville dangereuse. Une ville qui remporte le championnat des mortalités parmi toutes les grandes villes nord-américaines, déclare Mme Dandurand.

— Il faut que ça change. Et c'est sur les enfants qu'il faut d'abord concentrer nos efforts, dit Irma.

La lettre du Bureau de santé placée sur une pile de revues et de journaux, la D^re LeVasseur réfléchit. « La fondation de mon hôpital, les patients de ma clinique, la Crèche de la Miséricorde... en plus. Je devrai sacrifier quelque chose, mais quoi ?

« Ce sera la crèche », pense-t-elle, sitôt chagrinée par le souvenir des petits qui y sont placés. Même si je leur ai donné plus d'un an, je ne peux les abandonner totalement. » Entraînée à travailler quatorze et quinze heures par jour, Irma croit possible d'ajouter à ses tâches quelques heures par semaine pour la visite des élèves. « Une expérience intéressante et qui me permettra d'appuyer mes exigences sur des preuves tangibles », conclut-elle, déterminée à prendre plus d'information auprès du Bureau de santé sur le nombre d'écoles qui lui seraient confiées.

Après quelques pourparlers, une entente est conclue : la D^{re} LeVasseur ne travaillera que vingt heures par semaine auprès des écoliers. Il lui devient donc envisageable de respecter ses engagements précédents. Or, au terme de quinze jours de travail dans les écoles, le comité des dames patronnesses de la Crèche de la Miséricorde manifeste sa désapprobation, ses craintes et son souhait :

— Le risque de contaminer nos poupons est trop grand depuis que vous visitez les écoles. Il faudrait choisir entre...

— Ne vous faites pas de soucis, mesdames. Je me retire à l'instant même. Sachez que je ne dispense mes soins que là où je suis bienvenue, annonce-t-elle, sans la moindre contestation.

Une des membres du comité tente de justifier la prise de position des autorités.

Irma l'interrompt :

— Ce n'est pas nécessaire, madame ! Chaque minute de verbiage est une minute de moins pour sauver un enfant, lance-t-elle, déjà engagée dans le couloir.

Davantage de temps se libère pour la D^{re} LeVasseur. Du temps pour mieux s'investir dans son ultime projet. Confiante de le réaliser avant la nouvelle année, elle avait décidé de consacrer son temps aux écoliers jusqu'à Noël seulement. Assignée aux écoles des quartiers Saint-Henri et Saint-Antoine, l'un défavorisé et l'autre peuplé de mieux nantis, elle est en mesure de constater une fois de plus jusqu'à quel point la pauvreté engendre la maladie. « J'aurai de quoi mieux étoffer mes plaidoyers en faveur des pauvres et des moins instruits », prévoit-elle, se remémorant la campagne vigoureuse menée par l'éminent Dr Emmanuel-Persillier Lachapelle sur ce terrain.

Même si au Québec, le Conseil d'hygiène est fondé depuis 1869, même si le Dr Lachapelle en assuma la présidence et même si nombre de médecins comptent parmi les élus provinciaux, il semble à la jeune doctoresse que les progrès sont minimes dans les quartiers ouvriers. Aux conditions de vie insalubres, aux emplois précaires et souvent mal payés, se greffent une résignation malsaine

et des croyances nocives bien ancrées. « Quand est-ce qu'on cessera de vanter les mérites de la souffrance ? De consoler les pauvres et les malheureux à coup de béatitudes et de promesses d'un paradis éternel ? » se demande Irma, indignée par ces excuses à l'inaction.

Faire évoluer les mentalités sans heurter les gens s'avère non moins urgent que délicat. Un souvenir de son grand-père Zéphirin lui revient en mémoire. « La santé, disait-il, c'est un cadeau de Dieu et il n'y a qu'une façon de l'en remercier : c'est d'en prendre soin tous les jours. » Un pont entre la foi en la Providence qui « nourrit les oiseaux sans qu'ils sèment ni ne moissonnent » et le devoir pour l'être humain de s'assumer : « Aide-toi et le ciel t'aidera. » « Avec ces deux phrases, je devrais gagner la confiance des parents », croit Irma.

Ils en auront bien besoin de cette confiance en ce début de novembre où les froids outrageux prennent les Montréalais au dépourvu. Les familles démunies surtout. Déjà beaucoup d'absences en classe. L'état rachitique de plusieurs élèves inquiète la D^{re} LeVasseur. Une fillette de huit ans semble fiévreuse.

« Une mauvaise toux, ma petite. Dis à ta maman qu'il serait mieux que tu ne viennes pas à l'école jusqu'à ce que tu sois guérie.

— Maman n'a pas le temps de s'occuper de moi, répond l'enfant.

— Pourquoi ?

— Mes trois petits frères sont malades, puis elle aussi.

Après avoir pris le nom et l'adresse de la fillette, la D^{re} LeVasseur l'emmène avec elle et se rend immédiatement au domicile de Lucia Brisebois.

Dans ce petit appartement en sous-sol, le spectacle de la pauvreté et de la misère ne pourrait être plus complet. Une maison où le froid et l'humidité n'ont pas de rival. Une odeur d'urine colle au nez. Apparaît une femme, les épaules couvertes d'une couverture de laine effilochée, tenant dans un bras un bambin de moins de deux ans, et dans l'autre un jeune bébé. Les deux ne cessent de pleurer

que le temps d'une toux. Sur un vieux canapé, un garçonnet de cinq ou six ans fixe la visiteuse de ses yeux vitreux. Les genoux collés au thorax, il grelotte sous un parka gris, celui de son père, présume Irma.

Grondée par sa mère pour son retour prématuré de l'école, la petite Lucia s'empresse de justifier :

— C'est la madame qui m'a ramenée.

— En quel honneur ?

— C'est un docteur...

Suspicion, humiliation et indignation pour cette femme démunie.

— De quel droit... ?

Une quinte de toux l'empêche de poursuivre sa phrase.

La D^{re} LeVasseur s'empresse d'expliquer :

— Nous sommes cinq médecins à visiter les écoles...

— Je ne fais pas confiance aux charlatans. Je vais vous dénoncer. Votre nom ?

Irma n'avait pas prévu une réaction aussi hostile. Elle ouvre son manteau et expose sa cocarde épinglée à sa chemise blanche.

— Ça veut rien dire...

— Madame, c'est la preuve... dit Irma en s'approchant de la dame qui recule de deux pas.

— C'est pas de sa faute si maman sait pas lire, murmure Lucia, au bord des larmes.

— Je comprends, réplique Irma, les bras croisés sur le dos de la petite qu'elle colle à son ventre.

La maman s'affale à une extrémité du vieux canapé. Le garçonnet pousse un gémissement. Sa mère éclate en sanglots. Accroupie devant elle, Irma la supplie de lui laisser voir son nourrisson.

— Vous êtes épuisée, ma pauvre petite dame. Il vous faut de l'aide. Je pourrais peut-être dégager les voies respiratoires de votre bébé...

De nouveau, c'est la résistance.

Lucia tend les bras à son autre jeune frère de deux ans.

— Viens Étienne, on va aller regarder par la fenêtre.

— Papa?

— On va aller voir s'il s'en vient.

— Vers quelle heure l'attendez-vous, votre mari? demande Irma, à mi-voix.

— C'est jamais pareil.

— Il travaille loin d'ici?

— J'sais pas.

— Il est venu hier?

Pas un mot mais, sur le visage de la dame, le signe qu'il y a plus d'un jour que son mari n'est pas rentré.

— Ça fait longtemps qu'il ne vous a pas apporté d'argent... présume Irma.

De nouveau, que des mimiques pour réponses.

— Rien pour acheter de la nourriture et des remèdes, c'est ça?

— ... Puis du bois de chauffage.

Enfin, une brèche!

— Je sais où en trouver, dit Irma. Je vais aller vous en chercher, mais il faudrait que je soulage vos enfants avant. Vous permettez? demande-t-elle, les bras tendus vers celui que la mère garde caché au creux de son bras.

Presque amadouée, la dame pose sur la D^{re} LeVasseur un regard lourd d'humiliation et de découragement.

— Je n'ai pas eu le temps de vous le dire, Mme Brisebois, mais ça fait trois ans que je m'occupe des bébés. Je travaille à la Crèche de la Miséricorde aussi. Si vous voyiez ces pauvres petits! Surtout ceux qu'on trouve abandonnés aux portes des couvents et des églises. Le vôtre a droit à la tendresse de sa maman puis à la chaleur de son corps, au moins.

Une cascade de sanglots secoue les épaules de la mère qui, les gestes lents et la main hésitante, découvre le visage de son dernier-né. Un petit visage brûlant de fièvre et maculé de sécrétions.

— Un beau p'tit garçon. Comment l'avez-vous nommé celui-là?

Pour réponse, une tête qui, sous le poids de la honte, bascule sur sa poitrine.

— J'ai pas encore trouvé le moyen de le faire...

— Vous l'avez...

— Ondoyé, oui.

— C'est bien correct ça, Mme Brisebois.

Sans en quémander la permission cette fois, la D^re LeVasseur prend le bébé et se dirige vers l'évier de la cuisine. La mère, figée par l'appréhension, observe en silence. Pour ne pas l'humilier davantage et présumant qu'il n'y a pas de toilettes intérieures, Irma s'adresse à la jeune Lucia pour obtenir serviettes, couche et vêtements propres pour le bébé. Plus de bois pour chauffer le poêle, plus d'eau chaude dans la maison. Le bébé grelotte et gémit. De ses deux mains, Irma tente de réchauffer le plus possible la serviette qu'elle a plongée dans le bassin d'eau. Les résultats sont minables. Une vraie torture pour ce pauvre petit malade qu'elle couvre de son manteau de drap.

— Il a des chances de guérir, votre petit garçon, madame.

Comme réaction, un non-verbal que le médecin ne saurait décoder. De l'indifférence, presque.

— Par contre, je ne peux pas le soigner comme il faut ici.

Madame Brisebois se cabre comme une lionne prête à défendre son petit.

— Je vous en supplie, madame, laissez-moi l'emmener à ma clinique, le temps de le traiter.

Le consentement se fait attendre. De voir son fils s'assoupir dans les bras de la visiteuse rassure la mère. Les confidences viennent au compte-gouttes.

— Mon mari... Un robineux. Dangereux en boisson. Bon rien qu'à faire des p'tits pis à sacrer son camp après. J'me serais ben contentée de deux, quant à moé. Pas d'affaire à mettre des enfants au monde pour leur faire vivre rien que d'la misère.

— On va vous aider, Mme Brisebois. Si vous me le permettez, j'emmène votre bébé avec moi, dans ma petite clinique pour en prendre soin. Aussitôt guéri, je vous le ramène.

Deuxième acquiescement ! Muet, mais sans équivoque.

— Je vous envoie tout de suite un médecin, avec des médicaments pour vous et vos trois autres enfants. Puis du bois de chauffage.

Puis de bonnes couvertures de laine, promet Irma, pressée d'emmailloter le bébé de peur que la maman change d'idée.

Elle avait franchi le seuil de la maison, qu'elle doit retourner :

— J'oubliais... Lucia, tu ne vas pas à l'école tant que tu n'auras pas cessé de tousser. Je compte sur vous, Mme Brisebois, pour la faire obéir, ajoute-t-elle, réservant son plus beau sourire pour la fillette.

En quelques heures, la vie d'Irma LeVasseur vient de basculer.

Finies les journées à la Crèche de la Miséricorde, mais finies aussi les visites dans les écoles. Elle n'en a ni le temps ni la possibilité. Vient de commencer une lutte sans merci contre le spectre de la mort qui s'acharne sur le nourrisson qu'elle a promis de guérir.

Âgé de quatre ou cinq mois, bébé Brisebois présente tous les symptômes d'une dysenterie et d'une pneumonie : douleurs aiguës au ventre, difficultés respiratoires, déshydratation. Il n'est de répit pour cet enfant. Pour la jeune doctoresse, non plus. Les consultations à sa clinique, et l'obligation de veiller sur l'enfant jour et nuit l'obligent à réclamer de l'aide. Mme Bruneau vient la remplacer auprès de bébé Brisebois lors des consultations, mais ce n'est pas suffisant. Ce matin du 8 novembre, Irma lance de nouveau un vibrant appel à Mme Thibaudeau :

— On n'a plus une journée à perdre, madame. Il faut rassembler votre comité et mes confrères le plus vite possible.

— D^{re} LeVasseur, vous semblez au bord de la panique, qu'est-ce qui se passe ?

— Je vais le perdre si je ne reçois pas d'aide.

— Perdre qui, D^{re} LeVasseur ?

Mise au fait de l'hébergement du petit moribond, Mme Thibaudeau reste sans voix. Un reproche traverse sa pensée, mais elle se tait. La jeune doctoresse n'en est pas à son premier geste intrépide.

— Vous devriez voir ce petit ange... Ce n'est pas humain qu'un petit être aussi fragile et attachant souffre comme ça. Il me manque plein de choses ici.

— D^re LeVasseur, Mlle Rolland est avec moi. Je vous l'envoie tout de suite ; elle pourra surveiller votre petit malade en l'absence de Mme Bruneau et ça vous permettra d'aller chercher ce qu'il vous faut. Pour le reste, je fais mon possible.

— Ce n'est pas assez. C'est l'impossible qu'il faut tenter.

— Pardon ?

— C'est urgent. Il faut vite former notre équipe médicale et se relayer auprès de mon bébé. Je veux dire, du bébé Brisebois.

L'effet d'une bourrasque sur Mme Thibaudeau.

— Euphrosine, aidez-moi à penser à tout ce que vous devriez apporter à la D^re LeVasseur et à son bébé, dit-elle.

— Son bébé ? répète Mlle Rolland, interloquée.

— Je voulais dire : son jeune patient. Venez vite, Mlle Euphrosine.

De grands sacs pendus au bras, les deux femmes font le tour de la pharmacie, de la lingerie et de la chambre de réserves. À la hâte, elles tentent de faire un choix judicieux. Un deuxième sac reste à remplir. De la vaisselle, des vêtements et de menus articles de maison sont entassés.

— Apportons de la nourriture aussi. Je ne serais pas surprise que notre belle Irma ne prenne pas le temps de bien s'alimenter.

— Puis du bon lait pour le bébé.

— Ce ne sera pas trop lourd pour vous ? demande Mme Thibaudeau.

— Je suis pas mal plus forte que vous le pensez. Surtout dans des circonstances comme celles-là.

Dans les yeux de Mlle Rolland, la flamme d'une missionnaire.

La porte refermée derrière sa messagère, Mme Thibaudeau sort la liste des « douze apôtres » de la première heure. Douze appels téléphoniques à faire. Son message est calqué sur l'urgence de mobiliser les ressources de chacun. Aux dames patronnesses rejointes qui ne savent quoi apporter, elle répond :

— Il faut être allé dans l'appartement de notre doctoresse pour savoir qu'elle manque de tout. De meubles surtout. Mais ce

qui presse le plus, c'est de former une équipe, d'organiser les soins et de distribuer des tâches, ajoute-t-elle.

— Pour ça, il faut vite trouver un moment pour se rencontrer, conçoit Mme Dandurand.

Les dames patronnesses se mobilisent, les médecins hésitent et s'inquiètent.

— Qui prendra la direction de l'entreprise ? demande l'un d'eux.

— Sur quelle base les fonctions et les titres seront-ils attribués ? questionne un autre.

— La D^re LeVasseur envisage-t-elle de mener la barque ? veut savoir le Dr Bourgoin.

Autant d'interrogations qui heurtent Mme Thibaudeau et qui commandent prudence et tact.

Les dames conviennent de tenir une première réunion chez la D^re LeVasseur sans la présence des médecins sollicités. Mais, dès le lendemain après-midi, à l'heure convenue, Mmes Macdonald, Bruneau et Berthiaume, ainsi que Mlle Rolland se rendent chez Mme Thibaudeau.

— Les événements nous bousculent un peu, je le reconnais, mais ça fait quand même plus de six mois que notre jeune D^re LeVasseur nous a présenté son projet, dit cette dernière. Ce n'est pas notre habitude de tarder autant à répondre aux demandes.

— Admettez que c'est la première fois qu'on s'attaque à la fondation d'un hôpital, riposte Mme Berthiaume.

— Je pense que le plus urgent et le plus difficile, c'est de trouver un bon chef d'équipe, dit Mme Bruneau.

Des noms sont proposés, des appels téléphoniques se font. En fait, les désenchantements sont nombreux.

— J'ai quelqu'un en tête, lance soudain Mme Thibaudeau : une jeune femme très douée qui a grandi dans un milieu de gens d'affaires et qui a épousé un homme influent, vient de rentrer d'Europe.

— Encore faut-il qu'elle ait une certaine attirance pour les en-fants, dit Euphrosine.

— De ça, je suis sûre. Elle est tellement déçue de ne pas en avoir... Je ne serais pas surprise qu'elle se joigne à notre équipe. Et si j'en crois sa mère et ses sœurs, elle serait la candidate idéale pour nous diriger.

— Vous lui téléphonez ? demande Mme Macdonald.

— Non, je préfère aller lui en parler chez elle ; ce soir, si possible.

Animées d'espoir et d'ardeur, les dames dressent la liste des priorités. Les besoins des jeunes patients viennent en tête : médicaments, biberons, couches, berceaux, équipement médical. L'ameublement, la vaisselle et la literie ne sont pas à négliger non plus. Vers qui se tourner ? Sur une autre feuille, une liste de donateurs éventuels. Suit un partage des contacts à faire.

— On dirait que la fondation est déjà commencée, s'exclame Euphrosine, levant les yeux vers le ciel pour en remercier la Vierge Marie.

— Je n'oserais le dire avant que nous ayons trouvé une directrice, recommande Mme Thibaudeau.

— Elle accepte de me rencontrer demain après-midi ! Je n'ai jamais été très à l'aise avec les gens de la haute bourgeoisie. Je...

Irma en perd ses moyens tant elle est surprise, heureuse mais non moins fébrile. Mme Thibaudeau vient de lui tracer un portrait fort élogieux de la dame qu'elle devra convaincre.

— Présentez-lui votre projet comme vous l'avez fait en mai dernier. Je veux dire, avec tout l'enthousiasme qui vous habite et sans vous inquiéter du protocole. Vous verrez, Mme Justine est une jeune femme de votre génération, très chaleureuse et fort simple.

— Vous m'assurez que Mlle Rolland viendra s'occuper de mon bébé... de mon p'tit patient ?

— Promis. Et le chauffeur des Rolland ira vous conduire chez Mme Justine.

— Comment vous remercier, Mme Thibaudeau?

— On est là pour s'épauler... On m'a dit qu'il prenait du mieux le petit Brisebois, ces jours derniers?

— Enfin, oui! Ça va faire trois semaines demain qu'il est avec moi. Vous viendrez le voir? Il a même commencé à sourire et à gazouiller.

— C'est bon signe, en effet. Je vous félicite, D^{re} LeVasseur.

— C'est le fruit de nos efforts communs, vous le savez bien.

Le combiné raccroché, Irma encercle le 26 sur une page du calendrier et se dirige vers son jeune patient. Penchée sur l'enfant bien emmailloté qui sommeille dans le tiroir d'une valise, son berceau improvisé, elle partage avec lui ce moment d'intense bonheur. Du dos de la main, elle effleure ce petit visage qui s'arrondit et se colore de jour en jour.

— C'est grâce à toi, mon p'tit bonhomme, si ça bouge enfin. C'est toi qui auras ouvert les portes de l'hôpital dont je rêve. Parce que tu t'es battu pour vivre. Parce que ta maman m'a fait confiance. Tu seras la preuve que ça vaut la peine de soigner les petits de moins de deux ans. Tu tenais à un fil quand je t'ai pris des bras de ta maman. J'ai eu tellement peur de te perdre pendant les huit premiers jours. Mais là, je sais que tu es sauvé. En autant que je te garde avec moi encore quelques semaines. Le temps que tu prennes des forces, tu comprends?

Quelques battements de cils. L'esquisse d'un sourire. Bébé Brisebois est sur le point de terminer sa sieste de la matinée.

— Dimanche, tu seras baptisé. Ta maman a choisi ton nom : Roland. C'est pour remercier Mlle Euphrosine, ta marraine, de tout ce qu'elle fait pour toi. Pour moi. Pour l'hôpital qu'on va ouvrir bientôt. On va en guérir des petits enfants comme toi si on peut finir par toucher et convaincre ceux qui ont des sous et du pouvoir!

Un grognement de bien-être, des poings qui se serrent, des membres qui s'étirent, bébé Brisebois entrouvre les yeux. Il sourit. Irma lui tend les bras. Ceux de l'enfant s'agitent. «Viens, mon garçon, on va te préparer un gros biberon de lait tiède», dit-elle, surprise, en regardant sa montre, de constater que l'*Angelus* a sonné

sans qu'elle l'entende. Sans que son estomac l'en prévienne. Irma n'a pas faim. Ce qu'elle vient d'apprendre et les progrès de son jeune rescapé la nourrissent.

Son protégé satisfait, tente-t-elle de se tartiner deux tranches de pain qu'une maman, un nourrisson dans les bras, frappe à sa porte. Et après elle, plusieurs autres et ainsi jusqu'en fin de soirée. Chez plusieurs jeunes patients, la mauvaise qualité de l'eau et du lait est responsable de la maladie qui risque de les emporter. La typhoïde n'est plus épidémique mais encore récurrente. « J'ai l'impression de mettre un pansement sur une plaie sans l'avoir désinfectée », se dit la D^{re} LeVasseur, devant l'ampleur du travail d'information et de formation à faire.

« Vingt-quatre heures dans une journée, ce n'est pas assez pour un médecin », juge-t-elle, en se mettant au lit peu avant minuit. Un combat s'installe entre sa volonté de dormir et le bouillonnement d'idées que lui inspire son rendez-vous avec Mme Justine Lacoste-Beaubien. « Fille d'un juge éminent et d'une dame très connue pour sa piété et ses bonnes œuvres, m'a dit Mme Thibaudeau. Son frère aussi serait avocat. Ses sœurs, des femmes engagées, aux idées avant-gardistes ; cet aspect pourrait nous rapprocher. Mais ce qu'elle m'a dit de son mari m'intimide : agent de change à la Bourse, homme d'affaires issu d'une famille presque millionnaire... Pas sûr que je serais à l'aise devant cet homme. Par contre, ça me rappelle mon grand-père Venner, et la jalousie que sa fortune inspirait autour de lui. »

Ces jongleries ramènent Irma LeVasseur à son passé : Nazaire LeVasseur, un homme qui s'est toujours plu à côtoyer la bourgeoisie. Le Dr Canac-Marquis qui en faisait partie. Les Jacobi pour qui la philanthropie et la courtoisie dictaient les échanges. Le souvenir de Mary Jacobi, de son courage et de son authenticité resurgissent. « Reste branchée sur la cause, peu importe à qui tu t'adresses », lui avait recommandé Mary Putnam Jacobi au moment où la jeune doctoresse était sommée de se présenter devant le Collège des médecins du Québec pour y subir des examens d'admission. « J'étais sur le point de l'oublier », constate Irma, mieux disposée à dormir.

En fin de matinée, ce mardi 26 novembre 1907, Mlle Rolland, les bras chargés, se présente chez Irma.

— C'est la cordonnière, Mme Victoire, l'épouse de M. Thomas Dufresne, qui m'a donné tout ça. Cette femme-là nous comprend de vouloir ouvrir un hôpital pour les jeunes enfants. Elle a tellement pleuré d'avoir perdu six de ses petits en bas âge...

— Six! Mais c'est cruel!

— Elle m'a promis de nous ramasser plein d'autres choses. Je l'ai trouvée très sympathique et très simple même si elle est une femme d'affaires comme on en a peu au Québec. Vous devriez la rencontrer. Vous avez des points en commun, vous deux.

— Comme...?

— Elle m'a raconté qu'elle avait dû, elle aussi, faire voter une loi spéciale par l'Assemblée législative pour avoir le droit d'exercer son métier.

— Et c'était quoi, son métier?

— Cordonnière et femme d'affaires. C'est à elle qu'appartient la grosse manufacture Dufresne & Locke, dit Euphrosine en déballant draps, serviettes, pyjamas de bébés et rideaux.

— Des rideaux?

— Je les ai acceptés parce qu'on va en avoir besoin.

Interloquée, Irma ne dit mot, mais dans l'œil coquin de Mlle Rolland, elle flaire un secret.

Que de questions la hantent! Peu douée pour la torture, Euphrosine lui révèle, sur un ton de confidence :

— J'ai parlé à mon frère Damien, hier. Il me dit que si Mme Justine Lacoste-Beaubien accepte de prendre la tête des troupes, on pourra s'installer dans la maison que vous souhaitiez tant louer. Vous vous en souvenez?

— Celle du 644 Saint-Denis!

— Oui. Quand on le voudra. Elle est libre et le grand ménage a été fait. Ça va prendre de beaux grands rideaux comme ça pour les vitrines d'en avant.

Devant l'ampleur du défi à relever, Irma oscille entre l'euphorie et la crainte. Aux sursauts de nervosité succèdent de grands élans d'espoir. C'est dans le regard enjoué de bébé Brisebois qu'elle puise du réconfort.

— Il est prêt à dîner, mon p'tit homme, dit-elle, fouillant dans sa glacière pour en sortir l'équivalent d'une tasse de lait.

— Attendez, D^{re} LeVasseur. J'en ai apporté du frais...

D'un sac de jute, Euphrosine sort un pot de lait, un pain, un plat de cretons et des légumes en conserve.

— Qu'est-ce que vous voulez manger, vous? demande-t-elle à Irma.

— Rien, pour l'instant, est-elle sur le point de répondre.

Mais elle se ravise. Pas question d'inquiéter sa bienfaitrice.

— Des légumes et une tranche de pain, à la condition que vous mangiez avec moi.

Les questions pleuvent au sujet de madame Justine dont Euphrosine connaît bien la famille.

— Moi, je la trouve audacieuse et amusante, déclare-t-elle, rieuse.

— Comment?

— Rien qu'un exemple : Mme Lacoste, sa mère, m'a raconté qu'en voyage de noces, la nouvelle mariée aurait fait honte à son mari en se libérant de ses chaussures «*fancies*» aussitôt installée dans le train qui les emmenait à New York.

— J'admire les gens qui donnent aux conventions rien que la place qu'elles méritent.

— Moi aussi, dit Euphrosine, en mordant dans la tranche de pain qu'elle a tartinée de cretons. Mais elle n'est pas toujours facile à saisir, cette Justine. Personne n'a compris pourquoi elle avait tenu à faire un petit mariage, presque en cachette, à sept heures du matin, alors que tous les autres membres de la famille ont fait de grosses noces. Lady Lacoste a dû en souffrir, elle qui aime tant les grandes et belles célébrations.

— Plus vous m'en dites, plus vous me rassurez, Mlle Rolland.

— Mais le bonheur parfait n'est pas de ce monde. Quelle épreuve pour cette femme de ne pas encore avoir d'enfants.

— Il y a longtemps qu'elle est mariée ?

— Pas loin de dix ans.

Irma a avalé son assiettée de fèves vertes et elle est retournée s'asseoir dans la berçante. Bébé Brisebois est sur le point de s'endormir dans ses bras.

— Ce ne serait que pour toi, mon p'tit bonhomme, que ça vaudrait la peine que je me batte jusqu'au bout, lui chuchote-t-elle avant de le déposer dans son lit de fortune.

Plus un mot entre les deux femmes. L'une lave la vaisselle, l'autre, sur la pointe des pieds devant son miroir, repique dans son chignon à la Marie Curie une mèche égarée. D'un geste lent, distrait, elle double son chandail de laine noire d'un veston marron assorti à la jupe de laine du pays qu'elle ne porte qu'en de rares circonstances. Sa mère l'avait laissée dans le garde-robe... Irma peut la porter maintenant sans en ressentir une profonde nostalgie. Sans revivre la douleur de cet instant où son père la lui a remise à l'occasion de ses quinze ans. La figure nichée dans les plis de cette magnifique jupe aux tons verts et ambrés, elle avait pleuré sans égards à son âge. Nazaire avait vivement regretté son geste. Mais, depuis son accréditation au Collège des médecins, Irma traite cet héritage de sa mère comme un porte-bonheur.

— Il est arrivé, je crois, annonce Mlle Rolland en se précipitant vers la fenêtre.

— Déjà !

Un dernier coup d'œil dans son miroir, un regard attendri sur le bébé qui sommeille, un au revoir à l'intention d'Euphrosine, et la D[re] LeVasseur franchit le seuil de son modeste appartement. La démarche volontaire, elle se dirige vers la rutilante voiture où l'attend, près de la portière du passager, un bel homme dans la trentaine, coiffé de la casquette du chauffeur. Il lui tend sa main gantée. Elle la refuse d'un geste non équivoque. «C'est bien elle, ça », se dit Mlle Rolland qui les observe discrètement de la fenêtre du salon. «Ah, non ! C'est pas vrai ! Qu'elle doit être humiliée ! »

Irma n'arrive pas à grimper sur le marche-pied. Les mains posées sur ses hanches, le galant chauffeur l'y dépose. Euphrosine se tord de rire. Comme si elle le devinait, Irma braque sur la vitre un regard défiant la raillerie tout autant que le brouillard de ce 26 novembre. Sur une chaussée humide, la Ford des Rolland démarre en direction de la rue Hutchison.

Euphrosine s'agenouille, joint les mains et prie la Vierge Marie. Son premier vœu : que son petit protégé dorme au moins le temps d'un rosaire. Deuxième vœu : que le couple De Gaspé Beaubien soit réceptif au projet d'Irma.

Le premier chapelet terminé, Mlle Rolland se permet de réciter les deux autres confortablement assise dans la berçante placée près du berceau improvisé. À pas feutrés, elle s'approche de l'enfant. Il semble encore plongé dans un profond sommeil. « Que de grâce sur ce petit visage », se dit-elle. Distraite de ses prières le temps de goûter quelques instants de tendresse, elle se ressaisit : « Je crois en Dieu... Je vous salue Marie, pleine de grâces... Gloire soit au père... » Deux autres fois, elle a égrené son chapelet en entier.

La D^re LeVasseur est partie depuis plus d'une heure et bébé Brisebois dort encore. « J'ai le temps de lire quelques psaumes », considère la pieuse quinquagénaire. De son sac à main alourdi de multiples petits objets rassurants, elle tire le recueil protégé d'une jaquette de cuir buriné. Elle choisit une page au hasard, l'Esprit saint aura guidé sa main.

Psaume 125

Dieu protège les siens
Qui s'appuie sur Yahvé ressemble au mont Sion :
Rien ne l'ébranle, il est stable pour toujours.
Jérusalem ! les montagnes l'entourent,
Ainsi Yahvé entoure son peuple
Dès maintenant et pour toujours.
Fais du bien, Yahvé, aux gens de bien,
Qui ont la droiture au cœur.

Euphrosine ferme les yeux. Pour mieux imprimer ces mots dans son cœur. Pour en faire une certitude. Et elle s'endort.

Un bruit sec la fait sursauter. Elle se précipite vers le bambin qui babille et le tire de son lit. La D^re LeVasseur entre sur ces entrefaites. Une tornade. Voilette au vent, elle lance son sac à main, ses gants et son chapeau dans la berçante, et tout de go, elle supplie sa précieuse collaboratrice de lui accorder encore un peu d'aide.

— Mais qu'est-ce qui vous met dans un tel état? Ça ne s'est pas bien passé?

— Au contraire, Mlle Rolland. C'est pour ça qu'on n'a pas une minute à perdre. Je n'ai pas fait de vrai ménage dans cet appartement depuis que mon p'tit homme vit ici... Le jour où Mme Lacoste-Beaubien va rendre sa réponse, je veux que toutes les dames patronnesses soient présentes, ici même, autour de notre petit rescapé.

— Vous attendriez un inspecteur que ce ne pourrait être pire...

— De la grande visite s'annonce. De belles dames riches au cœur généreux, dit Irma, en s'adressant au bébé qu'elle vient de retirer des bras d'Euphrosine et qu'elle lève au bout de ses bras en tournant sur elle-même.

Euphrosine voudrait immortaliser cette scène.

— Quelle bonne maman vous auriez été, ma p'tite dame! s'exclame-t-elle.

Les pommettes saillantes d'Irma s'empourprent.

— J'ai dit une bêtise?

— Mais non! Vous êtes si dépareillée, Mlle Rolland! Quelle chance de vous avoir croisée un beau matin de mai!

— Et pour moi donc! Le sens que vous donnez à ma vie!

Bébé Brisebois remis au sec dans son boîtier-lit transporté sur la table, Irma lance l'opération ménage.

— On aura besoin de ces deux chaises-là, demain; un petit époussetage ne leur fera pas de tort. Puis les fenêtres, puis la cuisine, puis le plancher...

— Je veux bien vous aider, madame la doctoresse, mais à une condition...

— Que je vous raconte ? J'y arrive. Une dame très simple et très pétillante, cette Mme Justine Lacoste-Beaubien, dit Irma grimpée sur une chaise pour dépoussiérer le cadre de la vitrine.

— Je vous l'avais dit.

— Elle avait les larmes aux yeux quand je lui ai parlé de notre p'tit monsieur Brisebois.

— Vous avez réussi à la convaincre ?

— Hum ! Pas sûr ! Elle a tout un obstacle à surmonter, elle.

Euphrosine ne saisit pas l'allusion.

— Elle est mariée.

— Et puis ?

— Ça lui prend la permission de son mari pour...

— Vous n'exagérez pas un p'tit brin ? La permission... Elle a trente ans, Mme Lacoste-Beaubien. Pas vingt !

— N'empêche que selon la loi, une femme mariée ne peut se lancer dans pareille aventure sans compromettre son mari.

— Je ne comprends pas, avoue Euphrosine, essuyant pour la énième fois le biberon qu'elle vient de brosser à l'eau savonneuse.

Irma la rejoint et, les poings sur la table, elle explique, fougueuse :

— Ça fait exactement quarante ans que les femmes du Québec se font traiter comme des moins que rien sur le plan civil : pas le droit, sans le consentement du mari, d'avoir un compte en banque. Pas le droit d'être en affaires. Pas le droit d'exercer un métier différent du sien. Pas le droit de corriger ses enfants, seulement. Pas le droit de se servir de sa tête, autrement dit.

— Excusez-moi, D^re LeVasseur. Je ne voulais pas vous faire perdre votre bonne humeur.

Murées dans le silence, les deux femmes redoublent d'énergie, l'une sur le balai, Irma sur les couches qu'elle frotte avec vigueur sur la planche à laver.

Bébé Brisebois commence à grogner.

— C'est l'heure de boire. Ça vous ferait plaisir, Mlle Rolland, de lui donner son biberon ?

— Comment donc !

La berçante débarrassée du chapeau, des gants et du sac à main d'Irma, y prennent place la quinquagénaire et son protégé, en appétit, enfin.

— Chose certaine, mon p'tit homme, avec tant de bon monde qui se préoccupe de ta santé, tu vas l'avoir ton hôpital, lui dit-elle.

— Qu'est-ce qui vous permet d'être si confiante? demande Irma en lui présentant le biberon de lait pasteurisé.

— J'ai assez fréquenté les Lacoste et les Beaubien pour savoir que M. Louis ne reculerait devant rien pour voir sa Justine plus heureuse.

Le regard inquisiteur d'Irma l'incite à étayer ses propos :

— Elles sont plutôt trempées, les filles de Lady Lacoste. Peu disposées à se contenter des bonheurs de leur mère. Instruites, bien éduquées, choyées par la vie, elles souhaitent faire davantage que de la broderie et du piano en attendant que le prince charmant apparaisse. Marie se dévoue pour la cause des femmes, Thaïs tente de suivre les traces de son père et Justine espère des jours plus heureux.

— Qu'est-ce qu'il lui manque?

— Une vie plus simple et plus stimulante, entourée de ses propres enfants. J'imagine que ce ne doit pas être si intéressant que ça d'accompagner son mari dans ses voyages d'affaires. Toujours se tenir à l'étiquette. Faire attention pour ne pas faire honte à monsieur...

Irma réplique avec un sourire amusé :

— Plus vous m'en dites au sujet de cette femme, plus elle m'inspire confiance. On a des chances de s'entendre au moins sur deux points : l'amour des enfants et la simplicité.

Euphrosine l'approuve, hochant la tête au rythme de sa berçante.

Repu, l'enfant s'est endormi. Les gestes empreints de regret, elle le dépose dans son lit, le couvre délicatement d'une layette offerte par Mme Victoire Du Sault. La sonnerie du téléphone les fait tous sursauter. «Chut! Chut! Dodo!» murmure Mlle Rolland, caressant le front du petit.

Irma accourt et décroche le combiné.

— Elle-même... Bien sûr, madame. Avec bonheur ! ... Combien serez-vous ? Vers quelle heure ? ... Parfait, nous vous attendrons.

La main sur le cœur, muette d'émotion, elle se plante devant Euphrosine.

— Mais, parlez, Irma.

— Elles vont venir... samedi, vers 11 heures.

— Pas nos dames patronnesses ?

— Oui, Mlle Rolland ! Mme Justine avec quatre ou cinq autres dames.

— Mon doux Jésus ! Ça fait six mois que je prie pour ça, s'exclame Euphrosine.

— Pas trop fort ! Vous allez réveiller le p'tit Roland.

— Il faut que je téléphone...

Irma n'a jamais vu sa précieuse collaboratrice aussi exubérante.

— Tu te souviens de la demande que je t'avais faite ? dit-elle à son interlocuteur.

Le reste de la conversation se limite à des acquiescements. L'appel terminé, elle enjoint Irma de cesser son ménage.

— Mais pourquoi ?

— On s'en va... Demain, mon frère va envoyer deux hommes pour vider votre appartement et vous installer... vous savez où ?

— Mais je rêve !

— Je vous le permets, mais pas trop longtemps, ma p'tite docteure. Y a de l'ouvrage à faire aujourd'hui.

Irma pince les lèvres et presse sur sa poitrine ses mains croisées... Quelques larmes ont fui ses paupières closes. Euphrosine lui tend les bras et attend. Celle qui aurait pu être sa fille hésite, puis se laisse envelopper de cet amour maternel... inassouvi.

— Je vais commencer par mes effets personnels, dit Irma en se retirant de cette étreinte.

— Et moi ?

— À part un peu de vaisselle, il n'y a pas grand-chose dont on pourrait se passer d'ici demain midi.

— Dans ce cas-là, si vous n'en faites pas de différence, D^{re} LeVasseur, je vais aller faire un p'tit tour à l'église... remercier la Vierge Marie et prier le bon Dieu pour qu'il fasse de moi une bonne marraine.

— Vous n'aurez pas assez de votre soirée... lance Irma, moqueuse.

— Quand aimeriez-vous que je revienne, demain?

— Après vos dévotions, si c'est possible.

Ce même jour, peu avant minuit, une maman paniquée frappe à la porte de la D^{re} LeVasseur.

— C'est le deuxième enfant que je mets au monde et je suis en train de le perdre, lui aussi. Faites quelque chose, docteur, je vous en prie.

Dégoulinante de partout sous une pluie diluvienne, la jeune femme sort de dessous son manteau un petit être langé qu'elle dépose dans les bras d'Irma. «Un autre petit moribond», constate la D^{re} LeVasseur en soulevant la couverture humide qui cache la figure émaciée de ce bébé d'à peine deux mois. Ses lèvres sont bleues. Sur le miroir placé devant sa bouche, une trace de buée à peine perceptible. Un balbutiement de pulsation sous le pouce d'Irma.

— Ne perdez pas espoir, ma p'tite dame. Venez vous réchauffer. Tiens, là, dans la berçante.

La jeune femme grelottante n'hésite pas à troquer son manteau de drap détrempé pour le châle de cachemire que son hôtesse lui tend.

La maman tenue un peu à l'écart, Irma procède à l'examen médical avec plus de liberté. Elle est sidérée par la maigreur extrême de ce nourrisson.

— Depuis combien de jours votre petit n'a pas mangé?

— Ma petite Anne. Deux jours peut-être... De toute façon, elle vomit tout ce que je lui donne. Même l'eau.

— C'est un cas d'hospitalisation, marmonne la jeune pédiatre, consciente de n'évoquer qu'un vœu pieux.

— Vous avez dit ?

— Rien, madame. Je réfléchissais à voix haute. Si on peut finir par l'ouvrir notre hôpital...

Emmaillotée dans des couvertures de laine chaudes, dégagée des sécrétions qui gênaient sa respiration, la petite Anne reprend un peu de vitalité. Dieu merci, elle a encore assez de force pour prendre le biberon ; ce liquide médicamenteux devrait faire baisser la fièvre. Percevant une possibilité de guérison, Irma poursuit ses traitements. Dans la berçante, la maman s'est endormie. Irma place un oreiller sous sa tête et après quelques tergiversations, décide de monter s'allonger sur son lit, la petite Anne au creux de son bras. Bébé Brisebois dort à poings fermés. Elle peut s'accorder un peu de repos, une veilleuse allumée sur sa table de chevet, l'oreille tendue vers le rez-de-chaussée.

Un cauchemar la tire d'un trop court sommeil. Un cauchemar ? Non. Une réalité. Sauvage ! Atroce ! Jamais pareille épreuve dans la vie d'Irma LeVasseur. Le choc de tant de mères, comme un glaive dans sa chair. Des sanglots se nouent dans sa gorge, puis éclatent. La petite Anne ne respire plus. Plus une pulsation. Le visage de l'enfant, ses mains, son corps sont froids. Assise sur le bord de son lit, Irma berce cette petite masse inerte pressée sur sa poitrine. Geste combien ironique, dérisoire mais non stérile. Irma berce sa douleur. Celle de sa mère. Celles de toutes les mères aux futiles accouchements. Celle de son renoncement à la maternité. Tout son corps tremble. D'effroi. De chagrin. D'impuissance. Un roseau dans la tornade. Irma doit retrouver la force du chêne et remettre entre les bras de la mère confiante l'enfant qu'elle n'a pu sauver. «Quand elle se réveillera», décide-t-elle du haut de l'escalier ; tête à la renverse, la jeune femme dort toujours dans la berçante.

Avec d'infinies précautions, la première femme à vivre le deuil en cette nuit sordide pose le pied sur chaque marche dans l'espoir qu'elle ne gémisse pas. Sur la table de la cuisine, l'aveu d'échec du médecin épuisé. Irma tire doucement une chaise, y prend place et laisse tomber sa tête près du petit corps inanimé.

Un craquement de plancher, des ombres mouvantes et une voix frêle comme une peau de chagrin :

— Je peux repartir avec, docteure ?

Irma sursaute. Une fois de plus, la fatigue a eu raison de sa vigilance.

— Vous ne pouvez pas sortir en pleine nuit, comme ça. Il pleut encore à pleins torrents.

— Mes vêtements ont eu le temps de sécher, ceux de mon bébé aussi, dit la jeune mère, un pyjama élimé et une couverture effilochée sur le bras.

Irma la regarde, sans voix.

— Peut-être pourriez-vous me prêter un parapluie... Vous...

Le mutisme d'Irma, sa coiffure en broussaille, ses larmes, soudain, tout sonne le glas dans le cœur de la maman.

— Qu'est-ce qui s'est passé pendant que je dormais ? Dites-le ou je vous...

Sur le coup, c'est la foudre dans les yeux de cette mère trahie, sa colère entre ses dents serrées, la menace dans ses doigts prêts à griffer.

— Je vous jure que j'ai tout fait pour sauver Anne. Peut-être que si vous étiez venue plus tôt...

Les sanglots étouffent sa voix.

La fulmination fait place aux regrets et au chagrin dans le cœur de la mère. Les deux femmes, épuisées, atterrées, pleurent en silence. Irma s'approche de la mère endeuillée et lui ouvre les bras. Elle tarde à venir s'y blottir.

Communion dans la douleur, apaisement dans le réconfort mutuel.

— Je peux la regarder ?

D'un signe de la tête, Irma acquiesce et s'approche de l'enfant avec elle, découvre le visage serein de la petite Anne.

Spectacle d'une détresse indescriptible... Déchirée dans tout son être, la maman dépose des baisers d'adieu sur le front, les joues et les mains de l'enfant. À ne pas s'en rassasier. Une détresse qui ne

trouve pas d'apaisement. Il est temps pour le médecin d'intervenir. Délicatement, affectueusement, elle écarte la mère et couvre le visage de sa fille.

— Je vous jure que s'il n'en dépend que de moi, on achève de les perdre nos bébés. On va s'équiper pour les soigner, dans un hôpital organisé exprès pour eux, dit-elle avec fougue.

— Donnez-la-moi, dit la jeune femme, retirant le châle d'Irma de ses épaules pour revêtir son manteau.

— Il est deux heures du matin, ma pauvre petite dame. Tout est fermé à cette heure-ci. Ça ne vous donnerait rien de partir maintenant. Pourquoi ne pas terminer votre nuit ici? J'ai un bon lit à l'étage.

Une grimace d'objection, sinon d'incertitude.

— Demain matin, je vais téléphoner à Mlle Rolland, une dame qui vient souvent m'aider. Elle va vous accompagner... Le chauffeur de la famille Rolland est très dévoué, vous verrez.

Qu'ils semblent longs ces instants d'hésitation!

— À une condition, docteur, que je puisse me reposer dans votre chaise et l'approcher tout près de ma petite... au cas où...

— Qu'est-ce que vous voulez dire? demande Irma, inquiète.

— Au cas où Jésus ferait un autre miracle.

— Vous avez raison. On ne sait jamais, répond-elle, couvrant d'une longue caresse les épaules de la jeune maman.

Une lampe reste allumée au rez-de-chaussée. Irma éteint celle de l'étage. «Le repos en pleine obscurité me semble plus régénérateur», se dit-elle à quelques heures d'une journée qui s'annonce harassante.

Dans un demi-sommeil, Irma entend bébé Brisebois jargonner d'un ton pleurnichard. «En pleine nuit! Mais qu'est-ce qu'il a donc, mon p'tit homme?» se demande-t-elle avant de constater, en retirant sa montre de sous son oreiller, qu'il est sept heures. Son esprit est si lourd qu'elle met du temps à se souvenir de la nuit qu'elle vient de passer. Ce rappel la foudroie. «La p'tite Anne! Sa maman! Je ne lui ai même pas dit que j'avais un petit pensionnaire...» Sa chevelure

lissée et tordue en chignon, Irma sort l'enfant de son lit et se précipite vers l'escalier.

Plus personne au rez-de-chaussée.

Deux jeunes hommes viennent frapper à la porte au 644, rue Saint-Denis.

— Bonjour, messieurs Dupuis. Je vous attendais plus tôt, dit Euphrosine.

— On n'a pas eu le temps avant... répond le plus costaud des deux.

Les jeunes hommes viennent livrer une armoire de rangement, quelques petits lits à retaper et différents articles reçus en dons à l'Hôpital des Enfants.

Secouée par le drame de la veille, la D^{re} LeVasseur ne souhaite pas mieux que Lucie Bruneau et Euphrosine Rolland, venues lui porter secours, assument la responsabilité de l'aménagement du futur hôpital. Cette maison n'étant meublée qu'au dixième de sa capacité, un appel a été lancé aux dames patronnesses pour solliciter les donateurs. Résonne sans cesse à son oreille la réplique du policier informé de la disparition de la dépouille mortelle de la petite Anne et de sa mère :

— La police n'enquête pas sur des cas semblables. La dame était dans ses droits...

— Je crains qu'elle ait commis un geste regrettable.

— Vous m'avez dit que vous étiez médecin ?

— Oui, M. l'agent.

— Alors, contentez-vous de soigner les malades au lieu de jouer au détective.

Irma jure de ne plus jamais demeurer seule auprès de ses petits malades.

— J'ai eu tort de ne pas accepter vos services, a-t-elle avoué à Euphrosine, en lui relatant les événements de cette funeste nuit.

— Vous ne devriez pas vous torturer ainsi, lui a-t-elle recommandé. La jeune maman était en âge de prendre ses décisions.

— Dans l'état où elle était, j'imagine le pire, Mlle Rolland.

— Vous avez besoin de repos, ma petite Irma.

— J'ai surtout besoin de savoir...

— Je vais demander à une bonne amie de voir si, dans les jours prochains, il n'y aurait pas une messe des anges qui se célébrerait dans nos paroisses environnantes, lui a promis Euphrosine.

Avant que les frères Dupuis aient vidé leur charrette, Mlle Rolland les prie de saluer sa protégée. Irma les félicite pour leur dévouement et s'empresse de leur présenter bébé Brisebois. Les gars sourient, sans plus. L'un ne sait que dire, l'autre donnerait sa chemise pour séduire « ce beau pétard de fille ».

— S'il continue comme ça, mon petit bonhomme, c'est lui qui va faire votre travail dans quelques années, leur prédit-elle.

— Son père va le laisser faire ? demande le Don Juan.

— Pas besoin de permission pour rendre service, voyons !

— Vous avez bien raison, jolie demoiselle. C'est mon cas.

— L'heure n'est pas aux flatteries, monsieur. Vous avez des meubles à transporter et moi, des patients à soigner, rétorque-t-elle.

— Tu joues encore au docteur... ! lance le blondinet, croyant sa taquinerie pertinente.

— Un peu de respect, jeune homme, ordonne Euphrosine qui connaît les frères Dupuis depuis leurs premiers pas. Je vous ferai remarquer que vous vous adressez à la D^{re} Irma LeVasseur.

— Oups ! Je m'excuse. Je ne pensais pas qu'une fille pouvait être docteur, dit le jeune homme, pantois.

— Quand vous aurez fini ici, vous irez chez moi et me rapporterez les caisses de conserves que j'ai placées sur la galerie. Y a un sac de farine et un autre de sucre du pays. Oubliez-les pas. Puis faites vite avant que la pluie recommence.

Le brouhaha des deux derniers jours a aidé la D^{re} LeVasseur à se libérer de l'inquiétude créée par la disparition subite et toujours inexpliquée de la jeune maman et de sa petite Anne.

— Je ne peux accepter que les policiers aient réagi comme s'il s'agissait d'un fait courant, presque banal.

— Ils ont dû présumer que la jeune femme s'était rendue chez une amie ou une parente, pas loin d'ici, en attendant de voir à l'enterrement de son bébé, dit Lucie Bruneau.

— Ce n'est quand même pas de votre faute, D^{re} LeVasseur, si la mère a décidé de déguerpir comme une sauvage, fait remarquer Euphrosine à qui Lucie donne raison.

À vingt-quatre heures de la grande rencontre, Irma essaie de s'en convaincre. Elle doit établir des priorités; s'impose d'abord celle de coller une affiche à la porte de son ancien appartement : D^{re} LeVasseur déménagée au 644 Saint-Denis. « J'irai dès demain matin », décide-t-elle.

Installée dans la cuisine, Lucie Bruneau asticote un des lits apportés par les frères Dupuis.

— J'aimerais trouver un beau petit berceau pour votre protégé avant la visite des dames patronnesses. Mon mari m'a promis de regarder à l'Hôtel-Dieu aujourd'hui, dit-elle, confiante.

— En attendant, celui que vous préparez va convenir. Je me disais justement que si notre petit malade continue de prendre des forces, il risque de tomber en bas du tiroir... dit Irma.

Les rires fusent. Bébé Brisebois les gratifie d'une litanie de babillages.

— Si on commençait aujourd'hui à l'appeler par son nom, ça vous plairait, Mlle Rolland ? demande Irma.

— Vous ne pourriez me faire plus grand plaisir, s'exclame-t-elle en s'approchant de son filleul.

— Quel prénom portera-t-il ?

D'un regard mendiant, la marraine supplie Irma de répondre.

— Roland, dit cette dernière. La décision revenait à Mme Brisebois...

— Je soupçonne notre petite doctoresse de l'avoir influencée, avoue Euphrosine, l'œil moqueur.

Irma fait la sourde oreille, un sourire coquin sur les lèvres. Ses deux complices en sont fort ravies.

➤•◄

Samedi, 30 novembre 1907.

Il n'est pas encore neuf heures que déjà Mlle Rolland et Mme Lucie Bruneau, les plus dévouées collaboratrices de la D^re LeVasseur, préparent la maison pour la visite des dames patronnesses.

— Même si j'attends ce jour depuis plus de sept mois, je n'arrive pas à déloger de mon cerveau une certaine appréhension, de confier Irma à ses deux complices.

— J'appellerais ça de la sagesse, réplique Euphrosine.

— Vous me donnez donc raison d'être inquiète...

— Je m'excuse, Irma. Ce n'est pas ce que je voulais dire. Je pensais seulement à ce que mon père nous répétait : la peur est mauvaise conseillère mais, à petites doses, elle incite à la sagesse.

— Moi, j'ai toujours cru que la confiance était récompensée. Je l'ai expérimenté très souvent, riposte Lucie.

— Je vais essayer de marier les deux croyances, dit Irma à quelques minutes d'une rencontre déterminante pour la réalisation de son rêve.

Quatre autres dames devraient se présenter en fin de matinée. On ne dispose pour les recevoir que d'une berçante prêtée par Mlle Roland à l'arrivée du petit moribond et de deux chaises droites, les deux autres supportant le lit-tiroir de Roland. Sur la table de la cuisine, un plateau de biscuits Viau et des tasses à thé, dons de Mme Thibaudeau.

Onze heures vont bientôt sonner. Irma confie son patient à sa future marraine et monte à sa chambre, le temps de se rafraîchir un peu.

À l'étage, elle a choisi la plus petite pièce, les autres pouvant loger de quatre à sept lits d'enfants. Une grosse malle dans un coin, un chiffonnier adossé à un mur, et au centre, son lit couvert de la courtepointe héritée de sa grand-mère Venner.

Sur le point de franchir une étape importante de sa vie, assise sur le bord de son lit, face au miroir, Irma LeVasseur espère un destin différent de celui des deux femmes qui l'ont précédée dans la chaîne générationnelle. Moins nébuleux. Moins d'obstacles sur sa route que par le passé. Moins de temps perdu à clamer ses droits de

femme et de médecin, à défendre la résolution prise de s'accomplir coûte que coûte et d'aider son prochain.

Irma retire son sarrau blanc. Sa robe de lainage bourgogne lui va à ravir. Pour la circonstance et pour faire échec à l'humidité, elle revêt une veste noire cintrée à la taille. S'ajoutent des soins particuliers à cette généreuse coiffure qu'elle retient de deux peignes à monture ivoire. « Ainsi, tu ressembles un peu plus aux grandes dames que tu attends », lui dit son miroir. « Ce que je ne ferais pas pour que mes petits choux aient leur hôpital ! » pense-t-elle, enjolivant ses lèvres de rouge vermeil.

Pour que le rêve de cette remarquable doctoresse se réalise, Euphrosine a prié la Vierge Marie. Au dire de Mme Thibaudeau, Justine Lacoste-Beaubien aurait prié la sainte Trinité. Irma se tourne vers deux défunts dont la mémoire lui est tonifiante : son grand-père Zéphirin et Mary Putnam Jacobi. Du courage, de l'amour et du dévouement, ces deux personnes en avaient à revendre.

Une voix peu familière monte du rez-de-chaussée. Ce n'est pas celle de Mme Lacoste-Beaubien, Irma en est sûre. Elle descend en toute hâte. Derrière Mme Hamel accueillie par Mme Bruneau, quatre autres femmes emmitouflées dans leurs fourrures gravissent l'escalier extérieur : Mmes Mcdonald, Berthiaume et Lacoste-Beaubien suivies d'une demoiselle... D'une voix feutrée, Euphrosine les presse d'entrer :

— L'air est froid. On a un petit malade à protéger...

Entassées sur l'étroit tapis tressé, les visiteuses retirent leurs bottes enneigées pour chausser un soulier fin.

— D^{re} LeVasseur, je vous présente ma jeune sœur Thaïs, dit Justine, tout sourire.

L'accueil est des plus cordiaux de la part d'Irma qui prie les dames de la suivre dans la grande pièce, sans faire de bruit.

— Excusez-nous, nous avons emménagé seulement avant-hier, explique Mlle Rolland, intimidée de ne pouvoir offrir une chaise qu'à trois des invitées.

L'étonnement se lit dans les regards. Plus encore lorsque ces dames découvrent le berceau de fortune dans lequel est couché le nourrisson. La D^re LeVasseur les rassure :

— Mme Bruneau achève de réparer un petit lit pour lui.

— Il vient de s'endormir dans mes bras, dit Lucie Bruneau, radieuse.

À pas de velours, une main posée sur le cœur, Justine Lacoste-Beaubien s'approche du bébé. Elle s'était juré de ne pas pleurer...

— Un ange, murmure-t-elle en caressant ses petits bras à la peau livide. Dire que sans vous, D^re LeVasseur, ce beau petit garçon n'aurait pas survécu.

— Comme des milliers d'autres enfants qui ont connu un sort tragique, enchaîne Irma, encore ébranlée par le drame survenu à son domicile au début de la semaine.

Le silence des six femmes est éloquent de compassion. Irma le sent. Son projet les touche. Elle les juge déjà conquises. Aussi s'empresse-t-elle de leur faire franchir une autre étape : la visite de la maison. Les dames se montrent ravies du nombre de pièces, de leurs dimensions et de leur propreté.

— En comptant les deux étages, j'estime que nous pourrions hospitaliser une bonne douzaine d'enfants, ici. La salle à manger pourrait être réservée aux opérations et une partie de la cuisine à la stérilisation, explique Irma.

— Nous avons l'espace mais très peu d'équipement, ajoute Euphrosine. À nous sept, pensez-vous que nous pourrions nous procurer l'essentiel ?

— Il faudrait dresser une liste, suggère Justine. C'est vous, D^re LeVasseur, qui savez de quoi nous avons besoin...

À elle seule, cette initiative de Mme Lacoste-Beaubien parle haut et fort de sa décision. Irma hurlerait de bonheur.

— Une fois cette liste terminée, répond-elle, il restera à se partager les tâches. Vous prenez la direction de l'équipe, Mme Lacoste-Beaubien ?

Que des regards suppliants autour de Justine. Élégante dans son tailleur marine, naturelle dans tout son être, troublée par la gravité du moment, la jeune femme parvient à chuchoter :

— Avec votre aide...

Du coup, sept femmes, dont trois sont âgées d'à peine trente ans, voient leur vie se mouler au projet de la Dʳᵉ LeVasseur. Leur enthousiasme n'a d'égal que leur détermination.

Autour d'un enfant de quatre mois arraché à un destin sordide, un pacte vient d'être conclu. La solidarité de ces femmes aura-t-elle raison de l'inertie sociale ? Saura-t-elle changer les mentalités ? Des moyens concrets doivent être mis en place. Justine se revoit âgée d'une dizaine d'années, derrière un comptoir de ventes qu'elle avait improvisé dans une ruelle, tout près de la résidence familiale, rue Saint-Hubert. À son appel en faveur des pauvres, répondaient, non seulement ses sœurs et les enfants de l'entourage, mais aussi les domestiques du quartier qui lui achetaient une limonade ou des petits biscuits.

— De combien d'argent disposons-nous ? demande-t-elle.

— De trois cent quatre-vingt-sept dollars, lui apprend Euphrosine.

— Ce n'est pas beaucoup, mais on va voir ce qu'on peut faire de mieux avec ça.

La Dʳᵉ LeVasseur amorce l'énumération des articles manquants :

— Le plus urgent, c'est du charbon et des meubles. Il faudrait aussi des biberons, de la vaisselle, des draps, des matelas, du tissu, une machine à coudre...

— Mon amie, Mᵐᵉ Jeannotte, m'en a offert une, y a pas longtemps. Je vais voir si elle accepterait de nous en faire cadeau, promet Blanche Berthiaume.

— Justement, voyons d'abord ce que nous pourrions récolter en dons auprès de nos parents et amis, de sorte que l'argent soit réservé à l'achat d'instruments médicaux.

— Sans compter qu'on pourrait en obtenir en cadeaux, prétend Lucie Bruneau. Je fréquente assez souvent l'épouse du Dr Masson...

— Vous avez raison, dit Irma. Le Dr Masson est déjà très sympathique à notre projet.

Les idées fusent autour de la table de cuisine. Seule la voix plaintive de l'enfant réveillé par la soif vient les interrompre momentanément. Mlle Rolland accourt, heureuse de présenter son futur filleul à ses compagnes. La procession ne se termine que lorsque chacune d'elles a pris le poupon dans ses bras.

La pause-caresses terminée, Justine fait valoir l'urgence de procéder aux nominations. Il va de soi, pour les six autres femmes, que la présidence du comité exécutif lui revient. Spontanément, sa sœur Thaïs se propose comme secrétaire.

— Il nous faut une trésorière, lance la présidente.

— Mlle Rolland... suggère Mme Hamel.

— Vous jouez déjà ce rôle, dit Irma pour convaincre cette dame de dix ans son aînée d'acquiescer à leur demande.

— Si c'est là que je peux être le plus utile, j'accepte.

— Vous garderez toute liberté d'offrir vos services ailleurs aussi, précise Justine avant de demander l'ajout d'une vice-présidente.

— Est-ce nécessaire ? amène Mme Hamel.

— Tous les comités dans lesquels ma mère est impliquée ont une vice-présidente, allègue Mme Lacoste-Beaubien.

Blanche Berthiaume s'empresse de suggérer son amie, Mme Masson.

— C'est une femme de grand talent, capable d'initiative et de générosité, affirme-t-elle. Une cause comme la fondation de notre hôpital pour enfants ne la laisse pas indifférente.

Cette intervention lance la campagne de recrutement. Chacune s'engage à embrigader au moins une autre personne.

— Pour quelle tâche ? demande Mme Mcdonald.

— Il nous faut divers sous-comités : pour la couture, le financement, la publicité, par exemple, explique la présidente. Chacune de vos recrues s'engagera selon ses goûts et ses talents.

— Et son expérience, ajoute Euphrosine.

— Maintenant, au travail ! lance Mme Hamel.

— Vous êtes toujours fidèle à vous-même : pas très jasante mais combien efficace, de reconnaître Mme Mcdonald qui l'a déjà vue à l'œuvre.

Portées par un enthousiasme au parfum d'exaltation, toutes quittent le 644, Saint-Denis, sauf Mlle Rolland, occupée auprès de bébé Brisebois, Mme Bruneau qui poursuit la réparation du berceau et Mme Lacoste-Beaubien qui semble inassouvie. Irma s'en réjouit. D'un signe de la main, elle invite sa présidente à prendre place dans la berçante et en approche une autre chaise. Se voulant discrète, Euphrosine quitte la pièce avec l'enfant.

— Je veux vous dire, D^re LeVasseur, que votre projet est arrivé dans ma vie comme un phare lumineux dans la grisaille de mon existence, confie Justine.

Irma ne cache pas son étonnement.

— Nombre de femmes envient mon sort. Elles croient que pour être heureuse, il suffit d'être née dans une famille reconnue, d'être logée dans une maison confortable et d'avoir épousé un homme d'affaires respecté qu'on accompagne dans ses nombreux voyages. De tout cela, je remercie le bon Dieu tous les jours, mais...

Une émotion la rive au silence. Puis, elle se ressaisit :

— Excusez-moi, D^re LeVasseur. Vous devez trouver scandaleux qu'on se plaigne quand on est si privilégiée.

— D'expérience, je sais que ce ne sont pas les biens matériels qui donnent un sens à notre vie.

— Justement, c'est ça que j'essayais de faire comprendre à mon mari après votre départ, mardi soir. J'ai dû lui avouer que pas un voyage, pas un bijou, pas une fortune même ne pourrait remplacer un enfant dans ma vie.

L'émotion laisse la jeune femme sans voix.

— Je ne voulais pas l'humilier, il est si bon pour moi, reprend-elle.

— L'humilier ?

— Oui. Dans notre société, il est important qu'un homme en vue puisse dire qu'il apporte le bonheur à son épouse. Qu'il la comble sur tous les plans.

D'un signe de tête, Irma lui manifeste sa compréhension.

— Le jour où il acceptera sans aucune réserve que je vous appuie dans la fondation d'un hôpital pour enfants, ce jour-là, il pourra se flatter d'y être arrivé.

— Puis-je savoir sur quoi portent ses réserves ?

— Entre autres, la crainte d'être compromis s'il fallait qu'on s'endette... ou qu'on échoue. Vous savez, mon mari préside plusieurs conseils d'administration en plus de diriger une maison de change et de siéger à la Bourse de Montréal. Il en a vu des entreprises qui ont mal tourné.

— Je le comprends. Je sais, par contre, qu'il existe un moyen de protéger son époux. Vous pouvez demander une dérogation à la loi qui vous permettrait de gérer des affaires et qui, par le fait même, dégagerait votre mari de toute responsabilité financière dans cette entreprise. Votre sœur Marie s'y connaît en matière de droit. En plus, vous êtes entourée d'avocats : votre père et votre frère sont sûrement en mesure de vous conseiller.

— Bien sûr, mais j'imagine que ce n'est pas accordé facilement.

— Non, mais dans votre cas, ça pourrait être plus facile que ce le fut pour moi.

— Ah ! Mais je ne savais pas que vous étiez mariée, D[re] Le Vasseur.

Irma rit de bon cœur. La réussite de cette rencontre et la spontanéité de son interlocutrice l'y portent plus qu'à certains jours.

Reprenant son sérieux, Irma révèle les motifs qui l'ont amenée à solliciter le vote d'un bill privé par l'Assemblée législative en 1900.

— Que d'injustices envers les femmes ! s'exclame Justine. Ma sœur Marie a raison de tant se dévouer pour défendre nos droits. Vous connaissez la Fédération nationale Saint-Jean-Baptiste ? Ma sœur et Mme Caroline Béique en sont les cofondatrices. Cette fédération est catholique et nationaliste, mais elle est aussi un moyen d'obtenir des appuis.

— J'ai lu nombre d'articles dans les journaux à ce sujet. J'admire le travail de ces femmes...

— ... Elles prouvent que les Canadiennes françaises sont capables de se créer un lieu de rassemblement tout comme les anglophones l'ont fait avec leur *Montreal Local Council of Women*. Mais le clergé en général, à part Mgr Bruchési, grince des dents.

Mme Thibaudeau, tout comme Caroline Béique, Joséphine Marchand-Dandurand et Marie Gérin-Lajoie ont adhéré au *Montreal Local Council of Women*. En 1902, ces quatre femmes ont fait partie du comité des dames patronnesses créé par ce mouvement. En cette même année, Marie Lacoste-Gérin Lajoie, la sœur de Justine, avait publié le *Traité du droit usuel* afin de rendre accessible le droit civique et constitutionnel, notamment aux femmes. Juriste chevronnée, elle ne s'est d'ailleurs mariée qu'après avoir reçu l'assurance qu'elle pourrait demeurer libre de continuer à se battre pour la cause des femmes et leurs droits.

— J'ai peine à croire, D^re LeVasseur, que vous n'avez que trente ans, vous aussi. Vous semblez posséder déjà tellement de connaissances et d'expérience.

— À chacune ses richesses... Mises en commun, imaginez, Mme Lacoste-Beaubien, le pouvoir que ça nous donne! s'exclame Irma, rêveuse.

— Si on utilisait nos prénoms, en privé... propose Justine.

— Je n'y vois pas d'objection.

Une réelle sympathie s'est installée entre les deux jeunes femmes. Elles y voient un présage de réussite.

Après avoir révélé un peu de leur jeunesse réciproque, Irma et Justine se saluent chaleureusement. « J'ai hâte de raconter tout ça à mon Toune... Oh! Excusez-moi, je voulais dire, à mon mari », reprend Justine en quittant cet hôpital qui existe depuis à peine quatre heures.

Le jeune Roland s'est endormi dans les bras de sa marraine.

— Je n'ai pas osé le remettre dans son lit... Il aurait pu se mettre à pleurer et vous déranger, explique Euphrosine.

— J'apprécie votre délicatesse, ma très chère dame. Par contre, à l'avenir, il faudra penser qu'on est là pour nos enfants d'abord.

— C'est vrai. On est dans un hôpital maintenant, dit-elle, embrassant d'un regard lumineux tous les murs du rez-de-chaussée.

— On est dans l'Hôpital des Enfants, clame la D^re LeVasseur avec une solennité qu'elle ne se connaissait pas.

— Il faudrait bien l'afficher à l'extérieur...

— Oh, oui! Et ça presse! répond Irma, fouillant dans sa petite boîte de crayons.

— J'ai tout ce qu'il faut chez moi. Si vous voulez...

— Allez vite, ma bonne amie.

L'esprit d'Irma bourdonne des mille choses à faire mais, dans son cœur, qu'une pulsion. Irrésistible. Penchée au-dessus du premier patient de l'Hôpital des Enfants, la jeune pédiatre s'accorde un moment de pure exaltation. Qui aurait dit que mon meilleur complice dans la réalisation de mon rêve serait un bébé!

— Toi, petit homme, qui ne t'accrochais même plus à la vie. Toi qui m'as entendue quand je t'ai supplié de faire un effort, un dernier. Je te promettais de me charger du reste. Tu ne l'as pas rejeté, le premier biberon que je t'ai préparé. Ça a été pour toi le début d'une renaissance. Et pour moi, un miracle dans mon être de femme. Une chaleur dans mon ventre. Une offrande dans mes seins. Il aurait suffi d'un tout petit geste pour que tu puisses t'y abreuver et y trouver la force de combattre. Ni toi ni personne d'autre ne saura jamais quelle lutte j'ai livrée cette nuit-là entre l'éthique professionnelle et l'urgence de t'arracher à la mort. Et que dire de l'attachement qui m'aurait lié à toi! Je souhaitais que tu te souviennes d'avoir senti ces gouttes de lait se perdre sur le bord de ta petite joue blafarde. D'avoir goûté un soupçon de liquide sucré et d'en avoir redemandé. D'avoir posé ta bouche sur mon sein, le temps de me convaincre de ton désir de t'en nourrir et de mon pouvoir de le faire. Mais je me suis ressaisie. Mon vœu était truffé d'égoïsme. La tentation a resurgi plus forte encore lorsque je visitai ta maman pour lui donner de tes nouvelles et qu'elle m'apprit ne pas pouvoir t'allaiter. Bébé Roland, tu auras prêté à mon cœur et à mon corps des instants de cette

maternité à laquelle j'ai renoncé. Des instants fabuleux. Un jour, il faudra suivre chacun sa route. Notre éloignement ne sera qu'apparent. Pour toi, j'aurai été une maman substitut ; pour moi, tu auras été un fils adoré. Doux secret qui m'habitera toute ma vie. Merci, Joseph Roland Brisebois.

Irma reconnaît que sans ses tournées dans les écoles, jamais elle n'aurait connu cet enfant. Elle se félicite d'avoir accepté de les faire. Expérience enrichissante en soi, mais plus encore, pierre angulaire de l'hôpital qu'elle rêvait de fonder.

Concentrée sur l'écriture des prochaines étapes à franchir, Irma LeVasseur sursaute. Un fracas derrière la maison. Elle court vers la fenêtre d'où elle aperçoit une charrette tirée par deux chevaux. Entre chien et loup, il est difficile de distinguer qui mène les chevaux et ce que transporte la charrette.

— Qu'est-ce que c'est ? crie-t-elle de la porte entrouverte.

— Du charbon. Les ordres de M. Damien Rolland...

— Vous le remercierez de ma part.

— On a un deuxième voyage à apporter. Si vous en faites pas de différence, on attendrait à demain.

— Vous en avez assez fait par un froid pareil, monsieur.

Le bruit et les voix ont réveillé le bambin.

« On va pouvoir chauffer toute la maison, mon bébé », lui dit Irma, le portant d'un bras pendant qu'elle puise dans le petit reste de charbon qui sera vite remplacé par les deux livraisons obtenues grâce à M. Rolland. L'humidité de cette fin de novembre a traversé les murs et le vent qui agresse les fenêtres annonce une bordée de neige.

Un toc toc se fait entendre et la porte s'ouvre en rafale.

— C'est comme rien, il va falloir sortir la pelle, annonce un jeune homme venu porter des layettes de la part de Mme Hamel.

— Ça ne pouvait mieux tomber, monsieur...

— Gilles Hamel, le neveu de Jules Hamel.

— Tu vois, c'est pour toi, mon ange, dit Irma au bébé qu'elle couvre de son châle en attendant que les layettes réchauffent.

— C'est votre premier ? Il est réussi...

— Le premier patient de cet hôpital, oui.

— Pardon ! Je ne me pensais pas dans un hôpital...

Sur les entrefaites, Euphrosine entre, l'affiche à la main.

— La preuve, dit Irma, demandant à Mlle Rolland qui vient d'arriver de dérouler la banderole affichant, noir sur blanc : HÔPITAL DES ENFANTS.

— Je comprends là, avoue-t-il. Je me demandais pourquoi vous aviez besoin de plein de choses. J'apporte les autres sacs.

Mlle Rolland voudrait l'aider, mais il refuse :

— Il fait trop mauvais.

— Pas pour vous ?

— Moi ? Y a rien que j'aime autant qu'une tempête ou qu'un gros froid. C'est comme un « *challenge* » pour moi.

— C'est bon à savoir, réplique Irma qui vient de déposer le bébé dans son lit. J'en aurais un autre à vous proposer.

— Allez-y, ma p'tite dame !

— Nous dénicher une pelle quelque part...

— Mieux que ça ! Je reste à deux rues d'ici, je vais l'entretenir votre entrée, moi.

— Ce serait très apprécié, M. Hamel.

Mlle Rolland tente de fixer la banderole à la porte extérieure.

— Laissez-moi faire ça, dit Gilles. Je vais chercher mes outils dans la charrette et je vous pose ça dans le temps de le dire.

— Quelle efficacité ! s'exclame la D^{re} LeVasseur.

Les deux femmes jubilent.

— Si le passé est garant de l'avenir, j'ai hâte à demain, dit Euphrosine.

Irma partage son espérance. Quelques inquiétudes persistent toutefois à propos de la continuité et de la valeur des dons. Plus encore en ce qui concerne la liberté qui devra être octroyée aux cofondatrices d'une entreprise comme celle qui les allume actuellement. Pour avoir affronté les milieux juridiques et politiques, Irma reste convaincue que sauf quelques exceptions, il y a deux poids, deux mesures dans notre société : d'une part, la justice et les

honneurs pour les hommes et les bien nantis; d'autre part, l'iniquité et l'anonymat pour les femmes et les pauvres. «Il faut entreprendre une aventure comme la fondation d'un hôpital ou s'engager dans des réformes pour prendre conscience des limites juridiques et politiques qui nous sont imposées. Mes chères amies patronnesses sont sur le point d'en faire l'expérience», se dit la jeune doctoresse.

Mlle Rolland cherche à se rendre utile. Irma enveloppe bébé Brisebois dans une des layettes réchauffées et le lui confie, le temps qu'elle lave les quelques vêtements de l'enfant.

— Pourquoi ne pas me laisser la lessive, D^re LeVasseur? Je suis sûre que ça vous ferait autant plaisir qu'à moi de vous occuper du p'tit.

— Vous le faites si bien, Euphrosine.

— Des plans pour que je ne veuille plus m'en séparer.

— Il le faudra bien un jour, laisse tomber Irma, sur un ton qui trahit son attachement.

— Pourquoi ce ne serait pas vous, sa marraine? suggère Mlle Rolland.

— Non, non et non. Qu'on ne remette jamais plus cette décision en cause.

L'heure du souper est arrivée à l'improviste. Tout comme les plats cuisinés qu'elle trouve dans sa glacière.

— C'est vous qui avez apporté tout ça? demande Irma.

Euphrosine avoue n'y être pour rien.

— Ça ne peut être que notre belle Lucie Bruneau. J'ai cru qu'elle cachait quelque chose sous sa mante. Venez voir, Mlle Rolland. Des tourtières, de la soupe aux légumes, un gros jambon et des pommes de terre... De quoi faire un festin, s'exclame Irma.

— En l'honneur de votre hôpital! lance Euphrosine.

— À la santé de Roland Brisebois! réplique la D^re LeVasseur qui entreprend de servir le repas pendant que sa bonne amie prépare son filleul à dormir dans des langes propres et douillets.

Les deux femmes vont se mettre à table quand un vacarme sur la galerie les fait se précipiter vers la porte. Deux hommes à bout de souffle, trempés par la neige qui tombe, s'échinent à transporter

ce qui, sous la couverture de drap gris, a toutes les apparences d'un divan.

— Encore! s'exclame Irma.

— Vous en avez déjà un? demande le plus fluet des deux hommes, exténué.

— Non, non! s'empresse de répondre Euphrosine. C'est qu'on a reçu d'autres meubles tout à l'heure.

Cette fois, le don vient de la mère de Justine.

— Un très beau divan, confortable, pour la salle d'attente, murmure la D^{re} LeVasseur, profondément touchée.

Gratitude oblige, il n'est pas question que les deux hommes repartent sans prendre une bouchée. «Au moins un bol de soupe», insiste-t-elle.

Manifestement intimidés, les domestiques demeurent debout près de la porte pour avaler le délicieux potage aux légumes. Les deux femmes attendent leur départ pour s'attabler. L'appétit est présent, les échanges généreux, l'action de grâce fervente, le repos bienvenu.

Les événements se précipitent.

Après avoir fait baptiser le petit Roland, après avoir pourvu l'hôpital de l'essentiel, Irma s'est hâtée de reprendre contact avec les médecins qui avaient manifesté leur intérêt en mai dernier. Les Drs Lachapelle, Bourgoin et Rhéaume avaient promis de recruter des confrères. Qu'en est-il, six mois plus tard?

D'apprendre que les assises de l'hôpital sont en place et qu'un deuxième patient, récupéré par l'Assistance publique, vient d'y être admis a relancé le recrutement de nouveaux adeptes. Cinq autres médecins se sont ajoutés et répondent à l'invitation de Mme Justine Lacoste-Beaubien et de la D^{re} LeVasseur ce 8 décembre 1907. Justine prévient Irma de leur arrivée :

— Vite, venez voir, Irma. Mon Dieu que c'est impressionnant!

Huit hommes à la démarche volontaire, les uns couverts d'un manteau de chat sauvage, les autres coiffés d'un chapeau de castor, font la procession dans l'entrée du 644 de la rue Saint-Denis. Les trois médecins de la première heure sont accompagnés des Drs Raoul Masson, J. Edmond Dubé, Séraphin Boucher, Télesphore Parizeau et Benjamin-Georges Bourgeois. Les marches étroites de l'entrée de l'HÔPITAL DES ENFANTS les obligent à monter à la queue leu leu. Sous un soleil splendide, le froid est mordant.

Un accueil enthousiaste leur est réservé. Les manteaux s'empilent sur le divan placé dans la salle d'attente. Des chapeaux sont suspendus aux crochets, les autres se balancent sur des dossiers de chaises. Les couvre-chaussures s'alignent sur un tapis le long du corridor. Avant d'entreprendre la visite de l'hôpital, la D^{re} LeVasseur remercie ses confrères. L'allure altière, elle annonce : « Voici la présidente du comité exécutif de l'HÔPITAL DES ENFANTS, Mme Justine Lacoste-Beaubien.

— Les nominations vont bon train par ici, s'exclame le Dr Masson, sur un ton enjoué.

Des sourires narquois et des regards ambigus de la part de certains messieurs laissent Justine perplexe.

La visite commence par ce qui fut le grand salon de Damien Rolland, là où Mme Lucie Bruneau et Mlle Rolland veillent sur les deux premiers patients de l'hôpital récemment fondé. Non sans émotion, la D^{re} LeVasseur présente à ses collègues le dernier arrivé qu'elle prend des bras de Lucie :

— Un pauvre petit garçon de moins d'une semaine, abandonné par un temps pareil dans le portique de l'église Saint-Jacques. Heureusement qu'une agente de l'Assistance publique l'a récupéré avant qu'il meure de froid et de faim.

— Curieux qu'elle soit venue le porter ici au lieu de se rendre à la Crèche de la Miséricorde, dit le Dr Boucher.

— Parce que sur les langes qui l'enveloppaient, une enveloppe avait été épinglée...

Ils sont trois médecins à réclamer en même temps de voir ce qu'elle contenait.

«Volontiers», dit la D^re LeVasseur qui l'avait placée dans le dossier de l'enfant.

Revenue vers ses invités, elle rend le bébé à Lucie, sort de l'enveloppe une feuille pliée en deux et en lit le texte avec une lenteur étudiée :

Je m'appelle bébé Johnston. Ma maman vous supplie de ne pas m'envoyer à la crèche, parce qu'elle m'aime trop. Elle vous remercie de prendre soin de moi en attendant de trouver les moyens de me faire vivre.

Puis, elle tait le nom de la mère.

L'émotion contraint les «apôtres» au silence.

Au centre de cette pièce où les planchers vernis et les plafonds parés d'ogives témoignent du bon goût et de l'aisance du propriétaire, une fournaise fonctionne à pleine capacité. La D^re LeVasseur leur apprend que les réserves de charbon devraient suffire pour un mois.

— Mon frère Damien veille à ce qu'on n'en manque pas, précise Euphrosine, avec fierté.

Guidés par Mme la Présidente, les messieurs se rendent à l'étage. La D^re LeVasseur les informe de la vocation de chaque pièce. Ils écoutent avec une telle réserve qu'elle s'attend aux pires commentaires, la visite terminée. Se doute-t-elle que Justine partage la même crainte ? Confiante en la Vierge Marie dont on célèbre en ce jour l'immaculée conception, la fille de Lady Lacoste prie.

Dans l'escalier les ramenant au rez-de-chaussée, le Dr Bourgeois, chirurgien, demande :

— Qu'est-ce que vous avez comme instruments médicaux ?

— Suivez-moi dans la cuisine, répond la D^re LeVasseur.

Sur une petite table couverte d'un drap, s'alignent des seringues, deux bistouris, des thermomètres, un irrigateur, des crochets de différentes tailles, des aiguilles, du fil, des pinces et autres menus instruments. Le Dr Lachapelle se montre agréablement surpris. Ses confrères Dubé et Masson font valoir l'urgence de s'outiller

davantage. Les Drs Boucher et Bourgoin froncent les sourcils. Justine les a remarqués.

— Une civière devrait nous être livrée cet après-midi, leur annonce-t-elle.

— Qui peut bien vous donner ça? s'exclame le Dr Masson, de deux ans son aîné.

Le petit-fils du seigneur de Terrebonne tenterait-il de leur rappeler sa supériorité ancestrale? Mme Lacoste-Beaubien, fille de Sir Alexandre Lacoste, Conseiller de sa Majesté, compte bien ne pas s'en laisser imposer.

— On l'a achetée, docteur. Vous vous doutez bien qu'on n'aurait pas ouvert cet hôpital sans un minimum d'argent... riposte Mme Lacoste-Beaubien sur un ton qui incite au respect de la compétence du comité exécutif.

Le Dr Parizeau, condisciple du Dr Masson à Paris, renchérit :

— Mme la Présidente, je n'ai pas de peine à croire que vous disposez d'un certain capital, mais la question est de le gérer adéquatement.

— Je suis entourée d'hommes d'affaires, à commencer par mon mari, fait-elle remarquer avec une sérénité à désarmer le plus intrépide.

— C'est un atout de plus pour une femme qui possède elle-même toutes les qualités pour administrer une entreprise, fait valoir la D^re^ LeVasseur.

Des hochements de tête dénotent un acquiescement nuancé chez messieurs les médecins.

— Il ne faudrait quand même pas se retrouver avec plus de chefs que d'Indiens, lance le Dr Bourgoin, manifestement chatouilleux en matière de pouvoir.

— Au nombre de comités que nous avons à former, dit Mme la Présidente, c'est le dernier de mes soucis.

— Et comme peu de bénévoles acceptent d'en prendre la direction, ajoute Irma, y a pas de quoi fouetter un chat.

Invités à prendre place autour de la table de la cuisine, les médecins sont interpellés par le Dr Séverin Lachapelle :

— Bien, chers confrères, permettez, en votre nom et en mon nom personnel, que je rassure la D^{re} LeVasseur.

Puis se tournant vers elle, il enchaîne :

— Sachez, chère dame, que les interrogations de mes confrères relatives à l'organisation concrète du projet ne mettent pas en cause notre conviction en la nécessité d'un hôpital pour nos enfants francophones. La décision de nous engager dans cette cause est ferme. Peut-être sentez-vous certaines réticences, mais elles relèvent, comment vous dire, d'une prudence... essentielle à un projet d'une telle envergure. Vous comprenez? C'est la vie de nos enfants qui est remise entre nos mains.

— Vous savez comme moi, D^{re} LeVasseur, que la volonté et les bonnes intentions ne suffisent pas quand il s'agit de traiter un malade, reprend le Dr Dubé.

— La médecine, c'est une science qu'on met des années à maîtriser... ajoute le Dr Parizeau.

Pendant plus de quinze minutes, l'exposé des impératifs reliés à la fondation d'un hôpital et à la pratique médicale se poursuit sans que les dames présentes interviennent; après quoi, le ton change et l'emballement de ces messieurs se manifeste. Leur ferveur s'intensifie au point de leur inspirer une vision des cinquante années à venir. « Ils s'enflamment vraiment pour mon projet », constate Irma, enchantée. Elle attendait cette preuve tangible pour reprendre la parole :

— Au nom de mes confrères médecins, je tiens à vous dire, mesdames, que nous apprécions énormément vos dons et votre travail. Sans vous, nous ne pourrions ouvrir cet hôpital. Sans vous, notre compétence médicale ne pourrait s'exercer. De tout cœur, je vous remercie mesdames ainsi que vous, chers confrères. De part et d'autre, vous avez saisi l'urgence de mettre nos connaissances, nos expériences et notre générosité au service de nos enfants.

— Ils ont leur hôpital, enchaîne Justine triomphante, il nous reste maintenant à y emmener du personnel spécialisé, à former nos équipes et à compléter l'ameublement et l'outillage.

Pour conclure, le Dr Dubé convoque ses confrères à une réunion dans son bureau :

— Dimanche après-midi, vers deux heures, ça vous conviendrait ?

Leur assentiment est unanime.

— Souhaitez-vous que j'y assiste aussi ? demande la jeune pédiatre, présumant une réponse positive, voire même, une supplication.

— Pas pour l'instant, s'empresse de lui répondre le Dr Dubé.

— Vous avez assez à faire comme ça, allègue le Dr Masson, complaisant.

Est-ce bienveillance ou subtile intention de la tenir à l'écart ? Irma demeure perplexe. Ses compagnes aussi.

Chapitre X

                                                                Le 10 décembre 1907

Chère tante Angèle,

Chaque fois que les événements se montrent favorables, je ne peux m'empêcher de vous entendre me dire : « Tu viens de m'inspirer une nouvelle cause : Toi et tes projets. » C'est pourquoi je prends les quelques minutes de liberté qui me sont offertes pour vous informer du développement du projet de ma vie.

Ce matin, pendant qu'Euphrosine Rolland et Lucie Bruneau prennent soin des patients Brisebois et Johnston, l'aile féminine de la fondation de l'HÔPITAL DES ENFANTS travaille admirablement bien. Avant-hier, le comité exécutif a recruté sa première vice-présidente, en la personne de Mme Raoul Masson, épouse du Dr Masson, et deux conseillères : Mme Lucie Bruneau et Mme Gérin-Normand. Par ailleurs, un consensus s'est établi sur l'importance de former un comité honoraire où figureraient des noms prestigieux, les futures ambassadrices de l'HÔPITAL DES ENFANTS. Lady Lacoste et sa fille Marie, épouse d'Henri Gérin-Lajoie, ainsi que Mmes Thibaudeau, Béique, Leman et Damien Rolland n'ont pas été difficiles à recruter. Il en fut

*autrement pour Mme Joséphine Dandurand, épouse du séna-
teur Raoul Dandurand, et pour Mlle Annonciade Payette, fille
du président des finances au Conseil municipal de Montréal.
De par leurs engagements politiques, Raoul Dandurand et
Louis Payette sont devenus des adversaires. Avant d'accéder de
justesse à la mairie, Louis Payette, favorable aux trusts, pré-
sidait le comité des finances au conseil municipal, un conseil
où la corruption régnait en maître. Pour nettoyer ces écuries
d'Augias, le sénateur Dandurand et cinq autres personnalités
influentes ont mobilisé le gratin de la bourgeoisie montréa-
laise et obtenu qu'une enquête soit menée sur l'administration
municipale. D'où le malaise de Mlle Annonciade, affectée par
la réputation de son père qui a néanmoins à son crédit des
constructions aussi prestigieuses que la gare Viger, l'édifice
de* La Presse *et le Château Frontenac. Mme Lacoste-Beaubien
et Mme Thibaudeau y sont allées chacune de leur argumentation : «C'est la cause qui importe», rappela cette dernière.
Mme Justine ne mâcha pas ses mots : «Il achève ce temps où
les filles et les épouses écopent des actes de leur père ou de
leur époux. Avant longtemps, les femmes majeures, mariées
ou non, auront leur propre statut social et répondront elles-
mêmes et uniquement de leurs actes. »*

*Vous devinez que pour moi, le plaisir de bâtir pour l'avenir de
nos enfants compense le peu de temps accordé au repos et au
sommeil.*

*Je vous inviterais bien à venir passer la semaine avec moi,
mais vous méritez plus que de me voir courir d'un côté et de
l'autre.*

*Mais avant longtemps, nous nous récompenserons, mon ange
gardien!*

Irma

De fait, bien avant la formation du comité honoraire, des sous-
comités ont pris place et leurs membres, dont Mme J. A. Leblanc, les

demoiselles Blanche Lareau et May Boyer, sont très actifs. Le comité d'économie interne, par exemple, a proposé et obtenu que chaque enfant issu d'une famille à l'aise offre à un petit malade un de ses jouets et un de ses vêtements propres. Mlle Rolland, couturière chevronnée, a recruté des jeunes filles qui, fières de leur implication, cousent des couches et des linges à vaisselle ou réparent des draps. Lucie Bruneau est de celles qui consacrent le plus de temps à l'hôpital de par ses multiples talents : restaurer des meubles, en peindre d'autres, remplacer une vis, calfeutrer une fenêtre, tout lui réussit.

De leur côté, Justine et sa sœur Thaïs ont frappé à plus d'une centaine de portes pour obtenir des signatures appuyant la requête qu'elles s'apprêtent à adresser à la Ville de Montréal. « J'ai hâte de voir la réaction de la D^{re} LeVasseur », dit Thaïs, impatiente de lui montrer le document destiné au comité des finances.

Lorsque les deux sœurs Lacoste se présentent au 644 de la rue Saint-Denis, Irma les reçoit avec une courtoisie teintée d'anxiété.

— Je ne peux pas le laisser plus de dix minutes, leur apprend-elle au sujet de bébé Johnston, accablé d'une fièvre subite.

— Si on s'installait près de son berceau ? propose Thaïs.

— Pas tout de suite. Vos vêtements dégagent trop de froid.

— Votre protégé va bien ? lui demande Justine.

— De mieux en mieux.

— Vous semblez fatiguée, ma bonne amie. Vos collègues ont-ils commencé leurs visites ?

— Les Drs Lachapelle et Dubé, oui, mais de jour seulement.

— Ils se sont nommé un président ?

— Pas officiellement, que je sache, répond Irma, visiblement préoccupée.

— Je vais leur parler, dit Justine, déterminée à exercer son rôle de présidente. Il faudrait qu'au moins cinq médecins se relaient à tour de rôle...

La D^{re} LeVasseur l'approuve d'un signe de tête et prie ses visiteuses de la suivre. Justine caresse tendrement le front brûlant de ce nourrisson « beau comme un cœur », dit-elle, la voix lourde de chagrin. Irma replace le thermomètre sous le bras du petit malade. Dans l'attente, pas un mot.

— Un degré de moins, dit-elle, quelque peu réconfortée.

— Il ne mérite pas de souffrir ni de mourir, ce petit ange, lui dit Justine, réclamant un mot rassurant.

— Il ne méritait pas d'être abandonné, non plus. Si notre société était moins pharisaïque et plus honnête, les mamans n'en viendraient pas là, riposte Irma.

Thaïs juge alors pertinent de lui faire part de l'initiative prise à l'égard des dirigeants de la Ville de Montréal. L'annonce de la requête trace un sourire sur son visage.

Le 12 décembre 1907

Messieurs les Échevins du comité des finances
Cité de Montréal

Messieurs,
Puisque vous avez bien voulu déjà favoriser le projet d'un hôpital pour les enfants, vous ne pouvez refuser votre aide pour la réalisation de cette belle œuvre.

La somme de deux mille dollars que nous vous demandons nous aidera à répondre à cet impérieux besoin ; cette somme est sûrement bien faible, en comparaison de celle que le Comité des dames patronnesses est forcé de trouver.

Vous devinez la tâche ardue que nous entreprenons, mais la grandeur et l'utilité de la cause toucheront bien des cœurs.

Pour les pauvres petits enfants malades, de moins de cinq ans, aucun hôpital à ce jour n'ouvre ses portes. Le petit être est-il infirme ou voué à une mort certaine par une implacable maladie, l'Hospice des Incurables le reçoit ; le sort le fait-il naître sans foyer, les crèches sont là ; la chirurgie seule s'occupe de lui dans les hôpitaux. Mais, pour ces milliers de petits êtres qui réclament, ne serait-ce que les soins de la première enfance quand les parents sont incapables de se procurer de l'aide et des médecins ; pour ces milliers de victimes des maladies infantiles, nulle part, chez les catholiques, dans la grande et populeuse ville de Montréal, la charité ne leur tend les bras.

Les bébés sont nos futurs citoyens et c'est vers eux qu'il faut surtout porter sa sollicitude pour protéger une race ou l'améliorer.

Dans ce but et pour combler cette lacune prouvée par les alarmantes statistiques publiées sur la mortalité infantile, un comité des dames s'est formé sous le nom de «Association des dames de l'HÔPITAL DES ENFANTS» et il compte sur votre générosité.

Thaïs Lacoste,
secrétaire de l'Association des dames de l'Hôpital des Enfants
Justine Lacoste-Beaubien,
présidente du comité exécutif de l'Hôpital des Enfants.

Après avoir lu la lettre, la D^re LeVasseur se montre satisfaite, puis elle scrute attentivement la liste des signataires. Liste à laquelle elle ajoute son nom. Pas le moindre commentaire. Thaïs s'inquiète.

— Qu'en pensez-vous, D^re LeVasseur?

— Je crois que nos chances seraient meilleures s'il y avait plus de signatures d'hommes. Celles des médecins qui ont affirmé leur engagement dans la fondation de l'hôpital, où sont-elles? Puis les maris de nos dames patronnesses, eux, pourquoi n'ont-ils pas signé cette requête?

— Est-ce que je devrais aller les solliciter? demande Thaïs.

— La D^re LeVasseur a probablement raison, dit Justine. Quitte à retarder notre déposition d'un jour ou deux...

— D'autant plus qu'il n'y a pas une seule femme au Conseil de ville de Montréal, fait remarquer Irma.

— Ça ne s'est jamais vu qu'une femme occupe ce genre de poste, réplique Justine.

— Pas encore, hélas! Comment voulez-vous qu'une œuvre de femmes et qu'une liste de noms exclusivement féminins touchent le maire et ses échevins au point de leur faire consentir à verser deux mille dollars?

Les sœurs Lacoste se montrent embarrassées. Irma l'est doublement. En plus de s'insurger contre le fait, comme le mentionne la

lettre, que l'Hospice des Incurables soit considéré comme la solution offerte aux enfants infirmes ou jugés non guérissables, elle s'en prend aux autorités municipales qui, à tort, se plaisent à répéter qu'un bébé admis dans une crèche reçoit tous les soins requis à sa santé et à un développement normal.

— Vous souhaiteriez que nous ajoutions ce grief dans la lettre? demande Thaïs.

— Non. Nous aurons sûrement l'occasion d'y revenir, présume la D^{re} LeVasseur. Nous n'en sommes qu'à nos premières revendications...

— Seriez-vous quelque peu pessimiste, D^{re} LeVasseur? demande Justine, l'air taquin.

— C'est que je connais les embûches qu'ont dû surmonter les pionnières de la médecine, tant en Angleterre qu'en France et aux États-Unis. La D^{re} Mary Putnam Jacobi, qui fut aussi mon mentor, n'a pas été épargnée...

L'émotion qui étouffe la voix d'Irma va droit au cœur des sœurs Lacoste; elles s'empressent de la réconforter d'une chaleureuse accolade avant de se retirer.

Les demoiselles Blanche Lareau et May Boyer offrent de remplacer Euphrosine Rolland et Lucie Bruneau pour le reste de la journée. La D^{re} LeVasseur leur confie ses deux patients et monte à sa chambre. «Quelques minutes de repos devraient corriger cet excès de sensibilité, inacceptable en présence de mes collaboratrices et collègues», juge-t-elle, allongée sur son lit, les paupières closes. Comme une étreinte amoureuse dans la fougue du désir, le souvenir de Bob. Ses paroles gravées sur son cœur : « Irma, tu es la personne la plus fascinante, la plus courageuse, la plus extraordinaire que j'aie rencontrée. Quand je suis tenté de me plaindre ou de baisser les bras, je n'ai qu'à penser à toi... » « Je n'ai qu'à penser à toi, Bob. À la confiance que tu me voues. À l'amour ennobli de renoncements qui nous unit à tout jamais. À ton fils. À cette maternité portée au raffinement suprême que vous me permettez de vivre. »

Sortie d'un état semi-comateux par les pleurs de bébé Johnston, Irma bondit de son lit. Avant de descendre au rez-de-chaussée,

elle tire d'un tiroir une lettre que, dans le tourbillon d'activités des derniers jours, elle n'avait que balayée du regard. Le bonheur total au domicile de Bob, Hélène et Charles, son filleul. Une photo du nouveau-né et de ses parents. Irma les presse sur sa poitrine. Un havre de quiétude dans le tourbillon où Irma est plongée depuis trois mois. Un ravitaillement pour son cœur... trop petit pour tant d'amour à donner. *Comment ne pas souhaiter être parmi vous quand je reçois une si belle surprise ? L'été prochain, possiblement. Mon hôpital devrait être assez bien dirigé pour se passer de moi quelques jours,* leur écrit-elle après avoir inséré la photographie dans l'album de famille.

L'enthousiasme est palpable en cette matinée du 16 décembre.

Plus de vingt femmes forment un cercle autour des deux patients du 644, Saint-Denis. Pour sa quatrième réunion hebdomadaire, l'Association des dames de l'Hôpital des Enfants a recruté deux nouveaux membres, Mmes C. P. Beaubien et F. X. Choquet. Mme la Présidente et la D^{re} LeVasseur leur exposent d'abord les objectifs et les priorités du nouvel hôpital. Des besoins ne sont pas encore comblés... L'Hôpital des Enfants n'étant pas équipé pour faire les lessives, les nouvelles recrues en prennent la responsabilité. Cette question résolue, en sa qualité de trésorière, Mlle Rolland demande au comité exécutif qu'une allocation soit accordée pour nourrir les six personnes affectées à cet hôpital ainsi que ses deux patients.

— Combien vous faudrait-il ? demande Mme la Présidente.

— Un minimum de cinquante dollars par mois, avance Euphrosine, consciente de la placer dans l'embarras.

Divisions, additions et multiplications s'inscrivent sur les blocs-notes des dames assises autour de la table. Certaines chuchotent entre elles, d'autres s'en montrent agacées. Irma demeure sereine. Lucie, l'épouse du Dr Théodule Bruneau, médecin en chef de l'Hôtel-Dieu de Montréal, prend position :

— De fait, mon mari estime qu'un enfant hospitalisé coûte au moins un dollar par jour.

Le regard de Justine se rembrunit.

— Ça ne peut plus attendre. Il faut trouver d'autres souscripteurs, dit-elle.

— J'ai une suggestion à vous faire, annonce Mme Berthiaume dont le sourire et la rondeur du visage inspirent l'aisance. On pourrait établir une catégorie de bienfaiteurs, comme dans d'autres hôpitaux.

— Maman m'en avait soufflé un mot, répond Justine.

— C'est vrai. Papa aussi, ajoute Thaïs.

— On vous écoute, Mme Berthiaume, dit Mme Hamel, aussitôt appuyée par la D^re LeVasseur.

— J'ai pensé à trois catégories de donateurs : en tête, les gouverneurs à vie qui paieraient cent dollars par année; ensuite les gouverneurs annuels dont la cotisation serait de dix dollars et enfin les dames patronnesses qui offriraient deux dollars par année.

Le ravissement se lit sur tous les visages.

Mlle Rolland et Mme Gérin-Normand offrent de faire partie du comité de souscription et promettent de produire un rapport de leurs démarches à la prochaine réunion.

La présidente du comité exécutif reprend la parole :

— Mes chères dames, maintenant que ce point est réglé, je dois vous informer d'une démarche que j'avais entreprise dans le but d'alléger les tâches de chacune de vous. Je croyais vous annoncer aujourd'hui qu'elle avait été fructueuse. Hélas! J'ai essuyé un échec. Les religieuses de l'Institut de Nazareth que j'avais invitées à s'associer à notre œuvre ont refusé... Je ne comprends pas, avoue Justine, dépitée.

Compatissantes, nombre de dames manifestent leur désappointement. Irma est déroutée, mais pour une tout autre raison que le refus des religieuses. «Une telle initiative, bien que louable en elle-même, ne pouvait se prendre sans que tout le comité exécutif soit consulté. De plus, pourquoi faire appel à une communauté religieuse? Justine ne souhaitait-elle pas un hôpital laïque?» Troublée par le silence de son amie Irma, Mme la Présidente l'interpelle :

— Ne croyez-vous pas, D^{re} LeVasseur, que plus nous admettrons d'enfants à notre hôpital, plus nous aurons besoin de bénévoles ?

N'étant pas membre du comité exécutif, Irma se limite à un signe de tête approbateur.

— Croyez-vous que nous pourrons recruter suffisamment de bénévoles laïques ? Et pour combien de temps ? demande-t-elle.

Irma hausse les épaules, mais n'ouvre pas la bouche.

Mme Monk, qui a noté un certain mécontentement chez la jeune doctoresse, juge pertinent d'annoncer une bonne nouvelle :

— Notre comité exécutif souhaitait une adhésion à l'œuvre de la Layette...

— Je ne connais pas cette œuvre, avoue Mme Gérin-Normand, en toute humilité.

— Moi non plus, dit Mlle Lareau.

— Elle a été fondée par un groupe de Canadiennes anglaises qui confectionnent des vêtements pour les enfants pauvres, explique Mme Monk. Elles vont nous fournir de la literie et des couches.

— Mon mari nous a trouvé deux douzaines de biberons, ajoute Mme Masson.

— Le mien va vous faire livrer deux sacs de patates, promet Mme Leblanc.

Mme la Présidente remercie les dames rassemblées et ne pourrait les laisser partir sans formuler une autre requête :

— Vendredi soir prochain, le comité des finances de la Ville devrait nous dévoiler le résultat de la pétition que nous leur avons présentée. Il serait bon que nous nous rendions à l'hôtel de ville en grand nombre.

Unanimement, les dames patronnesses promettent de faire l'impossible pour être présentes.

Quinze dames au zèle dévorant quittent l'hôpital. Y demeurent Mlles Lareau et Boyer, chargées de veiller sur les bébés hospitalisés, Mme Leman pour cuisiner, et Justine qui, manifestement, souhaite causer avec Irma.

— Quelque chose vous a déplu, Irma ?

— J'aimerais avoir un peu de temps pour réfléchir.

— Réfléchir... À votre avenir ? lance Justine, désireuse d'amuser son amie.

— À l'avenir de cet hôpital, répond Irma, fixant d'un air grave le plancher de bois franc qu'un faisceau lumineux vient bronzer.

— Il sera aussi brillant que les parquets de cette maison. J'ai entendu le Dr Masson le jurer la semaine dernière.

— Pardon ?

— Oui. Il a dit : « L'avenir de cet hôpital ne peut et ne doit pas être autre que brillant. »

— À la condition, pour vous, qu'une communauté religieuse y soit affiliée, rétorque Irma.

Justine reste bouche bée. Promenant son index sur son menton, elle réfléchit puis demande, inquiète :

— Vous avez quelque chose contre les religieuses, ma bonne amie ?

— Non. Par contre, je n'ai jamais vu d'hôpital, même aux États-Unis, où des religieuses travaillent sans en assumer la direction. Je croyais que vous souhaitiez vous en charger.

— Je pense que c'est possible, même avec la présence d'une communauté religieuse. Le conseil d'administration aurait autorité sur elle comme sur tous les comités.

— Dois-je comprendre qu'il dirigerait aussi le comité médical ?

— Bien sûr. Mais ne craignez pas, Irma, vous serez invitée à siéger à ce conseil d'administration aussitôt qu'on aura obtenu l'incorporation de l'hôpital.

La D^{re} LeVasseur reste impassible, en apparence. Meurtrie, elle cherche à comprendre pourquoi il faudrait attendre que son hôpital soit officiellement incorporé pour qu'elle puisse siéger au conseil d'administration ? « J'ai souhaité le recrutement d'une présidente et d'administrateurs pour ce conseil, oui. Mais il va de soi que j'en fasse partie. »

Ne sachant que déduire, Justine hoche la tête et annonce son départ, le ponctuant d'un point d'orgue :

— Je viens de repenser à la bonne idée de Mme Berthiaume. Mon mari et plusieurs de ses amis se feront un honneur de devenir

gouverneurs à vie. Ils en recruteraient quatre ou cinq autres que déjà nous pourrions aménager notre hôpital pour une dizaine de jeunes patients. Il y a mon père aussi. Mon frère, peut-être, dit-elle, espérant susciter l'enthousiasme chez son amie.

Dans les yeux d'Irma, une lueur apparaît, créée par la volonté de ne pas se comporter en éteignoir. Les deux femmes se donnent une accolade... moins chaleureuse que d'habitude. Mme Lacoste-Beaubien s'emmitoufle dans ses fourrures, trouvant moins pénible d'affronter le vent glacial que de décevoir la D^{re} LeVasseur.

Pressée de voir à ses patients, Irma ne s'attarde pas à la fenêtre. Elle se réjouit de les trouver sommeillant sous le regard attentif des demoiselles Lareau et Boyer. L'une en profite pour ourler à la main des linges à vaisselle et l'autre pour tricoter une layette. Irma dépose un baiser sur le front de ses petits malades et prévient ses collaboratrices :

— J'irais prendre un peu d'air, si ça ne vous incommode pas.

Le froid est mordant malgré les milliers de feux de Bengale que le soleil allume sur la neige durcie. Les élèves de l'Institut des sourds-muets, accompagnés de trois religieuses, sortent faire une promenade avant de reprendre les cours de l'après-midi. Irma prend la direction opposée, vers la rue Roy. Le visage niché dans son col de fourrure, un chapeau en poil de lapin enfoncé jusqu'aux sourcils, elle s'est créé un oasis propre à la réflexion. « Du zèle, de la bonne volonté mais si peu d'expérience, voilà ce qui définit le mieux ce comité exécutif », se dit la D^{re} LeVasseur, tentant de comprendre les récents événements. La neige qui gémit sous chacun de ses pas ne résiste pas moins à l'empreinte de ses semelles. Une invitation pour la jeune doctoresse à demeurer fidèle à son objectif premier : les enfants d'abord. Comme elle aimerait être convaincue que ces dames si dévouées poursuivent, sous la houlette de Justine Lacoste, ce même idéal. Le visage de chacune défile dans sa pensée ; celui de ses confrères médecins, aussi. Parmi eux, il en est un qui retient son attention et nourrit ses espoirs de jeune pédiatre. Un homme d'une grande bonté. Un homme qui possède à lui seul plus d'expérience que toutes les dames patronnesses réunies. Celui qui fut le premier

informé du projet de fonder un hôpital francophone à Montréal et qui a promis son appui. C'est vers lui qu'Irma décide de se tourner de nouveau. Elle peut rentrer chez elle. En attendant un tête-à-tête avec le Dʳ Lachapelle, elle pourra vaquer à ses occupations avec plus de sérénité.

❧·❧

— Demain soir ? Combien serez-vous, Justine ? Une quinzaine ?

La Dʳᵉ LeVasseur hésite avant de donner son aval à Mᵐᵉ la Présidente qui souhaite emmener son mari et la famille Lacoste visiter « son hôpital ».

— Je suis sûre que c'est le moyen ultime de convaincre les hommes de ma famille de devenir gouverneurs à vie...

— J'avais pris un engagement pour vendredi soir, mais je vais voir si je peux le déplacer, dit Irma, navrée de devoir sacrifier son rendez-vous avec le Dʳ Lachapelle.

— C'est le seul moment où je peux réunir tout mon monde... allègue Justine, insistante.

« Mon hôpital avant tout », se répète la Dʳᵉ LeVasseur en souscrivant au vœu de Mᵐᵉ la Présidente.

Le combiné raccroché, Irma se hâte de consulter sa liste d'assistantes. « Vendredi soir : Mᵐᵉ Béique et Mˡˡᵉ Rolland. Je n'aurais pu souhaiter mieux, se dit-elle. Comme elles connaissent bien les Lacoste et les Beaubien, ces femmes sauront les accueillir avec courtoisie. »

À regret, elle tente de prévenir le Dʳ Lachapelle de son contretemps. « Quelle chance ! Il est à son bureau », se dit-elle en l'entendant décrocher le combiné. À sa demande il répond :

— J'ai bien peur que ce soit difficile de se reprendre avant l'année prochaine ; on est à sept jours de Noël. Les courses, les réceptions... Vous savez ce que c'est !

« Non », répondrait bien Irma, tant elle est déçue.

— Je vais quand même essayer de vous trouver un petit trente minutes, reprend-il, condescendant.

— Je n'en demande pas tant, Dr Lachapelle.

— Dans ce cas, allez-y, je vous écoute.

— Je ne peux pas. C'est confidentiel, chuchote-t-elle.

— Bon, je comprends. Je vais faire mon possible, D^{re} LeVasseur.

Cette promesse, Irma l'a trop de fois entendue pour ne pas la percevoir comme une simple façon de se tirer d'embarras. Elle se rétracte cette fois ; le Dr Lachapelle n'est pas du genre à s'esquiver, elle le sait. « Son grade de caporal de première classe comme zouave pontifical en est une preuve », pense-t-elle. Elle n'en pense pas moins du Dr Masson dont une lettre publiée dans l'*Union médicale du Canada* en avril dernier lui avait inspiré confiance avant même qu'elle le rencontre. Dans l'espoir d'y puiser un peu de réconfort, Irma s'accorde le temps de la relire.

Où peut-on conduire l'enfant du peuple, le nourrisson épuisé, cachectique, athrepsique ? Qui va donner à ce petit misérable l'alimentation nécessaire, les soins surtout, les soins éclairés qui seuls suffiraient à le ramener à la santé, et sans lesquels la médication la plus étudiée, prescrite par le plus compétent des médecins, sera le plus souvent inutile ?

Quelles sommes fabuleuses sont dépensées chaque année pour l'entretien des déshérités : infirmes, fous, vieillards, incurables ; toutes gens dignes de pitié au plus haut point, mais qui après tout ne sont que des membres inutiles, lourd fardeau que toute notre société traîne après elle, qui grève les budgets et assombrit la vie.

Ce paragraphe, toutefois, ne trouve pas son assentiment. Irma honnit la pitié sous toutes ses formes. « Aucun être humain n'en est digne », juge-t-elle.

Tous ces vieillards vivant de la charité publique ont fini leur carrière, ont donné à la société dans la mesure de leurs forces, leurs talents, leur somme de travail ; la société les en récompense en prenant soin d'eux, en adoucissant les dernières heures qu'il leur reste à vivre ; c'est louable, admirable même.

Tous les ans, nos gouvernants importent à coup de mille et mille dollars des armées d'immigrants plus ou moins recommandables, c'est encore bien, probablement?...

Mais nos enfants, qui y songe?

« C'est le passage qui suit que j'ai le plus apprécié », se souvient-elle.

Cette sève de notre race qui par sa prolifération fait l'admiration de l'univers entier s'écoule, écrasée par l'incurie et l'insouciance de chacun. On veut des colons pour les campagnes, des citoyens pour les villes; nous les avions, il fallait les garder! De ces futurs citoyens qui n'ont encore donné à la société ni travail ni énergie, la société s'occupe peu ou pas. Ce sont des anges au ciel! répète-t-on souvent.

« J'aime ce genre d'hommes racés, au parler franc et qui semblent toujours sur la brèche. Nos parcours se ressemblent : pédiatrie en Europe, travail à la Crèche de la Miséricorde, volonté d'ouvrir un hôpital pour enfants indigents... Il est de ceux qui gagnent à être connus », se dit-elle au moment où les pleurs du petit Roland la tirent de ses cogitations. « Tu as bien raison de me ramener au travail, mon p'tit homme. Il y a tant de choses à faire d'ici demain soir! »

Deux autres bénévoles sont réquisitionnées : Mme F. X. Choquet pour cuire des petits-beurre à offrir aux visiteurs Lacoste, et Mlle Lareau pour astiquer les deux étages de l'HÔPITAL DES ENFANTS.

Mme Choquet se présente la première, précédée de son mari :

— Ma femme m'a dit que vous manquiez de chaises, dit-il, s'excusant d'avoir laissé ses traces de bottes sur le plancher du corridor en allant y placer un banc qui peut recevoir six personnes.

— Une vraie Providence! s'entend dire Irma.

— Je voudrais bien, ma p'tite dame, mais je suis loin d'être argenté... répond M. Choquet, l'air fripon.

Son épouse le tire par la manche et lui siffle entre les dents :

— C'est elle... le médecin. Il faut l'appeler docteur.

— Y a pas de faute, riposte Irma, amusée.

— Bien, je vous laisse le bonjour, Mme docteur. Je ne veux pas trop refroidir votre maison, dit M. Choquet, pressé de retourner à sa carriole.

— Excusez-le, D^re LeVasseur. Mon mari n'est pas habitué à fréquenter le grand monde...

D'un signe de la main, Irma l'invite à ne pas s'attarder sur ce qu'elle considère banal venant d'un homme de bonne volonté. Sur ce, Mlle Lareau fait son entrée. Irma l'accueille et assigne aussitôt les tâches respectives à ses deux bénévoles.

— D^re LeVasseur, bébé Johnston ne va pas bien... annonce Mme Berthiaume.

Les joues en feu, le poupon respire mal.

«S'il est comme ça demain matin, je devrai reporter la visite que les Lacoste doivent nous faire en soirée», murmure Irma, occupée à prendre la température et le pouls de son patient. Les résultats laissent croire à une rechute de pneumonie.

— Je m'en occupe, Mme Berthiaume. Vous pouvez rentrer chez vous.

— J'aimerais mieux aller donner un coup de main dans la cuisine ou au ménage.

— Vous êtes bien bonne, Blanche. Je l'apprécie énormément.

— De toute façon, docteur, je n'aurais pas l'esprit tranquille si je partais maintenant.

Qui pourrait mieux la comprendre qu'Irma?

Le cortège est imposant. Entre le vestibule et la rue, sept hommes, autant de femmes et trois enfants attendent. Il neige à plein ciel. Épaules et couvre-chefs couverts de flocons, les Lacoste et conjoints n'en semblent pas incommodés. Ils sont loquaces. Les enfants, plus encore. Lady Lacoste, précédée de sa fille Justine, leur fait signe de baisser le ton. Mlle Rolland est chargée de les débarrasser de leur pelisse et de les diriger vers la pièce où les attendent la D^re LeVasseur,

Mme Béique et les deux jeunes patients. Mme la Présidente, particulièrement fébrile, a tôt fait de donner congé à Euphrosine. Elle se montre fière de présenter les siens à la D^re LeVasseur qui veille sur bébé Johnston. Après son père, le juge Alexandre Lacoste, sa mère, Lady Lacoste, puis Louis de Gaspé Beaubien, son époux et maître Paul Lacoste, son frère. Suivent les sœurs de Justine, leurs maris et leurs enfants. L'agitation des visiteurs a réveillé le petit Roland. Justine se hâte de le sortir de son lit pour le plaisir de se sentir maman quelques instants. Lady Lacoste en est tout émue :

— Ne trouvez-vous pas que ma Justine a vraiment une vocation maternelle? dit-elle, s'adressant particulièrement à Louis de Gaspé Beaubien.

— Ce n'est pas pour rien qu'elle a ouvert cet hôpital, réplique-t-il.

— Ce n'est pas encore fait, corrige Paul Lacoste. Tant qu'il n'y a pas d'incorporation légale...

— Il faut y aller étape par étape, recommande son père alors qu'ils sont invités à visiter l'étage.

Henri Gérin-Lajoie, l'époux de Marie, s'adressant à la D^re LeVasseur, demande :

— Combien de patients pensez-vous entasser dans cette maison?

Irma allait répondre mais Mme la Présidente l'a devancée.

— Huit ou neuf. Il nous manque des lits, comme vous voyez.

— Et des sous pour en acheter, ajoute Lady Lacoste, manifestement au fait du but de cette visite.

À leur tour, les bénévoles présentes sont félicitées pour leur dévouement. Mme Béique et Marie Lacoste s'écartent du groupe quelques instants pour causer de l'ordre du jour de la prochaine réunion de la Fédération nationale Saint-Jean-Baptiste.

En passant près de la cuisine, une odeur de biscuits chauds attire tous les regards sur Mme Choquet qui les dispose dans une grande assiette. Sur la table, des verres de lait, des tasses pour le thé, des serviettes de table en guise d'assiettes et un petit vase de sucre brun. Les enfants sont turbulents mais très polis. Le goûter terminé,

les dames accompagnées de leur progéniture quittent les premières pour permettre aux adultes de discuter... Paul Lacoste, son père et ses deux autres beaux-frères échangent sur leurs expériences au sein de différents comités pendant que les dames se penchent, ravies, sur la liste des dons reçus. Mme la trésorière les observe, croquant sur le vif l'occasion d'exercer ses fonctions.

— Pardonnez-moi, messieurs, comme nous avons beaucoup à faire, nous aimerions solliciter votre aide pour trouver le plus rapidement possible d'autres donateurs.

— Pour des dons de quoi ? demande Paul.

— Un abonnement de six mois au téléphone, du savon, des jouets, du fil, des aiguilles, des lampes...

— Je verrais bien une belle statue de la Vierge Marie dans notre hôpital, ajoute Justine.

L'approbation de sa mère ne tarde pas à venir.

— Solliciter la générosité des fabricants et leur promettre de publier leur nom dans les journaux est une formule gagnante, clame Alexandre Lacoste, s'adressant à ses gendres.

— Et vous, les Lacoste ? réplique l'un d'eux.

— Nous, on aura à s'occuper des affaires légales, comme l'incorporation de l'hôpital, répond Louis.

— C'est prioritaire si on veut être reconnu et obtenir des subventions du gouvernement, affirme le Conseiller de Sa Majesté.

Justine est aux anges. Elle est convaincue d'avoir gagné toute la famille à sa cause. Elle se tourne vers son amie Irma, cherchant sur son visage les signes d'un égal enchantement. Point de certitudes. Pis encore, le regard de la pédiatre trahit l'inquiétude.

— D^{re} LeVasseur, auriez-vous d'autres désirs à formuler avant que...

— J'insiste pour que tout soit dirigé vers les soins à accorder à nos enfants, répond-elle, préoccupée par les pleurs de bébé Johnston qui vient de se réveiller.

— Nous avons déjà assez pris de votre temps, lui dit Lady Lacoste.

Du coup, les visiteurs se lèvent, remercient les dames bénévoles, saluent la D^re LeVasseur et sont accompagnés par Mme Béique, désireuse elle aussi de retourner chez elle. Justine tarde à reprendre son manteau. L'arrivée fracassante d'un homme âgé portant dans ses bras une enfant moribonde la presse de laisser travailler la jeune doctoresse.

— C'est ma petite-fille. Je pense qu'on est en train de la perdre, dit le pauvre homme à bout de souffle. Le docteur est pas parti, j'espère...

— C'est moi, monsieur. Je vais m'occuper de la petite. Mme Choquet, voulez-vous servir un breuvage chaud à ce brave monsieur? demande Irma.

Le cas de cette enfant de dix-huit mois n'est pas différent de la majorité de ceux qui lui sont présentés chaque semaine : gastro-entérite causée fort probablement par du lait ou des aliments contaminés. La nuit ne s'annonce pas moins exigeante que ne le fut la soirée, mais elle a le mérite d'occuper la D^re LeVasseur à des activités qui correspondent à sa passion et à ses compétences. De plus, elle l'obligera à prendre le recul nécessaire à une bonne évaluation de la visite des Lacoste et des propos tenus.

L'état de cette bambine à qui Irma n'aurait pas donné plus de dix ou douze mois lui crève le cœur. Sous une couverture de laine miteuse, des vêtements souillés de vomissures, une couche imbibée d'urine et des chaussettes trouées. L'assistance de Mme Choquet est requise. « Faites-moi chauffer de l'eau s'il vous plaît et trouvez-moi dans le sac de vêtements reçus hier quelque chose qui lui conviendrait », réclame Irma. En attendant, la petite malade est emmaillotée dans une couverture de flanelle qui a été retirée de son lit. Du grand-père, elle apprend que cette petite est malade depuis plus d'une semaine mais que sa mère, seule avec ses cinq autres enfants, n'ayant pas la possibilité de la faire soigner, s'était résignée à la voir s'éteindre à petit feu.

— Quelque chose me disait qu'il fallait que je passe chez ma fille, confie le grand-père au bord des larmes.

— Et son mari ?

— Mort l'année passée. Consomption...

— Elle reçoit de l'aide d'associations de bienfaisance, j'espère.

— Des mois, oui. Des mois, non. Je fais tout ce que je peux pour l'aider, mais quand j'attrape rien que des p'tites jobs, j'ai juste assez de revenus pour ma femme puis moi.

— Combien de fois faudra-t-il le dire qu'il faut d'abord lutter contre la pauvreté si on veut améliorer la santé de nos enfants ? réplique Irma, outrée.

Madame Choquet a préparé un bassin d'eau tiède qu'elle place dans la salle réservée aux traitements. La petite y est immergée avec toute la délicatesse que réclame sa chair endolorie par la fièvre et par une mauvaise hygiène. Ses gémissements font craindre le pire à la pédiatre qui imagine la réaction du grand-père s'il fallait qu'elle n'arrache pas sa petite Eugénie à la mort.

— Tu me sembles bien fatiguée, ma chère amie, dit Maude à Irma venue lui rendre une courte visite.

— C'est tout un défi que celui de redonner la santé aux petits malades qui nous sont confiés pour que la famille passe un heureux temps des Fêtes.

— Tu as de l'aide, j'espère ?

— Les dames patronnesses sont d'un dévouement exemplaire. Par contre, la collaboration de mes confrères médecins laisse à désirer. Offrir leurs soins gratuitement, ne serait-ce que pour quelques heures par semaine, semble leur peser. Ça m'oblige à faire des journées de vingt heures. Mais je ne suis pas venue pour me plaindre, Maude. Je suis venue pour te féliciter.

Dans l'ouvrage du Dr Osler, intitulé *Systems of Modern Medicine*, la section traitant de la cardiopathie congénitale est rédigée par la D^{re} Maude Abbott.

— J'y ai mis des années de recherches avant de consacrer à la rédaction toutes les minutes libres de mes deux dernières années.

Par moments, j'étais tentée d'y renoncer, tant je craignais que mon système de classification soit jugé arbitraire parce qu'il est différent de ce qui s'est fait à ce jour dans le domaine.

— Il y a vraiment un prix à payer pour sortir des sentiers battus... murmure son amie avant d'annoncer qu'elle a rendez-vous avec le Dr Forbes au *Children's Memorial Hospital of Montreal.*

Un partage des obstacles à surmonter devient toujours, pour Maude et Irma, l'occasion de réaffirmer leur idéal et de consolider leur amitié.

Au *Children's Memorial Hospital of Montreal,* le Dr Forbes attendait sa consœur avec un plaisir évident.

— Je suis un peu mal à l'aise de prendre du temps que vous auriez consacré à vos petits malades, avoue Irma.

— J'aurai toujours du temps pour une femme de courage et d'honnêteté comme vous, qui se bat pour une cause qui m'est également très chère, avoue-t-il, avec une courtoisie à la limite de la séduction.

— Vous savez que c'est pour mieux soulager ceux qui me sont confiés... réplique Irma, pour chasser de son esprit la possibilité que le Dr Forbes soit attiré par elle.

Ce n'est pas à l'homme mais au pionnier de la pédiatrie et de la chirurgie orthopédique qu'elle confie ses inquiétudes au sujet de l'organisation de l'hôpital qu'elle vient de fonder.

— Je perçois déjà la réticence de mes confrères médecins à se soumettre aux décisions d'un comité de dames dévouées mais qui n'ont aucune formation médicale.

— Je les comprends. Et vous, ça ne vous dérange pas ?

— Je suis beaucoup plus importunée par l'importance que le comité exécutif et certains confrères accordent à une affiliation de l'hôpital à certaines grandes institutions. Je ne suis pas contre, mais je n'en ferais pas une priorité.

— Je présume que la vôtre va vers les soins...

— Vers ces dizaines d'enfants qui chaque jour vont mourir si on n'intervient pas rapidement.

— Peut-être que ces messieurs, étant expérimentés en affaires, voient là une façon, à moyen et long termes, d'obtenir de l'aide financière...

Les perceptions du Dr Forbes sur ces points et les échanges qu'elles suscitent s'avèrent éclairantes.

Comme Irma allait quitter son bureau, le Dr Forbes regarde sa montre et dit, sur un ton de confidence :

— Je vous avais laissé entendre, lors de notre rencontre précédente, que votre visage et votre nom me disaient quelque chose... Je l'ai trouvé...

Irma retient son souffle.

— C'est mon oncle qui nous parlait de cette grande cantatrice à qui il enseignait à Québec et qui se nommait Mme LeVasseur. Il nous avait montré des photos de certains récitals.

Interdite, la fille de Phédora attend la suite.

— Ça vous dit quelque chose ? relance-t-il.

— Une parente, oui.

— Sa famille vit aux États-Unis, maintenant.

— Celle du professeur de chant ?

— Oui. Je dois leur rendre visite pendant le temps des Fêtes... Vous auriez une lettre ou un colis à lui faire parvenir ?

— C'est déjà fait, répond-elle, consciente de mentir pour se tirer d'embarras.

— Vous êtes une femme prévoyante, en plus.

— Profitez bien de ce petit répit, Dr Forbes. Vous le méritez bien.

Sur ce, Irma s'engage dans le couloir du 500, rue Guy. Son cœur bat à tout rompre. « Pourquoi m'être enfuie au lieu de questionner le Dr Forbes ? Au lieu de l'inciter à parler davantage ? De crainte d'apprendre une mauvaise nouvelle ? Je n'ai pas l'habitude de fuir les obstacles. Qu'est-ce qui m'arrive ? Serais-je à ce point différente au travail et dans ma vie personnelle ? » se demande la fille de Phédora. Telle une vague dans son ressac, les quelques propos du Dr Forbes ont fait basculer Irma dans son passé.

⇒ ⇐

Le Nouvel An est à deux heures de se pointer. Redoutable.

Celui qui s'achève a laissé une blessure mordante au cœur d'Irma LeVasseur. De grands espoirs réduits à des ombres fuyantes. Des convictions balayées. Un enthousiasme miné.

— Vous le fêterez bien un peu, ma p'tite Irma, espère Mlle Rolland qui vient d'arriver au 644 Saint-Denis, les bras chargés de victuailles.

— Ce ne sont pas les dates qui justifient qu'on rie ou qu'on pleure, ma bonne Euphrosine.

— Je sais, je sais. Ça vous fait beaucoup de peine, je le savais. C'est pour ça que je n'ai pas voulu vous l'apprendre...

— Ce qui me console, c'est la certitude qu'elle n'a pas voulu mal faire.

— Elle n'a pas mesuré l'impact de cette décision prise...

— Avec les membres de sa famille alors que le comité exécutif devait me demander la permission avant de modifier le nom de mon hôpital. Il était tellement chargé de sens pour moi, ce nom. De souvenirs aussi pour ceux d'entre nous qui ont étudié et travaillé à l'Hôpital des Enfants Malades de Paris. Rien que de le voir accroché là, sur la porte, avivait mon espoir d'en faire un hôpital exemplaire.

— Je vais vous expliquer, Irma : les religieuses des Saints Noms de Jésus et de Marie ont une grande dévotion envers sainte Justine.

— Je ne vois pas le lien avec notre hôpital.

— Le lien existe surtout entre plusieurs de nos dames patronnesses et les religieuses à qui notre évêque a rapporté les restes de cette petite martyre trouvés dans les catacombes. Les filles Lacoste ont, tout comme moi, étudié au couvent des sœurs des Saints Noms de Jésus et de Marie, explique Euphrosine.

— Moi aussi. Ça ne les dispensait pas de me consulter...

— Je suis certaine que notre Justine va être très malheureuse quand elle va apprendre qu'elle vous a blessée.

Irma hoche la tête. D'un geste de la main, elle signifie sa volonté de clore le sujet.

Mlle Rolland ne s'en plaindra pas. Affairée autour du poêle, elle se charge de préparer un bon repas.

— Je gage que ça fait longtemps que vous n'avez pas mangé de la bonne dinde rôtie, mademoiselle la doctoresse.

— En effet! Depuis mon retour d'Europe. Aux États-Unis, j'en mangeais assez souvent, dit-elle.

Aussitôt, une douleur d'absence, comme une absinthe dans sa gorge, dans son ventre. Bob. Bob et Hélène. Ils avaient sûrement une pensée pour elle en cette nuit du Nouvel An. Une place dans leur cœur. Dans celui d'Irma LeVasseur, un choix déchirant : ses petits malades à soigner à Montréal, un réconfort à puiser dans les bras d'êtres chers à New York ou à Québec. Nazaire et tante Angèle lui ont promis de prendre le train, le 5 janvier, veille de la fête des Rois, et de convaincre Paul-Eugène de les accompagner. *Je comprends que, pour cette année, tu ne puisses quitter ton hôpital,* lui a écrit son père à l'occasion de Noël.

Irma sursaute, sortie de ses rêveries par la voix d'Euphrosine.

— Pardon, Mlle Rolland?

— Je vous disais que mon frère a même pensé à nous ajouter des *atocas*.

— Et un gros gâteau glacé! découvre Irma, en vidant le dernier sac.

Les deux complices concoctent un repas plus relevé qu'à l'habitude. Les couverts placés sur la table, elles conviennent de ne pas attendre minuit pour se régaler.

Reprise de nostalgie, Irma prie Euphrosine de lui raconter des souvenirs de son enfance. Quelle faveur pour cette brave femme que de relater les jours de l'An dans la famille Rolland, sa relation avec ses neveux et nièces, et quoi encore!

Ce repas, commencé dans l'hilarité, se clôture dans l'atmosphère même qu'Irma avait tenté de fuir. Mlle Rolland, objet d'incompréhension pour sa religiosité, de moquerie pour son manque total de coquetterie, expose ses blessures. Sa « p'tite docteure », comme elle aime la désigner en privé, reçoit ses confidences avec un respect empreint de tendresse.

— Quand cet hôpital sera en mesure de se passer de mes services, je vais voyager. Paris, Rome, l'Espagne... annonce-t-elle, rêveuse.

— En attendant de vraies vacances, je vous donne congé pour cette nuit et pour demain, lui apprend Irma.

— Jamais je ne vous laisserai seule. Surtout pas en pareille nuit.

— Les demoiselles Lareau et Boyer se sont offertes pour demain. Puis, nos petits patients prennent du mieux. Regardez, ils dorment depuis sept heures et ils ne se sont pas réveillés une seule fois.

Euphrosine Rolland ne quitterait pas le 644 de la rue Saint-Denis avant d'avoir présenté ses vœux de santé et de bonheur à sa « p'tite docteure », et la promesse d'une prière à ses intentions. Un frisson dans le dos, elle franchit le seuil de la maison, un peu à regret. Loin d'elle l'idée d'aller fêter le lendemain. Faite de méditation, de prière et de sacrifices, cette première journée de l'an 1908, Euphrosine l'offre pour le bien de sa protégée.

Le silence s'installe, la fatigue est présente, mais Irma LeVasseur n'a pas sommeil. Ses patients, eux, dorment à poings fermés. Une lampe à l'huile au milieu de la table, du papier à lettres et une plume reçue de Nazaire en cadeau de Noël lui suffisent pour se transporter à New York.

Mes chéris, mes très chers amis,

Je vous mentirais si je vous disais que je ne m'ennuie pas de vous, surtout en cette première nuit de l'An nouveau.

Je vous le souhaite généreux en santé, amour et joies familiales.

Vous me permettrez de franchir mentalement les barrières de l'espace pour me glisser dans vos bras et y puiser un réconfort qui me manque depuis quelques jours. Non pas que mon rêve d'ouvrir un hôpital consacré à nos petits enfants ne soit pas réalisé, mais j'ai l'impression qu'après moins de deux mois, son devenir me glisse des mains. Je me réjouis que cette cause ait enfin suscité un tel enthousiasme chez nombre

de Montréalaises et un certain nombre de médecins. Par contre, des faits me portent à croire que je pourrais devenir cette fille-mère à qui on enlève son bébé pour que des gens de bonne réputation le sculptent selon leurs propres valeurs. Des propos et des gestes me laissent perplexe. Je me demande si je ne devrais pas prendre certaines distances, observer, écouter et m'exercer au détachement. C'est peut-être le prix à payer pour que nos enfants reçoivent les soins auxquels ils ont droit. Mais je vous avouerai que ça me chagrine beaucoup.

Que me conseilleriez-vous, amis très chers à mon cœur?

Je dois vous laisser, un de mes petits patients m'inquiète. J'espère pouvoir vous donner de meilleures nouvelles dans quelques jours.

De tout cœur,

Votre amie Irma

Irma grimpe l'escalier deux marches à la fois. « Ah non! pas encore! » La fièvre l'a repris. Bébé Johnston tousse ou vomit. Trois jours de simple accalmie pour ce pauvre enfant... et pour sa pédiatre.

À vingt-quatre heures de la formation d'un bureau médical temporaire, la D^re LeVasseur réfléchit et s'inquiète. Penchée sur le texte qui résume les pouvoirs de l'autre bureau, celui de l'administration de son hôpital, elle y voit matière à controverses. Ses membres, exclusivement féminins, des dames issues majoritairement de la bourgeoisie, entendent exercer une autorité presque absolue. Qu'elles définissent le caractère et la mission de cet hôpital, qu'elles en fixent les règlements, Irma y consent; mais qu'elles étendent leur gestion à tout le personnel, les médecins compris, lui semble irrecevable. Aucune d'entre elles, si dévouée soit-elle, n'a de formation médicale. Comment ne pas trouver abusif qu'elles réglementent les conditions d'admission des patients, les traitements à leur

administrer et la signature de leur congé de l'hôpital ? Comment concevoir leur légitimité à nommer tous les internes et externes, à dicter leurs devoirs et leurs obligations envers le Bureau d'administration ? Irma admire ces dames à plus d'un égard, mais elle ne peut justifier qu'elles s'arrogent de tels pouvoirs. Le manifester risque de créer des dissensions ; et pourtant, elle le doit. D'ailleurs, le seul fait de les avoir invitées à plus de souplesse et à un partage plus équitable de leurs pouvoirs les a froissées. « Qu'en sera-t-il demain de messieurs les médecins exhortés, par le comité exécutif, à former un bureau médical provisoire ? » Irma imagine mal les Drs Lachapelle, Masson et Dubé se soumettre en tous points aux volontés de ces dames bien nanties mais sans études universitaires, autoritaires mais privées de tout droit de par leur infériorité juridique.

Avant que les hommes se présentent au 644 de la rue Saint-Denis, Mme la Présidente, sa vice-présidente, sa secrétaire, sa trésorière et deux conseillères les auront devancés d'une demi-heure afin de réviser l'ordre du jour. La D^{re} LeVasseur est invitée à assister à la réunion. Doit-elle regretter de n'avoir pas encore exprimé à Justine sa déception à la suite de l'attribution d'un nouveau nom à l'Hôpital des Enfants ? Les chuchotements des membres du comité exécutif l'en dissuadent. Cette réunion risque de lui causer d'autres désenchantements.

Ils sont onze, autour de la table de la cuisine, à avoir répondu à l'appel du Bureau d'administration. Euphrosine, présente à titre de trésorière, les a comptés et chuchote à l'oreille d'Irma :

— C'est providentiel...

— Je ne vois pas en quoi.

— Avec vous, ça fera douze... Le même nombre que les apôtres, encore une fois.

Un sourire courtois lui est adressé...

Irma assiste aux échanges, pensive, réservée, tiraillée par moments, mais lorsqu'elle est appelée à définir sa position entre les revendications de ses confrères médecins et les résistances des dames du comité exécutif, son intégrité est jugée par certaines d'entre elles comme un manque de solidarité et de reconnaissance.

Par ailleurs, la limpidité de ses intentions et l'énoncé qu'elle en fait déplaisent à certains médecins plus préoccupés de structures sociales pour cet hôpital que des soins quotidiens à prodiguer aux enfants. Leur accroche un sourire aux lèvres l'appui de la D^re LeVasseur à une proposition de ces messieurs demandant la création de deux classes de médecins : les consultants et les visiteurs. Un retour à l'harmonie semblait dès lors possible quand, en sa qualité de présidente, Mme Lacoste-Beaubien suggère de reporter à la prochaine rencontre l'adoption de cette recommandation. « Il faut s'accorder du temps pour bien mûrir nos décisions », allègue-t-elle.

Mécontents, les médecins décident de passer à l'action, avec ou sans l'accord de Mme la Présidente. Ils attendent son départ et se regroupent en un cercle fermé pour discuter des nominations dans chacune de ces catégories. À l'unanimité, la présidence du Bureau médical serait confiée au Dr Joseph Edmond Dubé. Tout comme Irma, il a étudié la pédiatrie à Paris. On souligne ses mérites : sa participation à la fondation du premier laboratoire bactériologique de Montréal, l'imposition de l'antiseptie dans la pratique chirurgicale, sans compter la mise sur pied des premières « Gouttes de lait ». Le Dr Dubé prie les Drs Lachapelle, Hervieux, Cléroux, Parizeau et Boucher de former l'équipe des médecins consultants. Nouvel affront envers la D^re LeVasseur qui en est écartée. Irma, déconfite, aimerait comprendre. « Tous ces messieurs ne sont-ils pas professeurs à la Faculté de médecine de l'Université Laval à Montréal ? Celle-là même qui m'a refusée en 1893 ? Est-ce à dire que le fait que je sois une femme prime toujours sur mes compétences ? » Tout comme les Drs Masson, Rhéaume, Bourgoin et Bourgeois, la D^re LeVasseur prodiguera des soins aux malades, mais à titre de médecin visiteur. Aucune mention de son rôle d'instigatrice de cet hôpital, aucune reconnaissance pour les énergies investies, pour sa formation et son expérience en pédiatrie tant aux États-Unis qu'en Europe. Euphrosine en est si meurtrie qu'elle évite de regarder sa protégée.

Irma n'attend pas que médecins et membres du comité exécutif aient quitté son hôpital pour retourner vers ses jeunes patients. « À quoi bon ? » se demande-t-elle, déterminée à s'accorder le temps

de réfléchir avant de tirer des conclusions sur cet autre outrage de la part de ses recrues.

L'état des deux petites filles recueillies ces derniers jours l'inquiète. La petite Gabrielle a peu de chances de guérir ; par contre, la petite Rosie se montre combative tout comme bébé René et le jeune Albert, admis en matinée. Tous nécessitent des soins et une surveillance constante. « Vous êtes là pour me rappeler à l'ordre, mes petits chéris. C'est à vous sauver que j'ai dédié ma vie, pas à la reconnaissance des humains. Y a une chose que je vous promets aujourd'hui : je ne souscrirai jamais à un règlement qui vous priverait de votre droit aux meilleurs soins. Pauvres ou riches, miséreux ou choyés, vous y avez tous droit. Parole d'Irma. »

Montréal, 14 janvier 1908

Mes très chers Bob et Hélène,

J'espère que vous allez bien, vous trois. Ce que je donnerais en ce moment pour me retrouver avec vous. Pour m'envelopper de la chaleur de votre amour, de votre confiance en moi, de votre générosité. Oui j'ai froid. Dans mon cœur surtout. De toutes parts, on tire le tapis de sous mes pieds. Même lorsque je les appuie, mes confrères médecins demeurent sceptiques comme leurs pairs face aux capacités de la femme à exercer une profession et à assumer des rôles qu'ils se réservaient. Même si mon expérience et ma formation dépassent celles de nombre d'entre eux, je suis perçue et traitée comme une novice. Mon plus grand défaut, c'est d'être une femme. Par surcroît, une femme qui refuse de ramper.

Ce n'est pas tout. Je n'aurais jamais cru, en mai dernier, en novembre dernier même, ce qui vient de m'arriver aujourd'hui. Ma douleur est d'autant plus grande que le coup m'est porté par certaines dames qui m'ont tant encouragée, aidée et

respectée. On vient de m'évincer du Bureau d'administration. Je n'ai pas le sens des affaires, dit-on. Personnellement, je n'y vois là qu'un prétexte. Certaines administratrices n'ont pas aimé que je conteste des pouvoirs qu'elles s'octroient et que j'estime du ressort des médecins. Comme je suis la seule dans ce groupe à posséder une formation médicale et à m'en prévaloir, je suis devenue trop gênante.

D'une part, on ne m'accepte pas comme femme, d'autre part, on ne m'accepte plus comme médecin. Or, je me définis essentiellement comme femme médecin. S'il n'en tenait qu'à ces deux collégialités, je n'aurais donc plus le droit d'exister.

Autre immense chagrin, après cinquante et un jours de soins acharnés, bébé Johnston est mort. La petite Gabrielle aussi.

Un grand réconfort toutefois en cette période troublée : mon père, mon frère et ma très chère tante Angèle LeVasseur sont venus me rendre visite. Vous auriez dû voir la fierté dans les yeux de papa, l'emballement chez mon frère et l'émotion de ma tante en visitant mon petit hôpital.

Je crains de ne plus pouvoir dire « mon hôpital ». Je ressens déjà un certain malaise à prononcer ces mots. Et pourtant, c'est MON projet que cet hôpital pédiatrique, même si Mme la Présidente en a changé le nom. Je dois lutter très fort contre l'appréhension dont je vous faisais part le 31 décembre et qui me hante toujours : devenir cette fille-mère à qui on enlève son bébé pour que des gens de bonne réputation le sculptent selon leurs propres valeurs.

Pardonnez-moi d'être aussi morose. J'ai tant de peine !

Je vous aime,

Irma

D'autres médecins réagissent à la réglementation décrétée par le Bureau d'administration. Un arc-en-ciel après l'orage pour la D^{re} LeVasseur invitée à en discuter avec eux, ce matin du 2 février

1908. Elle les appuie dans leur volonté de se réserver le choix et la nomination des médecins appelés à travailler à l'hôpital Sainte-Justine. L'hôpital Notre-Dame procède ainsi. Mais quand le Dr Dubé aborde la question des consultations que certains voudraient se faire payer au dispensaire, la D^re LeVasseur crie haut et fort sa dés-approbation. «Cet hôpital est voué à la gratuité des soins pour tous les enfants, qu'ils soient pauvres ou riches, leur rappelle-t-elle. Le peu d'argent que nous récoltons doit être utilisé à l'achat de médicaments et d'instruments; nous en manquons énormément. Les médecins qui ont accepté de travailler ici à temps partiel savaient qu'ils devaient le faire bénévolement tant que l'hôpital ne serait pas muni de tout ce dont il a besoin pour soigner nos petits malades.» Le Dr Masson, secrétaire, prend note de sa remarque et le président propose d'en discuter à une prochaine réunion. Mais Irma devine, de par les réactions de ses confrères, que son opinion ne fera pas le poids.

Le Dr Masson est prié de rédiger une lettre à l'intention de Mme Justine Lacoste-Beaubien, présidente du Bureau d'administration. Il en fait lecture aux membres du Bureau médical. Passant sous silence le paragraphe d'introduction, il énonce :

— Je n'ai pas mission pour faire ici l'éloge de l'œuvre que vous entreprenez, mesdames; la faveur générale, l'accueil bienveillant que vous recevez partout prouvent suffisamment le bien-fondé et la raison d'être de votre entreprise, et sont aussi des gages de succès assuré.

Irma LeVasseur se pince les lèvres. «De votre entreprise», a écrit le Dr Masson. Or, tous les médecins du Bureau médical savent que leur consœur LeVasseur ne fait plus partie du groupe d'administratrices à qui ils s'adressent. Une fois de plus, le titre, les compétences et les mérites de l'instigatrice de cet hôpital sont occultés.

La lecture se poursuit. Terrassée, Irma l'écoute, sans mot dire.

Après avoir décrit la composition du Bureau médical, fait la liste des membres de deux classes de médecins, établi un horaire temporaire des présences au dispensaire, le Dr Masson sollicite

l'approbation du Bureau d'administration pour ces différents actes. Il prend soin de préciser que des modifications pourront être apportées...

Avant d'entamer un autre paragraphe, il se gratte la gorge.

— Je ne sais si vous avez commencé l'étude de la constitution de votre Bureau d'administration ; si oui, vous savez que ce n'est pas une tâche facile ; si non, avant de nous trouver un peu lents dans notre travail, il serait sage d'attendre que vous ayez commencé le vôtre avant de nous juger.

Tous applaudissent, sauf Irma.

Un éloge au président du Comité médical va de soi dans cette lettre :

— Le Dr Dubé est reconnu comme un travailleur infatigable et énergique, sa fermeté conciliante saura diriger sûrement nos débats en ménageant toutes les susceptibilités.

— Bien tourné, s'écrie l'un d'eux.

Que des hochements de tête approbateurs de la part de ses confrères.

Irma devrait-elle se sentir visée ou l'allusion ne concerne-t-elle que les dames du Bureau d'administration ? Quoi qu'il en soit, elle s'en moque. Elle considère avoir beaucoup mieux à faire que de s'interroger sur des banalités.

Tous conviennent de se réunir une autre fois, avant l'assemblée générale, pour statuer sur la formation des gardes-malades.

La D^{re} LeVasseur ne peut se libérer suffisamment tôt pour assister à la première partie de cette autre réunion du Bureau médical. Une bambine prénommée Marie-Jeanne lui été amenée dans la nuit du 5 février et elle a dû l'hospitaliser.

Le débat est fort animé. Informés du projet des dames patronnesses de fonder une école de gardes-malades, tous les membres du Comité soutiennent qu'il revient aux médecins d'étudier cette question, de rédiger le programme de formation et de désigner les personnes responsables de l'appliquer. Ils projettent de signer une entente avec l'École ménagère provinciale pour former des aides maternelles. Ils souhaitent « que tous les efforts des dames

patronnesses de l'hôpital Sainte-Justine soient dirigés principalement vers la vulgarisation des notions élémentaires d'hygiène et de médecine infantile. Qu'un programme d'études et de sujets de conférences soit préparé par le Bureau médical afin d'assurer l'uniformité et l'efficacité d'un enseignement pratique. »

« Une guerre de pouvoirs se prépare », constate Irma, s'excusant de devoir retourner vers ses malades.

La première assemblée générale n'est pas moins houleuse que la D^{re} LeVasseur l'avait pressenti. Résolue à se montrer discrète, elle écoute sans lever les yeux l'annonce officielle du changement de nom de l'hôpital par Mme la Présidente à qui elle a dit sa façon de penser la veille au soir.

— C'était une suggestion de plusieurs membres de ma famille, a expliqué Justine. Maman aurait été si déçue...

— Vous agissez parfois comme si cet hôpital avait été pensé et fondé par la famille Lacoste. Je veux bien croire que vos parents, frère, sœurs et beaux-frères s'impliquent beaucoup depuis le mois de novembre, mais ce n'est pas une raison pour vouloir tout décider en famille et oublier les autres membres qui ont été choisis pour administrer cet hôpital... Rappelez-vous qu'avec moi, plusieurs femmes y ont travaillé depuis le printemps dernier.

— Vous avez été insultée, Irma ?

— Je suis consternée devant certaines attitudes et décisions des membres du Conseil d'administration, Justine.

— Je m'en excuse, mais je dois vous dire que ce n'est pas facile de tenir compte de tout le monde sans blesser personne. Il faut aller de l'avant, a conclu Justine.

Irma est sortie de cet entretien avec l'impression d'avoir perdu une amie.

Assise près d'elle lors de cette première assemblée générale, Mlle Rolland n'a pu retenir un long soupir. Toutefois, les buts de l'hôpital sont fidèles à ceux que son instigatrice avait formulés :

soigner les enfants malades qui ne sont pas reçus dans les autres hôpitaux, travailler à enrayer l'effroyable mortalité infantile qui, chaque année, décime de façon alarmante la population de la ville, venir en aide aux mères honnêtes et pauvres qui ne peuvent donner à leur enfant souffrant les soins nécessaires.

L'assentiment des deux clans est obtenu sur ces questions de principe. Il n'en va pas de même pour les pouvoirs que le Bureau d'administration entend exercer. Ces dames refusent de travailler dans l'ombre des médecins. Ces derniers se perçoivent comme les chefs de file de la médecine infantile et comptent bien le prouver. L'assemblée se termine dans un climat d'animosité qu'Irma LeVasseur s'empresse de quitter.

Le cœur en lambeaux, elle appelle la nuit.

Au chevet de ses jeunes malades, elle fait le bilan de ses douze derniers mois. «Personne mieux que vous ne saurait me ramener à mes objectifs premiers. Vous méritez ce que j'ai de meilleur. Ce que chaque être humain a de meilleur. Je ne pourrai jamais tolérer que vous serviez de prétexte à l'orgueil des humains, à leur vanité, à leur soif de pouvoirs et d'honneur. Je renonce même à me porter complice de telles aspirations, si inconscientes, si inavouées soient-elles. Pour être franche avec vous, mes petits chéris, je songe sérieusement à me retirer...»

Irma s'attarde à chaque berceau, réchauffe les mains de René, embrasse Marie-Jeanne sur le front, caresse la petite Suzie de toute sa tendresse maternelle. La vue de Roland-Joseph Brisebois la fait crouler sous le poids du chagrin.

— Bébé Johnston est mort, la petite Gabrielle aussi, mais toi, mon premier patient, toi que j'ai chéri de tout mon être, tu t'es battu contre la mort. Tu as gagné. Tu m'as fait gagner. Dans quelques jours, toi aussi tu quitteras cet hôpital. Nous prendrons tous deux des chemins qui ont peu de chances de se croiser. Tu m'oublieras vite. Je le souhaite. Les bonheurs que tu m'as fait vivre se liront désormais comme des cicatrices sur mon cœur. Qu'elles ne guérissent pas trop vite pour que lorsque je ferme les yeux, elles me rappellent que tant que tu vivras je ne serai jamais seule. Ta survie dépend en

partie de la mienne. Au-delà des apparences, nous sommes liés à tout jamais. Quand arrivera le jour de notre vraie délivrance, nous nous reconnaîtrons.

Irma pleure sans retenue.

Quelques administratrices, informées du départ de la D^re LeVasseur, accompagnent leur présidente venue la saluer. Sous le regard attentif de Justine, elles expriment timidement leur regret et leur incompréhension. Lucie Bruneau pleure. « Ce n'est pas juste que tu t'en ailles, Irma. C'est ton hôpital et tu es la plus compétente de tous les médecins que j'ai connus », déclare-t-elle, gémissante. Mlle Rolland, bien qu'inconsolable, comprend si bien sa protégée qu'elle ne tente pas de la retenir. « Je veillerai sur le petit Roland comme la meilleure des mamans de la terre », lui promet-elle, des sanglots dans la voix. Justine, non moins émue, lui accorde la faveur d'un départ des plus discrets et lui déclare :

— Sachez, Irma, que malgré mes maladresses je vous estime beaucoup. Vous avez donné un sens à ma vie. En retour, je prie la Vierge Marie de vous protéger. Vous pourrez toujours compter sur moi.

Choquée par les dernières paroles de Justine, Irma lui aurait bien lancé : « Tu as eu l'occasion de m'appuyer... Laisse-moi organiser mon avenir à ma guise, maintenant. »

Les yeux rivés sur le plancher du vestibule, avec de petits hochements de tête affirmatifs, la D^re LeVasseur lui rend la paix que sa bonne volonté et sa conscience réclament.

Irma ne pourrait quitter Montréal sans dire au revoir à son amie, la D^re Abbott.

— Je suis très peinée mais pas vraiment surprise, dit Maude après que son amie lui a révélé les motifs de son départ. Que vas-tu faire maintenant ?

— Essayer de retrouver un sens à ma vie.

— Tu as sûrement des blessures à guérir aussi...

— Une déception profonde, surtout.

Irma n'est pas seule à pleurer. Sa peine chagrine son amie Maude et ravive en elle de tristes souvenirs.

La dernière visite que la D^re LeVasseur s'apprête à faire avant de prendre le train pour Québec exige tout ce qu'il lui reste d'énergie et de courage. Aussi apprécie-t-elle d'obtenir un rendez-vous au milieu de la matinée. «Impitoyable, ce miroir», se dit-elle en piquant dans sa chevelure quelques peignes d'ivoire. Ses nuits sans sommeil ont cerné ses yeux et creusé ses joues, non sans installer deux ridules de chaque côté de sa bouche. Un petit coup de poudrette, l'ombre d'un rouge sur ses lèvres, un chapeau à voilette, voilà qui pourrait atténuer les vestiges d'une expérience éprouvante.

— Je vous remercie, Dr Forbes, de m'accorder quelques minutes, dit-elle, tremblante d'épuisement et d'appréhension.

Des bras se sont noués autour de ses épaules. Un cœur débordant de tendresse, de sollicitude et... d'amour peut-être, bat pour elle.

— Je savais que vous reviendriez, ma belle amie. Pour être bien franc avec vous, je le souhaitais.

Le Dr Forbes l'invite à prendre place dans un fauteuil et approche le sien.

— Je quitte mon hôpital, lui annonce-t-elle sans louvoiement.

— Des rumeurs sont venues jusqu'à mon bureau.

— Il faut donc croire que mon rôle se limitait à le mettre au monde...

— Je vous sens très peinée, Irma.

— Très éprouvée, oui.

— Vous devez considérer tout de même que votre but est atteint. Vous vouliez un hôpital pour nos enfants, il est là.

— Des personnes zélées et des médecins compétents se chargent de continuer...

Le Dr Forbes devine ce qu'Irma refuse d'exprimer à voix haute.

— Et maintenant ?

— Je viens écouter ce que vous avez à me dire au sujet de...

— De votre parente qui habite New York ?

— Oui. Cette parente. Ma mère, déclare Irma, chamboulée.

— J'étais en vacances à New York, quand j'ai vu cette femme, votre mère, une première fois. Une femme d'une beauté remarquable pour qui on me demandait de trouver le remède miracle qui lui rendrait sa voix en moins de quarante-huit heures.

— Ça fait longtemps ?

— Une bonne dizaine d'années.

— Je suis allée à New York en 1898. Vous êtes sûr que ce n'était pas cette année-là ?

— Attendez...

Le Dr Forbes ouvre son classeur, en sort quelques agendas, en scrute un et, pointant une page de son index, il se tourne vers Irma.

— Été 1898, c'est bien ça.

— Je n'en reviens pas, dit-elle. Avoir su ! Nous étions là en même temps !

— Nous n'étions pas destinés à nous...

— Vous aussi vous croyez au destin ?

— C'est difficile parfois de ne pas en voir une part dans les événements qui arrivent.

— Vous l'avez vue une deuxième fois, cette femme... Récemment ?

— En juin 1905.

Le regard noyé de larmes, Irma supplie le médecin de tout lui dire.

— La même élégance dans ses gestes et dans sa tenue, mais...

— Elle paraissait triste ?

— Oui. Et fatiguée. Elle dirigeait une chorale d'enfants en spectacle lors d'un festival de chant choral.

— Qui se tenait où ?

— Dans Manhattan.

— Vous lui avez parlé ?

— Je n'ai pas pu.

— Quand je pense que je l'ai cherchée partout sauf dans les écoles, dit Irma, consternée.

— J'ai failli vous dire ce que je vous révèle aujourd'hui, lors de votre première visite. Mais dès que j'ai abordé le sujet, vous vous êtes montrée tellement rébarbative...

— Que j'ai été bête !

— Vous étiez tellement préoccupée du sort de nos enfants malades, Irma... Ce n'est pas de la bêtise. Puis il arrive parfois qu'on ne soit pas prêt à entendre certaines choses.

— Même quand on le désire ardemment ?

— Je crois, oui. Qu'allez-vous faire maintenant, D^re LeVasseur ?

— Passer à Québec et prendre le train pour New York.

— Je vous reverrai ?

— Avec bonheur... si c'est là notre destin.

Le Dr Forbes sourit. Irma, sur le point de le quitter, dit, émue :

— Je cherche un mot plus juste que merci...

— Que de choses sont plus éloquentes que les mots ! s'exclame le Dr Forbes, visiblement troublé.

Irma appréhende la suite.

— Comme de vous savoir heureuse même s'il advenait que vous ne retrouviez pas votre mère, Irma.

Après une pause qui dure une éternité pour Irma, le Dr Forbes reprend, empreint de tendresse :

— Permettez-vous de vivre l'amour, Irma. Je connais quelqu'un qui pourrait vous l'offrir.

Un instant, Irma se serait crue dans les bras de Bob Smith.

Revenue à Saint-Roch pour célébrer la fête de Pâques avec les siens, Irma prend du repos tout en organisant son voyage à New York pour la mi-mai. Informés, Hélène et son mari l'attendent avec impatience.

— Tante Angèle, je voudrais déjà être arrivée, confie la fille de Phédora après lui avoir relaté ses rencontres avec le Dr Forbes.

— J'ai appris de papa qu'une épreuve ne venait jamais sans une consolation.

— Il disait ça, grand-père ?

— Il parlait d'expérience. Et moi, j'ajouterais que Dieu ne nous envoie jamais d'épreuve au-dessus de nos forces.

— Vous m'encouragez à croire que je vais la trouver, cette fois ?

— Les souffrances que tu viens de vivre à Montréal sont si cruelles que je ne peux pas croire autrement. Ce sont des cadeaux qui devraient t'arriver, dorénavant.

— Je ne peux quand même pas m'empêcher de penser le pire... S'il fallait que j'arrive trop tard, dit Irma.

— Si ta mère tient des Venner, elle a de grosses chances de vivre longtemps, riposte Angèle, soulagée de voir que sa nièce ne semble pas envisager un rejet de la part de Phédora.

Toutes deux s'entendent pour ne pas dévoiler les véritables motifs de son voyage à Paul-Eugène, pour éviter de lui causer une autre déception, et à son père, pour ne pas l'inquiéter.

C'est à ce dernier qu'elle l'apprend d'abord :

— J'ai besoin de vacances et j'ai décidé de les prendre en compagnie de ma tante Rose-Lyn.

— En quel honneur ? demande Nazaire, suspicieux.

— J'avais promis de l'emmener à New York avec moi, un de ces jours. J'ai le goût de revoir Hélène.

— Je comprends qu'après les épreuves que tu viens de traverser, tu aies besoin de te confier à une amie... plus qu'à ton père.

— Je m'excuse, papa. Ce n'est pas ce que je voulais dire.

— Ne t'en fais pas. Je comprends ça. Ça fait trente ans que mon ami, le Dr Canac-Marquis et moi, sommes confidents. Il aurait bien de la peine d'apprendre comment ton aventure à Montréal s'est terminée.

— Papa ! Mais vous en parlez comme si je n'avais pas réussi à le mettre sur pied, l'hôpital dont je rêvais, réplique sa fille, offusquée.

— Irma, tu ne sembles pas réaliser que la façon injuste dont tu as été traitée a des conséquences à long terme aussi.

— Comme quoi ?

— Si tu avais pu rester quelques années à la tête de l'équipe fondatrice, tu serais passée à l'histoire.

— Qu'est-ce que vous voulez dire ?

— On aura vite fait de taire que c'est la D^{re} Irma LeVasseur qui a eu l'idée de fonder cet hôpital, qui a recruté les premiers médecins et les dames patronnesses, ainsi de suite.

— Ça vous ferait de la peine, papa ?

— Ce serait trop injuste, ma fille. Trop injuste ! répète-t-il, des larmes dans la voix.

Irma tait y avoir pensé et s'être exercée à ce deuil avant même de revenir à Saint-Roch.

— Si j'avais pu te conseiller au sujet d'un repos bien mérité, reprend Nazaire, je ne t'aurais pas envoyée aux États-Unis. À moins que tu y ailles pour d'autres raisons...

Irma l'observe. « Il pense à maman, c'est écrit dans ses yeux », croit-elle.

— Il y a si longtemps que tante Rose-Lyn rêve de faire ce voyage. Maintenant qu'elle connaît un regain de santé, il faut en profiter.

Nazaire n'en croit pas un mot. Il écoute sa fille, torturé par l'envie de la cribler de questions. De la forcer à révéler ce qu'elle sait. Ce qui la pousse à filer vers New York.

— Tu pars quand ?

— Après-demain.

— Tes billets sont achetés ?

— Je vais passer à la gare en revenant de chez tante Rose-Lyn.

— Tiens, prends ça, dit-il, des billets de dix dollars à la main.

— Papa ! Cinquante dollars ! Comment vous remercier ? s'écrie-t-elle en se lançant à son cou.

— Quand ça te tentera de me dire la vérité, tu me feras signe, lui dit-il, sans le moindre reproche.

— Rien d'autre, papa ?

— Oh, oui ! s'écrie-t-il en l'accompagnant vers la sortie. Si tu croises des gens que je connais, salue-les pour moi.

— Je n'y manquerai pas, M. Louis-Nazaire LeVasseur.

Pour se faire à l'idée que le grand jour était arrivé, Rose-Lyn n'avait disposé que de quarante-huit heures. Des moments d'excitation extrême, d'autres d'appréhension l'avaient tenue éveillée jusque tard dans la nuit. « S'il fallait qu'en me baladant avec Irma dans les rues de New York, je me retrouve face à mon fils ! Comment présumer que je reste impassible ? Que je ne lui ouvre pas ces bras qui se sont si souvent croisés sur ma poitrine quand son absence me faisait trop mal ? Impossible ! Je devrai trouver une explication pour Irma », songe Rose-Lyn qui, en ce congé de Pâques 1908, a reçu pour la première fois une lettre de son fils. Dans l'enveloppe, Bob avait joint une photo de sa petite famille à l'endos de laquelle il avait écrit les noms de son épouse et de son fils. Photo que Rose-Lyn ne se rassasie plus de regarder.

> *Je me nomme Bob Smith. J'ai fini par trouver votre adresse dans les carnets de ma défunte grand-mère. J'ai trouvé de vos lettres aussi, maman. Quand j'ai mis la main sur celles que je vous avais écrites, j'ai cru que je ne m'en consolerais jamais. Tant de malentendus inimaginables nous ont séparés depuis trente ans ! Si vous avez le goût de reprendre contact avec moi, sachez que je ne vous en veux pas, que je suis marié, que j'ai un fils et que vous seriez la bienvenue.*

Cette éventualité l'angoissait au point de la faire tourner en rond autour de sa valise, incapable de décider quoi mettre dans ses bagages. « Elle ne m'a pas dit pour combien de temps on partait ni où on logerait. J'étais tellement énervée quand elle m'a appris cette nouvelle que j'ai oublié de m'en informer », avait-elle constaté, optant finalement pour apporter plus de vêtements que moins.

En ce mémorable matin du 14 mai 1908, deux femmes survoltées causent à bord du train qui les emmène à New York.

— Tu m'as tellement prise au dépourvu, Irma, que je n'ai même pas pensé à te demander où nous allions habiter ? dit Rose-Lyn qui, ce jour-là, ne fait plus ses cinquante-huit ans.

— Ne vous inquiétez pas, ma tante. J'ai de bons amis qui m'invitent régulièrement. Nous serons bien reçues.

— Ils sont jeunes ?

— Moitié jeunes, moitié vieux, répond Irma, d'un ton amusé.

— Des confrères médecins ?

— Nous aurions pu, mais je préfère loger chez une de mes bonnes amies qui vit à New York.

Rose-Lyn semble rassurée. Plus une question sur le sujet. Qu'une soif d'entendre sa nièce lui dévoiler des pans de sa vie dont son passage en Europe et les péripéties reliées à la fondation de son hôpital à Montréal. Irma croyait pouvoir résister à l'envie de l'interroger à son tour.

— Aux dernières nouvelles, maman ne serait pas encore venue prendre possession de la maison dont elle a hérité.

— J'ai su que quelqu'un voudrait bien l'acheter. Le terrain l'intéresserait plus que la maison, lui apprend sa tante.

— Qui vous a dit ça ?

— Philomène.

— Qu'est-ce qu'elle sait encore que vous ne m'avez pas dit ?

— Une autre chose, seulement une autre. Pas très réjouissante.

— Vous n'allez pas me faire languir, tante Rose-Lyn. Je...

— Écoute. On peut interpréter ça de différentes manières. Mais pourquoi Guillaume-Hélie a-t-il indiqué dans son testament que ta mère devrait être enterrée sur son lot et non sur celui de notre père ? Qu'est-ce que tu en déduirais, toi ?

— Grand-papa William aurait renié deux de ses enfants ? Comme si son fils aîné et maman l'avaient déshonoré ? Je ne peux pas m'imaginer ça de lui, tante Rose-Lyn, dit Irma, profondément déçue et peinée.

— On dirait que chaque famille a ses drames. La nôtre n'a pas été épargnée, avoue Rose-Lyn happée par le souvenir de son exode forcé aux États-Unis.

Remontent à la mémoire d'Irma de semblables allusions de la part de Bob.

— Si on passait en revue les principaux sites que tu dois me faire visiter à New York, propose Rose-Lyn, pour ne pas gâter le plaisir de ce voyage.

Pour une rare fois dans sa vie, Irma joue la comédie avec succès, étalant la liste des édifices, parcs et musées à visiter, faisant fi du but premier de ce voyage à New York. Un secret qu'elle aura su garder...

Au cœur de New York, cet après-midi de la mi-mai fait un pied de nez au printemps québécois avec ses soixante-dix-huit degrés Fahrenheit. Rose-Lyn en hume la tiédeur à n'en pas se rassasier.

« S'il nous était donc possible de rapporter une dizaine de degrés de chaleur dans nos bagages à notre retour », ajoute-t-elle à une ribambelle de considérations du genre, consciente que la fébrilité la rend loquace. Anxieuse, Irma est si hantée par les instants à venir qu'elle sème des « oui » et des « non » en espérant qu'ils soient pertinents.

Au moment de frapper à la porte de ceux qui les hébergeront pour quelques jours ou quelques semaines, Irma doit recourir à toutes ses réserves de sang-froid. Des émotions fortes attendent Rose-Lyn. « Pourvu qu'elle réagisse bien », souhaite-t-elle du plus profond de son cœur.

Les voilà devant la résidence de cette amie dont Irma a peu parlé à Rose-Lyn. Trois coups de heurtoir et...

— Irma! Madame!

— Hélène!

Les deux fidèles amies s'étreignent.

Estomaquée, Rose-Lyn n'a pas trop de ses deux yeux pour dévisager la jeune femme qui porte le même prénom que l'épouse de Bob. Trop pareille à la photo pour ne pas être sa bru. Puis, se tournant vers Irma, elle dit :

— Je ne savais pas que tu étais une de ses amies.

Le vertige, dans l'esprit de Rose-Lyn, éberluée de se retrouver chez son fils.

Figée dans le vestibule, elle revoit sa vie à la vitesse de l'éclair, souhaitant qu'Irma ignore l'épisode de New York.

Appelée, une domestique vient les rejoindre et se charge des bagages.

Hélène emprunte le couloir, Irma et sa tante la suivent d'un pas incertain, le cœur battant à tout rompre. Une porte entrouverte leur laisse deviner qu'elle les conduit à la chambre du petit Charles. Une chambre dont le décor nuancé de bleu et de jaune et l'ameublement de bois de chêne invitent au bonheur. Au centre de la pièce, un bambin de cinq mois dort paisiblement. Irma cède le pas à sa tante. Penchée sur le berceau de son petit-fils, Rose-Lyn n'a que des larmes pour exprimer son émoi. Le silence des trois femmes n'est dérangé que par le chuintement de pas sur le plancher. Bob vient glisser son bras sur les épaules de sa mère ; elle ne se retourne pas. Chaque seconde doit être apprivoisée au compte-gouttes. Voir le petit Charles, puis sentir la présence de Bob, le contact de sa peau, les battements de son cœur contre son épaule, puis sa tête qui s'incline doucement jusqu'à effleurer ses cheveux poivre et sel, sans jamais détourner leurs regards de l'enfant qui se prête à l'émerveillement silencieux des quatre adultes qui entourent son berceau. Rose-Lyn, porte son bras à la taille de son fils ; il se rapproche. La mémoire des gestes dans la main enveloppante de sa mère, dans cette façon de resserrer son emprise à chaque dix secondes pour mieux dire : « Je t'aime. » La mémoire de l'odeur de sa peau, de son souffle court quand l'émotion déloge toute retenue. Comme en cet instant même où dans les bras l'un de l'autre, Bob et Rose-Lyn effacent trente ans de douleur d'absence. Hélène et Irma quittent la chambre, heureuses de trouver dans la cuisine de quoi se remettre le cœur à marée haute.

Lorsque Bob et sa mère les rejoignent, leurs regards oscillent entre les larmes et l'allégresse. Rose-Lyn s'arrête devant Irma. Les mots se bousculent dans sa tête, mais pas un ne trouve place sur ses lèvres. Une étreinte...

Hélène les prie de la suivre dans la salle à manger où des bouchées et des boissons chaudes les attendent. Bob prend place devant sa mère qui ne semble pas se rassasier de le regarder. Il y a si longtemps qu'elle ne l'a vu. Espérant que sa mère revienne vivre avec lui, jusqu'à l'âge de quinze ans, Bob lui avait écrit et fait parvenir des photos. Sur son lit d'agonisante, en février dernier, sa grand-mère Smith avait jugé venu le temps de lui révéler la vérité : pas une de ses lettres ne s'était rendue au Canada ; au lieu de les mettre à la poste, elle les cachait dans une malle, croyant ainsi éviter de trop grandes souffrances, et à la mère et à son enfant. Ce n'est pas sans difficulté que Bob lui avait accordé son pardon. Après avoir réfléchi et confié cette découverte à Hélène, il avait décidé de se manifester à sa mère. Que Rose-Lyn ait maintes fois exprimé son désir de visiter New York sous-entendait, au jugement d'Irma, un désir caché de revoir Bob. Consultée sur la façon de mettre la mère et son fils en contact, Hélène avait approuvé le dessein d'Irma :

Les circonstances sont trop harmonieuses pour ne pas croire à l'influence d'un destin favorable, lui avait-elle écrit. Bob avait cru préférable de préparer sa mère à d'éventuelles retrouvailles, mais Irma avait préféré taire ce qu'elle savait à sa tante, craignant qu'elle refuse de revoir son fils.

Le jeune Charles vient de se réveiller. Bob se dirige vers la chambre de l'enfant... et en ressort avec le bambin encore tout engourdi dans les bras. Intimidé par les deux inconnues, Charles colle son visage rosé sur la poitrine de son père.

— Il a ta chevelure, balbutie Rose-Lyn.

— Et vos yeux, enchaîne Bob. Vous verrez quand il va surmonter sa timidité.

— Par contre, il a ta bouche et ton front, Hélène, constate Irma.

— Il a su bien choisir, riposte la maman, visiblement très heureuse.

Il tarde à Rose-Lyn de nicher dans son cou la tête blonde de son petit-fils. Lorsqu'elle croit le moment propice de lui tendre les bras, Charles ne présente aucune hésitation. Elle ferme les yeux pour mieux goûter les souvenirs qu'évoque cet enfant. Un trop-plein d'émotions lui fait verser les larmes qu'elle aurait voulu retenir. Le petit Charles vient poser un baume sur ses blessures de mère déchirée entre l'amour de son enfant, l'honneur familial et un mal du pays indomptable.

Cette soirée au domicile de Bob et Hélène est meublée d'aveux ; les uns réconfortants, d'autres déchirants, tous libérateurs. Les noms qu'on taisait, depuis plus de vingt ans, ont pris la première place dans les conversations. Rose-Lyn, sujette à la maladie depuis trois ans, avait perdu espoir d'expliquer de vive voix :

— Quand papa m'a demandé d'accompagner mon frère aîné aux États-Unis, j'ai vécu le plus grand tiraillement de ma vie. Je n'avais que vingt et un ans et je commençais à m'attacher à celui que j'ai finalement épousé à mon retour au Canada.

— Pourquoi votre frère est-il venu aux États-Unis ? demande Irma.

— Pour se remettre des épreuves qui s'étaient abattues sur lui en si peu de temps. En moins de quatre ans, il avait enterré ses deux épouses ; après ces tristes événements, sans aucune preuve, de mauvaises langues, des jaloux, ont fait croire qu'il était soupçonné d'avoir assassiné D'Arcy McGee.

Irma se souvient des confidences que lui avait faites son grand-père LeVasseur à ce sujet.

— Papa voulait que je l'informe régulièrement de l'état de santé de Guillaume-Hélie, surtout de son moral.

Un long silence que le respect vient protéger rend à Rose-Lyn le courage d'avouer :

— J'ai bien pensé mourir d'ennui, par ici.

Un sanglot secoue ses épaules. Irma s'approche, prête à la réconforter.

— J'ai perdu la tête dans les bras du premier homme qui m'a invitée chez lui. Un bel homme, généreux, bien éduqué, ajoute-t-elle, le regard noyé dans celui de son fils. Je pensais l'aimer. Lui

aussi. En plus, il ne voulait pas d'enfant. L'idée du mariage a mis fin à nos mensonges. Je ne souhaitais plus qu'une chose, revenir au Canada avec mon enfant. Papa ne me le permettait que si j'épousais ton père, dit-elle, en s'adressant à Bob.

Je ne voulais pas compliquer ma vie plus qu'elle ne l'était déjà. Après un an de dépression, j'ai dû admettre que je ne guérirais jamais du mal du pays et que je devais prendre la décision la plus déchirante qu'une mère puisse prendre.

Plus un mot dans le salon. Que des soupirs de détresse refoulée, l'écho d'une douleur partagée.

S'adressant de nouveau à son fils, Rose-Lyn ajoute :

— Tes grands-parents Smith s'engageaient à prendre soin de toi comme du plus grand de tous les trésors, lui apprend-elle, un sourire avorté sur les lèvres. J'ai choisi pour toi le meilleur des pensionnats pour faire tes études; tes grands-parents le souhaitaient ainsi et s'engageaient à tout payer. Ils disaient t'avancer une partie de ton héritage.

Bob sourit.

— Dire que j'ai pensé, à force de ne jamais recevoir de réponses à mes lettres, que tu m'en voulais terriblement. Que tu voulais m'effacer de ta vie. Quand je passais une partie de mes nuits à pleurer, je ne pouvais pas m'empêcher de croire que toi aussi, Bob, tu pleurais d'ennui.

La douleur de ces moments atroces revient, brûlante, insupportable dans le cœur de la mère et de son fils, enlacés... Puis, un grand apaisement.

Avant d'aller dormir, des vœux sont exprimés pour le lendemain : aller visiter la bijouterie DIAMOND EVELYN.

À son réveil, le lendemain matin, Irma se demande si, dans cette maison, à part la domestique et l'enfant, quelqu'un a dormi plus de trois ou quatre heures. Que de temps elle a mis à recomposer et, par moments, à imaginer le passé de sa tante Rose-Lyn ! Une prière est montée sur ses lèvres :

— Mon Dieu, faites maintenant que je retrouve ma mère, moi aussi.

Table